한국어문학
여성주제어 사전 4

공간과 사물

한국어문학
여성주제어 사전 4

공간과 사물

김미현 최재남 최형용 곽승미 김경숙 박나리 양현진
유정선 이은정 임정연 전진아 정선희 조경하 조남민

보고사

최초이자 최대인 한국어문학
여성주제어 연구의 보고(寶庫)

세상의 절반은 여성이지만, 그 절반의 세상에서 여성은 전체이기도 하다. 남성도 마찬가지이다. 세상의 역사는 이 절반과 전체의 교집합과 차집합이 만들어 내는 합집합의 심화와 확대로 구성된다. 가장 비슷하면서도 가장 다르기에 가장 이중적인 대화를 여성과 남성이 나눌 수밖에 없는 이유도 여기에 있다. 그리고 그 목소리에 귀 기울일 수밖에 없는 것이 바로 문학의 소명일 것이다. 소명은 거부할 수 없는 자들의 몫이다. 그래서 맹목적이기도 하고 편파적이기도 하다. 위험하지만 생산적인 여성의 목소리를 담는 것이 '절반의 실패'가 아닌 '절반의 성공'으로 자리매김 될 수 있는 것 또한 이런 문학적 소명 때문이다.

여기에 선보이는 『한국어문학 여성주제어 사전』 다섯 권은 한국 문학 현장에서 여성의 삶을 농축한 주제어들을 발굴해 그들의 삶을 재구한 방대한 기록이자 실체이다. 고전과 현대의 시간을 아울러 여성의 시대정신을 투사한 문학 언어를 어학과 접속시키고 문화 체계 안에 배치하고자 한 유례없는 시도이기 때문이다. 그래서 이 책은 여성의 정신사이자 문학 주제론으로 분류되어도 좋고 언어문화학적 글쓰기를 실천한 사례로 인용되어도 좋을 것이다. 그만큼 연구의 부피가 커서 여러 영역과 닿아 있기 때문이고, 시간의 질량과 밀도가 그 부피를 능가할 만큼 높은 작업이기 때문이기도 하다.

그러면 다시, 이 책은 왜 기획되었으며, 이 책에서 무엇을, 어떻게 읽어야 할까.

하나, 『한국어문학 여성주제어 사전』은 '여성'을 읽을 수 있는 책이다.

한국어문학 텍스트를 '여성' 중심으로 읽는다는 것은 새삼스러운 일이 아니다. 포스트모던의 지평에서 근대성 극복의 방편으로 '여성적인 것'에 대한 관심이 대두된 이래 어문학 연구 영역에서는 이미 다양한 방식으로 '여성'을 읽어 왔기 때문이다. 남성과 여성의 경계를 가변적으로 보는 최근 젠더 연구 경향에 비추어 보더라도 이런 식의 접근방식은 순진하기 이를 데 없어 보인다. 바야흐로 성차를 앞세우는 페미니즘의 시각이 더 이상 문학적 정의(正義)로 인정받을 수 없는 시대를 살고 있는 것이다.

그러나 이 모든 전방위적인 견제에도 불구하고 이 책의 시각과 태도는 여전히 '여성적'인 것에 기초해 있다. 기획 단계부터 여성 연구자들의 경험과 지식, 감수성으로 여성의 텍스트를 읽어보자는 순정한 의지가 이 연구를 견인해 왔기 때문이다. 여성을 표현하고 여성적 의미를 객관화하는 일의 난점은 이러한 작업의 수단이 되는 학문 형식이 여전히 그리고 아직도 '여성적'이지 않다는 데 있다. 어학이든 문학이든 모든 학문 체계는 '남성 중심적'이며, 이 안에서 '여성적'인 것을 표현하고자 하는 시도는 운명적으로 내용과 형식이 충돌하는 모순에 처하게 된다. 그래서 여성은 자신의 이야기를 생래적 기질과 동떨어진 해석에 기대어 전할 수밖에 없었던 것이다. G. 짐멜의 말을 빌리자면 '여성적'인 존재는 항상 자신을 '이방인'으로 경험할 수밖에 없기 때문이다.

하지만 바로 그 이방인의 경험이야말로 여성들의 집단적 감정 구조(structure of feeling)를 형성시키는 핵심이다. 감정 구조는 그 안에 녹아있는 사회적인 경험들에서 비롯되며 그 경험은 다시 집단 문화와 시대감각을 형성시킨다. 문학 속 여성들이나 그 여성을 표현하고자 했던 또 다른 여성들, 그리고 그 이야기를 읽는 우리의 감각은 모두 유사한 문화적 경험에 연루되어 있다. 그녀들이 여성이기에 겪어야 했던 잠재적 불평등과 내면적 균열은 여전히 지금 우리의 문제이며 이것은 동일한 감정 구조를 발생시킨다. 그런 의미에서 그녀들은 우리와 명시적인 경험을 공유하지는 않았지만 공동의 운명을 꾸려가는 심층적 공동체, 즉 타자 공동체를 형성하고 있는 셈이다. 어떤 지적 세례를 받았든, 어떤 문화 경험과 문학 훈련을 해왔든 간에 우리가 체화한 감각의 동일성, 이것이 바로 동어반복을 무릅쓰고 이 연구를 기획할 수 있었던 윤리적 근거이며 미학적 자원이다.

둘, 『한국어문학 여성주제어 사전』은 '주제어'를 통해 여성을 읽을 수 있는 책이다.

'주제어'를 중심으로 여성을 읽는다는 것은 여성의 감정이 어떤 식으로든 구조화되고 응축되어 언어에 반영되어 있다는 관점에 기반을 둔다. 여기서 여성주제어는 여성의 감정 구조와 관련한 모티프, 소재, 이미지, 상징을 함축하는 개념이라 할 수 있다. 그래서 주제어는 때론 구체적인 모티프로, 때론 추상적인 이념 혹은 상징으로 모습을 드러낸다.

그런데 모든 여성주제어들은 여성들에게 유사한 감정 구조를 야기한 배경으로 '가부장제'를 지목하고 있다. 가부장 제도와 의식이야말로 여성 문제를 파생시킨 진원지로, 한 시대 여성의 삶에 깊은 외상을 남기고 뒤이은 시대의 지층을 관통하면서 여성의 삶에 광범위하게 영향을 미치기 때문이다. 그러므로 여성주제어는 가부장 의식에 맞서 인정투쟁을 벌이며 고단하게 살아온 여성들이 보여주는 삶의 세목 그 자체라고도 할 수 있다. 여성주제어는 그 자체로 여성의 인식과 감정을 구성하는 정신적 질료이면서 여성의 삶을 증언해줄 자료인 셈이다. 이 책의 여성주제어들은 이러한 여성의 역사를 압축적으로 개관하고 효과적으로 요약해 준다.

다만 문학이 불변의 실체가 아니듯 주제어의 의미 역시 당대의 사회 역사적 조건이나 독자의 심리에 의존해 다채롭게 변한다. 때문에 주제어 연구의 관건은 변화의 지류를 찾아내 그 흐름이 어떻게 순환, 반복, 지속, 굴절의 양상을 보여주는지 간파하는 데에 있다. 이렇게 해서 여성주제어는 각 시기 여성에 대한 지식담론 해부와 문화적 성찰, 그리고 문학 분석을 가능하게 하는 매우 타당하고도 유용한 장치로 기능할 수 있는 것이다.

셋, 『한국어문학 여성주제어 사전』은 '사전' 형식으로 여성주제어를 읽을 수 있는 책이다.

여성주제어를 총괄하고 주제어를 읽는 방법을 체계적으로 안내해 준다는 점에서 이 책은 '사전'의 성격을 지닌다. 사전으로서 이 책은 선별된 주제어를 모아 일정한 순서대로 배치하고 어원, 의미, 용법 등을 상술하고자 했다. 그리고 어학과 고전 및 현대문학의 용례를 광범위하게 수집해 국어학, 고전문학, 현대문학 세 영역의 자료를 효율적으로 확인할 수 있게 했다. 한국어문학에서 여성과 관련된 거의 모든 것의 역사와 의미, 개념과 상징을 한자리에서 대비할 수 있는 최초의 한국어문학 사전 형식이라고 할 수 있다.

그러나 이 책은 사전이기에 다음과 같은 점을 좀 더 세심하게 고려했다.

우선 전문성과 보편성을 동시에 추구했다. 문학의 언어는 심미화된 언어이기에 이를 해독하기 위해서는 관습, 기교, 장르적 특성에 대한 이론적 지식과 더불어 훈련된 감수성과 인식력이 필요하다. 그래서 어학, 고전문학, 현대문학의 전문 연구자들이 각자의 학문적 배경에서 축적된 젠더 지식과 감각을 동원해 공정하게 기록하고자 했다. 그러나 동시에 문학의 언어는 현실적인 언어이기에 이를 해명하기 위해서는 한국 여성의 보편적 삶에 대한 공감과 시대감각이 필요하다. 그래서 각 연구자는 '집단으로서의 개인'이 지녀야 할 시각을 견지하면서 객관성과 형평성을 유지하도록 노력했다.

또한 실용성과 편의성을 염두에 두었다. 개념을 확정하기보다 예문과 용례를 다양하게 수록해 학술 활동에서의 실효성을 도모하고자 했다는 뜻이다. 문학 연구의 본령은 원칙을 제시하는 데 있지 않고 질문을 생성함으로써 다양한 해석의 가능성을 열어주는 데 있다고 믿기 때문이다. 이 책에 수록된 주제어들은 앞으로 한국 여성어문학 연구의 코퍼스(corpus)로 자리매김함으로써, 일차적인 자료로서의 가치뿐만 아니라 이차적인 해석의 기준이 되는 '상징적 사건'으로서의 의의를 지니게 될 것이다.

『한국어문학 여성주제어 사전』은 범주별로 다음과 같은 구성과 체제를 갖추고 있다.

먼저 이 책의 거시구조를 이루는 다섯 개의 표제는 모든 주제어들의 상위 범주에 해당한다. 〈제1권: 인간 관계〉는 인간관계로 규정되는 여성의 정체성을, 〈제2권: 몸〉은 정신과 육체의 주체로서 여성 존재를, 〈제3권: 제도와 이데올로기〉는 이념과 제도의 산물로서 여성의 위상을, 〈제4권: 공간과 사물〉은 여성 공간의 젠더적 성격을, 〈제5권: 자연〉은 여성의 심리적 상관물로서 자연을 다룬다.

다음으로 다섯 개의 표제에 해당하는 주제어들이 하위 범주를 구성한다. 주제어는 여성들의 일상, 체험, 정서, 인식 등을 형상화하는 어휘들을 유형별로 분류해 상위 개념으로 통합해가는 추상화 과정을 거쳐 선별되었다. 즉 여성주제어들은 연역적인 방법이 아니라 텍스트에 대한 공시적, 통시적 접근을 통해 공통분모를 추출해가는 귀납적 방법으로 선정된 것이다.

마지막으로 주제어는 다시 몇 개의 소제목들로 구성된다. 주제어가 하나의 텍스트라 하면 하부텍스트(subtext)를 구성한 셈인데, 이는 잠재된 텍스트들이 중첩되어 또 다른 의미를 파생시키는 문학 텍스트의 특징을 그대로 재현한다는 의미가 있다. 따라서 소제목들을 따라 읽다보면 주제어의 의미가 변화하는 양상을 일목요연하게 파악할 수 있을 뿐 아니라 의미가 스스로 분열하고 충돌하는 흔적 또한 감지할 수 있을 것이다.

앞선 연구 성과들과 비교해 특히 강조하고 싶은 이 책의 특징이 있다면 다음 세 가지일 것이다.

첫째, 주류 문학 연구가 누락시켰거나 배제해 왔던 주제어를 추가하고 이에 대해 재독을 시도했다는 점이다. 이것은 남성적 시각에서 만들어진 여성 표상을 해체하고 재구축하는 일과 밀접한 관련이 있다.

예를 들면, 〈몸〉 편에서 '얼굴'과 '머리카락'은 여성의 아름다움을 표상하는 대표적인 신체 부위임에도 불구하고 이들이 독립적인 테마로 주목받은 경우는 드물었다. 있다 하더라도 젠더 차이를 고려하지 않은 관습적 해석이거나, 대상화된 여성 이미지에 대한 비판적 관점에서였다. 이 책은 얼굴과 머리카락을 별도의 주제어로 내세워 여성 스스로가 이들에 대한 문화적 관습 혹은 문학적 은유에 어떻게 반응하는지 세심하게 읽어내고자 했다. 무엇보다 고전문학과 현대문학 텍스트의 풍성한 사례들은 상대적으로 여성들이 얼굴과 헤어스타일의 변화를 통해 자신의 실존 상황을 고백하는 경우가 많다는 상식을 문학적 사실로 증명해 주었다. 나아가 이것이 타인의 내면 변화를 감지하는 데 익숙한 여성적 감수성의 정체를 해명하는 단서가 될 수 있다는 가능성 하나를 추가할 수 있었다. 뿐만 아니라 자기 몸의 자율권을 행사하는 여성들의 능동적 행보를 따라가다 보면, 얼굴과 머리카락이 여성미를 가름하는 절대불변의 표식이 아니라 얼마든지 변형 가능한 수단이 되고 있는 장면을 목격하게 된다. 여성들은 사회적 시선을 역이용하는 페르소나를 계발하는 데 능숙할 뿐 아니라(정이현 「순수」), 더 이상 '페이스 오프(face off)'에 대한 욕망을 감추지도 않는다(정수현 『페이스 쇼퍼』). 머리카락을 '격정적으로' '넌출대는 춤'(이경림 『머리카락 이야기』) 혹은 '선물'로 받은 '날카로운 털'(성미정 「불멸의 털2」)로 긍정하는 여성들에게 여성의 아름다움은 불온한 관능의 상징이 아니라 여성 고유의 역동적인 힘이자 무기일 뿐이다. 이처럼 여성과 관련되는 주제 영역을 확장하고 주제어의 세부 목록을 덧붙임으로써 자기 몸의 이력을 주체적으로 읽고 써 온 여성들의 이야기를 좀 더 밀도 있게 풀어나갈 수 있으리라 생각한다.

둘째, 여성주제어에 대한 어학과 문학의 통합적 연구를 시도했다는 점이다. 결국 주제어란 어휘의 사전적 의미와 확장된 의미의 총화라 할 수 있을 텐데, 이를 통해 어학과 문학은 상호 교섭하고 문학 전통은 굴절과 변이를 노출하게 된다.

가령 〈공간과 사물〉 편에 속해있는 주제어 '부엌'의 경우를 보자. '브섭', '브섭', '브석'이라는 형태의 어원을 거슬러 살펴보면 부엌은 본래 '불(火)'과 관련해 신성함의 의미가 부각된 공간이었다는 사실을 알게 된다. 그러므로 부엌이 '밥 짓고 음식 만드는' 여성의 노동과 희생을 대표하는 공간으로 젠더화한 배경에는 필연적으로 사회 공동체의 합의 과정이 개입했다고 추정해 볼 수 있다. 또한 1960년대 이후 서양식 스위트 홈을 표상하던 유행어 '주방'의 흔적을 좇다 보면 주방이 이미 17세기 문헌자료에 등장하고 있다는 사실을 발견하게 된다. 그러니 주방은 신조어가 아니라 부엌이 상징하는 전근대적 이미지를 상쇄하고 이국적이고 세련된 주거 스타일을 강조하기 위해 호출된 '키친'의 차용어라 할 수 있다. 이는 고전·현대문학에서 부엌과 주방이 가족애를 상징하는 성스럽고 이타적인 공간으로 형상화되고 있는 사실과 무관하지 않다. 이렇듯 어학과 문학의 협력은 공간이 성별 경계를 강화하고 권력을 영토화하는 알레고리로 작용하는 한국어문학의 역사와 현재를 비판적으로 성찰하는 데 힘을 실어준다.

셋째, 고전문학과 현대문학의 연계를 통해 지속성과 변화를 통시적으로 파악하고자 했다는 점이다. 이렇게 각 시대의 젠더 구조가 생산되고 유통되는 경위를 훑어가다 보면 특정 주제어에 대한 관습적 정의가 산출되는 방식에 반론을 제기할 수 있게 된다.

〈인간 관계〉 편에서 '딸'과 '아내'라는 주제어를 예로 들어보자. 두 주제어는 고대와 현대를 발전적으로 인식하고 각 시대 여성의 위상을 선험적으로 규정해 버리는 태도가 얼마나 위험할 수 있는지를 보여주는 사례이다. 아내나 딸을 지칭하는 다양한 어휘들은 그들이 집 안에서 부차적이고 잉여적인 존재라는 통념을 뒷받침한다. 그러나 실제로 고전문학 속에서 딸과 아내는 이 같은 통념에 반하는 모습을 하고 있다. 고전소설『소현성록』과 고전시가「팔부답가」에서는 딸이 가권(家權)을 물려받을 정도의 높은 위상과 스스로 귀한 존재라는 자존감을 지니고 있었음을 볼 수 있다. 또한 김삼의당의 한시「與夫子書」나 고전소설『박씨전』, 이사호의 시가「부여교훈가」에 등장하는 당당한 아내들의 모습에서는 남편과 동등한 지위의 동반자이자 멘토로서 집 안의 한 축을 담당한다는 자부심을 읽을 수 있다. 이로써 현대 문학에서 익숙하게 재현되어 온 딸과 아내의 모습이 사실은 근대 초기 보수적 여성 교육과 통념에 속박된 결과임을 다시 한 번 확인할 수 있다. 이렇게 고전문학의 지원을 받으며 현대문학은 여성이 강요된 정체성과 자의식의 욕망 사이에서 고투하는 모습을 의미 있게 주목하고, 나아가 자기 서사를 회복해가는 과정을 폭넓고도 새롭게 조망할 수 있게 된다.

『한국어문학 여성주제어 사전』총 5권은 '여성의, 여성에 의한, 여성을 위한' 이야기를 발굴하고 증언한 총체적 기록이다. 물론 아무리 순도 높은 해석을 지향한다 한들 대문자 여성의 이야기가 소문자 여성들의 그것을 빠짐없이 대변하거나 여성들 내부의 차이와 충돌을 온전히 설명할 수는 없을 것이다. 그러나 적어도 성실히 읽고 성실히 목격하고 성실히 전달할 수는 있다는 믿음으로 연구를 진행했다. 이 연구를 통해 여성을 둘러싼 통념은 언제나 풍문으로 얼룩져 있으며 그렇기에 언제든 다시 의문을 제기할 수 있어야 한다는 진실을 재확인할 수 있었다. 어쩌면 이것이 연구팀의 가장 큰 수확일 수 있다. 이 책을 읽는 동안 독자들 역시 낯익은 장면들을 만날 수도, 거북한 진실들과 마주칠 수도 있을 것이다. 그러나 이를 통해 이론이 상식을 비판하고 경험이 상식을 배반한다는 사실에 공감하게 될 것이다. 이 같은 사실은 배타적으로 연구해왔던 주제들을 교차시켜 새로운 주제를 발굴하고자 하는 한국어문학 전공자들에게도 참조점이 될 수 있을 것이다.

이 책은 통독해도 좋고 필요에 따라 각 권의 특정항목을 골라 읽어도 무방하다. 한 주제어에서 다른 주제어로, 텍스트에서 텍스트로, 텍스트 내부에서 외부의 컨텍스트로 자유롭게 넘나들면서 읽어도 좋겠다. 전통적 지식 규범이 교란되고 통합 지식을 창출하는 일에 시선이 모아지고 있는 이때, 이 책이 사유와 사유, 사유와 현실 사이에 해석학적 순환이 이루어지도록 하는 데 기여할 수 있기를 기대한다.

이 책은 많은 사람들의 손길을 거쳤다. 5년여 동안 이어진 연구에 참여하면서 해석과 토론으로 하나의 연구공동체를 이뤘던 저자들의 경험은 그 자체로 문학적 드라마였다. 그리고 그런 저자들의 작업을 그림자처럼 수행하며 도와준 강수진, 권정혜, 김소륜, 김아영, 김옥천, 김현진, 김혜림, 박경현, 박구비, 박진아, 성세정, 손달임, 신지혜, 신혜수, 오윤경, 우현주, 이금진, 이한민, 이혜원, 이효린, 장보영, 정수희, 최지혜, 최희은, 한은주, 허윤 등 연구보조원들에게 다시 한번 감사의 말을 전한다. 기초연구지원사업으로 선정된 이래 지원을 아끼지 않은 한국연구재단과, 이화여대 국어국문학전공 및 국어문화원의 배려와 관심에도 힘입은 바 크다. 무엇보다 이 책의 모든 지면에 기꺼이 이름을 빌려준 무명, 유명의 여성 작가들에게, 그리고 이 책의 질료와 형상이 되어준 그들의 삶에 경의를 표한다.

2013년 5월에

저자 일동

차례

1
집

2
부엌

6
외지

7
서울

8
카페·백화점

일러두기

1. 모든 분야의 작품은 여성이 창작한 여성문학 작품으로 한정한다.
   단, 고전소설의 경우 작가 미상의 작품이 많으므로 모든 작품을 대상으로 했으며, 고전시가의 경우 시집살이 민요, 규방가사, 기녀시조를 중심 자료로 삼았다. 현대문학은 1920년대 이후 2012년까지 발표된 작품을 대상으로 한다.

2. 작품 인용은 부분 인용을 원칙으로 하고 전문(全文) 인용일 경우만 따로 밝힌다. 예문 인용 시 짧은 생략은 '중략'으로, 긴 생략은 '//'로 표기한다.

3. 예문 표기 원칙은 각 분야별로 다음과 같다.
   - 국어학 분야에서 인용한 예문은 해당 문헌의 표기 방식을 그대로 따랐다.
   - 고전소설은 한글 고어인 경우 원문을, 한자인 경우에는 원문과 번역문을 같이 제시했다.
   - 한문학은 원문과 번역문을 함께 제시하되, 다른 장르와의 통일성을 고려해 작가 이름은 한글로 표기했다.
   - 현대문학은 고어의 경우 원전의 의미를 살리되, 뜻이 잘 전달되도록 하기 위해 현대어 표기로 바꾼 부분이 있다.

4. 예문 뒤에 명기된 숫자는 작품 발표 연도이며, 본문 괄호 안의 작품 제시 순서와 예문의 배열 순서는 이 순서를 따르되 각 분야의 세부 원칙은 다음과 같다.
   - 국어학은 시대별로 여러 가지 표기가 공존하는 경우 표기 형태가 같은 용례를 함께 제시하는 것을 우선시했다.
   - 고전소설의 작품 창작 시기는 학계의 추정을 고려해 대략적으로 밝혀 썼다.
   - 고전시가 규방 가사 중 화전가 계열 작품들은 동일한 제목의 작품들이 다수

이므로 작가명과 창작 추정연대를 부기하고 일련번호를 매겨서 구분했다.

- 현대소설은 단·장편 공히 발표 연도를 기준으로 하되, 연재물의 경우 처음 발표를 시작한 연도를 표기했다. 발표 연도가 확인되지 않는 경우, 단행본 수록 연도로 대신했다. 본문 괄호 안의 작품 제시 순서는 예문의 순서를 따르되, 같은 작가의 작품은 연달아 제시했다.
- 현대시의 연도 표기는 시집 및 게재집 수록 연도를 기준으로 하였으며, 예문은 내용 전달의 효율성을 고려해 진술 순서대로 배열했다.

5. 색인에 수록한 작품 출전은 발표 게재지가 아닌 수록 작품집명과 작품집 출간 연도를 기준으로 했다.

6. 국어학 분야에서 참고한 사전, 저서, 논문 및 기타 자료는 참고문헌에 제시했다.

1
집

집은 인간의 의식주 생활 가운데 주생활의 기본이 되는 공간을 지칭한다. 집의 기본 의미는 구조물 자체인데, 그 의미가 확장되어 그 속에 거주하는 사람까지 지시하게 되었다. 따라서 집은 가족 구성원, 거주지, 건물, 생활 정도, 동족, 친척 등을 모두 포괄하는 복합적인 개념이다.

우리나라의 전통 가옥은 남녀, 신분, 연령에 따라 사랑채와 안채, 사랑채와 행랑채, 큰 사랑채와 작은 사랑채, 안방과 별당 등으로 구분되어 가부장제의 원형적 공간 구성을 보여준다. 고전소설에서도 집은 엄격한 내외(內外) 법에 의해 남녀의 생활공간이 안채와 사랑채로 분리된 모습으로 묘사되는데, 집의 후미진 곳에는 사옥(私獄)까지 갖추어 가문의 질서와 위계 의식을 드러낸다. 사당 또는 가묘 역시 사대부가 여성의 가문의식을 지탱하는 원천적 공간으로서, 유교의 가문의식에 근거한 혈연관계를 상징적으로 보여준다.

고전 여성 시문에서 집은 고향의 이미지로 가장 많이 나타난다. 이는 특히 혼인한 여성에게서 주로 드러난다. 시집간 여성에게 집이란 현재의 생활 공간과 대비되는 떠나온 공간을 의미한다. 집은 부모와 동기가 존재하는 친정이자, 동무와 즐거웠던 유년 시절의 추억을 담고 있는 고향이다. 이러한 집에 대한 회상은 혼인한 여성에게 존중받았던 경험을 환기시키면서 심리적인 안정과 위안을 가져다준다. 또한 영원한 집인 고향과 친정에 대한 그리움의 정서는 시댁에 대한 불만족과 억압의 반증이기도 하다.

귀소와 안식의 공간인 집이 여성에게는 순종과 희생의 공간이며 위계화된 구조에서 팽배하는 갈등과 폭력이 내재된 공간이라는 인식은 고전문학 중 특히 고전시가에서 잘 나타난다. 고전시가 속 여성은 시집살이에서 가해지는 일상적인 억압으로부터 벗어나는 탈주를 꿈꾸고 가출을 통해 이를 실현하기도 한다. 가부장제와 인습에 대한 적극적인 위반의 메시지는 현대문학에 이르러 보다 명확해진다. 현대문학에서 집은 여성의 삶을 아내, 엄마, 딸, 며느리라는 고정된 역할로 규정하고 기획하는 메커니즘으로 이해된다. 여성들은 '인형의 집' 혹은 '새장'을 벗어나서 새로운 길 위에 서길 욕망한다. 집은 여성이 자신의 정체성을 재고하기 위해 벗어나야 하는 감옥과 같은 공간인 것이다. 고정된 역할에서 벗어나고자 하는 탈주(脫走)의 양상은 불가항력적이고 몽유병적인 가출, 이유를 알 수 없는 길거리 배회, 가출에 대한 동경과 상상 등을 통해 나타난다. 집으로부터 소외된 여성인물의 도발적인 가출 서사는 안락함과 보호성을 상실한 '길 위의 집'으로 확대된다. 여성들은 집 밖의 길 위에서 찾은 그곳이 자유와 해방의 공간이되 동시에 '집시의 집'임에도 집을 나서고 싶은 무의식과 욕망의 이해, 그리고 집밖에서 집을 다시 바라볼 수 있게 된 인식들을 통해 새로운 자아를 발견하게 된다.

그런데 집을 떠나는 것은 진정한 집을 찾아나서는 일이기도 하다. 진정한 집이란 결코 도달할 수 없는 원형적인 것일지라도, 오랜 방황을 거쳐 돌아온 옛집에서 사소하지만 소중한 생의 의미를 깨닫거나 떠나온 유년 시절의 자취에서 상처를 어루만지기도 한다. 여성들은 집을 거부하고 떠났던 노정을 통해 집을 이해하고 집으로 회귀하게 된다. 다시 돌아왔을 때 여성들은 집이 더 이상 '인형의 집'과 '새장'이기를 거부하고 새로운 집을 욕망할 수 있는 용기를 갖게 된다.

　　이제 시대의 변화 속에서 단단하고 따뜻한 집을 파괴하는 것은 가부장 이데올로기가 아니라 자연파괴적이며 인간말살적인 개발이다. 포클레인이 생체 해부한 집, 차가운 시멘트로 세워진 아파트 등 현대의 반자연적이고 반여성적인 집 앞에서 그들은 원형적인 집에 대한 그리움을 기억하고, 반자연적인 집이 결국 비인간적인 삶의 공간이라는 것을 비판한다.

인간의 의식주 생활 가운데 주생활의 기본이 되는 공간을 지시하는 언어 기호는 '집'이다. 사람이나 동물이 추위, 더위, 비바람 따위를 막고 그 속에 들어가 살기 위하여 지은 건물을 의미하는 어휘는 '집' 외에도 '가옥, 주택' 등으로 다양하게 나타난다. 주택이라는 말은 '머무를 주(住)'와 '집 택(宅)'의 합성어로서 그 뜻은 사람이 들어와 사는 집을 말한다. 이 말은 순수한 우리말인 '집'에 대한 한자어로 외래어이며, 같은 한자어인 주거(住居)와 유사하나 전자가 집 그 자체의 건물만을 지칭한다면 후자는 집에서 이루어지는 생활도 포함된다고 할 수 있다. 또 가옥(家屋)이라는 말도 집 자체를 뜻하며, 저택(邸宅)은 비교적 큰 집을 말한다. 한편 민가(民家)라는 말은 어떤 특정한 건축가가 건축하기보다 목수들이 선대로부터 물려받은 기술로 지은 일반백성들의 집을 일컫는다. 또『삼국사기』(권33 잡지 2)에 보이는 옥사(屋舍)도 집을 말하는 것이며, 일제강점기 이후에는 양식과 일본식 건축과 구별하여 전래된 전통적인 집을 한옥(韓屋)이라 부르기도 한다.

집과 관련된 어휘는 집 자체의 건물만을 지칭하기도 하고 집에서 이루어지는 생활까지 포함하기도 한다. 따라서 집은 사람이 살기 위해서 지은 건물을 말하기도 하고 가족이 생활하는 터전을 말하기도 한다. 주택, 가옥, 옥사 등은 건물을 지칭하는 것이고 주거(住居)는 생활까지 포함한 어휘이다. '양반집'은 양반이 거주하는 집이기도 하지만 집의 격이 높은 집을 의미하며 '살림집'은 상업적인 공간이 아니라 사람들이 실제로 사는 집을 의미하고, '여염집'은 관가나 창가 등과 구별되는 일반 백성들의 집을 의미한다. '집'은 가족 구성원, 거주지, 건물, 생활 정도, 동족, 친척 등을 모두 포괄하는 복합적인 개념인 것이다.

집의 기본 의미　　복합적인 의미 가운데 집의 원형적 의미는 무엇이며 그 의미는 어떤 인지 과정을 통해 확장되어 가는지를 살펴보면, 가장 세세하게 의미를 나누고 있는『뉘앙스 풀이를 겸한 우리말 사전』(1993)에서 '집'은 다음과 같은 열 가지 의미를 지니고 있는

다의어이다.

① 사람이 그 안에서 밥을 먹고 잠을 자며 자식을 기르는 일정한 공간을 가진 구조물 가옥. 〈유의어〉주택, 거처, 보금자리
② 벽으로 사방을 막고 지붕을 하여 비바람을 막으며 다른 사람이 마음대로 드나들 수 없게 한 일정한 크기의 구조물. 〈유의어〉건물
③ 동물이 사는 일정한 구조의 물건. 〈유의어〉둥지, 우리
④ 남자와 여자가 결혼을 하여 이룬 사람들의 모임이나 피붙이들로 이루어진 집단. 〈유의어〉집안, 가정, 가족, 식구, 피붙이, 혈족, 친척, 가문
⑤ 남편에 대하여 주로 안에서 살림을 하는 사람. 흔히 '집에서'로 쓰인다. 〈유의어〉아내, 안사람, 집사람, 처
⑥ 여러 사람을 상대로 물건을 팔거나 일정한 일을 하는 곳. 〈유의어〉가게, 상점
⑦ 다른 물건을 안에 보관하여 두도록 되어 있는 일정한 구조의 물건.
⑧ 바둑에서 어떤 사람의 차지가 된 곳.
⑨ 집안의 가족 가운데서 다른 사람에게 시집을 간 여자.
⑩ 일정한 부피를 가지고 있는 물건 또는 어떤 특징을 가진 형체.

－임홍빈, 『뉘앙스 풀이를 겸한 우리말 사전』(1993)

그러나 그 의미를 좀 더 깊이 들여다보면 집의 의미는 크게 [구조물](①, ②, ③, ⑥, ⑦, ⑧, ⑩)과 [사람](④, ⑤, ⑨)의 두 갈래로 나누어진다. 곧 집은 [구조물]이나 [구조물 속에 있는 사람]을 지시한다. 집에 [구조물]로서의 의미가 [사람]으로의 의미보다 많다는 사실은 [구조물]로서의 의미가 더 원형적인 것에 가깝다는 점을 보여준다. 즉 집의 원형 의미(기본 의미)는 [구조물]인 것으로 파악할 수 있는데, [구조물 속에 있는 사람]을 지시하는 의미 ④, ⑤, ⑨는 이 원형 의미에서 확장된 것이다. ④는 [구조물 속에 사는 사람들의 관계]를 지시한다는 점에서 그 의미가 확장된 것으로 볼 수 있고, 의미 ⑤는 [구조물 속에 있는 시간이 많은 사람=여자]로 확장되었고, 의미 ⑨는 [구조물 속에 있는 구성원에게 시집을 간 사람=여자]를 지시한다는 점에서 원형 의미의 확장으로 볼 수 있다. 집의 원형 의미는 문맥이나 결합 형식에 의해서 [구조물] 속에 사람이 들어가기도 하고 동물이 들어가기도 한다. 우리가 알고 있는 세상일에 관한 지식에 의해서 [추상적인 구조물]로 확장되기도 하고, [평면에 만들어지는 추상적인 구조

물]이 되기도 하면서 그 의미를 확장해 나간다. 이로 인해서 우리는 집에서 다양한 의미를 인지하게 된다.

집 관련 어휘

집과 관련된 어휘로 고유어 혹은 고유어와 한자어의 혼합형에는 '집, 움, 움집, 움막(-幕), 움막집, 움파리, 굴집, 토막(土幕)' 등이 있고, 집을 훈으로 가지는 한자로는 '가(家), 택(宅), 저(邸), 옥(屋), 사(舍), 당(堂), 실(室), 원(院), 막(幕), 우(宇), 관(館), 하(廈), 려(廬), 궁(宮), 전(殿), 궐(闕), 신(宸)' 등이 있다. '집'과 관련해서는 한자어로 구성된 합성어가 다양하게 존재하는데, '가옥, 고가, 농가, 초가, 민가, 별가, 거택, 고택, 택우, 사택, 주택, 고당, 모옥, 백옥, 옥사, 고대광실, 대하, 토담집, 당집, 가정집, 사삿집, 초가집' 등이 구성요소 모두가 한자이거나 한 요소라도 한자어로 이루어진 경우이다. 용도에 따라서는 주거용과 비주거용으로 분류할 수 있는데 주거용 공간에는 '가, 댁/택, 저, 실' 등의 한자를, 비주거용의 공간에는 '옥, 사, 당, 원, 관, 막, 우, 하' 등의 한자를 사용했다. '가(家)'는 일반적으로 집을 의미하는 한자로 가장 널리 쓰였으며, '댁(宅)'은 가(家)를 높일 때 쓰이고, 저(邸)는 '저택, 관저, 사저' 등 격식을 차린 큰 주택을 의미한다. '옥(屋)'은 '누옥, 모옥, 백옥, 소옥, 초옥, 삼간두옥'과 같이 초라하고 누추한 집을 의미하거나 '가옥, 고옥, 구옥, 한옥, 양옥, 사옥, 옥상옥'에서처럼 중립적 의미로 일반적인 건물을 의미했으나 '부산옥, 남산옥' 같은 상호에서처럼 규모가 작은 술집에 붙여지기도 했다. 공적인 큰 건물로 전문성을 띤 건물에는 '관(館)'을 사용했는데, '여관, 공관, 도서관, 박물관, 기념관, 체육관, 영화관, 영빈관, 백악관' 등이 그것이다. 또한 규모가 큰 술집에는 '관(館)'을 붙였다. '사(舍)'는 '사택, 객사, 관사, 청사, 교사, 당사, 기숙사, 역사'와 같이 공적인 건물에 쓰이거나 '돈사, 우사, 축사'와 같이 동물의 거주 공간을 의미할 때 사용되었다. '성황당, 사당, 당집, 법당, 불당, 성당, 예배당, 천당' 등의 종교적인 건물이나 '의사당, 학당, 서당'과 같은 대중의 집회가 열리거나 토론이 이루어지는 장소로서의 건물에는 '당(堂)'을 붙였다. 전문직을 수행하는 공적인 기관에는 '법원, 사원, 서원, 선원, 감사원, 국악원, 기원'과 같이 '원(院)'을 사용했다. '막(幕)'은 임시의 건물 즉 소략하고 간소한 임시 건물을 의미하는데 '막사, 농막, 주막, 천막, 장막' 등에 이 한자가 사용되었다. '실(室)'은 건물을 지칭하는 것이 아니라 '객실, 거실, 교실, 다실, 밀실, 욕실, 침실, 화실, 교무실, 휴게실'에서처럼 건물의 한 부분인 방을 의미하는데 이것이 집에 있는 사람인 아내를 가리키기도 한다.

집의 크기 또는 규모에 의해 양반 계층의 집과 서민 계층이 집이 구분되는데 양반의 큰 집은 '거각(巨閣), 거택(居宅), 대하(大廈), 고대광실(高臺廣室), 기와집'으로, 서민의 작은 집은 '민가(民家), 초가(草家), 농가(農家), 백옥(白屋)'으로 불렀으며, 양반의 가옥 가운데서도 규모가 작은 집은 '누옥' 혹은 '백골집(단청하지 않은 집)'이라 했다. 주거 공간이 서구형으로 변화하고 '집'의 개념이 확장되면서 이를 의미하는 외래어로 '아파트, 빌라, 원룸, 호텔, 모텔, 리조텔, 콘도' 등이 등장하였다.

1.2. 주거 공간의 변모와 여성

집이라는 주거 공간을 이루는 단위가 가족이라고 본다면, 주거 공간의 구성 방식은 가족 내부 구성원들의 역학 관계와 상호 작용을 그대로 반영하고 있다. 순수한 우리말인 '집'에 대한 한자어인 '주택'이라는 말은 머무를 주(住)와 집(宅)의 합성어로서 그 뜻은 사람이 들어와 사는 집을 말한다. 한자어인 '주거(住居)'와 유사하나 주택이 집 그 자체의 건물만을 지칭한다면 주거는 집에서 이루어지는 생활도 포함된다고 할 수 있다. 시대의 변화에 따라 가족이 변하고, 주거 공간 내 구성원들의 생활이 변화함에 따라 주거 공간도 변화하는 것은 당연한 이치이다. 이러한 변화는 여성의 지위와 역할의 변화가 밀접하게 연관이 되어 있다. 인식의 변화가 공간의 물리적 특성의 변화를 수반하는 것이다. 전통 사회로부터 현대에 이르기까지 여성의 주거 공간이 어떻게 변해왔는지를 통해 여성의 지위가 변해온 과정을 추적할 수 있다.

주거 공간의 위계

조선 사회는 가부장을 중심으로 유교적 전통에 의하여 가족 구성원이 서열화되고 이러한 가족 내 질서는 남성과 여성의 지위에 위계를 부여하게 되었는데, 이러한 위계는 공간 구성을 통해 극명하게 드러난다. 특히 이러한 경향은 상류 계층일수록 더욱 심화되어 나타나는 것이 일반적이다. 주거라는 것이 하류 계층에게 생업의 장이며 물리적 욕구를 충족시켜 주는 장으로서의 의미가 크게 부여된다면, 상류 계층에게서는 이런 인간 삶의 기본적 욕구가 채워진 이후의 욕구가 더욱 극명하게 나타나기 때문이다.

전형적인 상류 계층의 주택을 살펴보면 확대 가족과 고용인들로 이루어지는 주거 공동체에서 안채 및 사랑채와 같은 지배 계층의 공간과 행랑채와 같은 피지배 계층의 공간이 채로 나뉘어져 분리되었다. 뿐만 아니라 피지배 계층의 공간, 지배 계층의 공간을 막론하고 남성의 공간과 여성의 공간이 분리되어 있었는데, 단순히 분리되기만 했던 것이 아니라 남존여비의 사상에 의해 엄연한 위계가 부여되었다. 각 공간의 명칭은 그곳에서 행해지는 기능에 따라 주어진 것이 아니라 안방, 사랑방과 같이 그곳에 거주하는 구성원에 따라 명칭이 주어졌다. 기본적으로 남성의 영역과 여성의 영역, 그리고 그 안에서의 행위와 역할이 분리되었기 때문이다.

엄격한 내외법에 의해 여성이 거주하는 안채와 남성이 거주하는 사랑채가 분리된 구조가 일반적이었다. 특히 안채는 직계 존비속 이외의 남자는 출입할 수 없도록 하기 위해 중문이 설치되었으며 문 안쪽에는 '내외담'이라는 칸막이가 하나 더 설치되어 외부인의 접근과 엿보기를 엄격하게 차단했다. 내외의 구별은 변소의 경우도 예외는 아니다. 여성 전용의 내측(內廁)과 남성 전용의 외측(外廁)을 두었고, 또 외측에는 주인과 손님이 쓰는 변소와 머슴이 쓰는 변소를 따로 두었다.

집주인 남성의 거처공간인 사랑채와 안주인의 거처공간인 안채가 전 주택 공간에서 가장 중요한 위계에 있었는데, 여성의 공간인 안채와 남성의 공간인 사랑채의 구성에 있어서 안채는 은밀한 뒤쪽에 폐쇄적이고 내향적으로 배치된 반면, 사랑채는 전체 주거공간의 전면에 개방적이며 외향적으로 구성되었다. 공간의 규모나, 그 격식에 있어서도 남성과 여성의 공간에는 엄연한 차별이 존재하였다. 상류 주택이라 할지라도 안채로 들어가는 대문에는 일반 평대문을 사용하였으며, 사랑채로 들어가는 대문은 반드시 솟을대문으로 하여 위엄과 권위를 부여하였다.

안채에서는 안방이 곧 '안주인'을 상징하였다. 바꾸어 말하면 안방을 차지하는 사람이 안주인이 되는 것이다. 따라서 안방을 며느리에게 물려주는 소위 '안방 물림'은 바로 자신이 안주인에서의 은퇴와 며느리에게 집안의 모든 일을 인계하는 것을 의미하게 된다. 그러나 안방 물림이 없는 전라도 지역의 집에는 시어머니가 거주하는 안방과 며느리가 거주하는 작은방이 있는데 이때 안방과 작은방(또는 윗방)을 비교하면, 방의 크기나 모습이 같고, 또 두 방 다 한 쪽에 부엌이 붙어 있다고 하니 이는 흥미로운 경우라 하겠다. 그리고 이것은 안방 물림이 있는 여타 지역, 예컨대 경상도 지방의 주택에서 안방은 부엌과 붙어 있고, 또 안방이 방 가운데 가장 크며, 머릿방 또는 상방은 부엌과 떨어져 있고 독립된 아궁이로 불을 때는 구조로 된 것과 비교하면, 그 의미가 더욱 명확해진다고 할 수 있다.

공간 내 성적 구분의 와해　19세기 말 개항을 계기로 한국에는 서구의 문물이 들어오게 되었으며, 갑오경장을 거치면서 한국은 사회 전반에 걸쳐 급격한 변화를 겪게 되었다. 문명화를 표방하는 근대화의 물결은 도시로부터 시작하여 농촌으로, 상류 계층으로부터 시작하여 하위 계층으로 확산되는데, 개항기 주거의 변화에 있어서 그 선구적 역할을 한 것은 상류 계층이었다. 상류 계층의 주거 곳곳에서는 이전까지의 전통적 공간 구성 체계를 따르지 않는 변화된 형식을 보여주는 경우가 나타나는데, 이는 변화하는 가족의 개념과 여성에 대한 배려가 공간에 반영되기 시작한 것으로 보인다.

대가족 공동체가 점차 줄어들면서 남성 공간, 여성 공간의 분리는 더 이상 유효하지 않은 구조가 되었다. 따라서 채와 채의 분화라는 한국 전통 주거공간의 가장 큰 특징이 사라지고, 이로 인해 기능적인 개선이 자연스럽게 이루어졌다. 여성, 남성의 공간이 하나의 내부 공간으로 통합되면서 주목할 만한 점은 안방은 지속적으로 존재하지만 사랑방은 사라졌다는 점이다. 이때 안방을 비롯한 주거 공간 전체가 점차 여성의 공간으로 탈바꿈하게 되는데, 그럼에도 불구하고 그 공간 안에서의 실질적인 남녀의 권력 구도가 바뀌는 것과는 거리가 있다. 주생활 개선론과 가족 담론에서 일관적으로 존재하는 것은 남녀의 역할 구분이다. 여성화된 공간에서 여성의 역할은 여전히 가사노동이라는 임무를 수행해야 하는 존재로만 인식될 뿐이었다. 근대적 가족 담론에서 최상의 가치였던 '홈 스위트 홈'이라는 구호에서 기대되는 여성의 역할은 가족 구성원을 열심히 뒷바라지하는 현모양처형 가정주부였다.

과거 한국 주거에 내재되었던 성적 역할 구분과 위계, 그리고 성차별적 요인은 경제개발 시기를 거치면서 가속화되는 근대화 과정을 통하여 극복되어 간다. 주거를 통한 여성의 지위 향상은 주로 가사노동 감소 및 생활의 합리화에 관련된 부엌 설비의 도입으로 설명되어 왔다. 그러나 이보다 더욱 의미 있는 변화는 이러한 기능 분리 현상이 가져 온 주거 공간의 평등화 과정인데, 이는 특히 부엌 및 식사 공간의 배치 변화에서 찾아볼 수 있다. 현대 주거공간에서 취침, 식사, 접대 등 기능에 따라 분화되어 정해진 공간에서의 주생활 행위를 하기 위하여 각 가족 구성원들에게는 장소의 이동이 불가피해진다. 식사 공간은 남성을 포함한 가족 구성원 모두가 식사를 위하여 이동해야만 하는 장소가 된 것이다. 이는 한국의 주거 공간이 급격히 좌식에서 입식으로 변화한 것과 매우 밀접한 연관이 있다. 노동과 휴식은 주거 내 각 공간에 균등하게 분포되며, 누구에게나 해당하는 것이 되었다. 과거 성적으로 차별되어 한 공간 내에서도 휴식 공부, 담소, 접대 등의 행위는 남성에게, 작업 및 노동 행위는 여성에게 일임되었던 것이 가족의 성격이 근대화되고 가족 내 권위가 와해됨으로써 모든 행위는 모든 공간에서 모든 거주자에게 공통으로 평등하게 해당되는 것이 되었다.

공간 내 성적 구분의 와해와 함께 특징적으로 나타난 현상은 여성의 공간인 안방이 부부 공용의 공간으로 변화하고, 남성의 공간인 사랑방이 거실로 흡수되면서 가족 공동 공간으로 통칭되는 거실 및 식사 공간이 형성된 것이다. 또한 부엌이 입식화 되고 식탁이 도입된 이후 부엌과 식사 공간은 주거 내 중심적 위치를 차지하면서 가족 전체가 공유하는 생활의 장으로서의 역할을 더욱 중요하게 수행하게 되었다.

1.3. 여성들의 독립된 일상 공간

가부장제의 원형(元型)적 공간인 집의 내부 공간은 남녀의 상하, 신분의 상하, 연령의 상하 구분에 따라 사랑채와 안채, 사랑채와 행랑채, 큰 사랑채와 작은 사랑채, 안방과 별당 등으로 구분되고 있다. 고전소설의 배경은 중국으로 설정된 것이 많지만, 집에 관한 서술은 조선 사대부가의 그것이어서 내외(內外) 법에 의해 남녀의 생활공간이 안채와 사랑채로 독립되어 있었다. 남자는 바깥 채에, 여자는 안채에 거처하는데, 안채는 첫째 부인이 거처하는 정당(正堂), 둘째 부인 이하가 거처하는 별당(別堂), 그 옆의 화원(花園) 등으로 구성되었다. 여러 명의 아내들은 각각의 독립 공간에서 생활하였는데 정당에서의 거리가 꽤 멀어 악기 소리가 들리지 않을 정도로 집의 규모가 컸다. (「구운몽」, 「창선감 의록」, 「육미당기」)

적경홍과 계섬월이 들어온 후 승상 모신 사람이 점점 많은지라, 승상이 각각 거처하는 대로 정하니 정당 명호는 경복당이니 유부인이 계신 곳이고, 그 앞은 연희당이니 좌부인 정씨 계신 곳이고, 경복당 서쪽은 봉소궁이니 난양공주가 거처하고, 연희당 앞은 응향각이요 그 앞은 청하루이니 이 두 집은 승상이 거처하고 궁중에서 잔치하는 곳이요, 청하루 앞은 태사당이요 그 앞은 예현당이니 이 두 집은 승상이 빈객을 보며 공사하는 집이요, 봉소궁 남녘에 희진원이 있으니 숙인 진채봉이 거처하는 곳이요, 연희당 동남쪽에 영춘합이니 가춘운의 집이요, 청하루 동서쪽에 각각 소루가 있으니 녹창과 주란이 극히 화려하고 행각을 지어 청하루와 응향각이 연하였으니, 동은 화산루요 서는 대월루니 계섬월과 적경홍이 있는 곳이 더라.

　　　　　　　　　　　　　　　　　　　　　　　　　　　　－「구운몽」(17세기)

화공의 집안에서는 선대로부터 이미 부(府) 동쪽으로 30리 떨어진 월왕성 아래에 터를 잡고 살고 있었다. 산을 깎아 누대를 세우고 냇물을 끌어다 못을 만들었으므로, 아름다운 집채가 구름 속에 우뚝하고 고운 기둥들은 가지런히 늘어서 있었다. 진기하고 아름다운 나무들도 울창하게 가꾸어져 있었으니 학은 푸른 소나무에서 울고 사슴은 고운 제방에서 노닐었다. (중략) 그 무렵 심부인은 정당(正堂) 취성루에서 거주하고, 성부인은 취화당에서 거주했다. 동쪽의 수선루에서는 정부인이 거주하고, 서쪽 설매당에서는 임소저가 거주했다. 녹영당에서는 성부인의 아들 준의 아내인 요씨가 머무르고, 수선루 왼쪽의 홍매당에서는 태강소저가 머물렀다. 화공은 백화헌에 기거하면서 두 아들로 하여금 한송정과 죽우당에서 각각 거주하게 하고, 쌍취정은 성생의 서실로 삼게 했다.

自公先世 已卜居于府東三十里越王城之下 斷山爲臺 引流成塘 華構入雲 彩棟參差 珍樹嘉木 蔚然成行 鶴唳靑松 鹿遊金堤 (중략) 時 沈夫人處正堂聚星樓 成夫人處翠華堂 東邊壽仙樓 鄭夫人處之 西邊雪梅堂 林小姐處之 綠影堂 成夫人之子儁之妻姚氏居之 壽仙之左紅梅堂 太姜小姐居之 公處百花軒 使兩子處寒松亭竹友堂 而雙翠亭爲成生書室也

—「창선감의록」(17세기)

이제 부마가 각각 삼부인·삼낭자의 처소를 정하되, 금성공주의 거처하는 당은 학운당이라 하고, 옥성공주의 거처하는 누각은 봉소루라 하고, 설부인의 거처하는 당은 취란당이라 하고, 추향으로 하여금 상추각에 살게 하고, 설향으로 하여금 청설헌에 살게 하고, 춘앵으로 하여금 탐춘각에 살게 하고, 부마는 스스로 그 가운데 살아 가로되 육미당이라 하더라.

於是 駙馬各定三夫人三娘子處所 金星公主所居之堂曰鶴雲 玉星公主所居之樓曰鳳簫 薛夫人所居之堂曰翠蘭 使秋香居賞秋閣 雪香居聽雪軒 春鶯居探春閣 駙馬自居于中 曰六美堂

—「육미당기」(19세기)

1.4. '군자(君子)'적 삶의 안식처

여성 시문에서 집이라는 공간은 흔히 우리가 여성의 일상적 삶이라고 생각하는, 식사를 준비하고 길쌈을 하는 등 집안일을 하는 곳이 아니었다. 집은 산속 그윽한 곳에 위치하고, 그 규모는 고대광실이 아니라 초당(草堂)이면 족하다. 아니 오히려 초당인 것을 자랑삼는다. 이 초당에 사는 사람은 속인(俗人)이 아니라 군자(君子)와 지인(至人)이며 이곳에서 그들은 독서를 한다. 여성 문인들은 자신들의 배우자가 곧 군자이고 그윽한 곳에 위치한 집은 그 군자가 살기 때문에 존재 가치를 부여받는 것이라고 역설한다. 결국 군자를 벗 삼아 사는 자신들 또한 군자와 같은 반열임을 은연중에 알린 것이다. 자기만족이자 지락(至樂)을 추구한 삶을 살았다고 할 수 있다. (강정일당 「坦園」, 서영수합 「呼韻-12」, 김호연재 「法泉新舍次諸君韻」 중 〈右次晋韻〉)

탄원은 그윽하고 또 고요한 곳
덕이 높은 사람 살기에 적합하네
홀로 천고(千古)의 옛 경서(經書)를 더듬어 읽으며
두세 개 서까래로 얽은 집에 고고하게 누웠네
坦園幽且靜 端合至人居 獨探千古籍 高臥數椽廬
　　　　　　　　　　　　　　　　－강정일당 「탄원(坦園)」(19세기 전반)

책은 언제나 방에 가득차고
생선과 채소는 부엌에 남아도네
지극한 기쁨 본디부터 이에 있으니
속되다고 비웃는 것 꺼리지 않네
圖書常滿室 魚茱更餘庖 至樂元斯在 不嫌俗子嘲
　　　　　　　　　　　－서영수합 「운을 불러 呼韻-12」(18세기 후반~19세기 초)

초당집을 새로 지어 살림을 꾸렸으니
문앞 뜰은 또한 널찍하네
산 그림자는 구름 끝에 멀리 보이고
강 빛은 햇빛에 비쳐서 바라보이네
이슬에 젖어 새 풀은 더욱 푸르고
바람에 흔들린 노송은 한결 차갑네
이처럼 맑고 그윽한 정취를 즐기니
속세의 인연엔 상관하지 않는다네
草堂新造得 門庭更敞寬 山影連雲望 江光暎日看
露沾新草綠 風動古松寒 樂此淸幽趣 塵緣自不干
　　　　　　　　－김호연재 「법천 새 집에서 여러분의 시에 차운하다
　　　　法泉新舍次諸君韻」 중 〈진흠의 운에 차운하다 右次晋韻〉(18세기 전반)

1.5. 가족들의 정신적 지주, 사당(祠堂)

조선 후기, 특히 17세기 이후에는 보다 적극적인 주자학의 실천 윤리가 주장됨으로써 가례(家禮)가 실행되었는데, 그러면서 특히 중시된 것이 조상에 대한 제례(祭禮) 의식이다. 이를 위해서 집에는 반드시 가묘(家廟)와 사당(祠堂)을 집 안채의 북동쪽에 두었다. 사대부의 집에서는 4대(代)의 조상 신주(神主)를 모셨는데 혼례 같은 집안의 큰 행사 후에 신랑과 신부가 반드시 가서 예(禮)를 표했으며, 과거에 급제한 자손도 집에 돌아오자마자 가서 배향(配享)하였다. (「사씨남정기」, 「조씨삼대록」)

이렇게 사당 또는 가묘는 유교의 가문의식에 근거하여 한 가족의 혈연관계를 상징적으로 보여주는 장소이다. 조상의 신주를 모신 사당은 집에 들고 나면서 절을 올리며 집안의 대소사를 보고하고, 조상의 제사를 지내는 곳이다. 이는 조상의 내력이 온축되어 있는 장소로, 선조를 기리며 조상의 음덕을 기원하는 곳이기도 하다. (은진 송씨 「금행일긔」, 「계녀가」, 「어느 여자탄」, 조애영 「귀향가」) 사대부가 여성이 혼인으로 친정을 떠나며 사당에 인사를 드리는 것은 친정과의 분리를 의미하는 주요한 절차이다. (「팔부답가」, 「샤향곡」, 손씨 부인 「이회가」) 혼인한 후에 시가에 편입된 이후로 시집의 사당은 시가의 가문의식을 상징한다. 그러므로 가묘 또는 사당은 한 집안의 정신적 지주로서, 사대부가 여성의 가문의식을 지탱하는 원천적 공간이라 할 수 있다.

> 츠시 가즁 시비 교시를 붓드러 가묘의 분향홀시 쥬취홍군에 픠옥소리 징징ᄒ고 광치 죠요ᄒ야 신션ᄀᆞᆺ더라 녜를 파ᄒ고 가즁 비복이 하례를 바들시 교시 말을 닉여 왈 닉 금일붓터 시로이 닉ᄉ를 다ᄉ리니 여등은 각각 임ᄉ를 부지런히 ᄒ여 죄에 범치 말나 ᄒ니 시비 등이 쳥녕ᄒ더라
>
> —「사씨남정기」(17세기)

> 이의 ᄉ묘의 진알홀시 초공이 ᄌᆞ질을 거ᄂᆞ려 냥 신부로 조률을 밧드러 배헌ᄉ당 홀시 냥 신인의 빅만 톄지 볼ᄉ록 긔이ᄒ지라
>
> —「조씨삼대록」(18세기)

배샤 왈 금일 냥으의 과경이 놀납고 두리워 깃브믈 모르옵더니 존당과 부뫼 이갓치 깃거ᄒ시니 ᄯ흔 경시로쇼이다 조시 등과 셜샹셔 등이 치해 분분ᄒ니 노공 이 불승쾌열ᄒ여 냥ᄌ로 더브러 신릭ᄅ 다리고 샤묘의 올나 배향ᄒ고 외당의 하긱 이 신릭ᄅ 직쵹ᄒ니 진왕 곤계 야야ᄅ 뫼시고 대긱홀시 노공이 상쾌한 기쁨을 이기지 못하여 두 아들과 함께 새롭게 과거에 급제한 두 손자를 데리고 조상을 모신 사당에 올라 배향하였다. 외당에 있는 하객들이 과거에 급제한 두 사람을 재촉하니 진왕 형제가 아버지를 모시고 손님을 맞았다.

-「조씨삼대록」(18세기)

만실(滿室) 졔친(諸親) 즁회인(衆會人)이 존당(尊堂) 슬하(膝下) 뉘 아일고 각 니(各離) 안항(雁行) 우봉(遇逢)ᄒ여 슬하(膝下) 단낙(團樂) 신긔(神奇)ᄒ다 빅슉 (伯叔) 효우(孝友) 셩덕(盛德)으로 봉친(奉親) 열낙(悅樂) 쳡쳡(疊疊)ᄒ니 만당 (滿堂) 화긔(和氣) 무흠(無欠)ᄒ나 예(옛)일(이) 츄감(追感)ᄒ니 고락(苦樂)이 샹 반(相半)이라 일희(一喜) 일비(一悲) ᄀ이 업다 ᄉ당(祠堂)의 현비(見拜)ᄒ여 ᄎ 례(次例)로 나아가니 고루(高樓) 누샹(樓上)의 반공(半空)의 소삿ᄂ 듯

-은진 송씨 「금행일긔」(1845)

신낭이 삼힝길이 신힝틱일 오단 말가 구월시월 듸통일이 일ᄌ랄 완졍ᄒ여 치힝 을 ᄒ올 젹의 부모 동싱 졸나ᄂ여 만혼것도 격은다시 젹은것 만은닷 유무간 츄릴젹 의 아모 마음 모라다 가신일이 당두ᄒ여 고향을 쩌날 젹의 가련ᄒ다 우리여ᄌ 이십 년 싱장지랄 속졀업시 쩌날 젹의 우리 심ᄉ 엇쓸고 살들흔 부모품이 오날밤 ᄲᆫ이로다 이런소회 져런소회 쥬야장 헛말일시 마음 모란 져 죵남은 길 직쵹 셩화갓 다 아츰을 먹은후이 사당이 하즉ᄒ고 부모동싱 이별ᄒ고 치교이 들안즈니 부모님 ᄂ 거동보소 손줍고 ᄒ신말슴 잘하여라 잘하여라 시집스리 즐ᄒ여라

-「팔부답가」(미상)

거츄죽별(去秋作別) ᄒ올듸의 명츈(明春)의 다시오쟈 금셕(金石)갓치 언약(言 約)ᄒ고 이별(離別)을 ᄒ올젹의 ᄉ당(祠堂)의 ᄒ딕(下直)ᄒ니 현덕부인(賢德夫 人) 우리ᄌ모(慈母) 아라시나 모라시나 말슴이 업ᄉ시니 가득이 슬픈즁의 옛일이 더욱셥다 당상흑발(堂上鶴髮) 우리ᄌ부(慈父) 긔력(氣力)이 엇더신고 무용(無用) ᄒ 이손여(小女)ᄅ 가득이 무휼(撫恤)ᄒᄉ ᄉ랑이 놉ᄒ시니 황공(惶恐)ᄒ다 손여 일신(小女一身) 엇지ᄒ면 효도(孝道)ᄒ고

-「샤향곡」(미상)

형산제산 형제봉은 철이상봉 그이하다 우리도 이산되야 다시보기 원니로다 형
이아즈 귀히되야 늬즉외즉 하올적이 늬의아오 상봉하고 늬의아자 공명하야 울산
부사 도임크든 우리형제 조혼영화 다시보시 이릭나 다시볼가 다시볼 기약업늬
이하나리 시시힝장 직족하야 가묘이 하직하고 친빈이 영결할직 반호병 오남믜와
좌우나려 칠종반니 일석이 통곡하니 인비목셕 아니어든 이모양을 어이보리 유유
창창 저하나라 우리형제 조림하소 이별이야 이별이야

천고영결 이별이야

—손씨 부인 「이회가」(20세기 전반)

지평종가 옥천종가 종손지손 한데모여 문회열고 의론하니 그 옛날이 새롭고나
우리아배 계실 적에 군주같은 종손지위 일대개혁 일으켜서 말도 많이 들었니라
연년수차 명절마다 차사 드린 사당에는 종손부터 잔 드리고 분향재배 하시더니
비었고나 비었고나 종가사당 비었고나 십대조상 지평공을 불천위로 모셨는데 우
리아배 개화통에 불천위를 조매하니 통곡하던 조매제사 지손들과 등갈냈네 독재
군주 본을 받아 마음대로 개혁하니 역사 깊은 종가댁에 회리바람 일어났다

—조애영 「귀향가」(20세기 중반)

1.6. 징벌과 질곡의 공간, 사옥(私獄)

고전소설의 경우 주인공들이 대가족의 일원일 때 집의 규모와 가옥 구조가
아주 장대하고 복잡한 양상을 보였는데, 특히 집의 한쪽 구석 후미진 곳에는
사옥(私獄)도 갖추고 있다. 착한 여주인공이 그녀를 시기하는 악한 여성의 계략
때문에 수난을 당하는 장면이 종종 연출되는 것이다. 이때에 악한 여성은 남편
이나 시어머니를 사주하여 남편의 또 다른 아내인 착한 여성을 모해하는데, 그
결과 착한 여성은 집안에 설치되어 있던 감옥, 혹은 후원 저 너머 인적이 드문
곳에 있는 냉방에 갇힌다. (「조씨삼대록」, 「명주보월빙」, 「하진양문록」, 「창선감의
록」, 「박씨전」, 「운영전」) 그곳은 매우 춥고, 식량도 제대로 공급되지 않아 굶주
리게 되는 곳이지만 그곳에서도 착한 여성들은 남을 원망하지 않고 하늘의 뜻
이라고 의연하게 받아들이면서 참아내는 모습을 보인다.

조시를 다시 느리와 가두라 호니 침침혼 돌옥이 겹히 거슬 아르보지 못호고 찬 바름이 쳘골호니 엇지 이런 간고를 알니오마는 셩질이 긔특호고 쟉인이 비상호미 또혼 놀느고 슬허호미 업셔 안졍이 명을 바다 옥즁의 니르미 유모 시비 등은 곡셩이 낭즈혼대 조시 아즈를 품고 혼 닙 거역을 잇그러 고요히 몸을 의지호미 궁그로 드리는 두 씩 조밥과 악초구라도 능히 먹기를 잘호고 일언을 구외의 내여 원망호미 업고 이락을 모르는 사름 곳튼지라

— 「조씨삼대록」(18세기)

공의 수계명이 나리미 뉴시 모녜 이 씩는 조부인을 업시호여 가권을 잡아 노복을 호령호여 일호나 어스 형뎨의 쳔역을 뒤힝호믈 안즉 혹형을 호는디라 여러 쟝확으로 후원 깁흔 년원졍이란 당시 이시니 냥쇼졔를 모라 가도 흙 바닥이 참혹혼디 스벽이 써러졋고 음참호여 빅쥬를 보디 못호고 귀미의 즈최 은은혼디 엇디 금옥도쟝의 쳔금 귀쇼져의 몸을 안졉홀 곳이리오 요인의 작시 디악호미 여츳호여 당듕의 모라 너흐며 표진 금침을 못 가져 가게 호니 유모 시비 등도 쓰로지 못호니 진쇼졔 안싁이 여회호디 뎡쇼져는 혼 번 탄식호고 기리 미쇼호여 모든 시오와 유모를 물니치고 타연이 갓치이니 홍낭 등 두어 비지 죽기를 그음호여 냥쇼져를 붓드러 혼가지로 갓치이니 스변으로 가시를 덥허 밧그로 통치 못호게 혼 후 문을 줌으니 믁믁 호뎐이 감동호미 죵시 업스시냐 초후 속쥭 혼 그릇도 주디 아니호고 물도 금호니 그 아스하미 호흡디간이러라

— 「명주보월빙」(19세기)

차시 묘쳡녜 북궁에 안치호미 되혼 쳘치호고 황샹의 누흐심을 밋더니 죵시 고렴호심이 업고 이에 국사를 도라보스 샹이 오히려 녀군을 포쟝호시다 호는지라 바라는 마음은 슨쳐지고 심궁 부귀로 텬총이 륙궁을 압두호다가 일됴에 파월호야 심궁에 굴욕호니 붓그럽고 슬푸미 되인혼난 낫치라 원흔이 녀군의게 도라가더니 묘녀의 모시는 현쳘혼지라 회과 자계호얏더니 쳡녀 씩다르니 이늘 녀군이 드러오는지라 글월을 민드러 자가의 젼후 죄과를 일카라 시비로 명호야 총재게 드리니 총재 바다보니 글월에 왈 여러 가지 범죄혼 거시 극률을 면치 못홀 거시로되 총재 관후호사 일루를 빌이시니 여텬되덕이라 어린 뜻지 가히 감동홀지니 젼과를 씩다라 자복호미 스사로 붓그림을 마지안냐 이후 명심호야 ᄀ과홈을 일넛스미 총재 보고 경희호야 시비로 쳥릭호니 묘시 쳥죄호야 엄히 다사려 사죄홈을 원호니 총재 왈 쳡이 감히 텬총을 밋고 스사로 자존호야 귀인을 결졔홈도 아니오 본듸 사혐으로 홈이 아니라 다만 국사를 갑홀 ᄯᅳ름이러니 씩다름이 여차 총명호시니 비인이 흐례홀 바를 모로나이다.

— 「하진양문록」(18세기)

"북원소각은 내당에서 거리가 얼마나 되느냐?" 두 사람이 대답하였다. "거리가 8~9리 되고 인적이 닿지 않는 곳입니다." (중략) 이때에 윤부인은 깊은 후원의 만 그루 정도의 수많은 나무들이 있는 곳에 거처하고 있었다. 그래서 가을바람이 한 번 불면 누런 잎들이 뜰에 가득하고 원숭이의 슬픈 울음소리가 낮에도 들리고 밤에는 산 귀신 소리가 들렸다.

北園小閣 距內堂幾何 兩人曰 相距八九里 而人跡不相到也 (중략) 此時 尹夫人在深園萬木之中 秋風一起 黃葉滿庭 哀猿晝啼 山鬼夜呼

—「창선감의록」(17세기)

일일은 승상이 계화다려 무러 왈 이 스이는 너의 아씨 무슴 일을 ᄒᆞ는다 계화 엿ᄌᆞ오되 ᄂᆞ무를 심으시고 소비는 물 쥬기예 골몰ᄒᆞᄂᆞ이다 승상이 구경코져 ᄒᆞ여 계화를 짜라 후원 협실의 드러가니 과연 ᄂᆞ무를 심어 무셩ᄒᆞ엿는듸 그 나무가 사면의 버러 용과 범이 슈미를 응ᄒᆞ엿고 가지와 입흔 빗암과 각식 짐싱이 되어 셔로 응ᄒᆞ여 보기 엄슉ᄒᆞ고 운무 ᄌᆞ욱ᄒᆞᆫ 듯ᄒᆞ며 오리 셔셔 이윽이 보니 그 가온듸 풍운조화 잇셔 변화무궁ᄒᆞᆫ지라 쏘한 협방을 보니 문 우의 현판을 붓쳐시니 호왈 피화당이라 ᄒᆞ여거늘 승상이 박씨를 보고 문왈 져 나무는 무어시며 피화당이란 말은 웃지헌 말이요 박씨 대왈 길흉화복은 셰상의 셧셧ᄒᆞᆫ 일이요 일후 불힝헌 ᄲᅵ를 만나면 져 나무로 피화를 면ᄒᆞᆯ 터이옵기로 당호를 피화당이라 ᄒᆞ엿ᄂᆞ이다

—「박씨전」(17세기)

"그러나 우리는 지금 깊은 궁중(宮中)에 꼼짝없이 갇혀 새장 속의 새처럼 있으면서 누런 꾀꼬리 소리를 들으면 탄식하고, 푸른 버들을 대하면 흐느끼곤 한다. 심지어 어린 제비도 쌍쌍이 날고 새집에 깃든 새도 두 마리가 함께 잠들며, 풀 가운데는 합환초(合歡草)가 있고 나무 중에도 연리지가 있다. 무지한 초목과 지극히 미천한 새들도 음양을 품수하여 즐거움을 나누지 않음이 없다. 그런데 우리 열 사람은 유독 무슨 죄를 지었기에 적막한 심궁(深宮)에 오래도록 갇히어 꽃 피는 봄과 달뜨는 가을에 등불만 벗하면서 혼을 사르고, 청춘을 헛되이 버리면서 공연히 저승의 한만 남기고 있다."

而牢鎖深宮 有若籠中之鳥 聞黃鸝而歎息 對綠楊而獻欷 至於乳燕雙飛 栖鳥兩眠 草有合歡 木有連理 無知草木 至微禽鳥 亦稟陰陽 莫不交歡 吾儕十人 獨有何罪 而寂寞深宮 長鎖一身 春花秋月 伴燈消魂 虛抛靑春之年 空遺黃壤之恨

—「운영전」(17세기)

여성 한시문에서 집은 고향의 이미지로 가장 많이 나타난다. 이는 결혼을 하고 떠난 뒤 돌아가지 못하였기 때문이다. 고향은 그리운 부모님과 형제자매가 있는 곳, 부모님이 자신을 그리워하는 곳이다. 그러므로 고향이 있는 방향을 바라보고 눈물짓는다거나, 밤에 홀로 잠 못 이루고 고향을 바라본다. 또한 새들도 먼 하늘을 날아 고향 쪽으로 가거나 둥지에 깃든다며 부러워하고 시름 짓는다. 자신은 백발이 되어도 가지 못하는 곳 꿈에서나 갈 수 있는 곳이었기 때문이다. 고향이란 그리움의 대상이자 그리움의 또다른 단어였던 것이다. (서영수합 「次李白」 「次季兒寄示韻-6」 「呼韻-4」, 홍유한당 「夢歸」)

시집간 여성에게 친정은 마음의 안식처이자 영원한 고향이다. 그래서 늘 그리워하며 어릴 적 추억을 되새기곤 하는데, 고전소설을 자세히 보면 친정 출입이 그리 어려웠던 것은 아니었음을 알 수 있다. 특히 17세기 후반에서 18세기의 국문 장편소설들에서는 딸과 친정의 교류가 활발하며 일 년 중 2/3 정도를 친정에서 사는 딸들도 종종 있다. 하지만 친정 가문의 위상이 높은 몇몇 딸들 외에는 시댁에서의 위치가 그렇게 당당한 것은 아니어서 어떤 잘못을 저지르거나 몸이 아프면 친정으로 쫓겨나 잠시 근신하다가 되돌아오는 경우가 많다. (「조씨삼대록」) 악한 인물들의 모해로 오해를 받아 죄를 받게 되는 선한 여성들은 혼인할 때의 혼서지도 불태워진 채 친정으로 쫓겨나는 장면이 종종 연출되는 것이다.

특별히 여성에게 집은 물리적인 공간인 동시에 심리적 공간으로 자리한다고 할 수 있다. 집은 지리적으로 멀리 떨어진 장소이면서 심리적으로는 가까이 있는 위안의 공간이기 때문이다. 규방가사에서 시집간 여성에게 '내 집', 또는 '우리 집'은 떠나온 고향이자 친정을 지시한다. (「송회가」, 오천 정씨 부인 「정부인자탄가」, 「붕우소회가」, 「여자자탄가」) 이때의 집은 '남의 집'인 시집과의 대별 의식 속에 놓여 있으며, 안락하고 정서적인 충족감을 누렸던 과거의 공간으로 존재한다. 집은 부모 동기가 존재하는 친정이자, 동무와 즐거웠던 유년 시절의 기억을 담고 있는 고향이다. 그러므로 집에 대한 회상은 혼인한 여성에게 존중받았던 경험을 환기시키면서 심리적인 위안을 가져다준다.

숲에서 찬 바람이 어지러이 불어대고
수풀서 울던 새들 석양되니 돌아가네
맑은 밤에 혼자 서서 고향 쪽 바라보니
빈 뜰에는 서리 가득 산에는 달빛 가득
散亂寒聲在樹間 風林啼鳥夕陽還 淸宵獨立望鄉處 霜滿空庭月滿山
　　　　　—서영수합 「이백의 시에 차운하여 次李白」(18세기 후반~19세기 초)

새들은 시골 숲 속에서 떠들고
은하수는 서울 변두리에서 그림자 져도
이곳에서는 서리와 눈이 내려 섣달을 재촉하니
백발노인은 고향 생각에 앞이 캄캄하구나
鳥雀聲喧隴樹裏 星河影落漢城邊 殊方霜雪催窮臘 白髮鄉思重黯然
　　　　　—서영수합 「막내 아이의 운에 차운하여 次季兒寄示韻—6」(19세기 초)

문득 보니 모래밭 눈처럼 희고
물은 강에 가득차 있는 듯
고향 생각 밤과 함께 길기만 하여
끝없이 차디찬 등잔과 마주 앉았네
忽見沙如雪 還疑水滿江 鄉思同夜永 脉脉對寒釭
　　　　　—서영수합 「운을 불러 呼韻—4」(18세기 후반~19세기 초)

내 마음은 먼 길 떠나온 길손과 같은데
그 누가 말하는가 고향에 온 것이라고
눈길은 아득히 농서의 구름에 머물고
꿈속에선 어머니 곁으로 돌아가네
문 앞의 버드나무 안개 속에 푸르고
뜰에 핀 국화는 서리 온 뒤 노랗구나
아버지 어머니는 이 딸을 생각하시며
창문 열고 달빛을 바라보고 계시리
心似爲遠客 誰云歸故鄉 目斷隴西雲 片夢歸萱堂
門柳烟裡碧 庭菊霜後黃 爺孃憶阿女 推窓看月光
　　　　　—홍유한당 「돌아길길 꿈꾸며 夢歸」(19세기)

슬프다 혈혈단신이 텬졍의 죄를 엇고 구가를 써나 친당의 도라오미 낭친을 니어

샹ᄒ고 외로이 븬집을 직희여 궁텬 이통이 깁거늘 화셰와 격되 일시의 돌입ᄒ니
졔갈공명이 부싱ᄒ니 이 화를 벼셔날 길이 업ᄂᆞᆫ지라

—「조씨삼대록」(18세기)

사룸의 ᄉᆞ싱이 지극히 즁흔 거시니 남이 아지 못ᄒ나 부인이 그 죄의 유무와
원통ᄒ며 아니믈 알지라 마음의 싱각ᄒ여 진실노 간비의 회뢰를 밧고 부인을 모히
ᄒᄂᆞᆫ 일이 잇거든 이런 가온대도 몸을 능히 보젼홀 거시오 비ᄌᆞ의 초시 실홀진대
부인이 비록 이곳의셔 죽지 못ᄒ나 도라가 스스로 결ᄒ미 올ᄒ니 내 말을 박졀이
너기지 말고 싱의 마음을 일노뻐 아라 범ᄉᆞ를 신즁이 쳐치ᄒ쇼셔 졍쇼졔 샤례ᄒ고
안셔히 니러 배별ᄒ니

—「조씨삼대록」(18세기)

가소롭다 부녀몸이 친졍잇기 오릴손가 무졍ᄒ다 져광음은 육칠삭이 얼픗가셔
셩화갓흔 시댁긔별 어셔오라 직쵹ᄒ면 남의집 매인몸이 뉘영이라 거역ᄒ리 싱어
장어 우리고향 다시한번 이별ᄒ면 소식이 ᄒ도기러 그리머다 홀가마ᄂᆞᆫ 셕은색기
목매다시 ᄌᆞ횡길이 어려울닷 봄경가셰 우리집의 ᄒ인인들 ᄌᆞ로오며 호번ᄒ신 우
리아바 날보랴고 ᄌᆞ로올가 음풍졕셜 치운밤과 화조월셕 굿샌되의 쳘니타향 과긱
갓치 혼ᄌᆞ누어 싱각ᄒ며 후덕ᄒ신 우리부모 영심ᄌᆞ역 엇더시며 일촌동기 ᄉᆞ대소
가 못닉ᄒ던 졔종남ᄆᆡ 이곳의셔 모든일이 그아이 역역할가

—「송회가」(미상)

시퇴니 ᄂᆞ집이라 친졍을 아주 잇고 시퇴만 싱각하라 가마하인 직쵹하여 빅마등
이 가마실고 탄탄되로 나셔가니 싱즁하든 우리집를 일조이 이별하고 싱면부지
남으집이 닉집갓치 가난구나 (중략) 동순이 져달빗튼 교향이도 빈치난가 져산ᄂᆞᆷ
져골즉은 우리집 잇근마난 양액이 나릭나면 날나가 보지마난 탄탄되로 그리 먼가
약수삼쳔리 그리먼가

—오쳔 졍씨 부인 「졍부인자탄가」(미상)

잣치도 업단말가 도라누어 고향생각 간간호호 헤아린이 그거시라 내집이라 무
비하다 살들하고 면면이 졍이로다 이른집을 떠나가서 남으집을 제집삼아 이거무
산 고상인고 자고나면 먹을공사 먹고나면 입을공사 늘이리 빙년못살 인싱들이
골몰중에 놀단말가

—「붕우소회가」(미상)

1.8. '인형의 집' 혹은 새장

집은 정서적 안정감과 친밀감을 생성하는 장소로서 인간 생활의 근간이 되는 곳이다. 그러나 집의 이러한 기능은 부권 중심의 위계질서와 모성의 맹목적인 헌신에 의해 기대·유지됨으로써, 그 저층에는 위계화된 구조에서 팽배하는 갈등과 폭력이 내재하기 마련이다. 특히 이상화된 집을 구현하기 위해 강요된 모성적 희생은 여성을 집으로부터 소외시킨다. 따라서 집은 원형적인 상징으로서 귀소와 안식의 공간이지만 동시에 여성에게는 순종과 희생의 공간이 된다.

현대소설 속의 집은 여성의 삶을 아내, 엄마, 딸, 며느리라는 고정된 역할로 규정하고 기획하는 메커니즘으로 이해된다. 여성이 자신의 정체성을 재고하기 위해 벗어나야 하는 감옥과 같은 공간이 집인 것이다. (김명순 「돌아다볼 때」, 이선희 「계산서」, 최정희 「흉가」, 오정희 「어둠의 집」, 「전갈」, 양귀자 「의치(義齒)」, 강석경 「거미의 집」, 전경린 「메리고라운드 서커스 여인」, 한강 「나무 불꽃」) 가족이라는 틀 안에서 기계적으로 부여된 고정된 역할에서 벗어나고자 열망하는 탈주(脫走)의 양상은 불가항력적이고 몽유병적인 가출, 이유를 알 수 없는 길거리 배회, 가출에 대한 동경과 상상 등을 통해 나타난다. (임옥인 「전처기」, 박완서 「어떤 나들이」, 「지렁이 울음소리」, 오정희 「바람의 넋」, 최윤 「창밖은 푸르름」, 이혜경 「멀어지는 집」, 김인숙 「바다와 나비」, 전경린 「메리고라운드 서커스 여인」, 『열정의 습관』)

현대시에서 여성의 집은 '인형의 집' 혹은 '새장'이었다는 주제에서 출발한다. 여성들의 자의식이 적극적으로 개진되면서 집에 대해 새롭게 성찰하고 회의하게 되었으며 이는 종속적인 가족 관계에 대한 거부와 부정으로 이어졌다. 여성에게 집이 '인형의 집'이었다는 의식의 포문을 연 시인은 나혜석이다. 입센의 『인형의 집』은 한낱 인형에 지나지 않았던 자신의 존재를 자각한 여성이 집을 떠나는 'Walking(떠남 혹은 가출)'의 역사를 보여준 대표적인 작품이다. '아버지의 딸인 인형'이자 '남편의 아내라는 인형'이었던 자신의 존재에 대해 비로소 '나는 사람이었네'임을 통렬하게 인식했던 '노라'는 이제 자아를 찾아가는 여성들의 대명사가 되었다. (나혜석 「노라」, 김남조 「집」)

이처럼 집이 있지만 집이 없다는 역설적인 고백을 해야 했던 여성들은 자신의 존재를 체감할 수 있는 자신만의 공간을 갖기 위해 비명횡사를 각오해야 했고, 사회와 가정에서 요구하는 암묵적인 요구대로 '좀더 작아져야만' 했다. 강요된 모성과 가부장제 속에서 여성 자신의 정체성을 표현할 '이빨', '발톱', '가시털' 모두를 제거당한 채 꿈과 미래와 자의식을 모두 버리고 '손바닥'만하게 줄어든 모습으로 간신히 집이라는 곳에 입성할 수 있었던 것이다. 여성은 자신의 내밀한 존재감을 잃어버리고 모든 것을 투명하게 드러내는 '통유리'로 만든 집에 살고 있다고 불안해하면서 자신을 활짝 펼칠 '날개'가 퇴화된 채 '새장 속의 새'처럼 살고 있다고 인식한다. (김승희 「나혜석 콤플렉스」, 정끝별 「우리 집에 온 곰」, 김언희 「유리집」, 천양희 「새에 대한 생각」)

> 넓은 삼 칸 방 속에, 그의 취미는 얼마나 부자유한 몸이면서 자유를 바랐든고? 아랫목 벽에 걸린 로댕의 다나이드를 사진찍은 그림이며 머리 밑에 롱펠로우의 살과 노래란 영시를 흰 비단에 옥색으로 수놓은 족자며 또 이름 모를 물새가 방망이에 붙들려 매여서 그 자유인 5초가량의 범위를 못 벗어나서 애쓰는 그림이 어느 것이나 자유를 안타깝게 바라는 소연의 취미가 아니냐.
>
> ─김명순 「돌아다볼 때」(1924)

> 나는 대단히 헤프고 미욱한 주부였다. 쌀값보다 과자값이 더 많고 일상 사드린다는 물건은 쓸만한 것보다 장난감이 더 많은 형편이었다.
> 그러므로 우리들은 우리들의 가정을 가리켜 자칭, 모조가정(模造家庭) 혹은 소형가정(小型家庭)이라고 불렀다.
>
> ─이선희 「계산서」(1937)

> 그렇게 모두 우리집 식구가 봄과 함께 그 집을 즐거워하고 신통해 하였다. 그랬는데 그 집에 들어서 스무날이 넘던 어느날─────내가 병원에 가서 의사의 진단을 받고 엑스광선으로 된 얼룩진 내 폐(肺)를 돌아보던 날─────날마다 즐겁게 넘던 자하문 어귀 〈굿탕〉 앞에서 나는 집을 들던 날 솥불인 늙은이가 한 이야기를 생각해 내었고 또 그 밤에 그 미친 안주인이라고 생각되는 여자에게 내 머리채를 쥐이고 맞아대는 꿈을 꾸고 나서부터는 나도 그 집을 〈흉가〉라고 단정해 버리지 않을 수 없었다.
>
> ─최정희 「흉가」(1937)

> 저는 그날밤 당신과 함께 지내던 당신의 집에 더 머물러 지낼 수는 없었습니다. 심술궂고 방정을 떤다고 야단치는 시부모님의 만류도 동서들의 간청도 뿌리치고

단연 집을 떠났던 것입니다. 종일 장롱속을 정리하고, 서적과 잔세간을 깨끗이 치우고 벽에 걸어 놓았던 우리들의 결혼사진을 벗겨 종이에 싸고 싸서 깊이 간직해 두고 트렁크 속에 몇벌 옷과 일용품을 넣어서 들고 길을 떠났던 것입니다.

— 임옥인 「전처기」(1941)

열한 평의 틀에 부어진 채 싸늘하게 굳어버린 쇠붙이인 나를, 나는 똑똑히 자각한다. 이미 오래 전에 그렇게 굳어버린 것이다.

소주 한 병쯤이 굳어버린 쇠붙이를 다시 쇳물로 — 무한한 가능성을 잉태한 이글대는 쇳물로 환원시킬 수는 없는 것이다.

소주 한 병이 그렇게 뜨거운, 냉혹하도록 뜨거운 열원(熱源)일 수는 없었던 것이다. 나는 다만 녹슬어가고 있을 뿐 이글이글 용해될 수는 도저히 없는 것이다.

나는 천천히 움직이기 시작한다. 아무의 도움도 없이 내 의지나 체력의 도움조차도 없이 그냥, 자석에 이끌리는 쇠붙이처럼 열한 평의 틀을 향해 곧바로.

— 박완서 「어떤 나들이」(1971)

나는 그후에도 그것 비슷한 조바심을 하고 나들이를 나서는 일이 잦았다. 느닷없이 고속버스를 타고 가 낯선 고장에 내리고 싶다든가 박물관에 가 맏며느리처럼 무던한 이조 백자항아리 앞에 서고 싶다든가 이런 생각이 떠오를 때마다 소풍 전야의 국민학생처럼 들떴다가도 막상 그 짓을 해보면 심심했다. 그럴밖에 없는 것이 내가 시도해본 그런 짓들이란 게 아무리 엉뚱해도, 그 행동 반경이 내가 속한 울타리 밖으로 벗어나본 적이란 없었으니까.

— 박완서 「지렁이 울음소리」(1973)

벨이 서너 차례 계속 울리고, 엄마, 어디 있어요, 아들이 거칠게 문을 흔들며 소리쳤다.

그 여자는 느릿느릿 마루의 전등 스위치를 울렸다. 불이 들어오기까지의 일 초나 이 초, 혹은 그보다 짧은 순간 그 여자는 어둠 속을 섬광처럼 지나치는 무엇을 보았다. 그것은 무언가 차갑고 이물스러움이 그녀의 생애를 꿰뚫고 지나간 느낌이기도 했다. 아마도 일생을 동반해온 벗이었을까. 그것은 바로 그녀보다 앞서 이 집에서 웃고 숨쉬며 떠들며 살아갔던 사람들, 아니 그들보다 앞서 살았던 사람들, 또한 그 여자의 흔적, 비판, 막연한 불안과 분노, 비애 따위를 한 번의 페인트 칠로 말끔히 지우고 천연덕스럽게 살아갈, 미래의 사람들의 가면처럼 냉혹하고 창백한 얼굴들이었다.

— 오정희 「어둠의 집」(1980)

승일이를 가지면서부터 일견 나은 듯싶더니 일년 동안 벌써 세 번째 가출이었다. 이제는 어디를 갔었느냐고 물을 필요도 느끼지 않았다. 다그치면, 그저 여기저기를 돌아다녔노라는 언제나처럼 같은 대답을 할 게 뻔했다. 도대체 자신이 다닌 곳이나 기억할까. 차라리 화투노름에 미쳤거나 춤바람이 났거나 생면부지의 남녀가 버스 안에서 짝을 맞춘다는 관광 미팅 따위라도 생각할 수 있다면 결단은 쉬울 것이다. 그러나 사실은 아내가 〈그저 여기저기를요〉라고밖에는 말할 수 없을 만큼 그 이상도 그 이하도 아닐 것이 분명했다.

－오정희 「바람의 넋」(1982)

집으로 들어온 그 여자는 밥을 안친 뒤 청소를 시작했다. 아이들은 아직 아침잠에서 깨어나지 않았지만 서둘러야 했다. 시간이 없다, 라고 말했지만 그것이 남편이 올 때까지의 시간을 뜻하는 것인지 자신에게 허락된 한정된 시간을 뜻하는 것인지는 그 여자 자신도 기실 잘 알지 못했다.

남편의 방에 들어가 들어낼 수 있는 물건들을 대강 마루로 옮겨 놓고 방 안의 먼지를 털었다. 그리고 빗자루를 넣어 책장 밑을 깊숙이 훑어냈을 때 그 여자는 먼지와 머리칼 따위를 풀솜처럼 뒤집어쓰고 숨어 있는 벌레를 보았다.

빗자루 끝에 딸려나온, 그것은 엷은 갈색의 이미 오래 전에 말라 죽은 전갈이었다.

－오정희 「전갈」(1983)

설거지나 청소 따위의 매냥 다를 바 없는 일상의 업무들이 처리된 뒤에도 그녀는 여전히 식탁의자에 앉아 있었다. 텔레비전이나 잠, 이것 외에 어떤 것도 필요로 하지 않는 남편의 휴일을 위해서 그녀는 이제 잘 길들여진 개처럼 밖에서 그를 엄호했다.

남편이 있는 휴일이란 마치 비어 있지 않은 사장실을 지켜보는 어느 비서의 평일이나 같은 것이다. 그녀는 이렇게 정리된 식탁에 앉아 이미 읽어버린 조간을 다시 훑어보는 것쯤이야 조금도 괴롭지 않았다. 신문이란 구석구석마다에 읽을거리들을 싣고 있는 지면이므로. 그러나 집안을 떠도는 무형의 작은 물체들을 입술로 혹은 손으로 만지는 듯한 기분만은 썩 견디기 힘들었다. 남편이 있음으로 해서 이 네모난 공간이 더욱 압축되어진다는 느낌을 무엇으로 설명할까. 그녀는 막연히 다시 신문으로 시선을 옮겼다.

－양귀자 「의치(義齒)」(1983)

책상 앞에서 뜰을 바라보니 은빛 거미줄이 끊어질 듯 이어져 있다. 그늘이 지는 오전엔 보이지 않지만 햇빛이 쏟아지는 늦은 오후엔 거미줄이 은백색의 명주실처럼 허공에서 반짝인다. 베를 짜놓고 거미는 어디로 갔을까. 바람이 일어와 줄넘기를 한다면 이내 망가질 텐데 말이다. //

집은 괴괴할 정도로 고요하다. 숙모의 엄마가 숙모를 데려갔고 삼촌은 집에 오지 않았다. 나는 내 방에 가고 싶지만 텅 빈 마루를 지나갈 용기가 없다. 오늘만 할아버지의 방에서 자고 내일부턴 혼자 잘 것이다.

　　　　　　　　　　　　　　　　　　　　－강석경 「거미의 집」(1986)

밤거리를 배회하는 사람은 누구나 그들의 창밖에 머무는 검은색 승용차를 본다. 그러나 그 차창의 유리는 여러 겹으로 둘러쳐져 있어, 그 속에 누가 앉아 있는지는 보이지 않는다. 게다가 그 속에 탄 사람의 얼굴은 늘 바뀐다. 그래도 나는 그 안을 좀더 잘 들여다보기 위해, 매일 밤, 늦은 시간이면 집을 나서지 않을 수 없다.

　　　　　　　　　　　　　　　　　　　　－최윤 「창밖은 푸르름」(1997)

"두 아이를 낳았고 정확히 십 년 뒤에 집을 떠났어요. 무슨 이유 같은 건 없었어요. 걸리는 게 있다면 낮 내내 아래층에 있던 남편이 하루도 빠짐없이 정오에 점심을 먹으러 올라왔다는 것 정도죠. 평생 동안의 정오의 시간들…… 그리고 둘이 함께 잠자리에 누운 자정의 시간들. 어느 날 집을 떠날 때, 그건 그냥 가을에 나뭇잎이 떨어지듯 자연스러운 거였어요.

　　　　　　　　　　　　　　　　　　　　－전경린 「메리고라운드 서커스 여인」(1999)

버스는 한 정류장 두 정류장, 집으로부터 멀어진다. 언젠가는 나도 여행용 세트를 여행가방에 집어넣게 되리라. 떠날 때의 예정은 이틀이나 사흘 정도, 짧은 여행이지만, 그 여행지에서 돌발한 피치 못할 사정으로, 또는 피치 못할 마음의 동요로, 집과는 반대되는 방향으로 한발짝씩 멀어지리라. 조금만 더, 조금만 더, 이러는 사이에 집에서 점점 먼 곳으로 가고, 돌아갈 수 없게 될 것이다. 나중에 바람결에 엄마의 부음을 듣고 뒤늦은 조문을 위해서나 집으로 돌아오게 되리라.

　　　　　　　　　　　　　　　　　　　　－이혜경 「멀어지는 집」(2002)

그 한달 동안 나는 아내라는 배역에서 벗어난 것처럼 어미라는 배역에서도 벗어날 것이다. 나는 아무것도 하지 않고 아무 생각도 하지 않고, 다만 죽은 듯이 잠만 자고 싶다고 생각했다. (중략) 나는 죽음 같은 잠을 자기 위해 혼자 있는 집, 혼자 쓰는 침대에 누웠으나 잠은 낮에도, 밤에도 좀처럼 오지 않았다. 밤이면 가구들이 저희들끼리 수런수런 이야기를 나누는 소리가 들려오는 듯했다. 내 집의 가구들은, 그것이 내 것이 되기 전에 이미 너무 많은 사람들의 것이었다. 내가 쓰고 있는 침대 위에서 누군가는 섹스를 했고, 누군가는 피를 흘렸을 것이다. 누군가는 숨을 거두었을 지도 모를 일이다.

나는 죽은 듯이 잠을 자기는커녕, 되도록 집 바깥으로 나가 시간을 보냈다. 한시간을 걸어 한국인 거리까지 가서 몇 시간을 서성거리다가 다시 한시간을 걸어 집으로 돌아오곤 하는 날들이 이어졌다.

─김인숙 「바다와 나비」(2002)

우리가 다시 만나면, 아무리 세월이 흐른 뒤에라도 무슨 일인가 일어날 거라고요. 김치를 새로 담가놓고, 현관 바닥을 반들거리도록 닦아놓고 행주를 깨끗이 삶아 널어놓고, 냉장고와 장롱을 구석구석 정돈해 놓고 아이들 속옷과 가방과 운동화를 새로 사놓고, 남편의 와이셔츠를 모두 다려놓고, 통장과 서류들을 거실 탁자 위에 가지런히 펼쳐놓고 빈손으로 집을 떠날 거라고요.

─전경린 『열정의 습관』(2002)

안방을 걸어나온 그녀는 검푸른 베란다창을 내다보았다. 지우가 간밤에 놀다 둔 장난감들, 소파와 텔레비전, 싱크대와 캄캄한 문짝들과 가스레인지의 얼룩들을 마치 처음 보는 물건인 듯, 처음 들어와 본 집인 듯 둘러보았다. 그녀는 이상한 흥통을 느꼈는데, 마치 그 집이 점점 자신의 몸을 죄어들어오는 것 같은 압박감이었다. (중략) 그녀는 다시 한번 집 안의 물건들을 둘러보았다. 그것들은 그녀의 것이 아니었다. 그녀의 삶이 자신의 것이 아니었던 것과 꼭 같았다.

─한강 「나무 불꽃」(2005)

나는 人形이었네
아버지의 딸인 人形으로
남편의 안해 人形으로
그네의 노리개이었네

노라를 놓아라
순순히 놓아 다고
높은 墻壁을 헐고
깊은 閨門을 열고
自由의 大氣中에
노라를 놓아라

나는 사람이었네
拘束이 이미 끊쳤도다
自由의 길이 열렸도다

—나혜석 「노라」(1926)

나는 집이 없다
반석 위에 내 집을 세우는
수고하는 석공이 되고 싶지만
——이안에 지금
한 오라기 명주실을 주시면
내 집의 기둥이 되리
한 오라기 명주실을 더 주시면
내 집의 창문 되리-

—김남조 「집」(1967)

여자는
왜
자신의 집을 짓기 위하여
자신을 천지사방 찢어버리지 않으면 안 되는가.
검정나비처럼 흰나비처럼
여자는 왜
자신의 집을 짓기 위하여선
항상 비명횡사를 생각해야 하는가.

—김승희 「나혜석 콤플렉스」(1989)

흰 눈을 이글루처럼 뒤집어 쓴 채
닻 같은 앞발톱으로 베란다 창을 긁고 있었어
두 눈을 유빙처럼 끔벅이며
집에 들어가도 돼-

어떻게 여기까지 온 거야?
안 돼! 그렇게 앞발에 힘을 주면 아파트가 무너져
안 돼! 그렇게 큰 몸으로는 들어올 수 없어
몸을 줄여야 해 그래 좋아 3층만해졌구나

먹을 걸 줄 수 없어 좀더 작아져야 해
이제 1층만해졌어 조금만 더 조금만
그렇게 울지 마 사람들이 깨면 경찰이 달려올 거야
작살 이빨은 뽑아야 해 물고 싶어질지도 몰라
갈고리 발톱도 잘라야 해 긁히면 다쳐
그래 좋아 그렇게 진한 툰드라 냄새를 피우지 마
가시털을 세우면 안 돼! 절대로!
그래 착하지 좋아좋아

손바닥만하게 된 하얀 북극곰

—정끝별 「우리 집에 온 곰」(2000)

내 집은 유리집
통유리 집
통유리 천장
통유리 바닥
스물네 시간
조명이 꺼지지 않는 유리방에서
수음을 하고
뒷물을 하고
입을 뻐끔거리고
똥구멍에 기다랗게 잡념을 매달고 다니다가
뚝뚝 떨어뜨리는 내 집은
유리집, 알
낳을 데를 찾지 못해
만삭의 암컷이 배 터져 죽는 집
배설물에
개숫물
죽어서 떠오른
식구들의 추깃물까지
휘저어 들마셨다 내뱉는
내 집은 유리집

—김언희 「유리집」(1995)

새장의 새를 보면

집 속의 여자가 보인다
날개는 퇴화하고 부리만 뾰족하다
사는 게 이게 아닌데
몰래 중얼거린다

도대체 하늘이 어디까지 갔기에
가도가도 따라갈 수 없다 하는지
참을 수 없이 가볍게 날고 싶지만
삶이 덜컥, 새장을 열어젖히는 것 같아
솔직히 겁이 난다
시작이란 그래, 결코 쉬운 일이 아닐 테지

— 천양희 「새에 대한 생각」(1994)

1.9. 길 위의 집, 집시의 집

여성들은 인형의 집 혹은 새장을 벗어나서 새로운 길 위에 서길 욕망한다. 집과 가족이라는 견고하면서도 위태로운 성채를 향해 불가항력적인 애증을 느끼면서도 자아를 찾기 위해 집밖의 공간을 그리워한다. 여성이 상상적으로든 현실적으로든 집을 벗어나는 일은 진정한 자기 자신의 모습을 발견하고 온전한 자유를 체감하기 위해서이지만 이 간절함도 불안하고 시한부적이다. 여성에게 집 밖으로 나가는 일은 혹독한 세상에서 자신을 안전하게 비호해주는 친숙한 공간을 벗어나는 모험이기도 하기 때문이다.

고전시가 속에서 여성이 시도하는 가출은 자신을 박대하는 시집에서 나오는 것이다. 당대는 '출가외인'(出嫁外人)의 이념이 지배하고 있으므로, 여성의 가출은 가부장제와 인습에 대한 적극적인 위반의 의미를 지닌다. 여성은 시집살이 속에서 가해지는 일상적인 억압으로 인해 집으로부터의 탈주를 꿈꾼다. (「부녀가」) 특히 시집살이 민요 중 며느리가 시집에서 나와 중이 된다는 내용의 '중이 된 며느리' 노래들이 그 주요한 유형을 형성한다. 가출은 시집식구들이 며느리인 자신에게 행하는 부당한 대우에 대해 그 부당함을 항변하는 행위이자, 새로운 삶을 모색하는 시도이다. 가출 후의 내용은 친정에 찾아가나 들어가지 못하고 중이 되거나 비극적인 죽음으로 끝나고 있다. 이러한 비극적인 결말은 여성을 결박하는 사회 제도적 억압의 공고함을 보여준다. 한편 일부 각편들은 가출 후에 돌아온 시집에서 시집식구들이 죽거나 망한 모습을 확인하는 내용으로 끝나고 있는데, 이는 시집식구들이 지은 죄의 징벌을 받는 권선징악의 의미를 지닌다. (「경남 거창 시집살이 노래」, 「충북 칠곡 밭매는 소리」)

현대소설에서 집으로부터 소외된 여성인물이 행하는 도발적인 가출 서사는 안락함과 보호성을 상실한 '길 위의 집'으로 확대된다. 병들고 무기력한 부모, 이혼하거나 가출한 부모, 소원한 부모자식 관계, 부재하는 남편 등, 가족 구성원의 해체와 반목이, 낡고 무너지는 집, 불편하고 더럽고 안전을 위협하는 집, 무섭고 낯선 집 등을 배경으로 드러난다. (강경애 『인간문제』 「동정(同情)」, 이선희 「처의 설계」, 박완서 「포말의 집」, 윤성희 「레고로 만든 집」, 전경린 「메리고라운드 서커스 여인」 「내 사랑 클레멘타인」, 신경숙 「벌판 위의 빈집」, 김숨 「흑문조」) 특히 여성의 맹목적인 희생과 배려를 담보하지 않고는 집을 형성할 수 없다는 인식이, 의도적으로 견고한 집을 짓지 않는 해체적 사고를 지향하기도 한다. 가능한 한 집의 구조를 갖지 않는 허술한 집(전경린 「꽃들은 모두 어디로 갔나」, 신이현 『숨어 있기 좋은 방』, 하성란 「웨하스로 만든 집」, 한강 「철길을 흐르는 강」), 가족주의를 초월한 범인류적 애정과 지성을 바탕으로 한 공동체(박완서 「환각의 나비」, 이혜경 『길 위의 집』, 전경린 『엄마의 집』, 공지영 『즐거운 나의 집』), 결혼이라는 제도를 뛰어넘는 결합에 대한 욕망(전경린 「천사는 여기 머문다」) 등 기존의 집 구조를 허물고 대체하는 '집시의 집'이 그것이다. 이러한 집은 여성의 독립과 성장에 기반하여 구축되고, 억압과 강박의 부권적 힘으로부터 벗어나 있다. 언제든 떠나고 또 돌아올 수 있는 자족과 휴식의 공간이다.

현대시의 여성들은 길 위에서 찾은 집이 자유와 해방의 공간이되 동시에 '집시'의 길이며 매혹적이고도 치명적인 '철로변 집'이며 '여행 중'인 집이라는 것을 받아들이게 된다. 그럼에도 불구하고 집을 나서고 싶은 무의식과 욕망, 그리고 집밖에서 집을 다시 바라볼 수 있게 된 인식들을 통해 새로운 자아를 발견하게 된다. (진은영 「가족」, 김승희 「그림엽서」, 정끝별 「한 집 눈물」, 김상미 「철로변 집」, 이원 「집은 여행 중」)

가른하다 여주신명 박연희로 졍흔빅필 일연동거 못다하고 여흘도리 씻기난니
애슉할사 친졍부모 가리가면 허용업시 치삿셔면 이른변니 업근마는 죽일연이 쌀
연이라 보기실타 죽더라도 졔집귀신 살더라도 그집사람 주조압푀 쫏츳닐지 오도
가도 못한거름 평싱으로 곡한마음 즁노이셔 죽긋드라 찰협타기 벼션부여 쓰라마
라 나는간다 광틱흔 너른쳔지 너안이면 늬못살가 불숭하다 여주신셰 이리죽고
져리죽고 이리져리 망극하다

―「부녀가」(미상)

저게가는 저즁님아 요내머리를 깎아주소 이방저방 곰돌아들어 아홉폭 주리치매
한폭을따서 바랑을짓고 한폭따서 승낙짓고 한쪽머리를 깎고나니 비오듯이 눈물나
네 양쪽머리를 깎고나네 대성통곡이 절로난다 가자가자 승려들아 친정동네 동냥
가자 친정동네를 동냥가자 내가왔소 내가왔소 이집댁에 내가왔소 울어머니 거동
을보소 삼선보손 신은발로 대청머리 썩나서서 하쥭설대 진담뱃대 외로물고 우로
빼고 애따그중 참도나좋다 우리딸이 방사하네 마느래님 그말씀마소 조선항구를
다댕기도 같은사램이 있습니다 찹쌀주라 백쌀을주라 아따그중 좀도좋다 찹쌀백쌀
받아갖고 동냥가자 동냥을가자 시갓고데를 동냥가자 시갓고데 동냥을가니 쑥대밭
이 되었구나 씨아바씨 무덤에는 호령꽃이 피었구나 씨오마씨 무덤에는 앙살꽃이
피었구나 씨누애기 무덤에는 한림꽃이 피었구나 우리님의 무덤에는 덮을꽃이 피
었구나

―「시집살이 노래」 경남 거창군 마리면(미상)

밥이라꼬 주는 것은 삼년 묵은 버리밥을 사발굽에 발라주고 장이라꼬 주는 것은
삼년 묵은 꼬랑장을 접시굽에 발라주네 숟가락은 십리 만치 던졌다가 오리 만참
주다주네 열두폭 처매 내서 한폭 따서 꼬깔 겼고 두폭 따서 바랑 짓고 바랑을
짊어지고 시대 삿갓 덮어씌고 재 막대기 손에 들고 질을 나서가니 서방님이 하신
말씀 가세 가세 집에 가세 못댔더라 못댔더라 너거 엄마 못댔더라 우리 엄마 못댔
으마 천년 살고 만년 사나 우리 둘이 천년 살고 만년 사지 가세 가세 집에 가세
못댔더라 못댔더라 너 아버지 못댔더라 울 아버지 못댔으만 천년 살고 만년 사나
우리 둘이 천년 살고 만년 사지 못댔더라 못댔더라 너거 동상 못댔더라 우리 동생
못댔으면 천년 살고 만년 사나 우리 둘이 천년 살고 만년 사지 은가락지 찌든
손에 호미 꼭지 왠 말인고 금봉처라 찌든 머리 시대삿갓 왠말이고 그러구로 삼년이
지내가서 집이라꼬 찾아가니 쑥대밭이 되었구나 시어마니 미에 가니 앙살꽃이
피어있고 시아버님 미에 가니 호랑꽃이 피어있고 시동생 미에 가니 유두꽃이 피어
있고 시누아씨 미에 가니 개살꽃이 피어있네 서방님 미에 가니 함박꽃이 피었구나

―「밭매는 소리」 충북 칠곡(미상)

마침내 방안에 아무도 없는 것을 알자 선비는 들어갔다. 그리고 오늘은 이 문을 열어 주지 않으리라 결심을 하며 문을 힘껏 잡아당겨 걸고 자리도 펴지 않은 채 누워버렸다. 누우니 일만 가지 생각이 뒤끓어 마치 환등을 보는 것 같았다. 그리고 저 문 밖에서 덕호가 문을 잡아 당기는 것만 같았다. 한참 후에 정말 문이 바짝하였다. 에그 또 왔구나…… 하고 눈을 꼭 감아 버렸다.

―강경애 『인간문제』(1934)

「난 영신학교 뒤에라오. 어디오 댁이?」
그는 한참이나 말없이 걷다가
「날 같은 년에게 무슨 집이 다 있겠어요!」
역시 한숨 끝에 이렇게 말하였습니다. 나는 그가 남다른 환경에 있다는 것을 짐작하며
「왜요? 나는 새도 깃이 있다는데 사람이 돼서……」
여기까지 말했을 때 그는
「흥! 난 새만두 못한개라요, 새나 되었으면 여북 좋게요. 맘대루 창공을 펄펄날면 얼마나 좋아요」

―강경애 「동정(同情)」(1934)

윗목에 깔아놓은 남편의 이부자리는 초저녁에 깔아놓은 대로 새벽녘이 되도록 사람이 들지 않아 벗어놓은 짐승의 허물(皮)처럼 홀쭉한 채 늘어져 있다. 이부자리란 사람이 덥고 자게 마련인지 새벽이 되도록 빈 껍질처럼 홀쭉해 있으면 그처럼 서글프고 외롭고 또는 무시무시해지기까지 하는 건 없다. (중략) 소라는 빈 뱃속같이 휑덩그레한 방안을 아무 뜻 없이 두루두룩 살폈다. 세간들도 다 그대로 있기는 하나 이 방안이 왜 이다지 허술한지 모르겠다고 생각하면서 다시 잠이 오지 않을 것을 걱정했다.

―이선희 「처의 설계」(1940)

불쌍한 예언자―, 나는 창을 통해 멀어져가는 그의 뒷모습을 바라보면서 문득 그가 그린 미래의 집의 포말의 모습은 건물의 모습이 아니라 미래의 가족의 모습일지도 모른다고 생각했다. 그렇다면 그는 얼마나 끔찍한 걸 예언한 것일까. 나는 진저리를 쳤다. //
나는 멀어져가는 의식 속에서 내가 사랑하는 아파트군이 그 견고하고 확실한 선을 뒤틀면서 해체되고 드디어는 방울방울 불면 꺼질 듯한 포말의 모습으로 겨우 그 잔재를 남기는 걸 보았다.

―박완서 「포말(泡沫)의 집」(1976)

그 벌판엔 아직도 그 빈집이 있다. 담쟁이 잎새는 무얼 먹었는지 날이 갈수록 더 기름지게 푸른빛을 낸다. 가난한 당신이 어느날 혹시 그 들판을 지나가다가 그 집을 보게 돼도, 그냥 지나가야 한다. 행복과 노래는 그 한때였다. 여자가 손수 짜서 창을 쳐놓은 흰 레이스 발이 정겨워서 들어가 살고 싶어져도 뒷걸음질을 쳐야 한다. 밤마다 기름진 푸른 담쟁이 잎새와 가파른 아홉 개의 계단이, 그런데 그때 왜 나 밀었어, 엄마? 우우 속삭이는 그 소리를 듣지 않으려면.

—신경숙 「벌판 위의 빈집」(1993)

얼마만큼 더 살아야 이 집이 내 집처럼 여겨지고 진짜 내 아이처럼 여겨질지 알 수 없었다. 나는 여전히 이곳에의 내 역할이 어색했고 아무 이유도 없이 불안하기는 마찬가지였다. 나는 식어빠진 미역국을 들고 주방으로 가 개수대에 부어 버렸다. 그리고 힐끗 안방문을 바라보았다. 시어머니와 아이는 함께 자고 있는 것 같았다. 나는 아무렇게나 윗도리를 걸쳐입고 대문을 나섰다.

거리는 부드러운 바람이 불었고 방에서처럼 덥지도 않았다. 날아갈 것처럼 몸이 가볍게 여겨졌다. 어디든, 집이 아닌 곳으로 나서면 즐거워진다는 태정의 주문에 걸려버렸는지도 모를 일이었다. 집도 절도 아닌 그곳, 태정이 있는 여관으로 간다고 생각한 그 순간부터 내 마음은 나뭇잎처럼 가볍게 팔락거렸다. 어쩌면 이제 나는, 여관 중독자가 되어버렸음이 분명하다는 생각이 들었다.

—신이현 『숨어있기 좋은 방』(1994)

아들과 딸의 이런 보이지 않는 버티기를 아는지 모르는지 어머니의 여기 있으면 저기 있고 싶고 저기 있으면 여기 있고 싶은 증세는 하루하루 더해갔다. 어머니에게는 이미 아들이냐 딸이냐는 그닥 중요하지 않았다. 여기도 저기도 아닌 데가 과천이었다. 어머니는 겉으로는 지능이 퇴화하는 것처럼 보였지만 발달하고 있는지도 몰랐다. 치사하게 아들네서 딸네로, 딸네서 아들네로 보따리처럼 옮겨다니느니 여기도 아닌 저기도 아닌 과천이란 완충지대를 만들어놓고 거기 보내달라고 보채고 있으니 말이다. //

헉 하고 숨을 들이쉬면서 천개사 포교원이라는 간판과 함께 빨랫줄에서 나부끼는 어머니의 스웨터를 보았다. 영주는 멎을 것 같은 숨을 헐떡이며 그 집 앞으로 빨려들어갔다. 마루 천장의 연등과 금빛 부처가 그 집이 절이라는 걸 나타내고 있었다. 그밖엔 시골의 살림집과 다를 바가 없었다. 부처님 앞, 연등 아래 널찍한 마루에서 회색 승복을 입은 두 여자가 도란도란 도란거리면서 더덕 껍질을 벗기고 있었다. 더할나위없이 화해로운 분위기가 아지랑이처럼 두 여인의 둘레에서 피어

오르고 있었다.

—박완서 「환각의 나비」(1995)

"이곳은 여러 가지로 안 좋아. 특히 겨울에는 난방도 안 되잖아. 다다미방이라고
는 해도 추울 거야. 이렇게도 낡고 허술하고…… 집 같지도 않아."

"난 그 점이 다 좋은데요. 특히 집 같지 않은 점이요."

"너 집이 그렇게 싫으니?"

아버지는 언제나 불편해 보이고, 창문이 없는 방 안엔 자궁암을 앓는 할머니가
언제나 누워 있고, 부엌엔 입술이 두껍고 몸이 검은 아버지의 새여자가 있고 집
이곳저곳에서 마주칠 때마다 소름이 돋아 오르는 두 명의 낯선 남자아이들이 있
는 집.

"난 아마 앞으로도 오랫동안 이런 곳을 떠돌 거예요. 가능한 집의 구조를 가지지
않은 곳들로요."

언제까지 나는 떠돌 수 있을까, 내가 나를 마주치지 않고 하루하루를 보내려는
것처럼 허무한 음모. 집에 돌아가지 않고 계속해서 모르는 곳으로만 떠나갈 수가
있을까……

—전경린 「꽃들은 모두 어디로 갔나」(1996)

골목은 길고 어두웠지. 버려진 화물상자의 판자때기를 뜯어다가 개구멍을 막은
블록담장이 있었고, 그 담장 안쪽에는 연립주택이, 바깥으로는 경인선 철길이 나
란히 서쪽을 향해 뻗어나가 있었지. 주황빛 나트륨 외등은 띄엄띄엄 셋이 서 있었
을 뿐인데, 그나마 담 바깥에서 철길 쪽으로 고개를 수그리고 있었지.

나는 그중 불이 깜박이지 않고 가물거리지도 않는 두 번째 가등 아래에 앉곤
했어. 차가운 담장에 등을 기대고 연립주택을 향해 앉아 있자면 음울한 시선 같은
불빛이 내 어깨를 감싸안으며 그림자를 호리호리하게 드리워주는 것을 볼 수 있었
지. 어머니가 입었던 두툼한 국방색 오버코트는 발육이 더딘 내 몸뚱이가 두 개는
너끈히 들어갈 만큼 컸으니, 외투를 입고 있었다기보다 외투 속에 웅크리고 있었
다는 편이 어울렸을까.

그곳은 내 집이었어.

—한강 「철길을 흐르는 강」(1996)

물이 새고 있다. 천장에서 장식장 위로 빗물이 떨어지고 있다. 장식장에서 흘러
내린 빗물은 거실 바닥을 흥건히 적시고 있다. 그녀는 느닷없이 웃음이 터질 것만
같다. 아버지가 설계하고 직접 일꾼들을 부려가며 지은 집이다. 한때 공사장을

전전하며 목수일을 하기도 했다. 그런데 물이 새다니. 갑자기 그녀는 태아처럼 웅크리고 잠든 아버지를 깨우고 싶은 충동을 느낀다. 물이 새는 저 천장을 보여주고 싶다. 허술하게 무너지고 있는 이 집을 보여주고 싶다.

—조경란 「내 사랑 클레멘타인」(1997)

바퀴가 달린 레고를 들고 부엌으로 향하다 무언가를 밟는다. 오빠가 만든 레고로 만든 집이다. 레고로 만든 집은 내가 밟아서 한 층이 완전히 무너졌다. 현관문은 그대로 남아 있지만 부엌으로 짐작되는 곳과 방은 부서졌다. 나는 발로 그 조각들을 한쪽 구석으로 민다. //

가만히 굴뚝을 들여다보니, 그 안에서 누군가의 얼굴이 보이는 듯하다. 낮에 보았던 내 얼굴, 복사기에 찍힌 내 얼굴이 굴뚝 속에 있다. 깊이를 헤아릴 수 없을 정도로 검게 찍힌 눈자위가 보인다. 검은 눈자위 사이로 흰 눈동자가 보인다. 흰 눈동자가 나를 노려보고 있다. 꽉 다문 아래턱이 서서히 지워진다. 그리고 코가, 눈이, 귀가 서서히 지워진다. 지워지는 게 아니라, 불타고 있다. 다 탈 때까지 눈동자는 나를 노려보고 있다. 내 얼굴이 지워지자 오빠가 만든 레고 집이 보인다. 그 집이 서서히 무너진다. 2층 방이 무너지고 아래층 창문이 하나 둘씩 떨어진다. 정원에 매달려 있는 그네가 위태롭게 흔들린다. 현관문이 무너지기 전에 나는 굴뚝에서 눈을 거둔다.

—윤성희 「레고로 만든 집」(1999)

"난 어려서 부모를 잃고 할머니 손에서 자랐어요. 할머니가 돌아가신 뒤 곧바로 사진관 남자를 만나 결혼해 그 사진관 이층에 집을 꾸미며 살았죠. 두 아이를 낳았고 정확히 십 년 뒤에 집을 떠났어요. 무슨 이유 같은 건 없었어요. 걸리는 게 있다면 낮 내내 아래층에 있던 남편이 하루도 빠짐없이 정오에 점심을 먹으러 올라왔다는 것 정도죠. 평생 동안의 정오의 시간들…… 그리고 둘이 함께 잠자리에 누운 자정의 시간들. 어느 날 집을 떠날 때, 그건 그냥 가을에 나뭇잎이 떨어지듯 자연스러운 거였어요.

—전경린 「메리고라운드 서커스 여인」(1999)

어머니가 살얼음판을 딛듯 조심스럽게 발을 뗐다. 바삭, 바삭, 바삭. 자매들은 웃었고 어머니는 특히 소리가 심한 곳을 찾아내려는 듯 마룻장을 모두 디뎌보았다. 둘째가 자신만만하게 소리쳤다. "과자로 만든 집이야. 마루는 음, 웨하스로 만들었어. 이건 웨하스 씹을 때 나는 소리야."

자매들은 발끝을 들면서 이구동성으로 외쳤다. 그러니 조심해!

—하성란 「웨하스로 만든 집」(2005)

시집살이는 널뛰기나 다름없었다. 널 위에서, 남편은 부모를 부축하며 안전하게 바닥에 닿아 있었고, 윤 씨는 마음 둘 곳 없는 한 줌 검불이 가벼움으로 치솟아 올라, 현기증 나는 세월을 감당했다. 높은 데 홀로 선 막막함. 떨어지면 안 된다는 생각으로 발 끝에 힘을 주며 견뎠다. //

대학에 가서 윤기는 알았다. 가족이라는 단어의 어원이 라틴어 파밀리아이며, 파밀리아는 한 사람에게 속한 노예 전체를 뜻한다는 걸. 길중 씨야말로 이 이원에 가장 충실한 가장이었고, 윤기는 유일하게 반기를 든 노예였다. //

"참, 그 얘길 안 했군요. 아이들에게 어른 남자는 아빠, 어른 여자는 엄마지요. 낮 동안 부모와 떨어져서 지내서 그런가봐요. 처음엔 제대로 알려줘야 하지 않을까 했는데, 자라면 저절로 구분하게 되려니 싶어서 굳이 바꿔주지 않았어요. 내 아이가 아니라 우리 아이라는 의미도 있고, '내 아이'라는 소유 의식 때문에 많은 문제들이 생겨나잖아요? 소유하려 하니까 한쪽에선 소유당하지 않으려 하고, 그러니 부모 자식 간에 싸움이 벌어지고……. 그건 그렇고, 장가도 가기 전에 아빠 소릴 들어서 어떡하죠?"

—이혜경 『길 위의 집』(1995)

엄마는 자신만의 집에서, 그림을 그리고, 돈을 벌기 위해 얼마간 일러스트 작업도 하고, 자신을 위해 요리를 하고, 넉넉하진 않지만 꼭 쓰고 싶은 데에는 돈을 쓰고, 언제든 외출하고, 어디든 가며, 누구든 만났다. 무엇보다 깊이 생각할 수 있는 충분한 시간을 가지고 있었다. 사유할 수 있는 삶이야말로 참으로 사치스러운 삶이 아닐까? 여자로 성장해 결혼하고 아이를 낳고 키웠고, 사랑도 한 뒤에 이젠 한 인간으로서 독립적으로 자신을 만끽하는 것이다. 그러고 보면 행복하지 않을 이유가 없었다.

—전경린 『엄마의 집』(2007)

내가 우려했던 대로 계단은 감쪽같이 사라지고 없었다. 우리 집과 옆집 대문 아래는 그대로 깎아지른 절벽이었다. 배관공이 계단 밑에 세워놓은 은회색 봉고차도 가버리고 없었다. 남편이 집에 돌아왔는지, 돌아오지 않았는지 도무지 알 수 없었다. 우리 집도 옆집도 어둠 속으로 조용히 가라앉고 있었다.

그러고 보니 내 나이 마흔세 살이었다.

청주의 부모님에게 진 빚은 아직 다 갚지 못했다.

—김숨 「흑문조」(2007)

밖에선

그토록 빛나고 아름다운 것
집에만 가져가면
꽃들이
화분이

다 죽었다

−진은영 「가족」(2003)

그림엽서 같이
목가적이다

부부싸움 끝에 쫓겨나
골목밖 가로등 밑에서
우리집 등불을 지켜볼 때

−김승희 「그림엽서」(1995)

집이 기침을 하면 나 한 집 약 먹는다
집이 오줌 누고 싶어하면 나 한 집 똥 눈다
집이 술잔을 들면 나 한 집 담배를 피워 문다
집이 단추를 풀면 나 한 집 속옷까지 벗는다
집이 심심해하니 나 한 집 아이 낳아준다
집은 날로 의기양양 나 한 집 업신여기고
나 한 집 더럽히고 나 한 집 깔아뭉개고
너 나가 너 나가 다 나가 나 한 집 내치네
집을 쫓아다니느라 빚더미에 오른 나 한 집
나 한 집 옹골차게 등쳐먹는 잔인한 집에
내쫓긴 가엾은 나 한 집시

−정끝별 「한 집 눈물」(2000)

기차가 지나가네요, 내 애인은 철로 변 집에 살아요, 에드워드 호퍼가 그린 집과
똑같은 집, 그집에서 살아요, 우리는 기차가 지나갈 때마다 사랑을 나누어요, (중
략) 매 시간 지나가는 기차처럼 우리 삶에는 머묾보다 떠남이 더 많고, 매번 불타는
그 떠남 속에서 나는 늙어가지만, 나는 내 위로 지나가는 기차 소리가 좋아요,
마음이 저리도록 나를 꼭 껴안고 오로지 자신에게만 푹 파묻히게 하는 내 애인처럼

삶은 격렬하고 또한 한없이 적막하지만

―김상미 「철로변 집」(2011)

이중창과 방범창까지 닫힌 집 속에서 길 하나가
탈장처럼 **빠져나온다**
(중략)
안테나가 헐거워진 집을 단숨에 잡아당긴다
집은 그 흔한 뿌리도 구근도 매달지 않았다
뿌리까지 다 내놓고도 나무는
집과 길 밖에다 새를 감추어 두고 있다
집은 허공의 날개가 되었다
집은 여행 중이다

―이원 「집은 여행 중」(2007)

1.10. 집과의 화해, 집으로의 회귀

집을 떠나는 것은 진정한 집을 찾아나서는 일이기도 하다. 진정한 집이란 결코 도달할 수 없는 원형적인 것이어서, 이상화된 본향의 집을 찾는 이는 유랑하는 영혼 같은 존재로 살게 된다. (전경린 「부인내실의 철학」, 신경숙 「오래 전 집을 떠날 때」, 『엄마를 부탁해』)

그러나 한편 진정한 집이란 돌연히 깨닫게 되는 일상의 새로움이기도 하다. 그러므로 오랜 방황을 거쳐 돌아온 옛집의 무기력하고 남루하며 고통스러운 일상에서 사소하지만 소중한 생의 의미를 깨닫거나, 떠나온 유년 시절의 자취에서 상처를 어루만지기도 한다. (김채원 「겨울의 환(幻)」) 여성들은 집을 거부하고 떠났던 노정을 통해 집을 이해하고 회귀하게 된다. 이상적인 집이 존재할 수 없음을 이해하고 집에 대한 애증의 과정을 통해 자기 스스로 집과 화해하기를 시도한다. 진정한 집을 찾아 길 위에 나섰다가 결국 다시 집으로 되돌아올지라도 이 반복적이고 나선적인 노정 위에서 이들은 무조건적으로 순응하거나 타협

하지 않고 자기 내면의 목소리를 들으며 성장하게 된다. 집은 여성을 억압하고 소진하게 하는 곳이기도 하지만 또한 삶의 의미를 주고 비호하며 성장하게 하는 곳임을 체득하게 된 것이라 할 수 있다.

다시 돌아왔을 때 여성들은 집이 더 이상 '인형의 집'과 '새장'이기를 거부하며 새로운 집을 욕망할 수 있는 용기를 갖게 된다. 허무 위에 지은 파괴적인 집을 벗어나 상처받은 집을 스스로 치유하고 또 아무리 벗어나려 해도 '꼭 한 걸음' 뒤에 따라오는 집을 받아들이면서 집의 궁극적인 의미와 스스로 화해하기에 이른다. (김혜순 「피흘리는 집」, 김민정 「집으로」, 이사라 「집」, 김윤이 「복사골」)

> 집의 불빛이 창으로 보이면 저는 숨을 멈추듯 걸음을 멈추고 아, 하는 감회와 함께 다른 인생을 찾아 남의 인생을 살아주기 위해 어디 멀리까지 헤매다가 이제 제 운명 속으로 돌아온 안도감을 느끼곤 했습니다.
> 시집가기 전에 쓰던 장롱과 거울, 조그만 책상 같은 것들이 그대로 놓여 있는 내 방에 누워 있으면 제 본래의 자리로 돌아왔다는 이상한 안도감을 느낍니다. 제 어린 시절에 뿌리를 내린다고 할까요. 인생에 뿌리를 박는 것은 옛 시절이 배어 있는 내 집을 떠나서는 헷갈린다고 할까요.
> ― 김채원 「겨울의 환(幻)」(1989)

> 당신이 아무리 나와 가까웠다 해도 여행에서 돌아와 아무도 없는 빈집으로 들어가는 내 마음을 들여다본 적 있어? 그때면 생각하지. 누군가 미리 집에 불을 켜놓고 현관문을 열어주고 누더기가 된 나의 가방들을 안으로 들여놓아주었으면, 그저 그날 밤만이라도 누군가 차려준 양이 적고 간이 맞는 국물이 있는 식사를 할 수 있었으면, 다정한 인기척을 느끼며 깊은 잠을 잘 수 있었으면, 그저 그날 밤만이라도 이룰 수 없는 꿈을 꾸다가 공허하게 허공을 휘젓고 있는 내 손을 누군가 맞잡아 다시 이불 속에 밀어넣어주었으면, 하고. //
> 환해진 집은 오래 비워둔 집 같지 않게 여기저기가 반들반들하다. 유리문 앞에 서 있는 벤자민 잎사귀가 늘 누가 가꾸어준 듯이 윤을 내며 찰랑거리고 있다. 그녀는 빛에 눈이 찔린 듯 아파와서 거실의 스탠드 불빛만 남겨놓고 큰 등들의 스위치를 내렸다. (중략) 그녀는 잠시 의아한 눈으로 씽크대 밑판을 내려다본다. 제 자리에 잘 있다. 방금 누가 씻어놓은 것같이 장식장 안의 접시들도 깨끗하다. //
> 그들이 왔다갔나보다. 폭우에 밀려, 이십여 년 전에 비에 떠내려간 그들의 빈집을 찾아 아직도 산정을 오르고 있는가보다. 사랑을 완성하기 위하여. 서른이 되던 해, 그녀는 무슨 연유론가 새하얗게 질려 어두운 방에 앓아누웠다. 그녀의 부친은

그 어두운 방, 그녀의 머리맡에 찾아와 백조 이야기를 마저 해주었다. 폭우에 쓸려 산밑으로 떠내려온 백조들은 진흙탕과 뻘밭을 헤매면서도 제 물기슭의 물살과 식물들의 향기를 잊어본 적이 없다고. 타는 듯한 갈증으로 눈알을 뽑아내면서도 그 산정의 제 물기슭으로 돌아가기 전엔 어디에도 둥지를 틀지 않았다고.

—신경숙 「오래 전 집을 떠날 때」(1996)

요즘 딸은 자우림의 새 노래만 듣는다. 그 노래를 듣고 있으면 희우는 어딘가 머나먼 곳에 버리고 떠나온 옛집이 있는 것만 같은 느낌에 빠진다. 옛날의 아이와 옛날의 부모와 형제…… 전생으로부터 흐르는 눈물처럼 아득하고 혼돈스러운 상실의 느낌…… 얼마나 많은 것을 잃고 나는 또 생을 살고 있는 걸까. //

열 동쯤 되는, 이주 보상이 거의 끝난 빈 아파트 단지이다. 열두어 평 크기의 오층 아파트는 창마다 무늬가 다른 방범살과 차양을 얹은 미니 베란다들이 녹이 슬고 휘어지고 색이 바랜 채 치렁치렁 붙어 있다. 협소하고 가난한 삶이 허공을 향해 팔을 내민 것 같은 간절한 호소…… 커다란 거미가 거미줄을 친 것 같고, 늙은 처녀가 툭툭 끊어지는 삭은 실들을 모아 레이스를 뜬 것 같고, 굶주린 어머니가 조각천으로 아이들의 겨울옷을 기운 것 같다.

사람들의 건물이라기보다는 스스로 비와 눈과 바람과 태양빛과 계절과 시간과 밤과 낮을 경험하며, 숨쉬고 늙고 추억하고 회한에 잠기고 꿈을 꾸며 죽어가는 생명체 같다.

삶에서 삶을 빼면 남게 되는 것, 어쩌면 사람이 세상을 떠날 때 가져갈 수 없는 불가항력적인 무엇, 사람이 살아가는 실제 삶보다 더 삶 같은 어떤 것이 있다.

—전경린 「부인내실의 철학」(2002)

길을 떠도는 동안 아무것도 생각나지 않고 머릿속이 뿌연데도 나는 여기를 무척 그리워하곤 했재. 여기, 이 집의 마당이며 마루 밑이며 꽃밭이며 우물 따위가 얼마나 그리웠는지 몰라. 헤매다가 길가에 주저앉아서 생각나는 대로 흙바닥에 그림을 그려보던 곳이 이 집이었네. 대문을 그렸다오, 꽃밭을 그렸다오, 장 항아리를 그렸다오, 마루를 그렸다오. 아무것도 생각이 안 나는데 이 집이, 이 집 이전의 집이, 이 지상에서 사라진 지 오래된 그 집이, 재래식 부엌과 머위잎에 자라던 뒤란과 돼지막 옆의 헛간이 있던 그 집만이 선명히 떠올랐네.

—신경숙 『엄마를 부탁해』(2007)

눈이 내려
집을 찬찬히 감는다

하늘 나라의 붕대가
내려와 상처난 집을 찬찬히
감는다
피고름이 멈추지 않는다
집은 열이 몇 도나 될까
피 흘리는 집이 붕대를 녹인다
붕대 밖으로도 피고름이 흘러넘친다
상처 속에서 뛰어나온 우리들이
눈 치우개를 들고
이 놈의 더러운 붕대!
피 묻은 붕대를 밀어낸다
(눈 녹은 뒤
상처는 더욱 선명하다)

—김혜순 「피흘리는 집」(1994)

　빨랫줄에 걸린 기저귀천이 수건돌리기 하다 집을 감싼다 집으로 간다 방방마다 문고리가 수갑인 집이 링 경기장에 매달린다 집으로 간다 거품 문 욕조 속에 밥상만 한 맨홀을 품은 집이 코엑스 아쿠아리움 전시 수조 속에 빠져 있다 집으로 간다 낯익은 시체들끼리 꼭 껴안고 시즙을 짜 바른 집이 손에 잡혔다 달아난다 집으로 간다 집으로 안간다 집으로 안 가는 길을 주렁주렁 암 송아리가 매달린 식도에서 찾는다 집으로 안 간다 집으로 안 가는 길을 구둣발에 짓이겨 터진 지렁이에게서 묻는다 집으로 안간다 집으로 안 가는 길이 쓱싹쓱싹 지워져버린다 집으로 안 가는 길에 다시 나는 집으로 간다 꼭 한 걸음 뒤에서 집이 날 졸졸 따라붙는다 집으로 간다 뒤돌아 보면 꼭 한 걸음 뒤에서 집이 밟힌다.

—김민정 「집으로」(2005)

누구나
길을 걸어가면
발끝에서 길이 지워진다
발끝에서 지워진 길
뒤돌아보면 어느새
집이 되어 서 있다
누구의 집이 되어 서 있다
누구다 다시 걸어가면

집이 새끼를 낳는다
또다시 걸어가면
새끼가 새끼를 낳는다
누구나 멈추지 않고 계속 길을 간다면 영원히 누구의 집을 낳을 수 있을까

—이사라 「집」(2008)

비탈에 접어들이 집이 있었는데
구불구불 달동네, 길 잃은 적이 있다
낮에 눈부시게 환하던 국숫집도 문을 닫고
한양 숨결 고르다 툴툴대던 솜틀집,
고물고물 뜨거운 가래떡 뽑는
떡집 소리마저 멎은 저녁
(중략)
해 떨어지기 전에 돌아가 잠들어야 할 곳
도화동 복사골 첩첩 쌓인 달동네 집들이
복사꽃잎 몇낱 묻히며 가만히 내려다본다

—김윤이 「복사골」(2011)

1.11. 집의 파괴, 반(反)여성적 집

시대의 변화 속에서 이제 단단하고 따뜻한 집을 파괴하는 것은 가부장 이데올로기가 아니라 자연파괴적이며 인간말살적인 개발이다. 과거의 집은 흙이나 돌, 나무 등의 자연 재료를 이용해 대지와 조화를 이루도록 건축하는 수평지향적 주택이었던 반면, 현대의 집은 시멘트 등 공해물질을 자재로 하여 높이 쌓아올린 획일적인 구조의 아파트로 대변된다. 재개발 건축에 의해 단조롭게 솟아오른 아파트 단지는 폭력적인 도시 계획의 산물로서 남근적인 사고를 표상한다. 이는 어머니 대지와 조화를 이루는, 친환경적인 이전의 집과는 변별되는 것으로서 대기 오염, 소음, 진동, 악취 등에 취약하다.

길거리에 나앉은 듯 자동차 소리에 휩싸이는 아파트 환경, 햇빛도 들지 않게

다닥다닥 세워진 다가구주택, 새로 지은 산뜻한 아파트의 마감재에서 내뿜는 독성 등을 통해 파괴된 집의 양상이 나타난다. (공선옥 「목마른 계절」, 한강 「내 여자의 열매」, 하성란 『식사의 즐거움』, 이혜경 「멀어지는 집」, 「망태할아버지 저기 오시네」) 포클레인이 생체 해부한 집, 차가운 시멘트로 세워진 아파트, 고립과 소외 속에서 '야만의 동굴' 혹은 '정육점'이 되어버린 아파트는 모두 반여성적인 집이다. 여성들은 건강한 집의 의미를 회복하기 위해 반자연적이고 반문명적인 집에 대한 저항을 드러낸다. 현대의 반자연적이고 반여성적인 집 앞에서 그들은 원형적인 집에 대한 그리움을 기억하고, 반자연적인 집이 결국 비인간적인 삶의 공간이라는 것을 비판한다. (김상미 「그 집」, 문정희 「아파트동굴」, 이원 「아파트에서2」)

주차되어 있는 화물트럭들이 제각각 해산하고 난 뒤에는 또 쓰레기차의 소음이 아이를 더 잠들지 못하게 한다. 세대수가 많으니, 쓰레기 치는 시간도 길 수밖에 없다.
영구임대아파트의 아침은 이렇게 하여 뒤편의 소음과 앞편의 소음이 어울려 이루어내는 웅대한 소음의 오케스트라로 하루의 서막을 열게 되는 것이다.
―공선옥 「목마른 계절」(1993)

깊은 밤과 새벽이면 한산한 도로를 과속으로 질주하는 택시며 오토바이들의 굉음에 아내는 깜짝깜짝 깨어 몸을 떨곤 했다. 차들이 아니라 도로가 달리고 있는 것 같다고, 도로와 함께 이 집도 어디론가 떠내려가고 있는 것 같다고 아내는 말했다. 굉음이 멀리 사라진 뒤에야 다시 혼곤한 잠에 빠져드는 아내의 귀염성있는 얼굴은 산 사람 같지 않게 창백했다.
―한강 「내 여자의 열매」(1997)

12평의 작은 아파트 창문들은 먼 데서 보면 마치 닭장을 연상시켰다. 그 아파트는 남자가 아버지를 도와 처음 바퀴 소독을 하러 다니던 5년 전부터 재개발 말이 오가고 있었다. 연탄보일러에서 석유보일러로 다시 도시가스로 교체되면서 이 세 가지 난방 방식이 혼전하고 있었다. 아파트 베란다 밖으로 정리되지 않은 가스줄이 뒤엉켜 있었다. 아이들의 자전거와 빨래가 널려 있지 않다면 한눈에 폐허로 보일 것이다. 검게 녹이 슨 창틀의 새시는 떨어져서 문틀에 간신히 매달려 있었다.
―하성란 『식사의 즐거움』(1998)

하지만 온통 새것인 집안의 산뜻함에 취한 사람들이 발 뻗고 잠든 동안, 콘크리트며 화학제품투성이인 마감재는 맹렬하게 독성을 내뿜고 그 독기는 그들의 살갗과 숨구멍을 타고 들어가 가뜩이나 세월에 닳아가는 몸의 허술한 부분을 파고들어 치명적인 일격을 준비할 것이다.

—이혜경「멀어지는 집」(2002)

우리가 사는 집은 다가구주택이 다닥다닥 붙은 좁은 골목 안에 있었다. 건축법 따위를 알 리 없는 나였지만, 숨막히게 붙어 있는 집들을 보면 건축허가를 내준 공무원과 건물주인 사이에 무슨 짬짜미가 있었지, 하는 생각이 저절로 들었다. 사람이 다니는 길을 내는 것조차 아까운 듯 땅을 알뜰, 아니 인색하게 사용한 동네였다. 베란다에 나가서 윗몸을 내밀고 팔을 뻗치면 건너편 동 담벼락이 손끝에 닿을 판이었다. 건너편 집 말소리가 그대로 들리는 것, 옹색하게 드는 볕 때문에 바싹 말려도 누진 듯한 빨래, 문을 열어놓고 사는 계절이 되면 시선을 가리느라 쳐놓은 문발 때문에 가뜩이나 좁은 틈새로 들어오는 바람조차 제대로 누릴 수 없다는 것 등은 그래도 견딜 만했다. 제집인 양 출몰하는 바퀴벌레에 비하면.

—이혜경「망태할아버지 저기 오시네」(2006)

지금은 그 지붕 아래
아무도 살지 않습니다
포크레인의 방문과 함께 시작된
생체 해부 이후
그 집은 도로가 되어 버렸습니다
크고 작은 차들로 흩뿌려진 무덤이 되고 말았습니다

가족애는 존재하지만
가족들은 뿔뿔이 흩어졌습니다
추억이, 음악이, 환희의 정령들이,
짙푸른 숨소리가 한없이 배어있던 벽돌들은 다 어디론가 사라져 버렸습니다
그 집의 내력 또한 거기에서 끝이 났습니다
아무리 애를 써도 더 이상
그 집은 성장하지 않았습니다

세계는 집들로 가득 차 있었지만
집 안의 집, 우리집은

형이상학 속으로 잠겨 버렸습니다
그 어디에서도 발굴되지 못한 황금의 사닥다리
그 사닥다리를 오르내리는 건
햇빛뿐입니다
바람뿐입니다
기억뿐입니다
가까스로 타오르는 옛 정뿐입니다

그 집이 그립습니다
그 집의 활기, 그 집의 유리창,
그 집의 우물, 그 집의 흙,
그 집의 채송화, 그 집의 가족들이
다 그립습니다 하늘이 무너질까 두려워 잠을 설쳤다던 옛 켈트족처럼
내 삶에서 그 집이 무너져 내릴까
겁이 납니다

—김상미 「그 집」(1993)

어제부터 우리 아파트는 고장 수리 중
단전 단수 팻말을 달고 공룡으로 멈춰 섰다
엘리베이터는 화석의 척추처럼 굳었고
사람들은 일시에 시멘트 동굴 속에 사는
원시인이 되었다
저녁이 되자 허기에 주린 이빨들은
불 꺼진 냉장고에서
핏물이 흐르는 소의 시체를 꺼내어
날고기로 뜯기 시작했다
변기는 넘쳐 부글거리더니
급기야 두엄처럼 사방에다 악취를 내뿜었다
헛것에 홀린 듯
어둠 속에서 벽을 더듬거리며
나는 자꾸 죽은 스위치를 눌러댔다
마른 수도꼭지를 비틀다가
거꾸로 입을 처박고 헉헉거렸다

어제부터 우리 아파트는 고장 수리 중
우리들은 하루 만에 동굴 속에 갇힌
야만의 원시 동물로 변해 버렸다

－문정희 「아파트동굴」(2004)

사람들이 층층의 정육점에서 뛰쳐나온다
갈고리가 몸의 여지거지에 박힌 채였다
몸의 지퍼를 올리지도 못한 채였다
그림자가 몸을 만들기도 전에
몸의 사방에 불빛이 대못처럼 박힌다
뛰어가는 그들의 몸속에서
쇠붙이끼리 부딪치는 소리가 난다
쇠붙이끼리 절거덕 붙는 소리가 난다.

－이원 「아파트에서2」(2007)

2
부엌

부엌은 일정한 시설을 갖추어 놓고 음식을 만들고 설거지를 하는 등 식사에 관련된 일을 하는 곳이다. 부엌은 어원적으로 '불을 때는 공간'에서 온 것으로, 요리와 난방의 기능을 아울렀던 곳이다. 1980년대 이후 두루 사용된 용어인 '주방'은 요리가 이루어지는 장소라는 의미뿐만 아니라, 현대식 조리시설이 설비되어 있고 취사와 더불어 식사까지 할 수 있는 복합 공간을 가리킨다. 더 나아가 조리과학과 예술의 복합공간이라는 심미적 기능이 강조된 고급화된 부엌으로서의 '시스템키친'이라는 신조어도 등장했다.

　패스트푸드와 매식(買食)을 즐기는 현대인의 식생활 변화로 부엌의 변화는 더욱 가속화되었으나, 본래 부엌은 인간의 생명을 영위하고 유지시키는 데 필요한 음식을 만드는 곳으로서 매우 신성시되었다. 또한 부엌은 가족을 위해 수고로운 노동을 하는 이타의 공간으로서 어머니의 사랑이나 희생과 동일한 것으로 인식되기도 하는데, 부엌이 가족 간의 소통과 가족애의 구심점으로 상징된 것도 이 때문이다. 그러나 다른 한편으로 부엌은 고전문학에서 시집살이와 치산(治産), 직임의 책무로 대표되는 여성 억압적인 공간이기도 하다. 현대문학에서 부엌은 늪과 열린 감옥으로 이해되면서 이타성에 저항하는 여성의 자의식을 드러내는 상징적 공간이 된다.

　한편, 부엌은 여성들만이 공유하는 공간이라는 특수성으로 인해, 여성 간의 공감과 정서적 연대가 이루어지는 소통의 공간이자 위안의 공간으로 그려지기도 한다. 부엌이라는 공간을 공유한다는 것만으로 여성들은 모녀와 고부는 물론 자매와 이웃여자들, 그리고 낯선 여성들과 이국의 여성들까지 하나 되는 여성의 서사를 이루어낸다. 여성 고유의 장소라는 특성으로 인해, 부엌은 여성 자신의 내밀한 욕구를 비밀스레 들여다보고 욕망하고 충족시키는 공간으로 그려지기도 한다. 고전문학에서 그것은 집 밖의 부엌인 화전놀이의 장(場)에서 가족이 아닌 자신이 향유할 음식을 만들고 솜씨에 대한 자부심을 확인하는 것으로 나타나고, 현대문학에서는 여성으로서의 자기 몸에 대한 섹슈얼리티의 열정을 부엌이라는 공간에서 자유롭게 상상하고 충족시키는 것이나 글쓰기로 나타난다.

2.1. 부엌의 변화, 불이 사라진 부엌

부엌 계열 어휘   부엌은 '일정한 시설을 갖추어 놓고 음식을 만들고 설거지를 하는 등 식사에 관련된 일을 하는 곳'을 의미하는 단어이다. 그런데 이 부엌이라는 어휘 형태는 20세기에 들어와서야 나타났고, 그 이전 시기의 형태는 문헌 자료를 통해 확인할 수 있다. 훈민정음 창제 이전의 차자 표기 자료에서는 부엌 관련 어휘가 나타나지 않으므로 확인할 수 있는 가장 이른 시기의 자료는 15세기의 것이 될 수밖에 없다. 15세기부터 각 세기별로 문헌에 나타난 '부엌'계 어휘의 형태와 용례를 살펴보기로 하자.

> 쏘 브ᅀᅥ빗 지로 ᄣᅡ해 ᄭᅵ로디 (『구급방언해(救急方諺解)』上(1456))
> 브ᅀᅥᆸ 爲竈 (『훈민정음 언해(訓民正音諺解)』(1459))
> 못 므레 政治 ᄒᆞ요ᄆᆞᆯ 보리로소니 브ᅀᅥᆸ 니예 庖廚의 머로ᄆᆞᆯ 알리로라 (『두시언해(杜詩諺解)』 초간본 14(1481))
> 브ᅀᅥᆨ 아래 더운 재ᄅᆞᆯ 체로 처 숫글 업게코 ᄂᆞ화 (『구급간이방(救急簡易方)』 2(1489))

'부엌'은 15세기에 '브ᅀᅥᆸ', '브ᅀᅥᆸ', '브ᅀᅥᆨ'의 세 가지 형태로 나타난다. 문헌의 간행 연도를 고려하면 이 중 가장 이른 시기의 형태는 '브ᅀᅥᆸ'이다. '브ᅀᅥᆸ'과 '브ᅀᅥᆸ'의 관계는 'ᅀᅳᆺ'의 변화와 관련이 있고, '브ᅀᅥᆸ'과 '브ᅀᅥᆨ'의 제2음절 받침 'ㅂ'과 'ㄱ'의 교체는 국어사에서 찾아볼 수 있는 'p~k'의 교체로 설명할 수 있다. 15세기에 공존하는 '브ᅀᅥᆸ'과 '브ᅀᅥᆨ'의 관계에 대해서는 논란의 여지가 있다. 그러나 다른 단어들과 관련하여 보면 '브ᅀᅥᆸ'이 '브ᅀᅥᆨ'으로 변화하였다고 보는 것이 더 타당하다. 중세어에서 'ㅂ'이 'ㄱ'으로 바뀌는 경우는 여러 단어에서 확인되고 있기 때문이다.

> 집 안에 각벼리 브ᅀᅥᆨ 밍ᄀᆞ라 두고 먹더니 (『번역소학(飜譯小學)』 7(1518))
> 庖 브ᅀᅥᆨ 포 廚 브ᅀᅥᆨ 듀 (『훈몽자회(訓蒙字會)』 中(1527))
> 廚 졍듀 듀 竈 브ᅀᅥᆨ 조 (『신증유합(新增類合)』 上(1576))

16세기의 형태는 '브석, ᄇᆞ석, 브ᅌᅥᆨ'인데, '브ᅀᅥᆸ'이 가진 제2음절의 'ㅂ'은 'ㄱ'으로 바뀌었으며, 'ㅿ'의 변화 방향에 따라 'ㅿ〉ø'의 변화를 겪은 '브ᅌᅥᆨ'과 'ㅿ〉ㅅ'의 변화를 겪은 '브석'이 나타나게 된 것이다. 국어의 자음 체계에서 'ㅿ'이 소실되면서 17세기 이후로 'ㅿ'을 가진 '브ᅀᅥᆸ'이나 '브ᅀᅥᆨ'의 형태는 더 이상 나타나지 않는다.

동녁크로 흐르는 믈 닐굽 되로 동녁 향ᄒᆞᆫ 브어긔 글로 달혀 (『언해태산집요(諺解胎産集要)』(1608))
불무질ᄒᆞᄂᆞᆫ 브ᅌᅥᆨ의 ᄌᆡ(鍛鐵竈中灰) (『동의보감(東醫寶鑑)』 1(1613))
제ᄒᆞᄂᆞᆫ 브ᅌᅥᆨ을 두어 됴셕의 친히 졔ᄒᆞ고 (『동국신속삼강행실도(東國新續三綱行實圖)』(1617))
브ᅀᅥᆸ 닉예 庖廚의 머로ᄆᆞᆯ 알리로다 (『두시언해(杜詩諺解)』 중간본 14(1632))
우믈와 브어븨 ᄃᆞᆮᄐᆞᆯ 므던히 너기고 (『두시언해(杜詩諺解)』 중간본 2(1632))
브ᅌᅥᆨ 굼기 검디 몯ᄒᆞᆫ 나ᄅᆞᆯ (『두시언해(杜詩諺解)』 중간본 22(1632))
竈火門 부억 아귀 (『역어유해(譯語類解)』 上(1690))

17세기 문헌 자료에는 '브ᅀᅥᆸ, 브ᅌᅥᆨ, 브업, 부억'의 4가지 형태가 나타난다. 동일 문헌인 『두시언해』 중간본(1632)에 '브ᅀᅥᆸ, 브업, 브ᅌᅥᆨ'의 세 가지 형태가 다 보이는 것처럼 17세기에는 '브ᅀᅥᆸ, 브업'과 '브ᅌᅥᆨ'의 형태가 함께 쓰였지만 '브ᅌᅥᆨ'의 형태가 빈도수에서 훨씬 우위를 차지하는 것으로 나타난다. 그리고 17세기 후반 문헌인 『역어유해』(1690)에서 '부억'이라는 형태가 처음 등장한다. '브ᅌᅥᆨ'이 '부억'으로 바뀐 것은 "믈〉물(水), 블〉불(火), 플〉풀(草)" 등 근대국어 당시에 있었던 순자음 'ㅁ, ㅂ, ㅍ' 아래에서 'ㅡ' 모음이 'ㅜ'로 변하는 원순모음화 현상을 반영한 것이다.

내 부억의 이셔 반찬을 출호노라 (『오륜전비언해(五倫全備諺解)』 4(1721))
부억을 뒤ᄒᆞ야 읍쥬어리고 울며 (『경신록언석(敬信錄諺釋)』(1796))
부억 廚 (『한불자전(韓佛字轉)』(1880))
부억 廚奄 (『국한회화(國漢會話)』(1895))

18세기에는 원순모음화가 일어나지 않은 형태인 '브ᅌᅥᆨ'과 원순모음화가 일어난 형태인 '부억'이 공존하다가 19세기 이후로는 '부억'만 나타나며 이 '부억'이라는 형태의 쓰임은 20세기까지 유지되었다. 제2음절의 받침 'ㄱ'이 'ㅋ'으로 변한 현재와 같은 '부엌'이라는 형태는 20세기에 와서야 처음 나타난다. 『17세기 국어사전』에 나타나지 않은 것은 물론이고 19세기 자료인 『홍루몽 고어사전』이나 『한불자전』, 『국한회화』 등에도 '부억'으로만 나타난다. 일부에서 '부엌'이라는 형태가 문세영의 『조선어사전』(1938)에서 처음 나타난다고 하였으나 이보다 앞선 심의린의 『보통학교 조선어사전』(1925)에서부터 표제어가 '부엌'으로 나타난다. 1940년대 이후에 편찬된 조선어학회(한글학회)의 『큰사전』(1950) 이후로 표제어는 '부엌'으로 정착하게 된다. '부엌'은 많은 방언들에서 재구조화되어 다시 '부억'으로 돌아가기도 한다.

가옥 구조와 부엌계 단어의 분화　방언에서 부엌을 나타내는 어휘는 크게 '부엌' 계와 '정지'계로 구분된다. 이중 '부엌'계는 경기도, 충청남북도 등 중부 방언을 중심으로 하여 널리 분포되어 있고, 전라남북도, 경상남북도, 제주도 등 남부 지역에는 '정지'계가 분포되어 있다. 강원도의 경우, 영서 지역은 주로 '부엌'계 어휘가, 영동 지역은 주로 '정지'계 어휘가 사용된다. 일부 지역은 전이 지대적인 특성을 보이기도 한다. 강원도의 경우, 영서 지역은 '부엌'계가 주로 쓰이지만 '정지'계가 쓰이기도 하며, 이와 반대로 영동 지역에서는 '정지'계가 주로 쓰이지만 '부엌'계가 쓰이기도 한다. 전라북도의 경우도 충청남도와 인접한 '익산, 옥구, 완주' 등에서는 주로 '부엌'계가 쓰여 나머지 지역과 구별된다.

　부엌을 의미하는 단어가 '부엌'계와 '정지'계로 분화된 것은 가옥의 구조와 관련이 있는 듯하다. '정지'는 '정주간(鼎廚間)'에서 유래된 형태라 할 수 있겠는데 '정주간'은 함경도 지방에서 흔히 볼 수 있는 부엌과 안방과의 사이에 벽이 없이 부뚜막에 방바닥을 잇달아 꾸민 특별한 형태의 공간이다. 북부형 가옥의 원형은 함경도의 겹집이며 이는 여러 지역의 가옥 구조에 영향을 미쳤다. 함경도 지방 가옥이 지닌 평면구성의 특징은 집 중앙부에 정주간이라는 생활공간을 두고, 이를 중심으로 좌우 양쪽에 田자와 日자가 되도록 방을 두 줄로 배치한 점이다. 정주간은 통간이며 마당과 정주간 사이에는 벽이 없이 터져 있어 한 공간을 이룬다. 이렇게 정주간이라는 독특한 살림방이 있고, 이것과 마당이 하나의 큰 공간을 이루는 것은 이 지방 특유의 평면구성법이다. 마당보다 50㎝ 가량 높은 정주간은 온돌로 되었으며, 이 공간은 한 가옥 내에서 이용률이 가장 높은 공간으로 주로 나이 많은 부인이 어린아이들을 데리고 거처하지만, 가족 전체가 모여앉아 이야기를 나누고 음식을 들기도 한다. 원래 여기서는 여성들이 주로 거처하였으며, 성년남자들은 숙식을 하지 않는 것이 원칙이다.

정주간의 마당 쪽 끝에는 부뚜막을 설치하고 큰 가마솥 한 쌍이나 크고 작은 솥 두 개를 걸어둔다. 취사는 자연히 정주간에서 하게 되는데, 불을 실내에서 피우므로 그만큼 보온에 도움이 되는 것이다. 정주간은 추운 겨울철을 지내기에 알맞은 공간이기에 강원도로 내려오면서 자취를 감춘다. 함경도를 제외한 여러 방언의 '정지'는 정주간이 없고 부엌이 방과 분리되어 독립된 공간을 가지고 있다. 함경도의 가옥 구조를 각자 지역의 특성에 맞게 변형시켜 받아들이면서 정주간이 가진 기능의 일부였던 조리를 위한 공간 즉, 부엌을 뜻하는 어휘로 '정지'를 사용한 것이라고 볼 수 있다.

부엌의 어원

주요 국어사전의 부엌 항목을 살펴보면 부엌이라는 공간은 '솥을 걸어 놓고 불을 때어 밥을 짓고 음식을 만드는 곳' 혹은 '일정한 시설을 갖추어 놓고 음식을 만들고 설거지를 하는 등 식사에 관련된 일을 하는 곳'으로 풀이된다. 후자는 부엌을 취사와 관련된 곳으로만 뜻풀이 하는 데 반해 (『조선말대사전』, 『우리말큰사전』, 『표준국어대사전』) 전자는 부엌이 난방과 취사가 동시에 일어나는 곳이라는 것을 보여준다. (『보통학교 조선어사전』, 『조선어사전』, 『새 우리말 큰사전』)

부엌이 가진 두 가지 의미 가운데 어느 쪽이 이 단어의 기원적인 의미인가를 따져볼 필요가 있다. 부엌의 어원에 대한 논의에는 ①블(火)+섭(側, 傍), ②븟(火)+업(접사), ③블(火)+억(접사), ④블(火)+섭(側, 傍)과 같은 학설이 있다. '블섭'은 '불의 가장자리'란 의미이기 때문에 원래의 의미는 '불 때는 곳'이었으나 이 기능을 '아궁이'가 대신하고 '부엌'은 음식 만드는 곳으로 그 의미가 확장되었다고 설명하고 있는데 이러한 분석에는 '側, 傍'의 의미를 가진 '섭'이 문증되지 않는다는 문제가 있다. '섭'이라는 형태는 훈민정음 해례본에 보이는데 이는 '잎나무, 풋나무, 물거리 따위의 땔나무를 통틀어 이르는 말'인 '섶'의 중세국어

어형이다. '섭'을 '부엌'과 연관시키는 것이 전혀 불가능한 것은 아니나 현재로서 더 이상의 논의는 어렵다. 어떤 경우이든 '부엌'의 어원이 '블(火)'과 관련되었다는 점은 분명해 보인다.

불과 부엌

표준어의 부엌(일정한 시설을 갖추어 놓고 음식을 만들고 설거지를 하는 등 식사에 관련된 일을 하는 곳)을 의미하는 어휘로 '정지'계 형태가 나타나는 지역의 경우, '아궁이'(방이나 솥 따위에 불을 때기 위하여 만든 구멍)를 의미하는 어휘로 '부엌'계 형태가 나타나고 있어서 매우 흥미롭다. '부엌'과 '아궁이'의 방언 분포를 도(道)와 군(郡) 별로 세밀하게 검토하면 뚜렷한 대응 관계를 관찰할 수 있다. '부엌'이 '부엌'계 형태만 나타나는 지역은 '아궁이'도 '아궁이'계 형태만 나타나고, '부엌'이 '정지'계 형태로 나타나는 지역은 '아궁이'가 '부엌'계 형태로 나타나는 것이다.

'부엌'의 의미로 '정지'계 형태가 사용되는 강원 영동, 전남, 전북, 경남, 경북 지역에서는 '아궁이'의 의미로 '부엌'계 형태가 사용되는 것을 알 수 있다. 충북에서도 '아궁이'가 '부엌'계 형태로 나타나는 '보은, 옥천, 영동'은 '부엌'의 의미로 '정지'계 형태를 사용하는 지역이다. 이는 충남의 '서천, 논산, 금산'도 마찬가지이다. 북한 지역의 경우, 자료가 한정되어 있어 명확히 판단하기는 어렵지만 함경도의 경우, 『함북방언사전』을 참조해서 살펴보면 '부엌'의 의미는 '바당'과 '정지, 정주'의 형태로 나타나고, '아궁이'의 의미를 가진 어휘는 '부수깨, 부스깨, 부어깨' 등 '부엌'계 형태로 나타나는 것으로 보고되어 있다.

위에서 살펴본 내용을 바탕으로 하면 '부엌'의 기원적인 의미는 '음식을 하는 공간'이라기보다는 '불을 때는 공간'이었을 가능성이 크다. 중앙 방언에서 '부엌'계 형태로 나타나는 어휘가 '조리 공간'을 의미하는 반면 경상, 전라, 강원 영동 등의 방언에서는 '부엌'계 형태가 '불을 때는 구멍'을 의미한다. 이 두 '부엌'이 모두 15세기 어형인 '브섭'에서 변했을 것이라는 점은 분명하다.

『훈민정음 언해』를 보면 '브섭'에 대응하는 한자는 '竈'인데 그 부수가 '穴'인 것이나 약자가 '灶'인 것을 보아도 이는 '불을 때는 구멍'을 의미하는 것으로 추측할 수 있다. 또한 『훈몽자회』에는 부엌을 뜻하는 한자로 '庖, 廚, 竈'의 세 글자가 나오는데 그 새김을 모두 '브석'으로 하고 있다. '庖'와 '廚'는 '삶고 굽는 장소'라 해서 크기의 차이가 있을 뿐 모두 조리의 공간을 의미하며, '竈'는 의미에 관한 주를 달고 있지는 않으나 '불을 때는 구멍'을 의미하므로 '庖, 廚'와 의미상 차이가 있다. 그런데도 모두 '브석'으로 새기고 있다.

문제는 '브섭, 브석'이 '조리 공간'과 '불을 때는 공간' 모두를 통합한 의미였는가 아니면 어느 한 쪽으로 의미의 분화가 일어났는가 하는 점인데 두 가지 공간을 모두 '브석'으로 새기고 있는 것으로 보아 '브석'은 두 가지 의미를 함께 가진 것으로 볼 수 있다. '조리 공간'을 뜻하는 단어가 중세국어에서는 '졍듀'였으며 이 어휘는 16세기부터 20세기 초까지 고르게 나타난 것에 비해서 '廚'가 '부억'으로 새겨진 문헌은 18세기 이후에 간행된 것들이다. 이를 통해 '조리 공간'을 뜻하는 단어로 근대국어 이후 '부억'과 '졍디, 졍지'가 혼용되었다고 해석할 수 있다. '조리 공간'을 뜻하는 '졍듀'는 『신증유합』에 보이기 시작하여 문헌에 다양하게 나타나는데 모두 '廚'의 새김으로는 '정지' 계열을 쓰고 '竈'의 새김으로는 '부억' 계열을 쓰고 있다는 점에 주목할 필요가 있다.

'불을 때는 공간'만을 뜻하는 '아궁이' 계열의 어휘는 17세기 말에 간행된 『역어유해』에서부터 확인할 수 있다. 이때의 아궁이는 '불을 때는 구멍'을 의미한다. 17세기 후기에 '불을 때는 구멍'을 뜻하는 '아귀/아궁이'가 사용되면서 '브억/부억'은 '조리 공간'만을 의미하게 되었다. 동일 문헌에 등장하는 '廚'와 '竈'의 새김에 있어서 조리의 공간인 '廚'는 '부억'으로, 불을 때는 구멍인 '竈'는 '아궁이'를 사용하고 있는데 이는 '아궁이'가 사용되는 경우에 '부억'은 조리 공간의 의미를 가지는 것으로 해석할 수 있다.

'졍듀' 계열을 사용하지 않은 시기나 지역에서 중세국어의 '브섭'과 그 후대의 변화형들은 '조리의 공간'과 '불을 때는 구멍'이라는 의미를 모두 포함하고 있었을 가능성이 크다. 그러다가 조리의 공간을 뜻하는 '졍듀' 계열의 어휘와 불을 때는 구멍을 뜻하는 '아궁이' 계열의 어휘가 시기에 따라 또 지역에 따라 새롭게 나타나면서 '부억'의 기호가 가진 의미가 축소된 것이라고 볼 수 있다.

주방의 등장

부엌과 유사한 의미로 사용되는 어휘로 '주방'이 있다. '부엌'과 '정지'가 공간적 차이에 따른 방언의 분화라면, '부엌'과 '주방'은 시간적 차이에 따른 어휘 사용 측면에서의 변화이다. 부엌이 요리와 난방의 기능을 모두 하는 곳임에 비해 주방(廚房)은 요리만 하는 공간이라는 의미를 가진다. 1980년대 중반 이후 부엌이 개방적이고 다기능적으로 바뀌면서 부엌은 주방이라는 말로 대체되었고 부엌은 구식, 주방은 현대식이라는 등식이 성립하게 되었다. 전통 가옥에서의 부엌은 음식을 할 뿐만 아니라 주로 안방에 딸려 불을 때는 기능도 하는 공간이었다. 그러나 아파트와 같은 새로운 주거 형태에서의 주방에 불을 때는 기능은 필요 없게 된 것이다. 주방이라는 용어는 1970년대 후반부터 쓰기 시작하여 1980년대 이후로 활발한 쓰임을 보이게 된다. 소설에서 발견되는 흥미로운 사실은 주방이라는 용어가 나오는 문장에는 서양 문화의 유입과 관련된 단어들이 함께 등장한다는 점이다. 주방은 부엌과는 차별화 되는 현대적 공간의 의미를 담고 있는 것이다.

1980년대와 1990년대의 여성잡지에 주거 공간이 어떤 명칭으로 나타나는지를 보면 주방이 우위에 있음을 알 수 있다. 개조 전의 공간은 '부엌'으로, 개조하여 거실과 하나로 트여진 공간은 '주방'으로 차별화하여 부르기도 한다. 부엌이 가족들의 식당을 겸하고, 가족 구성원 누구나 늘 들락거리는 가정 내 광장의 역할을 하는 열린 공간이 되었을 때 이 새로운 부엌을 주방이라 불렀으며 이제 주방이 주거 공간의 중심부에 등장하게 된 것이다.

그런데 주방은 이때에 만들어진 단어가 아니라 17세기 이후의 문헌 자료에서 찾아볼 수 있다. 이들 어휘는 주로 대역사전이나 회화집의 성격을 가진 문헌에 등장한다. 주방은 17세기나 그 이전에 한자어로 우리말에 들어와 부엌과 유사한 의미를 나타내는 단어로 쓰인 것이다. 그러나 1970년대 이전까지는 그 쓰임이 활발했다고 볼 수 없다. 주방이라는 명칭이 새로운 의미로 등장하게 된 원인에 대해 "공간 계획의 측면에서 생각해 볼 때는 주거 수준이 향상되면서 부엌이 다른 공간과 동일평면상에 계획되고 취사작업의 공간만이 아닌 식사를 겸할 수 있는 공간으로 활용되면서 기존 부엌과의 차별화를 시도하려는 의도에서 누군가에 의해서 주방이라는 용어가 사용되기 시작하였다고 생각할 수도 있"으나 이것만으로는 충분하지 않다. 차별화하려는 의도에 더하여 새로운 구조의 가옥에서 부엌은 난방을 위한 공간이 아니라 단지 음식을 만드는 공간으로만 존재하게 됨으로써 불과 멀어진 부엌의 구조 변화가 '주방(廚房)'이라는 차용어를 선호하게 만든 것으로 보인다.

심미적 부엌, 시스템키친   1970년대에 시작된 입식 부엌으로의 전환과 부엌의 중심 공간으로의 이동이 부엌을 주방으로 재탄생 시켰다면, 도시보다 10여 년가량 늦은 농촌에서의 부엌 개량이 완성 단계에 이를 무렵, 도시에서는 '시스템키친'이라는 또 하나의 부엌 혁명이 시작됐다. 부엌은 단순한 조리의 공간이 아니라 과학과 예술이 만나는 공간, 기능과 함께 '미'를 추구하는 공간으로 탈바꿈하였고, 이전과는 전혀 다른 고급화된 부엌을 가리키는 신조어인 시스템키친이 탄생하였다. 이 새로운 부엌은 식기세척기, 가스오븐렌지 등 최신기술이 도입된 가전제품과 인체공학적 맞춤 설계, 거기에 미관적인 아름다움까지 갖추고 있다. 취사와 난방이 주된 기능이었던 부엌에서 난방의 기능이 사라지고 가족의 중심 공간이라는 사회적 공간으로서의 기능이 추가되더니 이제 거기에 심미적 공간으로서의 기능까지 더해진 것이다. 이와 같은 부엌의 변신에는 부엌이 남에게 보이는 개방된 공간이라는 인식과 더불어 가정주부들의 개성 추구, 편리성 추구의 욕구가 중요한 이유로 작용했다.

시스템키친은 이국적이고 세련된 스타일을 강조하면서, 주방을 신중산층의 젊은 교양 주부가 가족과 대화를 나누며 행복을 누리는 공간으로 표현했다. 주방이 첨단의 과학과 심미적 아름다움이라는 두 가지 가치를 아울러 추구하게 되고 이는 '키친'이라는 기호로 표현된다. 부엌 가구의 디자인에 관심이 집중되면서 '자유로운, 물결이 흐르는 듯한 자유로운, 편안하고 부드러운, 고급스러우면서도 실용적인, 고요한 숲속의 느낌, 동양적이면서도 모던한, 귀족적인, 클래시컬한, 어린 시절 꿈꾸던 동화적 이미지, 우아하고 화려한'과 같은 수사를 동원하여 '시스템키친'을 광고하고 포장한다.

부엌이 갖고 있던 조리의 기능은 날로 약화되고 있다. 이미 가공식품이 식문화 깊숙이 침투하였고 김치와 장류 등도 슈퍼에서 구입할 수 있게 되면서 여성이 부엌에서 하는 노동 역시 상당 부분 감소했다고 볼 수 있다. 조리 활동이 간소화되거나 아예 상당 부분 외식산업으로 넘어감에 따라 부엌에서 이루어지는 실질적인 활동은 매우 줄어들었다. 이러한 변화는 여성에게 부엌으로부터의 해방을 의미할 수도 있을 것이다. 최첨단 기술이 동원된 시스템키친의 등장은 이와 같은 식문화의 변화와 모순된다고 볼 수 있다. 상류 계층의 여성일수록 잘 꾸며진 깨끗한 부엌에 애착을 가지며 개성 있는 부엌 형태, 예술성을 드러내는 외관을 추구한다. 하위 계층의 여성들 역시 더 넓고 쾌적한 부엌을 원하고 있다. 이와는 반대로 원룸, 옥탑방, 오피스텔의 주거 형태에서는 부엌이 점차 축소되고 있는 모습을 볼 수 있다. 최소화된 공간에 개수대와 찬장, 최소한의 가전제품만으로 이루어진 최소화된 부엌은 시스템키친과는 정반대로 진행되는 부엌의 또다른 변화를 보여준다.

2.2. 신성의 공간, 이타의 샘

부엌의 어원이 음식을 만드는 곳이 아닌 '불이 있는 곳'이었다는 사실에서 알 수 있듯이, 집안 내에서 부엌은 신성한 중심 공간으로 인식되었다. 부엌에서 만든 음식은 온 가족의 생명을 유지시키는 삶의 근거라는 점에서, 부엌은 음식을 만드는 곳이라는 기능적 의미 이상의 공간이었다. 하지만 한문학의 경우, 여성 시문에서 부엌은 큰 위치를 차지하지 못한다. 일단 부엌을 소재로 삼거나 주제로 삼은 작품은 거의 존재하지 않는다. 이는 두 가지 관점에서 해석된다. 하나는 현재 시문을 남기고 있는 여성 문인들이 부엌일에 직접적으로 종사하지 않았음을 시사한다. 한문으로 된 시문의 교양이 있었던 사대부 가문의 여성들이나 기녀는 부엌일을 한 계층이 아니었던 것이다. 다른 하나는 부엌 혹은 부엌일은 여성이 늘 하는 일이었기에 따로 의미를 지니고 작품으로 형상화할 필요성이 없었던 것이다. 오히려 부엌살림을 언급하거나 고됨에 대해 토로하는 것은 여성의 덕목이 아니었다.

이와는 달리 남성들의 시문에서 부엌은 음식을 만드는 곳 이상의 장소로 신성시되었고, 사대부 가문의 여인들이 지켜야 할 덕목 가운데 하나였다. 이에 부엌을 만드는 법을 자세히 기록하고 그것에 의거해 부엌을 축조했다. 부엌을 잘 만들어야 부녀자(婦女子)는 효순하고 부엌에서 금기사항을 잘 지켜야 집안에 우환이 없다고 믿었다. 그러므로 사대부 여인들은 남성들의 청빈(淸貧)한 삶을 위해 부엌살림을 책임지며, 제사도 잔치도 너끈히 치러내었다. 가난한 선비의 아내로서 가문의 체면을 위해 조금도 게으름을 피우지 않고 병이 들도록 일했다. 그러면서 어질다는 칭송을 받았으니 신성한 부엌이란 여성의 희생을 통해서 유지할 수 있는 이념이었다. 그러므로 이러한 분위기에서 여성이 시문에서 부엌에 대해 언급하기는 쉬운 일이 아니었을 것이다.

고전소설의 경우에도 여주인공들은 몇몇 판소리계 소설을 제외하고는 대체로 상층 사대부 가문의 여성이기에 역시 부엌은 중요한 공간으로 설정되어 있지 않다. 사대부 가문의 여성이 수를 놓거나 길쌈을 하기는 하였지만, 부엌에서 직접 음식을 만들지는 않았기 때문으로 보인다. 음식을 직접 요리하는 것은 대부분 시비(侍婢)들이며 곁에서 그들을 감독하고 주관하는 것은 서모(庶母)들인 경우가 많았다. (「옥루몽」, 「소현성록」) 양반들의 생활이 궁핍해지면서 점차로 사대부 가문의 여성들도 음식 마련하기, 제사 모시기, 베짜기 등을 했다고는 하지만, 소설에서는 손님 접대나 웃어른을 봉양하는 일을 며느리가 맡아했다거나 잔치 음식을 성대하게 차렸다는 간략한 서술 정도가 있을 뿐이다. 그래서 서사 내에서 부엌이 유의미하게 공간화된 장면은 거의 찾아볼 수가 없으며, 식생활에 대해서도 거의 서술되어 있지 않다. 잔치 자리의 성대함을 음식의 다양함으로 묘사하거나 악한 여성이 음식에 독약을 넣어 선한 여성을 모함하는 장면이 있지만, '음식' 항목이 따로 설정되어 있으므로 여기서 상론하지 않는다.

조선시대에 부엌은 부엌을 주관하는 부엌신인 조왕신(竈王神)을 모신 신성한 장소이자, 하나의 우주공간으로 상징되는 확산적 의미를 지닌 곳으로 인식되었다. 여성들은 조왕신에게 제사를 올려 집안이 무탈하기를 빌었으며, 집안에 변고가 있으면 조왕신에게 축원하여 해결하고자 하였다. 이에 부엌에 부여된 금기를 잘 지켜내어 집안에 우환이 없게 하는 것은 사대부 가문 여성들이 지켜야 할 중요한 덕목이 되고 있다. (「속회심곡」, 능성 구부인 「우시문증축화구부인회심곡」, 「황실가계여사」, 「공규이별가」)

현대문학에서 이르러서도 가장 친근하고 성스러운 성역이자 가족애를 상징하는 내밀한 우주인 부엌의 신성성은 중요한 의미로 지속된다. 집밖의 세계가 더 각박해지고 가족의 의미가 사라져가면서, 부엌이 전통적으로 지녀온 신성공간으로서의 의미와 완전한 가족을 만들던 부엌의 아늑하고 따뜻한 상상공간의 힘은 자주 복원된다.

현대소설에서 부엌은 특히 남성화자와 유년 화자들에게 그리운 어머니와 가족을 향하는 구체적인 상상공간으로 등장한다. 어머니에 대한 퇴행적 의존 양상이 부엌에 대한 비정상적 몰두로 드러나기도 한다. 음침하고 습한 부엌에 대한 친밀감은 어머니 자궁으로의 퇴행을 암시하면서 주인공의 성장통을 상징한다. (김소진「부엌」,「눈사람 속의 검은 항아리」) 여성 작가의 경우, 부엌은 본질적으로 어머니의 희생과 노고를 상기시키는 장소라는 점에서 섣부른 긍정과 칭송으로 묘사되지 않는다. 다만 생명을 먹이고 키우는 신성한 곳이라는 밥상 공동체적 가치를 근간으로 부엌의 근원적 신성성과 일상적 친밀감을 표현한다. (하성란『식사의 즐거움』, 김애란「칼자국」)

현대시에서 부엌은 어둡고 좁은 공간일지라도 세상을 이겨낼 수 있는 '살림'의 환한 공간이자 활력의 근간이 된다. 하지만 이는 부엌이 여전히 신성한 모성과 동일한 의미를 가지면서 여성들이 헌신해야 할 이타적 샘으로 인식되는 요인이기도 하다. (이향아「여자가 부엌에 있을 때」, 박서영「아마존의 부엌」, 차정미「나의 일과 4」, 문정희「퇴근시간」, 최영미「한여름 부엌에서」, 박은율「부엌 칸타타」)

이 때 소청과 자연이 황소저의 침실에 이르니, 황소저는 기쁜 빛으로 맞이하며 말했다. "때마침 친정에서 송강의 농어를 보내왔구나. 내가 끓여먹고 싶지만 춘월과 도화 두 아이가 요리하는 법을 잘 모르기 때문에 특별히 너희들을 불렀다. 한때의 수고를 아끼지 말라." 두 아이가 대답하고는 주방으로 들어가 국을 끓였다.
此時小蜻及紫鸞 至黃小姐寢室 小姐欣然笑曰 適自本家 送來松江鱸魚 吾欲煮食 春桃兩婢烹飪無法故 特召汝輩 莫惜一時之勞 兩婢應命 入廚調羹
―「옥루몽」(19세기)

네죄목을 드러보라 싀부모와 친부모게 지셩효도 허엿느냐 졍셩으로 가장셤겨 렬녀말을 드럿느냐 싀죡의계 화목호여 목죡인스 바다느냐 비곱푸니 밥을쥬어 부엌공경 허엿느냐 셰간스리 알들허여 칭찬쇼릭 드럿느냐
―「속회심곡」(19세기)

슬푸고 차호와라 슬푸고 초행재행 삼행올때 피골이 상접하고 슉식이 불식이라 속병애 샹격이 깁피들여 쳐부모 양대분이 철셕간장 다녹히고 백연대사 그릇친내 눈물노 하신말삼 늬전졍을 엇찌하리 홧타 편작의 이슬을 광구하여 백초만약의 붓채불공 조왕지(竈王祭) 칠셩지 쾌히 복상 축원 고생이요
―능성 구부인「우시문중축회구부인회심곡」(20세기 중반)

서방압회 옷벗기와 조왕압회 소릿흥기 남니바도 못보난칙 홀노가서 구명음식

시부모의 말삼굿히 되답ᄒ기 힘을시고 싀빅일나 타담ᄒ니 삼동늬가 소란ᄒ다 되
난사람 시긔ᄒ고 분늬난듸 조하하니 빅사가 할수업서 친가로 보닛더니 시모상
만난후의 문부ᄒ고 드러오니 양반의 치면으로 차마엇지 말ᄒᆞᆯ손가

─「황실가게여사」(미상)

　　군자두고 홀로잇어 구곡간장 싸인말씀 누를대해 설화할고 가슴인지 발동인지
노주객귀 청했던지 비러보세 비러보세 황토로 기우하고 왼새끼로 금색하여 칠성
불러 제사하고 가신임을 배올적에 조왕선조 비러두고 막아주소 막아주소 노중객
귀 막아주소

─「공규이별가」(미상)

　　불현듯 남자의 머릿속을 스친 것은 밥상이었다. 귀가 떨어지지 않은 반듯하고
윤기가 흐르는 포마이카 밥상. (중략) 남자는 아이의 손을 꽉 잡은 채로 중얼거
렸다.
　　포마이카 밥상을 하나 사야지. 반듯한 걸루다가.
　　남자의 머릿속은 온통 밥상 생각뿐이었다.

─하성란 『식사의 즐거움』(1998)

　　그런 뒤 가만 부엌을 둘러봤다. 부엌은 어머니가 쓰러지기 전의 모습을 그대로
간직한 양 어수선했다. 개수대 위론 칼자국 그릇이 산더미만큼 쌓여 있고, 시렁에
는 시든 양파와 사과 몇 알이 굴러다니고 있었다. 시선은 곧 가판 위의 도마에서
멈췄다. 어머니의 칼 앞에서였다. 칼은 도마 위에 비스듬히 누워 있었다. 그것은
어둠 속에서 조용하게 번뜩이고 있었다. 닳고 닳아 종이처럼 얇아졌지만, 여전히
신랄하고 우아한 빛을 품은 채였다. 갑자기 참을 수 없는 식욕이 밀려왔다. 뭔가
베어 먹고 싶은 욕구. 내장을 적시고 싶은 욕구.

─김애란 「칼자국」(2007)

　　여자가 부엌에 있을 때
　　식구들은 비로소 안심인가 보다.
　　있을 자리에 있구나 생각하는가 보다.
　　그녀가 부엌에서 무얼 하는지
　　아무도 확실히는 모르나 보다.
　　독한 파 마늘을 다지고
　　매운 고추를 으깨어

날선 칼을 들어 질긴 힘줄을 난도질할 때,
만사가 두붓모처럼 연하게 되어
다만 여자의 처분만을 기다리고 있을 때,
다른 식구들은 꿈에도 모르나 보다.
냄비 바닥 눌러서 불길을 잠재우고
젓가락 휘저어 세계의 옆구리를 가르는 것을
여자에게 복종하는 순한 세상을
모르겠지,
꿈에도 짐작할 수 없겠지.
다만 여자가 부엌에 있을 때
사랑하는 그대들이여,
정말로 행복한가
그렇다면 됐다.
여자 역시 행복하다.

　　　　　　　　　　　　　　　－이향아 「여자가 부엌에 있을 때」(2001)

어머니는 아궁이 앞에서
쭈그리고 앉아 불을 땠다
사랑이 그렇게 전달되었다
인근에 최첨단이 오자
가족은 그곳으로 이주했다
어느 날 아마존으로 돌아간
어머니의 부엌을 폐가에서 보았다
그곳에도 곧 최첨단이 들어와
허물어질 거란 소식이 들렸다
지금도 어디선가
아마존은 태어나고 사라진다
긴 달빛의 노를 저어
아궁이를 슬쩍 들여다보면
배꼽 안에 오글오글
모여 있는 가족

　　　　　　　　　　　　　　　－박서영 「아마존의 부엌」(2009)

얼부푼 가슴처럼

냉기 서린 수도꼭지 틀어
내장 **빼낸** 생태를 씻고
시금치를 다듬어 씻고 데치고
마늘을 다지고
참기름 따라 나물을 무친다
허연 쌀뜨물 받아 국을 끓인다
번개탄 놓아
죽은 연탄불 목숨처럼 살리고
밀린 설거지를 한다

─차정미 「나의 일과 4」(1990)

우리의 든든한 서방님이 돌아오셨다
신사임당이 어우동에게 시詩를 숨기고 잠깐 나가 있으라 눈짓한다
신사임당이 소매를 걷고 부엌으로 들어간다
풋고추 도마 위에 난도질하여 찌개를 끓인다
오, 우리의 하늘이 전쟁터에서
오늘도 무사히 돌아오셨다
몇 가지 전리품을 챙겨 넣었는지
그의 어깨가 유난히 무거워 보인다
종요로운 가화만사성 속에
찌개가 요동을 치며 끓어 넘친다
신사임당의 행복이 진된장처럼
보글보글 끓어넘친다
어우동이 저만치 코를 막고 서 있다

─문정희 「퇴근시간」(2006)

언뜻, 젊은 어머니의 흐린 얼굴을 문지른다.
엎질러진 김칫국물을 닦으며
절대로 무너지지 않던 당신을 닮은 낡은 행주.

아픈 아이들의 서툰 숟가락을 시중들며
조각상처럼 꿋꿋하게 칠십 년
밥상을 지킨 당신.

─최영미 「한여름 부엌에서」(2009)

저녁을 짓는다
부엌은 나의 제단
일상은 나의 거룩한 구유
나는 부엌의 사제
망사커튼 드리운 서향 창
저녁놀 아래
희생제물과 번제물을 마련한다
과 샘 칼과 도마의 혼성4부 합창 압력솥의 볼레로
냄비와 프라이팬과 주전자의 푸가
접시와 사발들의 마주르카
영대 대신 앞치마를 두른
나는 부엌의 제사장
부엌은 성스러운 나의 제단
쉭쉭대는 수증기 설설 끓는 국과 찌개들의 파르티타
당신은 즐겨 흠향하신다

―박은율 「부엌 칸타타」(2010)

2.3. 늪 혹은 열린 감옥

부엌은 한 집안의 살림살이를 나타낼 수 있는 최적의 단어이자 개념이다. 한 집안의 살림살이가 이루어지는 공간이라는 점에서 부엌은 여성에게 부과되는 직임의 공간이다. 조선시대에는 혼인한 지 삼일 후부터 부엌에 들어가는 관습으로 인해 시집간 여성에게는 처음으로 시집살이를 실감하는 곳이자 시집살이를 대표하는 곳으로 나타난다. 이후 부엌은 시부모 봉양과 손님접대의 직분을 수행하는 곳으로 끊임없는 노동의 수고로움을 요구하는 공간이 된다.(「권효가」, 「여자탄식가」, 「여탄가」) 또한 부엌의 세간은 집안의 경제적 여건을 알 수 있게 하는 지표가 되고 있다. 혼인 후 첫 대면하는 시집의 텅 빈 부엌은 힘겨운 시집살이의 시작을 알리는 징표이다. 이는 며느리로서 시집의 경제적 살림을 일으킬 치산(治産)의 책무를 부여받는 것을 의미하기도 한다. (「시집살이요」, 「효부가」)

신성한 힘과 무한한 가족애를 품었던 부엌은 시대의 변화에 따라 변모한다. 현대소설에서는 부엌이 가족의 생명을 살리고 키워내는 공간임을 인정하면서도 한편 이에 저항하는 이중적 시선을 드러낸다. 부엌이 반복적이고 비생산적이며 무기력한 가사작업 속에서 공동화(空洞化)되어 가는 여성 주체성을 반영하면서, 억압적인 공간, 여성의 자유로운 성장을 옭아매는 공간으로 인식되기 시작한 것이다. (박완서『살아 있는 날의 시작』, 양귀자「의치(義齒)」, 전경린「고통」, 「염소를 모는 여자」, 「부인내실의 철학」, 하성란「옆집여자」, 윤성희「레고로 만든 집」, 김숨「트럭」, 한강「채식주의자」, 오수연『부엌』, 신경숙『엄마를 부탁해』) 이는 열려 있으되 감옥 같은 공간, 노동의 희열이 적은 고여 있는 공간으로 부엌을 상상하면서, 부엌의 무기력함에 공감하기 시작한 것이다. 부엌일에 지나치게 몰두하거나 방임하는 여성인물을 통해 그가 처한 실존적 허구성을 드러내기도 한다. (전경린「염소를 모는 여자」)

현대시에서 여성은 부엌의 힘과 따뜻한 불기운을 기억하고 부엌의 신성성을 인정하면서도 그 신성성에 가려진 '열린 감옥'으로서의 이타성을 인식한다. 부엌의 전통적 상징성 속에서 반복적이고 비생산적이며 무기력한 가사노동으로 상실해가는 여성 자신의 모습과 주체성을 발견하면서, 부엌은 여성 억압적인 공간 혹은 여성의 자발적 성장을 옭아매는 공간이 된다. 부엌의 신성성과 이타성에 저항하면서 부엌은 점점 어둡고 깊은 늪이 되고, 열려 있지만 실은 그 밖으로 나갈 수 없는 열린 감옥이 되며, 신성하고 내밀한 우주였던 부엌은 꿈이 침몰당한 심연의 어둠이 된다. 이때 여성은 때로 부엌에 지나치게 집중하거나 오히려 부엌을 방임함으로써 자신이 처한 실존적 허구성을 드러내기도 한다. 부엌을 둘러싼 모든 것, 가령 음식을 만드는 과정, 조리 기구들과 주방 용품, 가사노동 등을 여성을 향한 억압과 폭력의 과정으로 상상한다. (김상미「아줌마」, 문정희「작은 부엌 노래」, 김혜순「엄마의 식사준비」, 「또 하나의 타이타닉호」, 김경미「부엌에 대하여」, 이경림「부엌」, 이선영「유리창」)

> 인간의 ᄌᆞ식몸은 규중의 ᄌᆞ양ᄒᆞ야 입신양명 두가지난 이ᄂᆡ일 안이로다 이십의
> 출가ᄒᆞ후 효도밧게 쏘잇난가 슘일입주 ᄒᆞ온후의 감지봉양 미일이라 가중의 효도
> 키도 부인에게 달려잇고 동서의 효도키도 이ᄂᆡ몸의 달려잇다 부귀 영화도 효도의
> 감흥ᄒᆞ고 ᄌᆞ손의 흥승키도 효도의 감응이라
>
> —「권효가」(미상)

그리저리 사흘후에 정지라 들어가니 일일이도 눈이설고 가지가지 손에설다 어
룬들이 걱정할가 하느라고 조심해도 잘한일은 간곳업고 꾸지럼은 나혼잘네 말성
만혼 시누들이 어이그리 이간튼고

—「여탄가」(미상)

시집온지 삼일만에 뷕이라고 나려와서 가마뚜껑 열어보니 엉거미가 줄을 치고
낫거미가 줄을 치고 냄비뚜껑 열어보니 붉은동녹 켜켜안고 화가나고 열이나서
대문밖을 썩나서서 앞집아가 뒷집아가 보리밭이 어디메냐

—「시집살이요」(미상)

삼일이 지난후이 부억혜 드러가니 츤바람 스실흔딕 질솟흐나 뿐이로다 삼시이
부모봉양 무어스로 흐준말가 천황씨 셔방님은 글밧계 무엇알며 딕사랑의 늘근석
부 다만망영 뿐이로다 영미을 얼는불너 이웃집이 보닛더니 도라와셔 흐는말이
젼이쏜쌀 아니갑고 염치읍시 쏘왓나야 두말말고 도라가라 날이거의 오릭도록 그
렁져렁 흐노라니 자기흠농 열너노코 여간젼당 뒤여넉여 쌀팔고 반츤사니 긔식이
즁식이라 압뒤이 금봉츠을 김부자집이 젼둥흐고 왜포둥포 조혼쳘복 신장자집이
젼둥흐고 도리불슈 홍치마난 이젼빗셰 길거흐고 공단딕든 한이불은 리좌랑집이
영영빙미 혼슈가 만타흔덜 글노쎠 지둥흘가

—「효부가」(미상)

그러나 명구방에서 나온 그 여자는 자기를 위해 정확하게 남겨진 그 정도의
일 앞에서 잠깐 어쩔 줄을 몰랐고 곧 짜증을 느꼈다. 아무것도 손에 잡힐 것 같지
않았지만 숙련공이 딴생각하면서도 대가없이 기계적인 일을 처리하듯이 그 여자
도 건성으로 그러나 아무도 건성인 걸 눈치챌 수 없도록 저녁준비를 거들었다.
자기의 이런 주부노릇의 무의미성에 간간이 몸서리를 치면서.
깔끔하고 먹음직스러운 저녁상이 차려지고 식구들이 모였다. 그 여자가 가장
사랑하는 일가단란의 시간이었다. 삼대가 함께 사는 집안의 원만과 균형의 구심점
으로서의 자기의 역할에 그 여자는 벌써부터 관록 같은 게 붙어 있었다. 그러나
그 여자는 지금 소리없이 절규하고 있었다.
아아, 이 화기애애야말로 믿을 게 못 돼.

—박완서 『살아 있는 날의 시작』(1979)

집으로 돌아와 얼마간을 맥없이 누워 있으려니 벽시계가 여섯 점을 때렸다. 저
녁 지을 시간이었다. 그녀는 남편이 비워낼 아주 적은 양의 밥을 위해 이 기진한

육신을 끌고 허둥대고 싶지는 않았다. 이건 너무 싱거워. 이건 느끼해서 싫어. 그는 그릇 하나하나를 젓가락으로 밀어 버린 뒤 이렇게 말할 것이다. 숭늉이나 줘, 말아먹게. 다듬고 볶고 삶고 끓이고 하는 동안의 온갖 수고를 두 개의 젓가락으로 거부할 그의 밋밋한 식욕이라니.

―양귀자 「의치(義齒)」(1983)

어머니와 저는 그런 여인은 아닙니다. 그런 여인이 아닐뿐더러 오히려 밥상을 깨부수는 힘을 가지고 있지 않은가 하는 솔직한 두려움을 느낍니다. 아니, 깨부순 다는 표현이 너무 과격하다면 언제까지나 부엌과 밥상에 친해지지 않는다고 할까 요. 부엌에서 찬바람 같은 것이 돈다고 할까요.

이것을 가히 손금, 어머니와 저의 운명에서 비롯된다고 얘기할 수 있을까요.

―김채원 「겨울의 환(幻)」(1989)

번들거리는 싱크대 위엔 물기 한 방울 없고, 물잔 한 개 나와 있는 것이 없었다. 멀리 여행이라도 떠난 사람의 부엌 같았다.

"조용한 시간이네. 보통 뭐 하니? 이렇게 집 안을 다 치우고 나면?"

"별로…… 아무것도 안 해. 할 수가 없어."

정연이 시드는 야채처럼 한숨을 푹 쉬었다.

―전경린 「염소를 모는 여자」(1995)

"어릴 때 우리 옆집에 살던 여자 봤잖아. 집 안에서도 빛 바랜 스카프를 목에 동여매고 낡은 스웨터를 껴입고 숨겨놓았던 굳은 음식을 야금야금 먹던 여자. 아 무도 찾아오지도 않고, 하루 종일 라디오를 켜놓고 양은 냄비에 밥을 지어 먹으며 혼자 살던 여자말이야. 몸 전체에 거미줄 같은 주름살이 생겨 누가 슬쩍 손만 대어 도 금 간 도자기 인형처럼 그만 파삭 부서져버릴 것 같았잖아. 맞아 그 여잔 그렇게 부서졌어. 어느 날 부엌 바닥에서 넘어져 죽었어. 난 그 여자가 더 이상 늙을 수 없이 늙은 여잔 줄로 알았는데, 죽었을 때 겨우 쉰 일곱 살이었어. 언닌 그런 여자 가 되고 싶은 거야? (중략)" //

열 시가 되어도 그가 오지 않으면 속이 까맣게 마르는 것만 같았다. 음식들도 검게 마르고, 누렇게 불어버리거나 천천히 식어갔다.

―전경린 「고통」(1998)

물론 나는 뒤집개에도 이름을 붙여주었죠. 생선을 굽거나 부침질을 하는 건 생각보다 지루한 일이지요. 내게는 무엇보다 이야기할 상대가 필요합니다.

—하성란 「옆집여자」(1999)

또 한번 아버지의 기침 소리가 집안을 울린다. 그 소리를 이기려는 듯, 냉장고가 크게 윙 하고 울린다. 나는 몸을 돌려 부엌을 둘러본다. 창문은 닫혀 있지만 어디선지 바람이 불어오는 것 같다. 개수통 안에는 며칠째 쌓아놓은 설거지 거리가 가득하다. 맨 위에 있는 접시를 건드리면 와르르 모두 깨져버릴 것 같다. 어둠 속에서 나는 그 접시들을 헤아려 본다. 계란 프라이를 담은 그릇 때문에 개수통 주변은 기름으로 얼룩졌을 것이고, 김치찌개를 끓였던 냄비는 가장자리가 새까맣게 타 있을 것이다.

—윤성희 「레고로 만든 집」(1999)

그는 꼬박 이틀을 굶었다. 참을성 없는 그가 그런 일을 할 수 있으리라고는 그 자신도 뜻밖이었을 것이다. 나도 같이 굶으면서 그를 위해 밥을 짓기는 죽어도 싫다는 내 마음을 섬뜩하도록 명료하게 들여다보고 있었다. 배고픔은 고통스러웠지만 황홀했다. 옛날 여자들이 정절을 지키는 것도 이런 자기 도취 때문이 아니었을까.

우리 사이에 금이 가기 시작한 것은 그때부터였을 것이다. 나는 문득문득 골속에서도 뼛속에서도 진기가 빠져버렸다던 그의 말을 떠올렸다. 집 밥이 필요한 건 내가 더하다는 생각이 들기 시작했다.

—박완서 『오래된 농담』(2000)

아무리 시선을 돌려도 눈에 들어오느니 남의 부엌이고, 다져진 야채와 끓어오르는 솥과 먹고 남은 음식을 안 보려야 안 볼 수가 없다는 건 전에 모르던 고통이었다. 식사를 하는 사람들을 내가 쳐다보지 않을 수가 없듯이, 내가 한길 가의 식탁에 앉아 있을 때 사람들은 나를 쳐다보았다. 내 손이 오르고 내릴 때 이들의 쇠구슬 같은 눈동자도 같이 움직였으며, 눈이 마주쳐도 고개를 돌리지 않고 빤히 쳐다보았다. 이들의 눈길의 무게로 내 턱과 위는 차차 무거워져서 접시를 비울 수가 없었다. 나는 외식을 삼가게 되었다. 그러나 집에 있어도 거리에서 풍겨오는 음식 냄새, 갖은 양념에 재료를 버무려 굽거나 향신료를 잔뜩 넣어 푹 고고, 짜고 달게 졸이는 내음을 피할 수가 없었다. 손수레에 음식을 싣고 다니며 찰랑찰랑 흔드는 행상들의 종소리와 손님을 부르는 음식점 종업원들의 호객 소리로부터 놓여날 수가 없었다. 나는 맛과 향이 강한 음식들, 새파란 고추와 노란 레몬과 붉은 장미꽃잎으로 장식된 화려한 음식들이 메스꺼워지기 시작했다. 위장병에 걸리고 말았다.
　　　　　　　　　　　　　　　　　　　　　　　－오수연『부엌』(2001)

　우울할 때 희우는 서둘러 싱크대의 물을 틀고 선다. 그리고 마른 접시들을 꺼내
다시 비누를 풀어 씻는다. 접시를 오래 씻는 동안 혈관 속으로 깨어진 칼날들이
시퍼렇게 날을 세우고 떠내려간다. 희우는 그것들이 다 흘러갈 때까지 그 자리에
서서 접시를 씻는다. 뭉클뭉클 하혈을 하는 것 같다. 슬픔 속에서는 상한 콩 비린내
가 난다.
　　　　　　　　　　　　　　　　　　　　　　　－전경린「부인내실의 철학」(2002)

　그 꿈을 꾸기 전날 아침 난 얼어붙은 고기를 썰고 있었지. 당신이 화를 내며
재촉했어.
　제기랄, 그렇게 꾸물대고 있을 거야?
　알지 당신이 서두를 때면 나는 정신을 못 차리지. 다른 사람이 된 것처럼 허둥대
고, 그래서 오히려 일들이 뒤엉키지. 빨리, 더 빨리. 칼을 쥔 손이 바빠서 목덜미가
뜨거워졌어. 갑자기 도마가 앞으로 밀렸어. 손가락을 벤 것, 식칼의 이가 나간
건 그 찰나야.
　검지손가락을 들어올리자 붉은 핏방울 하나가 빠르게 피어나고 있었어. 둥글게,
더 둥글게. 손가락을 입속에 넣자 마음이 편안해졌어. 선홍빛의 색깔과 함께, 이상
하게도 그 들큼한 맛이 나를 진정시키는 것 같았어.
　두 번째로 집은 불고기를 우물거리다가 당신은 입에 든 걸 뱉어냈지. 반짝이는
걸 골라들고 고함을 질렀지.
　뭐야, 이건! 칼조각 아냐!
　일그러진 얼굴로 날뛰는 당신은 나를 우두커니 바라보았어.
　그냥 삼켰으면 어쩔 뻔했어! 죽을 뻔했잖아!
　왜 나는 그때 놀라지 않았을까. 오히려 더욱 침착해졌어. 마치 서늘한 손이 내
이마를 짚어준 것 같았어. 문득 썰물처럼, 나를 둘러싼 모든 것이 미끄러지듯 밀려
나갔어. 식탁이, 당신이, 부엌의 모든 가구들이. 나와, 내가 앉은 의자만 무한한
공간 속에 남은 것 같았어.
　　　　　　　　　　　　　　　　　　　　　　　－한강「채식주의자」(2004)

　본드의 독성이 퍼지며 어머니의 손가락들은 푸른빛을 띠기 시작했다. 불모의
기운을 풍기는 푸른빛이었다. 푸른빛에서 점차 검은빛으로 변해갔다. 어머니는

흡사 칡뿌리 같은 손가락들로 쌀알을 씻고 콩나물을 다듬고 고사리를 부쳤다. 밥에서도, 국에서도 반찬들에서도 역하고 광포한 본드 냄새가 났다.

—김숨 「트럭」(2006)

배달되어온 조기를 씻으며 세어보니 이백 마리였어, 씻어서 한번씩 구워 먹기 편하게 너댓 마리씩 비닐에 싸서 냉동고에 넣어놓을 요량으로 개수대 앞에서 조기를 씻다가 조기를 던져버리고 싶었어, 여동생이 담담히 말했다. 문득 엄마 생각을 했어, 엄만 그 재래식 부엌에서 평생 대식구의 밥을 짓는 동안 어떤 마음이었을까? 궁금했어. 우리가 또 오죽이나 식탐이 많아? 생각나? 밥상을 늘 두 개씩 차려야 했잖아. 밥 짓는 솥도 얼마나 컸어? 그 시골 반찬으로 우리들 도시락까지 다 싸야 했으니…… 엄만 그걸 어떻게 매일매일 감당해냈을까? 게다가 큰집이라서 늘 군식구들이 두엇은 붙어 있었잖아. 엄마가 부엌을 좋아했을 것 같지가 않아. 너는 여동생의 말을 듣고 있다가 무연해졌다. 너는 엄마와 부엌을 따로 생각해본 적이 없었다. 엄마는 부엌이었고 부엌은 엄마였다. 엄마가 과연 부엌을 좋아했을까? 하는 의문을 가져본 적이 없었다.

—신경숙 『엄마를 부탁해』(2007)

아줌마들은 너무 오래 부엌에만 갇혀 있었다
행복한 식탁에 사슬로 매달려 있는 수저 속에
너무 오래 갇혀 있었다
그 속에서 개성을 잃었다
마음은 마음이 제집인데
아줌마들의 마음은 가족이란 밀집체 속에 너무 깊이 스며 있어
사람이라면 누구나 갖고 있는 얼굴이
아줌마들에겐 없다

—김상미 「아줌마」(1997)

부엌에서는
언제나 술 괴는 냄새가 나요.
한 여자의
젊음이 삭아가는 냄새
한 여자의 설움이
찌개를 끓이고
한 여자의 애모가

간을 맞추는 냄새
부엌에서는
언제나 바삭바삭 무언가
타는 소리가 나요.
(중략)
저 천형의 덜미를 푸는
소름끼치는 마고할멈의 도마 소리가
똑똑히 들려요.

—문정희 「작은 부엌 노래」(1991)

구워지고 있었다
전자레인지에서처럼
지방이 튀어 오르고
불똥이 튀고
살갗이 타들어 갔다
한쪽에선 뼈대와 살갗을 걸레처럼 걸고
불속에 서 있었다
토마토처럼 으깨지고도 있었다 (중략)
어머니가 눈물을 삼키며 식사를 준비하고 계셨다

—김혜순 「엄마의 식사준비」(1997)

우리집에 정박한 한국식 압력 밥솥 '또 하나의 타이타닉 호'
불쌍해라, 부엌을 벗어난 적이 없다
밥하는 거 지겨워
(중략)
수심 4천 미터 속 부엌을 천천히 걸어다니며
짓푸른 바다속에 붉은 녹을 풀어넣고 있다

—김혜순 「또 하나의 타이타닉호」(2000)

그런 체질이 있어요. 부엌에 가면 유난히 넘어지고
다치는. 하염없이 창을 내다보다 냄비나 태우는.
아무리 씻어도 씻기지 않는
생선비늘 같은 부엌 물 젖은 담요들

빨래집게처럼 콘크리트처럼 닥쳐오는 식사들
그 아늑한 행복이 너무한다 싶어
붉은 손 들어 우는 여자들

—김경미 「부엌에 대하여」(2001)

　—애야, 세상에! 부엌이 없는 곳이 어디 있니? 어디나 부엌은 있지 저기 보렴
부엌으로 나가는 문이 비스듬히 열렸잖니?
　—저긴 부엌이 아니에요 복도예요
　—그래? 언제 부엌이 복도가 되었단 말이냐? 밥하던 여자들은 다 어딜 가구?
(중략)
　—애야, 정말 어리석구나 저 복도를 지나 저 회색문을 열고 나가면 더 큰 부엌이!
정말 큰 부엌이 있단다 저기 봐라 거기서 엄청나게 큰 밥솥을 걸고 여자들이 밥하
는 것이 보이잖니? 된장 끓이는 냄새가 천지에 가득하구나.

—이경림 「부엌」(2005)

유리창 너머로 들여다보면
부엌의 여자들마저 얼마나 순해 보이는가
음식을 위해 태어난 자기들의 운명에 순응하듯
묵묵히 그러나 일인극 배우처럼 당차게 부엌을 지키는 여자들
유리창 뒤에서 보는 풍경이 훨씬 아름답고 평화로운데
내가 두려워하는 것은 그럼에도 내가 질질 끌려가고 있는 저 바깥의 힘이다
그럴 때면 나는 인공호흡기를 뗀 식물인간처럼 호흡이 가빠진다
일러두건대 나는 유리창의 詩人, 유리창의 囚人인 것이다

—이선영 「유리창」(2009)

2.4. 확장된 부엌, 여성들의 연대 공간

　부엌은 여성의 생활 속에서 큰 비중을 차지하는 여성 고유의 공간이었다. 부
엌이 여성들 고유의 공간이라는 점은 여성에게 억압인 동시에 여성의 독립과
연대를 가능케 하는 공간이라는 긍정성도 가졌는데, 이러한 긍정적 독립성은

부엌을 매개로 한 여성 간의 내밀한 정서적 교감과 연대에서 확인된다.

고전시가에서 부엌은 어머니와 출가한 딸이 서로의 부재를 실감하는 곳이자 시어머니와 며느리가 같은 여성으로서 연대하는 곳이기도 했다. (시조 「어이려뇨 어이려뇨」, 오천 정씨 부인 「정부인자탄가」, 양동 이씨 부인 「애향곡」) 또한 부엌은 며느리인 여성에게 위안의 공간이자 한풀이의 공간이기도 했다. 남성을 비롯한 타인이 들어오기 힘든 고유의 공간이라는 점으로 인해, 여성은 부엌에서 시집살이의 어려움으로 인한 압박감을 풀고, 부지깽이로 대변되는 세간을 통해 한풀이를 하기도 했다. (「부여교훈가」)

현대시에서도 여성은 부엌이라는 공간을 공유한다는 것만으로 모녀와 고부는 물론 자매와 이웃여자들, 그리고 낯선 여성들과 이국의 여성들까지 하나 되어 여성의 서사를 이루어낸다. '숲속'을 날아다니던 여자들이 이젠 둘러앉아 매운 마늘을 까며 함께 눈물을 흘리고, 따듯한 부엌에서 찬밥만 먹던 어머니를 기억하며 애틋해하고, 생마늘처럼 매웠던 발톱이 퉁퉁 불은 손톱이 되었다는 엄마를 이해하면서, 부엌은 이타적이고 열린 감옥에서 여성들의 공감과 연대의 자리로 확장된다. (이진명 「'앉아서마늘까'면 눈물이 나요」, 문정희 「찬밥」, 이근화 「우아하게 살고 싶어」)

　　어이려뇨 어이려뇨 싀어마님 어이려뇨
　　쇼대 남진의 밥을 담다가 놋쥬걱 잘늘 부르쳐시니 이를 어이ᄒ려뇨 싀어마님아
　　져 아기 하 걱졍 마스라
　　우리도 져머신 제 만히 것거 보왓노라
　　　　　　　　　　　　　　　　　　　　　　　　　　－「진청 478」(조선 후기)

　　방안은 빈방이요 늿단여든 화초밧틴 즈최도 업셔지니 쥬야로 압뮈비인 그간장
　　그회포를 뉘이셔 위로할고 방안이 잇난듯고 경지안의 오난듯다 눈의삼삼 결여잇
　　고 쑴이죵죵 보일시라 이십연 키운공이 헛부고 가소롭다
　　　　　　　　　　　　　　　　　　　　－오천 정씨 부인 「정부인자탄가」(미상)

　　생전쳐음 남에집에 범백사 어에할듯 한갓두갓 생각하니 매사처리 막연코나 어
　　리고 약한소견 부모생각 뿐이로다 마루끗해 올나서면 남산만 건너뵈고 방안에
　　들어서면 수문눈물 갈바업내 능화도벽 조혼방과 선단이불 국화요판 좋기야 하다
　　만은 힘없이 보이구나 하해자애 우리어마 방안에 오시는듯 경쥬간에 드시는듯

이목이 암암쟁쟁

—이씨 부인 「애향곡」(미상)

　천속한 부녀둘혼 손울쥐 불드쥐야 종일을 죽기다가 거가젱을 안정하야 일싱정
지문이 들낙날낙 아히치기 무슴일고 부젹갱이 기로치고 낫낫치 쑬쑥인다 안소뢰
밧긔나면 도라가면 칭춘홀가

—「부여교훈가」(미상)

이즈음의 나는 부엌을 맴돌며 몹시 슬프게 지내는 참이었지요
뭐 이즈음뿐이던가요 오래된 일이죠

새 여자 인디언 앉아서마늘까였을까요
마룻바닥에 무거운 엉덩이 눌러붙인 어떤 실루엣이 허공에 둥 떠오릅니다
실루엣의 꼬부린 두 손쯤에서 배어나오는 마늘냄새가 허공을 채웁니다
냄새 매워오니 눈물이 돌고 주욱 흐르고
(중략)
하늘을 뛰어다니다 숲속을 날아다니다
대지의 슬픈 운명 속으로 사라진 불타던 별들

—이진명 「'앉아서마늘까'면 눈물이 나요」(2008)

부엌에는 각종 전기 제품이 있어
1분만 단추를 눌러도 따끈한 밥이 되는 세상
찬밥을 먹기도 쉽지 않지만
오늘 혼자 찬밥을 먹는다
가족에겐 따스한 밥 지어 먹이고
찬밥을 먹던 사람
이 빠진 그릇에 찬밥 훑어
누가 남긴 무우 조각에 생선 가시를 핥고
몸에서는 제일 따스한 사랑을 뿜던 그녀
깊은 밤에도
혼자 달그럭거리던 그 손이 그리워
나 오늘 아픈 몸 일으켜 찬밥을 먹는다

—문정희 「찬밥」(2004)

생마늘을 까면서 엄마가 웃는다
발톱 같지 않아?
껍질이 불고 알맹이가 불고 손톱이 불고
불은 손톱은 자르기도 좋네
(중략)
발톱이 살 속을 파고드네
고백 같지 않아?
주름치마를 입고
하이힐은 신고
다리를 모으던 시절에는 몰랐어

— 이근화 「우아하게 살고 싶어」(2009)

2.5. 자족과 욕망의 상상 공간

부엌이라는 여성 고유의 공간에서 여성들은 자신의 내밀한 욕망을 들여다보고 상상함으로써 자신을 위로했다. 부엌은 가족이 먹을 음식이 조리되는 이타적인 공간이자 가사노동이 응집되어 있는 직임의 공간이었지만, 조선시대 이래 화전놀이의 관습 속에서 부엌은 집 안이라는 한정된 공간에서 벗어나 집 밖의 공간으로 확장되기도 하였다. 여성들이 야외에서 화전놀이를 할 때의 부엌은, 음식을 만드는 곳이라는 점은 동일하지만 일상의 가사노동을 수행하는 공간이 아니다. 그곳은 여성들 간 정서적 교감 속에서 자신들을 위해 음식을 하는 자족적인 공간이 된다.

외부로 이동한 부엌에서 여성들은 맛과 모양의 규범을 갖추어야 하는 음식지절(飮食之節)에서 벗어나 순전히 자신들이 향유하기 위한 요리를 한다. 이곳에서는 부엌에 속한 직임인 '음식 만들기'가 여성들만의 고유한 솜씨를 겨루는 자기실현의 장이자 놀이로 전화한다. 이때 부엌은 요리를 하는 즐거운 곳이자 솜씨에 대한 자부심을 부여하는 욕망 충족의 공간으로 부상한다. (권종태 씨 부인 「화전가라 3」, 「화전가 6」)

현대소설에서 부엌은 세상의 재료들을 다양한 음식으로 탈바꿈시키는 상상력으로 지치고 덤덤한 일상을 활기와 열정으로 채우는 공간이 된다. (오정희 「동경」, 「유년의 뜰」) 그래서 부엌은 안일한 삶 속에서 변화에 대한 기대를 품고 맹렬한 삶의 의지를 꿈꾸는 장소가 된다. (오정희 「야회」, 신경숙 「지금 우리 곁에 누가 있는 걸까요」, 권지예 「뱀장어 스튜」) 특히 가난하고 조잡하며 불편한 부엌 살림살이에서 그러한 열정이 역설되기도 한다. (박완서 「도둑맞은 가난」) 이 때 풍로, 아궁이 등의 불편한 요리기구가 만드는 요란한 연기와 냄새는 생의 활력을 상징한다.

　　현대시에서 부엌은 여성의 몸과 마음에 가장 밀접한 공간인 만큼 여성의 욕망과 숨결과 비밀을 공유한 공간이 된다. 여성은 자신의 내밀한 욕망과 내닫는 질주의 꿈을 부엌 안 어딘가에 숨겨두고 있다. 그 욕망은 내면의 무의식적인 목소리이기도 하고 글쓰기를 향한 갈망이기도 하며 육체가 품은 섹슈얼리티이기도 하다. 물과 불이 공존하고 있는 부엌은 여성에게 푸른 바다의 격랑으로 범람해 들어오기도 하고 갈망이 비등하는 불의 열기로 달아오르기도 한다. 여성은 달아오른 자신의 격정을 조용히 끓여내면서 자기 내면을 들여다보고 일상에 대한 경외와 삶의 의지를 회복한다. 욕망의 상상공간으로서 부엌은 여성의 자의식과 몸의 본능을 자유롭게 상상하고 충족시키는 공간이다. (김후란 「생선요리」, 김혜순 「장엄 부엌」, 문혜진 「도마 위의 사랑」, 김민정 「깊은 밤 부엌에서」, 조말선 「앞치마를 두르고」, 김소연 「나 자신을 기리는 노래」)

　　　삼분정족 부정기운 덩걸엿기 걸어노코 쥬인시예 내신분을 입을홀홀 불어내여
　　조선박실 거기잇나 곳치나마 싸오너라 홍홍백백 셕겨가며 뒤젹뒤젹 반죽할제 빅
　　옥같은 두손바닥 썩가루가 분이로다 웃고보니 정담이오 씹고보니 떡이로다 상하
　　좌셕 버리올졔 구목위소 열좌로다 쑤운 썩을 들고보니 쏼고썹고 얄구쑤나
　　　　　　　　　　　　　　　　　　　　　－권종태 씨 부인 「화전가라 3」(미상)

　　　셤셤옥수 뽑아내여 꺽고따고 무친후에 화중에 붉은실은 꽃싸움에 싸려하고 향
　　기 맑은 꽃입흔 격꾸어 먹어보자 셕간슈 옥계변에 옥관을 걸어노코 백분청슈 두견
　　화를 청류에 지져내니 한편으로 꽃싸움은 편을같나 일어나내
　　　　　　　　　　　　　　　　　　　　　　　　　　－「화전가 6」(미상)

찜통같이 덥고 어두운 부엌에는 이미 불 피운 화덕이 들어와 있고 물이 김을 내며 설설 끓었다. 무슨 일이 있는가는 이제 확실해졌다. 나는 벙긋벙긋 자꾸 웃음이 번지는 얼굴로 부엌과 뒤꼍을 들락거리다가 할머니에게 머리를 쥐어박혔다. 화장을 마치고 나가는 어머니에게 할머니가 은근하게 말했다.

에미야, 저녁은 꼭 집에서 먹어라.

할머니가 또 임자 없는 닭을 잡아온 것이다. 할머니의 빨래 함지는 빨랫거리에 비해 엄청나게 컸다. 그리고 가끔 그 큰 함지 속에는 커다란 묵은 닭이 죽은 듯 다리를 꺾고 앉아 눈을 뒤룩거리고 있곤 했다. 동네에서 떨어진 채마밭을 어정거리는 닭을 잡아온 것이다. 할머니는 끝내 임자 없는 닭이라고 우겼다.

－오정희 「유년의 뜰」(1980)

방 앞에 달린 쪽마루에서 서름질들을 했다. 쪽마루 밑에는 연탄 아궁이가 있고, 쪽마루 위에는 식기, 바께스, 간장병 따위가 있으니까 쪽마루가 조리대 싱크대가 되는 셈이었다. 집주인이 셋방에 부엌을 만들어준답시고 추녀 끝에서 블록담까지 사이의 무명폭만한 하늘을 아예 슬레이트와 루핑 조각으로 막아버려 명색이 부엌인 이 속은 침침하고 환기도 안 된다. 늘 연탄가스와 음식 냄새로 숨이 막힐 것 같다. 매캐하고 짜고 고리타분하고 시척지근한 냄새가 밖에서 갓 들어서면 눈이 실만큼 독하다. 이 냄새는 방에도 옷에도 이부자리에도 배어 있었다. 내 몸에서도 이 냄새가 날 것이다.

그러나 나는 이 냄새를 부끄러워하거나 싫어하면 안 된다. 우리 어머니와 아버지와 오빠가 이 냄새를 싫어했기 때문이다. 이 냄새를 맡으니 차라리 죽는 게 낫다고 생각하고 어느 날 죽어버렸기 때문이다. 나만 남겨놓고 죽어버렸기 때문이다. 나는 이런 못난 부모 동기에게 복수하는 뜻에서도 이 냄새에 길들여져야 하는 것이다.

－박완서 「도둑맞은 가난」(1981)

명혜가 그 새를 발견한 것은 오래 전이었다. 그날 명혜는 부엌 선반에 얹어 놓은 작은 노트에 〈오후 다섯시와 여섯시 사이, 흰새는 강에서 숲으로 간다〉라고 적어 넣었다. 명혜에게는 흔히 요리책이나 마른 행주 따위를 얹어 놓는 부엌의 선반에 노트와 볼펜을 준비해 두는 버릇이 있었다. 가족들의 식사 준비를 하며 무심히 내다보는 바깥 풍경이, 해가 지고 밤이 되기까지의 외로움과 적막감이 그녀의 내부에 무언가 불러일으키는 힘이 되리라는 기대로. 새는 아마 그보다 더 오래 전부터 강과 숲 사이를 날아다녔음에 틀림없었다.

－오정희 「야회」(1981)

아내는 손님을 맞을 준비로 이른 아침부터 마당 청소를 하고 부엌과 마루를 종종걸음 쳤다. 아침상을 물린 뒤 부엌에서부터 들려오는 나지막한 도마 소리, 기름 타는 냄새, 바쁘게 오가는 아내의 발소리에 그는 불투명한 평안감에 잠겼던 것을 기억했다. 그것은 그 자신 이미 그런 종류의 활기에 새삼스러운 느낌을 갖는다고 믿지 않으면서도 어울려 살아 있음의 열기에 대한 기대, 혹은 일상적 삶에 대한 향수가 아니었을까.

—오정희 「동경」(1982)

남편은 형편없이 야위어 있었습니다. 제 손가락에 툭툭 튀어나온 그의 등뼈나 손목뼈가 잡혔습니다. 남편이 제 가슴을 찾아 쥐었고 우리는 눈빛이 하얗게 퍼진 부엌의 냉장고 앞에서 이 년 만에 사랑을 했습니다.

—신경숙 「지금 우리 곁에 누가 있는 걸까요」(2000)

그 그림, 〈뱀장어 스튜〉는 기형적으로 그려진 수많은 여인들을 거쳐 두꺼운 화집의 맨 마지막 장에 편집되어 있다. 한평생을 태운 노화가의 열정의 화염이 종국에는 뱀장어 스튜를 데울 만큼 은근하고 고요하게 잦아든 느낌이다. 중요한 점은, 뱀장어 스튜를 만들려면 불이 세지 않아야 한다. 아주 고요하고 평화로운 화덕이어야 한다. //

이 비오는 날 멀리서 보면 집 안에 있는 그녀는 꽤나 아늑해 보인다. 부엌에선 삼계탕 끓는 소리가 자작자작, 빗소리에 잦아들고 있을 것이다. 소리 죽여 우는 여자의 흐느낌처럼, 격렬한 섹스를 끝내고 잠든 남자의 박동 소리처럼 고요히 끓고 있을 것이다. 삼계탕이 끓고 있는 동안 그녀는 고즈넉한 평화로움에 젖는다. 살아서 펄떡이는 것들을 모두 스튜 냄비에 안치고 서서히 고아내는 일. 살의나 열정보다는 평화로움에 길들여지는 일. 그건 바로 용서하는 일인지 모른다.

—권지예 「뱀장어 스튜」(2001)

부엌으로 침입한 바다
도마 위에 바다가 출렁거린다
햇살에 도전하는
갑옷을 벗기고 탁탁
토막을 치기까지엔
진정 얼마간의 용기가 필요하다

—김후란 「생선요리」(1975)

나는 그의 부엌을 들여다본 적이 있다
밀가루 구름의 폭풍우가 피어오르고
갓 죽은 짐승의 피가 수챗구멍으로 콸콸 쏟아져 들어가는 가운데
설거지통 속으로 빨려 들어가던
수많은 숟가락, 젓가락, 손가락, 발가락들의 아우성
장엄한 부엌이었다
(중략)
침 흘리고, 씹고, 핥고. 트림하고, 질겅질겅하고, 빨고, 맛보고, 마시고, 한시도
쉬지 않고 받아먹고, 삼키고, 건배! 하고 외치고, 더 먹어! 하고, 이봐요! 하고,
여기 한 병 더! 소리치고, 쩝쩝하고, 큭하고, 끄르륵하고, 캭!하고
—김혜순 「장엄 부엌」(2004)

그가 부르면 달려가서 도마 위에 눕는 나는 생체 요리, 그는 나의 요리사 내
눈물에 레몬 가루를 뿌려 셔벗을 만드는가 하면 달달 볶다가 내 뛰는 심장을 바짝
태우기도 하고, 팔팔 끓여 국물을 우려내는가 하면 한동안 독에 처박아놓고는 묵
은 김치처럼 꼼짝 말고 있으란다. 그래? 그래주지 나는 독 안에 웅크리고 앉아
네 마음의 경로를 좇아본다 너의 히스테리에 휘말린 내가 가여우나 너를 훔쳐보고
끝없이 닦달하는 게 내 유희가 아니던가! 네 장난이 가소로우나 네가 친 그물 속에
서 가끔은 집을 짓고 살고 싶은 내 마음을 진짜 혹은 가짜라고 할 수 있을까 너의
요리는 늘 재미나다 내 몸을 한 켜씩 회 떠 조악한 장식을 곁들인 생체 요리, 너는
오랜 칼질을 마치고 일어나 걸어보라 한다. 얼마나 지겨웠던지 나는 겨우 뼈를
맞추고 도마에 누워, 칼질하는 횟수를 세다가 잠들었는지 몰라
—문혜진 「도마 위의 사랑」(2004)

모서리진 네 귀퉁이마다 나사들,
결승점에서 출발선을 향해 달려나가면
출렁출렁 사지가 묶여 있던 스케치북에서
까만 도화지 한 장 뜯겨져 내린다
싱크대 위로, 가스레인지 위로, 칼 도마 위로,
핀셋으로도 집히지 않는 마이크로-마이크로 초미니
먹물 세포의 눈물 방울이 먹물을 쏘고 먹물은
까만 담요를 뒤집어 쓴 뚱보의 작은 집을 쏜다
(중략)
뚱보는 이제 뚱보의 작은 집 안에서 뚱보와 만난다

흰 시트가 깔려 있는 식탁 위에서 뚱보는
뚱보와 얼싸안자마자 접시가 된다 막 달군 피자치즈처럼
찍찍 늘어났다가 줄자처럼 되감길 줄 아는 접시
그러나 배고픈 접시는 언제나 접시의 얼굴이다 포개진
두 개의 접시가 식탁 아래로 떨어져 깨어질 때 투명한
네 개의 유리구슬은 동시에 바닥 위로 솟구쳐 오른다
　　　　　　　　　　　　 —김민정 「깊은 밤 부엌에서」(2005)

앞치마를 두르고 시를 쓴다 앞치마를 두르고 독서를 한다 전문가들은 앞치마를
두른다 앞치마를 두른 생선장수 앞치마를 두른 생닭장수 앞치마를 두른 화가 앞치
마를 두른 엄마 앞치마를 두르면 피를 튀긴다 피 튀기게 열중이다 앞치마를 두르면
함부로 버젓이 칼을 휘두른다 앞치마를 두르고 하는 짓은 앞치마가 다 받아준다
피를 보고야 말 사람들은 앞치마를 두른다 살아있는 것을 죽이고 죽어있는 것을
또 죽이고 죽어서 살아가는 전문가의 작품들 전문가용 앞치마는 뒤가 트여 있다
전문가용 앞치마는 간혹 눈요기용 프릴이 있다 전문가용 앞치마는 팽개치기 간편
하다 피가 잔뜩 묻은 앞치마 오물이 깊이 있게 얼룩진 앞치마 앞치마를 벗으면
시는 사라진다
　　　　　　　　　　　　　 —조말선 「앞치마를 두르고」(2006)

설거지통 앞
하얀 타일 위에다
밥그릇에 고인 물을 찍어
시 한 줄을 적어본다

네모진 타일 속에는
그 어떤 암초에도 닿지 않고
먼길을 항해하다
수평선 너머로 사라지는
그의 방주가 있다
　　　　　　　　　　　 —김소연 「나 자신을 기리는 노래」(2006)

3
방

조선시대의 주택은 남녀유별에 입각하여 폐쇄적 공간인 안채와 개방적 공간인 사랑채로 구분되었다. 부녀자가 거처하는 공간인 안채를 특히, '규방(閨房)'이라 일컬었는데 이곳은 집안에서도 깊숙하고 내밀한 곳에 자리하고 있어 '심규(深閨)'라고도 불렀다. 또한, '규방'은 은유적으로 '처첩(妻妾)'이나 여인을 가리키는 말로 대용되기도 했는데, 그것은 규방이 양반가 여성들이 대부분의 성장 과정을 보내는 공간임과 동시에 여성들은 이곳에서 혼인 전 익혀야 할 예절과 규범을 학습했기 때문이다. 여성들은 규방에서 많은 행동의 제약과 억압을 받았으나 가사를 지어 부르거나 소설을 낭독함으로써 다른 세계의 문화를 접할 수 있었고, 다른 여성들과 함께 자신들의 정서나 생각을 나눔으로써 그들만의 문화를 만들어냈다. 이러한 공간에서 생겨난 문학 장르를 '규방가사(閨房歌詞)'라고 하는데, 여성들은 규방가사를 통해 '규방'과 '외부 세계'에 대한 인식을 나타냈다.

　　규방가사에서 여성들은 '규방'을 외부세계로부터 차단된 내밀한 공간으로, 그리고 자신을 가두는 곳으로 인식하고 있음을 보여준다. 때로는 규방에서 예의범절과 규범을 학습하는 정황과 그것을 익히는 자부심을 보여주기도 했으나 대부분은 규방에 갇힌 처지에 있는 자신의 억울함을 토로하였다. 이처럼 고전문학에서 나타나는 '규방'의 폐쇄성은 임이 떠나고 없는 적막함이 방을 채울 때 극대화되어 '독수공방(獨守空房)'은 외로움을 넘어서는 소외 공간으로 자리하였고, 그 소외된 공간 속에서 여성은 자신의 삶을 돌아보며 그 각성을 시문으로 표현하기도 했다.

　　규방과 같은 폐쇄적 공간과 바깥 세계의 경계에서 이를 연결하는 통로가 '창'과 '문'이다. '창'에 의해 방은 가치 있는 공간이 될 수 있었으며 '창'의 성격에 의해 그 공간 전체가 규정되기도 했는데, '분벽사창(粉壁紗窓)', '계창(鷄窓)', '녹창(綠窓)', '심창(深窓)' 등과 같은 비유적 표현이 그에 해당된다. 고전문학 작품 속에서 여성들은 내부에 존재하면서도 창가를 통해 외부와 소통하고 싶은 심정과 외부에 있는 임에 대한 그리움의 정서 등을 표출하였으며, 또한 안채와 사랑채의 경계적 요소인 '중문'을 포함한 '문'에 대해서는 '닫지 않는다'라고 표현함으로써 외부와 소통하고자 하는 의도를 나타냈다.

　　반면, 이러한 방의 폐쇄성과 소외성은 현대문학 작품 속에서 긍정적으로 그려지기도 한다. 현대 사회는 인간이 자기 스스로를 세상과 분리하여 사고할 수 없게 만들었고, 이것은 폐쇄적 공간으로서의 방을 오히려 부정적인 세계로부터 독립된 공간, 자기만의 깊은 내면을 각성할 수 있는 의식 공간, 그리고 세상으로부터 돌아와 심신을 쉬게 하는 휴식 공간, 더 나아가 휴식으로부터 세상과 맞설 힘을 충전하는 성장의 공간으로 인식하게 만들었다. 따라서 여성은 자기만의 방을 찾기 위해 노력하는가 하면 타인의 방과 비교하며 자아를 객관적으로 성찰하는 모습을 보여준다.

3.1. 방의 명칭과 기능

방의 의미
'방(房)'은 사람이 생활하거나 일을 하기 위하여 집안에 만들어 놓은 공간이다. 옛날 우리 민족은 방을 여러 기능을 담당하는 장소나 공간을 지칭하는 용어로 사용해 왔고, 현대에 와서도 각종 기능을 가진 장소나 공간 등을 '–방'이라고 지칭하기도 한다.

전통 가옥의 경우 그 건축물의 기능, 규모 등에 따라 명칭을 붙였다. 본래 방(房)은 정당(正堂)의 뒤쪽에 거느린 구조물로 부녀자가 거처하는 '규방(閨房)'을 의미했는데, 시간이 흐르면서 거실, 사당, 집, 가옥 등으로 그 사용이 확대되었다. 그 이후 부녀자가 거처하는 공간이라는 의미인 규방은 은유적으로 처첩(妻妾) 혹은 여인을 가리키는 말로도 대용되었는데, 이외에도 방(房)이 여성을 나타내는 경우가 종종 발견된다. '방폐(房嬖)'는 감사나 수령 등의 사랑을 받는 기생을 의미했고, '방자(房子)'는 조선시대 초엽에 궁중의 작은 일을 보살피던 여자 하인을 가리켰다. 또한, 아내 이외의 여자와 관계를 맺는다는 '방외범색(房外犯色)'과 기생을 첩으로 삼는다는 의미의 '화방작첩(花房作妾)', 그리고 여러 첩 중 한 사람이 임금의 사랑을 독차지함을 나타내는 '전방지총(專房之寵)' 등의 고사성어에서도 방은 여성을 나타내는 말로 사용되었다.

때로는 '–방'의 형태 대신 '–실(室)'이라는 형태가 쓰이는데, 이 또한 '건물 내부의 공간'을 의미하기 때문이다. '거처하는 곳'이라는 의미의 실(室)과 방(房)은 그 쓰임이 다르지 않으나, 실(室)은 집의 중앙이나 높은 곳에 자리 잡은 규모가 큰 '당(堂)' 혹은 '헌(軒)' 등에 부속된 규모가 작은 공간으로서 가옥의 구성원이 두루 거처하는 장소 명칭에 사용되었다. 예로부터 궁전 안에 있는 방은 '궁실(宮室)'이라 부르고 궁실과 왕실에서 분가하여 독립한 왕족이 살던 집을 통틀어 '궁방(宮房)'이라 불렸는데, 현재 분류사전에서도 방(房)을 실(室)의 상위어로 위치하고 있어 방(房)의 의미가 실(室)의 의미를 포괄하는 것임을 알 수 있다. 또한, 실(室)의 경우 공간의 기능을 나타내는 어근과 결합하여 '연구실(研究室), 끽연실(喫煙室), 실험실(實驗室), 대합실(待合室), 휴게실(休憩室)' 등과 같이 나타나며, 업무 조직에서 과(果)나 부(部)를 나타내는 어근과 결합하여 '사장실(社長室), 국무총리실(國務總理室), 기획실(企劃室)' 등과 같이 세분화되어 나타나기도 한다.

한편 방은 위치, 기능, 구조, 용도에 따라 다양한 분절 구조를 이룬다. 여성의 공간과 관련하여 방의 위치에 따라 안방(규방, 내방으로 부녀자가 생활하는 방), 아랫방(난방 장소를 기준으로 아궁이에 가까운 쪽 방), 뒷방(집의 큰 방 뒤에 달려 있는 방, 몸채 뒤꼍에 있는 방), 머릿방(안방 뒤에 딸린 방) 등으로 나누었다. 또한, 방의 용도에 따라 도장방(여자들이 거처하는 방), 헛방(허드레 세간을 두는 방), 봉놋방(대문 가까이 있어서 나그네들이 한데 모여 자는 주막의 가장 큰 방), 사랑방(사랑으로 쓰는 방, 안방에서 멀리 떨어져 있거나 사랑채에 있다), 안방(규방, 내방으로 안주인이 거처하는 방) 등으로 구분되었다.

방의 명칭과 여성

과거 특히 조선시대에는 그 시대를 지배하던 정치, 사회의 사상적 기저에 따라 공간 형성이 이루어지고 그에 적합한 인간의 생활양식이 형성되었다. 조선시대의 주택 양식을 대표하는 양반 계층의 주택은 다른 어느 계층의 주택보다도 조선의 공간적 특질을 잘 보여준다. 또한, 유교적 질서에 의하여 남녀는 각각 주택의 안팎에 따로 거주하였고 이러한 남녀유별에 입각한 내외의 관습에 의하여 안채와 사랑채가 분화되었다.

여성의 생활공간인 안채는 일반적으로 안주인이 거처하는 안방과 안방에 달린 부엌, 그리고 안방마루로 구성되었으며, 안방은 규방(閨房), 규합(閨閤), 내당(內堂), 내방(內房), 내실(內室), 내침(內寢), 안, 유박(帷箔), 유방(帷房) 등으로 불렸다. 여성들의 공간을 지칭하는 '안'과 '내(內)'의 경우, 사전적으로 '안'은 어떤 물체나 공간에 둘러싸인 가장자리를 경계로 하여 가운데로 향한 쪽, 또는 그런 부분을 의미하며, 그 다음으로 일정한 표준이나 한계에 이르지 못한 정도, 그리고 집안에서 부인들이 거처하는 방, 즉 '내실' 혹은 '안방'을 의미한다고 하였다. 또한, 이것이 은유적으로 '아내'를 낮추어 일컫는 말로도 쓰인다고 하였는데, 더 낮춰 '안방'을 '안방구석'이라고 속되게 부르기도 한다. 한편, '내(內)'의 경우는 일정한 한계의 안을 의미하여 '내실'의 경우 남을 높이어 그의 '아내'를 이르는 말로 쓰이기도 한다. 또한, '규(閨)'는 '작다'라는 의미를 지니고 있는데 여성이 거처하는 공간에 '작다'는 의미가 함의된 글자를 쓴다는 것은 이미 여성의 공간이 남성의 공간에 비해 낮은 공간임을 위계화해서 보여주는 것으로 볼 수 있다. 이후 '閨'는 규방(閨房), 규합(閨閤), 규곤(閨壼) 등으로 조어되면서 여성들의 공간을 지칭하게 된다. 이 중에서 '규방'이 여성들이 거처하는 공간을 통칭하는 말로 가장 많이 쓰였다.

한편 사랑 혹은 사랑채는 집의 안채와 떨어져 위치하면서 남편이 거처하며 손님을 접대하는 곳으로 '객당(客堂), 외당(外堂), 외실(外室), 외헌(外軒)' 등으로 불렸다. 사랑채는 '한옥에서 안채와 따로 떨어져 사랑으로 쓰는 공간'을 의미하며, 사랑마루(대청마루)와 사랑방으로 구성되었다. 일반 농민이나 상민들이 거처하는 작은 규모의 주택은 사랑이 없거나 있더라도 밤이나 겨울철의 작업을 위한 공간, 혹은 담소를 나누는 공간으로 쓰였다. 중류층 민가의 경우는 대문 가까이에 사랑채가 있으면서 안채에 연결되어 있었을 뿐이고, 부농이나 양반 계층의 주택에서나 독립된 형태의 사랑채를 볼 수 있었다. 이 경우 사랑채는 대문을 세움으로써 안채와 철저히 분리되도록 하였으며, 외부와 직접 연결시켜 집 혹은 가문의 권위를 나타내도록 설계되었다. 안채와 이어지는 사랑채의 경우에도 남녀의 생활권을 분리하여 남녀 혹은 가족 간의 지위를 엄격히 구별하였다.

안방

안방은 현재 집주인이 거처하는 방을 의미하는데 옛날에는 '안주인이 거처하는 방'이라는 의미로 사용되었다. 사랑채가 남성의 공간이면서 학문과 독서, 손님 접대를 위한 개방적 공간인 반면, 유교적인 여성관에 따라 학문 탐구나 예술 활동이 허용되지 않은 여성의 안방은 사랑방과는 달리 가장 폐쇄적인 주공간(住空間)으로서 주택의 제일 안쪽에 위치하였다. 따라서 외간 남자의 출입이 금지되었으며 남자로서는 남편과 그의 직계비속만이 출입을 할 수 있었다. 또한, 가족의 의식주를 전담하는 가정의 중심지이자 주부의 실내 생활이 이루어지는 공간으로 집안일 중 모든 안살림을 관리하는 중심부가 되었다. 그러므로 광의 열쇠나 귀중품들이 보관되었고, 더 나아가 주부의 권위를 상징하는 장소가 되었다.

영남 지방에서는 시어머니가 며느리에게 주부권(主婦權)을 넘겨줄 때 치마 허리끈에 차고 지내던 곡간이나 도장 등의 열쇠를 건네주고, 동시에 며느리는 시어머니가 쓰던 안방으로 옮겨가고 시어머니는 며느리가 쓰던 건넌방으로 바꾸는 일도 있었다. 3대를 이루고 있을 경우 맨 윗대의 나이 많은 이는 별채나 안채의 구석방이나 하인이 쓰는 행랑방으로 물러나는 경우도 있었다. 주부권의 이양은 며느리가 시집와서 아이를 낳고 집안 살림의 내용을 잘 알게 되는 5년에서 10년 사이에 이루어졌다. 이와는 대조적으로 호남 지방에서는 부모가 생전에 살림권을 넘겨주지 않았으며 방도 바꾸지 않았다.

규방(閨房), 안채

조선시대의 경우 규방이라는 말은 단지 안방만이 아니라 여성들의 생활공간이었던 안채를 통칭하는 말로 쓰이기도 했다. 안채는 한 집 안에 안팎 두 채 이상의 집이 있을 때, 안에 있는 집채를 의미하는 것으로 방에 따라서는 가장 서열이 높은 여성이 안방을 사용하였고, 그 다음 서열에 따라 건넌방, 아랫방, 문간방 등을 사용하였다. 규방 공간은 노동 공간으로서 시부모 봉양, 남편 섬기기, 자녀 교육, 제사를 비롯하여 음식, 바느질, 베 짜기와 같은 가사노동이 이루어졌다.

그러나 여성들은 규방에서 자신들의 정서나 생각을 표현하며 다른 여성들과 함께 가사를 지어 부르거나 소설을 낭독하고 필사하였다. 그러면서 다른 세계의 문화를 접하고 새로운 문화를 만들어 내는 여성들의 문화 공간으로 기능했다. 이것이 양반 부녀자층을 중심으로 '규방가사(閨房歌詞)'라는 문학 장르가 탄생한 바탕이 되었고, 이는 내방가사(內房歌辭), 규중가도(閨中歌道), 규방문학(閨房文學), 규중가사(閨中歌辭) 등으로 불렸다. 조선 영조 중엽부터 창작되기 시작했는데 처음에는 그 주제와 소재 면에서 당시의 엄격한 유교적 윤리관이 반영된 교훈적인 것들이 주류를 이루었으나, 후에는 속박된 여성생활의 고민과 정서를 호소하는 내용이 주류를 이루었고 6·25전쟁 이후 거의 소멸되었다.

고(庫)

집 내부 공간 중 저장의 기능으로 사용되는 방으로 '곳간(庫間), 광, 고방(庫房), 헛간, 곡간(穀間), 다락' 등이 있었다. '곳간'은 곡물을 비롯한 각종 물건을 넣어두는 방 또는 집을 말하며, 별도로 독립하면 '곳집, 곳간채' 등으로 불리기도 하였다. 『삼국지(三國志) 위서(魏書)』 30권 '오환선비동이전(烏丸鮮卑東夷傳)'의 고구려조에 "집집마다 작은 창고가 있는데, 그것을 부경(桴京)이라고 한다."는 우리나라 '창고'에 대한 기록이 보인다. 가을에 추수한 곡물을 보관한 필요성은 고대로부터 제기되었고, 조선시대에 이르러 가옥의 일부를 막아 저장고로 사용하거나 독립된 건물을 마당의 적당한 곳에 곳간을 만들어 사용하였다.

가옥의 일부를 저장고로 사용하는 것으로 '광' 또는 '고방'이 있었다. 큰 주택의 경우 '고방'을 안방 위쪽에 별도의 공간을 마련하여 옷을 갈아입는다거나 사적인 물건을 챙기는 공간으로 활용하였다. 보통 집안의 일을 돌보는 상민의 거처인 행랑채는 광으로 사용되기도 했는데, 수납하는 물건에 따라 그 명칭이 달랐다. 반찬거리를 넣어 두는 '찬광', 안방이나 건넌방에 덧붙여 물건을 넣어 두는 '골방', 책을 보관하여 두는 '서고', 곡식을 보관해 두는 '곡간', 다양한 물건이나 자재를 저장하는 '창고' 등으로 불렀다. 또한, 고방은 안채의 한 부분을 막아 아낙네가 머무는 도장방(규방)에 나란히 두기도 했다. 고방은 며느리방 옆에도 두기도 했는데 방이 두 줄로 배치되어 있는 겹집 형태에서는 시어머니가 거처하는 안방 뒤편에 만들어졌다.

문짝이 없는 광인 '헛간'이나 곡물을 넣어두는 '곡간'도 집안의 수장처(收藏處)로 기능했다. '헛간'은 보통 문짝이 없는 광을 말하지만 곡물이나 건초, 물건 등을 놓아두는 방이나 외양간을 가리킨다. 헛간은 독립되어 있기도 했으나 노비의 거처인 행랑채나 여성의 공간인 안채의 일부로 존재하는 경우도 많았다. 행랑채에 부속된 헛간은 가마나 수레, 기구, 작업용 기물을 보관하는 공간으로 사용되었으며, 안채에 부속된 공간은 곡물을 저장하기 위한 창고로 쓰였다.

또한, 현재 천장과 지붕 사이의 공간을 의미하는 '다락'은 조선시대에는 지표보다 높게 바닥을 설치하여 만들어진 집이나 방을 가리켰다. 이와 같이 '다락', 혹은 '다락방'으로 불리는 공간이 변화한 것이다. 당시 다락은 이층이나 중이층에 꾸며진 수장처를 의미했으며, 특히 부엌 천장과 지붕 사이에 설치하여 습기, 통풍, 벌레, 동물 등의 위험으로부터 식량을 지키고 곡물을 장기간 보존하였다. 당연히 다락의 출입 및 관리는 방안에서 이루어졌는데, 여성의 공간인 안방과 부엌을 가까이 배치한 것처럼 안방의 벽면에 문을 달아 계단을 통해 다락으로 오르내리도록 하였다. 다락이나 벽장은 여러 가지 생활 도구를 넣어두는 장소라는 점에서는 동일하나, 벽장은 침구, 옷, 가재도구 등 생활 도구를 보관하는 장소인데 반하여, 다락은 크고 장기간 보관할 물건이 있는 장소였다.

구조적으로 안방과 부엌, 그리고 이에 부속된 고(庫)의 공간인 '고방, 광, 다락' 등은 서로 매우 밀접하게 연결되어 있었으며, 여성들의 생활공간임과 동시에 이 공간에 대한 관리와 책임은 여성에게 주어졌다. 안주인은 집 안의 곡식이나 물건을 저장하는 수장처로서 경제적인 가치를 갖는 공간에 대한 권한을 소유함으로써 가정 내에서 중요한 권한으로 수행했다.

3.2. 경계의 통로, 창과 문

창(窓)과 문(門)의 역할   방에 일부분인 '창'과 '문'은 방이라는 공간을 바깥 공간과 분리하는 동시에 연결하는 기능을 한다. 창과 문은 독립적인 구조물이라기보다는 경계 요소인 담과 벽에 의해 분리된 영역을 잇기 위한 통로(창과 문)라고 할 수 있다. '울, 울타리, 담장, 벽' 등은 일정한 공간을 둘러막기 위하여 흙, 돌, 벽돌 따위로 쌓아 둘러막는 건축 구조물을 의미하는데 벽이나 담을 쌓는 이유는 궁극적으로 크게 '내부 공간의 보호'와 '공간의 분리'를 위해서라고 할 수 있다.

조선시대의 담은 안과 밖이라는 공간의 성격을 구분 짓고, 다시 안에서도 담을 건축하여 크고 작은 공간들이 각기 나름대로의 성격을 이루도록 하였다. 예를 들어, 사랑채와 안채 사이에 만든 담은 남성적인 공간인 사랑마당과 여성적인 공간인 안마당이라는 두 개의 공간을 분리했다. 이처럼 담이 집의 안과 밖을 구별하고 그 공간에 위계질서를 부여하는 역할을 했다면, 벽은 방의 안과 밖을 구별하는 역할을 했다고 볼 수 있는데 '바람벽'이라고도 불렀다.

하나의 공간을 담과 벽이 경계를 이루며 내부 공간과 외부 공간으로 구분하였다면 내부 공간과 외부 공간에 이르기 위한 통로가 창과 문이다. 공간의 내부는 폐쇄적이며 외부는 개방적인 성격을 갖는데 일반적으로 문은 드나들기(출입) 위해 설치한 시설물이지만, 창은 건물의 내부공간에 빛과 공기를 받아들이고 또 밖을 내다보기 위해 설치한 시설물이라고 할 수 있다.

창(窓)의 비유적 의미

'창(窓)'은 '창문(窓門)'의 준말로 공기나 빛이 통하도록 벽이나 지붕에 만들어 놓은 작은 문 또는 사람이 내다볼 수 있도록 벽에 낸 문을 의미한다. 창은 폐쇄된 내부 공간에 빛과 공기를 넣어주는 매개물이어서 창을 통해 유입되는 빛과 공기로 인간은 폐쇄된 내부공간에 존재할 수 있었으며, 열과 습도가 조절되어 쾌적한 환경을 유지할 수 있었다.

주거공간이 벽으로써 외부공간과 차단되어 안식과 사적인 비밀을 보장하는 공간이 되었다면, 창은 이러한 내부공간을 외부공간과 연결시켜 주는 구실을 하였다. 벽에 창이 설치되었기 때문에 방은 가치 있는 공간이 되었고 창은 그것이 속해 있는 공간 전체의 성격을 규정함으로써 많은 어휘를 파생시켰다. 예를 들어 글방, 혹은 학자나 문필가들이 책을 쌓아 놓고 글을 읽는 방이라는 뜻의 '계창(鷄窓)', 가난한 여자가 사는 집이라는 뜻의 '녹창(綠窓)', 깊숙이 있는 안방을 뜻하는 '심창(深窓)', 나그네가 거처하는 방, 또는 그 방의 창을 뜻하는 '여창(旅窓)', 서재 또는 그 방의 창을 뜻하는 '학창(學窓)' 그리고 타향을 뜻하는 '한창(寒窓)' 등이 있다.

또한, 창은 인공적인 건축물 안에서 바깥 세계를 내다보는 시설물 가운데 하나지만 이 세상을 바라보는 생각의 틀을 상징하기도 한다. 그래서 마음의 창이 좁은 사람은 편협한 사람이고 마음의 창이 넓은 사람은 도량이 큰 사람으로 인식된다. 한편, 창은 빛을 받아들이는 통로이기 때문에 시간성을 상징하는 매개물이기도 했다. 그러므로 '동창이 밝았느냐? 노고지리 우지진다.'에서 동창은 아침을 뜻하는 것이고, '남창에 처마 그림자가 깊게 드리웠으니'에서 남창은 한낮을 의미하는 것이다.

창은 그 모양과 기능, 재료 그리고 방향에 따라 다양하게 불렸다. 창의 재료와 관련하여 비단으로 만든 깁창과 사창, 그밖에 망사로 만든 망사창, 발을 끼워서 만든 창으로 바람이 잘 통하면서도 벌레 따위를 막아 주기 때문에 주로 여름에 달았던 발창과 염창, 종이로 만든 종이창과 유지창으로 구분되며, 창살의 재료에 따라 쇠로 만든 쇠살창, 철창, 대나무로 만든 죽창이 있었다. 또한, 분벽사창(粉壁紗窓)이라고 하는 것이 있었는데 하얗게 꾸민 벽과 깁으로 바른 창문이라는 뜻으로 부녀자가 거처하는 아름답게 꾸민 방을 이르던 말이었다. 한편 어떤 공간적 대상에 통풍이나 채광, 내다봄 등의 목적에 따라 만든 문은 창의 기능을 하는 문으로서 '고실창, 와우창(蝸牛窓), 전정창(前庭窓), 정원창(正圓窓)' 등이 있으나 이는 개념상 '창'에 포함시키기 어려운 것들이다. 이러한 말들은 실제로는 문이지만 창의 외부와의 소통 기능을 확대하여 창이라는 명칭을 붙인 것으로 해석된다.

문(門)의 비유적 의미

'문(門)'은 드나들거나 물건을 넣었다 꺼냈다 하기 위하여 틔워 놓은 곳 또는 그곳에 달아 놓고 여닫게 만든 시설을 의미한다. '門'은 고어의 '오래'로 취음하여 '烏羅'로 적기도 했는데, 16~18세기에 '오래'가 발견되나 16세기 이후에는 '문'이 두루 나타난다. 따라서 문은 고유어 '오래'에서 한자어 '문'으로 바뀌었다고 본다.

건축학적 의미에서 문의 개념은 '하나의 공간적 영역을 이루는 경계와 그 영역에 이르기 위한 통로가 만나는 지점'이라고 정의할 수 있다. 따라서 문이란 독립적인 구조물이라기보다는 담과 벽 등의 경계요소와 병존할 때 그 기능을 다할 수 있다. 그러므로 방의 안팎을 경계 짓는 벽에 난 문을 방문이라고 한다면, 집의 안팎을 구획하는 담에 난 것을 대문이라 할 수 있다.

조선시대 양반 주택의 내부에는 안채와 사랑채의 경계인 '중문(中門)'이 있었다. 중문은 주인이나 손님들이 사용하는 문으로 안채에 이르는 중요한 역할을 했다. 외부인은 물론, 집안 식구까지도 남녀구별을 함으로써 사랑채에서 바로 안채가 들여다보이지 못하게 하기 위해서 내외담 또는 면벽(面壁)을 설치했다. 이외에 하인과 아녀자들이 사용하는 일종의 샛문인 편문(便門)이 있었다. 또한, 마을의 경계에 세워진 문을 이문(里門)이라 하고, 더 나아가 도시의 경계를 형성하는 성벽에 난 것을 성문(城門)이라 한 것이다. 이처럼 문의 성격과 명칭은 그것에 연속된 경계요소의 성격에서 연유했음을 알 수 있다.

더 나아가 문은 담, 성곽과 함께 그 영역에서 생활하는 사람들의 신분을 상징하는 말로 발전했다. 예를 들어, 대문은 사람이 집으로부터 인간 사회로 나아가는 출발점임과 동시에 그곳에서 돌아와 쉬는 귀결점이며, 내부 세계와 외부 세계를 구분 짓는 구조물로 존재하므로 주택에서 문은 그 집에 사는 사람의 신분을 상징하였다. 그러므로 '솟을대문'은 양반 계급을, '삽짝문'은 평민을 의미하게 되었고, '열두대문'은 양반 혹은 부잣집을 나타냈다.

출입에 쓰이는 건축구조물을 의미하는 까닭에 같은 학교 출신을 동문(同門)이라 부르며, 유학자들을 일컬어 공문(孔門)이라고 일컫는데 이것은 '같은 문을 드나들던 사람'이 '같은 부류의 사람들'이라는 추상적인 의미로 확장되어 사용된 것임을 알 수 있다. 또한, 명문(名門), 문벌(門閥)이라고 할 때는 '한 집단의 지체'를 뜻하기도 하고, 등용문(登龍門), 취직문(就職門)이라 할 때는 '목표에 도달하기 어려운 고비'라는 의미로 사용되기도 한다.

현대의 문은 과거보다 그 종류가 줄어든 반면 비유적 표현에 많이 사용된다. 예를 들어 운동에서 '골문을 터뜨리다'는 '골을 넣다'는 의미로, '문을 열다'는 '영업을 하다'의 의미로, '문을 닫다'는 '폐업을 하다'는 의미로, '문턱을 드나들다'는 '왕래가 잦다'는 의미로, '문턱이 높다'는 '들어가기 어렵다'는 의미로 사용한다. 또한, 폐쇄된 공간을 개방된 공간으로 연결하는 매개물로서의 '문'은 '사람의 마음 상태'를 비유적으로 표현하는 데 사용되어 '마음의 눈을 활짝 열고'나 '마음의 문을 굳게 닫고' 등과 같이 쓰인다.

호(戶), 그리고 창(窓), 문(門)

'창'과 유사하게 쓰이는 말로 '창호(窓戶)'라는 것이 있다. '戶'는 방의 입구(室口)를 의미하는 '지게'로 풀이되는데, '지게'란 밖에서 방으로 드나드는 외짝문을 의미한다. 따라서 '창호'는 '窓'과 '戶'가 결합된 말로 창과 문을 총칭하는 말이 된다. '窓'은 그 자체가 하나의 시설물이기도 하지만 한국 전통 건축에서는 '窓'에 '戶'가 합쳐져 '窓戶'라고 부르며 건물의 한 구성 요소가 이룬다. 이 '窓戶'는 방에 빛과 공기를 받아들이고 밖을 내다보기 위한 '窓'과 방으로 드나들기 위한 외짝 지게문 '戶'를 모두 지칭하는 것이며, 이때 '戶'는 분명 외짝 문짝만을 지칭하는 것이지만, 일반적으로 두 짝이건 네 짝이건 간에 방에 출입할 수 있도록 한 것은 모두 '戶'라 하기 때문에 '門'과 혼동하기 쉽다.

그러나 '戶'와 '門'은 출입에 필요한 시설로 빛과 공기를 받아들이기 위해 설치한 '窓'과는 엄연히 구분된다. 다만, '戶'와 '門'은 출입에 필요한 시설물이면서도 서로 다른데 이들의 차이점에 대해 명확히 설명한 책으로 중국의 『육서정온(六書精蘊)』이 있다. 이 책에서 '戶'는 방의 출입에 필요한 시설물(室之口)이고 '門'은 집의 출입에 필요한 시설물(堂之口)이라고 했다. 또한, 안에 있는 것을 '戶'라

하고 밖에 있는 것을 '門'이라 하며, 외짝 문짝으로 이루어진 것은 '戶'이고(一扉 曰戶), 두 짝의 문짝으로 이루어진 것은 '門'이라고 하였다(兩扉曰門). 이것은 '門'이라는 한자가 지게문이 두 짝 붙은 형상(兩戶形象)을 묘사한 것에서 유래한 상형문자인데, 원래는 지게문의 형상이었다가 규모가 커진 것을 문이라고 부른 사실을 뒷받침해준다. 즉, 집의 출입에 필요한 대문 같은 것은 '門'이고, 방에 드나드는 데 필요한 시설은 '戶'인 것이다.

이러한 문(門)과 창호(窓戶)를 서양에서는 door와 window로 명확하게 구분하고 있으나 우리의 전통 건축에서는 그 구분이 명확하지 않다. 다만, '窓'과 '門'은 이를 제작하는 목수들에 의해 구별되기도 했다. 전통적인 목수는 대목(大木)과 소목(小木)으로 나뉘었는데 대목은 집의 뼈대를 전담하는 목수였으며, 소목은 창문틀을 짜는 세부적인 일을 하는 목수를 일컫는 말이었다. 같은 '門'이라할지라도 大門, 일각대문 등과 같이 외부공간과 외부공간을 연결하는 문들은 대목이 전담하고, 외부공간에서 내부공간으로 들어가는 방문이나 창문 등은 소목이 전담하였다. 그러므로 '窓'의 개념은 이들 소목들이 전담하던 '窓'과 '窓戶'에 한정되는 '門'을 포함한다고 할 수 있다.

현재 우리나라의 건축물은 '窓'과 '門'을 비교적 엄격하게 구분하고 있으나 과거의 전통 건축에서는 그 구분이 명확하지 않았다. 안동 봉정사극락전(鳳停寺極 樂殿, 국보 제15호)과 같이 고려시대까지의 건축물은 문과 창이 형태상 구별되었던 것 같다. 그러나 조선시대 이후의 건축에서는 문과 창의 구별이 모호한 '이문대창현상(以門代窓現象)'을 나타낸다. 정약용(丁若鏞)도 『아언각비(雅言覺非)』에서 "창은 좁고 작게 만들어 다만 햇볕을 받아들일 만하게 하고 사람이 드나들수 없었으니, 옛날의 창은 지금의 것과 같이 크지 않았다."고 하여 조선 후기에는 이미 창과 문, 창과 호, 문과 호의 구별이 뚜렷하지 않았음을 알 수 있다. 문·호·창의 개념을 잘 정리한 이만영(李晩永)의 『재물보(才物譜)』에 의하면 문은 어떤 장소에 출입할 수 있는 시설이며, 호는 한 짝이면 호, 두 짝이면 문, 창은 건물의 눈, 그리고 외호(外戶)는 대문이라고 하였다.

3.3. 뒤안 공간의 변화

시대적 요구
삼국시대와 고려시대에 주거 공간이 조선시대처럼 남성 공간인 사랑채와 여성 공간인 안채처럼 분리되었는지의 여부를 알아볼 수 있는 기록은 없다. 다만 『삼국지(三國志)』 위서(魏書) 동이전(東夷傳)의 고구려조에서 주옥(主屋) 뒤에 딸이 시집으로 옮겨갈 때까지 사위가 머무는 집인 서옥(婿屋)을 두었다는 기록이 있다. 아래의 기록으로 보아 가족 구성원으로 배필을 맞아 남녀가 새로운 가족을 이루면 분화하여 나간 것으로 추정된다.

"처음 말로써 혼인을 정하고 다음에 여자의 집 대옥(大屋) 뒤에 소옥(小屋)을 지어 서옥이라 부르며, 저녁에 사위가 여자집에 와서 문밖에서 자기의 이름을 알리고 무릎 꿇고 절하면서 여자와 같이 잘 것을 세 번 원하면 여자의 부모는 이것을 듣고 소옥에서 같이 잘 것을 허가한다. 남자는 다음날 떠날 때 전백(錢帛)을 놓고 간다. 여자는 자녀를 낳고 자녀가 성장해야 비로소 남자의 집에 살러 간다."

조선시대에 이르러 유교적 원리에 바탕을 둔 사회 질서를 확립하기 위해서 조정은 양반 계층은 물론 일반 백성에 이르기까지 유교적 가족 질서를 따르도록 하는 여러 정책을 시행하였다. 또한, 왕권 중심의 중앙집권적 정치를 반대하던 지방의 사림들은 향촌을 중심으로 세력을 결집시킬 구심점이 필요했고, 이러한 기능을 서원이 담당하도록 했다. 때로는 공간이 서원의 기능을 담당했는데 다양한 목적에 의해 양반 계층의 가옥 구조가 변화하기 시작했다.

조선시대의 양반 계층의 가옥 구조는 사림에 의해 유교가 체계적으로 뿌리를 내린 16~17세기에 이르러 확립되었을 것으로 짐작된다. 부부유별을 강조하는 유교적 이데올로기는 주거에서부터 남녀의 공간에 대한 분리를 강요하기 시작하였고, 당시 이러한 사회 변화는 남성의 공간인 사랑채를 별도로 두거나 그 기능을 확장하도록 요구하였다. 반면, 여성의 공간인 안채는 사랑채에서 분리됨으로써 사랑채가 갖고 있었던 사회적 기능을 보완하는 방향으로 변화하기 시작했다. 이처럼 양반 가옥의 공간 구성과 평면 배치는 주로 유교적 주거 규칙에 의해 지배되었는데, 특히 남녀유별의 유교이념은 가옥에서의 내외 생활공간 분화로 표현되었고 주거 양식의 분리는 부부의 별침(別寢) 등이 생활 방식의 변화를 가져왔다.

이러한 유교적 원리에 바탕을 둔 엄격한 계급의식적 사고방식은 주거 공간을 남성과 여성, 상위와 하위 공간으로 계층화 하였고, 이는 집 내부의 공간에 격을 부여하였다. 그러므로 상위 공간, 즉 양반의 공간은 사랑방과 사랑 대청을 포함하는 사랑채와 안방과 안방 대청을 포함하는 안채로 구성된 반면 하위 공간, 즉 노비나 종이 거처하는 공간은 부엌과 행랑, 고방 등을 포함하는 행랑채가 되었다. 또한, 여성은 철저한 내외법에 따라 여성에게 주어진 공간인 안채와 안방에서만 생활하도록 강요되었고 남성의 공간은 가장 주된 공간이면서 사회적 기능을 수행하도록 하는 사랑채와 사랑방으로 구성되었다.

닫힌 안채, 열린 사랑채

사랑방은 바깥주인이 거처하면서 외부의 손님들을 접대하는 교류 공간이자 학문에 증진을 위한 서재였다. 사랑방은 안채와 구별되는 사랑채의 일부로 그 배치는 서울에서는 안채와 완전히 분리된 채로, 지방에서는 안채와 연속되어 진 채로 분포되었다. 사랑방의 성격이 사회적 교류를 중심으로 한 개방성을 지니는 반면, 안방의 성격은 내외 구별 사상을 근간으로 한 폐쇄성을 지닌다고 할 수 있다.

또한, 사대부 집안의 경우 각종 유교적 제례는 가장에 의해 집전되었고 이러한 유교적 제례의 봉행에는 주로 남성들의 참여만이 허용되었기 때문에 사랑채 공간은 자연히 유교 문화를 대표하였다. 반면에 망자의 천도와 자녀의 출산을 포함하여 화를 물리치고 복을 부르기 위해 불사를 봉행하거나 굿을 하는 일은 주로 여성들이 맡아서 수행하였는데 이는 안채 공간이 불교 및 무속과 같은 비유교적인 문화의 중심이었음을 나타낸다.

이와 같이 사랑채 공간과 안채 공간의 평면 배치는 전반적인 주거공간 구성에서 주도적인 역할을 했다. 가옥의 자연 환경과 가족 구성원 및 지방적 문화 차이로 조선시대 상류 가옥의 안채 공간과 사랑채 공간의 평면 배치는 다양한 유형으로 표현된다. 안채 공간은 사랑채 공간에 비해 정적, 폐쇄적, 내향적 공간이며, 사랑채 공간은 동적, 개방적, 발산성이 강한 열린 외향적 공간이다.

충(忠)을 우선시했던 사대부들이 사회적 인간 관계를 중시하였다면, 효(孝)를 우선시했던 사대부들은 혈연적 인간관계를 중시했다. 따라서 안채가 실제 혈연으로 맺어진 가족 중심적 공간이라면 사랑채는 혈연에 준하는 친족관계의 사람들이 만나는 장소였다. 사랑채에는 많은 식객이 머물렀는데 이들은 공부도 하고 토론도 하면서 교류를 통해 정보를 습득하고 그들의 학통을 확대 재생산해 나갔다. 대개 상류 계층일수록 친목 도모는 중요한 일이어서 상호간의 방문과 선물 교환이 이루어지고 자녀의 혼사도 폐쇄적인 계층 내에서 이루어졌다. 그리고 활발한 친목 도모를 위해서 주택에서의 접대 공간이 차지하는 비율을 높여야만 했다.

조선 중기 이후 발달했던 사랑채는 조선 후기에 접어들면서 확산되기 시작한다. 1800년대 말인 1894년(고종 31)에 일어난 동학란과 갑오개혁을 계기로 양반과 상민의 계급차별을 없애고, 천민대우에 대한 개혁이 이루어졌다. 이러한 사회 변혁은 일찍이 개화에 눈을 뜬 중인계급의 출현으로 이루어졌고, 이들은 부를 축적했다. 중인계급에서는 전래의 사당을 개조하여, 목욕간을 만들기까지 하면서 주택크기의 제한을 의식하지 않고 건축했다. 이처럼 조선 후기에는 부를 축적한 부농계층과 중간계층은 경제력이 있었기 때문에 과거 양반 사대부가의 주거 문화를 흉내 내기 시작하여 사대부가의 전유물로 여겨졌던 사랑채를 소유하기도 했다. 또한 큰 사랑채와 작은 사랑채를 따로 두어 아버지와 아들이 각각 사용할 수 있도록 했다. 또한, 안사랑채라고 하는 여성 전용 사랑채의 등장은 조선 후기 부농 주거 형태에서 나타났는데 이는 여성의 역할과 신분이 신장되고, 이용후생과 실사구시의 학풍에 의한 것이었다. 다만, 여성 사랑채는 그 용도가 무엇이었는지 확실치는 않다.

여성 공간의 확대와 공적 공간의 쇠퇴 집에서 응접 행위가 사라지면서 공적 성격이 축소되는 현상은 조선 말기인 1900년대부터 서서히 나타났는데, 우선 안채와 사랑채 간에 연결 통로가 생기면서 사랑채의 공적인 성격은 쇠퇴했고, 근대화와 함께 도시화가 진전되면서 과거와 같은 넓은 사랑채가 불필요하게 되었다. 현재 과거의 영향으로 안방은 육아, 가사 등 여전히 여성 중심의 공간 기능을 수행하는 한편 부부의 독립 공간으로서 폐쇄적인 공간이다.

1900년대에 들어오면서 주택건축에 일어나기 시작한 또 다른 변화의 하나는 외래양식이 전파되기 시작한 것이었다. 인천이 개항되면서 일본 거류민의 수적 증가와 서양인의 거주로 일본식 주택의 급증은 물론 서양식 주택들이 건축되기 시작하였다. 재래의 한옥이 대문을 들어서면 사랑방이 있고 중문을 들어서면 건넌방, 대청, 안방, 부엌 등이 ㄱ자형으로 배치되어 있던 반면, 개량주택들은 일본식 주택으로 현관, 욕실, 변소 등이 집 속으로 들어온 것이 전래의 한옥들과 큰 차이점이었다.

1945년 8월 광복 이후부터 6·25전쟁까지 일련의 일을 겪으면서 주택난은 더욱 가중되었고, 특히 인구집중화현상이 심화되었던 서울의 주택난은 더욱 심해졌다. 도시의 인구 유입에 따라 주택지가 좁아지자 과거와 같이 넓고 큰 사랑채 대신 안채 한구석에 작은 사랑방을 배치하게 되었다. 당시 개화한 집에서는 독립된 사랑채 대신 대청마루에 유리 분합문을 달고 소파세트를 두는 것으로 만족하게 되었다. 이러한 현상이 보편화됨에 따라 근대 개량 한옥에서는 사랑채나 사랑방이 사라지고 사랑방 기능을 하는 공간을 '응접실(應接室)'이라는 명칭으로 바꾸어 부르게 되었다. 응접실은 접객용(接客用) 방으로 찾아온 손님을 맞이하여 이야기를 나누기 좋게 꾸며놓는 주택의 공적 기능을 담당하는 공간이었다. 이는 주로 방문객의 편리를 위하여 현관에 접하여 설치하는 경우가 많았다. 그러던 것이 본격적인 근대화가 시작되던 1960년대에는 응접실에서 담당하던 공적인 기능인 응접 행위가 점점 축소되었고, 대신 가족 중심의 공간으로 그 성격이 변화하기 시작했다.

고도 성장기이던 1970년대에 이르러서는 아파트에 처음으로 '거실(居室)'이 등장하여 응접실을 대체했다. 생활양식이 서양화되면서 주택구조도 가족중심으로 설계되었으며, 거실이 있기 때문에 구태여 응접실을 따로 마련할 것 없이 거실을 응접실로 겸용하게 되었다. 그러나 거실은 가족 공동의 사적 공간이며 응접실은 외부인을 위한 공적 공간으로서 그 기능이 다르므로 경우에 따라 응접실을 따로 두는 경우도 있었다. 이렇게 보면 공적 장소인 사랑채는 응접실로, 그리고 거실로 명칭이 바뀌면서 그 기능도 변화했으며 여성의 공간이었던 안채의 기능도 담당하고 있음을 알 수 있다.

현대 주택의 거실은 안채의 기능뿐만 아니라 식당, 부엌의 기능까지 겸하는 기능주의를 바탕으로 설계되고 있다. 이들 주택은 점차 형태의 다양성을 추구하면서 거실과 부엌의 고저차를 없앰으로써 이들을 한 공간으로 처리한 리빙키친형(living kitchen型), 거실과 식당을 한 공간으로 한 리빙다이닝형(living dining型) 등의 모습을 보여주며 주택 내 공적 공간을 모두 축출하고 완전히 사적 공간, 주거 전용 공간으로 변화한 모습을 보여준다.

3.4. 차폐(遮蔽)의 공간

여성 시문에서 방은 규방(閨房)으로 대표된다. 여성 문인들은 규방을 深閨[심규; 깊은 규방], 玉簞[옥단; 옥 상자], 空閨[공규; 빈 규방], 洞房[동방; 빈방], 簾幕[염막; 주렴과 장막이 처진 곳] 등의 단어로 표현했다. 따라서 조선시대 규방은 여성만의 공간을 상징하는 용어이다. 이곳은 집안에서도 깊숙하고 내밀한 곳에 자리하고 있기에 심규라는 용어로 지칭되기도 한 것이다. 조선시대 여성들의 사회적 활동은 집으로만 한정되어 있었기에 집의 대표적 공간인 방은 여성에게 허용된 활동 범위를 지시하기도 한다.

상층의 여성들은 어느 정도 학문적 훈련을 받아 교양인 혹은 지식인으로 성장하기도 했다. 이에 임윤지당은 '여성도 태어날 때에는 남성과 구분이 없는 것이니 여성도 노력하면 성인이 될 수 있다'는 자부심에 찬 의론을 펼치기도 한다. 그러나 세상은 여성이 능력을 펼칠 수 있도록 하지 않았으며 규방에 가두어 두었다. 또한 여성의 시문(詩文)은 집 담장 밖으로 나가지 않아야 했다. 여성에게는 봉건적 가부장제에서 오는 질곡의 삶이 운명처럼 주어졌다. 이에 여자로 태어나 세상에 아무런 공덕도 드러낼 수 없으니 차라리 일찍 죽어 아버지의 몇 줄 글을 얻어 묘석에 새기는 것이 나으리라고 극단적으로 말하기까지 하였으니, 여성들은 규방에 갇힌 '수인(囚人)'이라는 의식을 가지고 있었던 것이다.(김호연재 「自傷-3」)

여성들은 집의 가장 안쪽에 거처가 마련되어 있으니 외부인이 접근하기가 쉽지 않았다. 특히 혼인하기 전 여성의 방은 여러 겹의 담을 지나가야 했으며,

지키는 하인이나 군사가 있거나 자물쇠로 굳게 잠근 문들이 여러 개 있는 경우도 있어 외간 남자가 들어가기는 매우 힘들었다. 하지만 소설에서는 남성들이 그런 몇 겹의 담을 넘고 문을 지나 갇혀 있다시피 한 여성을 만나러 용감하게 들어가는 것으로 되어 있다. 그리하여 그 날 만남을 이루는 경우도 있고, 몇 날 며칠을 시도한 끝에 겨우 만나게 되는 경우도 있다. 거의 모든 결연에서 등장하는 장면들이다. (「창선감의록」, 「주생전」, 「심생전」, 「옥루몽」)

규방가사에서는 '규방'이 집안의 내밀하고 닫힌 곳으로 인식되며, 자신이 방 안에 있는 모습은 종종 '잠기다'·'묻히다'라고 표현된다. 여성들은 방을, 외부 세계를 향한 호기심과 외출에 대한 욕구, 나아가 사회적 활동을 향한 욕구를 제약함으로써 자신을 가두는 곳으로 인지하는 것이다. (「경세가」, 노씨 부인 「기망가라」, 「휘춘곡」)

또한 여성에게 문은 외부로 통하는 소통의 의미보다 내부에서 외부로의 출입을 차단하는 금제의 의미를 지닌다. 문은 안으로 잠겨 있어 외부와의 소통을 가로막는 물리적·상징적 장치이다. 이는 외부와의 경계에 놓여 있으면서 닫힌 공간이라는 점에서 여성의 폐쇄적 삶을 특징짓는 공간적 기호이다. (인동댁 「동네미인유희가」, 「여아 슬퍼라」)

특히 규방은 여러 겹의 중첩된 문으로 둘러싸여 있다. 여성들은 성장하면서 외부로 바로 통하는 대문은 물론이고, 그보다 더 안쪽에 있는 중문을 넘어서지 않는다. 이 중문은 규범적인 삶이 영위되는 경계선이며, 중문 안 공간은 양반가 여성으로서의 정숙한 성장 과정을 증표 하는 상징적 공간이다. 성장 과정이 중문 안에서만 이루어졌다는 언급은, 절제된 품행을 익히고 과도한 행동을 삼가며 부녀에게 부과된 규범을 충실히 학습했다는 표현이 된다. 규방가사에서는 '방'과 '문'에 대한 표현을 통해 예의규범을 학습한 성장 과정에 대한 자부심을 토로하는가 하면, 행동을 제약하는 억압의 부당함에 대해서 술회하고 있다. (「여자소회가라」, 「경신년화슈가」, 성산 이씨 부인 「한녀자유행원부모형제붕우」)

세속의 무리들과 어울리지 않는 것은
오히려 세상 사람 탓이 아니네
안방의 여자 된 걸 속상해 하니
푸른 하늘도 알아주지 못하네

弗與俗徒合 還爲世人非 自傷閨女身 蒼天不可知

―김호연재 「마음 상해 自傷―3」(18세기 전반)

이곳에서 외담의 문까지 나가자면 일곱 개의 금쇄문이 있으며 또 오빠가 거처하
는 사랑채를 지나가게 되오니 (중략) 드디어 화원의 작은 문에서부터 열쇠를 맞춰
문을 열새 다섯 문을 지나 서쪽 후원의 문에 이르렀다.

自此堂至外門 凡度七重金鎖 而又橫過家兄所居之堂 (중략) 遂自花園小門 隨
鑰輒開 過五門而至西苑門

―「창선감의록」(17세기)

마침 그날 밤 달이 뜨지 않았다. 주생은 몇 겹으로 된 담을 넘어 비로소 선화의
처소에 이르렀는데, 그곳에는 굽이진 기둥과 돌아드는 복도마다 주렴과 장막이
겹겹이 드리워져 있었다. 주생은 한참 동안 주변을 자세히 살펴보았으나 인적이라
고는 전혀 없었다. 다만 선화가 촛불을 밝히고 악곡(樂曲)을 타는 것만 보였다.
주생은 기둥 사이에 엎드려 선화가 타는 악곡 소리를 가만히 듣고 있었다.

是夜無月 踰垣數重 方到仙花之室 曲楹回廊 簾幕重重 良久諦視 並無人迹 但
見仙花明燭理曲 生伏在楹間 廳其所爲

―「주생전」(17세기)

소저 낯빛을 붉히고 이르되 내 일생 이내 몸 아끼기를 옥같이 하여 발자취 중문
에 이르지 아니하고 친척이 낯을 보기 적은 것은 춘랑이 아는 바이라 일조에 간사
한 사람에게 속음이 되어 반일을 수작하여 씻기 어려운 욕을 보니 낯을 들고 어이
사람을 대하리오

―「구운몽」(17세기)

규중에 진역살이 새게유람 못했으니 견문인들 있을손야 지각견문 우메한이 자녀
교육 올케하리 우리나라 부인대접 이건사에 불과한이 경낙간풍 유남자 동방화촉
좋은곳에 화초와 함게보고 향곡간 살임사리 정구지임 당착식혀 노복과 갖이한다

―「경세가」(1912)

규중이 깁히안자 놀난잔언 치산골몰 고상고상 지닉날직 용납못할 녀ᄌ몸이 몃
몃쌘 마텨쏘다 앗까온 이시월을 이러구로 허송한다 인세한번 하진ᄒ면 평싱이
조심ᄒ고 만사을 잇곳보와 그러구로 다ᄒ여서 썻쩌로 한일업고 초로갓치 사라지
고 일명업시 자자지며 초목금슈 일반이라 죽어쩐지 사랏쩐디 아난직 누이실고

―노씨 부인 「기망가라」(1922)

네아무리 슬피운들 규중심처 잠겨있는 여자유힝 갈츨소냐 가석ᄒ다 녀ᄌ유힝
원부모 이형제에 한번고향 써나가면 고향이 타향되고 타향이 고향된다 천수만한
우리소히 싱각ᄉ록 시름이라 북수에 우는식와 동원에 지는곳도 무심히 듣고보면
관계할바 업건마는 구곡유창 사인히포 곳곳치 늣겨워라 철천지한 녀ᄌ유힝 호소
할길 바이업다

―「휘춘곡」(1947)

깁고깁흔 이 규중에 여ᄌ들이 싹자ᄒ니 빙옥갓흔 이졀을 유슌키만 쥬장ᄒ고
선당에 늘근부모 지성으로 효도ᄒ고 동기간 모든형제 우익ᄒ고 화슌ᄒ여 이리면
흉날셰라 져리면 말날식라 ᄉ랑에 오난손임 문틈으로 잠관보고 이웃집에 가난양
반 든장우에 엿보라고 눈맛치며 뭇참할계 츈분쥬니 쏘겨오니 이목구비 바로쓰고
오장육부 갓치삼겨 ᄃ갓치 ᄉ람으로 무삼죄가 지즁ᄒ와 고양압히 쥐가되고 미계
쏘긴 꿩이되여 운빈화용 고운틱로 팔ᄌ아미 슈구리고 ᄉ창을 구지닷고 슈물즁질
못츠는다 여ᄌ몸이 되여나서 긴들안이 원통한가

―김순자「여자탄식가」(미상)

규중심처 홀노안ᄌ 쥬쥬야야 품은튼식 혼인잔치 회갑ᄌ치 남가는되 ᄃ못가고
어이ᄒ야 이흔몸은 이십당연 허송ᄒ고 월노홍승 속히비러 군자호구 만닌되도 만
일군ᄌ 어리시면 이닉청춘 반이넘어 어린실낭 늘근신부 무삼자황 질길손가 규중
자탄 쳡쳡ᄒ나 슈괴흔맘 압을막아 틈틈이 씨느라고 되강ᄒ고 긋치난이

―「츈규탄별곡」(미상)

규중의 싱장할젹 지거일싱 국척ᄒ여 어룬의 담소좌석 접두타가 ᄉ쥬둣고 연기
이팔 의혼시에 부ᄉ럼이 주장이라 의웃이도 갈슈업고 문밧츄립 용이챤타

―인동덕「동데미유희가」(미상)

시간살림 ᄒ난거선 부여이 쳭임이라 밧것일을 간섭말고 중문안의 거처ᄒ야 씨
맛추어 음식ᄒ기 절후짜라 의복짓기 일싱이 맛튼일이 의복음식 쑨이로다 그 외이
ᄉᄉ흔일 되단치난 안일망정 부지런히 안이ᄒ면 그도쏘한 용이챤타

―「여아 슬펴라」(20세기 전반)

부모님 혜중에서 보옥같이 생장할제 중문을 아나가고 방적으로 일을삼아 부모
님 만덕교화 비할곳 전혀없다 일시반각 떠나기를 삼춘갓치 여겻더니 옛성인 하신
법이 개개히 올치만은 여자의 원부모는 메몰하기 그지업네 원근을 헤지안코 동서

남북 흐터지니 부엽과 일반이라

―「여자소회가라」(미상)

명문고독 예법가에 규문이 엄숙ᄒ여 불출중문 우리종적 잠시솟창 어려워라 뉴
시로 울젹회포 고향슌쳔 바라보니 록슈가 청망한대 운산이 몃겹인고 반도강산
계명소식 꿈결에 드러보니 눈션기차 ᄌ동차가 기츅을 듀름잡아 말이랄 이웃갓티
통셥이 쉽건마ᄂ 우리ᄂ 녀ᄌ힝싴 고향길 어려워라

―「경신년화슈가」(1920)

십오세 당도하니 불출중문 이ᄂ몸이 규중에 구지들려 만사을 불면하고 고침싼굼
주장하야 춘풍화득 방초시며 추국단풍 동셜미에 실품으로 상ᄃ하니 그안이 통분한
가 한이로다 한이로다 녀자됨이 한이로다 서산낙일 지난히와 동령명월 돗난달은
쉼이엽난 이ᄂ몸을 무심히 지쵹한이 방옥당년 이팔시가 순식간에 잠관이라

―성산 이씨 부인 「한녀자유행원부모형제붕우」(미상)

3.5. 규범 학습의 규방

조선시대 규방은 혼인하기 전까지 규수로서의 예절과 규범을 익히는 곳이다.
옛 여성들은 교육을 주로 어머니에게서 받았으며, 생활 예법과 여성으로서 지켜
야 할 규범, 여공(女工) 등을 학습 받았다. 그 중에서도 열(烈), 순종, 온화한 말
씨, 투기하지 않는 마음가짐 등의 규범을 배웠다. 이를 '여교(女教)'라고 하였는
데, 국문 장편 고전소설에서 어머니가 딸들을 규방에서 가르치는 장면이 종종
등장한다. (「유씨삼대록」, 「조씨삼대록」) 아들의 경우에 학문은 집에 거주하면서
아이들을 가르치는 선생을 두는 경우가 많지만, 신변의 문제를 상의한다든지
울적한 마음을 달래고 싶을 때에는 어머니가 계신 안방을 찾는다. (「조씨삼대록」)
즉, 아들과 딸 공히 어머니에게서 규범을 학습하고 전수받는 공간이 바로 안방
이었다고 할 수 있다.

규방가사에서도 여성들은 규방에서 규범을 학습 받는 정황을 노래했는데,
규방은 가사(家事)를 비롯하여 제반 교양과 예절을 배우는 공간이다. 규방 안에

서 규범을 익혔다는 것은 조신한 행동거지 속에서 예의범절을 학습했음을 뜻한다. 따라서 여성의 성장 과정 속에서 규방은 보편적으로 예의범절을 중시하는 집안분위기 속에서 규범을 학습하는 곳을 의미한다. (「창회가」, 「팔부답가」, 「내척가사」, 안동 김씨 부인 「이부가」)

조싱이 셜싱을 보내고 고요히 싱극ㅎ미 야야의 지심친우로 면약ㅎ신 친ㅅ를 물이칠 길이 업고 잠잠코 취키도 측ㅎ미 비위 거ㅅ려 좌샹우생ㅎ다가 몸을 니러 옥미경의 드러가니 부인이 바야흐로 녀ㅇ룰 다리고 녀교룰 가르치거늘 나아가 시좌ㅎ니 부인이 문왈 오늘은 엇지 한유ㅎ느뇨 공지 대왈 엇지 일이 업스리잇가 맛춤 둘지 형이 나가고 스뷔 아니 겨시니 강논ㅎ리 업고 심회 울젹ㅎ여 ㅈ안을 싱각고 드러오이다

-「조씨삼대록」 (18세기)

녀즌는 십셰어던 규문을 굿게닷고 녀즈의 가라치멀 완만ㅎ게 쳥종ㅎ야 마식견ㅅ 길슴ㅎ고 기억니은 본문비와 소흑니측 교냥ㅎ니 부덕디강 거의로다 먼두져히 츠례안니 졔례졔법 발ㄱ고야

-「창회가」 (미상)

이 딸을 키워니여 고문명족 일등가랑 고르고 갈여니여 사희랄 삼ㅈㅎ고 심규이 여허두고 사히고 셔린 은혜 미우벗츨 짐즉니여 여힝을 가라칠지 남이셔 못할시라 족족히 이한소고 삭삭히 힘을 셔셔 편시반긔 아니 놀여 나쥬로 침션방젹 밤으로 언문ㅎ기 일동일졍 조심ㅎ여 일일히 고츌ㅎ니 굿디난 야속드니 지금은 싱각ㅎ니 부모은덕 하히갓다

-「팔부답가」 (미상)

어화우리 소쳐들라 내척가사 들어보소 우리들 녀자몸이 규중이 길어나서 침석 방젹 알근이와 부생모육 ㅎ신덕이 례의염치 몬져배와 백가지 행실중이 효성이 원둣리라 부모마음 편이모셔 친자유무 봉공ㅎ되셩심으로 섬기오면 하늘님이 감동 텨라

-「내척가사」 (미상)

거록하신 우리부모 자정도 놀납드라 불민한 이니몸을 주옥갓치 길너니여 행신 범절 가라치셔 심규중에 무더노코 가문물어 정혼하고 실낭취해 허혼하고 강서오고 의양온후 전안일자 가릴젹의 택일관 불너다가 일월도수 칙역노코 다남장수

하올날과 부귀영화 조혼시을 주당살 고과살을 알뜰살뜰 골라내여 연분이라 하올
적예 원근친척 모엿도다

—안동 김씨 부인 「이부가」(미상)

3.6. 소통의 공간, 중당

옛 양반가의 집은 안채와 바깥채, 즉 내당(內堂)과 외당(外堂)으로 나뉘어져
여자들은 내당에, 남자들은 외당에서 주로 기거했다. 고전소설 속에서도 아침
문안 시에 집안의 가장 어른인 할머니나 할아버지의 방에서 마주하는 일을 제외
하고는 주로 '중당(中堂)'에서 만나 이야기를 나누는 것으로 되어 있다. 이는 내
당과 외당 사이, 즉 집안의 가운데에 위치하고 있는데, 외부인을 맞이하거나
집안의 대소사 즉 혼례나 잔치를 치르는 공간이다. (『창선감의록』, 「소현성록」) 이
렇게 중당을 두는 것은 중국의 가옥 구조를 참조한 부분이며, 우리나라의 집에
는 대체로 중당보다는 중문(中門)이 있어 남녀의 시선이나 발길을 차단하였다.

어느 날 한부인이 소저와 함께 정원에서 꽃을 완상하고 있었다. 그때 문득 시비
춘앵이 다가왔다. "부인께서 적선을 즐겨 하시더니, 마침 서촉에서 어떤 여승이
권자를 들고 찾아왔습니다. 이에 감히 아뢰옵니다." 한부인은 곧바로 소저와 함께
중당(中堂)으로 돌아가 춘앵으로 하여금 여승을 맞이하게 했다. 그 여승은 몸에
촉나라 비단으로 만든 도포를 걸치고 목에 백팔염주를 두르고 있었다. 그리고 손
에는 쇠로 장정한 큰 권자를 든 채 중계(中階)에서 예를 갖추는 것이었다. 한부인
은 여승을 마루로 오르게 하고 자리를 내 주었다.
　一日 夫人與小姐 翫花於園中 忽然侍婢春鶯 來告曰 夫人好積善 適有西蜀尼
姑 持卷子而來 小婢敢告之 夫人卽與小姐 還中堂 而使春鶯迎之 其尼姑身着蜀
羅廣袍 項百八念珠 手執鐵粧大卷子 禮拜於中階 夫人命上堂而賜坐

—「창선감의록」(17세기)

주운산의 니른니 등당의 포단을 셩히 ᄒ고 냥 신인이 녜를 못고 동상의 나아가
주하샹을 ᄂᆞ홀식 남풍녀뫼 셔ᄅᆞ 빗최여 구슬곳과 옥남기 셔ᄅᆞ 디ᄒᆞᄂᆞᆫ듯 부〃 직질

이 겸손ᄒᆞ미 업ᄉᆞ니 가히 니론 삼싱슈연이며 텬뎡호귀라 만좨 불승경복ᄒᆞ고 만분 경아ᄒᆞ야 칭찬ᄒᆞ믈 마디 아니ᄒᆞ더라

—「소현성록」(17세기)

명일 형시 단의남상으로 프른 귀밋티 옥줌을 고ᄌᆞ며 쉬온 머리의 봉관을 쓰고 슈나샹과 쵹나삼을 닙으매 두 줄 패옥을 ᄎᆞ고 등당의 나오니 윤부인이 아름다오믈 이긔디 못ᄒᆞ야 형시 두 아들을 친히 장속ᄒᆞ더니 믄득 소샹셰 뉴흐님 뉴낭등을 ᄃᆞ리고 드러오매 윤부인이 우어 왈 현딜은 엇디 오늘 쾌ᄒᆞ믈 것잡ᄂᆞᆫ다 싱이 잠쇼 왈 이 곳 녜시라 쾌ᄒᆞᆫ 배 므어시리잇가 셜파의 낭모로써 형시를 보며 광슈 스이로 셔 부인 원비 직텹을 내야 미러 왈 오늘 텽명의 ᄂᆞ리와 겨시더이다 형시 이에 공경ᄒᆞ야 바드매 모든 뉴싱이 긔롱ᄒᆞ야 굴오ᄃᆡ 그ᄃᆡ 이제는 단원이 프러뎌 병 드ᄅᆞ미 업ᄉᆞ리로다

—「소현성록」(17세기)

3.7. 님이 부재한 소외 공간

여성 시문에서 규방은 주로 사랑하는 님이 부재한 소외 공간으로 나타난다. 님이 부재한 이유는 그가 멀리 떠났기 때문이다. 사대부 여성의 경우, 님은 주로 과거 공부를 하러 한양이나 산사(山寺)로 가거나 벼슬을 살러 먼 타지로 가는 경우가 대부분이다. 기녀의 경우, 지방의 관기(官妓)를 아끼던 사대부가 떠나 연락이 끊기는 경우가 많았다. 그로 인해 여성들은 님을 그리며 밤새 잠 못 이루고 눈물을 흘리며 창자가 끊어지는 아픔까지 느낀다. 이에 대한 심정을 여성들은 이부자리가 반이 비어 있다는 표현으로 나타냈다. '이불은 쓸쓸하고 찬 기운만 감돌고' '이불 속에서 흘린 눈물 얼음 밑의 물 같이' 차갑다. 님이 부재한 이불과 베개는 차갑고 늘 눈물로 젖는 것이다. 이를 통해 인내하는 혹은 인내할 수밖에 없는 심상을 표현하였다. (허난설헌 「恨情」, 김삼의당 「夫子自京經年未歸余題 詩以伸情私 -3수」, 이옥봉 「秋恨」, 승이교 「秋夜有感」)

한편, 고전소설에서는 아내가 여럿이기에 남편이 부재하기 쉬운 소외 공간으

로 묘사되어 있는 경우가 많다. 고전소설 중에는 중국을 배경으로 한 작품들이 많기에 부부 관계의 설정도 중국의 그것을 따르고 있어 일부다처(一夫多妻)로 되어 있다. 한 명의 남자 주인공은 대체로 세 명 정도의 아내를 두는데 이들은 서로 '적국(敵國)'이라고 부른다. 화목하라고 권장되기는 하지만 그 중에는 반드시 악한 적국이 있어 다른 적국을 모해하고 이를 곧이들은 남편은 선한 아내를 오해하여 내친다. 그래서 아내의 방에 오랫동안 들어가지 않고 소외시키는 것이다. (『조씨삼대록』) 남편이 부인을 여럿 두었기에 평상시에도 자신의 방에는 한 달에 6~8일씩밖에 들어오지 않으므로 외로움을 느꼈을 것이다. (『소현성록』)

여성의 생활공간인 규방의 폐쇄성은 님이 부재할 때 증폭된다. 여성이 홀로 방을 지키는 '독수공방(獨守空房)'의 전형적인 형상은 종종 규방이 적막한 빈 방으로 님을 그리는 곳임을 보여준다. 외부 활동이 제한된 상황에서 님이 부재하는 방은 여성에게 외로움을 넘어서 소외감을 느끼게 한다. (안동 김씨 부인 「이부가」) 혼인생활 속에서 님이 없는 방의 폐쇄성은 여성에게 자신을 돌아보는 자아 각성으로 나아가게 한다. 그리하여 님이 부재하는 방은 여성에게 차폐된 삶을 실감하게 하고 사회 활동의 제약을 깨닫게 하는 계기가 되기도 한다. (남씨 부인 「싀골색씨 설은타령」)

> 봄바람 화사하니 온갖 꽃 피어나고
> 만물 번성하니 온갖 생각 밀려오네
> 깊은 규방에 살아 그리움 끊고자 하여도
> 그대를 생각하니 심장이 찢어지네
> 밤 깊도록 그리워 잠 못 이루니
> 새벽 닭 꼬끼오 우는 소리 들리네
> 비단 장막은 빈 방에 드리웠고
> 섬돌에는 이끼만 끼었구나.
> 春風和兮百花開 節物繁兮萬感來 處深閨兮思欲絶 懷伊人兮心腸裂
> 夜耿耿而不寐兮 聽晨鷄之喈喈 羅幃兮垂堂 玉階兮生苔
> ─허난설헌 「한스러운 정 恨情」 1-8구(16세기 후반)

> 간밤에 서풍이 불어치더니
> 우물가의 오동잎이 떨어졌구나
> 님 기다리는 여인은 빈 방에서

천리 밖의 그대를 그리고 있다네
그대 기다리는 맘 알고 계시는가
부모님 빛내리라 언약했었네
그대는 이 마음을 어여삐 여겨
서울에 오래도록 머물지 마오
昨夜西風起 井上梧桐落 佳人在洞房 千里長相憶
待君君知否 榮親早有約 願君憐此心 無久留京洛
　　　　　　　　　　－김삼의당 「낭군님이 서울에서 해 넘도록 돌아오지 않으므로
　　　　　　내가 시를 지어 회포를 펴다 夫子自京經年未歸余題詩以伸情私－3수」
　　　　　　　　　　　　　　　　　　　　　　　　　(18세기 후반)

비단 창문 너머로 밤 등불 붉고
꿈 깨니 덮은 이불 한쪽이 비었네
새장에 서리 차다 앵무새 울고
뜰 가득 오동잎 가을바람에 날리네
絳紗遙隔夜燈紅 夢覺羅衾一半空 霜冷玉櫳鸚鵡語 滿堦梧葉落西風
　　　　　　　　　　　－이옥봉 「가을의 한 秋恨」(16세기 후반)

강양관에는 서풍이 불어 일고
뒷산은 취하는 듯 앞 강은 맑디 맑네
사창에 달은 밝고 벌레들은 흐느끼니
외로운 베개에 이불 차서 잘 수 없네.
江陽舘裡西風起 後山欲醉前江淸 紗窓月白百蟲咽 孤枕衾寒夢不成
　　　　　　　　－승이교 「가을밤의 느낌 秋夜有感」(16세기 후반~17세기 초?)

공이 쳥츄의 희동 안식 왈 오아의 말이 가장 올흐니 죵당이 가ᄅᆞᄒᆞ시거든 내
알월 거시니 셔실의 가 공부를 젼일이 ᄒᆞ여 직슈의 경박기를 효측지 말고 군ᄌᆞ의
졍대ᄒᆞ믈 힘쓰면 다힝ᄒᆞ고 너의 부뷔 다 년유ᄒᆞ니 년긔 ᄎᆞ 화락ᄒᆞ여도 늣지 아니토
다 싱이 ᄇᆡ샤이퇴ᄒᆞ니 부인이 부ᄌᆞ의 말ᄒᆞᄂᆞᆫ 거슬 드를 ᄯᆞᄅᆞᆷ이오 말을 아니터라
싱이 졍시로 더브러 못기를 괴로와 부젼의 이리 고ᄒᆞ고 허락을 어드미 깃거 셔실의
도라가 군죵 졔데로 희쇠 ᄌᆞ약ᄒᆞ고 다시 치련각의 가지 아니니 이 흔갓 셜싱의
말을 드를 ᄲᅮᆫ 아니라 부부 냥익이 가리미니 엇지 조싱의 지감이 불명ᄒᆞ리오
　　　　　　　　　　　　　　　　　　　　　　　－「조씨삼대록」(18세기)

샹셰 죠곰도 일편된 일이 업서 가디록 공경ᄒ야 일삭의 십일은 화시긔 잇고 십일은 셕시긔 잇고 십일은 셔당의 이셔 셕〃고 단엄ᄒ미 흐글 ᄀᆺ투니 가인이 당초ᄂᆫ 화시긔 졍 박ᄒ리라 ᄒ고 셕시를 취ᄒ매 텰셕간댱이라도 농쥰홀디라 반드시 진듕흔희ᄒ리라 아랏더니 ᄯᅳᆺ 아닌 샹셰 식을 취티 아니며 텬셩이 관후ᄒ고 공경ᄒ야 화셕 이인의 은의 ᄒᆫ 가지오 화시긔 가권을 젼일ᄒ니 인〃이 경복ᄒ매 다나 도로혀 고이히 너기고

─「소현셩록」(17세기)

무졍하다 이양반아 백연가약 어이할고 기창전 미화꼿치 상셜을 만닉시며 규중에 발근달이 운무중에 드단말가 독수공방 이닉몸이 일연이 빅연갓다 오동수예 봉황식야 각분남북 무삼일고 젹젹무인 빈방안에 임ᄌᆨ업시 누어신이 한등이 온초 불은 삼경에 희미하다 안기구름 자진곳대 울고가난 쳥조식야 져셩길을 니알거던 소식이나 젼히다고 옥안에 흐른눈물 나삼이 다젼난다

─안동 김씨 부인 「이부가」(미상)

나의쳔싱 무슨죄로 여ᄌ몸이 되엿던고 주져안ᄌ 울어볼가 울기조ᄎ ᄌ유업닉 불합한 이한가정 싀집술이 괴로워라 결믄쳥춘 임그리고 독수공방 서러워라 누엇스니 줌이오나 무궁ᄒᆫ 닉의회포 뉘게서나 호소ᄒ리 봄밤이 짤ᄃ히도 임싱각과 함께 길어가는 셰월은 짜르건만 오는셰월 더디고나 언제나 여름와셔 우리임 만나볼고 기다리기 어려워라 (중략) 감옥갓흔 도장속이 깁히깁히 갓치여서 죄엄는 죄인노릇 자나깨나 눈물이라

─남씨 부인 「싀골색씨 설은타령」(20세기 전반)

3.8. 동경의 투명 창

창은 집 내부에 속해 있으면서 외부와 소통하는 공간적 특성을 지닌다. 창은 여성의 생활상과 밀착된 공간으로, 집 밖을 향하되 외부로 나아가지 못하는 창의 물리적 특성은 당대 여성의 삶과 등질적이다. 이에 규방가사에 자주 등장하는 '분벽사창(粉壁紗窓)' 또는 '사창(紗窓)'의 어휘는 여성적 삶의 공간이라는 함의를 갖는다.

여성 한시에서 창은 '사창(紗窓), 매창(梅窓), 효창(曉窓), 창외(窓外), 서창(西窓)'이란 단어를 통해 화자의 발화를 완성시킨다. 밝은 달이 핀 밤 규중의 여인들은 님 그리워 잠 못 이루고 창에 기대어 창밖의 달이나 꽃을 바라보며 한숨 짓는다. 곧, 밤에 달을 보이는 방향이 서쪽이라 서창(西窓)이요, 창밖을 바라보며 님 오기를 기다리니 창밖[窓外]이요, 창밖에는 주로 매화나 배꽃이 피어있으니 매창(梅窓)이며, 새벽이 되도록 오지 않음을 실감하니 효창(曉窓)이다. 그러다 방안에 햇빛이 비추이자 절망한다. (이옥봉 「自述」, 이매창 「閨中怨 1수」, 김삼의당 「西窓」) 결국 창이란 님으로 대표되는 외부세계와 여성으로 대표되는 규중세계를 매개하는 혹은 구분 짓는 경계선이었던 것이다. 그러므로 창문은 항상 열려 있으니 외부로 향하는 여성들의 소망을 대변하는 것이다. 또한 이처럼 달빛 비취는 창가에 앉아 먼 곳을 바라보던 여성들은 자신의 심정을 시로 표현하며, 자연과 합일한 개인의 쓸쓸한 심정이 시상[詩想, 詩情]을 일으킴을 언술하였다.

한편, 문은 문(門), 중문(中門), 호(戶), 비(扉), 시비(柴扉)로 나타나는데 여성들은 이를 '닫거나[掩, 閉, 關]' '닫지 않는다'. 문을 '열다'라는 표현은 거의 나타나지 않고 '닫지 않는다'는 표현이 우세하게 나타난다. 문을 닫는 경우는 외부에서 닫는 것도 강요에 의한 것도 아니라 스스로 닫는 것이다. 문을 닫는 이유는, 이별 슬픔, 사람이 찾아오지 않음, 신선처럼 한가롭게 삶, 독서를 하기 때문이다. 그러므로 어떤 이는 독서를 하며 대문을 닫지 않기도 하고 오지 않는 님이 혹시라도 올까봐 차마 대문을 잠그지 못한다고 한다. (이매창 「閨怨」, 오소파 「夜坐」, 한양여자 「春夕」) 문을 닫느냐 닫지 않느냐는 오로지 자신의 선택에 의한 것이다. 그러므로 상황이 해결되거나(헤어진 님을 다시 만나거나, 사람이 찾아오거나) 혹은 상황이 바뀌면(신선처럼 살기를 그만두거나 독서를 끝내면) 언제든지 문을 닫아두지 않을 수 있는 것이다. 이는 언젠가는 스스로 문을 열고 나갈 수 있다는 뜻이기도 하다. 나아가 님이 찾아오지 않아도 세상에 나설 수 있고 사람이 찾아오지 않아도 스스로 이웃을 찾아 나설 수 있고 신선처럼 한가한 삶이 공동체를 이룰 수도 있고 독서를 하며 벗을 사귈 수도 있는 것이다. 외부와 소통할 수 있는 가능성은 늘 열려 있는 것이다.

또한, 창은 집안 내부에 있는 여성이 외부와 소통하는 공간으로서 이곳 내부에 부재하는 외부의 존재를 환기하는 장소이다. 창가는 내부에 위치하면서도 외부의 기운을 느끼고 외부 세계를 의식하는 장소가 된다. 이러한 창의 공간적 특성으로 인해 창은 외부의 존재에 대한 그리움과 함께 자기 현존을 되돌아보는 매개가 된다. 적막한 밤에 창가에 앉아 외부에 놓여 있는 경물들을 바라보며 자신의 과거와 현존을 돌아본다. 창에서 바라보는 자연 경물은 과거의 시간 속에 있는 그리운 대상들을 환기하며 외로운 심경을 고조시키고 있다. 집안에 있으면서 외부를 지향하는 시선은 '창'을 통해 먼 곳을 바라보고 있으며, 지금 이곳에 부재하는 대상에 대한 그리움의 정서를 표출하고 있다. 이 때 자신의 처지를 자탄하는 한편으로, 여성을 얽매는 규범을 비판한다. (「공규이별가」, 성산 이씨 부인 「한녀자유행원부모형제붕우」, 「상계정회심」, 「녀ᄌ탄」, 「모녀형제붕우소회가라」, 「회인별곡」, 「원별이회곡」, 「어느 여자탄」)

> 요사이 어찌 지내는지
> 달 밝은 창가에서 한이 많아라
> 꿈속의 영혼에 자취 있다면
> 문 앞의 돌길은 모래밭 되었으리
> 近來安否問如何 月白紗窓妾恨多 若使夢魂行有跡 門前石路已成沙
> —이옥봉 「그리움을 쓰다 自述」(16세기 후반)

> 동산에 배꽃 피고 두견새 우니
> 뜰 가득한 달 그림자에 더욱 쓸쓸해
> 꿈에서 만나려도 잠은 오지 않아
> 창가에 기대앉아 새벽닭 울음 듣네
> 瓊苑梨花杜宇啼 滿庭蟾影更凄凄 相思欲夢還無寐 起倚梅窓聽五鷄
> —이매창 「규방의 원망 閨中怨 1수」(16세기 후반~17세기 초반)

> 적막한 빈 뜰에
> 우수수 나뭇잎 떨어지는 소리
> 시정(詩情)은 어느 곳에 많은가
> 서창에 밝은 달 비추는 밤이라네
> 寂寂空庭上 蕭蕭聞葉下 詩思何處多 明月西窓夜
> —김삼의당 「서창 西窓」(18세기 후반~19세기 초반)

> 이별 한에 서러워 중문 닫고 있으려니
> 비단 적삼 향기 없고 눈물 자욱 가득하네

홀로 사는 깊은 규방 인적 없고
마당의 가랑비는 황혼 빛을 가리네

그리는 심정 말로 할 수 없으니
하룻밤 근심에 머리가 반은 세었네
이 몸의 그리는 괴로움을 아시려거든
금가락지 헐렁임을 보면 되리라.
離恨悄悄掩中門 羅袖無香滴淚痕 獨處深閨人寂寂 一庭微雨鎖黃昏
相思都在不言裏 一夜心懷鬢半絲 欲知是妾相思苦 須試金環減舊圍
　　　　　　　－이매창 「규수의 설움 閨怨」(16세기 후반~17세기 초반)

서재에 세속일 없어
잔등은 저녁빛으로 이어지니
어린 종 내 뜻을 알아
밤 깊도록 대문을 잠그지 않네
방문 닫고 옛 글을 읽으니
책 속에 스승이 있네
빼어난 향기 무엇으로 나타나는가
밤마다 달 밝기 바라네
書屋無塵事 殘燈繼夕暉 小婢知余意 夜深不掩扉
閉門讀古書 書中有我師 秀香何以見 夜夜月明期
　　　　　　　－오소파 「밤중에 앉아 夜坐」(19세기 말－20세기 초반)

봄바람 불며 화창한데
산 속에 또 황혼이 내리네
끝내 오지 않을 것 알지만
차마 문 잠그지 못하네
春風忽駘蕩 山日又黃昏 亦知終不至 猶自惜關門
　　　　　　　－한양여자 「봄날 저녁에 春夕」(미상)

심심규중 여자몸이 타인타성 딸아와서 임하나 이별하고 분벽사창 빈방안에 전
전반칙 누윗으니 우지못한 닭이되고 굴목지킨 배암된다 생각하니 임의생각 한숨
지어 바람되고 눈물흘러 한강된다 침침칠야 야삼경에 솔솔오는 구진비는 처량함
도 처량하다 주룩주룩 오는비가 나의간장 녹히는 듯 간장썩는 나의눈물 첩첩이도

싸엿도다
—「공규이별가」(미상)

죽창을 반기하고 원산을 바릭올직 춘산무반 독상구의 변님싱각 간졀한들 삽삽
한풍 고창한듸 상사불견 안 보이니 이도 쏘한 한이로다 일년 삼빅 육십 일에 일일
슈항 십이시라 한이로다 한이로다 녀즈됨이 한이로다 천추이 깁혼한을 뉘을듸히
설화할고
—성산 이씨 부인 「한녀자유행원부모형제붕우」(미상)

사창을 반기ᄒ고 원근을 고견ᄒ니 만산의 단풍빗혼 홍상을 기렷난듯 분분 낙엽
셩은 길가의 시름이요 이ᄒ의 황국화난 송이송이 휘느럿늬 소소ᄒ 말근바람 나의
회포 자어닌다 청천의 쓴기력이 남쩍으로 도라가늬 무심ᄒ 져구람은 유곡으로
향ᄒ가고 유이ᄒ 부려난 아심을 쎠쳐셔라 그립고 보고져라 나의형쥬 향여셔왕
국츄시의 빅곡이 져촉ᄒ니 억만가호 농부드른 츄슈동장 골몰ᄒ다 빅로난 횡강ᄒ
고 슈당은 졉천흘듸 사지ᄒ난 이닉눈물 창강을 비흘손야 명명고고 츄월양명 철이
상사 ᄒ여을가 아자의 옥골화틱 월싴이 빗춰난듯 낭낭흔 긔옥셩은 바람의 씌치난
듯 여화여월 고은모양 안젼의 암암ᄒ고 온유화순 연연흔소리 이변의 징징ᄒ고
츈풍삼월 화월곳치라 사치화난 형지동동 피여잇고 몽중의 만나기난 밤마다 보건
마난 침상의 평각이라 긔다른이 허사로다 일속이 더나간후 닉일을 싱각ᄒ니 빅슈
빅슈 우리엄친 조셕진반 쳥염이요
—「상제정회심」(미상)

츈규의 일이업서 젹막히 안즈이셔 여즈탄 한별곡이 사창을 반기ᄒ니 창젼의
젹은초목 안광을 돌려보니 즈즈이 쥬옥이요 구구이 금슈로다 필화는 휘황ᄒ야
쳥학이 넘노는듯 문즈는 쇄락ᄒ다 치봉이 노니는듯 이글을 지엇시니 진실졍 녀학
시라 남즈로 나싯던들 셰상스 희한토다 하히곳치 너른흉금 만천셔를 픠워내야
쳥운의 놉히올나 귀직이 되옵거나 금슈곳혼 너른양자 풍운졀노 불녀닉야 강산의
두루노라 호스가 되옵거나 녀즈로 되여나셔 심규의 갓쳐이셔 만고스리 통달ᄒ들
일촌유당 규긔닥아 지긔를 펼길업셔 이한탄 쑨이로다
—「녀즈탄」(1928)

분벽사창 달들거든 할일업시 혼자누어 칠월즁 젹벽부와 이별가 한곡조를 소리
업시 외와닉니 마암이 미칠다시 간중이 녹을다시 웅게즁게 노던일은 어제갓고
역역ᄒ다 셜월사창 둠좌ᄒ여 눈물이 졀노흘너 치마압히 다졋난듯 츈풍삼월 죠흔
셔와 추구월 삼오야를 오믹히 보닉보내 이들ᄒ고 통분ᄒ다 심중에 셔린말은 뉘와

함께 ᄒ고하며 마음에 미편한들 뉘와함께 풀어볼고 가소롭다 여ᄌ평싱 일신이
괴로온들 아ᄂ이 뉘잇스리 마음이 슈란ᄒ니 조회들 업슬손야 창외에 말근바람
거슈산쳔 지ᄂ온가 셔산에 가ᄂ달은 부모친쳑 보건마ᄂ 이들할사 이ᄂ일신 엇지
일졀 못볼손고

—「모녀형제붕우소회가라」(미상)

침상이 깁혼줌을 풍상이 훌쳐ᄭ셔 사창을 반기하고 건곤을 살펴보니 만니ᄌ공
이 흑운이 훗터지고 쳔년강ᄉ이 셜경이 ᄭ로와라 심ᄉ도 츙연하고 조물도 유감하
다 셜승이 부난바람 ᄂ한을 알외난덧 옥빈이 밋친셔리 ᄂ셔름을 먹음은덧 무졍한
져광음이 날위히셔 져려할가 건곤은 불노 즁지이나 인간은 부득 량존의라 즉일쳥
츈 금일빅블 엇지아니 원통히라

—「회인별곡」(미상)

반셔츙 비겨누어 고향을 ᄉ렴할졔 셔쪽의 지ᄂ월ᄊ 뉘심회 조롱ᄒ다 비조라
나라가랴 월ᄊ으로 조ᄎ가랴 할릴업슨 여ᄌ정지 싱각ᄒ니 통분ᄒ다 셔쪽의 오ᄂ
바람 셩쥬자 더러셔야 뉴촌을 지닛거든 고향경물 젼ᄒ여라 셔층의 빗친달을 급급
히 터러줍고 ᄂ의경물 상고ᄒ여 노모계 붓치련들 무궁쳔지 이수간의 엇지더러
젼히쥬랴 속졀업슨 여ᄌ일신 싱육부모 ᄭ쳐두고 쉬양부모 인연ᄆᄌ 일동일졍 ᄌ
심ᄒ여 일싱일ᄉ 은이쳑의 뵈ᄌ시니 고향생각 헛분지라 싱양졍 놉혼구고 ᄌ의무
휼ᄌ심 갈ᄉ록 틱산이라 황공ᄒ고 감은이ᄂ 우리부모 불초막죄지한 여ᄉ인들 쥬
소의 이지리요

—「원별이회곡」(미상)

츈규의 이리업서 젹막히 안자시니 창쳔의 광풍시우 심혼을 놀내거든 남츙을
완기ᄒ야 쳔일을 완상ᄒ니 운무내왕 분분ᄒ다 셕회뉴츌 이ᄂ마음 역역슈회 뉘막
으리 지필을 나위녀셔 이ᄂ경역 이르니ᄅ 이보소 번님ᄂ들 되강되강 드라시ᄅ

—「어느 여자탄」(미상)

3.9. 몸과 마음의 의식 공간

집이 부정적인 공간으로 드러났던 데 비해 방은 그 부정적인 세계로부터 독립

해 있는 성찰적이며 독립적인 공간으로 등장한다. 집이 가부장의 권위 아래 놓여 있다면, 방은 그런 아버지의 법으로부터 자유로울 수 있는, 세상으로부터 외따로 떨어져 있는 공간이다. (박완서『살아 있는 날의 시작』, 은희경「아내의 상자」) 방이 물리적으로는 집의 작은 귀퉁이를 차지하고 시끄러운 거리에 인접해 있을지라도, 방의 의미적 위치는 저 궁벽한 내적 공간이다. (신경숙『외딴방』)

　여성이 오래 꿈꿔온 '자기만의 방'은 자립적이고 자유로운 내밀한 공간이며 오로지 자기 자신과 투쟁하는 밀실이다. 방은 실재하는 물리적인 공간이자 심리적인 공간인데, 주로 의식 공간의 추상성을 물화된 공간인 방으로 표현하고 있다. 방은 어둡고 깊은 내면의 의식공간이기도 하고 화자의 일상과 생각이 끝없이 복제되는 상상공간이기도 하며 자아의 정서와 감정이 육화된 공간이기도 하다. (나희덕「이 골방은」, 김언희「방」, 김혜순「환한 방들」, 최영숙「빈방」, 이원「방에 관한 노트」) 비록 삶의 고통과 피로가 농축되어 있는 좁고 더럽고 누추한 곳일지라도, 바깥세상에서 입은 상처를 보듬어 안고 누구의 간섭도 없이 '나'를 바라보고 느낄 수 있는 내밀한 곳이다. (김애란「도도한 생활」)

　　　그러나 밤 동안의 송 부인의 노망에 대해선 그 여자도 속수무책이었다. 송 부인의 노망의 또 하나의 특색은 밤잠이 없다는 거였다. 늦도록 아들 며느리 곁을 떠나지 않고 안방에만 있으려 들었다. 가까스로 달래서 잠자리에 들게 해도 헛수고였다. 어떻게든 아들 며느리 곁으로 돌아올 구실을 만들어냈다.
　　"어멈아, 대문 걸었냐?" "어멈아, 빨래 걷었냐?" "어멈아, 장독 덮었냐?" 이런 소리를 하기 위해 쉴새없이 안방을 드나들었다. //
　　그 여자는 그런 방이 지긋지긋했다. 그건 부부가 잘 방이 아니었다. 이런 방에 어울리기 위해 그 여자는 이미 정부처럼 굴려고 했었다. 그러나 그것마저 여의치 않아 지금 그 여자는 조강지처로 돌아와 있다.
　　"집에서 자고 싶어요."
　　그 여자는 오늘 인철과 만나고 나서 처음으로 그의 얼굴을 똑바로 쳐다보면서 말했다. 그 여자는 그럴 때 자신의 얼굴이 얼마나 매력 없어지나까지도 알고 있었다.
　　　　　　　　　　　　　　　　　　　　　　　－박완서『살아 있는 날의 시작』(1979)

　　　그러나 집들이 있는 그 골목을 벗어나 시장으로 통하는 육교를 건너고 나면 그 시장 끝도 역시 공단이었다, 고. 서른일곱 개의 방이 있던 그 집, 미로 속에 놓인 방들. 계단을 타고 구불구불 들어가 이젠 더 어쩔 수 없을 것 같은 곳에 작은

부엌이 딸린 방이 또 있던 삼층 붉은 벽돌집. //

서른일곱 개의 방 중의 하나, 우리들의 외딴방. 그토록 많은 방을 가진 집들이 앞뒤로 서 있었건만, 창문만 열면 전철역에서 셀 수도 없는 많은 사람들이 쏟아져 나오는 게 보였다. 구멍가게나 시장으로 들어가는 입구, 육교 위 또한 늘 사람으로 번잡했었건만, 왜 내게는 그때나 지금이나 그 방을 생각하면 한없이 외졌다는 생각, 외로운 곳에, 우리들, 거기서 외따로이 살았다는 생각이 먼저 드는 것인지.

　　　　　　　　　　　　　　　　　　　　　　　－신경숙 『외딴방』(1995)

창가에는 아내의 안락의자가 놓여 있다. 책상을 뺀다면 이 방에 있는 유일한 가구이다. 아내는 이 의자에 웅크리고 낮잠을 자곤 했다. 의자 속이 깊숙해서 무덤처럼 편안하다고 했다. 다리를 가슴께로 끌어당긴 채 웅크리고 앉은 아내는 나뭇잎 뒷면에 몸을 둥글게 말고 숨어 있는 공벌레 같았다. //

아내가 그녀의 안락의자에 파묻혀 잠든 것을 보면 이따금 그때 생각이 났다. 뚜껑이 닫힌 상자들 곁에서 잠들어 있는 그녀의 모습. 그것은 자신을 상처 입힌 세상을 행해 빗장을 지르고 잠들어버린 그때의 모습과 비슷했다.

　　　　　　　　　　　　　　　　　　　　　　　－은희경 「아내의 상자」(1997)

"희우, 돈이 생기면 오피스텔을 하나 얻을까?"

월급쟁이인 기윤의 얼굴에 괴로움이 어린다. 희우는 잠시 머뭇거리다가 고개를 젓는다.

"아뇨. 이대로가 좋아요. 이대로…… 당신은 괴로울지 모르지만…… 난 내 방 외의 다른 장소는 싫어요. 적어도 이 집 안에서 나의 방은 정말로 나만의 방인걸요."

"알아. 나도 당신 방이 좋아……" //

남편은 외식조차 거절하는 희우를 집 안의 유령이라고 이죽거린다. 만약 목요일 점심시간의 방문객을 남편이 알게 된다면 그는 희우를 죽일 것이다. 그건 가장들의 본능이니까. 하지만 희우는 집을 양보하지 않는다. 집은 희우의 진실이 있는 자리다.

　　　　　　　　　　　　　　　　　　　　　－전경린 「부인내실의 철학」(2002)

방안은 눅눅했다. 자판을 치다 주위를 둘러보면, 습기 때문에 자글자글 운 공기가 미역처럼 나풀대며 날아다니는 것 같았다. 벽지 위론 하나 둘 곰팡이 꽃이 피었다. 피아노 뒤에 벽은 상태가 더 심했다. 건반 하나라도 누르면 꼭 그 음의 파동만큼 날아올라, 곳곳에 포자가 흩날릴 것 같은 모양이었다. 나는 피아노가 썩을까봐 걱정이었다. 몇 번 마른걸레로 닦아 봤지만 소용없었다. 우선 달력 몇 장을 찢어 피아노 뒷면에 덧대놓는 수밖에 없었다.

—김애란 「도도한 생활」(2007)

삶의 막바지에서
바위 뒤에 숨듯 이 골방에 찾아와
몸을 눕혔을 그림자들
그 그림자들에 나를 겹쳐 누이며,
못이 뽑혀져나간 자국처럼
거미가 남겨놓은 거미줄처럼 어려 있는
그들의 흔적을 오래 더듬어보는 방
내 안의 후미진 골방을 들여다보게 하는 이 방

—나희덕 「이 골방은」(1994)

1
아무도 열어보지 않은 방 한 칸 아무도 살아보지 않은 방 한 칸 밝고 밝은 고문의
방 한 칸 나날의 심문 나날의 번복 빠알갛게 달구어진 필라멘트 진공의 방 한
칸 이 방은 문이 없다 이 방은 벽이 없다 그러나 오늘부터 그러나 당신 방이다
받아라 이 열쇠를

2
벽들이도망쳐버린
끝없는방
그곳에문득걸상이하나
놓였다기다림기다림기다림참혹한
막다른안보이는마침내
기다리는것의얼굴을

—김언희 「방」(1995)

나의 복사기, 네모난 환한 상자
나는 복사기 안으로 들어설 때마다
피라미드 투탕카멘에서 출토된 미라처럼
가슴에 품었던 검은 꽃다발을 공기 중에
산화시키며 미소를 날린다
밥해서 먹이고 웃겨줘야 할 입들이 들어찬 방

외풍과 한숨이 들락날락하는 환한, 나의 방 !

—김혜순 「환한 방들」(2008)

언젠가는 빈 방 하나를 갖고 싶다
아무것도 들이지 않은 빈방
거울도
책상도
이불도
아무것도 없는
빈방에
비로소 몸 하나를 내려놓으리라
(중략)
비우기가
채우기보다 어려운 것
마음속 빈방
언제나 가득 찼으니
아무것도 들이지 않은 빈방 갖는 날,
언덕에 등따순 작은 봉분 하나

—최영숙 「빈방」(2006)

방은 거울이다
방의 어디에서나 내가 보인다
나는 늘 구석구석의 내가 어리둥절하다
(중략)
방은 웅크린 새다
방은 굳어진 소리다
아니다
방은 터지는 몸을 막고 있는 함성이다
(중략)
P.M.1:20
방의 적막이 안을 만들고 있다 방바닥에 흐릿한 몸이 비치다 방바닥에 안이
생겨나다 그 안에서도 몸이 흔들리다

—이원 「방에 관한 노트」(2007)

3.10. 자족적 향유, 성장의 밀실

세상으로부터 돌아와 심신을 누일 수 있는 방을 지닌 자는 부유하다. 비록 무언가가 늘 부족하고 미흡한 안타까운 공간일지라도, 그 곳에는 나만을 위한 시공간이 존재하기 때문이다. 현대문학에서 방 밖이 '아버지' 중심의 가부장적 공간이자 공동체적인 공간이라면 방 안은 가장 자족적인 공간이자 자신이 지향하는 자아를 자유롭게 추구하고 성장해갈 수 있는 공간이다. 아버지의 집에 비밀스럽게 놓인 나만의 골방은 그런 자립과 자족의 정신을 기르는 이교도적인 음모로 충만하다. (강석경 「숲속의 방」) 드디어 아버지의 집과 가족을 떠나 도시로 나간 여성은 꿈꾸던 자기만의 방을 갖기 위해 사투한다. (양귀자 「다락방」, 신이현 『숨어있기 좋은 방』, 전경린 『열정의 습관』) 더럽고 누추하며 춥거나 더운, 문제투성이인 방이지만 그런 방을 가진 것 자체가 대견하고 자랑스럽다. 고통과 연민의 시간을 품은, 성장통의 은유로서의 방은 세상에 맞설 힘을 충전하는 성장의 발전소이기 때문이다.

이 방은 그녀 자신뿐 아니라 어머니와 할머니로 이어지는 여성 성장의 서사가 숨 쉬는 곳이기도 하다. 여성에게 있어서 이 방은 자아를 바라볼 수 있는 거울이 있는 곳, 그리고 자신의 몽상과 성장이 보장되는 밀실과도 같은 공간이다. 순결하고 따뜻하며 부드러운 독립적인 공간으로 훼손되지 않은 여성의 내면과 의식세계를 지향한다. (김선우 「69-삼신할미가 노는 방」, 강신애 「두 겹의 방」, 조향미 「온돌방」, 신영배 「나의 아름다운 방」)

이제 이 만큼의 나이면 최소한 내 것으로인 한 뼘짜리 방이라도 가지고 있어야 한다는 게 그녀의 생각이었다. 둘씩 셋씩 끼어 자면서 친구의 머리칼이 담긴 밥이나 김치를 먹고 양말쯤은 언제나 바꿔치기 당하며 사는 아수라장 같은 생활만 꼬박 5년 이상이었다.

자신이 펼쳐 놓고 간 채로인 이부자리, 자신의 머리칼만 엉겨 있는 빗과 제대로 꼭꼭 닫혀 있는 로션병과 크림. 자신이 원하는 주파수에 언제나 고정되어 있는 라디오도 그러했고 얼마의 빚과 그리하여 생긴 얼마의 이자 때문에라도 얼마씩이 더 필요하다는 투의 시골 집 편지들도 숨길 필요 없이 상자 속에 담아 둘 수 있다. 벅찬 월세와, 그래서 더욱 줄어든 월급봉투를 바라볼 때 이외의 그녀는 시시하기

짝이 없는 좁고 침침한 방을 가진 시시한 부자이기도 하였다. 이처럼 수많은 사람들이 붐비는 이 도시의 어느 구석엔가에서 곱게 기다리고 있는 자신의 방. 은희는 사람들로 들끓는 시장에서나 터지도록 태우고 달리는 만원 버스 안에서 특히 자신의 방을 대견스럽게 생각했다.

—양귀자 「다락방」(1984)

까만 우산 천에 불빛이 부딪혀 흩어졌고 소양은 눈을 감은 채 꼼짝 않고 있었다. 그때까지 내가 방에 들어온 것도 모를 정도로 자기 세계에 빠져 있었다. 그래, 지금에야 이 표현이 떠오르지만 그것이 소양의 세계였다. 주문처럼 타오르는 양초들, 제 스스로 당겨놓은 불을 못 견뎌서 소양은 또 그 빛들을 까만 우산으로 차단하고 있었다.

다시 생각하니 전율이 올 정도로 그날 밤의 인상이 강하다. 나는 소양이 모르게 방을 빠져나왔다. 소양은 다른 세계에 사는 것 같았고 나는 그것을 세대차라고 단정 지음으로써 편하게 소양의 공간을 인정했다.

—강석경 「숲속의 방」(1985)

남자를 만난 것은 계단을 올라와 2층 베란다에 섰을 때였다. 그는 방 문지방에 앉아서 버너불 위에 냄비를 놓고 무언가 끓이고 있는 중이었다. 처음에 나는 그가 여행중인 사람으로 생각했다. 그러나 그는 3개월째 이 여관에서 생활하고 있는 장기 투숙자였다.

"이것 봐. 난 오늘 이 여관에서 새로 태어났어, 네 몸 속에서 나오는 기분이야."

그는 내 가랑이 사이로 불쑥 몸을 일으켜 세우며 말했다. //

그렇게 시끌벅적한 집은 처음이었다. 옆 방의 남자와 여자는 끊임없이 이상한 괴성을 질러댔고 열렸다 닫히는 대문 소리가 새벽까지 끊이지 않았다. 어느 방에선가는 노랫소리가 들려왔고 또 어디에선가는 고함소리가 들려왔다. 그 위로 기차소리가 귀를 쩌렁쩌렁 울리면서 매번 지나갔다.

—신이현 『숨어있기 좋은 방』(1994)

겨울 내내 불을 넣지 않았던 그 춥던 방을 미홍은 여전히 가슴에 지니고 있다. 상자 속의 상자처럼, 그 상자 속의 무수한 상자들처럼 사실 미홍은 모든 방들을 그녀의 가슴속에 간직하고 있다. 인생처럼 결코 완벽하지 않은 방들, 늘 몇 가지 문제점을 가지고 미홍을 괴롭혔던 그 방들.

끊임없이 구설수에 시달리듯 기차나 트럭이나 버스가 지나다니는 꽹음에 둘러싸여 늘 웅웅대던 방들. 어두운 통로나 좁고 가파른 계단을 가졌거나 주인 여자가 사이비 종교를 가졌거나, 아니면 미홍을 관찰하는 수상쩍은 늙은 삼촌이 있거나, 그도 아니면 너무 높은 축대 위의 벼랑 끝 방이거나 너무 좁고 깊은 골목 끝, 길보다 낮은 습기 찬 반 지하방이거나……

어딘가 틀림없이 갈색 얼룩이 져 있고 서너 군데쯤 못 자국이 나 있고, 장판이 밀리고 곳곳에 눌린 자국이 있고 여름엔 너무 뜨겁고 겨울엔 추웠던 그 방들. 미홍이 홈통 속에 누운 눈먼 쥐처럼 사지를 웅크리고 잠들었던 방들…….

　　　　　　　　　　　　　　　　　　　　　　　　　　─전경린 『열정의 습관』(2002)

오랜만에 고향집 안방에서 한낮을 백년처럼 뒹구는데 까슬하고 굽실한 희끗한 터럭 하나, 집어들고 햇살 속에 이윽히 뜯어보니 이것은 분명 그곳의 터럭 어머니의 것 일까 아버지의 것일까 오래 전 돌아간 조부모의 그것이 장롱 밑에 숨었다가 아무도 없는 줄 알고 햇볕 쪼이러 시남시남 나와본 걸까 희끗한 터럭 집어들고 이리 뒹굴 저리 뒹굴 하는 사이에 마음이 뜨끈하게 여울져오고 별안간 이 오래된 삼신할미 같은 방이 쌔근쌔근 더운 숨을 몰아쉬기 시작하는 거라

　　　　　　　　　　　　　　　　　　　　　─김선우 「69-삼신할미가 노는 방」(2003)

나는 이 방에서 어떤 출생을 꿈꿉니다
신이 땅을 만드시고 숲으로 기름지게 하신 것처럼
숲은 내 방으로 그 특이한 어둠을 한 겹 벗을 것입니다
까막까치 울음소리로 장작 타들어가고
아침밥 지을 때, 굴뚝에서 피어오르는 흰 연기가
이 숲을 밥냄새 가득한 인간의 방으로 만들어 버립니다
나는 두 겹의 방에서 삽니다

　　　　　　　　　　　　　　　　　　　　　　　─강신애 「두 겹의 방」(2002)

문풍지엔 바람 쌩쌩 불고 문고리는 쩍쩍 얼고
아궁이엔 지긋한 장작불
등이 뜨거워 자반처럼 이리저리 몸을 뒤집으며
우리는 노릇노릇 토실토실 익어갔다
그런 온돌방에서 여물게 자란 아이들은
어느 먼 날 장마처럼 젖은 생을 만나도
아침 나팔꽃처럼 금세 활짝 피어나곤 한다

　　　　　　　　　　　　　　　　　　　　　　　─조향미 「온돌방」(2006)

오후 두 시 방향으로
나는 상자의 그림자를 가지고 있다
얇게 접어둔 다리
(중략)
오후 여섯 시 방향으로
나는 기다란 악기의 그림자를 가지고 있다
붉은 손가락으로 관 속의 다리를 연주한다

커튼은 물고기의 그림자를 가지고 있다
젖히자 출렁이는 강물 속
내 다리가 아름답게 흐르는 방

―신영배 「나의 아름다운 방」(2009)

3.11. 나만의 방, 타인의 방

　자립, 자족, 성장의 밀실이던 나만의 방은 타인의 방과 견주어지면서 객관적 성찰을 지향하게 된다. 나만의 익숙한 공간이 갑자기 낯설고 조악하게 느껴지는가 하면, 타인의 방이 나의 방과 똑같음을 발견하는 공포스러운 순간에 직면하기도 한다. 그 방들에서는 나와 그녀들의 동일한 경험과 이력이 반복적으로 펼쳐지고 사소한 액세서리나 선별적 취향이 판박이처럼 복사된다. 이처럼 획일적인 방의 모습은 비주체적이고 안일하며 세속적인 자아에 대한 비판을 드러낸다. (박완서 「닮은 방들」, 신경숙 「마당에 관한 짧은 얘기」) 그러나 한편, 나와 비슷한 연배의 여성들이 나와 똑같은 방을 지니고 있음을 발견하는 것은 내 안의 아픔을 공동체적으로 감지하는, 여성 연대적 성장통을 의미하기도 한다. (김애란 「노크하지 않는 집」)

　　나는 그녀를 따라 몇 군데 마실도 가봤다. 비슷한 여편네들이 비슷한 형편의 살림을 하고 있었다. 우리 방과 철이네 방이 닮은 것만큼 우리의 상하좌우의 방들은 닮아 있었다. 물론 어느 집은 딴 집이 안 가진 세탁기가 있고 어느 집은 딴

집보다 먼저 피아노를 들여놓고 그 정도의 차이는 있었으나, 그 정도의 우월감조차 오래 누리지를 못했다. 곧 누가 그것을 흉내내고 말기 때문이다.

서양 여자들이 체중을 줄이기 위해 다이어트를 하듯이 이곳 아파트의 여자들은 남의 흉내를 내기 위해 순전히 남을 닮기 위해 다이어트를 했다. 나는 이런 닮음에의 싫증으로 진저리를 쳐가면서도 철이네만 있고 우린 없는 세탁기를 위해 콩나물과 꽁치와 화학조미료와 철이 엄마식 요리법만 가지고 밥상을 차리고, 철이 엄마는 내가 살림 날 때 올케한테서 선물로 받은 미제 전기 프라이팬을 노골적으로 샘을 내더니, 오로지 그녀의 요리법 하나만 믿고 형편없는 장보기를 하고 있었다.

—박완서 「닮은 방들」(1974)

불빛들을 확인한 뒤에 맥이 쭉 빠져서 가로수 그늘 밑에 선 채로 내가 살고 있는 육층을 올려다봤다. 마치 타자의 공간을 바라보듯 방금 전까지 내 육신이 머물고 있던 공간이 아득하게 보였다. 육층만은 불빛이 흘러나오는 곳이 내 창문뿐이었다. 내 창에서 흘러나오는 불빛을 외부에서 올려다보는 마음은 기묘했다. 누군가 내 창안에 있다는 생각. 그 사람이 내 창안에서 이 거리의 나를 내려다보고 있다는 생각. 나는 내 창이 뿜어대는 불빛을 피해 터널 쪽으로 시선을 옮겼다. 가련하고 비천한 인간. 나는 내가 지독하게 경멸스러워져 눈을 질끈 감았다. 눈을 감은 채로 나는 나도 모르게 손을 뻗어 정신없이 내 뺨을 후려쳤다.

—신경숙 「마당에 관한 짧은 얘기」(1996)

5번 방. 드디어 안이 보인다. 나는 방안을 천천히 살펴보기 시작한다. 방안에는 세 칸짜리 분홍색 서랍장 하나. 오른쪽 모서리 귀가 닳은 한 칸짜리 금성냉장고 하나, 그리고 생리중에 흘린 피가 까맣게 말라 있는 아이보리색 요 한 채와 장미가 무더기로 그려진 이불이 있다. 세 칸짜리 서랍장 중 언제나 한 칸은 양말이나 티셔츠가 기어나와 완전히 닫히지 않은 채 이가 물려 있고, 냉장고 옆의 책장에는 몇 개 안되는 씨디와 책들이 있다. 대개 서태지, 김현철, 이승환, 너바나, 비틀즈 등의 씨디다. 방문 쪽 콘센트에는 항상 휴대폰 충전기가 노란불을 켠 채 충전돼 있고 방바닥엔 군데군데 담배빵 자국이 나 있다.

나는 무언가 얻어맞은 듯 큰 충격에 휩싸인다. 나는 떨리는 손으로 주머니에서 내 방 열쇠를 꺼낸다. 나는 4번 방 앞에 가서 선다. 나는 나도 모르게 4번 방 문고리에 내 방 열쇠를 집어 넣고 있다. 쇠 마찰소리가 나고 마침내 구멍이 열쇠를 삼키는 소리. 내 방 열쇠가 4번 방 문을 열고 있다. 그리고 그것은 이상하게도 잘 열린다.

철커덕 4번 방이 열린다. 방안에는 세 칸짜리 분홍색 서랍장 하나. 오른쪽 모서리 귀가 닳은 한 칸짜리 금성냉장고 하나, 그리고 생리중에 흘린 피가 까맣게 말라 있는 아이보리색 요 한 채와 장미가 무더기로 그려진 이불이 있다. (중략) 그리고 세 번째, 그리고, 끝끝내 마지막 방까지. 나는 기어이 목격하고야 만다. 내 방과 가구에서부터 옷, 장신구, 책, 그리고 방바닥에 난 담배빵 자국까지 하나의 오차도 없이 징그럽게 똑같은 네 여자의 방을.

—김애란 「노크하지 않는 집」(2003)

4
마당

'마당'은 '맏'에서 기원한 것으로 '상(上), 수(首), 고(高), 다(多), 대(大), 평(平), 장(場)' 등의 의미를 지닌다. 전통적으로 마당은 외부인에게 개방적이며 활동적인 양(陽)의 공간으로 기능한 반면, '뜰'(뒤안, 뒤꼍, 안마당)은 극히 개인적이며 비개방적인 음(陰)의 공간으로 기능했다. 즉, 마당은 일을 위한 노동 공간이나 일을 벌이는 놀이 공간, 의례를 위한 의례 공간으로서 남성들을 위한 공간이었다면, '뜰'은 매우 정적인 공간으로 화초를 가꾸거나 장독대 설치, 채소를 심는 등 여성의 가사노동이나 무속 신앙을 위한 공간이었다. 또한, 마당은 집의 공간을 위계질서에 따라 분리하여 담을 쌓고, 사랑채와 안채 사이에 거리를 유지하도록 사랑마당과 안마당을 둠으로써 담 안의 공간인 안채를 보다 폐쇄적으로 만드는 역할을 하였다. 현대에는 주택 공간이 협소해짐으로써 마당과 뜰의 기능을 대체한 '발코니'와 '베란다'가 생겨났으며, 주로 안마당의 기능을 이어받아 여성의 공간으로 기능하고 있다.

고전문학에 등장하는 여성의 마당은 안채에 딸린 뜰, 혹은 안마당이다. 여성들은 잠 못 이루는 밤 빈 마당을 거닐면서 현재 자신의 처지를 돌아다보며 과거를 회상하고 추억에 젖어들었음을 보여준다. 작품 속에서 여성들은 마당에서 임이 떠난 쓸쓸한 심경을 토로하기도 하고, 혼인을 한 뒤에는 시댁의 마당에서 예전에 거닐던 친정집의 마당을 떠올리며 부모님의 품을 그리워한다. 18세기 고전소설에서는 시집간 딸들도 친정에서 시간을 보내며, 뒷마당(후원)에서 놀이를 하거나 한담을 즐기는 모습을 그려낸다. 특히, 여성이 폐쇄적인 일상을 영위하는 내밀한 생활공간인 별당은 자연물이 전하는 계절의 변화를 실감하며 세월의 무상함을 느끼고, 유년 시절의 기억과 그리운 고향에 대한 추억을 환기시키던 공간으로 나타난다.

현대문학 작품 속에서 마당은 여성들의 바깥 세상에 대한 욕망이 표출되는 공간으로 나타난다. 여성들은 안에서는 품을 수 없었던 욕망과 허기를 마당이라는 공간에서 다른 이들과 소통하고 공감한다. 마당의 현대적 변형인 '베란다'는 외부 공간인 마당이 내부 공간화한 예로서 현대사회의 폐쇄성을 보여주기도 하지만, 다른 한편으로는 여성의 바깥 세상에 대한 탐색과 동경이 가시화되는 공간으로 등장한다. 또한, 마당은 현대문학에서도 유년시절, 또는 과거의 추억을 간직한 공간으로 등장한다. 그 공간 안에서 여성은 내적 성찰을 통해 스스로 현재의 상처와 고통을 치유한다. 한편, 전통 가옥에서 개방된 곳에 위치한 마당은 노동의 공간으로 존재했는데 이 같은 '넓게 트인 마당'은 현대문학 작품에서도 개인적 영역과 대비되는 공적 영역으로 등장하며 여성으로서 겪게 될 고난의 삶을 예견하기도 한다.

마당의 변화

'마당'은 집의 앞이나 뒤에 평평하게 닦아 놓은 땅 또는 집 앞이나 뒤에 딸린 빈터를 의미한다. 마당은 15세기 국어 '맏'(場)의 '평평한'의 개념에서 파생된 명사이며, 이에 접사 '앙'이 결합된 형태로 본다. 현대어 '마루'(廳)도 '맏'과 '우'로 분석하는데 여기에는 '평평하다'와 '드높다'라는 뜻이 내포된 것으로 보기도 한다. '맏'은 문헌과 방언 및 지명을 통하여 '상(上), 수(首), 고(高), 다(多), 대(大), 평(平), 장(場)' 등의 의미를 지니는 것으로 보고 있다.

> 손소마리를 갓더니(自爲剪髮) (『내훈(內訓)』 2(1475))
> 마리슈(首), 마리두(頭) (『훈몽자회(訓蒙字會)』 上(1527))
> 마틱샹(上) (『훈몽자회』 下(1527))

'맏'과 마찬가지로 '평평한 장소'라는 의미로 쓰였던 '맡'은 '마당'의 옛말로 지금은 '가까운 곳'이라는 의미를 더해주는 접미사로 사용되어 '머리맡'과 같이 쓰이고 있는데, 의미가 場(마당 장)'에서 '傍(곁 방)'으로 바뀌었다. '맏' 혹은 '맡'은 15세기에는 나타나지 않고 16세기에 '맏'의 형태로 나타난다.

> 場 맏 댱 (『훈몽자회(訓蒙字會)』 上(1527))
> 場 맏 댱 (『광주천자문(光州千字文)』(1575))
> 場 맏 댱 (『석봉천자문((石峯千字文)』(1583))

그러다가 17세기에 이르러 '맏'에 이어 '맡'의 형태가 공존하여 나타난다.

> 마틀 다으고 穀食收歛ᄒᆞ야 委積 보아호믈 흘글으티 楚ㅅ 사ᄅᆞ미 ᄒᆞ요믈 비호노라 (『분류두시언해(分類杜詩諺解)』 중간본 7(1632))
> 또 바틔로 도라가믈 짓노니 오히려 벼 뷔는 功夫ㅣ 기텟도다 마틀 다오매 굼긧 개야밀 어엿비 너기고 이삭 주우므란 ᄆᆞᆺ 아히를 許ᄒᆞ노라
> (『분류두시언해(分類杜詩諺解)』 중간본 7(1632))

18세기에는 현대 국어 '마당'의 형태가 등장하며 '맏'도 함께 나타난다.

打麥場 마당 (『동문유해(同文類解)』(1748))
場 마당 쟝 (『주해천자문(註解千字文)』(1752))
구월은 곳 농ᄉᄒᄂ 집 마당을 ᄡᆞᄂ 째라 (『어제유경기홍충도감사수령등륜음(御製諭京畿洪忠道監司守令等綸音)』(1783))
場 맏 댱 (『천자문(千字文)』(송광사판)(1730))

19세기와 20세기에는 '마당'의 형태만이 나타난다.

믄득 일진 광풍이 이러ᄂ니 마당의 보리 두ᄃ리며 들의 기음ᄆᆡ노라 (『셔유긔』(1847))
마당 場 (『한불ᄌᄐ뎐』(1880))
場 마당 댱 (『이무실천자문(李茂實千字文)』(1894))

삼보는 반가웁기도 하고 분하기도 하야 약을 마당에 팽개첫다. (나도향『쎵』(1925))
내리치는 절구꽁이에 애매게시리 굳은 마당 바닥이 움푹 팬다. (채만식「쑥국새」『여성』(1938))
동화의 코 고는 소리가 시끄러워서 마당으로 나왔다. (심훈『상록수』(1936))

마당의 의미 중세국어의 '바당'은 '手掌, 足掌', '바다(底面)', '場所, 자리' 등의 세 가지 의미로 쓰였는데, 15세기에 이미 '場所'의 의미로 '바탕'이라는 어형이 쓰이다가 18세기에는 '마당'이라는 어형이 그 의미를 맡았고 현재까지 이어지고 있다. 마당은 현재 일차적으로는 집의 앞이나 뒤에 평평하게 닦아 놓은 땅 또는 집 앞이나 뒤에 딸린 빈터를 의미하지만, 한편으로 '~(의) 마당'의 형태로 쓰이면 "어떤 일이 벌어지는 장소나 자리"라는 의미를 갖게 된다.

장기 마당
씨름 마당.
세상은 생존 경쟁의 마당이다

그가 있어 겨우 장터 마당이 장날 같았다.
무서운 판이었다. 총소리 없는 전쟁 마당이다. 친구는 이 마당의 이러한 용사이었던가.
흥겨운 놀이의 마당

－『표준국어대사전』

또한, 의존명사로서 '-는/은 마당'의 형태로 쓰이면 그 의미가 확장되어 "어떤 일이 이루어지는 상황이나 처지"라는 의미를 갖게 된다.

급한 마당에 주저하고 말고가 없었다.
함께 늙어 가는 마당에 가릴 것이 뭐가 있소?
내가 떠나는 마당에 무서울 게 뭐가 있어?
꽤 굵직한 공무원들이 연루된 마당이라 지레 겁들 먹고 있었다.
책임자도 떠나고 없는 마당에 무슨 성과가 있겠습니까?

위와 같은 예문에서 볼 때 '마당'은 구체성을 갖는 '정원', '뜰' 등의 의미가 확장되어 추상적 '공간성'과 '상황, 판, 데, 때' 등의 의미로 확장된 것으로 볼 수 있다.

여성의 공간, 뜰, 뒤꼍, 안뒤, 봉당　　외부인에게 비교적 개방적인 양(陽)적인 마당과 반대로 지극히 개인적이고 폐쇄적인 음(陰)적인 공간으로서의 '뜰'이 있다. 뜰은 집 안의 앞뒤나 좌우에 가까이 딸려 있는 평평한 땅이나 빈터를 의미하는 말로 마당과 유사한 의미를 지닌다. 다만, 뜰은 마당과는 다르게 외부로부터 폐쇄된다는 의미를 내포한다. 그것은 '뒷뜰, 안뜰, 앞뜰'이라는 말은 있으나, '바깥뜰'이라는 말이 사용되지 못하는 것으로 설명된다. 그것은 뜰이란 마당처럼 비워진 공간이라는 점은 같으나 마당과 기본적으로 달라서 외부에 대해 비개방적인 공간, 그리고 여성들의 공간을 의미하기 때문으로 볼 수 있다. 즉, 뜰은 화초를 가꾸는 여가의 공간으로 존재한다면, 마당은 남성 노동의 공간이나 공적인 일을 벌이는 놀이나 활동의 공간으로, 뜰이 매우 정적이라면 마당은 동적인 공간으로 위치한다.

이처럼 뜰도 마당과 같이 비워진 공간이란 점에서는 동일하나 다만 가사노동과 여가를 위한 여성들의 공간이란 점이 달랐다. 전통 가옥의 마당이 노동의 공간, 의식의 공간, 정서적 공간 등의 다양한 기능을 했다면 뜰은 점차 정서적 기능을 담당하여 화초나 나무를 가꾸기도 하고, 푸성귀 따위를 심는 공간으로의 역할을 하게 된다. 따라서 뜰에는 풀, 나무, 꽃, 푸성귀 등을 심은 여염집의 공간이어서 규모가 크지 않은 반면, 크고 많은 여러 그루의 나무가 무성하게 우거진 형상을 하고 있는 규모가 큰 공간은 뜰이라고 하지 않고 '정원'이라고 불렀다. 그러므로 정원은 보통 여염집의 딸린 공간이라기보다는 큰 저택이나 궁궐에 부속된 뜰보다 공들여 잘 가꾼 공간을 의미한다.

뜰의 어원은 알 수 없으나 역사적으로 '뜰, 뜰ㅎ, 쓸, 쓸ㅎ, 뜰, 뜨락' 등의 형태가 나타난다. 그 어형은 '뜰ㅎ'(『월인석보(月印釋譜)』(1459)), '뜰'(『능엄경언해(楞嚴經諺解)』(1462)), '쓸'(『동문유해(同文類解)』上(1748)), '뜰'로 변화한다. 뜰의 방언형으로 전남·평북에서는 '들', 평북, 강원, 경북에서는 '뜨락'의 형태로 나타난다. 뜨락은 '뜰[庭]+악[處所]→ 뜰악/뜰악>뜨락'으로 형성된 것으로 본다.

이와는 조금 다르게 뜰처럼 비어 있지도 않고 휴식공간으로 쓰이지 않으면서 공간이 비좁다는 의미에서 '뒤꼍'이라는 말이 쓰였다. '뒤안'이라는 말은 뒤꼍의 잘못된 말이다. 뒤꼍에 이르는 길목을 지칭해 '뒤꼍질'이라고 하는데 이곳은 뜰이나 혹은 뒤꼍의 예비공간으로 쓰였다. 또한, '봉당'은 뜰과 유사한 작업공간이라는 의미를 지니지만 비가 들이치지 않는 실내 작업공간으로서 남녀 작업공간의 구분이 없는 곳을 의미하였다. 이런 공간 이외에 '텃밭'(제주어에서는 '우영')이나 예비공간으로서 '우잣'(제주도방언)이 있다. 이렇게 제주도에 외부 공간을 지칭하는 공간 명칭이 존재하는 것은 제주도에서 공간구조가 가장 발달되었기 때문이라고 할 수 있을 것이다.

마당이나 뜰처럼 비었다는 뜻이 전혀 없이 외부에 대해 폐쇄적인 휴식공간을 뜻하는 '안뒤'라는 말이 있다. 제주의 안뒤는 육지 민가의 뒤뜰에 해당하는 외부공간이다. 제주의 안뒤는 위치상으로 뒤뜰에 해당하는 폐쇄적인 공간으로 목욕이나 가사노동, 개인적인 휴식으로 사용한다. 또한, 장독대 설치나 채소를 심기도 하며, 여성들의 무속 신앙의 공간이기도 하다. 주로 여성이 사용하는 외부 공간이지만 육지의 전통 주거에서처럼 남녀구별의 가치관에 따라 차단시킨 안채와 같은 공간이 아니라 전체적으로 개방적인 특징을 갖는 제주 건축 배치 특성을 고려해 사적 공간의 필요성에서 만들어낸 공간이다. 폐쇄적이고 그늘지며 물건이 많은 사적(私的) 성격의 안뒤와 개방적이고 밝으며 비어있는 공적(公的) 성격의 마당은 서로 극명한 대조를 이루는 외부공간으로서 음양이 조화를 이루는 공간구성이라 할 수 있다.

그러나 육지에서는 20세기 이후 힘든 시기를 경험하면서 단칸집에서 대를 물려 살아오면서 마당과 관련된 다양한 명칭이 사라졌다.

마당의 기능

우리나라 가옥의 특징은 대체로 배산임수(背山臨水)의 지형에 지어져 그 때문에 마당은 조금 낮고 집터는 약간 높았다. 마당 덕분에 대청 뒷문에 바람골을 만들어 한여름이라 할지라도 대청 뒷문 앞은 시원하였고, 겨울에는 햇빛을 마당에 볕을 받아들여 따뜻하게 하였다. 이처럼 전통가옥의 마당은 빈 공간이었지만 햇빛을 담아내고 집안의 통기를 시켜주었으며, 안채와 사랑채의 거리를 적당히 유지시킴으로 서로 간의 독립성을 보장하고 갑작스러운 방문자의 시선으로부터도 일정 보호해 주는 역할을 하였다.

안채 공간과 사랑채 공간이 주거공간의 주를 이루었는데, 안채 공간은 안채와 안마당으로 형성된 공간을 의미하였고 사랑채 공간은 사랑채와 사랑마당으로 형성된 공간을 의미하였다. 사랑마당과 안마당은 반드시 담이나 행랑으로 구분하였다. 이것은 주택 내에서의 생활과 외래객들의 출입을 철저히 분리하고자 한 것이다. 반면 일반 민가의 마당은 생산 작업이 강조되어 외양간이나 가축을 기르는 장소, 저장 창고 등 농경생활을 위한 공간으로 사용했다.

전통 주택의 마당은 현대의 정원과 같은 용도로 사용되기도 했는데, 이에 대하여 『산림경제(山林經濟)』에는 다음과 같은 언급이 나온다.

> "주택에 심는 나무로서는 소나무와 대나무가 좋다. 이것은 주위를 울창하게 하며 속기(俗氣)를 없애기 때문이다. 마당 한가운데에 나무를 심는 것은 화를 만든다. 과일나무가 무성하여 집의 좌우를 덮으면 질병을 초래하게 되며 큰 나뭇가지가 집이나 문에 닿으면 불길하다. 북서쪽에는 큰 나무를 피하고, 집 근처에 오래된 고목은 귀신이 모이니 피해야 한다. 문 앞에 고목이나 썩은 나무의 그림자가 지는 것도 피하고 문 앞 양쪽으로 나무가 있는 것도 피하는 것이 좋다."

위의 글은 마당의 식목에 대한 주의 및 위치에 대한 기술이다. 그러나 초목을 적당히 배치하되 인위적으로 마당을 가공해서 정원화 하는 것은 금하였는데, 이것은 전통 마당은 유희의 공간이라기보다는 의식주 생활에 직접 관여한 공간이라고 생각했기 때문인 것으로 보인다.

4.2. 마당의 변화 ; 의식주의 생활 공간에서 정원으로

주택의 공간 분리　　　　조선시대는 유교적 질서에 의해 지배되던 시기였으므로 가족주의를 근간으로 한 가족집단의 유지와 기능이 우선시되었다. 즉, 가족집단의 유지, 존속, 발전을 위해서 상하 신분과 서열 의식이 중요한 기능을 수행했으며, 공간은 가족단위의 견고함을 다지기 위해 일단 외부와 차단되는 반면 집 내부의 공간 구성은 위계적으로 구성되었다.

이를 위하여 집의 일정한 공간을 흙, 돌, 벽돌 따위로 쌓아 둘러막아 울·울타리 또는 담장을 만들었다. 담의 재료와 축조방법이 신분에 따라 담의 기능이 달랐는데 이것은 밖으로부터 안을 보호하고 침입을 막기 위해서, 안이 들여다보이지 않도록 하기 위하여, 그리고 공간을 서로 다른 성격으로 나누기 위해서 축조되었다. 집 안에서도 담을 건축하여 크고 작은 공간들이 각기 나름대로의 성격을 이루도록 하였는데 예를 들어 사랑채와 안채 사이에 만든 담은 사랑마당과 안마당이라는 두 개의 공간을 형성했으며, 행랑마당이나 사랑마당 등에 쌓은 담은 이들 두 공간 사이에 위계질서를 주기 위한 것이었다. 일반 주택의 안채는 안방, 대청, 안마당이라고 하는 의도적인 공간들이 모여 보다 큰 안채를 구성했고 그 안채의 경계에 담을 쌓음으로써 담 안의 공간을 보다 폐쇄적인 공간이 되게 하였다. 또한, 담에 교창(交窓)이나 살창을 달아 담 담 안의 공간과 담 밖의 공간을 서로 연속되게 함으로써 마당을 구성하였다.

조선시대는 엄격한 남녀의 구별을 요구하였고 심지어 부부의 별침(別寢)을 명하기에 이른다. 이로써 이루어진 내외구별(內外區別)은 주택의 공간구성을 남성을 위한 공간과 여성을 위한 공간으로 분화시켰다. 또한 많은 가족이 생활함으로써 조선시대 주택은 각기 여러 공간을 갖는 6마당의 주거 형태로 발전하게 되었다. 또한, 중류 및 상류계급 주택에서는 남녀의 생활공간을 구분하는 것도 마당이 가진 기능이 되었다.

안마당과 사랑마당의 역할

안마당은 안주인을 대변하여 정적 특성을 나타내고, 안채는 안주인의 살림살이가 벌어지는 매우 분주한 동적 특성을 나타낸다. 보통 주택 안마당은 사랑채 뒷벽과 안채 사이에 위치하는데 곡식을 빻는 도구들이 놓이며, 안채 옆 부엌 사이의 옆마당에는 장독대가, 안채 뒤의 뒷마당에는 나무들이 심어졌다.

또한, 전통 마당은 의례 공간으로서 기능을 했다. 혼인과 같은 경사 때에는 사랑마당을 혼례식장으로, 초상을 치를 때는 접객 공간으로, 대청에 상을 차리면 조상에게 절을 하는 제례공간으로, 그리고 놀이터나 굿판, 농악대가 모여 노는 놀이 공간으로도 쓰였다. 한편, 추수철이 되면 마당에서 타작을 하고 곡식을 말리거나 쌓아두는 추수 공간으로, 한여름 저녁 더위를 피해 온 가족이 모이는 가족을 위한 공간으로 사용되었다. 이와 같이 마당은 공간을 분리하고 통로로서의 일차적 기능 이외에, 의례나 놀이, 가족의 단합 그리고 노동을 위한 공간으로 기능했으며 이를 위해 채광과 통풍이 고려되었다.

사랑마당은 바깥주인의 주로 거주하는 곳이었으나 주인의 신분에 따라 규모가 커지면서 학문을 위한 토론의 장이나 정보공유, 혹은 만남의 장이 되면서 그 동네의 문화적 중심지 역할을 하는 개방적 공간이 되기도 하였다. 안마당은 사랑마당이나 행랑마당을 거쳐 들어가게 되어 있어서 어느 경우에도 직접 외부에 노출되지 않는 폐쇄적인 공간으로 구성되었고, 기능적으로도 외부인의 출입, 특히 남성의 출입이 상당히 제한되는 안주인의 배타적 영역이었다.

사랑마당과 안마당의 차이는 사랑마당이 직접 대문에서 통하는 개방적 공간임에 비하여 안마당은 대문으로부터 여러 번 돌아 문과 담을 지나야만 다다르게 되는 폐쇄적 공간이었다는 점이다. 장식적으로는 사랑마당이 반듯하고 터진 공간에 담 너머로 보이는 산천 풍경과 함께 고도의 정서와 권위성 및 청결성을 만들어주는 반면, 안마당은 건물로 둘러싸여 협소할 뿐 아니라 안채의 채광,

통풍 기능이 주가 되었다. 안채에서는 뒷마당에 많은 화초와 나무를 심어 여성들의 휴식과 정서 공간으로 이용한다. 작업을 위한 마당인 행랑채의 행랑마당은 하인들이 거주하면서 장작광, 마구간, 외양간, 곡물 창고 등으로 쓰는 장소로 가장 공적인 공간이어서 거의 개방되어 있고 추수 때에는 공동작업장으로 쓰이기도 하였다. 별당마당의 경우 나이가 찬 자녀들이 사용하는 보다 은밀한 공간으로 대개 출입이 제한되는 한적한 장소에 위치하였으며, 사당마당의 경우 유교의 숭배 사상에 영향을 받아 형성된 장소로서 사당주위를 크지 않은 담으로 둘러쌓아 가장 신성한 공간으로 남겨 놓았다.

이것은 공적인 영역으로 구분되는 행랑마당, 사랑마당, 사당마당 등은 주로 남성의 공간이면서 개방적인 공간이라고 볼 수 있으며, 공간의 노출이 없으면서 출입이 제한되어 사적인 영역으로 구분되는 안마당과 별당마당 등은 주로 여성의 공간이면서 폐쇄적인 공간으로 볼 수 있다.

공간의 변화
-발코니, 베란다, 테라스

조선 후기에 들어서면서 사랑마당과 안마당의 성격이 변화하기 시작한다. 주택지가 협소해지면서 대문간과 사랑채가 결합되어 사랑마당이 작아지거나 없어지고 또한 안마당에서 주로 하던 농작업 기능도 축소된다. 과거 확대된 작업 공간이었던 안마당은 점차 그 면적이 줄어들면서 작업 기능도 축소되었고, 대신 간단한 가사 작업을 비롯하여 과거 사랑마당이 가지던 조망, 휴식 기능까지 함께 담당하게 되면서 마당과 정원이 합쳐진 공간이 되었다.

과거에는 비좁은 민가에도 마당이 있어 여러 가지로 활용하였으나 아파트, 연립주택 등 마당이 없는 주거 형태가 일반화되면서 집안이 넓어도 사람들로 하여금 답답하고 느낌을 갖게 하였고, 마당 혹은 뜰의 기능을 대체할 공간의 필요성이 대두되었다. 따라서 이것을 보완하고자 생긴 것이 대청 앞 발코니 혹은 베란다이다. 발코니는 '거실을 연장하기 위해 밖으로 돌출시켜 만든 공간'인데 일반 아파트의 거실에 붙어 있는 공간은 모두 발코니인 것이다. 현재 마당은 아파트와 같은 현대식 주택의 등장으로 점차 도시에서는 그 모습이 줄어들어 마당의 다양한 이름도 잃게 되었으며, 그 역할을 뜰이나 베란다가 대신하게 되었다.

반면 베란다(veranda)는 아래층과 위층의 면적 차이로 생긴 공간을 뜻한다. 위층 면적이 아래층보다 작으면 아래층의 지붕 위가 위층의 베란다가 되는 셈이다. 베란다는 서양식 건축에서 집채 앞쪽으로 툇마루처럼 튀어나오게 하여 벽 없이 지붕을 씌운 부분이나 부엌문 바깥쪽으로 덧달아 놓은 구조물을 의미한다. 본래 베란다의 용도는 조망과 휴식용이며 화재 시에는 대피용으로 쓰이는 곳인데 아파트가 대중화되면서 현대적 주택에서는 전통 가옥의 창고, 마당 등의 기능을 수행하는 공간으로 사용된다. 개인에 따라 베란다를 개조하여 거실로 넓게 사용하기도 하고, 베란다에 정원을 만들어 화초나 채소를 심기도 하며, 탁자를 내어 놓고 차를 마시기도 한다. 아이를 키우는 가정에서는 베란다에 아이들의 놀이터를 만들어 주기도 한다. 이 모든 행태는 과거 우리가 안마당을 이용하던 행위와 유사한 것으로 과거에 마당이라는 실외 공간에서 이루어지던 여러 기능이 실내 공간인 집안으로 들어오게 되었다고도 볼 수 있다.

테라스는 실내 바닥보다 20cm가량 낮게 설계하여 정원 형태로 만든 공간으로 거실이나 주방과 바로 통하게 함으로써 베란다와 비슷한 기능을 갖는다. 다만 2층 이상 주택에 마련된 공간은 베란다로 분류하며, 발코니와 베란다는 지붕이 있을 수 있지만 테라스는 지붕이 없이 일반 땅 위에 조성해야 하는 것으로 전통 가옥의 외부 공간이었던 안마당과 유사하다고 볼 수 있다.

1950, 60년대에는 전후복구에 주안을 두어 상가주택(商街住宅)이 1958년부터 건축되었다. 이들은 종로, 을지로와 같은 중심가에 건축되었으며, 1·2층은 주로 상가와 사무실용으로, 3·4층은 주택용으로 사용되었다. 이러한 건물들은 제일 위층을 주택으로 사용하여 옥상에 장독대와 마당을 배치하였으나 1970년대 후반에 이르러 공해문제와 업무시설의 증가로 상가주택들은 점차 사무실로 전환되었다. 최근 도시에는 도시미관을 고려하여 고층 건물의 제일 위층을 정원 혹은 다양한 기능을 하는 공간으로 조성하고, 옥상 고유의 장점을 그대로 살려 '하늘마당(sky yard)'이라고 부르는 공간이 생겨났다. '하늘마당'이란 이른바 옥상정원(roof-top garden)인데 이를 고유어로 '하늘마당'이라고 부르게 된 것으로 보인다. 이 공간은 '마당'이라고 명칭이 붙여진 것처럼 정원 혹은 뜰의 기능뿐만 아니라 모임, 휴식, 행사 등 다양한 적극적 활동을 위한 공간으로 활용되고 있다.

4.3. 기억과 환기의 정서 공간

마당은 주로 여성들의 생활공간인 안채에 딸린 뜰이라고 할 수 있다. 이렇게 여성 주거 공간에 딸려 있기에 마당은 여성들이 방에서 나서면 바로 들어갈 수 있는 공간이었다. 이곳은 동산을 뒤에 거느리기도 하는데 동산에는 배나무와 대나무가 있다. 뜰에는 여백의 미를 두어 수목을 많이 심지는 않으나 오동나무나 국화꽃 또는 들꽃을 심었다. 이에 여성들이 뜰에 나서 거닐 수 있었다. 문 앞에는 버드나무를 심었으니 늘어진 가지로 인해 안채가 보이지 않도록 한 것이다.

여성들은 주로 밤에 잠 못 이루고 마당을 바라보거나 마당에 나와 거닌다. 그때 마당은 인적이 없이 빈 곳으로 느껴지는데, 마당에 달빛만 가득하다고 하여 화자의 쓸쓸함을 더욱 배가시킨다. 빈 공간에 사람은 부재하고 사람이 있어야할 자리에 달빛만 비추는 것이니 '없음 또는 부재'를 '밝은 달빛'이 밝혀주는 것이다. 또한 님이 없어 서러운 심정을 화자는 '꽃잎이 진다[花落]' '꽃잎이 날린다[落花飛]'라고 표현하여 쓸쓸함과 희망 없음을 나타냈다.

혼인을 하여 시댁에 사는 여성들에게 마당은 또 하나의 개념을 지닌다. 곧, 이곳에서 자신이 거니는 자신의 눈앞에 보이는 마당에 더하여, 자신이 지금 볼 수 없는 곳 예전에 거닐던 곳 그리운 곳이란 의미가 있다. 이는 어려서 뛰놀던 '유년의 기억이 서린 곳'이니 '친정의 마당'이다. 이에 '고향' '친정' '부모님의 품 안'으로 비유된다. 주로 저녁과 밤에 여성들은 빈 뜰에 서서 고향을 바라보거나 친정집의 마당을 그리워한다. 지금 자신이 서 있는 마당은 빈 들이며 서리만 가득한 곳이다. 이때 새들도 제 잘 곳을 찾아가는데 자신만은 그러하지 못하다. 이에 하늘의 저 달은 고향의 뜰을 비출 것이며 부모님도 창문을 열고 달빛을 바라보며 자신을 생각하시리라 슬퍼한다. 특히 서리 내린 뒤 피어난 노란 국화는 더욱 고향을 생각나게 한다. 예로부터 국화는 장수를 상징했다. 이에 장수하기를 바라는 사람에게는 국화를 선물했다. 또 중양절(重陽節)에는 국화를 머리에 꽂거나 국화주를 마시었으며, 높은 곳에 올라 고향을 바라보았다. 그러므로 서리 내린 뒤 마당에 핀 국화는 고향의 부모님이 오래 살기를 바라는 마음을 표현하는 것이라 하겠다. 또한 어머니가 된 노년의 시인은, 자신이 고향을 떠나

고향을 그리듯, 지금 멀리 떠나가 있는 자신의 아들도 고향을 그릴 것이라 생각하는데 이 매개 역시 정원의 꽃과 풀이다. (이매창 「閨中怨 2수」, 김호연재 「兄弟共次庶母明字絕」, 김삼의당 「效瞿宗吉西湖景體 4首」 중 〈北窓景〉)

18세기 이전의 국문 장편 고전소설에서는 시집간 딸들도 친정에서 꽤 긴 시간을 생활하는 것으로 되어 있다. 그러면서 남동생이나 오빠의 아내들 즉 올케들과 투호나 바둑 등 놀이를 한다거나 한담을 즐긴다. 그렇게 할 수 있는 공간은 주로 뒷마당 즉 후원이다. 작은 연못에 연꽃이 피어 있기도 하고 갖가지 꽃과 나무가 있는 아름다운 곳으로 묘사된다. 서모들, 조카며느리들도 모여 약간의 술과 함께 자신들의 삶을 돌이켜 본다든지 농담을 하는 등 즐거운 시간을 보내기도 하고 한 사람을 골라 놀리기도 하는 등 놀이의 공간이다. (「소현성록」)

특히 후원은 별당에 위치하기에 여성의 내밀한 생활 일부를 이루는 공간이라고 할 수 있다. 집 안 깊숙이 들어간 후미진 곳에 자리하고 있는 이러한 위치는 여성들의 폐쇄적인 일상생활과 대응되는 구조이다. 이 후원에서 여성은 외부에서 접하지 못하는 경물들을 바라보며 계절의 변화를 실감한다. 이러한 자연물을 통해 자신의 현재 처지를 돌아보며 세월의 무상함을 느끼는가 하면, 유년 시절의 기억과 그리운 고향에 대한 추억을 환기하고 있다. 유년의 기억 속 후원은 동무들과의 추억이 새겨져 있는 장소이다. 이와 같이 후원은 자신의 현재 상황을 돌아보게 하며 감회를 느끼게 하는 정서적 감응을 불러일으키는 장소이다. (「샤향곡」, 노씨 부인 「기망가라」, 「청승가」, 이애례 「춘홍화전가」)

현대소설에서도 마당은 유년 시절 또는 과거의 추억을 간직한 공간으로, 성숙한 내적 성찰을 가능케 하는 곳이다. (오정희 「동경」, 하성란 「극지호텔」) 이때의 마당은 특히 자연친화적 특성이 강조되면서, 여성인물이 처한 현재의 상처와 고통이 치유되는 마술적 공간이 된다. (신경숙 「마당에 관한 짧은 얘기」, 김윤영 「그린 펑거」)

> 동산에 배꽃 피고 두견새 우니
> 뜰 가득한 달 그림자에 더욱 쓸쓸해
> 꿈에서 만나려도 잠은 오지 않아
> 창가에 기대 앉아 새벽닭 울음 듣네
>
> 대숲에 봄이 깊어 새벽 빛은 더딘데

인적 없는 뜰에는 꽃잎만 날려

거문고 안고 사랑노래 타노라니

온갖 시름이 시 한편에 담기었네

瓊苑梨花杜宇啼 滿庭蟾影更凄凄 相思欲夢還無寐 起倚梅窓聽五鷄

竹院春深曙色遲 小庭人寂落花飛 瑤箏彈罷江南曲 萬斛愁懷一片詩

　　　　　　　　　　－이매창 「규수의 원망 閨中怨 2수」(16세기 후반~17세기 초)

고요히 문 닫으니 밤 바닷물 소리 들리고

뜰 가득 꽃은 지고 달은 쓸쓸히 밝구나

님 생각하느라 이 밤도 잠 못 이루고

날이 새도록 누각에 홀로 고요히 앉아 있네

寂寂門掩夜潮聲 滿庭花落月空明 思君此夜眠難着 漏盡高樓獨坐淸

　　　　　　　　　－김호연재 「형제가 함께 서모의 '명(明)'자운을 따서
　　　　　　　　　　　　　절구를 지음 兄弟共次庶母明明字絶」(17세기 후반)

저녁 달빛 방으로 밝게 비치는데

깊고깊은 뜰에 인적 없네

어디선가 피리 소리 들려오니

홀로 앉아 긴 밤 지새우네

夜月入戶明 庭院深深人寂寂 何處笙歌兩三聲 獨坐度五更

　　　　　　　　　－김삼의당 「구종길의 '서호경'체를 본받아서 效瞿宗吉西湖景體 4首」 중
　　　　　　　　　　　　　〈북창의 경치 北窓景〉(18세기 후반~19세기 전반)

일〃은 소시 윤시로 더브러 빅화헌의 가니 샹셰 마춤 나가고 셔헌이 고요ᄒ니
냥인이 화류를 귀경ᄒ며 인ᄒ야 시녀로 니셕 이파와 화셕 이부인을 쳥ᄒ니 ᄉ인이
모다 와 소시 좌우로 ᄒ야금 슝뎡 아래 농문셕을 비셜ᄒ고 버러 안자 쥬과를 나오
니 셕쇼졔 술을 먹디 못ᄒᄂ디라 소윤 냥인이 핍박ᄒ야 권ᄒ대 강잉ᄒ야 일비를
먹으매 아름다온 용광이 혈난ᄒ니 셕패 두굿기고 ᄉ랑ᄒ야 믄득 쥬흥 발작ᄒ야
풀홀 것고 니러나 글오디 쳡이 금일 옥인연샹의 잔 진지ᄒ야 쇼동 소임ᄒ리이다
소시 쇼이농왈 잠간 미안커니와 술을 부어 오시면 싀양티 아니리이다 셕패 대쇼ᄒ
고 몬져 ᄒᆫ 잔을 브어 소시 알픠 가 티하ᄒ야 글오디 부인이 십 ᄉ의 한 가의
드러가샤 어스의 방탕을 만나시디 긔싴과 힝실이 쳥한ᄒ야 ᄆ춤내 탕ᄌ를 감동케
ᄒ시고 옥 ᄀᆺᄐᆫ ᄌ녀를 좌우의 버러 겨시니 임ᄉ의 덕냥인들 이에 디나리잇가
　　　　　　　　　　　　　　　　　　　　　　　　　　－「소현셩록」(17세기)

거연 춘삼월의 우리집 후원중의 화초를 심엇더니 금춘 ᄎ시의 쥬인을 반기랴고
낫낫치 발싱ᄒ야 ᄂ심은 촉휴화도 홍의 녹상으로 춘색을 희롱ᄒ듯 ᄒ마다 불거잇
셔 우리부모 위로ᄒ여 내의ᄃ신 네가ᄒ라 지지엽엽 빅화젼의 내ᄌ최 갸록ᄒ다
너혼ᄌ 기탄ᄒ니 쥬인이 무졍ᄒ야 볼길이 극ᄂᄒ다 불고견 ᄒ난고나 녀필 ᄌ기락
ᄒ니 내싱각 젼혀업다 만화가 방창ᄒ니 이향ᄒ 나의심회 경경이 슬픈심ᄉ 간장이
다녹ᄂ다

―「샤향곡」(미상)

ᄂ아모리 녀ᄌ나마 지기디우 몰라ᄊ니 몽즁이야 보깃구나 옥슈모셔 가초잡고
하쳐이 귀경ᄒ니 만학쳔봉 운심쳐이 폭포셩이 요란ᄒ고 기슈요초 무셩ᄒ고 ᄃ봉황
셩 은은ᄒ다 슈빈셕상 청송ᄒ이 심중소회 셔로ᄒ고 만단셜화 풀어보니 황홀한
심경이셔 ᄉ월가물 못낫도다 ᄯ다시 이러셔셔 슈십보 완보ᄒ야 손을드러 가라치며
녀ᄌ언힝 ᄒ자기로 자시히 살펴보니 삼청화각 은은ᄒ고 ᄃ문견이 벽오동과 후원이
장호엿못 거월갓치 역역ᄒ고 좌우이 슈양지며 문우이 황금ᄃ자 멀이보니 어화
이러타시 방황할지 금기셩이 놀ᄂ신니 유음랑셩 이하ᄒ고 화용월틱 삼암ᄒ다

―노씨 부인 「기망가라」(1922)

별당밧 후원속에 장송녹죽 자진곳에 실실동풍 드리붇니 옛음셩 흡사ᄒ다 남쳔
에 외기럭이 실피울고 나라간니 무심ᄒ 져짐싱아 너도무신 심회잇나 쵸목짐싱
져미물도 ᄌᄀᄃ로 부부잇다

―「쳥승가」(미상)

심회(心懷)가 울적(鬱積)하여 후원(後園)에 썩 나서서 사방산천(四方山川) 살
펴보니 만리창공(萬里蒼空)에는 백운(白雲)이 흩어지고 춘풍(春風)은 산들산들
꽃은 피어 울긋불긋 천봉만악(千峰萬嶽) 봄빛이고 곳곳이 춘색(春色)이라 백조성
(白鳥聲)은 오락가락 강남연비(江南燕飛) 귀소(歸巢)했다 비비배배 자랑하고 기
화요초(琪花瑤草) 난만중(爛漫中)에 봉접(蜂蝶)은 쌍을 지어 꽃을 찾아 날아들고
화조월석(花朝月夕) 우는 두견(杜鵑) 고국(故國)을 사모(思慕)함은 여자소회(女
子所懷) 일반(一般)일세 미물(微物)의 짐승들도 춘흥(春興)을 자랑는데 하물며
사람으로 춘흥(春興)이 없을손가

―이애례 「춘흥화전가」(1954)

아내가 그의 점심 준비를 하기 위해서인 듯 자리를 뜨고도 꽤 오랫동안 그는
그대로 마루에 앉아 아내가 바라보던 뜰을 바라보았다. 아내의 눈길이 지나고 머
물던 곳을 역시 아내의 눈이 되어 열심히 바라보았다. 뜰은 장미·수국·다알리이

아 따위 여름 꽃이 한창이었다. 정오의 햇살에 꽃잎은 한껏 벌어져 보다 짙은 빛의 속살을 엿보이고 벌과 나비는 미친 듯한 갈망으로 꽃술 속 깊이 대롱을 박아 꿀을 찾고 있다. 꽃들은 피고자, 더욱 피어나고자 하는 열망으로 빛은 짙고 어두워지며 천천히 눈에 보이지 않게 몸을 떨고 있다. 그러나 그것은 이미 아내의 눈에 비치던 풍경이 아님을 그는 알고 있다. 땅 속에 갇힌 아우성을 들으려는 시늉으로 수굿이 귀를 기울이며 나무를 바라보는 사이 무성한 나뭇잎은 편편이 떨어져 내리고 메마른 가지만 섬유질로 남아 파랗게 인(燐)처럼 타오르며 자랑스럽게 가지 뻗었던 자리는 이윽고 냉혹한 죽음만이 떠도는 공간이 된다.

                                              ─오정희 「동경」(1982)

  수많은 마당들이 앞서거니 뒤서거니 떠올랐다. 배꽃이 질 때의 봄마당, 폭염이 쏟아지던 여름마당, 뒤란의 감나무 잎새가 어지러이 휘날리던 가을마당, 싸락눈이 사각사각 쌓여가던 겨울마당 들이 또렷이 되살아났다. 침대에 누워 비바람과 눈보라가 치던 마당들을 기억하다가 등이 배기면 바닥으로 내려와 따사로운 봄볕이 쏟아지던 마당의 숨소릴 들었다. 갑자기 소나기가 퍼부으면 마당의 흙들은 깜짝 놀라 돌돌돌 말려지며 흙냄새를 풍겼어. 담장 저편으로부터 밀려온 마당의 싸아한 체취가 내 동생들의 어린 손가락이며 발가락들을 감싸주었어. 창밖엔 연일 비올 바람이 불고 있었다. 양말을 신은 채 잠을 잤고 세수를 하지 않은 채 며칠인가가 더 흘렀다. 마지막 남은 식료품들로 오므라이스를 만들어 쟁반에 받쳐들고 침대에 올라가 먹을 때였다. 나는 비로소 그 또한 살아 있으면 된다, 는 생각을 했다. 나와 함께가 아니더라도 어디서든 살아 있으면 된다고.

                                      ─신경숙 「마당에 관한 짧은 얘기」(1996)

  딸기 페스티벌에 다시 들르겠다고 약속을 한 게 벌써 십칠 년 전이다. 스카이라운지에서는 호텔 정원이 한눈에 내려다보였다. 흰 토끼풀숲과 마구잡이로 자란 나무들이 한데 뒤엉킨 비밀의 정원이었다. 잡초 사이에서 햇빛을 받아 반짝반짝거리는 건 여자의 무대의상에서 쏟아진 스팽글 조각들이었다.

                                              ─하성란 「극지호텔」(2003)

  물론 사람들은 내가 직접 퇴비를 만들어 쓴다는 걸 다 알고 있다. 이번에 유난히 냄새가 심한 것은 생선뼈를 많이 넣어서 그럴 거라고들 했다. 내 야채들이 그걸 먹고 저리 탱글탱글하게 열매를 맺었으니 비린 생선뼈 하나도 그저 고맙기만 했다. 우리도 언젠가는 죽어서 묻히면 흙으로 돌아가고 그 안에서 이름모를 식물들을 무럭무럭 키우겠지, 이런 생각을 하면 마음이 편해지면서 왠지 경건해지곤 했

다. 자연의 순리에 겸허해지는 순간은 이렇게 사소한 정원일에서도 문득문득 다가
오는 것이다. 남편과 함께 이런 경험을 나눌 수 있다면 더없이 감사할 텐데.

이 정원에 부족한 게 뭔지 이제는 알 것 같다. 그건 바로 사람이다. 남편과 나의
아이들, 희주처럼 마음껏 뛰어놀 어린아이들, 피가 돌고 맥박이 뛰고 나의 자궁에
서 싹이 터 자라난 나의 아이들, 필요한 것은 꽃도 나무도 연못도 아니었다.

─김윤영 「그린 핑거」(2006)

4.4. 여성 노동과 억압의 공간

마당은 한국의 전통 가옥 구조나 생활 방식에 비추어볼 때 집안의 넓고 개방
된 곳에 위치하면서 공적인 작업을 위한 노동의 공간으로 활용되곤 한다. 넓게
트인 마당은 가족 개개인의 내밀한 개인적 영역과 대비되면서, '안'의 '바깥'으로
서의 기능을 수행한다. 다양하고 많은 가족 구성원들이 마당을 중심으로 보여주
는 유사(類似) 사회생활은 특히 소녀에게 규율과 통제의 삶, 자신이 겪게 될 성
인 여성으로서의 삶을 예견케 한다. (오정희 「유년의 뜰」, 은희경 『새의 선물』)

아침마다 된장 항아리 뚜껑을 열면 호박잎에 구더기가 하얗게 올라와 있다. 웬
가시가 이렇게 끓는담. 할머니는 허를 차며 호박잎을 벗겨 담장 너머로 던져버리
고 새 잎을 덮었다. 그 일은 서리가 내릴 때까지 계속되었다. 된장을 뜨고 돌아서며
나는 봉숭아·채송화 따위 일년초가 자자분하게 심겨진 마당 건너 안채의 부엌과
잇달린 방을 흘깃 바라보았다.

역시 둥글고 배가 부른 자물쇠가 시커멓게 매달린 채 고요했다. 늘 마당을 사이
하고 바라보이는 방이건만 그 앞을 지나갈 때는 눈을 내리깔고 발소리를 죽여
빨리빨리 걷다가 훨씬 지나친 후에야 엿보듯 흘깃 돌아보는 것이 우리들의 버릇이
었다.

─오정희 「유년의 뜰」(1981)

우리 집은 마당 안쪽으로 들어앉은 살림집 두 채와 대문 쪽에 자리잡은 가겟집
한 채까지, 다 합해서 세 채의 집으로 되어 있다. (중략)

그 우물이야말로 장군이네 집과 우리 집, 그리고 가겟문은 행길쪽으로 나 있지
만 살림하는 방의 문은 모두 우리 집 마당으로 향해 있는 가겟집들까지, 모든 식구
들의 끼니 준비며 세수며 설거지며 빨래, 그리고 정보교환이 이루어지는 곳이다.
위치로 보아서도 컴퍼스로 그리면 꼭 중심이 되는 삶의 구심점이었다.

— 은희경 『새의 선물』(1995)

4.5. 집 안의 집 밖, 가출 환상

마당은 외부와 내부를 이어주는 매개적 공간으로, 바깥 세상에 대한 염탐과
동경이 가시화되는 곳이다. 안인지 바깥인지 모호한 이 지점은 세상의 다른 국
면을 엿볼 수 있는 환상적 공간이 되기도 한다. (최윤 「숲속의 빈터」) 현대소설에
서 자주 등장하는 아파트의 베란다는 전통 가옥의 마당 공간이 내부 공간화 되
었다는 점에서 현대사회의 폐쇄성을 드러내는 구조이긴 하지만, 집에서 앞쪽으
로 돌출된 부분이라는 점에서 바깥 세상에 대한 탐색이 가장 자연스럽게 이루
어질 수 있는 장소이기도 하다. (전경린 「염소를 모는 여자」) 고층 아파트의 베란
다에서 내다보이는 산은, 일상 탈출 욕망을 더욱 부추기는 대상으로, 베란다와
하나의 짝을 이루어 자주 등장하곤 한다. (김형경 「담배 피우는 여자」)

현대시에서 마당은 여성잉 집 안에서는 품을 수 없었던 욕망이나 허기를 발
설할 수 있고 이를 다른 이들과 공유하거나 공감할 수도 있는 소통의 공간이
된다. '머리를 풀어헤친 여자' '엄마' '옆집 여자'들이 머무르는 쓸쓸하고 녹슬고
어두운 마당은 여성들의 욕망이 고여 있는 풍경이다. (황인숙 「내가 세 들어 사는
집의 뜰」, 최영미 「청동정원」, 윤예영 「파리지옥에 빠진 달」, 유현숙 「옛이야기」, 이규
리 「이토록 우울한」)

한 달에 한 번쯤은 그런 날이 있는 모양입니다. 달이 부풀어오르고, 바닷물이
차오르고, 고기들의 뱃속에서도 노랗고 토실토실한 알들이 자라나는, 그런 날이
있지요. 남자들은 대체로 밤늦게까지 술집이며 홍등의 거리를 방황하고, 집 안에
만 있는 여자들도 문득 베란다 밖으로 나와 하아, 깊이 숨을 들이쉬는, 그런 날이

있는 모양입니다. 제가 베란다 문을 열고 나갔을 때 그 여인이 먼저 저쪽 베란다에 나와 있었습니다. 그 여인은 쇠창살 난간에 온몸의 체중을 실은 채 잠든 듯 웅크린 산의 등허리를 건너다보고 있더군요. 푸르스름한 달빛에 목덜미가 희게 두드러져 보였습니다. 그 흰 살빛이 기화하여 날아오르듯, 여인의 주변으로 희고 푸르스름한 기운이 퍼지고 있었지요. //

여인은 베란다 난간으로 올라서려 하더군요. 저는 벌써 땀이 베어나는 주먹에 힘을 주고 있었습니다. 그 여인이 무사히, 무사히 베란다를 건너뛰어 이쪽으로 오기를 바랐습니다. 이쪽으로 오기만 하면 다시는 그 남편에게 돌려보내지 않으리라, 벌써 그런 다짐을 하고 있었습니다.

―김형경 「담배 피우는 여자」(1995)

나는 아이들을 내보내고 베란다 바닥에 신문지를 두껍게 깔고 가장자리와 가운데를 쓰고 남은 적벽돌로 누른 다음 염소를 난간에 묶었다. 아파트 베란다에 묶인 염소는 그 기이한 눈으로 거실 안의 나를 한동안 쳐다보고 있었다. 길다란 귀를 가볍게 움직이면서…… 나 자신도 온전히 이해되지 않는 이 일을 남편에게 어떻게 납득시킬 수 있을지 당혹스러웠다. 아파트의 맞은 편 동에 불이 하나씩 켜졌다. 염소는 이제, 몇 년 전부터 그 자리에 있은 듯이 벽돌 위에 두 앞발을 올리고 등이 휘도록 뒷발을 힘껏 뻗친 자세로 서서, 방충망 너머 바깥 풍경을 내다보고 있었다. 겨우 벽돌 위에 두 발을 올렸을 뿐인데도 마치 험준한 바위산 꼭대기에라도 올라서 있는 듯이 야생의 위엄을 갖춘 모습이었다.

―전경린 「염소를 모는 여자」(1996)

그런 것에 비하면 우리가 택한 이 집은 마당 끝이 낭떠러지 비슷한 곳에 위치하고 있어서 안전한 느낌을 주지는 않았다. 허술하고 낮은 시멘트 벽이 마당을 둘러치고 있을 뿐이다. 집도 많이 낡았다. 이것저것 따져보아 꼭 일등 집이라고 할 수는 없다. 그렇지만 우리에게는 아이가 없어 굴러떨어질 것을 걱정할 필요가 없고, 지붕도 수리했다고 하니 물 샐 염려도 없으며, 일단 청소를 하고 보니 실내는 밝고 방도 큰 편이다. 무엇보다, 집 건너편에는 이름도 모를 많은 나무들이 제법 우거진 다듬어지지 않은 야산이 있다. 그것은 내가 본 풍경 중에서 가장 아름다운 풍경이었다. //

몽롱한 정신으로 마당에 나와 앉아, 앞산을 바라보며 햇빛 속에 앉아 있었다. (중략) 앞산의 중턱, 내 시계(時計)에 갑작스럽게 나타난 남자는 발가벗고 있었다. 무엇 하나쯤 걸쳤는지도 모르겠지만 적어도 전라에 가까웠다. 나는 잘못 보지나 않았나 해서 눈을 감았다가 다시 뜨고 바라봤다. 남자는 전라였다.
—최윤 「숲속의 빈터」(1996)

내가 세 들어 사는 집의 뜰은
사다리 뜰이죠
맨 밑에 장독과 화분들이 있어요
그중 커다란 항아리 하나는 엎어놓았죠
그 위에 푸르스름 마른 이끼 낀
시루가 얹혀 있어요
(중략)
잡초와 난초도 무성히
보일러용 호스, 판자때기, 비닐장판, 기왓장,
뒤집힌 채 녹슬어가는 의자, 방충망들 함부로 쌓인
이웃집 벽 아래까지 무성히
무더운 그늘을 키우고 있죠
—황인숙 「내가 세 들어 사는 집의 뜰」(2007)

배반의 노래가 거실에 쌓이던
어느 날 나는 알았네
울리지 않는 종을……
수상한 그림자만 얼씬거리는
녹슨 청동정원에서
새와 단둘이 오래 살았네
(중략)
머리를 풀어헤친 여자가
누워 있네 차가운 바닥에
두 마리 새들이 하나로 겹쳐져,
새도 나무도 보이지 않을 때까지……
—최영미 「청동정원」(2009)

나는 베란다 창문을 열고 몸을 길게 내민다

배가 고파요
배가 고파요

배고파 잠을 잘 수가 없어요

옆집 베란다 창문이 열리고 옆집 여자가 몸을 길게 내민다

배가 고파요
배가 고파요
배고파 잠을 잘 수가 없어요

—윤예영 「파리지옥에 빠진 달」(2008)

오랜만에 찾은 엄마의 마당에는 별이 그득했네 나는 마당에 내려서서 새벽까지 별을 닦았네 그 사람이 찾아와 선반에 얹어 둔 저 구월의 별들을 내려서 오늘처럼 닦을까 배를 깔고 반석 위를 기어가던 그물무늬비단뱀의 초롱한 눈빛을 생각했네 뱀 울음소리를 맹목의 염불처럼 듣는 그 새벽 안마당에 섰네

—유현숙 「옛이야기」(2010)

마당에 나가 그저 올해 가을은……이라고 중얼거리지

가을이, 죽을 것 같은 가을이
하루종일 쳐들어와
죽지 않기 위해 나는 물을 끓이지
물을 끓이지

오늘이 지나면 내일이 오는 줄 알았는데 영원히 오늘만 있어
산사나무는 나를 보고 나는 서어나무를 보고
마당을 서성이며 그저 가을이야 중얼거리지

—이규리 「이토록 우울한」(2011)

5

학교

학교는 기본적이고 일상적인 생활단위인 가정이나 지역 공동체와는 별개로 계획적·조직적·계속적 교육을 위하여 일정한 시설과 설비를 갖추고 교육하는 사회의 제도적 단위이다. 이러한 학교는 근대적 제도의 산물로서, 조선시대까지 여성들의 교육은 집안에서 이루어졌다. 그 교육 내용 역시 남성과 달리 집안 살림에 필요한 규방 문화 중심이었다. 근대의 학교가 여성에게 남성과 동일한 지식의 기회를 제공한다는 점에서, 학교는 남성과의 동등한 삶을 보장해주는 지표로 인식되었다. 여성들에게 학교는 사회로 진출하여 능력을 발휘할 수 있는 도약대라 할 수 있었다. 지식이라는 추상적인 실체가 학교라는 구체적인 장소로 인식되면서 여성들은 학교를 통해 자아각성과 사회적인 활동 욕구를 성장시켰다.

여성 한시문에서 학교란 용어가 처음 등장한 것은 개화기인 19세기 초반이다. 구문명과 신문명을 받아들인 여성에게서 학교 설립과 교육에 대한 열망이 드러난다.

한편 학교에 다니는 여성인 '신여성' 또는 '여학생'이 사회적으로 부각되면서, 학교는 여성들 사이에 사회적 위계의식을 형성시키는 동인이 된다. 새롭게 출현한 여학생, 즉 신여성에 대한 담론의 지속은 여성이 남성과 동등한 교육을 받고 사회로 진출하게 된 의미가 그만큼 중요하고 또한 문제적이었다는 점을 시사한다. 이 당시 신여성을 향한 선망과 비난의 이중적인 시선이 소설에서 자주 드러난다. 신여성은 근대에 대한 열렬한 동경과 같은 맥락으로 숭배되고 찬미되는가 하면, 내실이 아닌 외양만 추구하는 위선적인 인간으로 비난되기도 한다.

학교는 성장과 청춘의 시기에 거쳐야 할 관문이며 가장 예민한 시기에 구속과 성장이라는 양가성을 동시에 겪게 하는 제도적 공간이다. 학교가 행하는 공적이고 전체주의적인 억압은, 여성들에게 개인적인 가치에 대한 깨달음을 불러일으키고 내적인 성장의 발판을 제공하는 기제가 된다.

학교는 사회가 보편적으로 요구하는 여성상을 기획하고 훈련하는 곳이기도 하다. 현대소설의 여성인물은 자신의 육체가 불완전하고 수치스럽다는 경험적 인식을 학교에서 얻는다. 여성인물의 저변 심리에 자리한 모순된 자기 인식과 일탈적 욕망은 학교가 부여한 왜곡된 여성성에 뿌리를 두고 있는 것으로 묘사되곤 한다. 여성시의 화자들은, 국가, 가부장, 집 등과 동일한 맥락으로 여성을 구속하고 훈육하는 학교 안에서 사춘기와 청춘을 겪어나가면서 '욕'과 '소리 지르기' 등으로 자기 안에 억눌려 있는 골방과 소외를 견뎌낸다.

근대 초 신여성들의 욕망 실현이 쉽지 않았던 것처럼, 교육받은 현대 여성들이 자신의 지식과 비전을 실현하는 일 역시 여의찮다. 사회는 여전히 남성중심의 궤도로 돌아가고 있으며, 교실과 현장은 배움과 실천으로 이어질 수 없을 뿐만 아니라, 이제

학교는 더 이상 새롭거나 신성한 곳이 아니다. 학창시절에 겪은 통과의례의 성장통은 졸업 후에 또 다른 방식으로 경험된다. 학교를 졸업한 여성인물들이 처한 퇴행적이고 비극적인 상황은, 교육을 통해 여성이 얻은 주체적 깨달음이 아이러니하게도 그를 안정권 밖으로 내몰 수밖에 없음을 시사한다.

5.1. 학교의 설립과 여성 교육

학교의 의미　　　　　　　　학교(學校)는 어떤 의도와 목적 아래, 일정한 장
　　　　　　　　　　　　　　소에 시설을 갖추고, 계획적이며 계속적으로
교육을 베푸는 기관을 의미한다. 그러므로 기본적이고 일상적인 생활단위인 가
정이나 지역 공동체와는 별개로 계획적·조직적·계속적 교육을 위하여 일정한
시설과 설비를 갖추고 교육하는 사회의 제도적 단위를 학교라 할 수 있다. 여기
에서 사회제도로서의 학교라는 것은 공설(公設) 또는 공인(公認)이라는 형식적
조건을 뜻한다. 교육 시설이 완전하고 실제로 매우 높은 수준의 교육을 한다고
해도, 그 사회가 공인하는 교육기관이 아닐 경우에는 학교라고 할 수 없다는
의미이다.

　학교를 달리 부를 때 배움의 동산 곧 학생들이 한껏 공부하면서 재능을 꽃피
우는 장소라는 뜻으로 학원(學園)이라 칭하기도 하는데, 이는 학교 및 기타 교육
기관을 통틀어 이르는 말로 쓰인다. 학교를 달리 이르는 말에는 이밖에도 학원
(學院)과 학관(學館)이 있다. 학원과 학관은 학교의 동의어로서의 의미 이외에도
각각 "학교 설치 기준의 여러 조건을 갖추지 아니한 사립 교육 기관. 교육 과정
에 따라 지식, 기술, 예체능 교육을 행하는 곳"과 "학교의 명칭을 붙일 조건을
갖추지 못한 사립 교육 기관"의 의미를 가진다. 이 외에도 학당(學堂)이라는 단
어가 개화기 때에 학교를 이르던 말로 사용되었다. 구한말에 관학(官學)이 부진
하게 되자 외국인들에 의한 사학(私學)이 세워졌을 때 학교의 명칭으로 사용된
것이다.

전근대기의 여성 교육　　　　근대 교육 이전 시기의 여성은 자신의 배움과
　　　　　　　　　　　　　　그로 인한 성취에 의해서 평가받는 것이 아니
라 자식을 바르게 훈육하는 것에서 가치를 인정받았다. 고려 시대에도 출세한
관인의 뒤에는 언제나 열성적인 어머니의 교육열이 있었다. 과거 시험을 위한
경전 교육은 국자감이나 공도와 같은 교육 기관이 담당하였겠지만 실제로 그
뒷바라지는 어머니들의 몫이었다. 이들의 최우선적인 교육 목표는 아들의 과거

급제였을 것이나 어려서부터 품격을 가진 사대부로 성장하도록 이끄는 인성 교육도 매우 중시하였다. 당시 여성들의 묘지명(墓誌銘) 가운데는 "자식을 기르는 데 법도가 있었다"든지 "예에 맞게 가르쳤다"는 등의 기록이 자주 나타난다. 고려 사회에서는 자녀를 훌륭히 키운 어머니가 부러움과 칭송의 대상이었을 뿐만 아니라 가정과 사회로부터 상당한 보상을 받았다. 고려 조정에서는 아들 셋 이상을 과거에 급제시킨 어머니들에게는 평생 녹봉을 주었다. 녹봉뿐 아니라 아들 덕에 작위를 받는 경우도 있었으니 그만큼 고려 사회에서 자녀 교육에 대한 어머니들의 기여도가 컸으며 사회에서도 그 공을 적극 인정하고 현실적인 보상을 하였다는 반증이라고 볼 수 있다. 아울러 사회 진출이 막혀 있던 당시 여성들에게 자녀의 출세는 간접적인 자기실현이자 현실적 성취였던 것이다.

조선 시대의 여성 교육은 내교(內敎)라 하여 규방 문화의 한 형태로 교육이 행해졌다. '서당, 향교, 서원, 성균관' 등의 교육 기관이 남성의 출세를 준비하는 공식적인 교육기관인 데 비하여 조선에는 여성들을 위한 공식적인 교육 기관이 없었다. 조선 시대 교육의 목적이 남성은 과거를 통한 출세로 가족과 문중의 위상을 높이는 것임에 반해 여성은 가족을 운영하고 그 질서를 유지하는 것에 한정되었고, 집안 살림을 유지하는 데 필요한 한글 교육 및 여성 교양 외에 더 이상의 교육은 시키지 않는다는 것이 여성교육에 대한 조선조의 공식적인 입장이었다.

그러나 의외로 딸들도 비교적 높은 수준의 교육을 받았고 당시의 양반 여성들 중에서도 지적으로 매우 뛰어난 성취를 보인 경우가 있다. 딸이 총명한 경우 그 딸들은 비공식적으로 교육의 기회를 얻을 수가 있었던 것으로 보이며, 아버지나 집안 남성들은 그 자식이 왜 아들이 아닌가를 아까워하기도 한다. 그리고 그 수준 역시 규방 여성의 부덕을 갖추는 정도가 아니라 사대부 남성들과 견해를 나눌 만큼 정치한 논리를 펼 수 있는 정도에 이르렀다고 한다. 물론 이런 여성들의 경우는 결코 평범한 여성들이 아니었다.

흔히 여성교육이라고 하면 소혜왕후가 쓴 『내훈』이나 중국의 『여사서』, 송시열의 『계녀서』 혹은 유향의 『열녀전』 등을 많이 읽었을 것이라 생각하기 쉬우나, 실제로는 『소학』이 압도적으로 많으며, 그 뒤를 잇는 것이 『내훈』, 『열녀전』의 순이었다. 그밖에 『여범』, 『여계』, 『내칙』, 『여훈』, 『효경』 등이 간헐적으로 나타난다. 이밖에 유교적 이데올로기에 적합한 부덕을 갖춘 여성이 되기 위한 것보다는 좀더 전문적인 유교경전이나 시문들이 거론되었는데, 『십구사략』, 『논어』『강목』, 『좌씨춘추전』, 『상서』 등도 여기에 속한다.

『소학』이 특히 여성의 독서 목록에 빈번하게 등장하게 된 것은, 여성들에게 소학을 읽힘으로써 가정 단위에서 유교 이데올로기를 학습시키고 실천하게 하는 도구로 활용된 측면과 관련해서이다. 『소학』이 집안 내에서 아동 교육용 및 부녀자 수신용으로 적극 권장되었던 도서가 된 사정에는 송시열과 같은 이들의 힘이 작용하였다. 송시열의『소학』 강조는 여성교육이라는 이름하에 가문 단위로 행해지는 여성 규제의 전범을 보여주는 예라고 하겠다. 조선 시대 여성에 대한 유교 이데올로기 내면화 교육은 내훈류 외에『소학』과 같은 유교 경전에 의해서도 진행되었던 것이다. 대부분 반가 여성들의 독서와 이를 통한 교육은 유교 이데올로기를 내면화하는 방향으로 전개되었다.

근대 여성 교육의 시작

근대 사회에서 여성이 자유와 평등을 획득하는 수단 중 하나가 바로 교육이다. 여성이 스스로 여성 교육의 중요성을 인식한 시기는 개화 초기이다. 여성을 위한 학교 설립운동에서 보듯 교육의 영역에서 여성들의 노력은 눈에 띄는 바가 있었다. 여성들을 위한 근대적인 교육 기관이 필요하다는 자각은 일본 및 서구유학을 다녀온 개화파 인사들에게서 시작되었다. 1886년 박영효는 「개화상소(開化上疏)」에서 남녀 소학교 및 중학교의 의무교육을 제안했고, 『서유견문(西遊見聞)』의 유길준 역시 여성의 근대적 교육을 주장했다. 1890년대 이후 서재필과 윤치호 등 서구 유학파들이 핵심 세력이었던『독립신문』은 특히 강한 어조로 여학교 설립을 주장했다. 이후 1898년 찬양회의 「여권통문」이 발표되기까지 약 2년간 여성 교육의 시급함을 주장하는 신문 기사는 총 5회 정도 더 발견된다.

그러나 이러한 개화파 인사들의 여성 교육에 대한 주장은 대부분 비슷한 논리에 바탕을 두고 있다. 유길준의 "孩嬰은 邦本이오 女子는 孩嬰의 本"이라는 명제 이후 반복되는 '교육받은 여성은 훌륭한 어머니가 되어 자녀를 합리적으로 양육하고 능률적인 가정 경영을 수행한다'는 모성 및 가족 담론으로의 귀결이 바로 그것이었다. 이는 지배 담론의 여성 교육의 목표가 근대적인 주체 형성에 있는 것이 아니라 효율적인 가사 수행능력을 가진 '주부', 즉 양처현모의 재생산에 있었기 때문이다. 외세의 공격적인 간섭을 받으며 강제적인 문명화의 요구에 시달리는 상황에서, 조선의 민족담론이 수용할 수 있는 여성 교육의 효과는 민족 내부로 환원되는 것이어야 했다. 여성의 지식 획득의 결과는 민족을 구성하는 최소 단위인 가족을 공고히 하는 것이어야 했고 전통적인 성 역할 구도에 변화를 가져오거나 위협적이지 않은 것이어야 했다.

그런데 1898년에 발표된 '찬양회'의 「여권통문」과 「상소문」은 이러한 입장과는 차이가 있었다. 찬양회(贊襄會)는 전통적인 양반 거주지역인 북촌의 부인 300여 명이 여학교의 설립이라는 뚜렷한 목표를 가지고 만든 조직인데 이들은 각 신문사를 통해 「여권통문」을 발표한 뒤 임원진을 선출하고 통문을 낭독하는 모임을 가졌다. 이들의 주장은 남녀는 '이목구비와 ᄉ지오관 륙톄'에 있어서 다름이 없고 '한갓 녯글을 빙쟈'하여 '녀편네를 압졔'하는 것은 옳지 못하니, '녀학교를 셜립ᄒ여 귀한 녀아'들을 가르치자는 것이었다. 통문을 발표하고 한 달 가량 지난 1898년 10월 11일 찬양회 부인 100여 명은 궁궐 앞에 모여 '진복ᄒ야 상쇼'를 올렸다. 상소의 목적은 관립 여학교의 설립이었다.

대져 물이 극ᄒ면 반다시 변ᄒ고 법이 극ᄒ면 반다시 갓츰은 고금에 써덧흔 리치라. (중략) 일신우일신흠을 사름마다 힘쓸 거시여늘 엇지하야 일향 귀먹고 눈먼 병신 모양으로 구습에만 ᄲᅢ져 잇ᄂᆢ뇨. 이거시 한심헌 일이로다. 혹쟈 이목구비와 ᄉ지오관 륙톄가 남녀가 다름이 잇ᄂᆞᆫ가. 엇지하야 병신 모양으로 사나희의 버러쥬ᄂᆞᆫ 것만 안져 먹고 평싱을 심규에 쳐ᄒ야 ᄂᆞᆷ의 졀졔만 밧으리오. 이왕에 우리보다 몬져 문명기화헌 나라들을 보면 (중략) 사나희의게 일호도 압졔를 밧지 아니허고 후대흠을 밧음은 다름아니라 그 학문과 지식이 사나희와 못지 아니헌고로 권리도 일반이니 엇지 아름답지 아니허리오. 슬프도다. 젼일을 싱각허면 사나희가 위력으로 녀편네를 압졔허랴고 한갓 녯글을 빙쟈하야 말허되 녀ᄌᆞᄂᆞᆫ 안에 잇셔 밧글 말허지 말며 술과 밥을 지음이 맛당하다 허ᄂᆞᆫ지라. 엇지허여 ᄉ지륙톄가 사나희와 일반이여늘 이ᄀᆞᆺᄒᆞᆫ 압졔를 밧어 셰상 형편을 알지 못허고 죽은 사름 모양이 되리오. 이져ᄂᆞᆫ 녯 풍규를 젼폐ᄒᆞ고 기명 진보ᄒ야 우리나라도 타국과 ᄀᆞᆺ치 녀학교를 셜립ᄒᆞ고 각각 녀아들을 보ᄂᆡ여 각항 ᄌᆡ조를 비호아 일후에 녀즁군ᄌᆞ들이 되게 ᄒᆞ올 ᄎᆞ로 방쟝 녀학교를 창셜허오니 유지허신 우리 동포 형뎨 여러 녀즁 영웅호걸님네들은 각각 분발지심을 내여 귀흔 녀아들을 우리 녀학교에 드려 보ᄂᆡ시랴 허시거든 곳 착명ᄒᆞ시기를 ᄇᆞ라나이다.

－「여권통문」, 『황성신문』(1898. 9. 8.)

양반 부인들 100여 명이 궐문 앞에 엎드려 시도한 상소는 파격적인 것이었다. 공공의 공간인 거리에 나선 집단적인 여성의 존재는 분명 경이로운 것이었고, 여자들의 집단이 공동의 요구를 한다는 것도 놀라운 일이었다. 그런 놀라움의 반영인 듯 단 이틀 만에 내려진 고종의 허가 비지로 바로 코앞에 다가온 듯했던 관립 여학교 설립은 대신들의 반대로 최종적으로는 좌초되고 말았다.

찬양회 및 순성학교가 유명무실화된 이후 1906년 다시 시작된 여학교 설립 운동은 많은 여성 단체들의 성립과 여학교 설립의 현실화라는 성과를 낳았다. 1906년 5월에 진학주 형제들을 중심으로 결성된 '여자교육회(양규의숙, 보학원, 양원여학교)', 1907년 6월에 설립된 신소당의 '진명부인회(양규의숙)', 1908년 5월에 엄비의 칙령으로 설립된 '대한여자흥학회(한성관립고등여학교)', 1910년 신소당을 비롯한 고관의 부실들이 모여 세운 '양정여자교육회(양정여학교)' 등은 모두 찬양회의 모델을 따라 '학교+후원회'의 형식을 취하면서 여학교를 설립하고 경영했다.

이후에 여학교 설립을 주도했던 이들 단체들은 찬양회가 가졌던 급진적인 운동성과 비교할 때 보수화, 관변화된 경향을 띠었다. 여자교육회의 경우 진학주 가문의 남자들이 여성 회원들을 교육, 관리하는 자문기구 '찬무소(贊務所)'를 상설하고 있었고, 대한여자흥학회는 여성 교육의 목표를 "'夫를 翼하고 家를 理하고 母되얀 子女를 扶育하는 責任을 負'하게 하여 '國運을 裨補'"하는 데 한정하고 있었다. 그러나 그러한 한계에도 불구하고 여자교육회가 1906년 7월부터 약 1년간 이끌었던 26회의 토론회 및 진명부인회의 정기적인 토론회는 여성의 존재를 사회적으로 가시화하고 여성의 공적 발화의 장을 확대시키는 중요한 역할을 했다. 또 서울과 지방 곳곳에서 많은 군소 여학교들의 설립자들과 후원자들이 나타나기 시작하면서 여학교 설립 운동은 처음으로 전국적인 활기를 띠게 되었다. 이는 아직 여학생이라는 존재가 탄생되기 직전, 여학생을 키워낼 수 있는 공간으로서의 '여학교'라는 사회적 구심점을 확보하는 일에 여성 스스로가 관심과 열정을 가지고 의지를 실천했다는 점에서 의의가 있다.

우리나라 최초의 여성 교육 기관으로 일컬어지는 이화학당은 개항 10년이 지난 1886년에 미국인 선교사에 의해 창설되었고, 일본제국과 식민 권력은 근대화의 일환으로 학교제도를 도입하였는데 식민지 남성과 여성에 대한 교육에는 차별이 있어서 1920년대에는 보통 교육에서조차 여성의 진학률은 10% 이내에 머물렀다. 초기의 여성 교육 기관은 학제나 수업의 운영 등에서 제도화된 규정이 없었고, 1908년, 정부는 처음으로 공식화된 학제 규정을 발표하였다. 강제 병합 이후인 1911년, 조선총독부에 의해 발표된 조선교육령은 남녀의 교육 연한을 처음으로 제도화하였다. 학교 교육이 공식적으로 제도화되는 가운데 여성의 교육은 양적인 측면에서 점진적으로 변화하였으나 여성의 초등 교육 기회는 꾸준히 확장되었음에도 불구하고 전체적으로 보자면 식민지 말에 이르러서도 남성 초등 교육 비율의 반에도 미치지 못하였다. 고등 교육의 경우, 여성의 전문 교육은 1910년 이화학당에 이화대학이 설립되면서부터 시작되었는데 식민지 시기 전반에 걸쳐 고등 교육을 받은 여성의 수는 전체 여성의 숫자에 비하면 미미한 수준이었다.

식민지 시기의 여성 교육은 대부분 일제의 동화주의 정책의 기조에 따라 '부덕을 함양한 현모양처'를 양성하도록 하는 데 중점을 두었다. 남성에 비해 여성이 감정적이고 온화하다는 통념에 기초하여 전통적인 여필종부의 윤리와 가사에 대한 여성의 역할이 강조되었다. 조선교육령 제15조에서 제시된 '부덕의 함양'은 남성에 대한 여성의 종속성이나 수동성을 강조하는 전통적 여성상을 식민지 상황에서 재현하려는 것이었다.

식민지 교육의 목표는 조선인을 지배, 통치하기 위한 우민화 교육이었는데 여성은 우민화 정책의 이중적 피해자였다. 교육의 낮은 질과 일부만이 특권을 누릴 수 있는 제한된 교육 기회, 그리고 이로부터 배제된 대다수 식민지 피지배민의 박탈감 속에서 여성들은 지식과 교육에서 배제되어 갔다. 여성들은 교육 기회가 남성들보다 적었을 뿐 아니라 1911년에 발표된 조선교육령에 따라 재봉, 수예, 가사 등 실업 교육을 더 받는 등 차별을 받았다. 전체 교과목에서 차지하는 실업 교육의 비중은 여학생이 상대적으로 높았는데 남성의 경우, 직업을 위한 실업 교육 성격이 강했던 반면에 여성의 경우는 실업 교육이 가정과 가사에 관련된 내용을 중심으로 이루어져 여성에게 실업이란 사회 진출이나 직업 활동에 필요한 지식이라기보다 가정 운영을 위한 교육임을 분명히 했다. 1930년대 후반 이후, 전시 체제로 이행하면서는 근로는 곧 교육이라는 슬로건 하에 학생의 전시 근로 동원이 일상화되었고, 식민지 여성에게 교육은 식민지 전반기에는 가정을 위한 의무를, 후반기에는 전쟁을 위한 동원을 의미하게 되었다.

식민지 여성 교육에 대한 피지배민들의 반응은 자신이 속한 성과 계급, 세대와 지역 등에 따라 다양한 방식으로 나타났는데, 1920년대 이후 고등 교육으로 올라갈수록 좁아졌던 학교의 문턱에 대한 비판이 고등 교육을 마친 신여성들을 통하여 집중적으로 제기되었고 현모양처를 이상으로 하였던 식민지 여성 교육에 대해 비판도 이어졌다. 식민지 여성 교육을 담당한 서구 선교사들은 계몽주의 시각에서 서구화된 여성상을 모델로 제시했지만, 기본적으로 식민지 현실에 무관심하였던 서구 문화는 식민 권력의 헤게모니의 원천으로 작용하기도 했고 때로 대안 헤게모니의 역할을 하기도 하였다. 신여성들은 여성의 낮은 취학률이나 교육 기회의 제한과 같이 차별적인 식민 교육제도를 비판하는 한편 식민지 현실과는 동떨어진 교육 내용의 부적합성과 비현실성에 대해서도 비난의 목소리를 높였다. 공식적인 여성 교육의 내용은 여성에게 시대적 사명을 깨닫게 하거나 여성운동의 선도적 역량을 갖추도록 하기에는 절대적으로 빈약한 수준이었고, 대신에 야학, 서당, 사설 강습소 등이 여성들에게 중요한 교육 수단으로 등장하였다.

5.2. 여성, 학교에 가다

조선시대까지 여성들의 교육은 집안에서 이루어졌다. 남자 형제들이 공부할 때 옆에서 같이 공부하거나, 부모나 조부모에게서 교육을 받았다. 그러므로 여성들에게 '학교'가 따로 존재하지 않았고, 자신의 집, 자신의 방이나 부모의 방이 바로 생활의 공간이자 교육의 공간이었다.

여성 한시에서 '학교'란 용어가 처음 등장하는 것은 개화기의 일로 이는 소파 오효원(小坡 吳孝媛, 1888~?)에게서 찾아진다. 오효원은 9살에 사숙(私塾)에서 천자문을 배우기 시작했고 14세 이후로는 서울에서 한시로 이름을 날렸으며, 신교육을 접했다. 20살인 1908년에는 명신여학교(明新女學校)를 창립하고 기금 마련을 위해 도쿄(東京)에 갔다. 1년 정도 유학하며, 도쿄에서 기금 마련을 위해, 이토 히로부미(伊藤博文)를 만나기도 하고 히로시마 현(廣島縣) 예비신문사(藝備

新聞社)와 도쿄의 황족부인교육회(皇族夫人敎育會)에 시를 보내기도 하였다. 이때 그의 시문에는 비굴하거나 아부하는 내용보다는 '문명'을 조선 땅에서도 나누고자 하는 바람이 있었다. 조선에 돌아와서는 신명(新明 : 1907년 마르다 부르엔 여사가 대구에 설립) · 숭신(崇信 : 1911년 천주교가 설립한 사범학교로 1913년 폐쇄) · 개옥(攻玉 : 1899년 개신교가 설립) 학교에서 4년간 교사생활을 하였다. 또한 28세에는 중국에 가서 2년간 체류하였다. (오소파 「九世入學後作」 「爲明新女學校創立事入東京 戊申」 「抵廣島縣贈藝備新聞社」 「抵東京呈皇族夫人敎育會」)

소파 오효원의 시에는 조선, 일본, 만주, 중국을 포함하는 광범위한 공간을 배경으로 과거의 역사와 개화기 당대의 모습이 교차하였고, 민족적 자존의식이 나타난다. 그는 한문을 통해 교양을 쌓던 여성이면서 개화기 신지식을 받아들인 여성이다. 구문명과 신문명이 소용돌이치는 시기에, 전통에 기반하고 새것을 조화시킨 지식인이라 할 수 있다. 또한 이러한 여성에게서 '학교'라는 용어와 학교 설립을 찾을 수 있다는 의의가 있다. 그러나 우리나라 학교를 세우는데 우리나라에서 기금을 조성하지 못하고 일본에 갔으며, 이토 히로부미나 일본 황족들에게 기대었다는 점에서 친일의 논란을 벗어나기도 어려워 보인다. 지식인이 소용돌이에 빠진 당시 시대상이 참담하다.

> 나라풍속 언제부터
> 남자만 받들고 여자는 천대했나
> 천자문 한편을
> 아홉 살에 겨우 배우네
>
> 군 · 사 · 부 일체라고
> 책에서만 알았더니
> 스승님 우러러보니 무섭기가 장수같아
> 엄한 분부 받들고 잘못할까 두렵네
>
> 당년에 이름을 쓰고
> 돌아치며 오언시로 판을 치네
> 한 무리 동창들과 어울리니
> 날 보고 슬기롭다네
> 國俗自何時 重男不重女 一篇千字文 九歲學於序

一體君師父 書中乃得知 函筵嚴若帥 唯命敢無違
當年記姓名 旋占五言城 一隊同窓伴 謂吾慧寶明

　　　　　　　　　　　　－오소파 「아홉 살에 입학하고 九世入學後作」(1897)

여자학교 마음 두고 애써 오다가
학교 세워 명신이라 했네
유지책이 전혀 없어
동쪽 바다 건너는 사람 되었네

곧바로 동경으로 향해 가지만
마음처럼 일 되지 않네
여러 가지 생각하나 얻는 것 없이
유학하며 세월만 자꾸 흐르네

이등박문은
내게 동경에 가라 권하네
듣자니 휘호대회 있다며
소개장 친히 써서 멀리 보내네
留心女學界 設校號明新 全沒維持策 東爲渡海人
直向東京去 初心與事違 萬般思不獲 留學送多時
伊藤春畝公 勸我入東京 聞有揮毫會 親書遠寄名

　　　　　　　　　　－오소파 「명신여학교 창립의 일로 동경에 가다
　　　　　　　　　　爲明新女學校創立事入東京 戊申」(1908)

우리나라 교육은 어두워서
여자 깨지 못하였네
기금도 예산도 없이
학교 세워서 경영을 하네

멀리서 바다 건너 왔으니
공들이 찬성하여 도와주기를 바랍니다
서로 도와주는 형세가 되니
형제처럼 두텁고 화목 하네

원컨대 한번 도움을 받아

감히 자그마한 정성을 나타내고자

앞길이 트이어 성과 있으리라고

붓을 들어 굳은 맹서 하네

吾邦昧教育 女子未開明 基金無豫算 設校始經營

遠我今來渡 冀公好贊成 形勢依脣齒 湛和似弟兄

願蒙一助惠 敢露寸心誠 前頭發達效 擧筆指爲盟

─오소파 「광도현 예비신문사에 보내는 글

抵廣島縣贈藝備新聞社」(1908?)

동양에서 선진적으로 교육이 열렸고

부인학원 특히 높네

내가 바라는 일은 동정이 아니라

문명을 빌려서 적어오는 일

先進東洋教育開 婦人學院特崔嵬 不吾遐棄同情否 願借文明載筆來

─오소파 「동경의 황족부인교육회를 보고 지은 시

抵東京呈皇族夫人敎育會」(1908?)

5.3. 여성 간 위계의 형성과 소외

여성은 근대에 이르러 처음으로 학교라는 공적인 교육의 혜택을 받으면서 새로운 문물과 지식을 습득하고 사회로 진출하기 시작한다. 근대적 제도의 산물로서 지식과 문화를 교육하는 학교는 여성에게 지식의 기회를 제공함으로써, 남성과의 동등한 삶을 보장해주는 지표로 인식된다. 지식이라는 추상적인 실체가 학교라는 구체적인 장소로 인식되면서, 여성들은 학교를 통해 자아각성과 사회적인 활동 욕구를 성장시키고 있다. 여성들에게 학교는 사회로 진출하여 능력을 발휘할 수 있는 도약대라 할 수 있다. 이에 근대의 여성들은 지식의 집합체인 학교에 다니고 싶은 열망이 강하다. (「동뉴상봉가」, 남씨 부인 「싀골색씨 셜은타령」)

또한 학교에 다니는 여성인 '신여성', 또는 '여학생'이 출현하면서 학교는 여성들 사이에 사회적 위계의식을 형성시키는 동인이 된다. 규방가사의 작가들은 집안에서만 활동하는 전통적인 삶을 살아가는 여성들로서 구여성으로 호명되는 경우가 대부분이다. 이들 전통적인 여성들은 여학생의 출현으로 지식과 문화에 대한 소외의식을 느끼는가 하면, 여학생의 외모에 위화감을 갖기도 한다. (「신학식 못배운 여자탄」, 이사호 「생조감구가」)

새롭게 출현한 여학생, 즉 신여성에 대한 담론은, 1910년대부터 최근의 현대소설까지 비록 고른 분포는 아닐지라도 줄기차게 지속되고 있다. 이는 여성이 남성과 동등한 교육을 받고 사회로 진출하게 된 의미가 그만큼 중요하고 또한 문제적이었다는 점을 시사한다. 새로운 인류로 등장한 신여성에 대한 시선은 크게 두 가지로, 선망과 폄하라는 이중적 시각이었다. 신여성은 '새 시대의 유일한 선구자, 창작자'로서 숭배되고 찬미되었다. (나혜석 「경희」, 「어머니와 딸」) 신여성에 대한 찬미는 이 시기 나타났던 근대에 대한 열렬한 동경 및 추구와 흐름을 함께 하는 것이어서, 신여성에 대한 찬미는 곧 근대에 대한 찬미이기도 했다. 근대의 표상과 관련된 모든 것이 신여성의 표지로 인식되었으며, 근대적 의식뿐 아니라, 트레머리와 우산, 숄, 구두, 양장, 화장, 향수와 같은 의복이나 장신구 등도 신여성의 상징이 되었다. 현대소설은 신여성에 대한 매혹을 통해 근대에 대한 환상과 동경을 표출하고 신여성과 구여성의 대립 구도를 통해 근대의 모순을 담아낸다. (김명순 「탄실이와 주영이」, 박완서 「엄마의 말뚝 1」)

그러나 한편, 배움을 통해 자신의 존재와 가치를 깨닫게 된 여성에 대한 사회적 반감은, 신여성의 본질을 외적인 것에 대한 매혹으로 매도하면서 신여성을 내실이 아닌 외양만 추구하는 위선적인 인간으로 그려내기도 했다. 여성 작가들 역시 신여성의 파격적인 행보와 지나친 자의식을 무절제한 방종과 허위의식으로 비판했다. (강경애 「그 여자」, 「원고료 이백 원」, 박화성 「비탈」) 최근의 현대소설에서는 신여성 또는 구여성에 대한 타자화 양상을 여성 주체적 관점에서 내면 갈등적 서사로 풀어내거나, 과거 작품을 패러디하여 왜곡된 시선의 문제를 해명하고 있다. (정이현 「이십세기 모단걸 ─ 신 김연실전」)

근대 초 여성에게 학교는 미지의 공간이었다. 체계적인 공부와 학문을 하는 교육기관이라기보다는 전연 낯설고 새로운 미지의 세계로 학교를 이해했던 셈이다. 이 당시 신여성을 향한 선망과 비난의 이중적인 시선이 소설에서는 자주 드러났던 데 비해 현대시에는 교육받은 여성에 대한 계급적 의식이 드러나지는 않는다. '이국 정경'과 '이국 소녀'의 낭만성이 드러나기는 하지만 '신여성'에 대한 여성적 자의식을 드러낸 작품은 찾기 어렵다. (노천명 「교정(校庭)」) 다만 모윤숙과 노천명이 '학도병'이라는 표현을 빌려 전쟁과 충성을 촉구하는 시를 썼던 것을 볼 때 학교를 개인적인 교육공간으로서보다는 국가와 유사한 맥락의 공간으로 이해하고 있었음을 볼 수 있다.

신학시듸 녀학싱은 냥머리 곱기쌧고 밉시잇는 칙보달이 시간마촤 학교가셔 일어선어 지리손슐 치리치리 비온후의 녀중박수 학수되야 기명발달 하거니와 우리는 직조업셔 학식이 전혀업고 이셰월이 넛기나셔 흔번운동 못히보고 구식만 즉힌닥고 숙맥졀노 되깃고나

－「동뉴상봉가」(20세기 전반)

어서어서 셰월가셔 습연이란 셰월가면 우리집 졸업맛고 싸슨가졍 흐럿더니 늬가슴이 그리든쑴 아츰플이 이슬너고 쯧아니기 오월비숑 연화쏫의 이원일고 나도어려 남과가치 학교가여 배윗드면 이런변고 업슬거슬 후회흔들 슬곳잇나 볘플쎠는 지나갓더 어릴쎠는 지나갓더 쎡가고 님버리니 나의팔즈 어이할고 가런니 쎡흐도다 님을쎠나 어이가며 가라니 원통하다

－남씨 부인 「싀골색씨 설은타령」(20세기 전반)

소위신식 트리머리 몽당치마 긴다비 장강치고 쎗쪽구두 학교츌신 자랑하고 일어마듸 아는즈쳐 지육상식 유려한쳐 사리마다 전체형상 듯고도 히참한듸

－이사호 「생조감구가」(1930)

모든탄식 다버리고 시대에 뒤떠러져 신학문을 몰낫스니 생존경쟁 문화시를 내엇지 알앗을고 오늘날 국도형편 전공가셕 되엿구나 슬푸다 이세상아 구속과 압박으로 철망속에 헤매이는 불상한 구여성들 끗업시 슬픈사졍 광대한 청년남자 부지로 몰낫거든 녀느뉘가 이해할고 고통근심 허다폭해 화타편작 어데잇노 남녀게중동졍으로 현언만담 앵무언들 간졀히 위로한들 말귀에 동풍갓지 지나갈 그쑨이며 우이독경 분명하다 구고에 우로지택 어제와 다르시고 허다식구 만은동졍 한날갓치 흘너오다 나의게는 가소롭다 억만가지 세상일이 곡해만 자슈된다 탄식한들 무엇하며 슬허한들 소용잇나 배울째는 다지나고 어린째도 지나갓다

－「신학식 못배운 여자탄」(20세기 전반)

김 부인은 과연 알았다. 공부를 많이 할수록 존대를 받고 월급도 많이 받는 것을 알았다. //

그렇다. 괴로움이 지나면 낙이 있고 울음이 다하면 웃음이 오고하는 것이 금수와 다른 사람이다. 금수가 능치 못하는 생각을 하고 창조를 해내는 것이 사람이다. 사람이 번 쌀, 사람이 먹고 남은 밥찌꺼기를 바라고 있는 금수, 주면 좋다는 금수와 다른 사람은 제 힘으로 찾고 제 실력으로 얻는다. 이것은 조금도 모순이 없는 사람과 금수의 차별이다. 조금도 의심 없는 진리이다.

경희도 사람이다. 그 다음에는 여자다. 그럼 여자라는 것보다 먼저 사람이다. 또 조선 사회의 여자보다 먼저 우주 안 전 인류의 여성이다. 이철원 김 부인의 딸보다도 먼저 하나님의 딸이다. 여하튼 두말할 것 없이 사람의 형상이다. 그 형상은 잠깐 들씌운 가죽뿐 아니라 내장의 구조도 확실히 금수가 아니라 사람이다.

오냐, 사람이다. 사람으로 보이지 않는 험한 길을 찾지 않으면 누구더러 찾으라 하리! 산정에 올라서서 내려다보는 것도 사람이 할 것이다. 오냐, 이 팔은 무엇하자는 팔이고 이 다리는 어디 쓰자는 다리냐?

경희는 두 팔을 번쩍 들었다. 두 다리로 껑충 뛰었다.

—나혜석 「경희」(1918)

지금의 한마디 욕, 한치의 미움이 장차 내 영광이 되도록 내 모든 정력으로 배우고 생각해서 무엇보다도 듣기 싫은 '첩'이란 이름을 듣지 않을 정숙한 여자가 되어야 하겠다. 그러려면 나는 다른 집 처녀가 가지고 있는 정숙한 부인의 딸이란 팔자가 아니니 그 대신 공부만을 잘해서 그 결점을 감추지 않으면 안 되겠다.

—김명순 「탄실이와 주영이」(1924)

마리아의 폐병자의 초기 같은 그의 얼굴빛이며 짙게 그린 눈썹 아래로 깜빡이는 눈만은 살은 듯하고 그 나불거리는 입술만이 마리아의 전체에 대하여서는 너무나 부자연한 듯하였다. 따라서 그들의 머리에는 '공부한 신여성' 무엇을 안다는 여자는 다 저 모양이지 하는 생각만으로 뚜렷이 짙게 되었다.

—강경애 「그 여자」(1932)

"내가 현대여성이 아니고 무엇일까?"
하였다. 정은 고개를 끄덕이며
"그렇지요. 수옥 씨는 물론 현대식 여성입니다. 머리를 지지고 전대에 없는 손목 금시계를 차고 뾰족구두를 신고 양속 의복을 입고 얼굴이 현대식 미인이겠다 스타일이 만점이겠다 과연 울트라모던이지요."

정은 픽 웃으며 말을 끊었다. 수옥도 따라서 웃었으나 속으로는 일종의 모욕을 당한 듯이 분하기도 하였다.

"그러나 말입니다. 수옥 씨는 다만 1933년 식의 여성이었다, 뿐이지 현재 실사회가 요구하는 여성은 아니란 말입니다. 수옥 씨는 현실에 어둡습니다. 현실과는 너무나 동떨어진 자리와 생각에 묻혀 있습니다. 수옥 씨는 좁게 말하면 수옥 씨의 가정과 고향에 융화되지 못한 것이고 넓게 말하면 조선의 현실이 현재의 수옥 씨 같은 그런 여성을 요구하지 않는다는 말입니다. 그러니 수옥 씨가 어찌 현대여성 —즉 현 사회를 짊어진 한 사람— 사회생활의 개척과 성장을 맡을 한 분자인 그런 여성이 될 자격이 있겠소?"

—박화성 「비탈」(1933)

"너도 요새 소위 모던껄이라는 두리해능년이 되고 싶은 게구나. 아, 일류 문인으로서 그리해야 하는 게지. 허허 난 그런 일류 문인의 사내 될 자격은 못 가졌다. 머리를 지지고 볶고, 상판에 밀가루 칠을 하고, 금시계에 금강석 반지에 털외투를 입고, 입으로만 아! 무산자여 하고 부르짖는 그런 문인이 되고 싶단 말이지. 당장 나가라!"

—강경애 「원고료 이백 원」(1935)

"여자가 남편의 밥 먹으면 고만이지요."
"남편의 밥 먹다가 남편의 밥 못 먹게 되면 어쩌나요?"
"잘난 여자나 그렇지요."
"못난 여자가 그렇게 되면 어쩌나요?"
"그렇지 않을 데로 시집을 보내지요."
"누구는 처음부터 그렇게 시집을 간답니까?"
"여자가 더 배우면 무얼해요."
"더 배울수록 좋지요. 많이 아는 것 밖에 있나요." //
"어렵기야 어렵지만 잘만 하면 좋지. 영애는 독서를 많이 해서 문학을 하면 좋을 터이야. 사람은 개인으로 사는 동시에 사회적으로 사는 것이 사는 맛이 있으니까. 좋은 창작을 발표하여 사회적으로 한 사람이 된다면 더 기쁜 것이 없는 것이야."

—나혜석 「어머니와 딸」(1937)

엄마는 내 귓가에 소곤소곤 내가 서울 가서 앞으로 되어야 하는 신여성에 대해 이야기해 주기도 했다.

"신여성이 뭔데?"

"신여성은 서울만 산다고 되는 게 아니라 공부를 많이 해야 되는 거란다. 신여성이 되면 머리도 엄마처럼 이렇게 쪽을 찌는 대신 히사시까미로 빗어야 하고, 옷도 종아리가 나오는 까만 통치마를 입고 뾰족구두 신고 한도바꾸 들고 다닌단다." //

"신여성이란 공부를 많이 해서 이 세상의 이치에 대해 모르는 게 없고 마음먹은 건 뭐든지 마음대로 할 수 있는 여자란다."

잔뜩 기대하고 있던 나는 신여성의 겉모양을 그려 보았을 때보다도 더 크게 실망했다. 신여성이 그렇게 시시한 걸 하는 건 줄 처음 알았다. 그러나 그걸 안하겠다고 할 용기는 나지 않았다. 기차는 칙칙폭폭 무서운 속도로 서울을 향해 달리고 있었다. //

어머니가 세운 신여성이란 것의 기준이 되었던 너무 뒤떨어진 외양과 터무니없이 높은 이상과의 갈등, 점잖은 근거와 속된 허영과의 모순, 영원한 문밖 의식, 그건 아직도 나의 의식내용이었다.

－박완서 「엄마의 말뚝 1」(1980)

"으흠, 내 보기에 연실씨는 아직 멀었소. 애송이에 지나지 않는단 말이오. 그깟 술잔조차 서로 채워주지 못하면서 무슨 남녀평등이오? 진정한 문학가라면 사상과 행동이 일치해야 하는 것 아니오? 인텔리 여자들이란 그저…… 쯔쯔." //

길을 떠난 그녀가 그뒤 어떻게 되었는지는 확실하지 않습니다. 입산 수도 끝에 한국 고백체 소설의 효시가 되었다는 설, 유부남과 연애하다 사생아를 낳았다는 설, 결국엔 행려병자가 되어 동경 시립 정신병원에서 생을 마감했다는 설 등등 미확인된 가설들이 조선 천지에 분분하였으나 진실은 오직 하나, 그녀가 흔적 없이 사라졌다는 것뿐. 모든 걸 끊고, 모질게 끊고 먼 길을 떠났다는 것뿐이었습니다. 아무도 간 적 없는.

－정이현 「이십세기 모단걸－신 김연실전」(2002)

흰 양옥이 푸른 나무들 속에
진주처럼 빛나는 오후—
닥터 노엘의 조울리는 강의를 듣기보다 젊은 학생들은
건너편 포플러나무 위로 드높이 날리는 깃발 보기를 더 좋아했다

향수가 물이랑처럼 꿈틀거린다
퍼덕이는 깃발에 이국 정경이 아롱진다
지향 없는 곳을 마음은 더듬었다

낯선 거리에서 금발의 처녀를 만났다
깊숙이 들어간 정열적인 그 눈이
이국 소녀를 응시하면
'형제여!'
은근히 뜨거운 손을 내밀리라

푸른 포플러나무!
흰 양옥!
이국 깃발!
내 제복과 함께 잊히지 않는 정경(情景)이여……

— 노천명 「교정(校庭)」(1938)

5.4. 성장과 청춘의 골방 혹은 소외

학교는 여성에 대한 이데올로기를 생성하고 학습하는 곳인 동시에 교육과 지식을 통해 자의식을 갖추어 나가면서 주체적인 존재로 거듭나는 곳이다. 즉 학교는 여성에게 딜레마의 공간이라고 할 수 있는데, 왜곡된 여성상과 여성 개인의 자유 및 욕망을 동시에 가르치기 때문이다.

학교를 획일성, 폭력성, 전체주의 등의 문제적 테마로 다루는 관점은 남녀의 시각이 다르지 않다. 그러나 남성적 시각이, 학업과 출세의 상관관계를 함축하는 현실적이고 도구적인 관점으로 학교를 많이 거론하는 반면, 여성적 시각은 주로 학창시절이라는 기억을 소유하지 못한 것에 대한 아픔, 또는 학교라는 공동체로부터의 소외 문제에 관심을 갖는다. (신경숙『외딴방』, 윤성희「레고로 만든 집」) 학교를 지식이나 기회 획득의 장소라기보다는 추억과 정감의 장소로 바라보는 것이다. 이런 시각에서 볼 때 학교는 공적인 학습의 장이 아니라 내적 성장과 은밀한 소통의 장이 된다. 학교가 행하는 공적이고 전체주의적인 억압은 개인적인 가치에 대한 깨달음을 불러일으키고 내적인 성장의 발판을 제공하는 기제가 된다. (강신재「점액질」, 은희경「날씨와 생활」)

학교는 사회가 보편적으로 요구하는 여성상을 기획하고 훈련하는 곳이기도 하다. 현대소설의 여성인물은 자신의 육체가 불완전하고 수치스럽다는 경험적 인식을 학교에서 얻는다. (오정희 「불꽃놀이」, 전경린 「거울이 거울을 볼 때」, 신이현 「내가 가장 예뻤을 때」, 은희경 「누가 꽃피는 봄날 리기다소나무 숲에 덫을 놓았을까」, 정이현 「비밀과외」) 학교에서 무저항의 온순함과 수동적인 부끄러움을 학습하면서 자신이 몸이 지닌 낯선 교태를 안고 그것과 상충하며 분열된 상태로 살아간다. (전경린 「새는 언제나 그곳에 있다」) 여성인물의 저변 심리에 자리한 모순된 자기 인식과 일탈적 욕망은 학교가 부여한 왜곡된 여성성에 뿌리를 두고 있는 것으로 묘사된다.

현대시에서도 학교는 성장과 청춘의 시기에 거쳐야 할 관문이며 가장 예민한 시기에 구속과 성장이라는 양가성을 동시에 겪어내게 하는 제도적 공간이다. 학교가 처음에는 국가나 가부장적 집과 유사한 맥락으로 등장했다면, 점차 지식과 훈육을 매개로 한 억압적이고 획일적인 공간으로 되어간다. 가령 남성들에게 학교가 주로 군부와 폭력의 은유였던 데 비해 여성시에서는 국가, 가부장, 집, 학교 등이 유사한 맥락으로 여성을 구속하고 훈육한다. 학교에서 사춘기와 청춘을 겪어나가면서 여성들은 '욕'과 '소리 지르기' 등으로 자기 안에 억눌려 있는 골방과 소외를 견뎌내고, 미래의 자기 모습을 그리고, '교과서' 같은 학교 안에서 『호밀밭의 파수꾼』의 주인공이 지녔던 순수함과 불량스러움을 읽으면서 '종례시간'만 기다리면서 한 시기를 관통해나간다. (양정자 「배설」, 이진명 「학교 적 미술 시간에」, 김이듬 「합창합시다」, 신해욱 「호밀밭의 파수꾼」, 조민 「위험한 종례 시간」)

> 그러자 나도 학교에서 법석을 하고 다짐을 해대며 내일 꼭 무엇 무엇을 해 와야만 한다고 하던 일들이 대수롭지 않은 것으로 비쳐오기 시작했다. 사실이지 청소용의 걸레를 삼 센티와 이 점 오 센티의 마름모꼴로 누벼 꿰매 석 장 지참해야 한다든가, 학생의 승차 허용 구간이 변경되었으니 내일부터 광화문에서 전차를 내려 걸어야 한다든가, 신사 참배는 방과 후에 하기로 되었다든가 하는 일이 무슨 그리 인생의 중대사란 말인가.
> —강신재 「점액질」 (1966)

한편에는 여자 아이들 셋이 고개를 떨어뜨리고 서 있었다. 모두 치마 차림인 것으로 보아 체육복을 입고 오지 않아서 벌을 서는 게 분명했다. 계집애들은 줄창 피를 흘려. 사내아이들은 말했다. 체육시간에 불려나가 머리를 쥐어박히면서도 체육복으로 갈아입지 않거나 창백한 얼굴로 빈 교실을 지키는 계집애들은 일단 수상쩍게 보아야 한다고 했다. 그애들은 언제나 어깨를 오그려 가슴을 감싸쥐고 거북스러운 꼴로 뛰었다. 그래서 영조의 눈에는 흔들리는 가슴과 동그란 엉덩이만이 보였다.

— 오정희 「불꽃놀이」(1986)

그랬다. 내게도 여고시절이 있긴 있었는데 여고시절의 친구가 한 사람도 없는 나였다. 시시한 드라마에서라도 중년의 여인들이 여고동창모임에 가네 마네, 하면 나는 그들을 물끄러미 바라보았다. 지금도 누군가 고등학교 때 친구야, 하며 옆에 서 있는 사람을 소개시키면 멈칫해지고 그들을 다시 쳐다보게 되곤 했다.

서로 다른 친구를 사귀면 토라지고 나뭇잎 같은 거 말려서 그 뒷면에 그애의 이름을 써넣고, 자전거 하이킹도 가고, 밤새 편지를 써서 그애의 책갈피에 몰래 끼워놓고…… 내게는, 그리고 내게 전화를 걸어온 그녀들에겐, 그런 시절이 없었다. 토라질 틈도, 나뭇잎을 말릴 틈도 우리들 사이엔 없었다.

우리들 사이엔 봉제공장, 전자공장, 의류공장, 식품공장들의 생산부 라인이 존재했다.

— 신경숙 『외딴방』(1995)

내 이름은 이미나. My name is MINARI. 중학생이 되어 세 번째 영어 시간쯤이었을 것이다. 아직 서로 이름도 알 수 없었던 낯선 단발머리 여자애들은 까르르 웃어댔다. 그로부터 나는 미나리로 불린다. (중략) 남편은 여전히 나를 미나리라고 부른다. 그것은 여자에 대한 그의 취향인지도 모른다. 그가 미나리라고 부르면 나는 여전히 세 번째 영어 시간의 단발머리 중학생인 것처럼 느껴진다. 유순해지는 느낌이면서 동시에 너무 작은 스웨터를 껴입고 있는 것 같은 불편한 느낌……. //

아버지는 빨간 미제 구두를 신고 흰 레이스 드레스를 입은 나를 자전거 뒤에 싣고, 신작로를 지나고 철길 건널목을 지나 유치원에 입학시킨다.

— 전경린 「새는 언제나 그곳에 있다」(1996)

나는 그날 정오를 지나면서 밋밋하던 몸뚱이에 젖가슴이 달린 존재가 되어버린 것이었다. 나로선 젖가슴이 등에 붙건 앞에 붙건 마찬가지로 받아들일 수 없는 비극이었다. 이런 이물질을 달고 어떻게 남은 생애를 살아갈 수 있을 것인가. 삶이

전과 같지 않을 것이었다. 나는 타인들로부터 깊숙이 숨겨야 할 육체를 윗부분에
도 가진 것이었다. 그것은 피카소만큼 해체적인 것이다. 후에 피카소의 작업을
보았을 때, 나는 그날을 떠올렸다. 느닷없이 내게 젖가슴이 생겼던 삼월의 어느
일요일 정오를. 내가 서랍 속의 모든 옷을 상실했던 날. 그것은 내 생이 피카소적으
로 울었던 날이었다. 그러니까, 입체적으로…… 평화는 깨어졌다.

―전경린 「거울이 거울을 볼 때」(1998)

점심 시간이 되자 나는 학교 구내식당으로 향한다. 식당을 들어서자 뿌연 안개
가 앞을 막는다. 나는 서리 낀 안경을 닦으며 배낭을 멘 남학생 뒤에 줄을 선다.
키가 큰 그 학생이 움직일 때마다 배낭이 내 얼굴에 닿는다. 배낭에는 이 학교
로고가 찍혀 있다. 가만히 보니 그 앞에 서 있는 학생도 내 뒤에 서 있는 학생도
똑같은 배낭을 메고 있다. 색깔만 다를 뿐, 모두 같은 배낭을 메고 있다. 저, 이
가방 어디서 사요. 나는 앞에 서 있는 남학생에게 묻는다.

아무도 없는 빈 탁자로 가서 한가운데 앉는다. 한 쌍의 남녀가 내 쪽으로 와서는
탁자에 식판을 내려놓는다. 그들이 막 앉으려고 할 때 저편에서 누군가가 그들을
향해 손을 흔든다. 그들은 가방을 다시 메고는, 식판을 들고 자리를 옮긴다. 그들
이 간 후, 점심을 다 먹도록 아무도 내가 있는 탁자로 와서 앉지 않는다. //

학교 중앙에 위치한 도서관은 이 학교의 자랑거리이다. 이 도시는 물론 이 근방
다른 도시에서도 이처럼 큰 도서관을 가진 학교는 없다는 것이었다. 나는 도서관
으로 향하면서 뒷주머니를 만져본다. 딱딱하다. 도서관으로 들어갈 수 있는 유일
한 출입 카드. 나는 뒷주머니에 손을 넣고는 사각형의 학생증을 꺼낸다. 입구에
서 있는 직원이 유난히 나를 쳐다보는 것 같다. 나는 카드를 얼굴에 대고 두어
번 흔들며 그에게 웃음을 보인다. 카드는 무사 통과다. 잃어버린 학생이 아직 분실
신고를 안 한 것이다.

―윤성희 「레고로 만든 집」(1999)

교문을 나서는 아이들은 오늘 있었던 서약운동에 대해서 재잘댔다. 독실한 기독
교 신자인 교장 선생님은 왜 이 운동에 동참해야 하는지에 대해 긴 방송연설을
했다. 순결서약과 함께 우리들의 영적 부도를 막고 청소년 범죄도 예방하게 될
것이라고 했다. 우리의 육체를 순결하게 지킬 때 모든 죄악이 이 땅을 떠날 것이라
고 쉰 목소리로 연설을 마쳤을 때 여러 아이들이 감동받았다.

"요새 남자애들은 그냥 트럭 뒤에 같은 데 가서 그냥 해버려."

"여자는 사랑해야 하지만 남자는 영웅심으로 해."

"유치한 짐승들." //

승희는 퇴학당했고 나는 무기정학이었다. 차라리 승희가 부러웠다. 반성문을 쓰도록 정해진 도서실과 교무실을 들락거릴 때마다 보통 괴로운 것이 아니었다. 반성문 내러 다니다 돌아버려 살인이라도 저지를 것만 같았다.

―신이현 「내가 가장 예뻤을 때」(1999)

밥상 위에 제 숟가락 하나 놓지 않는 소라가 팬티만은 식모에게 내놓지 않고 손수 빨다거나 언제나 무릎을 꼭 붙이고 앉도록 신경을 쓴다든가 그걸로도 모자라서 집에 남자 손님들이 오면 그 앞에서 혹 행동이 흐트러져 속옷이라도 보이게 될까 봐 반드시 바지로 갈아입는다든가 하는 것은 소라 어머니의 신경질적인 교육 때문이기도 했다. (중략) 소라를 모든 면에서 유능하게 키우고 싶었던 소라의 부모가 어리광 같은 무책임한 소모적인 정서를 허락하지 않았다는 것이 소라가 불쾌한 희롱을 혼자 겪어내면서도 수선을 피우지 않은 한 가지 이유였다. 또 하나의 이유가 더 있었다면 그런 봉변은 아름다운 소녀에게만 생기는 일이었고 또 자신이 타인에게 성적 충동을 유발시키는 데 대해서 동의할 뿐만 아니라 이해도 할 수 있었기 때문이었다.

―은희경 「누가 꽃피는 봄날 리기다소나무 숲에 덫을 놓았을까」(2002)

가정 시간은 종종 성교육 시간으로 변했다.
멘스를 시작한 사람, 손 들어봐라.
노처녀 가정 선생님이 안경 너머 날카로운 눈빛을 반짝였지만 너는 손을 들지 않았다. 수업 시간에 굳이 손을 들어봐야 별 이로운 일이 없다는 걸 오래전에 간파했기 때문이다.
이제 너희는 아이를 가질 수 있는 몸이란다. 알겠니? 언제나 품행을 단정히 해야 한단 말이지. 남자와 단둘이 한 방에 있을 때는 반드시 방문을 조금 열어봐야 한다. 그러지 않으면, 그러지 않으면, 큰, 일이, 벌어질 수도 있단다. 흠흠.
그녀는 애꿎은 금테 안경을 괜히 한번 추켜올리고 나서 또 물었다.
자, 양심적으로 손 들어봐라. 브라자 안 한 사람?

―정이현 「비밀과외」(2004)

학교 뒷산에서 야외학습이 있던 날이었다. B는 혼자 도시락 먹을 장소를 찾다가 작은 오솔길 위에서 발을 멈췄다. 커다란 통나무 하나가 길을 가로막고 있었다. 지난 계절 태풍으로 부러진 뒤 그대로 방치돼 있던 나무줄기였다. 그러나 B에게는 길을 가로막고 있는 통나무가 마치 미지의 다른 세계와 지금의 세계를 나누는 경계처럼 보였다. 마침내 경계선과 마주치게 된 것이다. 소용돌이처럼 어지럽게 그 주변을 흐르는 신비하고 밀집된 기운까지 뚜렷이 감지할 수 있었다. 순간 등뒤가 서늘했다. 자신이 그것을 넘어서는 순간 이 곳과는 전혀 다른 세계로 접어들지 모른다고 생각하자 어떤 알 수 없는 존재들이 B를 둘러싸고 그 선택을 숨죽여 지켜보고 있는 것만 같았다.

긴장과 현기증을 이기지 못한 B는 갑자기 그 자리에 쓰러지듯 주저앉았다. 그리고 아이들의 전갈을 받은 인솔교사의 부축을 받아 가까스로 자신의 일상세계로 돌아올 수 있었다. 자애로운 『사랑의 학교』에서와 달리 B는 지정해준 자리를 이탈했다고 꾸중을 들었다.

— 은희경 「날씨와 생활」(2006)

평소 말 없고 얌전하여 오히려 걱정되던 우리 반 정숙이
어느날 우연히 나는 그 애 연습장 훔쳐보게 되었다
언니와 싸운 날
연습장 가득히 그 애는
온통 욕을 휘갈겨 썼다
개 년, 쌍 년, 똥 같은 년, 미친 년, 죽일 년, 망할 년, 여우 같은 년, 똥갈보 같은 년…… 썹할 년
나는 그것을 보고서 비로소 안심했다
그 애가 건전하게 잘 자라나고 있었으므로

— 양정자 「배설」(1990)

학교 적 미술 시간에
나는 욕심이 많았지요
그림 제목은 자유라 하니
더 욕심을 세웠지요
(중략)
그러니 벌레 먹은 나뭇잎 이전의 나, 모든 나는
누구보다도 맛있었다는 나뭇잎
누가 또 학교 적 미술 시간이 당도해
벌레 먹은 나뭇잎을 그리는 건 아닐까
신나하며 가슴 아파도 하며
미래의 자기의 어김없는 모습인 줄도 모르고

— 이진명 「학교 적 미술 시간에」(1994)

어제는 담배 오늘은 귀걸이 우리들은 허벅지에 테이프로 붙인 커닝 페이퍼 윤나는 머리털 이런 거 다 빼앗겼지만 아아아 고마워라 자 합창합시다 악보를 읽을 줄 몰라도 공식적으로 소리 지를 수 있다면 무슨 노래라도 부를 수 있었다 이즈음이면 방화가 잦던 산 아래 학교였고 나무를 좋아했지만 숲을 피해 다녔다 나는 있는 둥 마는 둥 한 아이였다 잃어버리거나 압수당할 물건도 없었다 강당에 다녀오니 빈 지갑이 없어졌고 그날 주번이 바뀌었다 (중략) 합창하세요 아아아아 선생이란 입만 벌렸나 소리를 내나 뚫어져라 쳐다보는 사람이었고 키 큰 학생과 구분하기 위해 붙인 이름이었고 부모와 견줄 만큼 이상한 사람들이었다 그들은 또 하느님처럼 절대 이해할 수 없었고 무조건 맞아요 하면 옳다고 대답했다

―김이듬 「합창합시다」(2007)

교과서를 읽으며
나는 감동에 젖는다

아픈 아이들이 아프지 않도록
혼자 죽은 나무들이 외롭지 않도록

정성껏 밑줄을 긋고
한쪽 눈으로 눈물을 흘린다

칠판에는 하얀 글자들이 가득하고
조금씩 움직인다

―신해욱 「호밀밭의 파수꾼」(2009)

키 큰 순서대로 앉아, 첫째 줄은 내빈용이야, 처음 부른 번호가 네 이름이야, 급식은 하고 가라, 급식비는 적분이 안 돼, 제발 진한 밑줄은 발로 밟지 마, 메모해, 메모, 내가 개밥이야, 왜 나만 보면 시계를 보는 거니, 마치는 종이야? 시작종이야? 여기가 처음이자 끝이군, 십 년이 백 년보다 더 질기고 지겨운 삶인 거 알아? 한꺼번에 몇 장을 넘긴다고 빨리 끝날 것 같니? 모든 것은 다 때가 있어, (중략) 한결같이 창가에 붙어서 졸고 있군 똑같은 앞머리 독같은 포즈군 여차하면 창 쪽으로 몸을 날릴 자세잖아, 좋아? 좋아? 나도 좋아, 넌 분필을 입에 물고 넌 사물함에 머리를 넣어, 정말 안전하고 위험한 종례 시간이군,

―조민 「위험한 종례 시간」(2010)

근대 초 신여성들의 욕망이 실현되기 쉽지 않았던 것처럼 시대를 거듭해 학교에서 교육받은 여성과 여성지식인들이 뚜렷하게 등장해도 이들의 지식과 비전이 실현되기는 쉽지 않았다.

학창시절에 겪은 통과의례적 성장통은 졸업 후에 또 다른 방식으로 경험된다. 사고로 혹은 이유 없이 사라지거나, 졸업 이후의 기억을 상실하고 학창시절의 기억만으로 살아가는 여성인물들은 사회 편입이 수월치 않은 여성적 입지를 드러낸다. (정이현 「빛의 제국」, 「위험한 독신녀」, 「삼풍백화점」.) 화려한 여자 상사를 역할 모델로 동경하며 아르바이트 사원으로 일하던 사회 초년생은 이유를 알 수 없는 죽임을 당하는데, 그녀가 동경했던 성공한 여자 상사 역시 그녀의 시신과 더불어 파탄에 이른다. (정이현 「트렁크」.) 대학에서 배운 도시 공학 관련 지식과 깨달음이 현실에서 적용되고 발휘될 수 없음에 좌절한 여대생은 자퇴를 한 채 자신이 세운 상상의 미니어처 도시에서 살아간다. (구경미 「Sweet Town」) 여성인물들이 처한 이러한 퇴행적이고 비극적인 상황은, 교육을 통해 여성이 얻은 주체적 깨달음이 아이러니하게도 그를 안정권 밖으로 내몰 수밖에 없음을 시사한다.

학교 다닐 때 뛰어났던 여학생들은 어느 사이 흔적도 없이 사라져 사회는 여전히 남성중심적인 궤도로 돌아가고 있으며, 교실과 현장은 배움과 실천으로 이어질 수 없을 뿐만 아니라 이제 학교라는 곳은 더 이상 낯설지도 신성하지도 않은 공간이 되었다. 이에 따라 8, 90년대 이후에는 여성의 자기 성찰뿐 아니라 사회 현실의 문제에 대해 깊은 관심과 실천적 정서를 지니고 '대학시절'을 겪은 여성시인의 시가 등장하게 된다. (문정희 「그 많던 여학생들은 어디로 갔는가」, 나희덕 「학교에 돌아오려는 제자에게」, 최영미 「나의 대학」, 신현림 「오백원대학생」, 진은영 「대학시절」)

> 그녀는 트렁크 덮개를 힘껏 들어올렸다.
> 그 안에 무언가가 있었다.
> 소녀는 동그랗게 몸을 만 채 옆으로 누워 있었다. 툭 어깨를 치면 금세라도 일어

나 차장님! 하고 그녀를 부를 것만 같았다. //

차장님, 차 진짜 좋아요. 소녀의 목소리가 너무 진지해서 조금 웃음이 났다. (중략) 차장님은 좋으시겠어요. 소녀의 한숨 소리는 음악에 묻혀 잘 들리지 않았다.
—정이현 「트렁크」(2003)

손님들이 오면 우리는 전부 강당에 집합해야 했죠. 그전에 일단 복장 검사를 받아야 했어요. 손톱은 아주 짧게, 때가 끼어 있어도 안 돼요. 교복 블라우스의 플랫칼라에는 티끌만 한 얼룩도 있어선 안 되고, 블라우스를 치마 밖으로 빼 입었다면 마이너스 십 점이죠. 재킷 단추에 새겨진 학교 로고가 뒤집혀 있으면 그것도 감점 대상이 되었는걸요. 한번은 어떤 애가 흰 커버양말 대신 맨발에 구두를 신고 강당에 왔다가 교도대원들한테 끌려 나갔어요. 다들 목졸린 생쥐처럼 눈만 내리깔고 있었죠. 그 당시 P시에서 싸움으로 짱 먹다 온 애였는데 그렇게 나가더니 다시 돌아오지 않았어요. 생활점수가 낙제였던 거죠. 좀 칠칠맞지 못해서 교도관한테 사사건건 죽어나던 애였거든요. C의 교도소로 갔다, 지리산 어디의 보호감호소로 갔다, 아니다, 이사장이 술집에 팔아버렸다, 애들 사이에서 별별 소문이 다 돌았지만 아직도 몰라요. 그 때 걔는 어디로 갔을까요. //

유희는 거기서 죽었고, 내 발로 거길 나왔지만 나는 거길 영원히 벗어나지 못한다는 거. 누가 더 안됐는지 잘 모르겠네요.
—정이현 「빛의 제국」(2004)

대학 졸업 앨범은 뿌얀 먼지를 뒤집어쓴 채 책꽂이 구석에 꽂혀 있었다. 채린은 도예과의 졸업생이었다. 입학 점수의 커트라인이 서울 시내에서 다섯 손가락 안에 드는 사립대학에 채린도 함께 합격했다는 사실을 알았을 때 나는 할 말을 잃었었다. 학교 이사장과 먼 친척이라는 둥, 스쿨버스 몇 대를 새로 뽑아주었다는 둥 그 아이의 부정 입학을 확신하는 소문이 여고 동창생들 사이를 들끓었다. 풍문을 아는지 모르는지 그녀는 누구보다 발랄한 걸음으로 캠퍼스를 활보했고, 동문회에도 빠지지 않고 참석하여 끝까지 자리를 지켰다. 학생식당이나 복도 등지에서 나와 마주칠 때면 유난히 반가워하며 어깨를 끌어안곤 했다. 나는 남의 눈에 가혹해 보이지 않을 정도로만 살짝 웃어주었다.
—정이현 「위험한 독신녀」(2004)

문득 정신을 차려보니 대학에서의 마지막 가을이 깊어가고 있었다. 이제 우리도 본격적으로 늙은 여자가 돼 가고 있구나. 친구 S가 한숨을 몰아쉬었다. 나는 아까부터 반짝거리는 S의 입술만 쳐다보고 있었다. 그녀가 바른 립스틱의 브랜드가 궁금했다. 취업과 남자 친구를 양손에 거머쥔 아이는 금메달감이지만 아무것도 이루지 못한 아이는 목매달감이라는군. 다른 친구 W가 <u>으스스한</u> 농담을 했다. W의 분류법에 의하면, 4학년 2학기가 시작되는 것과 동시에 굴지의 투자금융자회사에서 인턴사원으로 일하고 있는 데다, 국립대생 남자 친구를 가진 W 자신은 월계관을 쓴 금메달리스트였다. 밤이면 잠이 오지 않았다. 직업을 기입하는 곳에 망설임 없이 '학생'이라고 써온 세월이 이십년에 가까웠다. 고등학교를 졸업하면 대학생이 되거나 재수학원의 학생이 되는 방법 말고 다른 길이 있다고는 생각해보지 못했다. 대학 졸업도 다를 바 없었다.

—정이현 「삼풍백화점」(2005)

그녀는 대학 2학년 때 산업디자인에서 도시공학으로 전과를 했다. 많은 인간들이 여기서 저기로, 또 저기서 여기로 옮겨다닌다. 그러나 그녀의 전과 계기는 남달랐다. 같은 과 같은 학년에 난희라는 여자애가 있었다. 그 난희가 죽었다. 교통사고였다. 원인은 빗길에 안전운전을 하지 않은 운전자의 과실이었지만 운전자의 과실을 부추긴 것이 바로 지나치게 굽은 길이었다. 난희가 죽기 전까지 우리는 난희의 존재를 알지 못했다. 난희가 죽어서 우리는 난희를 알았고, 지나치게 굽은 길은 죽음을 유발할 수도 있다는 것을 깨달았다.

또 있다. 대학에 대한 환상 같은 건 처음부터 없었지만 학교 주변에 널린 판자촌을 보고서는 실망하지 않을 수 없었다. //

성냥개비로 도시를 만든단 말야? 학교도 있고 집도 있고 강도 있고 가로수도 있고 길도 있고 카페도 있어요. (중략) 학교 과제물이냐고 물었다. 주디는 휴학했어요, 하고 말한 뒤 한숨을 내쉬었다. 그러자 집 한 채가 무너졌고 강도 조금 범람해 길이 끊어졌다.

"저런!"

"괜찮아요. 다시 만들면 돼요. 성냥개비 도시니까."

—구경미 「Sweet Town」(2005)

그 많던 여학생들은 어디로 갔는가
학창 시절 공부도 잘하고 특별활동에도 뛰어나던 그녀
여학교도 졸업하고 대학 입시에도 무난히 합격했는데
지금은 어디로 갔는가
(중략)
그 많던 여학생들은 어디로 갔을까
저 높은 빌딩의 숲

국회의원도 장관도 의사도 교수도 사업가도 회사원도 되지 못하고
개밥에 도토리처럼 이리저리 밀쳐져서
아직도 생것으로 굴러다닐까
그 넓은 세상에 끼지 못하고
　　　　　　　　　－문정희 「그 많던 여학생들은 어디로 갔는가」(2001)

교실문을 여닫을 때마다
바람이 닫고 가는 문 뒤에 네가 서 있었다.
선생님, 저예요, 제가 왔어요.
저도 학교에 다시 다니고 싶어요,
또렷한 네 음성에 놀라
떨리는 손으로 수업을 시작하곤 했지.

한달간의 가출로
자퇴서를 쓰고 돌아섰던 너,
노동자들과 함께 보내던 날들이 그립다던
너에게 이제 편지를 쓴다.
(중략)
한번도 너의 등을 떠나보낸 적은 없었지만
저 넓은 들판과 거친 물결 속으로
어느 새 너의 떠나가는 모습이 보인다,
바람 한 점 없는 이 교실에서는.
　　　　　　　　　－나희덕 「학교에 돌아오려는 제자에게」(1991)

이제 어쩌면 말할 수 있을지 모릅니다

우리 떠난 뒤에 더 무성해진 초원에 대해
아니면, 끝날 줄 모르는 계단에 대해
우리 시야를 간단히 유린하던 새떼들에 대해

청유형 어미로 끝나는 동사들, 머뭇거리며 섞이던 목소리에 대해
여름이 끝날 때마다 짧아지는 머리칼, 예정된 사라짐에 대해
혼자만이 아는 배신, 한밤중 스탠드 주위에 엉기던 피냄새에 대해
　　　　　　　　　－최영미 「나의 대학」(1994)

대학 때 하루 생활비는 오백원이었다
오백원만 더
달라고 어머니께 애원한 오백원 인생
정신의 빈곤은 죽음이라 여긴 오백원 인생
(중략)
투쟁이란 말끝에 꽹과리처럼 울리는 ㅇ음을 사랑했네
희망의 돌덩이 같은 아침이슬을 부르며 함께 돌을 던지고
절망의 구역질을 하며 이렇게 살다 죽진 않으리라 다짐했네

— 신현림 「오백원대학생」(1996)

내 가슴엔
멜랑멜랑한 꼬리를 가진 우울한 염소가 한 마리
살고 있어
종일토록 종이들만 먹어치우곤
시시한 시들만 토해냈네
켜켜이 쏟아지는 햇빛 속을 단정한 몸짓으로 지나쳐
가는 아이들의 속도에 가끔 겁나기도 했지만
빈둥빈둥 노는 듯하던 빈센트 반 고흐를 생각하며
담담하게 담배만 피우던 시절

— 진은영 「대학시절」(2003)

6

외지

'외지'란 자기 사는 곳 밖의 공간을 의미한다. 이처럼 추상적인 공간을 지칭하기 때문에 외지는 그 자체의 공간성보다는 그 곳을 향한 과정, 즉 여로(旅路)에 초점이 있다. 따라서 옛날 사람들은 외지에서의 행위를 '관(觀)', '유(遊)', '여(旅)' 등으로 표현했는데 '관광(觀光)'이라는 어휘는 9세기 최치원의 『계원필경(桂苑筆耕)』에서 처음 등장하며 '과거를 보러가는 것'이라는 의미로 쓰이다가 15세기 후반에 이르러 지금과 같은 '여행 도중에 술 마시고 노래 부르며 지나는 곳마다 경치를 노래한 것'이라는 의미로 나타난다. '유(遊)'는 기원적으로 '여행, 관람, 악(樂)' 등의 의미로 쓰였음을 알 수 있으며, '자연과 유적을 즐거이 보며 느끼는 행위'로 나타난다. '여(旅)'는 보는 것(觀)에서 시작하여 목적의식 없이 집을 떠나 이동하는 행위로까지 의미가 확장되었으며, 다른 곳에서 장기간, 혹은 일시적으로 거주하는 행위를 의미했다.

이처럼 조선시대에 양반집 규수와 일반 여성의 외출은 비정상적인 것이었기 때문에 규방 여성들의 외지를 향한 외출은 금기사항이 될 수밖에 없었고, 외출할 때에도 사방이 막힌 옥교자를 타야만 가능한 일이었다. 여성이 쓴 대부분의 기행가사나 유산록(遊山錄)은 조선 후기 이후에 들어서야 드물게 나타난다. 따라서 당시 외출이 금지된 여성들에게 있어서 '여행'이란 고난 혹은 화를 피하여 떠나는 도망뿐이었고, 고전소설에서 여성이 여행을 떠나거나 외지로 떠나는 경우 외지는 귀양지, 혹은 도피처로 묘사된다. 규방에 갇힌 여성들은 상상 속 여행을 통해 정신적 해방을 꿈꾸기도 했다. 다만, 기녀는 사대부의 소실이 되어 부임지를 따라 다닌다든가 여행을 실천에 옮길 수 있었는데 이들에게 여행은 단지 산수 유람의 의미를 넘어서 규중을 벗어나 넓은 세상으로 나가 이름을 날리고 자아 성취를 하고자 하는 희망이었음을 고전문학 작품 속에서 표현하고 있다. 그러나 한편으로는 신분의 한계로 인한 뿌리 없는 삶에 대한 회한과 설움, 쓸쓸함 또한 표현하고 있다.

현대문학에서도 여성들이 외지로 여행하고 싶은 욕구는 현재 존재하는 시공으로부터의 탈출을 원하는 욕구와 동일시되며, 결국 자아를 탐색하고자 하는 목적의식적인 행위로 나타난다. 여성들은 낯선 외지로의 여행을 통해 자신의 상처 난 삶이 치유되기를 기대한다. 그리고 여행 도중에 만난 타자와 소통하기도 하고 타인의 지혜를 배우기도 하면서 스스로를 성찰하는 기회를 갖는다. 여성들은 이러한 과정을 통해 타인들 속에서 '나'를 재발견하고 자기 자신과의 화해에 이르게 된다. 결국 여행의 최종 목적지는 '나'라 할 수 있는 것이다. 한편, 여성들은 여행을 통해 고향을 떠나 떠돌며 뿌리 없는 삶을 살아가는 디아스포라의 삶을 경험함으로써 '이방인'이 되기도 한다. 이를 통해 여성들은 억압과 구속의 땅을 벗어나 궁극적인 가능성의 공간, 즉 외지에서 자유와 해방감을 느끼며 이방인으로서의 자신의 위치를 긍정적으로 인식한다.

6.1. 집 밖 공간으로 벗어남 ; 외출, 관광, 유람, 여행, 구경

외지의 의미　　　　　　　　‘외지’는 자기가 사는 곳 밖의 다른 고장, 나라
밖의 땅, 식민지를 본국(本國)에 상대하여 이르
는 말이다. 이는 고국, 고향과 반대되는 개념으로 문학 작품 속에서는 동경의
대상이 되기도 하고, 도피처가 되기도 한다. 그러므로 외지는 추상적인 공간을
지칭하는 경우가 많으며 외지가 갖는 공간성보다 그곳을 향한 과정, 즉 여로(旅
路)에 중심이 놓임을 알 수 있다. 이처럼 외지와 함께 표현되는 어휘로 ‘외출,
관광, 유람, 여행, 구경’ 등이 있다.

　‘외출’은 집이나 근무지 따위에서 벗어나 잠시 볼 일을 보러 밖으로 나가는
것을 의미한다. 산책(散策) 혹은 산보(散步)는 걷는 행위에 초점이 맞춰져 있어
서 걷기 위한 ‘밖’ 혹은 외지가 필요하며, 반드시 단시간, 단거리 개념을 지니는
‘집으로의 귀환’이 전제되어 있는 개념으로 ‘외출’과 긴밀한 상관성을 갖는다.
반면, ‘여행’은 일이나 유람을 목적으로 살고 있는 고장이나 집을 떠나 다른 고
장이나 외국 즉 외지로 먼 길을 떠나 이곳저곳을 두루 돌아보며 다니는 것을
의미하는 것으로 오늘날 여행을 의미하는 어휘로 관광, 유람, 여행, 구경 등이
있다. 관광, 유람, 여행 등은 현재 거의 같은 뜻으로 쓰이거나 때로는 혼용되고
있지만 처음에는 기본적으로 의미와 쓰임새가 달랐다.

　‘관광(觀光)’은 ‘觀國之光’에 그 어원을 두고 있으며 그 용례는 9세기 신라에서
발견되어 한일병합 때까지 확인된다. 관광은 당시 특수 계층의 언어로 제한적
으로 사용되다가 근대에 와서 보편화된 것으로 판단된다. 즉, 관광은 오늘날의
보편적 의미가 되기 전에는 선진국의 제도, 문물을 배우고 관찰하기 위한 것이
라는 의미로 사용되었으며 한국의 고문헌에는 나라 안의 기행을 관광이라고 한
사례는 없다.

　‘여행’은 『역경(易經)』, 『예기(禮記)』 등에서 사용된 이래로 그 의미가 거의 변
하지 않은 채로 지금까지 사용되고 있다. 여행은 관광보다는 포괄적인 의미를
지니며 관광과는 어원이 다른 것으로 해석된다. 관광은 ‘觀(보다)’에서 시작되었
지만 여행은 집을 떠나 ‘이동’하는 데서 시작되었다.

'유람(遊覽)'에서 '遊'는 역사도 깊지만 가장 많이 사용된 용어이다. '遊'의 의미는 문자 그대로 '놀다, 즐기다'로서 '유람'은 산천을 돌아다니며 구경하고 선조의 업적을 살피는 것이다. 이렇게 보면 순수관광, 즉 즐거움을 위한 여행은 바로 유람이라 할 수 있다.

'구경'은 순수 고유어로서 현대에서 '흥미를 가지고 보는 일'이라는 뜻을 가지지만, 그 어원을 한자어 '求景'에서 유래했을 가능성을 추정할 뿐이다. '遊'와 같은 의미로 우리나라 여행가사 중에는 여행이나 관광이란 말 대신에 구경이란 표현을 많이 쓰고 있다.

관(觀)

'관광(觀光)'이란 어휘는 최치원의 『계원필경(桂苑筆耕)』(886)에 최초로 등장한다. 여기에서 관광은 '上國의 禮樂刑政을 살피고 돌아와 왕에게 봉사하기 위한 것'으로 '과거(科擧) 혹은 과거를 보러가는 것'이라는 의미로 사용된다. 통일신라에 이어 고려시대까지는 관광이란 말이 과거(科擧)라는 의미로 사용된다. 그러나 조선시대에는 관광이 과거라는 뜻으로 사용된 예가 발견되지 않는다. 따라서 신라시대와 고려시대의 기록에서 발견되는 관광이란 용어가 오늘날의 관광과 같은 의미의 어원으로 사용되었을지는 확실치 않다.

성현의 『관광록(觀光錄)』은 1473년, 1475년, 1485년에 형 임(任)을 따라 북경(北京) 가는 길에 지은 기행시를 엮은 기록으로 현재 전해지지는 않지만 관광이란 용어가 등장한다. 관광이라는 용어를 '여행 도중에 술 마시고 노래 부르며 지나는 곳마다의 경치를 노래한 것'으로 사용한 최초의 문헌이라고 할 수 있는데, 이는 오늘날 관광의 의미와 매우 유사하게 나타난다. 박지원의 『열하일기(熱河日記)』(1780)에서 관광은 중국의 뛰어난 문물, 제도 등을 보고 배우는 한편 '승지명찰(勝地名刹)', 즉 명승지와 자연경관 등을 구경한다는 의미로 사용된다. 작자 미상의 『한양가(漢陽歌)』는 조선 말기 한양의 풍물과 태평을 노래한 가사로 대략 헌종 10년(1844년)에 발표된 것으로 추정한다. 여기에서 관광과 구경이란 말이 나오는데 이 둘은 혼용되어 '남녀노소가 급제 행렬을 구경한다, 한양에 관광 가자' 등으로 표현된다. 이를 통해 이 시대에는 관광과 구경이 거의 같은 의미로 사용된 것으로 보인다. 유길준의 『서유견문(西遊見聞)』(1895)은 당시 미국인의 관광을 자세히 설명하고 있으며 관광의 필요성을 역설하였다. 관광객이라는 뜻으로 '유객(遊客)'이라는 말을 쓰고 있다. 그러다가 20세기에 들어오면서 관광이란 말이 흔히 쓰이고 있음을 알 수 있다.

유(遊)

유객(遊客) 혹은 유람(遊覽)의 '遊'는 문자 그대로 관광 혹은 여행의 의미이다. 즉, '자연과 유적을 즐거이 보며 느끼는 사람 혹은 행위'를 의미한다. 『사기(史記)』(B.C. 91)에는 '遊'가 여행의 의미로 쓰이고, 『맹자(孟子)』에는 '遊'가 관람(觀覽) 혹은 '樂'의 의미로 쓰인다. 『시경(詩經)』에 '遊'는 즐거움을 향유하는 놀이 혹은 여행을 의미한다. 『삼국사기(三國史記)』(1145), 『삼국유사(三國遺事)』(1281) 등에서도 '遊'가 '즐기어 논다'는 뜻으로 사용되고 있다. 고려 고종 2년 『해동고승전(海東高僧傳)』(1215)에는 승려들이 불도를 닦기 위해 여러 지역이나 국가를 돌아다닌 사실을 모두 '遊'라고 표현하고 있다. 『고려사(高麗史)』(1396)에 '遊'의 의미를 '산천을 구경하는 것'으로 사용하며, 성현의 『용재총화(慵齋叢話)』(1525)에서도 오늘날의 관광과 같은 의미로 '遊'를 사용한다. 이와 같은 용례를 통해 '遊'는 관광이나 여행과 같은 의미로 쓰였음을 뒷받침한다.

여(旅)

여(旅) 혹은 여행(旅行)은 『역경(易經)』에 집을 떠나 이동하는 것을 모두 여행이라 하였다. 『예기(禮記)』에 여행이란 용어가 최초로 사용되는데 '이는 무리를 지어 함께 길을 가는 것', '집을 떠나 이동하는 것'을 의미한다. 이처럼 여행은 '觀', 즉 보는 것에서 시작하여 '旅', 즉 이동하는 행위로까지 확장되었으며, 더 나아가 목적의식 없이 집을 떠나 이동하면서 다른 곳에 일시 혹은 장기간 거주하는 행위를 가리킨다. 또한 '旅'의 주체가 한정되어 있지 않고 모든 사람이 될 수 있으며 꼭 돌아온다는 귀환성도 갖고 있지 않다. 지금은 '일이나 유람을 목적으로 살고 있는 고장이나 집을 떠나 다른 고장이나 외국으로 먼 길을 떠나는 일' 혹은 '집을 떠나 이곳저곳을 두루 돌아보며 다니는 일', 그리고 '자신이 바라는 목적을 찾아 길을 가듯이 함께 하는 일' 등을 가리킬 때 사용된다.

여성의 기행　　　　　　예부터 많은 시인, 문인, 지식인들은 명산대찰
　　　　　　　　　　　　　(名山大刹), 명승고적(名勝古蹟)이나, 어떤 특별
한 지역을 방문, 유람하면서 그들의 체험, 견문, 감흥을 시문으로 남겨서 소위
'기행시문(紀行詩文)'이라는 하나의 작품군을 성립시켰는데, 산행체험을 산문으
로 기록하려는 일련의 문학적 행위는 조선시대의 문화기조 전반과 일정한 관계
를 갖고 이루어졌다. 특별히 등산을 한 체험과 감회를 산문체로 기술하여 남겨
놓은 유산기(遺山記) 혹은 유산록(遺山綠)은 산행기록에 속하는 것인데, 고려 의
종(毅宗, 재위 1147~1170)때 문인인 임춘이 지은 『동행기(東行記)』는 우리나라 산
천 경관을 찾아 유람하고 지은 기행문으로서 현전 작품 중에서 가장 오래된 작
품으로 간주되고 있으며, '遊山記'라는 제목이 붙은 기행산문으로서 그 연대가
가장 오래된 작품은 1243년에 쓰여진 진정국사(眞靜國師)의 『유사불산기(遊四佛
山記)』를 들 수 있다. 그 뒤를 이어 지금까지 전해오고 있는 기행시문은 헤아리
기 어려울 만큼 많은 수량이 전해지고 있지만, 현존하는 여성 기행시문과 관련
된 자료는 몇몇 제한된 작품에 불과하다.

　『의유당관북유람일기(意幽堂關北遊覽日記)』, 『부여노정기(扶餘路程記)』, 『금행
일기(錦行日記)』, 『호남기행가(湖南紀行歌)』, 『이부인기행가사』, 『겨룡산유산녹』
등이 있고, 그밖에 연대 미상인 작품, 이씨부인의 『부인노정기』, 장씨부인의 『금
강산 유람기』 등이 있다. 『이부인기행가사』는 19세기에 창작된 것으로 추정되며
사대부가의 한 여성이 청주 덕천을 거쳐 충청도 공주와 은진, 전라도 여산과
장성을 지나 나중 시랑면 회진촌에 도착하기까지의 긴 여정을 노래하고 있다.
여성이 쓴 대부분의 기행가사 작품들이 여행이 자유롭게 허용된 근세 이후에
창작되었다는 사실을 감안한다면 19세기 작품이라는 점에서 의의가 있으며, 동
시대 창작된 사대부가 여인들에 의해 쓰여진 연안 이씨의 『부여노정기』와 은진
송씨의 『금행일기』에 비해 기행의 성격이 강하다고 할 수 있다.

　금강산을 비롯한 계룡산, 지리산, 청량산, 소백산, 묘향산, 삼각산, 천마산
등의 명산을 등정하고 체험을 기술한 유산록(遊山綠) 류의 작품들이 다수 포함
되어 있는데, 그 중에 계룡산의 절경과 산사의 습속, 규모를 여성적인 필체로
잘 표현하고 있으며 순수 국문으로 쓰여진 산문, 『겨룡산유산녹』(1903년에서
1906년 사이에 필사되었을 것으로 추정) 등이 있다. 국, 한문을 막론하고 현존하고
있는 여성의 유산록은 시대적 상황과 사회적 배경에 따른 여성활동의 제약으로

매우 희소한 형편인데, 이는 62살의 노부인이 계룡산 주변의 경관을 구경하고 3박 4일의 여정을 통해 얻은 경험, 지식, 견문, 느낌을 제재로 하여 진솔하고 생생하게 표현하고 있다.

『호남기행가』는 해남의 해남 윤씨 문중에 보존되었던 자료로 필사연대가 영조 38년으로 총 1,200여 구의 장편 여류기행가사에 속한다. 그 내용은 처음에 충청도 서천(舒川) 땅을 출발하여 금강을 건너고 다시 공주와 논산을 거쳐 은진(恩津)에서 일박한 후 전라도 곳곳을 경유하여 나주 땅을 지나 영암에 도달하는 긴 노정과 그들 지방의 특생, 풍물, 명산, 고적 등에 대한 견문과 소감을 상세하게 표현하고 있다.

또한 19세기 후반부터 20세기 초에 이르는 시기에 여성들은 대도시를 활보할 수 있게 되었다. 그러나 아직까지도 거리로 나선, 남성의 공적 영역에 접근한 여성들, 즉 신여성에 대한 편견은 여전했으나 남성의 전유물로 여겨졌던 해외로의 여행, 유학에 도전하는 여성이 생겨나기 시작했다. 1920년대 식민지 상황 하에서 여성의 열악한 지위를 극복하고 해외 경험을 한 여성의 수는 매우 드물었으나, 소수의 선택받은 이들은 당연히 신여성의 범주에 속했다. 이 시기의 신여성을 대표하는 나혜석이 1927년부터 1년 10개월 동안 구미를 여행할 수 있었던 것은 일본 외무성 관리로 근무했던 남편 덕분이었으며, 황애스더(黃愛施德)와 함께 미국 유학을 한 대표적인 인물로는 김마리아와 박인덕 등을 들 수 있는데 이들은 기독교 선교사의 도움을 받아 유학생 신분으로 미국에서 공부하였다. 한편 사회운동과 여성운동에서 활발한 활동을 펼쳤던 여류 사회주의자 허정숙이 미국을 비롯하여 유럽을 1년 남짓 여행할 수 있었던 것은 보성전문학교 교장이고 동아일보사의 중역이자 조선변호사협회 회장을 지냈던 아버지 허헌의 영향력이 있었기에 가능한 일이었다.

개화기 잡지 「삼천리」는 1930년대부터 1940년대 초반에 이르기까지 식민지 조선의 현재와 미래를 끊임없이 해외 정세 및 풍속에 비추어 보며 식민지 지식인과 예술가의 다양한 해외체험 양상을 충실히 기록하고 있었다. 「삼천리」에 실린 기행문 중 나혜석의 『구미 만유기』는 미국과 유럽을 여행하고 작은 식민지 조선 땅에서 벗어나 서구의 대도시 거리를 자유롭게 활보하며 느낀 기행문이다. 나혜석의 구미여행(1927~1929)은 당시 조선 사회로 볼 때 매우 파격적인 사건이라고 할 수 있다.

6.2. 금기와 선망의 대상

상류층 여성의 출행(出行)

조선시대 여성에게는 여행은커녕 외출도 쉽지 않은 일로 알려져 있지만, 사실 조선 전기 『조선왕조실록』에 의하면 여성들이 친정 나들이를 하기 위해 친족들과 모임을 갖기 위해 여러 가지 이유로 길을 나섰다는 기록이 있다. 즉, 여성들은 국가가 주최하는 행사인 외국 사신의 방문, 왕의 행차 시 길가에 나와 구경하기도 하고, 여성들끼리 모여 산이나 계곡, 온천 및 사찰을 두루 관람하기도 하였다고 한다. 이처럼 여성은 규방에 머물지 않고 규방의 문지방을 넘어 다녔다.

그러나 조선 후기로 갈수록 점차 여성에게 외출은 금기 사항이 되어 19세기 말 양반 여성들은 유람은 물론이고 거리 외출도 원하는 대로 하기 어렵게 된다. 이처럼 잠시 봄나들이를 즐기는 것도 쉽지 않은 터에 조선시대 양반 여성들이 장거리 여행을 즐긴다는 것은 거의 불가능한 일이었다. 양반가 여성들이 장거리를 여행하는 경우는 친정 나들이나 상 혹은 제사를 받들기 위한 경우로 한정되었다.

이것은 여성들이 조선시대의 유교적 가부장제 하에서 내외법에 묶여 가족 이외의 일이나 외부와의 접촉이 금지되는 생활을 강요받았기 때문인데, 『성종실록』에는 '부인은 형제를 볼 적에도 문지방을 넘지 않는 것이 예다'라고 하였고, 또한 '부인은 낮에 뜰에서 놀지 않고 까닭 없이 중문에 나오지 않는 것이니 이는 부도(婦道)를 삼가야 하기 때문이다'라고 명시된 것에서 잘 드러난다. 이를 통해 조선시대 여인들은 행동 범위가 밀폐된 공간인 규방으로 제한되어 갇힌 채 살아갔음을 알 수 있다.

여성을 계도하는 글 『내훈』에서, "행동할 때는 시부모가 앞에 있는 듯이 하고, 방안에서 쉬는 와중에서도 앞에 스승이 있는 것처럼 해야 한다. 보이지 않는 어두운 곳에서 게으르게 굴지 않고 보이는 밝은 곳에서는 교만하게 굴지 않아야 한다. 행동을 성실하게 하고 오래도록 지켜나가며, 보이거나 보이지 않는 곳에서나 한결같이 해야 한다."고 하는 지침은 조선시대 규방 여성에 대해서도 유교적 예법에 맞게 생활하도록 유도하고 그 질서를 내면화하기 위해 여러 조치들이 마련된 것임을 알 수 있다. 이 과정에서 여러 금지 조항이 만들어졌는데 그 핵심은 외출과 노출에 대한 규제에 있었음을 알 수 있다. 부녀가 자유롭게 돌아다니거나, 자신을 드러내거나, 사람들과 만나거나, 모여서 놀이를 하는 것을 막는 것이었다.

『조선왕조실록』을 보면 여성에 대한 규제 조항을 두고 조정에서 논란이 있었음을 알 수 있다. 예를 들어 사방에 막힌 것이 없는 들것과 같은 모양의 가마인 평교자를 탄 여성들은 지나는 길에 만나는 사람들과 풍경을 자유롭게 볼 수 있었는데, 이를 막기 위하여 조선 초기 규제 조항에는 3품 이상의 정실부인은 평교자를 탈 수 없도록 하는 내용이 포함되었다. 규방 여성에 대한 의심으로부터 비롯된 이 규제는 3품 이상의 정실부인들은 지붕이 있고 사방이 막힌 가마인 옥교자를 타도록 함으로써 바깥에 나와도 바깥 세계로부터 여성을 차단시키려 했다. 이는 『논어』의 "나갈 때는 반드시 얼굴을 가리고 만일 무엇을 엿보아야 할 경우에는 반드시 자신의 모습을 감추어야 한다"라고 한 것을 현실화한 규제였다.

일반 부녀자의 출행　　3품 이하 정실부인은 평교자를 타지 못하는 대신 말을 타도록 했다. 당시에 여성들이 말을 타는 일이 종종 있었으나 『세종실록』에서 "모든 부녀들은 특별 지시에 따라 가마를 탄 경우 외에는 대궐문에 말을 타고 출입하는 것을 일절 금한다", 그리고 "(사대부의 부인이)말을 달려 부딪쳐서 하류 계급의 부녀와 다름이 없으니, 참으로 옳지 못하다." 등의 기록은 사대부의 부인들의 말을 타는 행위가 그릇된 행동으로 여겨졌음을 알게 한다.

그러나 이러한 사실은 한편으로 하층 여인들은 일상적으로 말을 탔다는 사실과 사대부 부인들도 말을 타는 경우가 드물지 않았음을 나타낸다. 조선시대에 규방 여성은 거동이 자유롭지 못하고 사방이 막힌 옥교자 안에 갇혀 살도록 규제되었지만, 그런 규제의 내용에서 오히려 말을 타고 자유롭게 거리를 오가는 여성의 모습이 드러난다. 남성과의 접촉을 막기 위해 평교자를 타지 말라는 규제는 오히려 여성들이 걸어 다니거나 말을 타도록 함으로써 접촉의 여지를 더 넓히는 역설적인 것이 되었다.

그러나 평교자를 타지 말라고 하는 규제는 여성들로 하여금 점차 지붕 있는 가마가 없으면 수치스러워 하여 외출하지 않게 만들었고 이는 곧 필수품이 되었다. 중종 대에는 옥교자가 여성들의 권세 혹은 사치의 수단으로 인식되기에 이른다. 애초 여성의 노출이나 타인과의 접촉을 차단하기 위해 만든 이 규제는 오히려 여성들의 또 다른 욕망을 표출하는 도구가 되었고, 옥교자를 타도록 규제했던 남성들은 이의 자제를 요구하게 되었다.

근대 여성의 출행

1886년 여성 교육이 시작되고 1894년 갑오개혁을 겪으며 여성은 차츰 전통적 금기를 깨고 문 밖으로 나서기 시작했다. 여전히 여성의 낮 출입은 엄격히 제한을 받았기 때문에 상류층 여성은 옥교자를 타고서야 외출이 허락되었고 여성의 나들이는 주로 밤에만 허용되었다. 사대문을 닫는 종이 울리고 인적이 드문 저녁 시간에 하인과 함께 쓰개치마로 얼굴을 감춘 여성들이 거리로 나왔다. 이 시간은 남성들이 거리 통행을 삼가는 것이 당시의 풍속이었고 그 관행은 오랫동안 지속되었다. 20세기 초에 이르러 "허락 받은 기생을 제외하고는 야간에 할 일 없이 인력거를 타고 다니는 여성들을 단속한다" 등의 기사를 볼 때 여성의 출행에 사치스러운 가마를 금하면서 인력거가 그 역할을 대신하였음을 알 수 있으며, 저녁 시간의 여성 통행과 장옷착용을 금지한다는 1904년의 신문 기사는 20세기 초에 이르러 여성의 대낮통행이 조금씩 허용되었음을 짐작하게 한다.

1890년경 서울을 방문하였던 조지 길모어(George Gilmore)는 1892년 필라델피아에서 간행된 그의 저서에서 다음과 같이 서술하고 있다. "저녁에 울적하여 산보하고자 외출하려면 시내는 불이 없으니 燈이 필요하다. 밤거리를 지나노라면 어떤 그림자가 마치 밖에 나온 것이 큰 잘못이란 듯 대문 안으로 급히 뛰어들어가는 것을 볼 것이다. 또는 홀로 가는 부인네나 한패의 婦人들의 경우 그 중 한 사람이 등을 들고 얼굴을 안보이게 가리고 조용히 걸어가는 것을 보게 된다."

1894년부터 1897년까지 4번에 걸쳐 한국을 여행한 영국 여성인 비숍(I. Bishop)도 여성의 출입에 관한 언급을 했다. "여자가 집에만 있어야 한다는 계율은 결혼 후에도 계속되는데, 특히 상류층에서 중인층까지는 가능한 철저하게 지켜진다. 이 계층의 부녀자들은 완전히 밀폐된 가마를 타지 않는 한 대낮에 외출할 수가 없다. 밤이 되어서야 시중드는 하녀와 하인 한 명을 대동하고 쓰개치마로 얼굴을 가린 채 밖을 나갈 수 있고, 여자 친구의 집을 방문할 수 있다. 물론 남편의 허락 없이는 절대로 불가능하며, 남편들은 실제로 거기에 갔었다는 물증을 받아오라고 요구하기도 한다."

1902년에서 1903년까지 한국에 주재한 이태리 총영사 까를로 로제티(Carlo Rossetti)는 다음과 같이 서술하고 있다. "거리의 군중 사이에 여자들은 전혀 볼 수 없다.…(중략)… 세상의 어느 나라에도 한국에서처럼 여인들의 생활을 격리시키는 곳이 없다. 양반층 여인이건 중류층 여인이건 집 밖으로 나가는 일은 결코 없으며, 나가야 할 때에는 반드시 차단된 가마를 이용해야 했다. 길에서 볼 수 있는 몇 안 되는 여인들은 모두 사회적으로 최하층에 속하는 사람들이며 그들도 대체로 얼굴을 가리고 있다.…(중략)… 한편 가슴을 드러내놓고 거리를 활보하는 여인들은 모두 예외 없이 최하층 계급인 칠반(七般)에 속하는 사람들인데, 지금은 미국·영국 선교사들의 노력으로 거리에서 이들을 거의 볼 수 없게 되었다."

이러한 풍속은 열 살 정도의 어린 여아에도 예외는 아니어서 이화학당의 여의사 로제타 셔우드(R. Sherwood)는 진료를 돕던 학생 중 가마에 태워야 출입이 가능했던 김점동보다는 외출이 자유로운 일본인 오와까가 데리고 다니기에 더 편했다고 기술하고 있다. 1899년 봄 이화학당 학생들이 소풍 간 일을 당시로서는 놀라운 일이었기에 아래와 같이 『그리스도인 회보』에 기사화되고 있다. "녀학도들이 일년동안 공부하다가 봄빛을 따라 장의문 밖으로 화류 구경 같더라. 우리가 매우 치하하는 것은 녀학도의 화류는 500년 내 처음이라."

여성 개화와 외출　　여성에 대한 관습이 풀리기 시작한 것은 1894년 갑오개혁을 겪으면서부터였다. 1894년 갑오개혁을 단행한 정부는 당해 개국기원절 공적 행사에 정부의 칙임관(勅任官) 이상의 관리들을 부부 동반으로 참석하게 하고, 이후 정부가 주최하는 행사에 부부 동반 참석을 관례화함으로써 여성의 외출에 새로운 양식이 마련되었다. 1895년 5월 14일 궁에서 열린 원유회(園遊會)에도 1,000명에 이르는 각국 공사, 영사 및 고문과, 교사, 상업 종사자 등이 초청하여 여러 곳에 음식상을 차리고, 신을 신은 채 서서 음식을 먹는 서양식 잔치를 열었다고 한다. 이러한 풍속은 당시 개화한 인사들로 하여금 자연스레 부부동반으로 모임을 갖게 하였고, 주요 사회 인사들을 중심으로 동부인(同夫人) 모임이 만들어졌다.

이러한 의식의 변화는 황제와 황후의 거동이나 황후의 역할에 있어서도 변화를 가져왔다. 종래 왕과 왕후는 각각 전용 가마 연(輦)을 타고 거동했는데 1907년 순종이 창덕궁으로 옮길 때는 황제 내외가 같은 마차를 타고 신하들도 동부인하여 뒤따라갔다고 전한다. 또한 1907년 황후 윤씨가 남성인 원로대신과 직접 대면한 일은 역사상 최초의 사건이라 할 수 있으며, 순종과 함께 여러 공식행사에 적극적으로 활동한 기록들은 이전의 왕후들의 비하여 행동의 범위가 매우 넓어졌음을 알 수 있다. 황실로부터 시작된 여성 역할의 변화는 이하영, 이범진, 김필희, 민영찬 등과 같은 외교관이 부임한 뒤 부인을 대동한 활동을 펼치며 외교관 부인이 외교상의 일익을 담당한 사실에도 나타난다.

상류 계층 여성의 활동 영역의 확대 현상은 일반 여성에게도 일어났다. 1898년 10월에 있었던 찬양회에서는 궐 앞에서 여성을 위한 학교 설립을 촉구하는 상소를 올렸고, 만민공동회에서는 몇몇 여성들이 쓰개치마를 벗은 채 참여하였다. 1905년부터 1910년까지 여러 여성단체가 결성되면서 여성의 활동과 사회참여는 더욱 왕성해졌으며, 위에서부터 시작된 여성개화는 폐쇄되고 침체되었던 조선사회가 점차 개화의 활기를 띠기 시작한 사회적 토대와 더불어 함께하였다. 여성은 규방이라는 공간으로부터 밖으로 나옴으로써 적극적인 사회참여를 하게 되었고, 대표적인 신여성으로 나혜석, 박에스더, 김마리아, 박인덕, 허정숙 등을 들 수 있다. 이들은 식민지 도시 여성으로 여성의 지위가 열악했던 당시 해외 유학 혹은 여행을 통해 근대문물과 의식을 적극적으로 수용하고 이를 조선에 전파함으로써 당시 조선 여성의 개화에 큰 역할을 하였다.

6.3. 피화(避禍)와 유배의 공간

고전소설에서 선한 아내는 자주 고난을 당한다. 그래서 집에서는 더 이상 살 수 없게 되는 경우, 화를 피하여 여행을 떠나거나 밤에 도망을 한다. 오랜 시간을 떠돌면서 액(厄)이 다하기를 기다려야 하기도 하고, 도술을 쓸 수 있어서 친정아버지가 계시는 금강산까지 한 걸음에 갈 수 있기도 하다. (「사씨남정기」, 「홍계월전」, 「박씨전」) 한편, 국문 장편소설에서는 여성들이 여행하는 곳으로 '강정', '옥누항' 등의 지명이 종종 등장한다. 이곳들이 구체적인 지명인지 확인되지는 않지만, 여러 소설들에서 동일한 명칭이 제시되고 있으며 별장 같은 곳이다. (「소현성록」, 「명주보월빙」) 한편 17세기 후반의 국문 장편소설에는 여성들의 생활과 생각을 비교적 사실적으로 묘사한 부분들이 많이 있지만 열(烈) 이데올로기를 강하게 주입하는 대목도 있다. 남편이 역적모의를 한 죄로 죽임을 당한 후에 멀리 유배되는 벌을 받아 떠나는 딸을 두고 어머니는 절개를 잃지 말라는 당부를 강조하며 열녀들의 전기(傳記)를 건네준다. (「소현성록」) 하지만 18세기에 오면 딸이 유배가게 되자 오빠를 동행시키는 등 친정의 보호 아래 귀양길에 오르게 한다. (「조씨삼대록」) 즉 조선시대의 여성에게 외지는 한가롭고 즐거운 여행의 장소가 아니라 어쩔 수 없이 가게 되는 귀양지나 도피처이기만 했다.

쇼시 왈 이를 일으미 안이라 셔찰이 거줏 거시오 그듸 이에 오릭 잇스미 두렵고 ㅎ믈며 현뷔 칠 년 직익이 잇시니 당당이 남녀으로 멀니 피홀지라 후회치 말고 급히 이곳을 써나 남방으로 향ㅎ라 〈씨 읍듸왈 혈혈흔 녀직 엇지 칠 년을 유리ㅎ리잇고 견두길흉을 알고즈 ㅎᄂ이다

— 「사씨남정기」(17세기)

춘랑이 바삐 들어와 부인더러 왈 지금 도적이 잠에 깊이 들었으니 바삐 서문을 열고 도망하사이다 즉시 수건에 밥을 싸 가지고 부인과 양윤을 다리고 이날 밤에 도망하여 서으로 향하여 갈새 정신이 아득하야 촌보를 가기가 어려운지라

— 「홍계월전」(미상)

일일은 박씨 샹공게 엿ᄌ오되 미부 츌가ㅎ온 지 삼년이라 친가소식을 듯지 못ㅎ엿스오니 줌간 단여오물 쳥ㅎᄂ이다 샹공 왈 네 말이 당연ㅎ나 금강샨이 길이 머니 녀ᄌ 힝식이 쳡쳡 흠노의 극히 어렵도다 박씨 왈 힝쟝 츠릴 것도 업습고 이틀 말미만 쥬옵시면 단여오리다 승상이 고이히 여기나 그 신긔흔 일이 스람이 본밧기 어려온지라 허락ㅎ여 부듸 슈이 오믈 당부흔듸 박씨 이튼날 계명 후 승샹 젼의 하직ㅎ고 문 박게 나셔 두어 거름의 간 곳을 모를너라

— 「박씨전」(17세기)

쇼졔 심니의 더러이 넉여 되답도 아니ᄒ고 빙폐 오기 젼의 써나려 ᄒ여 가마니 노듀의 일습 남의를 일워 건복을 개착ᄒ고 시야의 흔댱 셔간을 일워 졍되 가온되 너ᄒ미 반야 삼경의 벽난의 손을 닛그러 뒤 쟝원을 인ᄒ여 운졔를 빗기 셰오고 급급히 넘어가니 쇼져ᄂ 싱셰지후의 대로상을 쳐음으로 밟으니 강졍도 ᄎᄌ갈 길히 업ᄉ되 벽난이 쇼져를 닛글고 순나군을 츼여 힘ᄒ여 남문의 다드라 효괴 동ᄒ고 성문을 여ᄂ디라 (중략) 이공지 즉시 벽셔당이란 곳의 쇼져를 잇게 흘식 노복과 비ᄌ등다려 니르기를 냥공ᄌ의 친위러니 강졍이 고요타 ᄒ여 유흑ᄒ련다 ᄒ니 벽난이 냑간 보비와 은냥을 가져와시므로 냥찬의 갑슬 넉넉이 주니 강졍 비복이 곡졀을 모르고 냥찬의 갑시 풍죡ᄒ여 칠팔일 머므ᄂ 거시 타인의 슈년 냥지 되믈 더욱 깃거 되졉ᄒ믈 공ᄌ와 ᄀ치ᄒ고 냥공지 엄히 분부ᄒ여 벽셔당의 손이 이시믈 옥누향의 젼치 말나 ᄒ고 ᄒ로 두 쩌 문을 여러 식반을 드린 밧 쥬렴을 ᄒ 번 것ᄂ 일이 업고 문을 ᄌ로 여ᄂ 일이 업스니 완연이 빈 집 모양이오 원간 벽셔졍이 깁고 그윽ᄒ여 강졍의 ᄯ ᄒ 집 ᄀᄐ니 사름의 ᄌ최 업ᄂ디라.

　　　　　　　　　　　　　　　　　　　　　　　　　　　　　　―「명주보월빙」(19세기)

한님이 옥 ᄀᄐ 안식을 편히 ᄒ고 셩안을 금아 흐ᄀᆯ ᄀᄐ 말솜이 위국튱의며 격심튱효를 닐너 ᄆ춤내 무복디 아니코 댱하의 죽으니 년이 십칠이라 한님이 복튀 ᄒ미 업스매 쳐ᄌ를 면ᄉᄒ야 셔쥬 ᄯᆞ히 안티ᄒ니 교영이 쟝ᄎ 구가삼족이 멸ᄒ되 져ᄂ 한님의 견고ᄒ기로 일명이 사라 셔쥬 뎡비ᄒ니 만일 결단이 이실단대 슬하의 ᄒ ᄌ식이 업고 외로온 약질이 타향만니의 표령ᄒ니 엇디 가히 투싱ᄒ리오마ᄂ 심긔 브드러온디라 초로 ᄀᄐ 잔명이 구ᄐᆞ야 사라 셔쥬로 향ᄒ올식 님힝의 ᄌ운산의 니ᄅ러 하딕을 고ᄒ니

　　　　　　　　　　　　　　　　　　　　　　　　　　　　　　―「소현성록」(17세기)

조쇼졔 거거로 더브러 쟝ᄉ로 향ᄒ올식 도로의셔 됴셩이 쳐량ᄒ고 구슬 슈플과 옥산이 쳥졀ᄒᆫ대 한풍이 사름의 살을 ᄉᄆᆺ치니 힘노 늙은 쟈도 어렵거든 ᄒ믈며 옥누쥬란의 나의를 무거워ᄒ고 진미를 염에ᄒ던 쳔금미질이 괴로오며 셜우믈 이 그리오마ᄂ 쟉인이 츌어범류ᄒ여 텬디로 도량을 ᄒ고 하히로 깁히믈 ᄒ매 츈양으로 마음을 숨으니 도로혀 타연무ᄉᄒ여 ᄌ약안샹ᄒᆫ지라 음식을 당ᄒᄆᆫ 힘뼈 먹고 취우믈 둣거이 입어 몸을 ᄌ보ᄒ여 비안쳑용을 나ᄐ내지 아니니

　　　　　　　　　　　　　　　　　　　　　　　　　　　　　　―「조씨삼대록」(18세기)

6.4. 자아 찾기, 화해의 여로

여성들에게 길 떠남 혹은 외지로의 여행은 지금 이곳을 벗어나려는 탈주의 의지에서 시작된다. 관습적이고 비주체적인 역할에 묶인 삶에서 여성들은 자기만의 공간에 대한 그리움으로 외출 혹은 가출을 통해 자신의 존재를 체감하려는 열망을 갖는다. 상상 혹은 실제의 외출과 여행들은 억압적인 삶과 자신을 가둬온 공간에 대한 저항인 동시에 지금 놓여있는 시공으로부터의 탈출이며 자기 공간의 부재에서 비롯된 배회이다. 따라서 여성들의 자발적인 길 떠남은 자아를 탐색해가는 대표적인 행위항이라고 할 수 있으며 정신적 해방과 자아 찾기의 의식을 뚜렷이 드러내 보이는 행동 노선이라고 할 수 있다.

전통적으로 여성들은 집 안에서 살았고 집 밖으로 나가기 힘들었다. 특히 사대부계층 여성에게 실제 여행은 남편이나 아들의 부임지에 배종하는 특별한 경우가 아니면 불가능했다. 또한 지방으로 가는 남성들이 모두 부인을 데려가지도 않았다. 더구나 산수유람이란 것은 생각하기조차 어려운 일이었다. 이에 규방 속에 갇힌 여성들은 꿈속이나 산수화(山水畵) 속 여행이라는 상상 속 여행을 통해 정신적 해방을 꿈꾸기도 하였다. 이 여행이 이루어지는 공간은 금강산 등 실제 명승지이기도 하지만 그곳에서 주로 신선(神仙)이나 옥녀(玉女)를 만난다. 닫힌 공간에서 벗어나고자 신선세계를 그리워한 것이니 상상을 통해 정신적으로나마 해방을 꿈꾼 것이다. (신부용당「夢遊金剛山」)

산수 유람을 꿈꾸거나 꿈에서 그치지 않고 실천한 여성들이 있었다. 그런데 이는 사대부 가문의 여성이나 양민의 여성보다는 주로 신분적 열세에 있던 여성들에게서 나타난다는 특징을 지닌다. 그들의 주장은 다음과 같다. 사람들이 산수에 노니는 것은 낙백하고 우울한 마음을 펴기 위함이었고, 실제로 산수에 노닐어 산하의 광대함을 본다면 국량도 넓어지고 이치에 통달할 수 있다. 그런데 예로부터 뛰어난 여자도 있으나 대부분 규중에 살아 총명과 식견을 넓힐 수가 없었다. 이에 산수 유람을 동경한다는 것이다. 이는 여행이 단지 여행이 아니라 규중을 벗어나 넓은 세상으로 나가고 싶은 마음, 이름을 날리고 싶은 마음, 자아 성취를 하고 싶은 희망의 한 수단이었음을 알게 한다. 이들은 막힌 현실을 타개하고 싶었고 그 수단으로 여행을 실천에 옮겼던 것이다. 그러나 여행을 통해 '자아찾기'를 이루었다 하더라도 돌아온 현실은 여전했다. 그들의 앞에는 기녀(妓女) 혹은 소실(小室)이 되어야하는 신분의 벽이 엄연히 존재하고 있었다. (김금원 「湖東西洛記 序」)

또한 기녀가 된 후 이들은 자신의 의지와는 달리 고향을 떠나 나그네의 삶을 살아야하는 경우가 많았다. 또한 기녀는 사대부의 소실이 되어 그 부임지를 따라 가서 살기도 하였다. 이에 정서적으로 뿌리 없는 삶을 영위했다. 이들의 시에서는 고향을 떠나 타향살이를 하는 쓸쓸함, 나그네 설움, 뿌리 없는 삶에 대한 회한이 드러난다. 관리들을 따라 그들의 유람지에 따라 가거나, 관기로 이리저리 옮겨 다니며 사는 생이 부평초(浮萍草)같은 삶, 뜬 인생이었던 것이다. 그러므로 여행은 자아찾기를 가능하게 하는 것이면서 동시에 뜬 인생을 확인시켜 주는 것이기도 했다. (태일 「四絕亭遇諸學士席上口吟」, 김운초 「途中有懷」, 김금원 「奎堂學士承恩除龍灣伯赴任到所串館」)

기녀들의 부평초 같은 삶을 다른 측면에서 보았을 때, 사대부가의 여인이나 일반 양민의 여인들과 달리 여행을 할 수 있었다는 점을 긍정적으로 볼 수도 있다. 기녀들은 명승고적을 유람할 수 있었고, 이를 통해 경치 자체를 즐기는 시를 남길 수 있었던 것이다.

현대소설에서 출가(出家)에 대한 여성들의 욕망과 충동은 일차적으로 자신을 둘러싼 가부장적 현실에 대한 자각에서부터 시작된다. 즉 자신을 속박하는 불평등한 질서와 제도적 불합리성, 폭력적이고 자기중심적인 남편의 존재 등 가부장적 현실과의 직간접적인 대면은 여성인물이 자신의 일상 공간을 벗어나는 데 우연적이고 필연적인 계기를 제공한다. 특히 신여성에게 가출은 자신을 옭아매던 모든 구습과 권위에의 항거라는 적극적인 의미를 지니고 있다. 이것은 유학의 형태로 드러나기도 하고 사랑의 도피라는 양상으로 드러나기도 하지만 모두 자신의 운명을 스스로 결정짓겠다는 의지의 표현이라 할 수 있다. 다시 말해 여성에게 떠남은 그 자체로 남성 중심적 질서에 대한 부정과 도전이라는 의미를 지니며, 나아가 자기 삶에 대한 강렬한 변화 욕구와 열린 세상을 향한 능동적인 행위라 할 수 있다. 이런 의미에서 여성에게 떠남의 여정은 일종의 '통과의례'적 속성을 지닌다. (백신애 「혼명에서」, 최정희 「지맥」, 이선희 「탕자(蕩子)」, 「계산서」)

또한 여행은 여성들이 생활의 속박과 일상의 견고한 테두리를 벗어나 낯선 시공간에 자신을 맡기는 행위이다. 여성들은 여행자의 시선으로 다른 삶을 기웃거리기도 하고 길 위에서 낯선 만남을 경험하며 해방감을 느낀다. 이런 가운데 여성들은 다른 여성과 동류의식 혹은 자매애를 경험하기도 하고 길 위의 연애에 매혹되기도 한다. 생의 무의미를 견디지 못하고 떠난 충동적인 여행일지라도 그 과정에서 타자와 소통하고 타인의 지혜를 학습하는 낯선 경험을 하는 것이다. (박화성 「해변소묘」, 한말숙 「여수」, 박경리 『파시』, 양귀자 「숨은꽃」, 신경숙 「깊은 숨을 쉴 때마다」, 「부석사」, 한강 『여수의 사랑』, 김인숙 「풍경」)

현대시에서 지금 이곳을 떠나고 싶은 욕망은 범람하는 물의 상상력으로 넘쳐 흐르지만 이 도전과 모색이 늘 성공하지는 않는다. 문 앞에서 발목을 붙잡히고 가슴에 칼을 품고 가출해도 고작 물세례를 받기도 하며, 여행하는 도중에 자동차가 망가지고 호텔방에 앉아도 오히려 더 망연해지기도 한다. 그럼에도 불구하고 이 여행은 자신의 '진정한 빈방'을 찾으려는 것이 목적이었기 때문에 그 목적을 성취한 것이라 할 수 있다. 자발적으로 집을 떠나 낯선 곳에서 여성은 또 다른 자아와 직면하면서 자기 자신과 비로소 화해하는 여로를 찾게 되기도 한다. (강은교 「창의 이쪽」, 김정란 「탈출」, 김혜순 「순장」, 황인숙 「나는 고양이로 태어나리라」, 「파두」, 문정희 「여행 가방」, 김행숙 「여행에 필요한 것들」)

따라서 이 같은 길 떠남의 최종 목적지는 '나'라고 할 수 있다. 여성들은 길 위에서 무의식의 심연에 가두어버린 옛 기억을 추체험하는 고통스러운 과정을 통해 사장되었던 자아를 되찾거나 진짜 '나'를 재발견하고 때로는 타인들의 모습에서 내 안에 숨어있는 또 하나의 자아를 발견한다. 그리고 이를 통해 자아는 세계를 향해 확장되고 성장한다. 자발적인 가출의 여로는 발견과 해결의 여로이기도 한 것이다. (김채원 「산중기」, 전경린 「염소를 모는 여자」, 「고통」, 『유리로 만든 배를 타고 낯선 바다를 떠도네』, 『내게 꼭 하루뿐일 특별한 날』)

그런데 이처럼 목적지 없이 떠난 여성들의 외출이나 여행은 상처를 회복할 수 있는 계기를 만나면서 귀환 혹은 귀가로 귀결되는 경우가 많다. 처음부터 영원한 여행자로 길에 머무르기를 원한 것이 아니었던 만큼, 여성인물들의 여행은 자신의 내부에 있는 본질이 변화하거나 변이가 새롭게 발현되는 순간을 만끽함으로써 최종적인 의미에 도달하게 된다. 더군다나 여행이 현실의 덫을 피해 다니는 도피의 여정이 될 때 그것은 단지 현재를 연기하고 지연시킬 뿐 영원한 탈출과 해방이 아님을 알게 된다. 그래서 여성들은 집으로 돌아오는 길에서 안도감을 느끼기도 한다. (김승희 「산타페로 가는 사람」, 권지예 「꿈꾸는 마리 오네뜨」, 박완서 「석양에 등을 지고 그림자를 밟다」)

이처럼 출가-여로-귀가의 여정은 남성중심적 질서와 권위 속에서 훼손되었던 자아를 찾고 위기상황에 응전하고자 하는 여성들의 정체성 탐색의 여정이라 할 있다. 그래서 집으로 향하는 여성들의 귀로에는 상처를 준 과거와의 화해, 생에 대한 긍정이 함축되어 있다.

> 금강산을 보려고 간절히 원했는데
> 한번도 가보지 못하고 있다가
> 꿈에서 금강산을 유람하게 되니
> 푸른 바다에 하늘은 푸르렀다
> 저 멀리 배 타고 저어 갔었고
> 향기로운 바람은 비단치마를 흩날렸네
> 예쁜 꽃은 만발하여 찬란히 펄럭이고
> 고운 무늬 새는 아래 위로 날고 있었네
> 산봉우리에 네 신선 있었는데
> 푸른 머리카락이 길게 드리웠다
> 산 위에 올라서 해돋이 보건대
> 햇빛은 부상(扶桑)에서 날고 있었네
> 몸을 뒤치며 꿈을 깨어 일어나 보니
> 동창엔 달이 이미 기울어 있고
> 찬 하늘엔 새벽 구름 걷히어 가는데
> 푸른 강에선 노 젓는 소리 들리는구나
> 願我見金剛 一見不可得 夢遊金剛山 滄海正空綠 杳杳乘舟去 香風吹羅衣
> 瑤花粉旎旎 彩鳥高下飛 峰上有四仙 綠髮長蒼蒼 登山見日出 日光飛扶桑
> 翻身夢覺省 東窓月已傾 天寒曉雲收 蒼江棹枻聲
> ─신부용당 「꿈에 금강산에 노닐어 夢遊金剛山」(18세기 중후반)

때를 얻어 임금을 섬겨 백성에게 은택을 미치며 이름을 죽백(竹帛)에 드리운 자가 있고, 시대를 잘못 만나 구슬을 쥔 재주로 초목과 함께 썩어 버리는 자가 있다. 혹은 문장으로 이름을 내고, 혹자는 절의와 의협으로 세상에 이름을 내며, 혹자는 그 뜻을 고상하게 하여 산수 간에 방황하거나, 세상일을 버리고 시를 읊고 술을 마시는 곳에서 즐겨 노는 것은 대개 그 뜻을 얻지 못한 이들이 많아 낙백하여 우울해진 마음을 스스로 펴기 위한 것이다. 비록 그러하나 눈으로 산하의 큼을 보지 못하고 마음으로 사물의 중다함을 겪지 못한다면 통변하여 그 이치에 도달할 수 없어, 국량이 협소해지고 식견이 통달하지 못한다. 따라서 인자는 산을 좋아하고 지자는 물을 좋아하며, 남자가 사방에 노니는 뜻을 귀중히 여기는 이유이다. 여자 같으면 발이 규문 밖을 나가지 못하고 오직 술과 음식 만드는 일만을 의논하는 것이 옳다 했으나, 옛날 문왕, 무왕과 공자, 맹자의 어머니에게는 모두 성덕이 있고 또 성자를 낳아 이름이 만세에 드러났다. 이와같이 혁혁하게 일컬을 수 있는 사람은 결코 없거나 약간 있는 것이지만 어찌 여자 가운데 무리 중 뛰어난 자가 홀로 없을 수 있겠는가. 그렇지 않다면 규중에 깊숙이 살아 그 총명과 식견을 넓힐 수가 없어 끝내 사라져 버리게 되는 것이니 어찌 슬프지 않겠는가. (중략) 내가 태어날 제 금수가 되지 않고 사람이 된 것이 다행스럽고, 오랑캐 땅에 태어나지 않고 문명한 우리나라에 태어남이 다행스럽다. 남자가 되지 않고 여자가 된 것은 불행하고, 부귀한 집에 태어나지 않고 한미한 가문에 태어난 것은 불행스러운 일이다. 그러나 하늘이 기왕에 내게 인과 지의 본성과 귀와 눈의 형용을 주셨으니 어찌 홀로 요산요수하여 보고 듣는 것을 넓힐 수 없단 말인가. 하늘이 기왕에 총명한 재주를 주셨으니 문명한 나라에서 일을 성취할 수 없단 말인가. 기왕 여자가 되었으니 집안 깊숙이 문을 닫아 걸고 경법(經法)을 삼가 지키는 것이 옳은 것인가. 기왕 한미한 집안에 태어났으니 형편을 좇아 분수껏 살다가 이름이 없어져 세상에 이름을 날리지 못하는 것이 옳은가. 세상에 옛날 점 잘 치던 첨윤의 거북이 없어, 굴원의 점을 본받기 어려우나, 첨윤이 말하기를 책략에는 단점도 있고 지혜에는 장점도 있어 굴원으로 하여금 스스로 그 뜻을 행하게 한다고 했으니 내 뜻은 결정되었다. 아직 결혼하지 않은 이 나이에 강산의 승경을 돌아다녀 보며 증점의 '기수에서 목욕하고 무 언덕에서 바람이나 쐬고 글이나 읊으면서 돌아오는' 일을 본받고자 한다면 성인께서도 또한 마땅히 그 일에 찬성하실 것이다.

是以有得其時而致君澤民 竹帛垂名者 有世不際而懷瑾握瑜 草木同腐者. 或以文章鳴, 或以節俠聞 或高尙其志 徜徉乎山水之間 或遺却世事 娛遊於詩酒之場 盖多不得志者 落魄鬱悒以自暢舒也. 雖然目不睹山下之大 心不經事物之衆 則無以通其變而達其理 局量狹小 見識未暢. 故仁者樂山 知者樂水 而男子所以貴有四方之志也. 若女子則足不出閨門之外 惟酒食是議 在昔文武及孔孟之母 皆有聖德 又誕聖子 故名顯萬世下. 此而赫赫可稱者絶無而僅有 豈女子中出類拔萃者 獨無其人也. 抑深居閨中 無以自廣其聰明識見 而終歸於泯泯沒沒 則可不悲哉. (중략) 竊念吾之生也 不爲禽獸而爲人幸也 不生於薙髮之域而生於吾

東文明之邦幸也. 不爲男而爲女不幸也 不生於富貴而生於寒微不幸也. 然而天
旣賦我以仁知之性 耳目之形 獨不可樂山水而廣視聽乎. 天旣賦我以聰明之才
獨不可有爲於文明之邦耶. 旣爲女子 將深宮固門 謹守經法 可乎. 旣處寒微 隨
遇安分 煙沒無聞 可乎. 世無詹尹之龜 難效屈子之卜 而其言曰 策有所短 知有
所長 使之自行其意 則吾志決矣. 迨此未笄之年 周覽江山之勝 欲效曾點 浴乎
沂 風乎舞雩 詠而歸 則聖人亦當與之矣.

—김금원 「호동서낙기(湖東西洛記) 서(序)」(1850)

삼월에 집 떠나 구월에 돌아오니
산과 물과 길은 예와 마찬가지인데
이 몸 어찌 햇빛 따르는 새처럼
강남 갔다 다시 북으로 날아오나
三月離家九月歸 泰山楚水路依依 此身奈似隨陽鳥 行盡江南又北飛

—태일 「사절정에서 여러 학사와 한자리에서 읊음 四絶亭遇諸學士席上口吟」(미상)

버들 솜 날릴 때 평양 이별하고
송화 지고난 뒤 송경 지나네
흩날리고 지는 송화와 버들 솜
날마다 멀리 떠나는 뜬 인생보다 낫네
柳絮飛時別柳京 松花落後過松營 飛花落絮雖飄蕩 猶勝浮生日遠征

—김운초 「길 가다 회포 있어 途中有懷」(19세기 전반)

용성의 풍악은 봄 경치를 못 이겨
강가 꽃과 버들 잎마다 새빛이네
한낮은 고요하여 고을 뜰에 풀 자라고
깊은 밤 달 맞으면 티끌 하나 없구나
얇은 적삼 고운 버선으로 기생은 투호하고
금띠에 산호 갓끈으로 손은 와서 칼 만진다
홍우 연산에 천리 길이 뻗었는데
수레 타고 당도하니 임금 은혜 무겁구나
龍城畫角不勝春 江柳江花色色新 畫靜官閒庭自草 夜深月到座無塵
輕衫實襪投壺妓 金帶瑚纓撫釛賓 紅雨燕山千里路 星軺來到荷君恩

—김금원 「규당학사가 용만 군수로 제수받고 부임하다가 곳관에 당도하다
奎堂學士承恩除龍灣伯赴任到所串館」(1845)

내가 이렇게 무궤도적 여행을 나선 것이나 선뜻 당신들과 동행이 되기를 응낙한 것은 누구의 눈에라도 온당하게 보이지 않을 것이며 또 누구라도 성격 파산자같이 조소할 것입니다. (중략) 그때의 나의 괴로움으로서는 별 깊은 의미를 포함하지 않은 짧은 여행쯤이야 문제 도리 꺼리가 안 된다고도 생각할 수 있겠지만 그보다도 그때의 나에게는 절대로 필요한 휴식이 될 것 같기도 하였습니다.

—백신애 「혼명에서」(1939)

나는 곧 하순의 글발인줄 알고 어쩐지 심상치 않은 예감에서 가슴이 섬뜩해졌다. 아니나다를까, 편지엔 다른 말이 없고 사랑하는 사람과 서울서 살 수 없으므로 북행차를 타고 만주로 떠난다는 것과, 내게 벌써 이야기 못한 것은 내가 그 사람을 나무람할까봐서 몰래 떠나는데 그 사랑하는 사람이란 사람은 동흥백화점 점원으로 얼굴이 로버트 테일러와 같이 멋쟁이로 생긴 미남잔데 그이가 없으면 세상에 살맛이 없기 때문에 함께 떠난다는 것만 적혀 있었다.

—최정희 「지맥(地脈)」(1939)

나는 이번에 생전 처음으로 혼자 여행이라고 떠나보았다. 이 여행을 떠나게 된 동기란 또 여간 야릇한 게 아니다.

우리 옆집 각씨의 시아주버니란 이가 시굴서 왔는데 그는 섬에 산다면서 미역과 해삼을 가지고 와서 우리집에도 두어꼭지 먹어보라고 내왔다.

그는 그 섬 간이소학교 선생으로 소학교선생 노릇을 십칠년간이나 하고 지금은 그 섬에서 유일한 문화운동자로 말끝마다 유식한 문자를 많이 쓴다. (중략) 아주 여름도 다 지나 인제는 바다로 갔던 피서객들도 돌아오게 된 구월초생에 나는 한번 큰맘을 먹고 이 간이 소학교 선생을 따라 알지 못하는 섬으로 갔다.

—이선희 「탕자(蕩子)」(1941)

바캉스라는 유행어가 떠돌기 무섭게 모두들 그 실천경쟁에 분주하리만큼 바캉스는 대단한 인기였다.

그러나 등장한 지 10년이나 되었어도 나와는 전혀 관계가 없었던 이 유행어의 진미를 이번에 제법 짭잘하게 맛본 것이다.

더위가 한창 기승을 부리는 중복 전날 나는 두 아들과 함께 대천행 고속버스의 승객이 되었다. 수원보다 더 먼 곳을 고속버스로 가보는 일도 처음이지만, 소풍 전야의 초등학교 아동들처럼 주책없이 설레는 어젯밤부터의 흥분이 아직도 덜 가라앉아서, 아침나절의 땡볕이 치마폭에 담뿍 쏟아져 후끈대는 것에도 무감각한 채로 집들, 나무들, 논, 야산들이 별 조화도 없이 단조롭게 흘러가는 창 밖에만 눈길을 보내고 있으면서 속으로는 참 훌쩍 잘 떠났지 잘 떠났어 하는 자찬을 되풀이하고 있었다.

유일의 취미가 여행인데도 어쩔 수 없이 묶여 있었던 3년 동안에는 하룻밤이나마 집을 비우지 못하는 까닭에 생각만으로는 천리 강산의 명승지를 휘젓고 다니면서 몸뚱이는 방구석에 그대로 처박혀 있노라니 시야는 좁아지고 신경은 날카롭게 곤두서서 바로 질식 직전에 있었는데 천행으로 그 구속이 풀리게 되어 만사를 훌훌 털고 나선 것이다.

— 박화성 「해변소묘」(1975)

그녀는 창가에 섰다. 바다의 표면이 달빛을 받아 금가루를 뿌린 것처럼 반짝이고 있다. 그 밑은 수심을 알 수 없는 검고 무서운 바다다. 파도가 소리없이 절벽에 부딪히고는 물러가고, 또 부딪히고는 물러간다.

정희는 한참 동안 그 두렵고도 아름다운 파도에 넋을 잃었다. 그 속에 훌쩍 빠지고 싶은 충동이 파도처럼 그녀의 가슴을 휩쓸고는 가고, 휩쓸고는 또 물러간다. 이윽고 그녀는 생각난 듯이 석진의 편지를 조금씩조금씩 찢었다.

— 한말숙 「여수」(1977)

온갖 것을 다 파는 변두리 잡화상에 사이다 병을 든 계집아이는 등장기름을 사러 들어간다. 삼베 치마 적삼에 검정 고무신을 신은 장사꾼이 어막장에서 갈치를 받아 이고 부지런히 걸어간다. 밭에서 풋고추, 가지를 따고 열무를 뽑아 대소쿠리에 가득 담아 이고 저녁 장에 대가려고 촌 아낙네들도 부지런히 걸어간다. 차츰 사방이 밝아지면서 안개같은 비는 멎는다. 명화는 양산을 집어들고 방천을 따라 걷는다. 비가 멎기를 기다리고 있었던지. 어느새 물이 먼 곳까지 빠져버린 갯바닥에 호미와 오목한 개발바구니를 든 아이들과 아낙들이 무릎 위에까지 치마를 걷어 올리고 들어간다. 명화는 둑 위에서 걸음을 멈추고 조개 파는 구경을 한다.

— 박경리 『파시』(1979)

이제 나도 마을을 떠나야겠습니다. 시내 건너 들을 건너 나아가야겠습니다. 문밖에 나서면 어디로 가야할지 도무지 자신이 없기만 하던 그전의 나는 이미 아닙니다. 그것은 그가 어느새 내게 붙여준 힘입니다. 그리하여 언젠가 늙은 뒤 배낭을 하나 둘러매고 마지막 팔도 강산 유람길에 나는 오를 수 있을 것입니다.

— 김채원 「산중기」(1980)

나는 억울하였다. 다른 이들은 모두 신나는 휴가를 떠나는데 오직 나에게만 처치 곤란한 일거리가 잔뜩 주어져 내몰린 기분이었다. (중략) 잘 감긴 타래에서 술술 실이 풀려듯 그렇게 글이 풀려나오지 않는다 해서 훌쩍 어디로 떠나곤 하는 버릇에는 애시당초 길들여 있지 않은 사람이 바로 나였다. (중략) 여행이 필요하다면 그것은 삶의 필요에 의한 것이며 단지 소설만을 위해서 일상을 저버리고 떠나는 일은 마치 죽기 위해서 산다는 말처럼 부정하기 어려운 허장성세가 감추어져 있다는 것이 내 생각이었다. (중략) 그러나 이번 여행은 삶의 여러 관계들로 야기된 피할 수 없는 길떠남이 아니었다. 망설임과 후회가 그처럼 질겼던 것도 따지고 보면 모두 거기에서 연유되고 있을 것이었다.

- 양귀자 「숨은꽃」(1992)

너희는 산테페를 가서 무얼 하려는가. 너희는……다만 조금 더 자유를 연장하고 싶고 언젠가 나중에 아주 늙었을 때 벽장 속에 넣어둔 사진을 꺼내보며 아, 나에게도 이런 날이 있었다고 환상의 거울을 삼으려고 하는 거지. 나도 알아. 아름다운 거울 하나를 만들어놓고 그것을 중심으로 너의 자아와 행복한 관계를, 안전협정을 맺으려는 거야. 그래, 우리에겐 그런 거울의 행복한 관계가 필요하다. 아름다운 시간을 갖고 행복한 추억을 만들고 그것을 자기 삶의 원천으로 삼으려는 거야. 중심-원천-근원으로. (중략) 추운 바람이 다시 한번 무시무시하게 불어와 나를 쓰러뜨리려고 한다. 나는 반사적으로 가로등 옆의 가로수 몸을 붙든다. 따뜻하다. 뿌리 있는 것은 결코 완전히 흔들리지는 않는다. 어두운 밤하늘의 색채가 정선아리랑을 부르는 것 같다. 나의 발끝에서부터 실뿌리가 돋아나는 것 같고 마구마구 하늘의 색채를 먹어 나무의 몸통처럼 나의 몸이 우뚝 서는 것 같다. 아아, 집으로 가야지, 부디……

- 김승희 「산타페로 가는 사람」(1994)

첫날, 유도화가 피어 있는 여관 제성장에서 밤을 보내고 가방을 호텔로 옮길 때 눈길을 끌던 집이었다. 그 집 앞에 서서 나는 유도화가 여관에 피어 있었던 게 아니라 피아노집의 유도화가 여관으로 넘어와서 그렇게 보였다는 것을 알게 되었다. 엄숙해 보이는 옆 뜰에 유도화를 울타리로 해서 동화 속에나 나옴직한 낮은 키의 나무 두 그루가 평화롭게 옆으로 가지를 퍼뜨리고 있고, 다시 그 안쪽으로 사철나무며, 종려나무가 나란나란 자라고 있었다. 낮은 담장. 집터가 다른 집들보다 약간 낮아 피아노집은 오목하게 들어가 앉아 있었다. 그래서 여관의 유도화인줄 알았던 모양이다. 유도화가 피어있는 피아노집은 야릇한 향수가 느껴졌다.

고운 여자가 한 사람 가만히 살고 있는 것 같은 그런. 갈색 목조로 되어 있는 집벽
이며 소담스런 지붕이며 파란 배추가 자라고 있는 뒤뜰이며 낮은 담장 위에서
깨끗하게 말라가고 있는 흰 운동화 한 켤레 같은 것들 때문이었을 것이다.

—신경숙 「깊은 숨을 쉴 때마다」(1995)

······ 바로 거기가 내 고향이었던 거예요. 그때까지 나한테는 모든 곳이 낯선
곳이었는데, 그 순간 갑자기 가깝고 먼 모든 산과 바다가 내 고향하고 살을 맞대고
있는 거예요. 난 너무 기뻐서 바닷물에 몸을 던지고 싶을 지경이었어요. 죽는 게
무섭지 않다는 걸 그때 난 처음 알았어요. 별게 아니었어요. 저 정다운 하늘, 바람,
땅, 물과 섞이면 그만이었어요. ······이 거추장스러운 몸만 벗으면 나는 더 이상
외로울 필요가 없겠지요. 더 이상 나일 필요도 없으니까요······ 내 외로운 운명이
그렇게 찬란하게 끝날 거라는 것이 얼마나 기뻤는지, 얼마나 큰 소리로 그 기쁨을
외치고 싶었는지, 난 그때 갯바닥을 뒹굴면서 마구 몸에 상처를 냈어요. 더운 피를
흘려 개펄에 섞고 싶었어요. 나를 낳은 땅의 흙이 내 상처 난 혈관 속으로 스며들어
오게 하고 싶었어요······

—한강 『여수의 사랑』(1995)

언제까지 벼랑 끝에 배를 붙이고 심연을 내려다보고 있을 수는 없다. 나아가기
위해서는 끊길 길 앞에서 두 눈을 감고, 두 귀도 닫고 자신의 본질을 향해 어느
순간 훌쩍 뛰어내리지 않으면 안 된다. 그리고 뛰어내려본 사람은 알게 될 것이다.
있는 것과 없는 것 사이의 심연 속에 현실보다, 현실의 현실보다도 더 강한 구름의
다리가 있다는 것을. 자신의 숲을 향해 가는 구름처럼 가벼운 구름의 다리···
나는 몸을 돌려 걷기 시작했다. 빗방울 소리가 갑자기 굵어졌다. 우리는 높이
솟은 플라타너스나무들 아래를 지나고 있었다. 염소는 두 눈에서 푸른빛을 흘리며
먼 곳을 향해 신호를 보내는 듯 더 높은 소리로 에에에— 울었다. 플라타너스 가지
끝의 널따란 잎이 나의 머리를 쓰다듬을 듯 내려왔다가 얼굴에 물방울을 후드득
떨어뜨리고 도로 올라갔다. 비를 몰아가는 바람이 횡 불어왔다.

—전경린 「염소를 모는 여자」(1996)

비행기는 일본 영토를 벗어나 막 제주도를 지나나보다. 이제 약 한 시간 정도면
도착할 것이다. 나는 다시 한번 수첩의 겉장을 열어본다. 행복한 부녀의 사진이
꽂혀 있고 그 여백엔 내가 잡아다놓은 털들이 감금되어 있다. (중략) 갑자기 마음
이 조급해진다. 조금 있으면 안전벨트 착용의 표시등이 켜질지 모른다. 나는 급하
게 화장실로 들어간다. 이 터럭들을 내 몸에 지니고 내가 사는 땅에 발을 디딜

순 없다는 생각이 든다. (중략) 자리로 돌아오니 승무원의 안내방송이 나온다. (중략) 나는 좌석에 앉아 가슴끝까지 깊은 호흡을 하며 천천히, 아주 천천히 숨을 내쉬었다. 이제 막 주술에서 풀려나 스스로 첫 호흡을 시작하는 마리오네뜨 인형처럼……

—권지예 「꿈꾸는 마리오네뜨」(1997)

그는 관광객들이 찾지 않는 곳의 가장 아름다운 바다를 알고 있었다. 뒤로는 밀림이 펼쳐져 있고 곱지는 않지만 넓은 모래사장이 있으며 달빛을 받은 바다 속에는 온갖 색깔의 산호석들이 숨어있는… 그리고 산호석 주변에 수십 종의 열대어들이 무리져 헤엄쳐 다니는…

—김인숙 「그늘, 깊은 곳」(1997)

아침, 비가 내립니다. 아마도 밤새 내렸던 모양이지요, 낯선 여관에서 곯아 떨어져서 자면서도 빗소리는 내내 들었던 것 같습니다. 아침에 일어나자마자 커튼을 열었었지요. 비가 도대체 얼마나 오는 거야… 장마비처럼 쏟아져 내리던 빗소리는, 아마도 창문 밖의 바위벽에 물줄기가 부딪던 소리는 아니었는지… 혹은 물탱크? 내가 잔 방은 전망이 형편없습니다. (중략) 비 내리는 산을 바라보며 떠나야 할까, 말까를 많이 망설였습니다. 떠나온 건 벌써 어제 일인데, 이미 떠나올 곳에서도 또 떠남을 걱정을 해야 한다니.

—김인숙 「풍경」(1997)

여자는 골목이 갈리는 곳마다 조금씩 망설이며 더 좁고, 더 어둡고, 더 높은 담벼락 아래 길로만 걸었다. 그런데도 몇 번인가 담장을 넘고 나온 넝쿨 장미꽃들을 마주쳤다. (중략) 두려워 도망치고 싶으면서도, 한편으로는 지그시 기다려지기도 하는 겹겹이 둘러싸인 쓰라림. 여자는 꽃들 속에서 자신의 어두운 운명을 예감한다. 그녀는 어느 날 생을 놓아버리고, 그런 적요한 꽃들 속에 숨어서 가볍게, 아무 가치도 없이 평생을 살아버리게 될 것 같았다. 술래가 마지막까지 찾지 못한, 벽장 속에서 잠들어버린 꼬마 아이처럼……

—전경린 「고통」(1998)

그녀는 P에게서 받은 생일카드를 30분쯤 들여다본 후에 감정을 수습해야 한다고 생각했다. 이렇게 다시 시작할 수는 없는 일이라고. 그녀는 경비실을 통해 남자에게 인터폰을 넣었다. 1월 1일에 저랑 부석사에 가시겠어요? 통화가 되면 남자에게 할 말을 메모지에 적어 놓고 두어 번 연습까지 한 후였다. 왜 그때 부석사가 떠올랐는지. 부석사의 당간지주 앞에서 무량수전까지 걸어 보라고 했던 사람이 있었다. 우리나라의 절집이 대개 산 속에 있게 마련인데 부석사는 산 등성에 있다고 했다. 개울을 건너 일주문에 들어서면 양쪽으로 사과나무들이 펼쳐져 있다고. 문득 뒤돌아보면 능선 뒤의 능선이 펼쳐져 그 의젓한 아름다움을 보고 오면 한 계절은 사람들 속에서 시달릴 힘이 생긴다고 했다.

—신경숙 「부석사」(2001)

드디어 인천공항에 내렸다. 입국수속을 마치고 짐 찾는 아래층에 안전하게 발을 디디자 비로소 고래 뱃속을 빠져나왔구나, 하는 현실감이 왔다. 이번 여행길을 통틀어 방금 내린 비행기까지가 다 고래 뱃속의 일로 여겨졌다. 어쩌면 지난 이십 년 동안의 설렘도 목적도 없는 여행이 다 고래 뱃속 안에서의 헤맴이 아니었을까. 오랜만에 내 땅에 첫발을 디딘 착지감은 눈 감고도 느낄 수 있는 첫사랑과의 터치처럼 에로틱하기조차 했다. 죽어서도 당신에게 스미고 싶어. 그런 황홀경이었다.

—박완서 「석양을 등에 지고 그림자를 밟다」(2010)

문을 열다가
바람을 만났다.
바람은 바다로 가고 있었다.
내가 따라 가려고 하였을 때
누군가 뒤에서 내 이름을 불렀다.
그것은 맨발
흔들리는 모래의 우주
그리고 나는 문안에 있었다.

—강은교 「창의 이쪽」(1974)

전철을 타다가, 지하도의 계단을 올라가다가, 또는 미역국을 퍼먹다가, 갑자기 대책없이, 이유도 모르는 채, 나는 내 밖으로 빠져나온다. 존재 ———이 망연한 갈증…… 내 가슴속, 어디에 남아있었던 것인지 모르는 짐승들이 와와 가볍게 날갯짓하며, 여긴 좁아, 좁다니까, 풀어줘, 죽겠어, 라고 소리지른다. 그래, 정말 보인다. 아주 환히 들여다보인다, 그럴 때, 나를 칭칭 묶는 사슬들, 시간, 직업, 국적, 역할 등등, 염산에 닿은 쇠처럼 푸시시 녹아버리는 것. 그리고 날개들, 와르르, 묶여있었던 만큼 더욱더 와르르, 한꺼번에 쏟아져나오는 것.

—김정란 「탈출」(1992)

가슴에 칼을 품고 가출.
가출한 거리에 추적이는 비.

비를 맞으며 언덕에 올라 담배 열아홉 개비 소비.
언덕을 내려오는데 아가씨 우리
어깨동무하고 보리밭에나 갈까 취한의 습격을 받고 줄행랑. 큰 길에서 두 대의
자동차로부터 흙탕물 세례 받음.
가슴의 칼을 꺼내어 삼라만상을 향해
힘껏. 그리고 욕설도 힘껏.
그 다음 하늘로부터 거룩한 거룩한 물 세례.

　　　　　　　　　　　　　　　　　　　　　－김혜순 「순장」(1985)

내 잠자리는 달빛을 받아
은은히 빛나겠지.
혹은 거센 바람과 함께 찬 비가
빈 벌판을 쏘다닐지도 모르지.
그래도 난 털끝 하나 적시지 않을 걸
나는 꿈을 꾸리라.
놓친 참새를 쫓아
밝은 들판을 내닫는 꿈을.

　　　　　　　　　　　　　　　　－황인숙 「나는 고양이로 태어나리라」(1988)

끝없이 구불거리고 덜컹거리는
産道를 따라
구불텅구불텅
덜컹덜컹
미그러지면서
(이 파두, 숙명에는 기쁨이 없다.)

나는 점점 더
부풀어 올라
탱탱해졌다
오줌으로 가득 찬

방광처럼.

—황인숙 「파두」(2007)

낯선 나라 호텔 방이다
내가 들고 온 가방 하나가
유일한 나의 알리바이 나의 혈육이다
한밤중 소스라치게 그가 나를 깨운다
창밖의 빗소리 살을 저민다
걸어온 길과 걸어갈 길에 대해
끝나지 않는 바람의 무게에 대해 가만히 묻는다
혼자 싹을 틔우려는 나무처럼 가방이 꿈틀거린다
착한 짐승처럼 곁에 앉아
당신은 누구냐고
왜 자꾸 떠나야 하는 거냐고
당신이 끌고 다니는 이 폐허는
대체 무엇이냐고 묻는다

—문정희 「여행 가방」(2010)

충동적으로 여행을 떠났는데 길은 꼼짝하지 않고 자동차는 기었어.
엉엉 울었지.
이럴 때 너라면 차창을 내리고 뭐라도 좀 바꿔 보겠니? (중략)
여행에서 우선 찾아야 할 것은 먹을 만한 식당과 잘 만한 모텔 같은 것들. 그렇다면 여행에서 꼭 필요한 문장은 몇 개나 될까?
그중에 하나, "빈방 있어요?"(나는 진정한 빈방을 찾아서 세 시간을 달려왔어요! 쾅. 데스크를 치며.)
그중에 하나는 터미널에서. 또 식당에서 사용했다. 또 그중에 하나는 지도에 없는 곳에서.
또 그중에 하나는 당신의 베란다에서.

—김행숙 「여행에 필요한 것들」(2010)

6.5. 이방인(alien)의 시선, 무국적의 삶

이국(異國)으로의 여행은 자신의 존재를 구성하는 다양한 요소들—이름, 가족, 관계, 언어, 민족, 국가 등—과의 사이를 벌려 놓음으로써 주체가 '이방인(alien)'이 되는 경험이다. 이때 이방인은 '여행객'일 수도 있고 현실에 적응하지 못하고 세상과 불화하는 '소외자'일 수도 있으며 때로는 목적지 없이 떠도는 '방랑자'와 같은 존재이기도, 귀환할 수도 정착할 수 없는 '망명자'의 신분일 수도 있다. 여성들은 이방인의 시선을 긍정적으로 전환하여 이국을 단순한 도피처나 물리적인 이방(異邦) 공간이 아니라 탈영토화된 무국적의 땅으로 탐색해간다.

현대소설 속 여성들은 남성들에 비해 이국의 삶에 대해 수용적일뿐 아니라 적극적으로 향유하고 동화되는 모습을 보이는 경향이 있다. 남성들은 이국땅에서도 국내자의 시선을 고수하면서 그곳과의 끊임없는 거리두기를 통해 스스로를 소외시키는 경우가 많은데 여성들은 미지의 시공간을 자유롭게 탐색할 수 있는 이방인으로서 자신의 위치를 긍정적으로 인식한다. 한국 사회에서 여성의 삶이란 그 자체로 억압이며 구속이기에 외국은 여성들에게 다른 삶을 꿈꾸게 만드는 궁극적인 가능성의 공간으로 항상 도달하고 싶은 동경과 선망의 땅이다. 그래서 여성들은 이국의 낯선 풍경과 낯선 공기에 매혹되어 그 안에서 자유와 해방감을 느끼고 때로는 차이에서 비롯되는 이질감의 정체까지 긍정적인 탐색의 대상으로 삼는다. 또한 외국의 크고 작은 도시들이 여행지가 아닌 여성들의 일상 공간으로 등장하기도 한다. (박화성『북극의 여명』, 손소희「남풍」, 송원희「나폴리 유정」, 김채원「나이애가라」, 「자전거를 타고」, 김지원「꽃을 든 남자」「지나간 어느 날」, 서영은『꿈길에서 꿈길로』, 하성란「두 개의 다우징」「삿뽀로 여인숙」, 함정임「검은 숲」「킬리만자로의 눈」, 정연희「꽃잎과 나막신」, 김인숙「바다와 나비」, 한말숙「델레스 공항을 떠나며」, 공지영「별들의 들판」, 「네게 강 같은 평화」, 조경란「형란의 첫 번째 책」, 「버지니아 울프를 만났다」, 김서령「무화과잼 한 숟갈」, 전경린「천사는 여기 머문다」)

또 한편으로 여성들의 여행은 정착하지도 머무르지도 않으며 결코 귀환하지 않는 방랑과 무목적의 여정이 된다. 그들은 유럽의 크고 작은 도시들뿐 아니라 아시아와 아프리카의 낯선 지명 속을 떠다니고 때로는 구체적인 이름이 소거된

불투명한 공간 속을 헤맨다. 이들은 일상적 생활의 질서와 체계를 규정짓는 구속, 금기, 법칙들로부터 탈주하여 끊임없이 무엇인가를 찾아다니고 타인과 스스럼없이 접촉하면서 자신을 규정짓는 모든 경계를 거부한다. 이들은 자아를 부정하고 소속을 거부하면서 나아가 차라리 낙오자가 되기를 자처함으로써 자유롭고 유동적인 무국적의 삶을 추구한다. 때로는 국경을 넘고자 하는 탈출 행위가 비극적인 실패를 내정하고 혹은 무엇인가를 찾고 상처를 회복하려는 시도 자체가 무의미로 끝날 때도 있다. 이것은 세계의 어느 곳이나 삶은 보편적이고 상처는 존재한다는 실존적 비극을 환기하지만, 이를 통해 더욱더 월경(越境)의 모험과 정착하지 않는 유랑민의 삶만이 진실한 것임을 강조하고자 한다. 이로써 여성소설에서 이국은 어느 곳에도 귀속되지 않는 디아스포라의 삶과 노마드적 사유의 공간으로서 의미를 획득하게 된다. (송경아 「바리─길 위에서」, 함정임 「단순한 이유」, 「바다로」 「호수 저쪽」, 배수아 「훌」 『이바나』 「허무의 도시」, 『당나귀들』 「양곤에서 온 편지」, 이혜경 「일식」 「꽃그늘 아래」, 강영숙 『리나』, 오수연 「문」, 한유주 「재의 수요일」, 정미경 『아프리카의 별』, 김인숙 『미칠 수 있겠니』)

디아스포라가 고향을 떠나 떠돌며 뿌리 없는 삶을 살아가는 사람을 지칭한다면, 여성의 삶은 어쩌면 진작부터 디아스포라의 삶이었다고 할 수 있다. 여성시인들은 이 무국적인 삶을 자유와 해방의 삶으로 인식해 이곳이 아닌 다른 곳에서의 삶을 지향하면서 '안 돌아오는 여행' 혹은 '한국사람 아닌 한국사람'의 삶을 상상한다. (이진명 「여행」, 이제니 「페루」)

한편 현대시의 여성시인은 디아스포라의 삶을 '자발적인 유배'라고 명명하면서 정체성 혹은 소수의 문제들을 고민하며 이를 현실의 문제, 인종과 세계의 문제로 확장하기도 한다. 도서관에서 만난 '흑인 청소부', '글로벌이라는 새 고향'에서 우는 블루스, 폭탄과 오렌지가 공존하는 '이국의 수도' 등에서 디아스포라의 삶을 통해 확대된 세계인식을 보이기에 이른다. (허수경 「아마도 그건 작은 이야기」, 「글로벌 블루스 2009」, 「여기는 이국의 수도」)

오락적 유희를 흥이 나서 하고 노는 학생의 무더기도 많거니와 현세를 비판하고 사회사조의 가부를 토론하며 세계정세를 논란하는 학구적이요 이론적인 지사적 학생들은 각각 자기의 언론을 내세우느라고 얼굴에 핏대를 올리고 기차소리를 이겨내려는 듯이 소리를 크게 지르며 도도한 웅변화 열변을 시합하고 있었다. 기차는 이 모든 것을 모른 척하고 한결 같은 기계소리를 쿵쿵 직직 내면서 산을 돌고 물을 건너고 들판을 지나 연기만을 뒤에 남기며 북으로 북으로 달렸다.
—박화성 『북극의 여명』(1935)

역에서 이 킬로쯤 가면 가네다 온천이 있고, 다시 사 킬로쯤 올라가면 오꾸 온천이 있다. 오꾸 온천에는 더운 폭포가 쏟아져서 흐르는 더운 시내가 있고 백계로인인 양꼬우스끼씨의 사슴 사육장이 있어서 그것으로도 유명했다. 흔히 멀리서 휴양차 이 온천을 찾아오는 대부분의 사람들은 오꾸 온천에 가서 머문다고 들었으나 세영은 역에서 가까운 가네다 온천에 머물렀다. 가네다 온천 중에서도 시설이 그중 낫다는 선장에다 그는 여장을 풀었던 것이다.

선장에는 모래찜과 인공 못이 있었으나 넓은 벚나무 숲이 있어서 봄에는 벚꽃이 볼 만 하다는 정평이 있었다. 세영은 길을 더듬어 올랐다.
—손소희 「남풍」(1963)

가난… 낙천적인 성격이 가난을 못 면하는 이유일까. 이태리는 확실히 구라파 어느 나라보다 가난하고, 거리는 지저분하며, 호텔은 곰팡이 냄새가 나고, 사기꾼과 스리꾼이 많으며, 관광객은 택시값에서부터 엄청난 바가지를 쓰게 된다. 10분 거리의 택시값도 1만 리라를 달라고 떼쓰는 이태리인. 물건값도 절반은 깎아야 한다. 다 스러지고 기둥뿌리만 남아 있는 1천 5백 년 전 조상들의 영화의 잔해로 돈을 버는 이태리. 이런 것만 생각하면 두번다시 오고 싶지 않은 곳이 이태리이기도 하다. 그러나 웬지 이들은 밉지가 않다. 약속 시간에 바람을 맞고도 출발 시간까지 따라와 여전히 미소로 인사하는 프랑코가 꼭 부도덕한 바람장이로만 보여지지 않는 그 이유는 무엇일까. (중략)

"다시한번 와보고 싶은 곳이지요. 선생님?"

영주의 말에 미영은 현실로 돌아왔다.

"응, 또 오고 싶어. 내가 침체될 때마다 꼭 와야겠어. 로마로, 나를 전율케 했던 플로렌스로, 이 예술의 도시로 말야. 그리고 베니스도…"

"나폴리도요."

영주는 미영의 손을 잡았다. 미영도 영주의 손을 꼭 맞잡았다. 고독한 여행길에서 만난 여정이 여기 또 이렇게 있었다.
—송원희 「나폴리 유정」(1983)

기묘는 걸음을 멈추고 밤속에 그림처럼 떠 있는 맨해턴을 바라보았다. 우뚝우뚝 서 있는 빌딩의 숲이 한 개의 거대한 욕망을 그러안고 밤 불빛 속에 부드럽게 싸여 있다. 지금도 저곳에서는 세계 최강 팀의 경기, 오페라, 발레들이 벌어지고 있으리라. 수도 없이 많은 사람들이 욕망을 품고 밤을 새워가며 플루트를 불고 그림을 그리고 일을 하리라. 이 다리만 건너면 맨허턴일진대 그러나 아무리 긴 다리를 걸어도 불빛에 잠겨 있는 고요한 저 빌딩의 숲으로 가 닿아지지 않을 듯 요원함을 느꼈다.

-김채원 「나이애가라」(1984)

이곳은 완전한 관광지이다. 이 세상에 이렇게 관광객만을 위한 고장이 있는 것을 이때까지 알지 못했다. 뜨겁게 빛나는 남국의 태양, 에메랄드 빛깔의 깨끗한 바닷물, 우거진 열대식물과 흐드러져 핀 꽃들, 기품 있는 호텔 종업원들, 젖은 머리로 돌아다니는 관광객들, 저녁이면 정장을 하고 레스토랑으로 모여드는 남녀, 야회복을 입고 우아하게 앉아 담배를 피우며 슬롯머신을 놀고 있는 동양여자도 보인다. 엘리베이터에서나 호텔 로비에서 혹은 관광 프로그램을 따라 나선 곳에서 만난 사람들끼리는 쉽게 얘기가 되고 미소가 교환된다.

-김지원 『꽃을 든 남자』(1989)

초여름 긴자의 오후는 사람들로 들끓었다. 토요일이라서 보행자의 천국에는 차량도 다니지 않고 노상에 벌인 간이가게에서 아이스크림이나 솜사탕 등을 사먹는 젊은이들, 그대로 길바닥에 주저앉아 사람구경을 하며 햇빛을 쬐는 젊은이들, 사진을 찍는 외국 관광객들로 꼭 무슨 일이 일어날 것만 같이 붐비었다. 오전 중에 잠깐 내린 비로 거리는 붐비는 중에도 자다가 깬 듯한 신선함이 있었다.

-김채원 「자전거를 타고」(1990)

하지만 나는 믿기지 않았다. 지평선까지 가물가물 이어져 곧게 뻗은 한 줄기 위에, 마치 돛단배처럼 보이는 화물차 한 대가 반대방향에서 달려오고 있을 뿐이었다. 그런데 자세히 보니, 푸른 점 하나가 길 위에 찍혀 있었다. 저것이 과연 그녀일까? 그 때 내 마음을 스친 전율은 그 푸른 점이 그녀가 아닐지도 모른다는 두려움이 아니었다. 인간은 저토록 작고 또 작을 수밖에 없는 것일까. 그 덧없음, 보잘 것 없음을 나는 보았다. 나의 내부에서 쩡 하는 폭음이 터졌다.

-서영은 『꿈길에서 꿈길로』(1995)

두 여행자는 창밖을 바라보고 있었다. 한 여행자는 긴 머리를 뒤로 묶고 체구가 크다. 체구만큼이나 큰 가슴과 흰 얼굴에 달린 짧지만 잘 다듬어진 턱수염이 눈에 띈다. 양성 인간이다. //

패킷에서 내렸을 때, 그들에게 주어진 것은 아무것도 없었다. 암흑 속에서는 불라국 국경을 벗어났는지 벗어나지 않았는지조차 분간하기 어려웠다. 만약 국경을 벗어났다면 그들은 이제 여섯째 공주와 일곱째 공주가 아닌, 어떤 망 속에도 속하지 않은, 아무 짝에도 쓸모 없는 정보들일 것이었다. 벗어나지 않았다고 해도 이 암흑 속에서는 분간할 길이 없었다.

—송경아 「바리—길 위에서」(1996)

유예된 청춘의 날들이 가고 내게 자유가 주어졌을 때 정작 난 아무것도 하지 못했다. 정체 모를 내 안의 소란에 혹독하게 시달렸을 뿐, 그것은 이 생을 끝내고 싶다는 어둡고 집요한 유혹이었다.

유혹의 끝에서 조그만 기적이 일어났다.

여행을 떠난 것. 나에게는 돌파구가 필요했다. 그러나 〈출발하기 위해서 출발하는 것이다〉라는 어느 시인의 시구에 마음이 흔들렸던 것은 아니었다. 나는 어떻게 된 사람인지 그런 흔들림 저 너머에 가 있었고, 문제라면 내 의식과 생활에 깊숙이 자리한 그런 무미건조함에 있었다. 나에게는 그 어떤 것에도 신선한 흥미나 단순한 마음의 셀렘 같은 것이 찾아와 줄 것 같지 않았다. 그럴 때 사람은 어떻게 해야 하는가? 무엇을 할 수 있을까? 목적 없이 일단 떠나고 보는 것, 그것이 출발이 될지 종말이 될지는 알 수 없었다. 떠나놓고 나서야 시작과 끝이 하나라는 사실을 알게 되었다. 마치 어느날 갑자기 불타오르는, 거대한 탑을 만난 순간처럼. 그러나 그것은 어떠한 전조(前兆)도 없이 불현듯 내게 찾아왔다.

—함정임 「단순한 이유」(1996)

영원을 잉태하는 두 얼굴인 시간과 죽음의 문제가 농도 짙게 녹아 있는 한 편의 작품을 쓰고 싶었다. 그러나 나는 이렇다 하게 만족할 만한 작품 하나 완성하지 못한 채 미완의 글들만 남겨두고 몇 달째 이방의 육지를 떠돌아다니고 있었다. 파리에서 이미 사자(死者)의 세계에 안주한 수십 명의 묘지를 찾아 몇날 며칠 땡볕 속을 헤맸을 때도, 지금 프랑스 남단 끝 지중해변에 묻힌 한 시인의 묘지를 찾아가는 이 순간도 나는 그 욕망으로 시달리고 있었다. 세트에는 왜 가는가. 나는 수십 번 같은 질문을 되풀이하며 단순히 지난날 꿈꾸었던 낭만적 충동의 연장이라기보다는 내가 처한 보다 현실적인 근거를 덧붙이려 했다. 그러나 아무리 그럴듯한 이유를 마련한다 하더라도 결말은 뻔한 것이었다. 그럼에도 불구하고 떠날 수밖에 없는 것은 무엇인가. 허무의 저편을 본다는 것. 그런 사람의 자리에 서본다는 것. 그것보다 허무맹랑하고 무모한 짓이 또 있을까.

—함정임 「바다로」(1996)

연지가 서 있는 곳은 뉴욕 시 그리니치 빌리지에 있는 달톤 서점의 2층 '여성'이란 표지가 붙어 있는 서가 앞이었다. 독일 여자 영화 감독인 리나 베르트뮬러가 오는 일요일, 저서에 자필 서명을 한다고 서점 입구 전광판에 안내 광고가 돌고 있었다. 자정이 가까운 늦은 밤임에도 불구하고 서점 안에는 적지 않은 사람들이 있었다. 사람들의 발자국소리, 책장을 넘기는 소리, 소곤소곤 말하는 소리들을 휘감고 근원을 알 수 없는 곳으로부터 나직이 실내악이 흐르고 있었다. 가끔씩 직원을 부르는 목소리가 마이크로부터 부드럽게 울렸다. 아늑한 조명과 키 높이로 차곡히 서있는 서가 때문인지 실내는 주저앉은 듯 정지된 느낌인데 직원을 부르는 암호와도 같은 마이크 목소리는 더운물 속에 향료비누가 녹아나듯 연지의 귓속에 아늑하고 수월히 풀려들었다.

—김지원 「지나간 어느 날」(1997)

카페는 도로에서 한참 벗어난 골목 안 끝에 있다. 이층은 천장이 낮아 상체를 반쯤 구부린 채 자리를 찾는다. 벽 가장자리를 따라 테라스처럼 꾸며진 자리 옆으로 고개를 숙이면 아래층 전경이 훤히 내려다 보인다. 돔형 천장 가득 누군가 시스티나 성당의 천장 벽화 가운데 아담의 창조 부분을 흉내내어 옮겨 놓았다. 수많은 푸토를 거느리고, 한쪽 팔은 그들 중의 한 명에 의지한 채 이제 막 조물주가 자신의 손을 뻗어 찰흙 덩어리인 아담의 손 끝에 생기를 불어넣을 찰나다.

—하성란 「두 개의 다우징」(1997)

파리로 돌아오기 전에 탐독해야 할 페이퍼에는 눈길도 주지 않은 채 해의 이동 거리를 관찰이라도 하듯 창가에 머리를 비스듬히 기댄 채 스트라스부르에 이르렀다. 해거름이 이어지는 언덕 너머 간간이 펼쳐지는 마을들과 들녘, 넘칠 듯이 흐르는 강의 물결까지 붉은 기운을 감싸고 있었다. (중략) 아이 아빠와 헤어지며 속절할 것 없이 망가질 대로 망가진 나였다. 처음의 의지와는 딴판으로 찢기고 뒤틀린 현실로부터, 그 현실이 거듭 얹어준 노여움과 비참함으로부터 벗어나는데 이 년이란 세월이 필요했다. 그것도 모자라 나는 모국을 떠나고 싶었다. 잠 안 오는 밤이면 각국의 여행안내서를 펼쳐놓고 발 붙일 데를 기웃거렸다. 그때 마침 모 문화 재단에서 유럽 각국에서 운영하고 있는 〈작가의 집〉에 대한 취재를 의뢰해왔다. 나는 프랑스와 독일의 경우를 모델로 제시하기로 하고 청탁을 수락했다.

—함정임 「검은 숲」(1998)

젖과 꿀이 흐르는 가나안 땅. 어디에 젖이 있고 어디에 꿀이 있던가. 전세계의 이목이 집중되고 있고 아랍 연합국이 눈에다 쌍심지를 돋우어 이를 악물고 에워싸고 있는 이 볼품없는 땅 어디에 그런 것들이 있다는 말인가. 땅뙈기라고 크기나 한가. 그나마 어디를 둘러보아도 사막이다.

누런 구릉이 끝도 없이 이어진 광야. 그늘 한 점, 물 한 줄기 보이지 않는 땅이다. 그런데 그 사막 한가운데를 달리다 보면 기적처럼 시퍼렇게 살아있는 밭들이 뻐젓하게 에워지고 있었다. 마치 사람의 신경이나 실핏줄처럼 가닥가닥 물줄기를 뿜어 땅을 적시는 물 파이프를 안고 있는 밭이었다. (중략) 몇 천년이 지나는 동안 이 땅은 세월의 이빨에 물어뜯기며 이렇게 사막화된 것이 아닐까. 아니, 실제로 이 땅에 젖과 꿀이 흐르고 있었던 것이 아니라 이 땅이 그렇다는 것을 믿고 갈아엎는 동안 그 약속을 믿는 자들의 가슴 속에 젖과 꿀이 흐를 것이라는 뜻은 아니었을까.
　　　　　　　　　　　　　　　　　－정연희 「꽃잎과 나막신」(1999)

겉옷과 소지품들로 꽉찬 가방의 지퍼가 속엣것을 이기지 못하고 벌어졌다. 언젠가 아카풀코로 가기 위해 준비해두었던 선글라스를 꺼내 꼈다. 내 앞으로 오랫동안 메마른 강바닥이 낮은 건물과 도로를 껴안은 채 펼쳐져 있었다. 삿뽀로라는 지명은 이곳의 원주민이었던 아이누족의 말로 '오랫동안 메마른 강바닥'이란 뜻이었다. 여행 안내 책자는 몇 달 전부터 숙지했으므로 펼쳐볼 필요도 없었다.

책자의 도보 관광 코스에는 삿뽀로 역, 홋카이도 대학, 식물원, 구북해도청, 시계탑 순으로 나와 있었다. 책자에 의하면 삿뽀로 역에서 시계탑까지는 도보로 약 37분 정도가 소요되었다. 나는 조심스럽게 메마른 강바닥에 한 발을 내딛었다.
　　　　　　　　　　　　　　　　　－하성란 『삿뽀로 여인숙』(2000)

그러나 눈앞에 드러난 광경에 입이 딱 벌어졌다. 에펠탑이, 마치 살아 있는 거대한 짐승처럼 사방에 빛을 뿌리며 붉게 타오르고 있었다. 여자는 눈부시게 아름다운 탑신을 꼭대기까지 올려다보며 마치 자기의 몸이 불꽃을 내며 소멸하는 듯한 격렬한 열기에 휩싸였다. 그 속에서 여자는 고통의 절정에서 해방되는 나른한 쾌감마저 느끼고 있었다. 그와 후배의 완력에 이끌려 앞으로 나아가면서 여자는 자신에게 타이르듯 중얼거렸다. 여기에서는 무엇인가 해결을 볼 수 있을 것 같았지. 그래, 이제 알 것 같아. 출구를 찾지 못할 때, 해결을 볼 수 없을 때는, 스스로 타오르며 해소되는 길도 있다는 것을, 저기, 저쪽처럼.
　　　　　　　　　　　　　　　　　－함정임 「호수 저쪽」(2000)

대체 무얼 확인하고 싶었던 걸까. 영월은 알고 있었다. '금세기 최후의 개기일식'이라던 일식 이후에도 지구 어딘가에서는 개기일식이 있었다. 달이 해를 가렸고, 맨눈으로 보지 말라는 금기를 어긴 몇몇 사람은 눈이 멀었다. 그건 그냥 언제 어디서든 일어날 수 있는 일 중 하나일 뿐이었다. (중략) 그날 밤, 책상 앞에 옴쭉도 않고 앉아 기다린 끝에 영월은 새 찌짝의 몸빛같이 죽은 찌짝에 비해 붉은 기가 돈다는 걸 확인했다. 하지만 한 차례 혼돈을 겪은 마음은 이미 죽은 찌짝에게서도 떠난 뒤였다. 마음의 그 간절함도, 지나고 나면 헛것이었다.

─이혜경 「일식」(2001)

내 어머니나 형제들에게 그리고 친구들에게 나는 내 중국행을 "내 아이를 세계인으로 만들고 싶어서"라고 거창하게 말하고 다녔다. 아이는 중국의 국제 학교에 입학할 것이고 머지않아 중국어는 물론이고 영어에도 능통하게 될 것이다. 우리 부부는 아이의 장래를 위해 희생할 각오가 되어 있다. 어차피 살 만큼 살았으니 이젠 서로 떨어져서 새삼 그리워하다가 가끔씩 감동적인 상봉을 하는 그런 재미를 봐야 하지 않겠느냐, 제법 농담스러운 대사도 읊었다. (중략) 처음에는 사람들이 속아줄까 가슴 졸이며 시작했던 연극이, 나중에는 나 자신까지도 속게 만들었다. 한국을 떠나오기 직전에는 내가 남편과 화해할 수 없을 지경으로 불화에 빠져 있는 상태라는 사실까지도 잊어버릴 정도였다.

─김인숙 「바다와 나비」(2002)

종교지도자로 보이는 사람이 시신에 물을 뿌려 축복한 뒤, 사람들은 시신에 향이며 꽃을 얹는 걸로 마지막 작별인사를 했다. 고장난 카메라를 맨 채 사람들 뒷전에 서 있는 서연에게, 친족으로 보이는 사내가 사진을 찍으라는 시늉을 하며 자리를 내어주었다. 터번 같은 전통 모자를 두르고 이마에 꽃을 얹은 시신은 양손을 배 위에 얌전히 모두고 있었다. 겸손하고도 기품있는 자세였다. (중략) 서연은 봉투에서 그 꽃잎을 쏟아 여자가 준 붉은 꽃과 섞었다. 꽃을 양손으로 받쳐들고 조심스럽게 얹다가 서연은 그 여자와 눈이 마주쳤다. 깊이를 어림할 수 없는 그 눈은 모든 걸 다 알고 있는 것 같았다. 누구였을까. 습관처럼 떠올리다 말고 서연은 지어낸다. 스쳐간 한 시기의 인연. 아니 어쩌면 전생의. 어쩌면 다음 생에 자매로 인연 맺을지도 모르는. 한순간, 사람들이 뒤쪽으로 물러났다. 곧 펑, 소리와 함께 불이 붙여졌다.

─이혜경 「꽃그늘 아래」(2002)

정숙은 집집마다 걸려 있는 크고 작은 성조기며, 성조기를 달고 달리는 수많은 차들을 보며 미국인들의 테러에 대한 분노가 성조기 속에서 하나로 뭉치고 있는 열기를 느꼈다. 그녀는 겉으로는 아무것도 변한 게 없는 듯 보이나, 평온한 일상생활 속에 감추어진 미국 국민의 무서운 저력을 느끼지 않을 수 없었다. 그러나 얼마

후에 들리는 말에는 전쟁을 반대하는 사람들 중에 성조기를 달지 않은 사람도 있다고 했다. (중략)

"그리고 희생자들이 남긴 마지막 말을 들을 때마다 눈물이 어찌나 쏟아지는지…"

그녀는 눈물을 참느라고 한참 동안 말을 맺지 못했다. 그녀는 다정다감한 사람 같았다. 한국 사람이 미국에 이민 가서 사는 동안, 저도 모르는 사이에 그 땅에 정이 들어 애국심이 우러나게 되었는지? 그 애국심에 희생자에 대한 애통함이 겹쳐져서, 한 달이 지난 지금까지도 저토록 뜨거운 눈물이 그녀의 목을 메우고 있는지? 그녀의 눈물을 보며 정숙은 당황하면서 '정들면 고향'이라는 말의 실체를 눈앞에 보고 있는 것 같았다. 그녀는 미국에 살고 있는 영희와는 다른 또하나의 한국인이었다.

—한말숙 「덜레스 공항을 떠나며」(2002)

그들은 퍽 오랜 시간 동안 친구로 지내왔지만 당장 내일부터 영원히 만날 수 없게 된다 해도 오늘밤의 작별인사에 뭔가 다른 덧붙임의 말이 있을 것 같지 않은, 그런 친구들이었다. 그들은 서로 사랑하거나 증오하거나 하는 감정이 그다지 중요하지 않아 보이는 그런 종류의 관계를 유지하고 있었다. 그렇다고 해서 사무적이라거나 이해관계로 얽혀 있다거나 하지는 않았다. 언제나 만나면 따뜻한 차를 권하고 어려운 일이 생기면 돕고 싶어하고 친절하려고 노력했다. 명분이나 원칙이나 가톨릭 교회와 같은 단어를 싫어하고 예술이나 스타일이나 무국적 등의 단어를 좋아했다.

—배수아 「훌」(2002)

그는 완벽한 주소를 암기하고 있었고 박물관과 이름난 장소에 호기심을 가지는 관광객이라기보다 단지 잠시 거주지를 옮기고 싶어하는 정적인 동물에 가까웠다. 그의 짐은 단출하고 가벼웠다. 그는 번화가의 호텔도 아니고 학생들로 북적거리는 기숙사도 아니며 제3세계의 불법 장기 거주자들로 붐비면서 값싸고 수상한 숙박지도 아닌 곳을 찾아내었다. 그곳은 도심의 한가운데에 있으면서도 말수 적고 비사교적인 외국인들에게 어울리는 내성적인 장소였다.

—배수아 『이바나』(2002)

그녀는 면세구역 여기저기를 걸어다녔다. 방콕이라고 씌어진 게이트 앞에 팔짱을 낀 그녀 또래의 남녀들이 무늬나 색깔이 같은 옷을 입고 천국의 번호표를 받아든 대기자들처럼 웃고 있었다. 아마도 신혼 여행을 떠나는 사람들인가 보았다. 놀랍게도 생각보다 가슴이 아프지 않았다. 그제야 그녀는 실은 자신이 결혼하는 것과 이렇게 혼자서 미지의 세계로 떠나는 것을, 한치의 양보 없이 팽팽하게 다 동경하고 있었다는 것을 깨달았다. (중략) 만일 세상의 처음이 정말 있었다면, 있었겠지만, 누구에게도 아직 그 완성을 보이지 않은 무대의 엷은 막이 열리기 전의 모습이 혹시 저런 풍경은 아니었을까. (중략) 그녀는 부드럽고 날씬한 유선형의 비행기들이 곧 있을 긴 유영을 준비하며 꼬리를 나란히하고 서 있는 이 비행장에서 이제, 말하자면 어떤 곳으로 건너가고 있는 것이다. 가지 말라고 그녀를 잡는 사람은 없었지만 언제나처럼 누구에겐가 등을 떠밀리는 그런 기분은 아니었다.
　　　　　　　　　　　　　　　　　　　　　　－공지영 「별들의 들판」(2004)

　잠은 오지 않았다. 로마에서 날아왔으니 시차가 있을 리도 없었다. 서울에서처럼 폭탄주도 위스키도 아닌 포도주를 어정쩡하게 마신 탓 같았다. 낡은 나무 창틀 사이로 바람이 지나가는 소리가 들렸다. 그는 창에 눈을 대고 컴컴한 밖을 바라보았다. 창이 차가워서 눈이 시렸다. 차고 슬픈 것이 어린다. 정지용의 시구가 얼핏 떠오르기도 했다. 멀리 아파트 창문에 두어 개 불빛이 희미했을 뿐 어두웠다. 매우 낯선 어둠이었다. 그는 서울에는 밤이 없다고 생각했다. 서울에는 어둠이 들어설 자리가 없다. 가지각색의 전깃불들이 하늘꼭대기까지 솟아있으니까.
　　　　　　　　　　　　　　　　　　　　　　－공지영 「네게 강 같은 평화」(2004)

　낙오자의 섬은 언제나 폭풍이 치는 험한 바다에 둘러싸여 있으며 가장 가까운 육지도 한 시간 이상 떨어져 있다. 그리고 섬의 해변은 모두 무장한 군인들의 통제를 받고 있다. (중략)
　"무열, 난 그냥 낙오자의 섬으로 여행을 가는 것이 어떨까 생각하고 있었을 뿐이야."
　　　　　　　　　　　　　　　　　　　　　　－배수아 「허무의 도시」(2005)

　오직 그것이 스스로가 추구하는 존재의 반영으로서만, 슬프지만 실패할 것이 분명한 그 끝없는 추구의 도정에서만 머물기를 원하는 것들이야. 그것이 추구하는 영역이 도저히 다를 수 없이 멀고도 고귀해서 그 누구도 지상의 손길과 언어로 아름답게 표현해 낼 수 없기 때문이기도 하고, 바로 그 자신이 구제 불능의 장님이며 '이제 이루었다!'라는 환희의 선언을 두려워하는 겁쟁이이기 때문이기도 해. (중략) 그는 항상 길 위에 있을 수밖에 없는 운명이고 땀 냄새가 풍기다가 그러다가 죽게 되겠지. 그의 이름은 평생 동안 오직 정체불명의 '추구' 그것으로만 불리게 되다가 죽은 다음에는 간단하게 잊혀질 거야. //
　왜 그는 누구나 하듯이 간단하게 '어느 나라에서 왔느냐?' 하고 묻지 않는 건지 이상하게 생각했다. 그래서 나는 흔히 하는 대답으로 '한국에서 왔다'라는 대답을 주저하게 되었다. 한국인이라면, 모두가 동일한 '출처'를 가지고 있단 말인가? 과연 국적이 나의 첫 번째 출처로 나 스스로 내세울 수 있는 것인가? 그것이 사상이나 계급이나 교육이나 문화 등의 과거의 경험들을 모두 포괄할 수 있는 질문이라는 것을 나중에 알게 되었다.

—배수아 『당나귀들』(2005)

이 창가 자리에 앉아서 우리 함께 차를 마신 적이 있었어요. 버스를 타고 가던 쓰야키 씨가 창가에 앉아 있는 나를 발견하고는 경쾌하게 뛰어내려 함께 중국식당에 가거나 마트에 가서 접시나 포인세티아 화분을 산 적도 있어요. 이곳에 머무는 동안 구두 두 켤레를 버리고 새로 사야할 정도로 내내 걸어다니곤 했는데도 나는 언제나 여기 이 자리에 앉아 있어도 지나가는 사람들 중 내가 아는 사람. 적어도 여섯 명쯤은 발견할 수 있어요. 지금 쓰야키 씨를 본 것처럼 말이에요. 그들은 대개 이 다운타운 상점에서 근무하는 사람들이죠. 슈퍼마켓에서 일하는 앨런, 브래드 가든에서 파트타임으로 일하는 줄리. 우체국에서 근무하는 아흐메드 등등 이름표를 달고 있던 사람들요. 그중에는 갈색 머리카락을 어깨 밑으로 치렁치렁하게 기르고 다녔던 홈리스도 있었어요. 어쩌면 다른 사람의 눈에는 나 또한 이 도시의 일부가 되어 있는지도 모르겠어요. …뒤도 안 돌아보고 가네요. 쓰야키 씨. 언제나처럼 내가 여기 앉아 있는 것도 모른 채.

—조경란 「형란의 첫 번째 책」(2005)

막판에 몰린 사람들이 너나 나나 호주 영주권을 주문처럼 외고 있었다. 혹시나 싶어 이것저것 알아본 그것은 현실적이고 매력적인 답안처럼 보였다. 그곳에서라면 내가 이혼녀건 어쨌건 밀이와 함께 새롭게 살 수 있을 것만 같았다. 나는 서울을 떠나고 싶어 발을 동동 굴렀다. (중략)

"언니, 나는 여기서는 검은 천을 둘러쓰고 사는 것 같아. 이렇게 해도 불행하고, 저렇게 해도 불행할 것 같아. 나 아직 젊어. 다시 한 번 살아볼게. //

진도 집을 알아보러 왔다고 했다. 몇 마디 나누어 보니 나와 놓인 처지가 비슷했다. 하기는, 한국을 떠나 홀홀 낯선 나라까지 날아온 이십 대 후반의 여자란 그리 다를 것이 없는 게 당연했다. 무언가를 놓고 왔거나, 무언가로부터 달아났거나.

—김서령 「무화과잼 한 숟갈」(2006)

그는 짐을 꾸리고 자신을 돌봐주었던 마을 사람들과 소녀에게 작별인사를 마쳤다. 그는 방향을 돌렸다. 앓고 있을 때는, 만일 병이 낳는다면 십수 년만에 집으로 돌아가리라고 맹세했었으나 이제 그래야 할 이유가 없어진 것이다. 게다가 열다섯 살 때 이후로 집 따위는 가져본 적도 없는데, 어째서 그런 엉뚱한 생각이 들었는지, 그런 자신이 우습기도 했다. 그는 원래 생각했던 여행을 계속했다

—배수아 「양곤에서 온 편지」(2006)

이곳은 독일 서부의 작은 마을 S다. S는 비수기의 관광지처럼 한적하다. 자전거를 타고 나가면, 동서남북 어느 쪽이든 대략 삼킬로미터 내에 마을은 끝나고 밀밭 사이로 선홍색 개양귀비와 흰색 야생 마거리트와 보랏빛 엉겅퀴와 자주색 자운영 같은 야생화가 핀 들판이 광활하게 펼쳐진다. //

그러고 보니 거리엔 늙은 남자들과 외국인 노동자들과 슬로베니아 난민들과 흑인 여자만 보인다. 외국인 노동자들은 어딘가 냉소적으로 보이고 흑인 여자들은 웃고 있어서 행복해 보이고 난민들은 고독해 보였다. (중략) 그리고 주택지를 지나갈 때, 집 안마당에서 정원 일을 하거나 옆집 여자와 잡담하는 목소리가 들려왔다. 그 여자들은 나를 보면 긴장한다. 긴장 속에는 신경질적인 경계심이나 관대한 우월감 중 하나가 틀림없이 비쳤다. 그들 눈에 나는 낯선 방문자이고 난민이고 망명자였다. 일 년을 살아도, 십 년을 살아도, 오십 년을 살아도 그럴 것이다.

—전경린 「천사는 여기 머문다」(2006)

나는 수잔나와 취리히에서 온 그녀의 친구 플리니, 이렇게 두 명의 여자들과 아파트를 나눠 쓰게 되었다. 셋이 함께 살기 시작한 후 수잔나와 마주친 적은 손에 꼽을 정도로 드물었다. 플리니는 우체국과 수퍼마켓, 두 군데서 아르바이트를 했고 일이 끝나는 오후 여섯 시에는 언제나 집으로 돌아왔다. 처음에 수잔나와 플리니, 둘 모두 집에 없을 때면 나는 혼자있는 사람이 집에 남았을 때 주로 하는 행동을 하곤 했다. 수잔나의 방은 옷가지와 여행지에서 막 돌아와 열어놓은 채 그대로인 트렁크와 촛불, 그리고 잡지들과 그녀의 애인인 토아스톤의 사진들로 발 디딜 틈이 없었다. 플리니의 방은 연결된 두 개의 작은 방 바닥부터 천장까지 기하학적인 도형이 프린트된 흰 종이가 벽지처럼 발려 있었고 군데군데 색칠이 되어있다.

—조경란 「버지니아 울프를 만났다」(2006)

그곳으로부터 2킬로미터 정도 떨어진 곳에 국경이 있다고 했다. 아버지로부터 이 나라를 탈출하기로 했다는 얘기를 들었을 때 리나는 밤마다 국경을 꿈꿨다. 밤이 되면 국경에서는 바람 소리와 총소리가 끊이지 않았고 여기저기서 불기둥이 치솟아 올랐다. 탈출하다 잡힌 사람들은 옷을 벗은 채 일렬로 서서 총살당한 후 몸통이 까맣게 되도록 불에 탔고, 심통난 눈을 한 올빼미가 그 모든 광경을 지켜

봤다.

그래도 리나는 의심하지 않았다. 저만치 앞 허공에 푸른 둑처럼 펼쳐져 있는 국경은 어느 순간 활짝 열릴 거라고 믿었다. 그 푸른 둑이 이쪽을 향해 파도처럼 몰려와 하늘이 열리듯 저절로 열릴 거라고 믿었다. 그리고 보이지 않는 손이 나타나 탈출자들을 고스란히 빨아들인 후 안전한 투망 안에 넣어, 마술처럼 국경 너머로 데리고 갈 거라고 믿었다.

―강영숙 『리나』(2006)

세상에는 나만 있는 게 아니라는 사실을, 내게는 서쪽을 동쪽이라고 부르는 자들이 밀려와서 가르쳐주었다. 너는 중심이 아니고, 멀고 먼 동쪽 끄트머리라고. 그런데 그 멀고 먼 동쪽 끄트러미는 어디인가. 나를 중심으로 놓고 방향을 가늠해 볼 수 없으므로, 내게는 동쪽도 서쪽도 남쪽도 북쪽도 없다. 내가 있는 자리를 중심으로 거리를 재볼 수도 없으므로, 내게는 세상 어디도 가깝지도 않고 멀지도 않다. 내가 중심이 아니라는 건 알겠는데, 중심 아닌 나머지 세상은 어디에 있는지 모르겠다.

―오수연 「문」(2007)

아침마다 똑같은 인사말들이 되풀이되었다.
―안녕하세요.
―안녕하세요.
―좋은 아침입니다.
―잘 지내나요?
사람들은 서로 궁금하지 않은 것들에 대해서만 질문했다. 교본의 첫 장에서 그것이 예의라고 가르쳤다. 20세기 초에 지어진 건물은 계단의 폭이 좁았고 지붕이 높았고 비가 오는 날에는 음습한 냄새를 풍겼다. 검고 푸른 눈동자들이 흘러 다녔고 모두들 미소를 짓고 있었다. 흔한 이름들이 있었다. 7월이었다. 말에 말을 더하고 빼는 시간들이었고, 다음날 아침에는 다음날 아침이 왔다. (중략) 잔디밭 위에 앉아 있으면 밑으로 지하철이 지나가는 고요한 진동을 느낄 수 있었고, 덧없는 감정들이 묽게 희석되었다. 눈을 감으면 풍경이 일그러졌고, 그 형상이 아름답지도 추하지도 않았다. 두고 온 것에 대해서는 생각하지 않았다. 휘청거리는 풍경과 한시적인 풍경들만이 있었다. 어디에 있어도 머무르는 것이 아니었다. 언제나 떠나는 중이었다.

―한유주 「재의 수요일」(2008)

바다와 하늘과 숲과 바람이 어우러진 그 풍광은 너무나 신비로워서 세상의 고통을 잊게 한다지. 그나저나 바다란 어떻게 생긴 것일까. 로랑의 정원에 놓여 있던 푸른 도자기 빛의 물이 끝없이 출렁이는 곳, 그러니까 물의 정원 같은 거지. 아니 그런, 말로 설명할 수 있는 게 아니야. 바다를 본 적이 없다 했을 때 보라는 바보라 말하는 대신 안쓰러워하는 눈빛으로 그렇게 말해주었지. 이제 곧 그곳에 도착해서, 짙푸른 물의 정원 속으로 힘껏 던지면 신은 이걸 영원의 품에 숨겨줄 테지. 신발의 바닥은 얼마 못 가 떨어져나갈 것이다. 벌어진 틈으로 들어온 모래와 피가 뒤엉켰다. 발을 디딜 때마다 다리 전체로 퍼지는 아픔은 오히려 어제보다 무뎌졌다.

—정미경 『아프리카의 별』(2010)

그 오후에 이야나의 집 가난한 마당으로 스며들던 노을빛, 그들은 영원히 그 노을빛을 잊지 못할 것이다, 노을은 언제나 지진의 기억을 일깨우고, 무더기진 죽음을 일깨우고, 피의 기억을 일깨운다. 이야나가 진의 손을 잡았을 때, 손등 위로 내려앉던 것도 피의 빛깔이었다. 그들은 아무것도 잊지 않고, 잊을 수도 없을 것이다. 세상의 모든 것이 변하거나 무너진다는 것을 안 후에도, 마찬가지다. (중략) 오래전, 힐러의 말이 떠오른다.

문이 열리면 당신은 기억하고 싶지 않은 것들을 기억하게 될 것입니다. 그러나 또한 반드시 기억해야만 할 것도 기억하게 될 겁니다. 기억해야만 할 것이 기억하고 싶지 않은 것들을 지우게 될 겁니다. 내가 당신을 도와주겠습니다.

—김인숙 『미칠 수 있겠니』(2011)

누가 여행을 돌아오는 것이라 틀린 말을 하는가
보라. 여행은 안 돌아오는 것이다
첫여자의 첫키스도 첫슬픔도 모두 돌아오지 않는다
그것들은 안 돌아오는 여행을 간 것이다
얼마나 눈부신가
(중략)
보고 싶은 만큼, 부르고 싶은 만큼
걷고 걷고 또 걷고 싶은 만큼
흔들림의 큰 소리 넓은 땅
그것으로 여행 가려는 나는
때로 가슴이 모자라 충돌의 어지러움과
대가지 못한 시간에 시달릴지라도

멍텅구리 빈 소리의 세계추로는 돌아오지 않을 것이다
누가 여행을 돌아오는 것이라 자꾸 틀린 말을 하더라도
—이진명 「여행」(1994)

　페루라고 입술을 달싹이면 내게 있었을지도 모를 고향이 생각난다. 고향이 생각
날 때마다 페루가 떠오르지 않는다는 건 이상한 일이다. 아침마다 언니는 내 머리
를 땋아주었지. 머리카락은 땋아도 땋아도 끝이 없었지. 저주는 반복되는 실패에
서 피어난다. 적어도 꽃은 아름답다. 적어도 나는 그렇게 생각한다. 간신히 생각하
고 간신히 말한다. 하지만 나는 영영 스스로 머리를 땋지는 못할 거야. 당신은
페루 사람입니까. 아니오. 당신은 미국 사람입니까. 아니오. 당신은 한국 사람입
니까. 아니오. 한국 사람은 아니지만 한국 사람입니다. 이상할 것도 없지만 역시
이상한 말이다. 히잉 히잉. 말이란 원래 그런 거지. 태초 이전부터 뜨거운 콧김을
내뿜으며 무의미하게 엉겨 붙어 버린 거지. 자신의 목을 끌어안고 미쳐버린 채로
죽는 거지.
—이제니 「페루」(2010)

　저녁 아홉 시, 아직 도서관에 앉아 1885년 발굴된 도시의 사진을 들여다보는데,
검은 얼굴을 한 청소부가 도서관으로 들어와 쓰레기통을 비운다.
　어디에서 왔어요. 그것에는 기린이 커다란 황금 들판을 달리나요. 혹은 아비에
게 쫓겨난 하마들이 물을 찾아 어슬렁거리나요. (중략) 아마도 그건 작은 이야기,
우리가 이 작은 도서관에서 이렇게 찰나로 마주치는 것처럼, 그대는 청소부로,
나는 그대를 바라보는, 이 시간까지 집으로 돌아가지 못하는,
—허수경 「아마도 그건 작은 이야기」(2005)

오 년에 한 번 본에 있는 영사관으로 가서 패스포트를 갱신하는
선택이었다 자발적인 유배였으며 자유롭고 우울한
선택의 블루스가 흐르는 세계의 중심부에서 변방까지
불선택의 블루스가 흐르는 삶과 죽음까지

글로벌이라는 새 고향, 블루스를 울어야 하는 것이다
—허수경 「글로벌 블루스 2009」(2011)

울지 마 울지 마
여기는 이국의 수도 오늘 시장에 폭탄이 터지지 않으면

내일 이 시장엔 오렌지를 가득 실은 수레가 온다네

그러니 울지 마 울지 마

당신을 버린 내가 성문 앞에 앉아 이름은 잊혀진 나물을 캐고 있다 해도

내가 버린 당신이 성 안에 앉아 그 나물에 법전을 고명으로 식은 국수를 드신다

고 해도

— 허수경 「여기는 이국의 수도」(2011)

7
서울

'서울'은 신라의 도읍명 '서벌'이 국가명으로 대체된 뒤 '서벌〉셔볼〉셔울〉서울'의 과정을 거쳐 형성된 것으로 본다. 도시는 본래 행정과 경제의 중심지로 그 중 으뜸된 도시를 서울이라 불렀고, 점차 서울은 한 나라의 수도를 지칭하게 되었다. 조선시대에 이르러 전란 후 삶의 터전을 잃은 농촌의 유민들은 도시로 몰리기 시작했고, 이들은 서울 도시민의 주류를 이루었다. 조선 후기에 이들 도시민은 '여항인', '시정인'이라 불리는 계층을 형성하였는데 부의 축적으로 여유로운 삶을 영위하게 되면서 새로운 도시문화를 형성하였다. 근대에 이르러 서울은 점점 상업화, 도시화되었고 유흥문화의 번성으로 조선 말기 도시에서 양산된 유녀들은 20세기 초 '유곽'으로 상징되던 공창의 매춘부가 되는 한편, 개화기 때 신식 교육을 받은 '신여성'들은 여성개화에 헌신하기도 했다.

　고전문학 작품 속 서울은 '사랑하는 임이 떠나가는 공간'으로 등장한다. 여성은 서울을 남편이 과거 시험을 보기 위해, 더 나아가 입신출세를 하기 위해 떠나간 남성 사회의 중심 공간으로 인식한다. 동시에 도시적 유흥과 생명력이 넘치는 서울은 남성들의 전유물로서 풍문으로만 들을 수 있었던 여성에게는 동경의 공간으로만 존재했다. 그러나 근대 이후 여성들은 외부로 활동 반경이 넓어지면서 풍문으로만 듣던 서울을 직접 목도하고 경험함으로써 유람의 공간으로 인식하게 되었다.

　이처럼 서울을 동경의 공간으로 인식하는 경향은 현대문학 작품 속에서도 등장한다. 작품 속 서울은 희망의 공간으로 상상됨과 동시에 서울의 화려한 외관은 허구적 판타지를 구축하며 인간 욕망의 표상으로 나타난다. 그리고 그 화려함 속에 어두움이 교차하며 불완전함, 혼란스러움, 부패함을 상징하는 공간이 된다. 도시적 삶을 단적으로 보여주는 아파트는 획일화된 삶과 소통 단절, 그리고 고립감을 제공하며 도시적 삶의 부정성을 함축하는 공간으로 등장한다. 따라서 서울에서의 삶은 우울, 무력감, 절망감에 사로잡힌 공간이며 자본주의적 삶의 방식에 의해 비정하고 폭력적인 삶을 살 수밖에 없는 공간이 된다. 이러한 공간에서 여성은 타인의 소통보다는 무관심으로 일관함으로써 자기 방어를 하기도 하고, 고독과 쓸쓸함을 오히려 도시적 삶의 조건으로 받아들인다.

7.1. 서울의 명칭과 유래

서울의 유래

'서울'은 현재 대한민국의 수도를 가리키는 고유명사이며, 동시에 한 나라의 중앙 정부가 있는 곳, 즉 수도(首都)를 뜻하는 말이기도 하다. 고유명사의 쓰임에서 시작하여 '한 나라의 중심지', '가장 도시화된 곳', '왕 혹은 최고의 통치자가 있는 곳' 등을 두루 의미하는 보통명사가 되었다. 본래 '도시'는 정치, 경제, 사회, 문화 활동의 중심이 되는 곳으로 인구와 시설이 한데 모여 있는 지역을 의미한다. 본래 도시라는 말에는 도읍(都邑), 곧 정치 또는 행정의 중심지라는 뜻과 시장(市場), 곧 경제의 중심지라는 뜻이 내포되어 있다. 그러므로 그러한 도시들 중 가장 중심된 도시를 서울이라 불렀고, 서울은 자연히 한 나라의 수도를 지칭하는 말이 되었다.

서울이란 옛날에는 왕이 거처하면서 정사를 보는 궁궐과 중앙 통치기관이 있었던 도시이며, 더불어 국가의 상징인 조상의 사당과 묘소가 있었다. 서울은 궁궐을 둘러싼 내성과 관아, 그리고 백성들의 거주지를 둘러싼 외성으로 구성되어 있었는데 서울의 출입은 성문을 통과해야만 가능했고, 밤에는 도성문을 닫았다가 새벽에 열었다.

서울을 한 나라의 도읍지라는 의미로 사용한 것은 삼국시대 신라초기부터이다. 『삼국사기』에 신라의 국호를 '서나벌(徐那伐)'이라 한 기록이 있으며, 『삼국유사』에는 신라의 국호를 '서라벌(徐羅伐)', '서벌(徐伐)' 혹은 '사라(斯羅)'라고 하였다는 기록이 전해진다. 특이한 점은 『삼국유사』에서는 '서벌'에 대하여 "지금 우리말로 '京'의 뜻을 '서벌'이라 하는 것은 이 때문이다"라고 언급하였는데, 이것은 신라 국호의 하나인 '서벌'이 한자 '京'과 같은 의미로 쓰였음을 짐작할 수 있다. 이것은 '서라벌' 혹은 '서벌'은 원래 도읍 이름이었으나 점차 도읍명이 국가명으로 대체하여 국호가 된 것으로 볼 수 있다. 이를 통하여 오늘날 수도라는 의미를 지닌 보통명사 '서울'과 제도상의 고유명사인 '서울'이라는 명칭의 생성은 신라 초기에 비롯되었음을 알 수 있다.

서울의 의미

신라시대 '京'을 의미하는 어휘는 '서라벌(徐羅伐) 계열'과 '소부리(所夫里) 계열'로 구분할 수 있다. 먼저 서라벌 계열의 어휘로는 '서라벌(徐羅伐), 서나벌(徐耶伐), 사로(斯盧), 사라(斯羅), 신로(新盧), 서벌(徐伐), 시로(尸盧), 신라(新羅)' 등이 있으며, 소부리(所夫理) 계열의 어휘는 '사벌(沙伐), 사비(泗沘), 거발(居拔), 고마(固麻), 부여(夫餘)' 등이 있다

서라벌 계열 명칭들의 기원으로 첫째, '새로운(新) 도읍(벌)'에서 기원했다고 본다. 지금의 '새롭다'가 '새'를 어근으로 하는 말인 것처럼 '셔/시'는 '新'의 의미였다고 추정하는 것이다. 둘째, '쇠철을 다루는 문명한 곳'에서 기원했다고 보기도 한다. '철'의 옛말이 퉁구스어로 'səl', 만주어로 'sele'이며 이것이 지금도 '쇠, 세, 시, 소' 등의 형태로 방언에 많이 남아있기 때문이다. 특히 '金谷'이란 지명이 예로부터 흔했고 이를 '쇠부리' 등으로 부른 것을 보았을 때 '셔/시'의 어원을 '철(金)'로 추정하는 것이다. 셋째, '동쪽(시)을 신성시하는 사람들의 정서가 있는 곳'이라는 의미에서 기원했다고 본다. 동쪽을 의미하는 '샛별'의 '새'가 현재 남아 있다. 넷째, '新羅, 斯盧, 斯羅'의 표기인 'sara' 혹은 'sərə'의 뜻을 현재 '首'의 의미를 갖는 '수리(정수리)'의 고어형으로 보는 견해는 '徐羅伐, 徐伐, 金城' 등이 '長城, 大邑, 首邑'을 의미한다고 본다. 이밖에 '셔/시'가 '새벽(曉, 曙)'을 의미한다고 보는 견해가 있으며, '벌(伐)'의 경우 일반적으로 '도읍(谷), 고을' 혹은 '평원, 벌판(平原, 野)'을 의미했을 것으로 보지만 '野, 平'의 의미 이외에 '光明'이라는 의미를 가진 것으로 보기도 한다.

서울에 해당하는 소부리(所夫理) 계열의 어휘로는 '사벌(沙伐), 사비(泗沘), 거발(居拔), 고마(固麻), 부여(夫餘)' 등이 있다. 이들 어휘 가운데 '소부리'와 '사비'는 '서라벌'보다 앞선 말로 보이며 신라어와 백제어에 동시에 나타난다. 나머지 어휘는 주로 백제와 관련이 있는 서울의 명칭이다. 이밖에 '서라벌'과 동계이나 다르게 표기한 국명이나 지명의 경우 '西火, 伊火兮, 草八, 草八兮, 鐵原京, 東原京' 등이 있다.

한편 보통명사로서의 서울은 한자로 '경(京)'과 '도(都)'로 표시되는데, '경'은 '크다'는 뜻이며, '도'는 '거느리다, 번성하다'는 뜻을 가지고 있다. 서울을 가리키는 한자어로는 '경성(京城), 황성(皇城), 제경(帝京), 경사(京師), 경조(京兆), 도읍(都邑), 도부(都府), 도성(都城), 왕경(王京), 왕도(王都), 경도(京都), 경락(京洛),

경련(京輦), 경부(京府), 경사(京師), 황도(皇都), 수도(首都), 수부(首府), 국도(國都), 수선지지(首善之地)' 등이 있으며, 방언형으로는 '술(평북), 설(평북, 함남), 설(평안), 서월(제주)' 등이 있다.

서울의 어휘사

서울의 어원을 '싀[東, 新]+블[原, 谷]'의 결합으로 보고 의미를 추정할 경우 '새로운 도읍', '동쪽에 있는 평원 혹은 고을' 등이 되며, 현재의 '서울'이라는 형태로 변화된 과정을, '싀[東, 新]+블[原, 谷]>셔블>셔울>서울' 등으로 설명할 수 있다. 문헌상으로는 『용비어천가(龍飛御天歌)』(1447)의 '셔블'이 가장 고형(古形)이나 동시에 『두시언해(杜詩諺解)』(1481)에서 '셔울'이 나타난다. 이와 같이 『용비어천가』의 '셔블'과 함께 『두시언해』의 '셔울'이란 어형도 이미 15세기의 문헌에서 발견되므로 '셔블>셔울'의 변화는 중세어에 이미 진행되었다고 볼 수 있으나 그 밖에도 어원에 대한 다양한 견해가 있어 왔다.

즉, '싀[東, 曙, 新]+볽[光明, 野, 平]'의 결합, 혹은 '셔/싀[東, 新, 曉]+벌[平原]'의 결합으로 보기도 하며, '새[新]+울[圓柵]'의 결합이나 '사[新]+바라[平野]'의 결합으로 보기도 한다. '사바라'에서 '사'는 '새'(새것)의 옛 형태이며 '바라'는 원래 '벌', '고을' 등을 나타내던 말로 점차 수도의 뜻으로 변한 것인데, 옛날 말 '사바라'의 형태변종인 '서버러'가 '서벌→서볼→서울'의 과정을 거친 것으로 보는 것이다. 또한, 우리말에서 '사'로 표기되는 한자어, '思, 斯, 史, 四, 使' 등의 음은 중국 중고음 思는 [*si], 斯는 [*sii], 史는 [*si], 四는 [*sii], 使는 [*si] 등으로 재구되는 것으로 보아 '시'에 가까웠을 것으로 추정한다. 더불어 『일본서기(日本書紀)』의 기록에 '新羅貴'가 나타나는데, 현재에도 신라를 'sira-gi'라 부르고 있고 과거 일본에서 신라[斯盧城]를 'sira-ki'[=新羅城]라고 읽은 것으로 보아 '시'로 읽고 있음을 알 수 있다. 따라서 신라의 모체가 된 '斯盧', '斯羅'를 옛날에는 일본처럼 'sira'로 읽었을 것이라고 추정하고, 이것이 '시ᄅ-벌[=斯盧城])*시러블>*시여블>셔블>셔울>서울'의 변화과정을 거친 것으로 본다.

서울 명칭의 변화　　　지금 위치한 서울 지역은 본래는 마한(馬韓)의
　　　　　　　　　　　　땅이다. 백제의 시조 온조왕(溫祚王)은 지금의
경기도 광주 부근에 도읍을 정하고 '위례성(慰禮城)'이라 명명하였다. 한강을 지
칭하는 '아리수(阿利水)' 혹은 '욱리하(郁利河)'는 '크다(大)'라는 뜻을 가진 '아리',
'욱리'에서 기원하여 '대성(大城)'의 뜻을 가졌다고도 하고, 백제왕을 가리키는
'어라하(於羅瑕)'의 '어라'에서 기원하여 '왕성(王城)'이라는 뜻을 가졌다고도 하는
데 위례는 이것에서 기원했다고 본다.

백제 근초고왕 26년에 이르러 '한산(漢山)'으로 도읍을 천도한 뒤 '한성(漢城)'
이라고 불렀으며, 서기 475년 고구려 장수왕이 이곳을 점령하여 '북한산(北漢
山)' 또는 '남평양(南平壤)'이라 하였다. 신라 553년 진흥왕은 백제로부터 한강유
역을 빼앗아 신주(新州)를 설치하면서 '북한산주(北漢山州)'로, 다시 568년에는
'남천주(南川州)'로, 그리고 신라가 삼국을 통일한 후 '한산주'로 바뀌었다. 그 뒤
757년 경덕왕 때 '한주(漢州)'가 되었는데 '주(州)' 아래 한양군(漢陽郡)을 설치하
면서 처음으로 '한양(漢陽)'이란 지명이 등장하게 되었다.

고려시대가 되면서 태조 23년(940)에 '양주(楊州)'로 개명되었으며, 그 후 문
종 21년(1067)에 '남경(南京)'이 되었다가 충렬왕 34년(1308)에 '한양부(漢陽府)'로
개칭되었다. 한양으로의 천도 논의가 거듭되던 중 조선이 개국하자 지금의 서
울이 조선의 도읍이 되었으며, 태조 4년(1395)에 한양부가 '한성부(漢城府)'로 개
명되었다. 그러나 1910년 한일병합으로 '한성부'를 '경성부(京城府)'로 바꾸고 경
기도에 편입시켰으나, 해방 후 1946년 8월 18일 공포된 '서울헌장'에서 "경성부
를 서울시라 칭하고 이를 특별자유시로 함"을 명시하면서 경기도에서 분리되어
'서울 특별자유시'가 되었고, 1948년 8월 대한민국 정부가 수립되면서 수도로
결정된 후 1949년에 지금과 같은 '서울특별시'가 되었다.

도시의 성장

조선은 성립된 지 200년이 지나 임진왜란과 병
자호란이라는 큰 양란을 겪으면서 농민들의 유
민화가 심화되었다. 더구나 17세기에 자연재해가 극심해지자 정부는 진휼청(賑
恤廳)을 두고 기민(饑民)을 위한 대책 마련을 강구하였으나 진휼대책이 서울의
유민을 대상으로 시행되자 오히려 유민들이 대거 서울로 몰려드는 결과를 가져
왔다. 유민들은 정부의 쇄환정책(刷還政策)에도 불구하고 서울을 떠나지 않았으
며 이들이 서울에 머무는 까닭은 살아갈 방도가 서울에 있었기 때문이었다.

대동법 실시를 계기로 세금이 현물이 아닌 화폐화된 쌀, 포, 돈 등으로 다양
화됨으로써 돈을 주고 요역을 대행하는 모군(募軍)이 실시되었고 이는 노동력의
상품화를 촉진시켰다. 이처럼 17세기 후반부터 유민들의 서울로의 집중현상은
흉년을 피해 일시적으로 일어나는 현상이 아니라 도시화된 서울에서 정착하여
살기위한 목적으로 이루어졌으며, 서울의 인구급증현상은 18, 19세기까지 이어
졌다. 이러한 유민의 서울 유입은 도시에도 변화를 일으키기 시작하였다. 종래
의 관 중심의 독점적 상공업에서 벗어나 사상(私商)들의 경쟁이 활발해졌고, 싼
값에 노동력을 공급받을 수 있게 됨으로써 상업이 크게 발전하였다. 이것은 상
업인구의 급증과 더불어 부를 축적한 중인계급이 출현을 촉진시켰다.

일부 도시민은 부를 축적하면서 여유와 풍요로운 생활을 영위할 수 있었고
이러한 서울의 외적인 팽창과 경제적 풍요로움은 전국적으로 유민들이 대거 서
울에 몰려드는 주된 원인이 되었다. 이처럼 서울이 모든 면에서 중심지라고 하
는 민중의식은 당시의 속담에 잘 나타나 있다. "모로 가도 서울만 가면 된다.",
"모로 가나 기어가나 서울 남대문만 가면 그만이다."라는 속담은 수단 방법을
가리지 않고 문제를 해결하면 된다는 함의를 갖지만 본래 이 말은 조선시대 사
람들에게 서울은 진출의 목표지였음을 나타내고 있다. 또한, "망아지를 낳으면
제주도로 보내고, 사람이 자식을 낳으면 서울로 보내라."는 속담은 교육을 받고
또 출세하기 위해서는 서울로 가야 한다는 의식을 반영한 것으로 서울은 지방
사람들의 선망의 대상이었음을 알 수 있다. 서울 갈 때는 "서울에 올라간다."고
표현하는데 이는 서울은 지방 사람들에게는 지체가 높은 곳이고 무서운 곳이었

음을 함의하는 것인데, 이러한 서울에 대한 공포감은 "낭떠러지라 과천에서부터 기어간다."라든가 "서울이 무섭다니까 새재부터 기어간다."라는 속담 등에서 확인할 수 있다. 상업이 발달한 서울이기에 약삭빠른 사람이 많고 지방처럼 인심이 후하지 않았을 것이었다. 따라서 서울은 각박한 곳이라는 뜻에서 "시골 깍쟁이 서울 곰만 못하다.", "서울은 눈뜨고 코 베가는 곳"과 같은 속담이 생겨났다.

식민지 여성의 삶

17, 18세기 일어난 서울의 변화는 도시의 외관만이 아니라 도시민의 성격에 질적 변화를 초래하였다. 도시민의 계층과 직업은 다양화되어 상인, 수공업자, 임금을 받는 고용노동자층 등이 출현하였는데, 이들이 18세기 이후 서울 도시민의 주류가 되었고 서울의 도시문화를 변화시키는 요인이 되었다. 이들을 '여항인(閭巷人)', '시정인(市井人)'이라 불렀는데 이들은 상업화된 도시, 서울이 만들어 낸 새로운 중간계층으로 그들이 추구하는 가치도 전통사회의 그것과 달랐다. 이들은 유흥 문화의 발달로 대표되는 도시 문화를 발달시켰고, 서울 도시민에게 유흥 및 향락은 일상적인 것이 되었다.

조선 말기 도시화된 서울의 모습을 반영하듯 기생 혹은 창기 외에도 소위 갈보(蝎甫)라고 불린 유녀들이 점점 늘어났는데 이들은 밀매음을 하였다. 개항 이후 일본의 공창제도가 조선 내의 일본인 거류지에 도입되었고, '불특정 다수인들을 상대로 성교를 하고 그 대가를 지불받는 직업', 즉 매춘녀로서 창기, 창녀가 사회적으로 공식화된 것은 1904년 10월 10일 일본 공사관 산하 '경성영사관령'제 3호에서였다. 그 후 1908년 9월에 기생과 창기를 구별하는 '기생단속령, 창기단속령'을 제정하였다.

청일전쟁 이후 거류지에 유곽이 더욱 성행하여 매춘을 통제하기 위해서 1916년 '조선대좌부창기취체규칙(朝鮮貸座敷娼妓取締規則)'이라는 공창제도를 공포하였다. 이것으로 '유곽'으로 상징되던 매춘이 경찰의 관리 하에 공공연하게 이루어지게 되었는데 당시 매춘 여성은 대부분 가난한 집의 딸들로 봉건적 가족 제도 하에서 가족을 위해 희생이 강요된 것이었다. 1947년 11월 14일 '공창제도폐지령'이 공포되었으나 이 법령의 시행을 계기로 상당수의 창기들이 공창에서

사창으로 옮겨가 '사창의 시대'로 진입하면서 창녀의 숫자는 더 늘어갔다. 식민지 시대의 공창제도는 여성을 성적 도구로 삼는 성의식을 확산시켰고, 그 결과 식민지 여성의 사회적 지위나 인간적 가치를 왜곡시켰다. 이처럼 일제의 매춘문화는 1950년대 이후에는 미군기지를 중심으로 확산되었다.

도시에 등장한 신여성

서울의 도시화는 유교적 가부장제 아래에서 순종과 정절이라는 부덕(婦德)을 강요받은 여성들의 삶에도 큰 영향을 미쳤다. 칠거지악(七去之惡), 삼종지도(三從之道), 여필종부(女必從夫), 부창부수(夫唱婦隨), 남불언내(男不言內), 여불언외(女不言外) 등과 같은 규범은 여성들의 사회적 위치와 가정 내 지위, 그리고 그에 예속된 삶의 모습을 보여준다. 부부관계도 지배와 복종의 종적인 관계로 유지되었고, 내외법(內外法)에 묶여 외부와의 접촉이 금지된 생활을 강요받았다.

조선 후기로 오면서 상업의 발달로 외국과의 교류가 빈번해지자 17세기 초엽부터 일부 지식인들을 중심으로 서학의 과학기술과 천주학이 유입되기 시작했다. 1876년 일본과 강화도조약이 체결되자 개화의 물결로 서울은 급변해 갔고, 19세기 말 20세기 초의 40년간은 전통적인 가치관에 큰 변화가 일어났다.

한일병합과 일본에 의한 중일전쟁의 발발로 여성들의 노동력을 필요로 하게 되었고 신문이나 잡지 등을 통해 여성 인력을 모집하게 되었다. 따라서 1900년 전환국에서 최초로 여공(女工) 15명을 모집하는 등 근대 여성들은 국가경제체제의 일원으로 취업을 통한 경제활동에 참여하게 되었다. 더불어 여자고등학교 출신자들은 사무직으로, 그리고 외국 유학을 마친 여성들은 전문직으로 진출하기 시작했다. 박에스더는 한국 최초 여의사로 미국 유학 후 서울 보구여관(保救女館)과 평양 광혜여원(廣惠女院)에서 수많은 부인환자들을 치료하는 한편, 기독교 선교사업과 맹아교육에도 앞장 선 한국여성개화의 대표적인 인물이다. 하란사는 미국에서 영문학을 전공한 뒤 이화학당에서, 그리고 윤정원은 최초의 관립여학교인 한성고등여학교의 초대 교사로 재직하였다.

당시 이러한 여성들을 가리켜 '신여성'이라 불렀는데 신여성이란 개화기 때 신식 교육을 받은 여성을 일컫는 말이었다. 1920년대 민족운동가인 김마리아, 박인덕, 허정숙, 화가이자 소설가로 활동한 나혜석 등 많은 신여성들이 그 시기에 활동하였다. 이들 신여성들은 여성의 접근이 제한되어 있었던 공적 삶의 공간인 도시에서 활동한 여성 개화의 선각자라고 할 수 있다.

도시와 현대 여성

1870년대 이후 20세기 초까지 한국의 전통 사회가 문화적, 정신적인 측면에서 큰 변화를 입었다면, 1950년대 이후 지금까지는 물질적, 외형적 측면에서 엄청난 변화를 입었다. 광복 후 서울 인구는 40년간 10배 이상 증가했다. 그러나 1950년대 한국의 도시화는 노동의 공급이 수요를 크게 앞지르는 전형적인 후진국형 도시화 양상을 보여준다. 수많은 판잣집으로 대표되던 5, 60년대 서울은 그 이후 놀라운 국가주도의 경제성장정책으로 고도의 경제발전을 이루었다.

서울은 모든 면에서 한국의 중심이 되었고 대부분의 도시들도 급격하게 도시화됨에 따라 음식과 주거에서 서양화가 이루어져 전통적인 생활 문화가 사라졌으며, 대가족 문화는 부부 중심의 핵가족으로 변화되었다. 도시화는 사회구조 및 생활양식의 변화, 그리고 가치관과 인간관계의 변화를 가져왔지만, 물리적 변화가 가치관의 변화보다 급격하여 괴리가 생기면서 여러 문제가 발생하게 되었다. 동시에 전통적 가치관과 서구적 가치관이 공존하는 양상이 나타났다.

현대 도시의 가족 구성은 대부분 핵가족 형태를 띠고 있으며, 이는 도시인의 개인주의적 성향을 부추긴다. 도시민들은 자주 거주지를 바꾸기 때문에 지역에 기반을 둔 지속적 인간관계는 유지되기가 힘들며 타인에 대한 불신이나 무관심은 사회관계에서 소외감을 느끼게 한다. 그리고 개인들은 필요한 욕구를 충족시키기고 각자의 관심과 이해관계에 따라 여러 집단과 관계를 맺는다. 이러한 집단의 예로는 동호인집단이나 공공의 목적을 가진 자선단체, 자원봉사자단체, 정당 등 각종 단체나 친목을 위한 학부형, 주부들 친목계 등이 해당될 수 있다. 이들은 도시민이 갖는 소외감과 약화된 인간관계를 보완하며 동료의식을 부분적으로 보충하고 있는데 이는 현대 도시민이 갖는 소외감과 익명성으로부터 벗어나려는 다양한 시도로 볼 수 있다.

7.3. 동경의 공간

서울은 나라의 수도이자 정치, 경제, 문화의 중심지이다. 곧, 조선시대 서울은 궁궐과 관청을 중심으로 건설된 권력형 정치 도시이다. 또한 최고의 지식인들이 모여 있는 학술문화의 중심지이기도 했다. 그러니 많은 사람의 관심의 대상이요 한 시대의 이목이 집중하는 곳이라 하겠다. 이런 이유로 서울은 여성들에게도 관심의 대상일 수밖에 없었다. 그렇다면 '서울'은 여성들에게 어떤 의미였는가. 여성 한시문에서는 '님이 떠나가 있는 먼 서울' '동경과 유람의 공간'이라는 두 의미로 대별된다. 또한 서울은 '경(京), 경도(京都), 경락(京洛), 경사(京師), 경성(京城), 낙중(洛中), 낙양(洛陽), 낙하(洛下), 장안(長安), 한양(漢陽)' 등의 명칭으로 등장한다. 현재 전해지는 여성 시문의 대부분이 조선시대 작품이라는 것을 생각할 때, 현대의 우리가 알고 있는 '한양'이라는 지명보다 '서울'이라는 의미의 단어들을 더욱 많이 사용했음을 알 수 있다.

여성들은 님과 이별하게 된다. 이는 님이 서울로 떠나기 때문이다. 그러므로 여성들에게 서울이란 사랑하는 님이 떠나가는 공간이 된다. 여성들에게 서울은 권력의 중심지도 문화의 중심지도 아닌 님이 가야하는 공간으로 다가온다. 님이 떠나가는 이유는 대체로 다음과 같다. 첫째는 사대부 가문에서 남편이 과거 시험을 보기 위해, 혹은 과거 준비를 하기 위해 서울로 간다. 그런데 남편은 과거에 합격하지 못하고 몇 년 혹은 10년 넘게 봄이면 떠나가기를 반복한다. 이는 능력이 안 되는 남편 탓이기도 하지만 그보다는 몰락한 사대부 가문의 현실이기도 했다. 다음은 역시 사대부 가문에서 남편이 공적 혹은 사적인 일로 서울로 간 것이다. 이 때 여성은 남편에게서 올 편지를 기다린다. 마지막으로는 부임지에서 혹은 유람지에서 기생과 사귀던 님이 그 기생을 두고 서울로 가서는 돌아오지 않기도 한다. 다시 만날 수 있으리라 약속을 한 뒤 돌아가서는 소식이 없는 것이다. 그 이유야 배신일 수도 있고 사정이 여의치 않아서일 수도 있다.

님이 떠나가는 혹은 떠나가 있는 이 서울은 하늘 밖[天外] '천리(千里)', '삼천리(三千里)' 멀리 떨어진 곳이며, 북쪽이며[在北], 눈 내리는 곳이며[北雪], 인정이 각박한[人情薄] 곳이다. 그러므로 여인들에게, '서울'은 '그리운 님이 현재 있는 곳', '사랑하던 님이 간 뒤 돌아오지 않는 곳'이라는 심상을 지니게 된다. (취련 「敬呈詩」, 강지재당 「送別之京」)

특히 조선 후기의 서울은 문화도시, 상업도시로 거듭 나아가, 생명력이 넘치는 활발한 도시였다. 그러면서 그 자체의 명승지를 지닌 관광의 도시이기도 했다. '화산남 한수북 천년승지'(권근 「상대별곡」)라는 서울은 삼각산, 인왕산, 남산, 한강에 둘러싸여 그 나름의 명승지를 지니고 있었다. 곧, 궁궐 구경이 동경의 대상이 되는 것은 물론이거니와, 수많은 명소를 지니고 있었던 것이다. 그러므로 많은 사람들이 서울을 동경하고 서울에 유람하기를 바라는 것은 자연스러운 일이었다. 전국에서 사람들이 유람을 위해 서울로 모여들었는데 여성이라고 가만히 있을 수는 없는 일이었다. 이에 여성도 '아름답고[綺麗] 번화한 곳을 보기 위해' 서울 유람을 갔다. 남산에 올라 서울을 내려다보고, 세검정, 탕춘대, 삼청동, 백석실, 동성(東城) 밖의 정자와 누대, 정릉, 왕십리, 관왕묘 등을 돌아보았다. 서울은 형체와 기세가 웅장하고 기상이 엄숙하여 그 큰 배포가 느껴지는 곳이었으며 물산이 풍부하고 아름다운 곳이었다. 이에 흥금이 쾌활해짐을 느꼈다고 했다. (김금원 「湖東西洛記」)

한편, 고전시가에서 서울은 남편이 입신출세를 위해 가 있는 공간이다. 서울은 남성이 입신양명하는 곳으로, 남성 사회의 중심 공간으로 나타난다. 동시에 도시적 유흥이 만개하는 공간으로 인식되기도 하는데, 화려한 도시의 유흥은 남성들의 전유물로 여겨진다. 그 결과 서울은 남성의 드넓은 사회적 활동반경을 대변하는 공간으로 자리한다. (「화전가라 1」)

하지만 여성에게는 풍문으로 전해 듣는 동경의 대상이다. 또한 임이 부재하는 '이곳'에서 임을 기다리며 바라보는 '저곳'으로서, 지리적으로 멀리 떨어진 곳, 소통이 막힌 격절의 공간으로 표현된다. 시집살이 민요와 가사에서 서울에 가 있는 남편의 부재는 시집살이의 고통을 가중시키는 계기이다. 남편이 있는 곳인 서울이 지리적으로 단절되어 있다는 표현은 남편과의 소통의 부재를 함축한다. (「전북 완주 시집살이 노래 "강남 땅땅 강냅이는"」, 남씨 부인 「싀골색씨 설은 타령」)

근대 이후 규방가사 작품에서 서울은 풍문의 공간에서 벗어나 직접 그곳의 경관을 목도하며 경이의 시선을 보내는 유람의 공간으로 등장한다. 이는 여성의 외부 활동 반경이 넓어지고 있음을 보여주는 지표가 된다. (「금광유람가」, 「동반송별」)

그대는 삼천리 멀리서 저를 생각하겠지만
저는 하루 열두 때 그대를 생각한다오
서울은 인정이 각박하다 하니
혹 님의 마음이 변할까 저어되네.
君能憶妾三千里 妾亦思君十二時 聞道洛下人情薄 或恐郎心異妾心
— 취련 「님께 드리는 시 敬呈詩」(18세기?)

시월 강남에 비가 오니
북쪽에는 눈이 내리겠네
북쪽에서 눈을 만나거든
빗속에서 그대 그리는 날 생각해주오
떠나실 때 귤 하나 드리니
손 안 구슬처럼 아껴주오
바라노니, 양주길 지나
돌아올 때 만 개 가져오세요
十月江南雨 知應北雪時 在北如逢雪 懷儂雨裡思
臨行貽一橘 愛似手中環 願作楊州路 歸時萬顆還
— 강지재당 「서울로 임 보내며 送別之京」(19세기 후반)

산과 바다의 기이하고 장한 경관을 모두 다 차례로 본 후 다시 기려하고 번화한
곳을 보기 위해 마침내 경성으로 향했다. 멀리 한양을 바라보며 시 한 수를 지었다.
"한가롭기 부평초라 멀리 노닐며/산에 오른 날이 많았으나 쉴 줄을 모르네/돌아가
려는 마음 기쁘게 동으로 흐르는 물 좇아가니/한양의 바람과 연기도 조만 간에
걷히리." 한양은 제왕의 도읍지로 억만 년 태평함의 기초라 구구한 좁은 소견으로
가히 엿보고 헤아릴 바는 아니나, 그 형체와 기세가 웅장하고, 기상이 엄숙하여
단지 그 큰 배포를 느낄 수 있을 뿐이었다. 층층 봉우리 첩첩한 산, 용처럼 서리고
호랑이처럼 웅크려서, 혹은 일어나고 혹은 엎드리고, 칼같이 서고 깃발같이 펼쳐
져, 북으로는 삼각산과 백악산이 웅대하게 큰 도읍을 누르고, 남쪽에는 목멱산·
종남산이 마치 책상을 마주 대하고 있는 듯했다. 또 왼쪽으로는 왕십리 벌이 손을
맞잡고 동쪽 성곽을 보호하고, 오른쪽으로는 만리현 서쪽 끝을 지탱하며, 한강은
깃과 띠가 되고 삼강은 성시의 문이 되었다. 배와 수레가 폭주하고 수산물, 육지
산물이 모두 모여 기세가 웅장하고 물산이 풍성하니 아름답구나. 고구려의 도읍

평양은 비록 수양제의 위세로 천하의 군사를 동원했으나 요동에서 헛되이 죽었다 는 동요를 일으켰고, 당태종의 걸출함으로도 한 성을 함락시키는 일이 힘들어 "눈 동자에 화살을 맞는" 문구를 면하지 못했다. 하물며 이 금성탕지는 하늘이 내리신 곳이니 그 누가 날아 강을 건널 수 있겠는가. 남산에 올라가 대궐을 내려다보니 용루 봉각에 상서로운 기운이 총총했다. 내려다보이는 성시에는 하얗게 칠한 담과 성가퀴에 경사스러운 기운이 울울하여 부호들의 기와집 저택들이 땅을 치며 서로 이어졌고, 수다한 주점은 하늘에 꽂혀 마주 일어섰으며, 붉은 바퀴 푸른 말발굽이 앞을 인도하는 소리가 동서로 달리고 쫓는다. 부귀는 속세의 길 사이에서 다투어 과시하고, 백마 금편의 풍류 남자들은 삼삼오오 짝을 지어 의기 투합하여 청루 주사 안에서 서로 만나니, 진실로 가히 기쁘고 밝은 세계의 태평기상이라 일컬을 만하다. 시골에서 낳고 자라 안목이 협소함을 스스로 비웃었으나, 성내를 두루 돌아보고는 비로소 흉금이 쾌활해짐을 느낀다.

山海之奇壯 旣爲歷覽 更欲觀綺麗繁華之場 遂向京城. 遙望漢陽 得一詩曰 "間似浮萍事遠遊 登臨多日不知休 歸心欣逐東流水 京洛風烟早晚收." 漢陽是 帝王之都 而萬億年太平之基 非區區管見所可窺測 而其體勢之雄 氣像之嚴 只 覺其大排鋪也. 層峰疊嶂 龍蟠虎踞 或起或伏 釰立旗張 北爲三角白岳雄鎭大都 南爲木覓終南如對几案. 左而枉尋坪拱護東城 右而萬里岾撑枉西極 漢水爲襟 帶 三江爲市門. 舟車輻輳 水陸都會 氣勢雄壯 物産豊盛 猗歟休哉. 句麗之都平 壤也. 雖以隋煬帝之威動天下兵 而謾惹出遼東浪死之謠 且以唐太宗之雄 困一 城下而尙不免玄花白羽之句. 況玄金湯天府 其誰能飛渡江耶. 上南山瞻仰 北闕 龍樓鳳閣 瑞靄蔥蔥. 俯瞰城市 粉牆雉堞 佳氣鬱鬱 千甍甲第 撲地相連 百隊旗 亭 揷天對起. 朱輪碧蹄謁導聲 東西馳逐. 富貴爭誇於紅塵紫陌之間 白馬金鞭 冶遊郎 三五作伴 意氣相逢於靑樓酒肆之中 眞可謂熙皡世界太平氣像也. 生長 鄕曲 自笑眼目之狹小 周覽城內 始覺胸襟快豁.

—김금원 「호동서낙기(湖東西洛記)」(1850)

남자되기 부럽도다 소년공명 귀남자는 문장명필 높이배와 도덕을 싹은후에 여 기방장 놀으실때 한양서울 올라가서 국가태평 문무간에 입신양명 하올적에 춘풍 호걸 의긔양양 빅빅홍진 달려들어 팔만장안 넓은곳에 금안준마 비겨타고 탁주삼 배 먹은마음 하류풍경 구경하고 남자몸이 되엿다가 이노름도 할만하고

—「화전가라 1」(미상)

후원초당 봄이드니 마른잎에 속닙다고 꼿피우난 싸슨바람 스람마음 훗터내닉 반씀층을 의지ᄒ고 ᄒ욤업시 안즈스니 일편간중 밋친서름 서울낭군 그리워라 무

정ᄒ다 우리낭군 그연여름 ᄒ번간후 온산천이 멀니막혀 편지ᄒ장 젼혀엄닉 삼월
삼진 강남으로 일년일도 오는제비 옛집을 찻건마는 임은어찌 안오는고 힝여나
그리운님 꿈에나 볼가ᄒ고 탯마루에 누웟스니 잠인들 쉽게오나
—남씨 부인 「싀골색씨 설은타령」(20세기 전반)

　손발 씻고 들어간게 비상 타서 영거놓고 간장 타서 덮어놓고 한 모금을 마서보니
머리야 간고로다 두 모금을 마서보니 잔뼤는 물러나고 굵은 뼤는 솟구친다 시
모금을 마서보니 아주 가고 여영 갔네 셔울 간 선비님께 서신 동구를 하여 보면
이런 꼴이 무슨 꼴이며 동네 일천이 알고 보면 이런 꼴이 먼 꼴인가 장인 장모가
알고 보면은 이런 나라가 무슨 나라 서울 간 선비님께 오동 통통 뛰어오네 에라허
고도 요망헌 사람 시집살이가 강허다니 잠자리가 낮잠자기가 웬말인가 분통 같은
요내 손질 진맥이나 하여 보세 진맥을 하여 보니 아주 가고 여영 갔네
—「시집살이 노래 "강남 땅땅 강냅이는"」, 전북 완주 (미상)

　경성으로 도착ᄒ니 정신이 쇄락ᄒ고 총독부의 올나셔니 젼싱인가 이싱인가 황
홀ᄒ고 난측ᄒ다 딕궁젼 드러셔니 비참하고 한심할ᄉ 엇지그리 늦겹던고 죄모업
시 슬푸도다 딕궐이 비여스니 신흔가 무상할가 비원을 나가면셔 쳐쳐이 둘러보니
비뢰을 강심ᄒ고 젼츠을 잡아타고 굉장한 상점구경 능난ᄒ고 찰난ᄒ다 동물언
식물언은 보면즁 우섭도다 남산공원 올나셔니 기기디디 만능법졀 몃만인가 모와
든고 굉장ᄒ고 장ᄒ도다
—「금광유람가」(20세기 전반)

　오류동반 손을줍고 장안딕로 너른골목 젼후좌우 완상ᄒ니 시가의 번화문색 이
목의 현황ᄒ고 삼층사층 벽돌집의 오색병화 그림니오 오복뎜 덨ᄌ옥은 물화도
쓰일시고 젹역고산 포목이오 물ᄌ손수 취단이라 화신상회 승강기은 힝녁니 편이
ᄒ고 젼등은 별돗난듯 젼츠은 오락가락 이목이 현황ᄒ고 심신니 표탕ᄒ니 창경원
덕수궁과 동관딕궐 춘당대의 곳곳시 완상ᄒ니 심신니 숙련ᄒ고 발길이 축척ᄒ다
—「동반송별」(1935)

서울 255

7.4. 빛과 그늘의 새로운 성전(聖殿)

현대문학에 재현된 서울의 이미지는 동경과 욕망의 표상으로 허구적 판타지 속에 구축되어 왔다. 특히 현대소설에서 서울은 문화적·정서적 욕망의 최종적인 지향점으로서 모든 가능성이 잠재되어 있는 희망의 공간으로 상상되었다. 그러나 또 한편에서 현대소설은 일상공간으로서의 서울이 인물들에게 야기하는 좌절과 소외의 감정들을 예민하게 포착하고자 했다.

현대소설에서 서울이라는 공간은 무엇보다 근대적 삶의 물리적, 심리적 중심이자 자본주의적 욕망의 표상으로 기능한다. 여성들은 종로, 명동, 청계천 등의 특수한 장소들을 거닐며 서울의 화려한 외관에 취해 자유와 해방감을 느낀다. 특히 음악다방, 백화점, 카페, 네온사인, 화려한 빌딩 등은 그들에게 경제적 풍요와 문화적 욕구를 충족시켜주는 상상적 공간이다. 여성작가들은 서울에 대한 막연한 환상에 부나방처럼 뛰어드는 이들의 초상을 씁쓸하게 그리는 한편, '환락의 본원지'로서 서울에 덧씌워진 허위의 이미지를 벗겨내고 그 이면에 숨겨진 황막하고 스산하고 불안하고 무질서하기까지 한 서울의 맨얼굴을 드러내고자 한다. 이렇게 여성작가들의 시선에 포착된 서울의 모습은 화려함과 빈부의 격차라는 어두움이 공존하는 불완전한 공간이며 혼란하고 부패한 아비규환의 도시이다. (강경애 「파금」, 『인간문제』, 이선희 「가등」, 『여인명령』, 최정희 「청량리역 근처」, 윤금숙 「명동 주변」, 한말숙 「신화의 단애」, 박경리 『녹지대』, 손장순 『한국인』, 강석경 「숲속의 방」, 공선옥 「멋진 한세상」)

한편으로 선망과 동경이 공간으로서 서울은 그 중심에 진입하지 못한 이들에 의해 공포와 위기의 공간이 되기도 한다. 서울이 거대한 메트로폴리스가 되는 과정에서 서울은 도심과 변두리, 그리고 다시 서울 내부의 중심과 주변의 위계 관계를 형성하면서 공간의 계층화를 야기했다. 고향을 등지고 서울의 화려함을 동경하며 상경한 자에게 허락된 것은 오직 후미지고 그늘진 서울의 음지를 견디는 일 뿐이고, 오래된 다세대주택과 재개발구역의 낡은 집들만이 이방인이 서울에 진입할 수 있는 '틈새'가 된다. 정착할 수도 없고 가질 수도 없는 곳, 화려한 도시의 풍경 뒷면에는 여전히 뜨내기일 수밖에 없는 이방인의 소외감과 절망이 공존하고 있는 것이다. 현대소설은 번화한 서울 도심과 대조를 이루는 변두리

지역의 초라한 풍경을 재현함으로써 이곳에 거주하는 이들의 긴박하고 불안한 내면을 들여다보고, 추방자로서 이들이 느끼는 배제의 공포와 탈락의 위기감을 조명하는 데 초점을 맞추고 있다. 이렇게 도심에 사는 중산층의 허위의식과 소비욕망, 그리고 변방에 거주하는 이들의 소외감과 결핍감이 대조되면서 서울은 그 자체로 갈등을 만들어내는 공간이 된다. (강신재 「녹지대와 분홍의 애드벌룬」, 박완서 「어느 시시한 사내 이야기」, 「서글픈 순방」, 「낙토의 아이들」, 「주말농장」, 「어떤 야만」, 「엄마의 말뚝」, 이경자 『배반의 성』, 양귀자 「멀고 아름다운 동네」, 김윤영 「풍납토성의 고무인간」, 김애란 「자오선을 지날 때」, 「벌레들」, 편혜영 「크림색 소파의 방」, 하성란 「1968년의 만우절」)

이처럼 현대소설에서 서울은 하나의 단일한 인상이나 의미로 규정되는 공간이 아니라 다양한 얼굴을 지닌 혼종적이고 잡종적인 공간으로 드러나고 있다.

남산 조선신궁 앞 넓은 마당에서 번쩍이고 있는 전등불은 산들산들 겨울의 감정을 더욱 일으키고 있다. 그 광선에 펄펄 날아드는 눈은 여름밤 등불에서 죽음의 길을 다투고 있는 하루살이 모양이다. 그곳을 지나치는 형철이와 혜경이는 눈 위에 긴 그림자를 끌고 남대문을 향하여 천천히 층층대를 내려온다. 남산을 중심으로 오색 불빛 밑에 각선으로 묘사된 현대적 건물은 확실히 대도시를 표징한다. 북악산 밑 백악관도 어둠 속으로 뚜렷이 그 거체를 나타내고 있다. 그러나 그 주위는 황막한 광야 모양으로 어두컴컴한 가운데에 다만 여기저기 벌려 있는 불자루가 껌벅이고 있는 것이 도리어 슬플 뿐이다.

―강경애 「파금」(1931)

어느덧 뜨거운 햇볕을 잔등에 느끼며, 그의 배에서 쪼르륵… 하는 소리가 들려왔다. 그는 천천히 삼청동 비탈길을 내려오기 시작하였다. 거게서 구하지 못하면 또 어디 가서 구한담… 너무 돌아가면서 몇십 전씩 취해내서 이젠 달라고 할 염치조차 없었다. 그러나 지금은 아직 이르니까 배가 덜 고파서 그렇지, 한 겻만 지나면 그때야말로 아무 동무에게나 가서 다리아랫소리를 하지 않고는 견디지 못할 것이다. (중략) 종로까지 나와서 우두커니 섰다. 동소문을 향하여 닫는 버스가 먼지를 뿌옇게 피우며 지나친다. 그는 집이 그리웠다. (중략) 윙 달려오고 달려가는 전차는 끊이지 않았다. 수없는 버스며 택시가 서로 경쟁을 하여 달려오고 달려간다. 신철이는 목구멍이 알알하도록 먼지를 먹으며 아스팔트를 힘없이 걸었다.

―강경애 『인간문제』(1934)

오늘도 종로엔 부연 햇빛이 흐르고 김이 빠진 소매상엔 값싼 솜실 속옷들이 너저분하게 걸려 있다.

명희는 지금 종로를 지난다. 어떤 때는 이 거리가 화려의 극치를 이루고 모든 환락의 본원지인 것처럼 과장되어 보일 때가 있다. 그러한 때 그 가운데로 지리멩 치마를 휘날리며 지나가는 계집아이는 몹시 유쾌했었다.

그러나 오늘은 사물 그대로 보이는 판이라 쓸쓸하고 가난하고 보잘 것 없는 이 거리가 무슨 생물과 같이 측은하게 보인다.

—이선희 「가등(街燈)」(1934)

구경올 때는 오후 세시인 대낮에 왔건만, 구경을 다하고나오니 낮은 밤으로 만들고 새파란 가스불미테서 노름을 놀든 그 천막안의 세계의 연장인듯 박가튼 임이 캄캄하게 구술가튼 불방울로 도첫다.

숙채는 네거리에 나서서 잠시 망서리다가 그냥 것기고 하고 회적회적 걸엇다. 전차를 탈것이로되 타는것보다 그냥 바둑판처럼 네모진 문의가돗친 포도우를 거러보는 것이 훨신 더 유쾌할것가틈이였다.

—이선희 『여인명령』(1937)

일전, 서울 갔다 도라오는 길이였다. 청량이 발 원주행은 무슨 이유란 말도 없이 마음대로 넉장을 부려 볼 심산으로 벌써 50분 전에 떠낫어야 했을 텐데 아무스 소리 없이 개찰조차 하지 않고 개찰구에서 시작한 것이 발이 질펑질펑 빠지는 저어 변소 엽대기도 지나서 느러선 여객들을 그냥 내버려 두었다. 석탄이 없는 겐지 승무원이 술을 먹고 잡바진겐지 도모지 알 수가 없었다.

화가 더럭더럭 나서 견딜 수가 있어야지.

청량리랴 어디 그래야 말이지. 온통 똥 냄새, 오줌 냄새, 사방이 변소인 양 코를 찌르고 양담배, 떡 장사, 무슨 장사, 무슨 장사, 오만 가지 장사가 막우 아무 데나 길이건 대합실이건 거저 어디건 앉아서 파는 것이 아니든가.

—최정희 「청량리역 근처」(1947)

낮이면 신호종이 우는 십자로까지 다가왔을 때, 길 옆 큼직한 삘딩 앞 보도 위에는 무언지 쭉 깔린 것이 있다. 자세히 보니 가마니다. 꿈틀꿈틀 한다. 그 옆에는 지게가 벽에 기대어 있다. 미스터 황은 그제야 섬찍한 생각이 들어 현경이에게로 눈을 옮겼더니 현경은 이제야 알았느냐는 듯이,

"매일 밤 도회의 찬 꿈이 서리는 이불이랍니다. 나라가 암만 건설 의욕에 불타드

라도 오늘밤과 같은 사교장이 서울의 구석구석을 차지하고, 한편에는 또 야윈 몸덩어리들이 의지할 지붕조차 없어서 이렇게 떨구들 잔다는 것을 선생님은 어떻게 보구 계십니까? 국민의 생활이 이처럼 균형이 잡히지 않구서도 이 나라가 밝아질 수 있을까요?"

—윤금숙 「명동 주변」(1949)

새까만 거리에는 헤드라이트의 행렬이 한결 뜸해졌다. 밴드는 다시금 왈츠로 바뀌었다. 시간은 마구 흘러간다. 진영(眞英)은 별로 초초해지지도 않는다. 애당초에 댄서로 취직할 것을 잘못했다는 생각도 해본다. 그러나 한 달 동안 일을 한 연후에야 겨우 월급을 탄다는 것은 안될 말이다. (중략) 춥다. 추워서 움츠려진 조그만 젖꼭지가 스웨터 위에 뽀조록이 솟아 버렸다. 그뿐만은 아니다. 배도 고프다. 생각해 보니 오늘은 거의 절식 상태이다. 추위와 굶주림, 진영은 그 속에서 여전히 생존하고 있는 스스로를 뚜렷이 깨닫는다. '지금 나는 살고 있다' 하고 그녀는 생각한다. '살고 있다' 하고 되씹어 본다.
오 층 빌딩의 높은 창턱에서 내려다보는 서울의 밤은 아늑하고 다정스럽다.

—한말숙 「신화의 단애」(1957)

물론 도회지의 턱없는 팽창은 바로 언덕 밑까지 일용잡화를 비롯한 갖가지 물품의 가게들을 밀어붙였고, 그 저편은 판자촌, 또 반대켠 울창한 숲을 격한 곳에는 과학연구소의 거대한 건물을 하늘 높이 치솟게 하여 놓았다.
상점가와 판자촌 사람들은 먹기 위안 악다구니, 과학연구소에서는 로켓과 달나라의 형편에 대해서 머리를 짜고 있고, 국군의 훈련소와 잇닿은 국도로는 전쟁터로 가는 병사들의 트럭이 연거푸 달려가는 것이었다.

—강신재 「녹지대와 분홍의 애드벌룬」(1966)

겉은 윤기가 나고 풍성하나 속은 빈곤과 적자의 지속. 그나마 AID원조 자금을 도로 몽땅 뺏어가려고 벌떼같이 모여든 숱한 외국인 상사들, 계획성 없는 경제행정. 자급 자족이 안 되는 원자재(原資材), 산업 부진.
이래저래 딸리고 몰려서 떳떳치 못한 증원만을 외친다. 그래도 전세계의 관심이 집중하던 동란시에는 반공투쟁이란 명분 아래 모든 것이 여유 있고 풍부하게 돌아갔으나, 오히려 이것이 한국 경제이 균형을 파괴하고 자활의 능력을 잃게 한 요소가 아니었을까.

—손장순 『한국인』(1966)

도심에서 좀 떨어졌지만 C동은 손꼽히는 고급 주택가로 남향으로 완만하게 경사를 이뤄 양지바르고 잘 포장된 널찍한 도로가 문전마다 고루 뻗어 있었다. 그러나 완만한 경사도 포장도로도 김복록의 집까지이고 그 뒤 즉 우리 집부터는 별안간 경사가 급해지고, 길은 리어카도 못 들어갈 꼬부랑 비탈길로 변한다. 본래 산이었던 곳에 한 집 두 집 생기기 시작한 무허가 판잣집이 산을 완전히 점령해서 생긴 동네로 C동 사람들은 이곳을 산동네라 불렀고, C동 사람들의 골칫거리였다.

    —박완서 「어느 시시한 사내 이야기」(1974)

    우리가 이 고장에 제일 먼저 들어선 평민 아파트에 입주 신청을 할 때만 해도 신청이 분양 가구수에 미달돼 무추첨 당첨이 될 만큼 이 고장은 살 만한 고장이 못 됐다.

    더군다나 입주시기가 겨울이어서 매운 북풍이 온종일 강가의 모래를 실어다가 황량한 들판에 뿌렸다. 평민 아파트에서 바라보이는 거리고 얼어붙은 들판과 모래바람과, 그 모래바람을 삼면에서 막고 섰는 민둥산뿐이었다. 뭐 하나 정붙일 만한 거라곤 없었다. (중략) 오로지 내 집 장만의 꿈을 위해 십 년, 이십 년 애면글면 모은 목돈을 꾸려들고 무릉동이 변두리란 약점 하나만 믿고 싼 땅을 구해 이곳을 찾아온 가난뱅이가 있다면 우선 그 엄청난 땅값에 기절초풍을 할 것이다. 그리고 그렇게 되기까지 마음껏 농간을 부린 땅장수들을 원망하며 돌아설 것이다. 무릉동의 땅은 그런 가난뱅이와 인연을 맺기엔 너무도 도도하게 길들여져 있었던 것이다.

    —박완서 「서글픈 순방」(1975)

    나의 넓은 서재에 딸린 화장실 변기에 앉으면 작은 북창으로 멀리 퇴락하고 조잡한 구시가가 안개 같기도 하고 먼지 같기도 한 불투명한 잿빛 속에 잠겨 있는 게 보인다. 그리고 흐르고 있는 건지 정지하고 있는 건지 분명치 않은 탁한 강이 보인다. 차의 왕래가 빈번한 튼튼하고 드넓은 다리가 탁한 강의 이쪽과 저쪽을 이어주고 있지만 구시가에 대한 친근감은 거의 없다. 막연한 혐오감이 있을 뿐이다. 무릉동 사람들이 썩은 강이라 부르는 강이 그런 거리감을 만들어주고 있는지, 구시가에 대한 혐오감이 멀쩡한 이름 있는 강을 썩은 강이라 천대하게 됐는지 그것까지는 확실하지 않다.

    —박완서 「낙토의 아이들」(1978)

    "마님도, 조오기라시더니 현저동 꼭대기가 조오기라굽쇼?"
    나는 험악하게 생긴 지게꾼의 얼굴에 경멸이 스치는 걸 놓치지 않았다. 도시의 집단 속에서 엄마는 작고 초라해 보였다. 동백기름을 발라 늘 곱게 빗어 쪽지던 머리가 힘겨운 짐을 이었다 내렸다 하는 새에 헝클어지고 곤두선 것도 보기 싫었다. 나는 이유가 분명치 않은 슬픔이 복받치는 걸 느꼈지만 울음을 터뜨리진 않았다. //

그러나 나를 압도하고 주눅들게 한 건 밀집 자체가 아니라 그걸 다스리는 질서였다. 질서란 밀집에 아름다움을 부여하는 그 무엇이었다. 그것이 자연 그대로의 상태에 제멋대로 방목되었던 계집애를 한눈에 주눅들게 한 것도 사실이지만 한눈에 매혹한 것도 사실이었다.

그러나 엄마가 말없이 허위단심 기어오르고 있는 동네엔 그게 없었다. 그래서 더럽고 뒤죽박죽이었다.

　　　　　　　　　　　　　　　　　　　　　－박완서 「엄마의 말뚝」(1979)

종로에 발을 디디면서부터 나는 낯선 곳에 온 것처럼 거리를 기웃거렸다. 그 시간에 종로에 나온 것도 오랜만이었지만 독특한 옷차림의 젊은 아이들이 밀집해 있는 풍경은 나를 이방인으로 만들기에 충분했다.

그들은 시계방 앞에서, 문이 닫힌 건물 층계에 또 생맥주 집 입구에 앉아 있기도 하고, 길에 서서 핫도그를 먹기도 하고, 무리 지어 다니기도 하면서 거리 전체를 장악하고 있었다. 그것은 군중이었고 치외법권의 숲이었으며 거부였다.

　　　　　　　　　　　　　　　　　　　　　－강석경 「숲속의 방」(1985)

이제 그 희망을 갖기 위해 서울에서 떠나게 되었다. 그는 뭔가 기이하다는 느낌을 저버릴 수가 없었다. 넓고 넓은 서울에서 그는 여태껏 집을 갖지 못하고 살았다. 희망 없이 살았다는 말과도 다름이 없다. 그런데 이제 집을 가지게 되었다. 다른 것은 서울이 아니고 부천이라는 점이다. 그렇다면 이 경우에도 집과 희망은 동의어인가.

　　　　　　　　　　　　　　　　　　　　　－양귀자 「멀고 아름다운 동네」(1987)

여름밤의 서울행 완행열차, 상상을 초월할 만큼 난리굿이다. 일곱 시간을 내리 입석으로 갔다. 통로에 신문지를 깔고 좀 앉아 있을래도 앉을 공간이 없다. 공간이 란, 내가 섰는 딱 그 자리, 그만큼뿐이다. 한 마디로 옴도뛰도 못하겠다. 새벽에 용산역으로 내렸다. 서울, 말로만 듣던 서울이다. 듣기만 하던 국제빌딩이 바로 눈앞에 보였다. 날이 밝는 대로 전화를 하기로 하고 일단 대합실 의자에 앉아 눈을 붙였다. 서울 오기 전에 생각했던 것보다 겁이 하나도 안 난다. 이제부터 돈을 버는 거다. 무엇을 해서? 식모일을 하면서. 차차 서울이 익숙해지면 다른 일을 찾아보자. 광주, 지긋지긋하다. 내 다시는 그 지긋지긋한, 가난뿐인 전라도 땅에 내려가지 않으리라. 성공하기 전에는, 부자가 되기 전에는. 모든 위대한 '처음'은 다 이렇게 보잘것없이 시작되는 거다.

—공선옥 「멋진 한세상」(1999)

만일 우리 집이 풍납동의 이 낡은 단층집으로 이사 오지 않았다면 아무 일도 일어나지 않았을지 모른다. 그전까지 우리는 풍납동에서 차로 10분 거리인 둔촌사 거리 건너 올림픽아파트에서 살았다. 그러니까 88년도의 일이다. 그해 오빠는 대학에 들어갔고 악착같이 땅을 사 모았던 엄마의 노력이 빛을 발해 천정부지로 뛴 땅값을 움켜쥐고 엄마는 급기야 올림픽 아파트로 이사하는 대모험을 감행했다. 대출을 끼고 들어간 집이래도 엄마의 자긍심은 대단했다. 그러면서 이게 다 오빠가 순조롭게 대학에 붙어줘서 쫙쫙 잘 풀리는 일이라며 잘난 아들을 들먹거렸다. 생각해보면, 우리 집의 거주지 변천사는 오빠의 삶의 궤적과 일치한다. 오빠가 수석으로 파주중학교에 입학한 82년, 우리 가족은 파주를 떠나 서울 현저동의 달동네로 이사했다. 오빠가 역시 우수한 성적으로 고등학교에 입학한 85년에는 근처 지상 1층의 다세대 주택으로 이사했고 그로부터 8년 후인 96년 우린 한 번 더 이사를 해야 했다. 빚더미에 깔린 엄마는 아파트를 내놓을 수밖에 없었다. 주식 투자로 쓴 맛을 보기도 했고 무리하게 확장한 생갈비집이 영 장사가 안됐던 것도 원인이었지만 무엇보다도 오빠의 병원비를 감당할 수 없었기 때문이다.

—김윤영 「풍납토성의 고무인간」(2002)

열차는 눈먼 물고기처럼 인천을 빠져나와 북쪽으로 달려갔다. 나는 노선도를 올려다보며 역사(驛舍)의 수를 꼽아보았다. 인천에서 의정부까지 50여 개의 역이 있고, 영등포와 신길, 종로를 지나면 서울 북쪽 어딘가에 내 방이 있다. 노선표의 불빛이 깜빡거렸다. 자그마한 플라스틱 전구 위로 종착역까지는 녹색 불이, 이미 지나간 역 위로는 빨간 불이 켜졌다. 도시의 이름을 가진 점과 그 사이를 잇는 직선. 나는 그것이 카시오페이아나 페르세우스, 안드로메다라 불리는 이국 말로 된 성좌처럼 어렵고 낯설었다. 내가 모르는 도시의 별자리. 서울의 손금. 서울에 온 지 7년이 다 돼가는데, 그중에는 내가 아직 한 번도 가보지 못한 동네가 많다. 땅속에서 바람을 맞으며 안내 방송을 들을 때마다 나는 구파발에도, 수색에도 한 번 가보고 싶었다. 그러나 그러지 못한 것은 서울의 크기가 컸던 탓이 아니라, 내 삶의 크기가 작았던 탓이리라. 하지만 모든 별자리에 깃든 이야기처럼, 그 이름처럼, 내 좁은 동선 안에도 —나의 이야기가 있을 것이다.

—김애란 「자오선을 지날 때」(2005)

우리 집은 빌라 뒤편에 있는 낭떠러지와 바로 연결되어 있다. 절벽의 높이는 십 미터가량 된다. 하지만 내가 사는 사층에선 더 까마득해 보인다. 절벽 아래에는 낡은 주택들이 다닥다닥 붙어 있다. 대부분 단층 건물로 붉은 기와를 얹은, 삼십 년도 더 된 집들이다. 딱 봐도 초라하기 짝이 없지만, 처음 이 땅에 대들보를 세운 이들의 가슴엔 긍지와 미래에 대한 기대가 출렁였을 것이다. 화폐정책이 바뀐 탓에 하룻밤에 백지가 된 60년대 지폐처럼, 이제는 쓸모없어져버린 정착의 자부. 사람들은 그곳을 A라고 불렀다. 신림동에서, 상계동에서, 이문동이나 구로동, 삼청동 어디에서도 그런 집들을 본 적이 없다. A구역은 도로변에 있는 모텔촌과 절벽 위로 늘어선 빌라촌에 의해 둥글게 포위되어 있다. 크기로 치면 중학교 운동장의 두 배 정도만 하달까. 올 여름, 부직포로 된 가림용 천막이 세워지면서 그곳은 더 고립되어 보였다.

—김애란 「벌레들」(2009)

형체가 보이지 않는 도시의 어느 한쪽 구석에는 밤늦도록 불 밝힌 아파트가 있을 거였다. 거기에는 그들 가족의 새로운 생활을 지탱해줄 살림살이들이, 포장도 뜯지 못한 채 제자리를 잡지 못하고 쓰레기처럼 여기저기 놓여 있을 거였다. 어쩌면 그들은 내내 크기가 맞지 않는 크림색 소파가 놓인 거실에서 지내야 할지도 몰랐다. 비스듬하게 놓인 소파를 볼 때면 까닭 없이 욱신거리며 통증이 느껴지기도 할 것이다. 박은 자꾸 감겨오는 눈을 떴다. 차들이 붉은 눈을 켜고 밤의 국도를 지나 어두워진 도시로 들어가고 있었다.

—편혜영 「크림색 소파의 방」(2009)

전철을 두 번 환승하고 마을버스로 이십여 분 들어가야 하는 위성도시에 집이 있었다. 귀갓길은 러시아워와 맞물렸다. (중략) 지하 구간을 벗어난 전철이 아파트 밀집 지역을 지나고 낡고 오래된 공장과 모텔촌을 거쳐 야트막한 언덕과 비닐하우스들이 줄선 들판을 달릴 무렵이면 러시아워 시간대를 벗어난 전철 안도 한산해졌다. (중략) 역을 중심으로 빠르게 진행되는 도시화는 도로를 건너지 못했다. 고층 아파트와 시청, 문화센터와 백화점 들이 선 도로 이쪽과는 달리 건너편에는 비닐하우스와 공장들이 띄엄띄엄 들어선 넓은 나대지가 펼쳐져 있었다.

—하성란 「1968년의 만우절」(2009)

7.5. 폐허와 폭력, 열병의 이방(異邦)

현대문학에서 서울이라는 도시공간의 불모성과 병리학은 중요한 모티프가 되어왔다. 서울의 삶이 보편화되고 일상화되면서 도시적 삶이 상징하는 허영심과 거세된 인간성, 단절과 소외감에 대한 비판적 성찰이 가능해진 것이다.

현대소설에서 아파트라는 공간은 현대성의 상징으로서 중산층과 인텔리들의 공간이자 서구적인 삶의 양식들을 영위할 수 있는 차별적 공간으로 등장한다. 그러나 한편으로 아파트는 획일성과 소외를 초래하는 도시적 삶의 부정성을 함축하는 공간으로 인식되고 있다. 서울에서의 삶은 아파트의 닫힌 창문과 겹겹이 둘러싸인 빌딩의 불빛들만큼이나 단조롭고 격조하다. 자신의 집조차 제대로 찾지 못할 정도로 획일화된 모양의 아파트 단지는 도시 중산층의 모방과 추종의 삶을 단적으로 보여준다. 이곳에서 여성들은 똑같은 음식을 만들어 먹고, 똑같은 물건을 사들이고 순전히 남을 닮기 위해 다이어트를 한다. 아파트라는 집단적 거주 형태는 도리어 공동체적 의식과 연대감을 제거하고 단절과 고립감을 안겨주면서도 끊임없이 타인을 의식하게 만드는 것이다. 따라서 여성작가에게 비친 아파트는 개인에게 독립된 생활을 보장하는 곳이 아니라 몰개성적이고 획일화된 시스템을 제공하는 공간이 된다. 여성들은 이곳에서 끔찍한 염증과 권태를 느끼고 왠지 모를 불안감에 사로잡히지만 끝내 빠져나갈 출구를 찾지 못한다. (박완서 「주말농장」, 「닮은 방들」, 「포말의 집」)

여성문학이 주목하는 또 다른 서울의 모습은 냉혹한 생존 경쟁의 현실원리에 지배된 도시인의 일상과 우울, 그리고 무력감과 절망감에 사로잡힌 이방(異邦)의 공간이다. 쳇바퀴 돌듯 반복되는 도시의 삶이란 '가만히 있어도 누군가에 의해 소모되고, 소모됨으로써 겨우 생존하고 있는' 그런 삶이다. 이처럼 획일적 일상에 갇히고 고단한 삶의 무게에 짓눌린 도시인은 심리적 이방인으로서 서로가 서로에게 낯선 타인이 되고 영원히 도망자의 삶을 살 수밖에 없다. (양귀자 「갑」, 「좁고 어두운 거리」, 「밤의 일기」, 『희망』 「덩굴풀」, 「귀머거리새」)

팍팍한 서울살이 속에서 신혼의 단꿈은 사라지고, 속고 속이는 거짓의 연쇄 가운데 이웃을 불신하게 되며 단자화된 삶의 고립감 가운데 서서히 미쳐가기도 한다. 이곳에 사는 이들은 형언할 수 없는 고독과 소통 불가능성, 관계의 단절

등으로 폐허 같은 삶을 견디며 살고 있다. 서울은 마음의 폐허가 삶을 질식시키고 무언의 폭력이 정신을 멍들게 하며 눈에 보이지 않는 공포와 불안으로 육체가 시들어가는 곳이다. 그리고 그곳에서 살아남기 위해 서로는 서로에게 가해자가 될 수밖에 없다. 여성 작가들은 이처럼 보이지 않게 개인의 삶을 잠식해 들어오는 포식자로서 서울의 모습을 때로는 건조하고 냉정한 시각으로 담아내고, 때로는 그 오래된 폐부와 아픈 속살을 안타까운 시선으로 응시하기도 한다. (윤효 「모던타임즈, 1996 '유리꽃」 「음화, 1994년 서울」 「막간」, 정미경 『이상한 슬픔의 원더랜드』, 김숨 「내 비밀스런 이웃들」, 강영숙 「죽음의 도로」, 이신조 「조금밖에 남아 있지 않은」, 이혜경 「북촌」, 이홍 「삼인구성의 가정식 레시피」, 전경린 「백합과 공룡의 벼랑길」, 황정은 「양산펴기」)

나아가 현대소설은 자본주의적 일상이 야기하는 서울의 비정하고 폭력적인 삶의 방식을 섬뜩하고 냉혹한 묵시록을 통해 기록하고자 한다. 여성작가들은 병리학적 상상력 가운데 디스토피아적 공간으로서 서울의 미래를 암울하게 전망한다. 여기서 서울은 양심이나 자의식이 삭제된 섬뜩한 욕망의 하수구이며 피 튀기는 결투장으로 형상화되고 있다. 그리고 정체를 알 수 없는 질병과 전염병으로 서울은 끝내 텅 빈 공간이 되어버린다. 이 같은 극단의 상상력을 통해 소설은 서울이 지닌 외형상의 풍요로움과 안정 이면에 도사린 불안과 분열, 분리의 공포를 환기시키면서 현재 서울을 지탱하고 있는 것의 정체가 무엇인지, 그리고 서울을 살아가는 이들의 양심과 윤리가 무엇인지를 질문한다. (김숨 「질병통제」, 편혜영 「아오이 가든」, 『재와 빨강』, 이신조 「흩어지는 아이들의 도시」, 『가상도시백서』, 윤이형 「마지막 아이들의 도시」 「큰 늑대 파랑」 「결투」)

현대시에서 서울은 개발을 밀어붙이고 각박하고 비정한 속도전을 벌이는 파괴적이고 황폐한 애증의 공간이지만 이미 벗어날 수 없게 되어버린 '우파니샤드' 즉 성전(聖殿) 같은 공간이다. 매혹과 폭력성을 지닌 도시의 양면성을 여성에게 더 억압적이어서 폭력과 착취를 여성의 노동으로 미화하기도 하며, 무차별적 개발을 여성의 몸에 대한 훼손으로 비유하기도 한다. '더러운' 생리를 지닌 곳, '썩은 무덤' 같은 도시인들의 일상, '광기와 속도로 내닫는' 서울, 고향을 버리고 도시로 상경한 처녀들의 불안한 밤, 독재에 저항하는 함성 가득한 곳, 세기말 어둠이 이미 가득 내려와 있는 '지옥' 같은 곳, 따라서 서울은 치명적이면서도 위태로운 열병을 앓는 삶의 현장이다. (최승자 「다 묻고」, 김혜순 「나의 우파니샤드 서울」, 문정희 「서울에서 온 전화」, 허수경 「도시의 등불」, 최영미 「2008년 6월, 서울」, 신현림 「세기말 블루스1」, 안현미 「뉴타운 천국」)

아파트생활이란 참 묘한 데가 있다. 다닥다닥 좌우상하로 수많은 이웃을 가졌으면서도, 어쩌다 전화의 "쓰─" 소리만 안 들려도 고도에 유배된 듯한, 지독스레 절망적인 단절감에 시달리는 반면, 늘 엿뵈는 듯, 도청당하는 듯, 창은 물론 두터운 벽에서까지 뭇 눈과 귀를 의식해야 하는 괴로움이 있다.

그녀는 열무김치 냄새가 완전히 가실 때까지 공들여서 양치질을 하고 나서 비로소 커튼을 젖힌다.

여름날 아침의 아파트 광장은 어지럼증이 나도록 환하다. 그리고 익숙한 풍경이 방금 세수라도 하고 난 것처럼 선명하다.

그녀는 잘 다듬어진 잔디와 군데군데 붉은 맷방석을 던져놓은 듯이 무리져 피어 있는 피튜니아의 떨기와 건너쪽 상가의 쇼윈도에 진열된 알록달록한 상품과 부동산 소개소와 커튼 센터와 또 부동산 소개소와 전화상과 부동산 센터와 이런 것들이 잘 닦은 유리창을 통해 내부를 깡그리 노출한 채 한결같이 놀랍도록 저열한 것을 망연히 굽어본다.

도대체 이런 것들이 퇴락해가거나 변모해가는 일이란 좀처럼 없을 것 같다. 그것들은 그렇게 견고하고 완고해 보인다. 피튜니아의 꽃무더기조차도.

화숙은 이런 풍경에 느닷없이 진저리가 나며 이유 모를 불안감에 사로잡힌다. 이런 때의 불안감이란 꼭 가려운 곳이 분명치 않은 가려움증 같아서 미칠 지경이다.
　　　　　　　　　　　　　　　　　　　　　　　　─박완서 「주말농장」(1973)

나는 따분한 낮 동안 커튼을 마주 보이는 13동의 방들을 세어 보고, 거기다가 이곳 아파트 단지의 아파트 총동수를 곱해 보고 하다가, 고만 눈이 아물아물해지면서 머리가 뒤죽박죽 되고 만다. (중략)

그 후에도 내생활은 여전히 끔찍하게 따분했다. 나는 내 이웃의 무수한 닮은 방들이 끔찍했고 내 쌍둥이 아들을 구별 못하는 일이 끔찍했고 무엇보다도 한 눈을 애꿀고 만들어 가지고 콩알만한 유리 조각을 통해 퇴근한 남편의 얼굴을 확인하는 일이 끔찍했다. 천장에 달라붙은 이십 와트 형광등 불빛 밑에서 비인간적으로 '창백하고 냉혹해 보여 자기 남편을 아파트 살인범으로 착각해야 하는 일이 끔찍했다.
　　　　　　　　　　　　　　　　　　　　　　　　─박완서 「닮은 방들」(1974)

사람들은 특히 도시의 사람들은, 그 가운데서도 고층 빌딩을 드나드는 사람들은 낯선 이들 사이에서 좀체 입을 열지 않는다. 설령 안면이 있다 하더라도 그가 옆자리의 미스터 누구가 아닌 이상 눈썹도 올리지 않는다. 엘리베이터걸이야말로 유일하게 입을 열어도 좋은 자격인데 그녀까지 침묵하고 있으니 이 작은 사방의 공간은 순식간에 숨소리와 콧소리, 발 옮겨놓는 소리들만 서성이게 된다. 그는 새삼스런 이 침묵이 하도 낯설어서 스멀스멀 온몸이 가렵기 시작한다.

－양귀자 「갑(匣)」(1981)

커브를 돌고, 터널을 지나고 때때로 앞차를 추월해가면서 버스는 계속 달렸다. 사람들은 영원을 가기나 할 것처럼 의혹도 없이 시트에 기대어 잠들어 있다. 사실로 이 '달리기'는 결코 끝이 나지 않을 것처럼 보였고, 자신의 두통 또한 영원한 징표로 남아 있을 것처럼 느껴졌다.

서울은 밤이었다. 그는 어깨를 움추린 채 밖으로 걸어나왔다.

－양귀자 「좁고 어두운 거리」(1986)

다시 대학로다. 거의 반 년만에 찾는 거리. 하늘 저편에서부터 일몰이 스러지더니 암보랏빛 구름들이 깔리며 어두워진다. 초봄의 소슬한 한기에 살갗에 소름이 돋는다. 그녀는 얇은 면코트 자락을 여민 채 걸음을 빨리한다. 하나 둘 네온들이 오르고. 도시가 밤화장을 시작하는 거다…… 곳곳에 나붙은 연극 플래카드며 포스터들도 색정적이다. 〈콜라, 시간 밖의 여자들〉〈벽화 그리는 남자〉〈미친 사람들〉〈상복이 어울리는 엘렉트라〉…… 마치 꽃송이처럼 돌출하는 활자들. 어엇, 빗방울이 떨어진다. 그냥 맞을까 싶은데 비가 굵고 세차진다. 그녀는 두리번거리다 눈앞의 팬시가든으로 뛰어들어간다. 입구 쪽의 플라스틱통에 꽂힌 우산들을 살펴보다 투명 비닐로만 만든 것이 있어 뽑아든다. 줄을 서서 계산을 기다리는데 쇼윈도에 비친 그녀…… 핼쑥하다. 키가 더 커 보이고. 오피스걸의 외모는 없고 얼마쯤 퇴폐적이기까지 한. 무엇이 달라진 것일까…… 카운터 앞이다. 계산을 하고 거리고 나선다.

－윤효 「모던타임즈, 1996 '유리꽃'」(1997)

질병통제센터가 들어선 이후로 그 도시의 사람들은 마천2가를 서서히 잊어가기 시작했다. 마천2가의 중심을 관통하는 이차선 도로를 통과하는 대신 먼 도로로 돌아갔으며, 차를 타지 않고는 그 거리를 통과하지 않았다. 상점과 식당들은 손님의 발길이 뚝 끊겼다. 상점마다 먼지가 수북이 쌓여갔고 진열해놓은 물건들은 유행이 지난 오래되고 낡은 것이 되어버렸다. 상점마다 앞 다투어 부동산에 세를 내놓았지만, 선뜻 세를 들어오려는 이들이 나서지 않았다. 밤이면 마천2가는 차가운 동유럽의 거리처럼 음산해졌다. 가로등 불빛은 당뇨병을 앓는 노인의 눈처럼 희미했으며, 이차선 도로는 무덤으로 난 길처럼 괴괴한 침묵에 휩싸였다. 상점들은 날이 환하게 밝을 때까지 문을 안으로 걸어잠근 채 밖으로 한 발자국도 나오지 않았다.

—김숨 「질병통제」(2003)

선생님, 이상하지 않아요? 꿈꾸던 것들을 손에 쥔 이 순간에, 왜 독하게 가난하고 모든 게 결핍되었던 그날들보다 더 이상한 슬픔이 날 사로잡는 거예요? 왜 제겐 슬픔과 두려움이 똑같은 정서에 붙여진 다른 이름처럼 생각되는 거예요? 눈부신 것들이 사실은 두려워요. 저만 그런 걸까요? 선생님이 얘기했던 후회하지 않는 삶이 이런 게 아니었던가요? 그걸 잘 모르겠어요. 여기, 지금, 그토록 꿈꾸던 원더랜드에 도착했는데 말이에요. 정말 이상하지 않아요?

—정미경 『이상한 슬픔의 원더랜드』(2005)

창문을 열고 강북강변로의 뜨거운 달을 올려다봤다. 그리고 창 너머로 침을 뱉었다. 깜박거리는 시계는 아홉시를 넘어서고 있었다. (중략) 동부간선도로로 갈아타는 길은 매우 험했다. 백미러, 사이드미러를 통해 명확하게 볼 수 있는 건 아무것도 없었다. 휙휙 거대한 물체가 지나가는 소리가 났다. 커다란 트럭들이 휙휙 소리를 내며 지나가고 나서야 그 존재감이 느껴졌다. 차들은 도무지 양보라고는 안했다. 다들 죽자꾸나 달리고 있었다.

—강영숙 「죽음의 도로」(2009)

나는 티브이를 보며 번데기 통조림을 먹었다. 번데기를 씹으며 티브이를 보는 것밖에 나는 딱히 할 일이 없었다. 번데기를 씹으며 동네 중형마트에서 시간제 아르바이트라도 해야 할지 모른다는 생각을 했다. 티브이 아홉시 뉴스에서는 오늘도 촛불집회에 대해서 보도하고 있었다. 집회 참가자가 무려 만 명에 달한다고 했다. 사람들이 빌딩을 겹겹으로 둘러싸고, 해고된 노동자들의 복직을 외치며 시위를 벌이고 있었다. 빌딩의 모든 창문들은 언제나 그렇듯 꼭 닫혀 있었고, 불이 꺼져 있었다. 빌딩으로 통하는 입구들은 전경들에 의해 봉쇄되어 있었다.

—김숨 「내 비밀스런 이웃들」(2009)

해가 진다. 상계9동 주공아파트 14단지 어린이놀이터. 겨울이나 다름없는 날씨 탓인지 인적이 없다. 십여 분 전 마지막으로 놀이터에 남아 있던 사내아이 둘이 제각각 1405동과 1409동 쪽으로 사라진 참이다. 아이들은 한참 동안 벤치 위에 밥풀처럼 붙어 앉아 손바닥만한 휴대용 게임기로 번갈아 게임을 했다. 제 차례가 아닐 때도 그네 쪽으로는 눈길 한번 주지 않았다. //

사월의 넷째 주, 은평구 갈현동, 구불구불 비탈진 골목들이 미로처럼 복잡한 주택가, 신축 아파트 단지가 되지 못한 낡은 동네는 오래도록 벌을 받고 있는 듯한 인상을 준다. 빌라나 다세대주택이라도 되어야 하기에 허름한 단층 주택들은 차례로 철거의 수순을 밟는다. 그러나 그전에 비정상적으로 자리를 잡고 비정상적으로 자라난 나무를 베는 일이 먼저다. //

오후 여덟시 이십칠분의 이마트 은평점, 한 가족의 쇼핑가트 안으로 물건들이 들어온다. 살아가는 데 꼭 필요한 것이라 여겨지는 것들이 가득가득 쌓인다.

―이신조 「조금밖에 남아있지 않은」(2009)

살얼음판 딛듯 고등학교를 마치자마자 여자는 도시로 직장을 구해 집을 나왔다. 집을 나왔다고 해서 달라질 건 없었다. 여자를 보는 남자들의 눈빛은 한결같았다. 여자는 그저 욕망의 대상일 뿐이었다. //

삼청동 길 쪽으로 내려오던 그가 잠깐 멈췄다가 방향을 틀었다. 가로등이 비추는 축대의 화강암은 비에 젖어 더 차갑게 반들거렸다. 어느 날 갑자기, 유리문을 에워싸며 들어찬 축대. 아래쪽은 화강암이고 위쪽은 검정 벽돌로 다섯 층을 쌓아서, 이 동네 어디서나 볼 수 있는 담장과 비슷한 모양새가 된 그 축대 귀퉁이에, 한 사람이 겨우 드나들 만한 문이 나 있었다. 그 문을 열고 들어가면, 하나하나 뜯어보면 가치 있어 보이지만 함께 모임으로써 조악해진 물건들 틈에, 그리움에 절어 미라가 된 무엇이 있을 것만 같았다.

―이혜경 「북촌」(2009)

그녀가 본체인지 분리체인지는 알 수 없었다. 눈으로 보아 어느 정도 짐작할 수는 있었지만 짐작은 얼마든지 틀릴 수 있었고, 설령 짐작이 맞는다고 쳐도 결투 전에 쌍방을 구분하는 일에는 의미가 없었으므로, 나는 참가자들을 필요 이상으로 자세히 보지 않았다.

결투에서 이기는 쪽이 본체이자 인간으로 인정된다. 그것이 이 도시의 규칙이었다. 내가 알아볼 수 있었던 건 그녀가 지는 쪽이라는 사실뿐이었다. //

그러나 실은 거기서부터 시작이었다. 한 사람이 쓰던 것을 갑자기 두 사람이 나눠 쓸 수는 없고, 자리가 하나뿐인 직장에 둘이 함께 출근할 수도 없다. 남들에게 비밀로 하면서 어떻게든 어려움을 감수하는 사람들도 있지만 대부분은 그럴 수 없다. 본성이 약하기 때문이 아니라 물리적으로 불가능하기 때문이다.

―윤이형 「결투」(2011)

그로부터 칠 년 만에 새 아파트에 입주한 기념으로 집들이를 다시 하자고 하면 아내는 단박에 짜증부터 낼 것이다. 새 아파트라 손 볼 데가 많았던 건 아니지만 이사하면서 소파와 식탁을 사인용으로 새로 개비했다. 식구가 네 명이어서 그랬던 건 아니다. 대개의 가구들은 이인용, 사인용, 육인용처럼 짝수에 맞춰 제작되었고 입주 당시 세 식구였고 앞으로도 그 숫자를 유지할 계획이었던 당신과 아내는 한 자리 모라란 것보다 한 자리 남는 게 용이하다는 이유로 사인용 가구를 사들였다. 아내는 양가 식구들 중 누구라도 집에 찾아올 기미가 보이면 당장 식당 예약부터 해놓으라고 수선을 떨었다. 말하자면 아내의 레시피는 더도 덜도 말고 삼인구성의 식구를 위한 것이었다.

—이홍 「삼인구성의 가정식 레시피」(2011)

　　우리가 곁에 멈춰선 것을 한 여자가 알아보더군요. 나는 미소까지 지으며 고개를 까닥했어요. 그리고 마쳐된 입술을 겨우 움직여 말을 걸었어요. 카페를 하나봐요…… 하지만, 여자는 냉담했어요. 순간적으로 나를 밀어내고 돌아서는 작은 도마뱀 같은 초록빛 시선이 당황스러웠지요. 나를 가만히 놔둬요. 나도 당신들을 가만히 놔둘 게요…… 나는 그녀들의 꽃말을 생각했어요. 그녀들과 나의 닮은 점을 그때서야 깨달았어요. 이웃들과 달리, 우리는 서로 심판하지 않아요. 그 여자들에게 우리는 자기들의 카페와 주방 바깥의 사람, 인생 바깥의 사람, 스쳐갈 뿐 알고 싶진 않은 외국인, 아무리 보고 또 보아도 서로의 증인이 되지 못하는 사람들, 그녀들과 우리, 서로가 무채색 배경에 지나지 않는 타인들이었지요. 서로 심판하지 않기 위해 더욱더 무관심해진 타인들, 그것이 이웃이었어요.

—전경린 「백합과 공룡의 벼랑길」(2011)

　　다 묻고
떠나자.
삶은
서울은
더러운 것.

문둥이가
제 상처를 핥으며
제 상처를 까발려 전시하며
끊임없이 생존을 구걸하는

삶은

서울은

더러운 것.

―최승자 「다 묻고」(1993)

아침 일고여덟시경

나는 생각한다

서울에서 지금

일천이백만 개의 숟가락이 밥을 푸고 있겠구나

(중략)

한밤중 서울의 일천이백만 개의 무덤은 인중 아래

모두 봉긋하고 오오오

또 한강은 일천이백만의 썩은 무덤 속을 헤엄쳐나온

일천이백만 드럼의 정액을 싣고 조용히 내일로 떠난다

다시 하늘이 빛의 발을 서울의 동서남북 내다 걸면

일천이백만 쌍의 태양이 눈을 번쩍 뜨고

저 내장들의 땅속 지하 삼천 미터 속까지

빛살 무늬 거룩하게 새겨진다

―김혜순 「나의 우파니샤드 서울」(1994)

심야에 서울에서 온 전화가 소리 지른다

왜 사는지 모르겠다

누구는 깜짝 새 아파트로 몇억을 벌었다는데

날마다 차는 밀리고 공기는 더러워 숨이 막힌다

텔레비전은 더욱 시끄럽고 천해져 가지만

딱히 할 일이 없어 그것만 들여다보고 산다

거짓말과 거품만 자욱한 도시

시인들조차도 아무 말이나 끌어다 쓰고

이리저리 골목대장 따라 몰려다닌다

(중략)

멈추면 폭발하는 고장 난 버스처럼

지금 서울은 그렇게 굴러가고 있다

(중략)

광기와 속도로 내닫는 서울이 불현듯 그리워서
나는 밤새 가방을 쌌다

— 문정희 「서울에서 온 전화」(2004)

헤이, 아가씨, 오늘 나랑 같이 갈까
고향 오래비처럼 안아줄게 꽃 한 송이
사줄까 밥 한끼 먹여줄까 겁내지 마
그리고 제발 울지 마
(중략)
볼에 따스한 입술을 대어줄게 그 브래지어 끈 좀
안으로 집어 넣어 그 슈미즈도 치마 속으로 넣고
날 울리지 마 제발, 철새 같은 이농의 경부선 같은 날 울리지 마

제발 다리를 오므리고 울어 오줌 눌래?
자 이리 와 여기쯤 와서 내가 지켜줄게
그리고 어디 기차가 지나는 곳쯤 방을 잡고 나는 너를
재우고, 고향 오래비처럼 오줌을 누고 싶어
오줌 줄기의 포물선, 포물선의 고요함, 그리고
쓰러져 잠 속의 시름

— 허수경 「도시의 등불」(1992)

광장엔 옛날 사진들이, 피 묻은 신문들이 붙어 있고
확성기에서 울려퍼지는 노래도
어쩜! 이십 년 전과 똑같지만,
큰길에서 느긋하게 나눠주는 선언문은
그때보다 두껍고 인쇄 상태도 좋다.
21세기 IT강국에서 인쇄된
빨간 느낌표는 세련되었고
서 있는 얼굴들은 군사독재에 저항하던 80년대처럼
분노로 일그러지지 않았다.
종이컵 안에서 안전하게 타는 촛불처럼 온화한 눈빛.
목숨을 걸고 싸우지 않는,
외치다가 내가 죽을 구호를 모르는 건강한 입술.
어깨에 부딪치는 익명의 팔을 견디지 못하고 나는

내 옆의 젊은이에게 촛불을 건네주고 지하로 들어갔다.

―최영미 「2008년 6월, 서울」(2009)

광화문을 지나다가 공포심이 생겼다
낙엽도 비닐처럼 썩지 않는 여기
작부의 가랑이처럼 슬픈 여기
30년 후엔 어떻게 될까 70년 후 해수면이
4센티 높아지면 조상님 무덤은?
너와 나의 자식은? 머릿속에 독수리가 날고 자동차가 달린다
자동차의 스피드, 광고의 스피드, 농구의 스피드
스피드의 황홀만이 두려움을 마비시킬까
지옥에 살면서 뭐하러 종말을 두려워 하니?

―신현림 「세기말 블루스1」(1996)

북적이는 시장 사람들의 소리를 들으며 지혜롭게 늙어가던 포도나무는 철거용
역들이 함부로 휘갈긴 빨강 래커 스프레이 해골들만 득시글득시글거리는 철거촌
에서 포클레인에 찍혀 죽었다

한 번 태어났지만 돈이 없으면 두 번도 세 번도 죽어야 하는 세상
저녁을 훔친 자들만의 장밋빛 청사진
뉴타운천국

―안현미 「뉴타운 천국」(2009)

7.6. 일상화된 고독, 밀실의 자유

서울은 온통 '유리문'으로 된 세상이다. 훤히 밖으로 나갈 수 있을 것처럼 보
이지만 어디에도 출구가 없는 꽉 막힌 투명한 유리문으로 만들어진 곳이다. 깨
지기 쉬운 유리처럼 빛나면서도 위태롭고, 숨고 싶으나 결코 숨을 수 없어 신경
질적인 불안과 피로를 안고 살 수 밖에 없는 이 분주하고 번잡한 도시는 광장과
밀실의 삶을 동시에 요구한다. 자본주의적 생활공간으로서 서울에서 살아간다

서울 273

는 것은 욕망으로 들끓는 용광로 안에 서 있는 것에 다름 아니지만 바로 이 때문에 여성들은 서울에 매혹된다.

현대소설에서 이런 서울은 수많은 인파와 다양한 공간 가운데 편안한 익명성이 보장되는 공간으로 재발견되고 있다. 여성들은 서울에 대해 첨단 문화를 향유할 수 있고 문화적 욕구와 취향을 적극적으로 실현시킬 수 있는 거대한 문화공간으로 새로운 의미 부여를 한다. 여성작가들은 타인과의 소통보다 자의식의 포화상태를 선호하는 도시 여성의 삶을 주목한다. 그녀들은 과잉되고 밀집된 욕망으로 포장된 서울에서 '칼날 같은 에고이즘'으로 응축된 고독을 일상으로 수용한다. 그녀들은 별빛보다 네온사인의 불빛을 더 친근하게 여기고 타인에 대한 무관심과 자기 방어라는 도시의 법칙과 질서를 수용하며 익명성이 보장된 도시적 삶의 양태를 적극적으로 향유한다. 이들은 때때로 '기습적인 허기'를 느끼기도 하지만 이 또한 도시적 삶의 일부임을 인정한다. 이들에게 고독이란 타인의 개입을 자발적으로 봉쇄함으로써 누리는 자유의 값으로서 기꺼이 지불해야 할 대가이기 때문이다. (은희경 「열쇠」, 「타인에게 말걸기」, 배수아 『이바나』, 김애란 「나는 편의점에 간다」, 「노크하지 않는 집」, 박주영 『백수생활백서』, 정이현 「타인의 고독」, 『달콤한 나의 도시』, 서유미 『판타스틱 개미지옥』, 이홍 『걸프렌즈』, 고예나 『마이 짝퉁 라이프』, 백영옥 『스타일』) 또한 이런 가운데 여성들은 서울을 수많은 로맨스와 사연들이 숨겨져 있는 낯설고 매혹적인 공간으로 상상하기도 한다. (기준영 「시네마」, 김미월 「프라자 호텔」)

현대시의 여성 시인들 역시 고독과 쓸쓸함을 오히려 도시적 삶의 생래적인 조건으로 이해한다. 자신의 의지와는 무관하게 삶이 투명하게 개방되기 때문에 역설적으로 더욱더 자신의 내밀하고 어두운 공간으로 파고들게 되며, 누군가와 아주 가까이 맞대고 살아도 그것이 소통이 아니라는 것을 알고 있기 때문이다. 도시의 불이 꺼져야 오히려 입을 여는 도시인들, 그들은 거대하고 허허로운 '아파트 군단' 속에서 '밤고양이'처럼 도시를 떠돌며 일상화된 고독 속에 살아가고 있다. (김혜순 「서울」, 황인숙 「서울의 밤」, 최승자 「하늘 허 한 잔」, 강신애 「불꺼진 지하도」)

"6층 사, 사지죠? 에, 엘리베이터를 함께 타, 탄 적도 많은데 그, 그렇게 기억을 못 하세요?"

"글쎄요……."

남자의 더듬거리는 말을 듣고 있기가 딱하기도 하려니와 무엇보다 그 남자와의 대화가 길어질까봐 난처할 뿐인 영신의 대꾸는 성의가 없다. 그 남자의 설명에 따르면 며칠 전에도 그는 엘리베이터를 타고 올라오는 걸 보고 열림 단추를 눌러 엘리베이터를 잡고 있었다고 한다. 영신이 엘리베이터 안으로 들어오자 그녀가 내릴 층을 알고 있다는 것을 보이려고 자기가 먼저 6자를 눌러주었는데도 영신은 끝내 그것을 알아채지 못하고 무심히 내리더라는 것이다. (중략) 차 열쇠로 문을 따며 영신은 불현듯 자신의 손 안에 있는 그 열쇠가 아까 그 남자의 손 안에 들어 있었다는 생각이 떠오른다. 열쇠의 순결한 영역이 훼손당한 듯해 기분이 나빠진다. 그것은 제 삶으로 들어오려는 모든 새로운 것에 대한 저항이었다. 그녀도 알고 있다. 낯가림이란 장치의 작동임을.

— 은희경 「열쇠」(1996)

나는 타인이 내 삶에 개입되는 것 못지않게 내가 타인의 삶에 개입되는 것을 번거롭게 여겨왔다. 타인을 이해하는 것은 결국 그에게 편견을 품게 되었다는 뜻일 터인데 나로서는 내게 편견을 품고 있는 사람의 기대에 따른다는 것이 보통 귀찮은 일이 아니었기 때문이다. 타인과의 관계에서 할 일이란 그가 나와 어떻게 다른지를 되도록 빨리 알고 받아들이는 일뿐이다. 술을 마시지 않았다는 이유로 사람들에게 떠밀렸다고는 하지만 그런 내가 박대리와 함께 병원에까지 그녀를 따라왔다는 점은 도무지 어이없는 일이었다. 나는 어깨에 힘을 주어 담뱃불을 비벼 껐다. 내키지 않은 자리에 가게 되면 반드시 내키지 않은 일에 휘말리게 된다는 것을 전에도 몇 번 경험하지 않았던가.

— 은희경 「타인에게 말걸기」(1996)

도시란 단순히 자연이나 전원에 반대되는 그런 지역을 나타내는 개념이 아니라 지나치게 총체적인 개성이 되어 있었다. 터져나갈 듯이 과잉된 욕망과 자의식을 상징하기도 한다. 단지 많은 건물과 현대적인 설비만이 대도시를 특징짓는 것은 아니다. 그것은 밀집된 사람, 포화상태를 넘어버린 개성, 시스템을 유지하기 위한 시스템, 칼날 같은 에고이즘들이 응축된 시공간이다. 대도시는 조직이며 포식자이다. 보이지 않는 사슬은 한번 대도시로 들어온 이들을 잘 놓아주지 않는다.

— 배수아 『이바나』(2002)

2003년 서울 사람들에게 습관이란 구원만큼 중요한 문제가 되었다. 그리하여 2003년 서울 사람들에게 중요한 문제가 뭘까 항시 고민하는 창백한 사람들은 우리에게 편의점을 지어주었다. 그것은 많이 그리고 신속하게 생겨났다.

편의점에는 많은 사람들이 오간다. 그들은 모두 누구일까? 자세히는 알 수 없으나, 저마다 하나씩 앨범을 가지고 있는 사람들이 틀림없다. 운동회 때 2등으로 달리던 중, 뒤를 돌아보는 1등 아이의 얼굴을 보고 같이 흠칫 놀랐다거나, 형제에게 돈을 꾸어 여자를 만나고, 모든 문제집의 첫장만을 풀어봤다거나, 뜻을 알면서도 국어사전에서 '음부'나 '성교'라는 단어를 찾아봤을 사람들. 그러나 우리는 서로를 알아보지 못한다. 그런 건 아직 습관이 들지 않았다. (중략) 그러나 편의점은 묻지 않는다. 참으로 거대한 관대다.

—김애란 「나는 편의점에 간다」(2003)

이 집에는 서로 얼굴을 모르는 다섯 여자가 산다. 그중에는 대학생도 있고 직장인도 있다. 자세히는 모르겠으나 그런 것 같다. 아마도 그녀들은 모두 이십대 초반일 것이다. 그녀들이 무슨 일을 하고 살며, 어떤 얼굴을 가지고 있는지는 모를 일이나, 이 집이 가정집이 아닌 것만은 분명하다.

매일 아침 얼굴을 모르는 다섯 여자는 같은 변기를 쓴다. 나는 가끔 얼굴을 모르는 사람이 물을 안 내리고 간 흔적을 본다. 혹은 그녀들의 빨래를 보고, 그녀들이 먹는 음식냄새를 맡는다.

다섯 명의 여자 중 네 명은 다른 한 명이 화장실에서 나오는 기척이 난 뒤에도 그 여자가 자기 방에 들어가 문 닫는 소리를 낼 때까지 모두 기다린다. 그 소리가 나지 않는 이상 네 명의 여자는 절대 먼저 문을 열지 않는다. 약속이라도 한 듯 다섯 명의 여자는 문 닫는 소리에 따라 움직이며, 가끔 타이밍을 놓쳤을 땐 서로의 얼굴을 보고 이상하리만치 화들짝 놀라 얼른 문을 닫아버린다. 그럴 때 보는 서로의 얼굴이란, 반쪽 혹은 삼분의 일쯤으로 조각난 것이다.

—김애란 「노크하지 않는 집」(2003)

서른네 살. 나는 방 두 개짜리 아파트에 살고 있다. 큰방에는 더블베드와 컴퓨터 책상을 들여놓았고 작은방은 붙박이 옷걸이를 설치해 드레스 룸으로 사용한다. 와이셔츠는 일주일에 한 번씩 근처의 세탁소에 맡겨 다림질하며 요리는 하지 않는다. 뽑은 지 이년 된 자동차가 있지만 출퇴근은 지하철로 한다. 주말에는 절대로 넥타이를 매지 않는다. 일상은 그런대로 평온하다. 어쩌다 가끔, 예컨대 휴일 오후 긴 낮잠에서 깨어 보니 이미 캄캄한 밤이 되어 버렸다든가 할 때에는 문득 어리병병한 기분이 들기도 하지만 그 정도 고독이야 현대인들 누구나 느낄 만한 수준이므로 나도 견딜 만하다고 생각한다. 삶에 절정이 없다는 것쯤은 진즉에 눈치 챘다.

—정이현 「타인의 고독」(2004)

유희는 스타벅스의 창가 자리에 앉아서 달짝지근한 커피를 마시고 있었다. 나는 스타벅스처럼 표준화된 공간을 싫어한다. 그러나 유희는 주로 이런 공간을 즐긴다. 스타벅스, 맥도날드 버거킹, 피자헛, 티지아이 프라이데이스, 하얏트, 메리어트. 세계 어느 곳에나 있어서 내가 있는 이곳이 어디인지를 잊게 해주는 곳, 그래서 나조차도 표준화된 인물인 것처럼 그럴듯한 착각을 하게 만드는 곳.

─박주영 『백수생활백서』(2006)

서울은 과잉의 도시다. //

넘치는 것은 권태로운 수사(修辭)만이 아니다. 이를테면 이런 것들. 단 1초의 실수로 잉태되는 태아, 동서남북을 가로지르는 구불구불한 버스 노선, 무채색 반코트 주머니에 양손을 넣고 걸어가는 표정 없는 중년 남자, 바람에 펄럭이는 모텔 주차장의 녹색 천막, 입술 부르튼 아르바트생이 바코드를 찍어주는 24시간 편의점, 의도된 냉정들과 과장된 친절들. 모든 것이 흘러넘친다. 그리고 문패 없는 콘크리트 건물들도 곳곳에 숨어 있다. 내가 사는 이 집 '스노우 펠리스'도 그중 하나다. //

불현듯 기습적인 허기가 느껴진다. 포장마차의 휘장을 걷고 들어선다. 구부정한 자세로 떡볶이를 먹는다. 별별 일이 다 일어났다가 소리 소문도 없이 사라지곤 하는 이 도시에서, 이쑤시개로 떡볶이를 찍어 먹으며 허기를 달래는 조그만 여자의 모습은 아무의 관심도 끌지 못할 것이다. 반투명한 비닐 창밖으로 거리가 어룽져 보인다. //

아무것도 느껴지지 않는다. 서울의 맛이다.

─정이현 『달콤한 나의 도시』(2006)

백화점에서 아르바이트를 시작했을 때도 백화점이 물건 참 잘 팔아먹는구나, 사람들이 돈 참 잘 쓰는구나, 하는 생각만 했다. 그런데 백화점에서 일하면서 하루 종일 손님들을 구경하고 직원들과 물건에 대해 얘기를 나누다 보니 저절로 하나둘 터득하게 되었다. 젊은 여자들이 많이 들고 다니는 저 가방은 어디거, 최고 인기 있는 청바지는 뭐, 입술에서 반짝이는 립글로스는 어디 브랜드의 몇 호. 그렇게 슬슬 매료되어 갔다. 바람이 잔뜩 들어가서 배가 빵빵해지자 자신이 그저 아르바이트에 불과하다는 것도 망각하게 되었다.

─서유미 『판타스틱 개미지옥』(2007)

사람들은 왜 별을 그리워하며 노래할까. 이 도시가 별빛을 잃었다고 한탄하는 사람들은 이 도시 어디에서나 만날 수 있을 것이다. 내가 이 도시에서 태어나서일

까. 자라서일까. 사실 나는 별에 대한 그리움이 별로 없다. //

희귀해진 별빛보다 넘치고 넘치는 이 인공적인 빛이, 내가 낸 세금의 일부로 빛나고 있는 저 빛이 소중하게 느껴진다. 닮은 듯 다르고 다른 듯 닮아 있는 도시의 무수한 불빛은 사라지지 않을 것이다. 사라진다면 새로운 또 하나가 그 자리를 어김없이 채울 것이다. 이 도시에서 살아가는 사람들 모두가 자기만의 빛을 갖고 다른 색깔, 다른 냄새를 뿜으며 살고 있지 않은가. 나는 그 속에서 살아 내야만 한다. 그런데 저 인공적인 빛들 중에서 내 빛은 어느 자리를 갖게 될까.

―이홍 『걸프렌즈』(2007)

나는 목욕탕도 혼자 가고 쇼핑도 혼자 한다. 배가 고프면 근처 식당에 들어가 혼자 밥을 먹는다. 영화도 혼자서 보고 장도 혼자서 본다. 혼자 다니면 내 감정에 충실할 수 있다. 누군가를 약속 장소에서 만나 같은 곳으로 이동한다는 건 퍽이나 성가신 일이다. 혼자서 한다는 건 대단한 게 아니다. 이 대단하지 않은 걸 못 하는 친구를 둔 나는 무지 피곤하다.

―고예나 『마이 짝퉁 라이프』(2008)

커피숍의 문을 열고 의자에 앉았다. 그림자 한 점 없는 한낮의 햇볕이 사람들 속을 유령같이 돌아다니고 있었다. 턱을 괴고 아래를 내려다본다. 사람보다 많은 차들이 갤러리아 백화점 앞을 막고 서 있었다.

BMW, 아우디, 벤츠와 벤틀리가 나란히 서 있는 그곳을 나는 웃으며 내려다본다.

거대한 욕망의 주차장.

맞다.

이곳이 바로 내가 일하는 곳이다.

―백영옥 『스타일』(2008)

혜리는 이제 다른 이야기를 하고 있다. 그녀가 아는 다른 여자들과 남자들에 관해. 그녀가 잘 아는 거리와, 모르는 골목들과, 빈 의자들에 관해.

"명동에는 관광가이드들만이 아는 그들의 쉼터가 있대요. 난 그게 어디쯤인지 몰라요."

혜리가 말한다.

"이 거리 어느 골목에는 '만약에'라는 간판이 붙은 호프집이 있는데, 오래된 회색 건물 지하에 있고, 밤 열시엔 항상 블루스를 틀어준대요. 나도 거길 몰라요."

(중략)

"뭘 보는데?"

석재가 묻는다.

"영화, 지금 사람들 이름이 올라가고 있어."

혜리가 대답한다. 너무 많은 것들이 떠오른다. 한 관계 속에 있는 많은 관계가, 한 거리에 오고가는 무수한 사람들과 이야기가. 그리고 핸드폰 저편에서는 이 도시에서 가장 가깝게 느꼈던 남자의 숨소리가 들려온다.

　　　　　　　　　　　　　　　　　　　　　　　　　—기준영 「시네마」(2011)

"스무 살이 되고 나서 처음으로 고국을 찾았어. 친부모를 만나러 온 거지. 그래서 프라자 호텔에 묵어. 서울 한복판에 있으니까 상징적이잖아. 시청 바로 앞이기도 하고 포인트제로도 가깝고. 아무튼 그래서 부모님을 만나기로 한 전날 밤, 호텔에서 고국의 수도 야경을 내려다보며 상념에 잠기는 거야."

윤서는 말 끝에 하늘을 쳐다보았다.

"그런데? 그게 끝이야?"

"응. 그게 어떤 심정일지 궁금해서 가보고 싶었어."

"하지만 예를 든 거라며. 넌 입양인이 아니잖아."

"그런 상황에서 바라보는 서울은 굉장히 낯설고 새롭겠지. 내가 한 번도 본 적 없는 곳 같을 거야. 이십 년간 부대끼며 살아온 익숙한 고향 땅이 아니라 난생 처음 보는 어떤 매혹적인 이방의 땅. 하지만 나를 버린 비정한 도시. 그걸 보고 싶은 거야."

　　　　　　　　　　　　　　　　　　　　　　　　—김미월 「프라자 호텔」(2011)

유리문을 밀고 들어가면 또 유리문이 나온다.

유리문 안쪽엔 출구라고 씌어 있고, 바깥쪽엔 입구라고 씌어 있지만

그러나 나가든 들어가든 언제나 너는 어떤 몸의 내부에 속해있다.

마치, 난자를 만난 정자가 그녀의 집에 영원히 체포되듯 너는 거기에 속해있다.

내부의 사람이면 누구나 유리문을 밀고 나가 또 하나의 유리문을 향해 걸어가야 하며,

그곳을 나와서도 또 하나의 유리문을 열어야 한다.

밤이 오면 어떤 유리문들은 네온사인을 달고 여기가 정말 출구에요 말하는 듯하지만

그러나 어디에도 출구는 없다. (중략) 이 몸을 깨뜨리고 어떻게 밖으로 나가지? 내 몸 밖에서 누가 나를 아직도 부르고 있는데

　　　　　　　　　　　　　　　　　　　　　　　　—김혜순 「서울」(1994)

수은등은 가로수의 마른 이파리 속에
둥지를 틀고 웅크리고 있어요.
그대 머릿속에서 바삭거리는
쓸쓸하고 불안스런 꿈을 적시며.

그대, 밤고양이로
어슬렁거리지 않는다면
그대, 수상한 밤의
반쪽 달이나마 바라볼 수 있었겠어요?

－황인숙 「서울의 밤」(1988)

아침마다 옥상에서 담배 한 대 피운다
눈앞에는 거대한 아파트 군단
그 위로 펼쳐져 있는 회색 하늘
아침마다 그 하늘 허(虛) 한 잔을 마신다

담담하게, 밍밍하게

－최승자 「하늘 허 한 잔」(2007)

지하도에 들어섰을 때 벽에
기둥 그림자가 신전의 열주처럼 드리웠다
왼편 계단에 부려진 빛과 소음,
어두운 반대쪽에서는
목도리를 침묵의 자물통처럼
입까지 채운 사람들이 튀어나왔다
도시 한 구석에
이런 간지러운 어둠이 있나니
저녁에, 가끔은 불이 나가야 한다 그때
보이지 않던 사물이 보인다

－강신애 「불꺼진 지하도」(2002)

8

카페·백화점

카페는 소비문화의 식민지적 특성을 전형적으로 드러내는 도시 공간의 하나이다. 1910년을 전후하여 점차 늘어난 일본 유학생들이 1920년대 일본 유학생들의 수요에 의해 증가된 다방은 일본을 매개로 서구문화를 지향하였던 '창백한 인텔리층의 공간'이었다. 1990년대 들어 새로운 유형의 고급 커피 전문점들이 등장했는데, 특히 스타벅스는 자유롭고 편안한 매장 분위기, 테이크아웃의 활성화, 셀프 서비스 등으로 새로운 커피 문화를 주도했다.

근대 초 백화점의 출현은 공적 영역에 새로운 여성 공간이 등장하였다는 것을 의미한다. 상품의 성별 분리가 공간의 구분으로 전환되었으며, 이곳에서 여성은 대중적 취미와 사교의 공간을 얻을 수 있었다.

1920년대 후반부터 문학에 등장하는 카페는 단순한 쾌락을 제공하는 곳이 아니라 유희와 사유의 복합적인 공간으로서 사교와 지적 교류의 장으로서 인텔리 문화의 압축된 풍경을 담아내고 있다. 현대소설은 세련된 교양을 갖춘 카페 마담이나 여급의 시선에서 남성 지식인의 허영 가득한 자의식과 그 이면의 불안하고 무기력한 생태를 포착해낸다. 점차 카페 공간의 기능이 분화되고 다양해지는 세태를 반영해 현대소설에서 카페는 여성인물의 일상—주거, 학습, 휴식, 연애, 아르바이트 등—이 펼쳐지는 다기능적 장소로 등장한다. 특히 현대시에서 카페는 놀이나 유희의 욕망을 충족하기 위한 공간이라기보다는 현재를 성찰하고 삶을 바라보는 산책자의 공간이 된다.

문학에서 백화점은 여성들의 소비심리를 자극해 욕망을 생산해내는 매혹적인 공간인 동시에 쾌락과 탐욕, 소외와 박탈을 야기하는 부정적인 공간으로 해석되어 왔다. 특히 젊은 도시 여성들은 백화점을 '고향'이나 '동네'와 같은 생활공간으로 인식하고 모든 상품을 기호 가치로 소비한다. 이들에게 백화점은 단순히 소비행위를 위한 공간일 뿐만 아니라 문화센터를 통해 일상을 심미화시킬 수 있는 곳, 그리고 산책자처럼 볼거리와 즐길 거리를 찾아 자신의 시간과 공간을 여유롭게 영위할 수 있는 창조적 공간이다. 나아가 현대소설은 백화점 내부에 작용하는 정치적 역학관계를 탐색해 백화점이 다층적인 권력이 작용하는 복합적이고 입체적인 공간임을 보여준다.

이에 비해 현대시에서 백화점은 일관되게 부정적인 의미로 등장하는 경향이 있다. 시 속에 드러나는 백화점은 기름기 흐르는 욕망의 공간, 가식과 허위로 상상된 '행복'이 과포화된 공간이다.

창백한 인텔리의 공간, 카페　　카페는 소비문화의 식민지적 특성을 전형적으로 드러내는 도시 공간의 하나이다. 도시와 결부되었던 퇴폐와 타락, 환락의 이미지는 1930년대 이후 많은 문학 작품에서 농후하게 묘사되는데 이런 서울의 이미지를 드러내기 위해 카페나 바와 같은 소비 공간을 소재로 등장시켰다.

카페는 구한말 커피의 보급과 함께 등장한 다방과는 구분해야 한다. 커피(coffee)를 프랑스어로 카페(café)라 하는데, 이것이 '커피를 파는 집'이라는 뜻으로 변한 것이다. 커피를 마시며 담소하는 공간으로 인식된 카페는 동양에 전해지면서 상업적인 의도에 따라 다소 의미가 달라졌다. 우리나라의 경우 처음에는 서양풍의 고급스런 커피숍이나 조그만 바 형태의 술집을 카페라고 불렀다. 그 뒤 여급(女給)이 있는 술집으로 변모하였으며, 커피 등 차를 파는 집은 다방 또는 커피숍이라고 하였다. 1910년을 전후하여 점차 늘어난 일본 유학생들이 1920년대에 귀국하면서 일본에서 누렸던 문화 공간을 원하게 되고, 그러한 수요에 부응하여 점차 늘어났던 다방은 일본을 매개로 서구문화를 지향하였던 '창백한 인텔리층의 공간'이었다.

카페는 다방에서 갈라져 나왔다는 점에서 때로는 '끽다점'이나 '바아(bar)'로 불리기도 하는데, 술과 음식과 성(性)을 제공하는 공간이란 점에서 다방과 구분된다. 카페는 1920년대 서울에 처음 등장하였다. 일본인 밀집 지대였던 남촌을 중심으로 해서 종로와 무교동 같은 조선인 밀집 지역으로까지 확산된 카페는 서구식의 실내 디자인, 선정적인 짧은 치마를 입은 '모던' 여급, 위스키, "축음기가 발송하는 에로 노래의 멜로디 위에 약 냄새가 떠도는 청각과 취각이 교착된 분위기"의 공간이었다. 카페의 건물은 대부분이 서구식이고 실내장식은 서구와 일본, 조선의 혼성이었고, 신문이나 잡지에 소개된 카페 여주인(마담)의 사진은 대개 서구식의 양장 차림이나 한복을 입은 경우도 간혹 있었다. 카페에 비치된 레코드를 보면 1930년대에 크게 유행하였던 아메리카 류의 재즈, 세레나데 류와 유행가나 민요, 일본 가요판이 함께 비치되어 있었고, 『스크린』과 같은 서양 영화잡지, 『매일신보』, 『대한매일신문』, 『아사히신문』 등의 일본 신문, 『동아일보』나 『조선일보』, 『삼천리』, 『조광』 같은 한글 신문과 잡지가 비치되어 있었다.

조선인이 운영하는 카페 이름은 '비너스, 모나리자, 엔젤'과 같은 서구식도 있었지만 '목단, 낙랑, 왕관, 은방울'과 같이 전통식을 따른 경우도 많았다. 카페 이용객은 주로 "스물한둘부터 삼십칠팔"에 이르는 남성들이었는데 직업으로 보면 문인들이나 연극인, 영화인, 화가 등 예술계 인사들, 언론이나 사회 운동에 종사하는 사람들, 은행원이나 관공서 관리, 회사원, 교사, 투기적 성격이 짙은 '기미(期米)나 광산'을 하는 사람들에 이르기까지 다양한 층의 사람들이 출입하였다. 카페 주인이나 여급은 고등 교육을 받은 인텔리이거나 연극이나 영화배우, 또는 '레코드 가수' 출신이 많았다. 카페는 문인들이나 연극인, 화가들의 집회나 전람회가 열리는 공간이기도 했고, 중상류층이 고급 문화를 소비하는 장소이기도 했으며, 서울 시민 육십 만 명의 거리의 공원이요 또 인텔리와 모던 남녀의 휴게실이기도 했다.

1930년대 이후 서울에서 소비문화가 발전함에 따라 카페들이 우후죽순으로 생겨나면서 환락적이고 퇴폐적인 성격이 더 짙어졌다. 성과 환락의 대상으로서의 카페의 이미지는 식민지하의 서울을 성적 대상으로 인식하는 제국주의적 사고방식을 보여준다. 서구의 제국주의를 남성에, 식민지를 여성에 비유하는 사고방식이 바로 그것이다. 카페는 식민지적 절망과 불안과 암울을 상징하는 공간이면서 좌절과 냉소와 허무의 분위기가 진보적인 시대정신을 밀어냄으로써 퇴폐적이고 찰나적인 도시 소비문화가 자리 잡은 공간이다.

커피가 있는 공간, 다방

영업 행위를 위한 본격적인 다방이 처음 등장한 것은 일제강점기 때였으며, 8·15광복 이후 6·25전쟁 등의 격동기를 거치면서 다방의 기능과 양상도 변화되어 왔다. 다방을 등장케 한 근본요소로서 이른바 다도문화(茶道文化)를 들 수 있는데, 대체로 동양 3국에서는 8~9세기에 본격적인 다도문화가 성립되었다고 한다. 우리나라는 원래 중국과 일본 등 다른 동양 문화권에 비하여 다도문화가 그다지 발달하지 않아 서민 차원의 다방은 없었지만, 국가 차원에서는 다도에 대한 제도적 배려가 있었다. 문헌에 의하면 이미 통일신라 시대에 다연원(茶淵院)이라 하여

차 마시는 장소가 있었으며, 고려 시대는 다방(茶房)이라는 용어도 등장하게 된다. 고려 시대의 다방은 차와 술·과일 등에 관한 일을 맡아보는 국가기관이었으며, 조선 시대는 이것이 이조(吏曹)에 속하는 관사로서 차례(茶禮)라는 명목으로 외국 사신들의 접대를 맡아 보았다. 특히, 고려 시대는 팔관재(八關齋)나 공덕재(功德齋) 등의 불교의식과 관련하여 차에 대한 관심이 많았고, 사찰에서는 차촌(茶村)을 두어 차를 재배하도록 하였다. 조선 시대에는 차에 대한 관심도 줄어들고, 일반적으로 손님 접대용으로 차보다 술을 많이 사용한 까닭에 다방 대신 술집이 발달하였다. 결국, 전통 시대는 다방 내지 다도문화라는 것이 대중화하지 못하였으며, 일부 계층의 향유물이거나 또는 지방적·종교적 특성에 입각한 것이었고, 일반 민중의 생활 속에 깊숙이 젖어 있지는 못하였다고 볼 수 있다.

그러던 중 개화의 물결을 타고 커피와 홍차 등이 보급되면서 우리의 다도문화에도 많은 변화가 왔다. 서양 외교사절을 통하여 유행된 커피 마시는 풍속은 고종을 비롯한 당시 상류층 개화파 인사들에게 널리 퍼져나갔다. 근대적인 기능과 형태를 갖춘 다방이 등장한 것은 3·1운동 직후부터이지만, 개항 직후 외국인에 의하여 인천에 세워진 대불호텔과 슈트워드호텔의 부속다방이 우리나라 다방의 선구가 되었다. 1902년 독일계 러시아인 손탁(孫澤, Sontag)이 정동에 지은 손탁 호텔에는 서울에서 최초로 호텔식 다방을 두었다. 그 뒤 일본인이 경영하던 '청목당(靑木堂)'이라는 2층의 살롱이 서울에 나타났고, 1914년 조선호텔이 생겨 일제강점기의 최고급 호텔 겸 다방의 기능을 하였다. 이때쯤 이미 서양 문물이 많이 보급되었고, 일본이나 서구로 유학을 다녀온 지식인들이 나름의 문화권을 형성하면서 다방이 본격적으로 생겨날 수 있는 조건이 무르익었다.

일제 강점 직후에 일본인들이 명동의 진고개에 깃사텐(낏다점-찻집을 뜻하는 일본어)을 짓고 커피 장사를 시작했다. 1914년 10월부터 영업을 시작한 조선호텔을 비롯하여 이 시기의 다방은 주로 호텔 문화와 함께 유입되었으며, 실내도 대부분 서양풍 스타일이었다. 일본인이 경영하는 후다미는 식당과 겸업이 아닌, 다방 전업으로 생겨난 근대적 다방의 원조이다. 일본의 '아카다마' 경성 지점에서는 기모노 또는 양장을 한 모던 기상이 서비스를 하고, '명과'라는 다방은 일본 명치제과의 지점으로 첫출발하여 훗날 다방으로 변모하였다. 1927년 미쓰이 재벌이 운영하는 우리나라 최초의 서양식 백화점인 미쓰코시 백화점에서 옥외다방을 만들었고, 1910년부터 다방이 신문광고에 등장하였다. 이 시기는 커피 그 자체보다 커피가 있는 다방의 분위기가 대중들을 매료시켰다고 할 수 있다.

해방 이후 미국의 주둔이 시작되면서 커피도 보통사람들의 주목을 받게 되었는데, 해방 직후 다방은 차를 마시는 장소이기보다는 만남의 장소 구실을 했다. 1950년대의 다방은 가난하더라도 사람들을 만나 세상 돌아가는 이야기를 해야 하는 식자층에 속하는 직업을 가진 사람들의 주요 활동무대이자 연락의 거점이었다. 과거의 '사랑방'을 '다방'이 대신한 것이다. 전화가 귀하던 시절에 다방은 공동 전화 역할을 한 했으며 다방엔 '마담'과 '레지'가 있었다. 5·16으로 집권한 군사정권은 갖가지 사회활동을 금지시켰는데 다방에서 커피를 판매하는 것에도 사실상 금지령이 내려졌고, 불법적으로 커피를 유통하는 일도 생겨났다.

1970년대는 인스턴트 커피의 생산으로 집에서도 커피를 마시게 되면서 다방도 큰 변화를 겪게 되었다. 미모와 사교성을 겸비한 '마담'의 전문성이 매상을 좌우하게 됨으로써 다방에는 얼굴마담이라 칭하는 '가오마담'이 있었다. 다방의 마담과 레지는 다방의 매상을 결정할 만큼 그 역할이 컸다. 1979~81년은 혹독한 불경기에도 불구하고 1980년대 들어 취해진 다방의 설치기준 완화 조치와 빌딩 건축 붐에 의해 다방의 수는 계속 증가했고 반면에 가히 커피 자판기의 전성시대라 할 만큼 자판기는 무서운 속도로 늘어갔다. 커피점에서는 여대생이 아르바이트를 하고 '음악다방', '화랑다방', '심야다방' 등이 등장했다. 경제적 호황과 민주화의 전환점을 맞아 커피도 다시 호황을 맞았는데 이 시기에 원두커피 전문점이 등장했다.

1990년대 들어 자판기 커피의 보급이 더 확대되고, 고급스러운 분위기의 커피 전문점이 늘어나면서 다방은 점점 설 자리를 잃어갔다. 젊은이들은 프랜차이즈 형태의 커피 전문점이나 간단한 음식을 먹을 수 있는 패스트푸드점을 선호하고 다방은 일부 나이 든 단골들이 찾는 곳으로 인식되기에 이르렀다. IMF 사태를 맞아 커피 시장은 더욱 크게 위축되었고 도심지에서 문을 닫게 된 다방은 농촌으로 파고들어 티켓 다방을 확산시키는 결과를 초래했다. IMF 위기가 어느 정도 극복되면서 새로운 유형의 커피 전문점들이 등장, 그 대표 주자는 스타벅스였다. 자유롭고 편안한 매장 분위기, 테이크아웃의 활성화, 셀프 서비스 등으로 새로운 커피 문화를 주도했다.

2000년대 한국의 커피 문화는 '티켓다방 대 스타벅스'라는 양극화 현상이 빚어졌다. 국내에 테이크아웃형 커피전문점의 붐이 본격적으로 일어난 것은 미국의 유명 커피 브랜드인 스타벅스가 영업을 시작하면서부터이다. 스타벅스가 상징하는 미국적인 취향은 소비자들에게 중요한 의미를 가지게 되었고 신세대의 취향에 맞게 걸어 다니며 마실 수 있는 용기를 도입했다. 이는 자본주의와 계층성을 동시에 드러내는 요소이다.

8.2. 백화점의 출현과 소비문화의 향유

19세기 중엽 파리의 아케이드를 필두로 하여 구미의 대소매상들은 기존의 판매 방식, 회계 방식, 전시 방식 등을 바꾸고 한 공간에 다양한 판매 부서를 두게 되는데 그것이 백화점의 기원이었다. 19세기가 끝나갈 무렵 서구는 대량 생산으로 넘쳐 나는 물건들을 판매하기 위한 새로운 소비 공간을 필요로 했다. 소비자의 욕망을 창출하지 않는다면 대량 생산으로 인해 과잉 공급된 시장은 공황을 초래할 위험이 있었다. 미국 필라델피아의 워너메이커 백화점을 비롯하여 마샬 필드, 메이시즈, 시어스 등과 같은 소비 혁명의 정수였던 백화점들은 거대 은행으로부터 금융 지원을 받고 국가 권력의 도움으로 소비문화를 주도해 나가기 시작했다. 물건을 전시하기 위하니 유리 건물이 들어서고 정찰제와 반품 제도를 통해 새로운 상거래 질서를 확립했다. 거대 백화점들은 소비 시장을 지배하는 위치로 부상했다. 자영 상인들과 군소 소매상인들은 브랜드화되고 체인화되는 거대 백화점에 굴복하지 않을 수 없었다. 소비자들이 힘든 노동의 흔적을 보지 않게 됨으로써 거리낌이나 죄의식 없이 물건을 소비하도록 하기 위해서 백화점들은 생산 현장을 소비의 공간에서 완전히 분리시키게 되었다. 백화점은 상품이 전시되고 연출되는 공연 무대였다.

후발 자본국가였던 일본은 서구로부터 백화점이라는 소비 공간을 도입했다. 미국의 백화점들이 소비에서 개인의 욕망과 정체성을 추구하도록 부추겼다면, 일본의 백화점들은 국가 발전을 위한 시장 개척을 강조했다. 일본 백화점 경영자들의 특징은 돈을 벌고 손님의 편리를 도모하는 이외에 국가에 공헌해야 한다는 국가주의 경영 철학을 가지고 있었다. 동경의 미쓰코시 백화점은 백화점이 아니라 상류층 사람들과 사회의 일류들이 모이는 사교장이 되었고, 고급스러움으로 인해 문화를 만들어내는 동경의 대상으로 변해갔다. 그 당시를 살았던 사람들에게 백화점은 문화를 소비하는 공간으로서 욕망의 대상이 되었다. 일본은 시장 개척을 위해 식민지 조선에 독점 자본주의를 이식했다.

우리나라 백화점의 시초는 1930년 10월 일본의 미쓰코시 백화점(三越百貨店)이 경성지점을 개설한 데서 비롯된다. '쩨파트멘트 스토아'는 1930년대 『신여성』에서 소비의 장소로 나타난다. 잡화상이라는 의미에서 '백화점'을 상호로 하는 경우는 1920년대에도 있었고, '미쓰코시, 조지아, 히라다, 미나카이, 화신' 등과 같은 상점도 1910~1920년대부터 존재해 왔지만, 이들이 외양을 근대 건축물로 신축해서 근대의 표상인 '백화점', 혹은 '데파트'로 인식하게 된 것은 1930년대의 일이고, 이어서 화신백화점이 한국계로는 처음으로 등장하여 광복 후에도 백화점의 대명사처럼 불려 왔다.

1932년 『신동아』에서는 이 백화점이라는 공간에 대해 "한 장소에서 소요의 여러 가지 물건을 살 수 있는 것, 상품을 마음대로 선택할 수 있는 것, 종일을 두고 보고만 나와도 꾸지람하는 이가 없는 것, 휴게, 음식, 용변 그밖에 조금의 불편도 없을 만한 설비 등등에 있어서 중소 상업은 도저히 백화점의 적이 못되는데다가 백화점은 대자본 경영인 까닭으로 대량매입과 박리다매가 가능하다"고 적고 있다. 백화점은 대중이 상품을 구매하는 행위의 방식과 그 행위가 가지는 의미를 결정적으로 변화시켰다. 왜냐하면 백화점은 일정한 구매력을 가진 소비자가 자신의 문화적 정체성을 차별화 또는 동질화할 수 있는 물질적 수단이 되었기 때문이다. 백화점은 정찰제를 도입하였기 때문에 가격 흥정과 이로 인한 입씨름이 사라졌으며 구매의 의무 또한 소멸되었다. 상품을 구매하지 않더라도 백화점을 즐길 수 있었고 돈만 있다면 누구나 똑같은 대접을 받을 수 있었다. 백화점은 순식간에 근대적인 도시적 소비문화의 상징이 되었다.

일제 강점기에는 경성에만 6개의 백화점이 설립되었는데 1920년대 중반부터 백화점으로서의 영업이 본격화되었다. 백화점에서 판매되는 상품이나 백화점에서 이루어지는 구매 행위는 특별한 문화적 의미를 지녔다. "미쓰코시에서 좋은 오바 코트 사 입고", "화신 백화점 5층에 가야만 파는" 교복을 입었으며, "화신 백화점 가서 브라질이냐 어디냐 원두커피 갈아다가 꼭 먹었을" 뿐 아니라 축하할 일이 있으면 문화적으로 발달된 음식을 파는 "화신 백화점 5층에 가서 맛있는 거 먹는" 부와 행복의 경험은 백화점이라는 공간과 직결되어 있다. 백화점은 상품을 상징적 기호로 변모시켰으며, 백화점에서의 소비 경험, 백화점의 고급 카페와 레스토랑은 차별화된 지위와 행복을 의미한다.

백화점의 출현은 공적 영역에 새로운 여성 공간이 등장하였다는 것을 의미한다. 상품의 성별 분리가 공간의 구분으로 전환되었으며, 이곳에서 여성은 대중의 일원이 될 수 있었다. 그 결과 백화점 이용을 매개로 정체성이 규정되는 여성 대중이 등장하였다. 백화점은 남성보다는 여성 대중을 위한 공간이었으며, 여기서 여성은 대중적 취미와 사교의 공간을 얻을 수 있었다. 여성은 "무당 판수에 미치듯이 백화점에 미쳤다". 백화점을 찾는 고객의 대다수가 여성이었고, 판매원 역시 여성이었다. 여성 점원 자체가 백화점을 백화점답게 만드는 중요한 구성 요소였다. 그들 역시 백화점에 전시되는 전시품의 일종이었던 것이다. 그래서 백화점은 등장하였을 당시부터 상품을 쇼윈도에 진열하여 밖에서 보이도록 선전할 뿐만 아니라 '숍걸' 역시 유리벽 앞에 세워 전시 효과를 거두고자 하였다. 백화점의 여점원들은 열악한 근무 조건 아래에서 장시간 근무와 강도 높은 노동을 감내해야 했다.

식민지 시대의 남성 지식인은 백화점에 대한 적대감을 굳이 숨기려 하지 않았다. 특히 일본인 거리에 있는 백화점에 드나드는 여성은 식민지 치하의 민족적 모순과 겹쳐지면서 가부장제와 민족주의 가치가 지배하는 사회에서 기호로서의 상품을 소비하는 여성, 상품을 욕망의 대상으로 삼는 여성은 사회의 공적일 뿐 아니라 성적으로도 헤픈 여성으로 간주되었다.

소비 공간은 여성들에게 일정한 해방의 의미를 가진다. 소비는 자유와 자기 표현의 영역이자 안락과 쾌락의 도피처이며, 모든 소망이 인정되고, 어떤 욕망이든 가능한 것으로 변형시켜 주기 때문이다. 이런 현상은 생산과 소비가 엄격하게 분리된 결과이다. 생산자로서의 여성은 성실하고 근면하며 자기를 절제해야 하나 소비자로서의 여성은 끝없이 욕망을 충족시키고 만족시키라는 부추김을 받는다. 자본주의 사회에서 노동은 소외와 좌절을 안겨주지만 소비는 취향이자 욕망의 표현이라는 환상을 제공한다. 그래서 물건을 가지는 것은 단순히 물건의 소유가 아니라 신분을 표시하는 것이 된다.

가부장적인 사회에서 소비하는 여성, 자기 욕망에 충실한 여성은 성적으로도 헤픈 여성으로 간주된다. 사치와 낭비라는 소비 경제와 성적 경제는 유비적으로 연관된다. 소비하는 여성들은 남성을 경제적으로 착취함으로써 쾌락주의적인 자기 향락에 빠질 수 있을 뿐만 아니라 여성이 공적인 영역에서 권력을 갖지 못하는 데 대해 보복한다. 통제 불가능한 여성의 욕망은 계급 질서를 해체하려는 위협적인 힘이 된다. 하녀가 안주인을 모방하고 안주인이 창녀를 흉내 내고 여학생이 기생을, 기생이 여학생을 흉내 낸다면 계급 질서는 유지될 수 없기 때문이다. 여성들의 충동적인 소비는 남성들의 질서를 위반하면서 일탈하는 것이다. 남자들의 경제적 지원으로 자신을 과시하고 미학적으로 치장함으로써 엄격한 계급 질서를 파괴하면서도 동시에 그것을 욕망하는 것이 소비하는 여성들의 욕망이다.

백화점의 문이 미어지게 드나들 수 있는 1920년대 경성 여자들은 신여성, 유한계급의 첩, 기생이라는 소문이 나돌았다. 자신에 대한 열망을 접고 아이와 남편에게 사랑과 희생을 베풀어야만 하는 여성들이 소비의 욕망을 가지는 것은 남성들에게는 위험한 일로 받아들여졌다. 특히 민족주의자들에게 여성들이 일본 제품을 소비하는 것은 가족과 민족의 생존을 위태롭게 하는 반민족적 행위로 비판의 대상의 되었다. 여성의 소비와 사치, 낭비는 남성적인 권위와 권력을 위협한다. 그러나 민족주의자들의 물산장려운동에도 불구하고 젊은 인텔리 남녀나 부유한 가정부인들은 으레 전차를 타고 남촌의 진고개로 쇼핑을 나갔다. 백화점의 옥상정원은 새로운 욕망의 천국이었다. 가족이 외식을 하고 남녀가 만나는 문화 공간으로 자리 잡게 되었다.

8.3. 카페, 유희와 취향의 일상 공간

카페는 1920년대 후반부터 가장 첨단적인 도시공간 중 하나로 최초의 근대식 유흥공간이었다. 또한 도회적이고 이국적인 성격의 카페는 식민지 지식인들에게 '모던'의 감각을 익힐 수 있는 예술과 문화의 공간으로 기능했다. 그러다

보니 이런 유행을 반영해 문학에서도 카페는 근대적 도시 풍경의 일환으로 자주 등장했다.

카페가 문학의 주요 공간이 될 때는 무엇보다 모던보이와 카페여급과의 자유연애가 이루어지는 배경으로 활용될 때이다. 이것은 연애가 결혼과 분리된 채 유흥공간에서 소비되고 향유되던 세태를 반영하며, 이때 카페여급이나 마담은 자유 연애에 용감하게 뛰어들어 사랑의 의미를 탐색하는 주인공으로 설정되는 경우가 많았다. 그러나 실제로 여성소설에서 이런 연애의 유형이 다루어지는 사례는 많지 않다. 오히려 여성들은 그 자신 세련된 교양을 갖춘 신여성으로서 카페 마담이나 여급의 위치에서 남성 지식인, 예술가들과 자유롭게 교유하고 또 예민한 감각으로 이들의 지적 허영 가득한 자의식과 그 이면에 도사리고 있는 불안하고 무기력한 생태를 관찰하고 전달하는 매개자의 역할을 떠맡았다. 그러나 이 같은 사실은 카페가 상대적으로 일반 주부들에게는 이질적이고 배타적인 공간일 수밖에 없었음을 시사하는 것이기도 하다. 카페는 교양과 지식을 갖춘 인텔리들이 대화하고 교제하던 사교의 장이자 지적 교류의 장이었으며 예술가들의 패거리가 형성되는 폐쇄적인 문화공간이었기 때문이다. 즉 카페는 단순한 쾌락을 제공하는 곳이 아니라 유희와 사유의 복합적인 공간으로서 인텔리 문화의 압축된 풍경을 담아내고 있다. (나혜석 「현숙」, 윤금숙 「명동 주변」, 「파탄」, 박경리 『표류도』 『녹지대』, 강신재 「TABU」, 정연희 『순결』)

그런데 한편으로 카페와 다방은 계급적 취향을 집단적으로 구축해가는 메커니즘 안에 편입되어 있었다. 카페가 서구적이고 귀족적인 고급 문화를 향유하는 공간으로 인식되면서 그곳의 분위기와 이미지, 흘러나오는 음악, 심지어 찻잔의 종류는 곧 드나드는 사람의 계층적 차이를 드러내 기호로 작용하게 된 것이다. 따라서 소설에서 카페는 단순한 공간의 의미를 넘어 그 인물의 문화적 취향과 감식안뿐 아니라 다양한 정보를 제공해주는 기능을 떠맡게 되었다. (은희경 「특별하고도 위대한 연인」, 정연희 『순결』, 정미경 「호텔 유로, 1203」, 백영옥 『다이어트의 여왕』)

현대소설에서 많은 경우 카페는 인물들이 순수하게 만나는 장소로 등장하지만, 점차 카페 공간의 기능이 분화되고 다양해지는 세태를 반영해 소설에서도 카페는 인물과 추억을 매개하고 서사를 지탱하는 중심 배경이 되기도 하고, 여성인물의 일상—주거, 학습, 휴식, 연애, 아르바이트 등—이 펼쳐지는 다기능적 장소가 되기도 한다. 여성들은 카페에서 친구를 만나 수다를 떨고 혼자 차를 마시고 책을 읽기도 하며, 그곳에서 아르바이트를 하고 주식을 해결한다. 뿐만 아니라 확 트인 유리창을 통해 바깥세상을 내다보며 사색에 잠기기도 한다. 카페는 이제 여유롭고 트렌디한 삶을 추구하는 여성들에게 자기만의 아지트를 제공하고 있는 것이다. (오정희 「옛우물」, 이홍 『걸프렌즈』, 고예나 『마이 짝퉁 라이프』, 서유미 『쿨하게 한걸음』, 이지민 『청춘극한기』, 김이듬 『블러드 시스터즈』)

현대시에서도 카페는 더 이상 특수한 공간이 아닌 일상적인 공간으로 등장한다. 카페에 가는 것은 일종의 사소한 가출이자 여행이지만, 카페는 놀이나 유희의 욕망을 충족하기 위한 공간이라기보다는 현재를 성찰하고 삶을 바라보는 산책자의 공간이 된다. 카페는 축소된 세계이고 카페에서 바라본 모습은 우리 삶의 장면들이며 화자의 자화상들이다. 카페는 주로 기억이 고여있는 공간이고 삶의 비의를 품고 있는 공간이며, 맑고 투명하게 세상을 내다볼 수 있는 '커다란 유리창'이 있는 공간이자 천천히 세계가 흘러가는 속도를 느낄 수 있는 곳이다. (김이듬 「마임 모놀로그」, 김행숙 「유리창에의 매혹」, 최영미 「슬픈 까페의 노래」, 안시아 「바그다드 카페」) 한편 카페를 신전화하는 현상을 비판하거나 산소를 주문해서 마시는 '산소카페'의 등장으로 환경문제를 비판하는 등 카페를 통해 문명비판적인 시각을 보이기도 한다. (성향숙 「그때 거기 있었습니까?」)

현대문학에서 여성들이 향유하는 카페의 풍경은 대도시 소비사회의 유목민적 문화와 취향이라는 변화된 징후를 보여준다고 할 수 있다. 여성들은 카페를 열린 공간, 다중감각과 체험이 가능한 복합문화공간으로 탐색하고 있는 것이다.

지금 대면하고 보니 향기 있는 농후한 뺨, 진달래꽃 같은 입술, 마호가니 맛 같은 따뜻한 숨소리, 오랫동안 잊고 있던 그에게 더없는 흥분을 주었다.

확실히 반 년 전 여자는 아니었다. 어떠한 이성에게든지 기욕(嗜慾)을 소화할 수 있는 여자의 자태는 한껏 뻗치는 식지(食指)가 거리낌없이 신출(伸出)함을 기다리고 있는 양이었다.

"어떻든지 그대의 태도는 재미가 없었어. A상회를 3일 만에 고만둔 것이라든지 카페에 여급이 된 것이라든지…" (중략)

여자의 플랜이라는 것은 끽다점 양점(讓店)이었다. 장소는 종로 1정목, 그것을 인계하여 경영하고 싶으나 4백원이라는 돈이 있어야 한다. 그리하여 1구(一口) 10원, 유지(有志)는 10구 이상을 신청할 사, 그녀가 상의하려고 두 사람뿐의 적당한 밤을 기다린 것이다.

—나혜석 「현숙」(1936)

현경은 오래간만에 영화 구경을 갔다가 말 타면 경마 잡히고 싶다는 격으로 어쩌다가 걷는 명동거리를 그냥 훌쩍 지나치기엔 좀 아쉬운 생각이 들어서 레코드라도 들을 겸 음악다방 룸바에 발을 들여놓았던 것이다. (중략) 담배 연기 자욱한 그 속에는 바야흐로 경련을 일으키려는 눈동자처럼 허공을 노리는 음악 감상가, 또는 백화점 지배인같이 다듬고 매만진 신사숙녀들이 애상적 멜로디에 혼합이 되어 복작거리는 그 속에, 또 하나 이 집을 내 집 문 드나들 듯하는 한 인물이 등장하였다.

(중략)

"그런데 우리 패들은 한 놈도 보이지 않는군. 어디로들 몰렸을가—아마 딱터 장네 집일 테지. 어쨌던 차나 한잔 마시고 볼까. 아차, 내 단골 자리는 웬 여왕들이 앉으셨군 그래…"

마담도 미스터 황의 시선을 좇아 그 쪽을 바라보며,

"참 어쩌나, 한쪽 의자가 비어 있으니 우선 가 앉으세요. 저 바른쪽에 앉은 미인은 미스 구라고 요새 룸바의 단골손님이 되었는데, 아마 미스터 황 못지않게 음악을 좋아할 껄요."

—윤금숙 「명동 주변」(1949)

미리부터의 아무런 계획도 없이 남편의 연인이라는 그 여자를 한번 만나 보아야하겠다는 생각이 번개같이 머리에 떠오르자 혜숙은 그 여자가 살고 있는 골목으로 접어들었다. 그 다방 문 앞에 주춤 섰다. '그저 얼굴이라도 한 번 보고 가는 것이 무슨 죄랴' 하는 어리석은 마음에 얼른 문을 밀고 들어섰다. 바로 정면 카운터에는 혜숙이가 보고자 하는 그 여인이 앉아서 허수룩한 혜숙의 꼴, 월급쟁이의 아낙인 그를 빤히 쳐다본다. 아마 이런 다방에 나타나 차맛을 음미할 종류의 손님이 아니기 때문에 다소 수상쩍은 표정이다.

그러나 혜숙은 용기를 내어 그 여자와 제일 가까운 테블에 자리를 잡고 앉았다. 그 여자는 샐쭉한, 약간 경멸에 가까운 눈으로 무엇을 먹겠느냐는 뜻의 표정을 혜숙에게 보내므로 "코히"라고 자신이 청하였다. 그렇게 말하고 나서야 '코히'는 일본말 발음인데 왜 '커피'라고 못하고 이렇게 어리둥절하여 정신을 못 채리는 것일까 하고, 배짱 없는 자기 자신의 비겁함이 미웁기까지 하였다.

—윤금숙 「파탄」(1949)

마돈나-우리 다방의 이름이다-에는 대개 오전이면 저널리스트, 정치 브로커, 관공리 들이 나타나고 오후에는 각 대학의 교수나, 강사, 몇몇 문인들, 화가, 출판 업자, 잡지사의 기자들이 모여든다. //

각설하고-그런 따위의 자존심에 안식을 주기 위한 것이 아니라 실상 손님들은 그들의 필요에 의하여 마돈나를 찾는다. 마돈나는 첫째 위치가 좋았다. 신문사, 국회, 관공서, 잡지사, 출판사, 그러한 건물들이 다방 주변에 있었다. 저널리스트 들은 석간의 마감 시간이 열두시기 때문에 오전 아홉시를 전후하여 모닝커피를 마시러 나온다. 그리고 한국의 게으른 관공리들도 근무시간에 모닝커피를 마시러 나오는 데 서슴지 않았고 더욱이 업자들과 밀담을 필요로 하는 축들에게 다방은 그야말로 그들의 안방의 역할을 충분히 하는 것이다. 이밖에 정치 브로커만 하더 라도 마찬가지다. 국회가 가까우니 마돈나는 그들의 즉각적인 상담(常談)에는 생 광스런 장소라 할 수 있겠다. 오후의 손님인 대학의 교수들-대개 이류, 삼류지만- 은 그들의 저서가 출판되거나 혹은 출판 교섭을 위하여 출판사 근방에 있는 마돈나 를 대기 장소로 삼고 있으며, 문인들 역시 잡지사나 신문사에 원고를 전하고 고료 를 받고, 화가는 화가대로 표지화나 삽화를 그려 주고 화료를 받고 하는 그런 일들 이 진행되는 것이다. 이러한 것이 유기적으로 움직이고 또 거기에 따라 부수적인 손님도 마돈나하고 인연을 맺게 되는 것이다.

―박경리 『표류도』(1959)

"녹지대에 가시면 얼마든지 만날 수 있을 거예요."

"녹지대?"

"녹지대를 모르세요? 한국의 비트족들이 모이는 음악 살롱이에요."//

"이 새끼 니가 뭐야"개똥 같은 시 한 편 갖고 시인 행세야? 내가 다 안다 알어. 치사하게 편집자 꽁무니를 줄줄 따라다니며 아첨하구, 너만 예쁘게 보일려구 우리 동인들을 헐뜯었지? 내가 안단 말이야! 사내새끼 치고는 말짜다 말짜라, 넌 '녹지 대'에 낄 자격이 없어! 우리는, 우린 적어도 말이야 우림 힘으로 행동한단 말이야! 옹졸하고 쩨쩨하고 문을 닫아건 그까짓 기성하곤 타협하지 않는단 말이야! 뭐 어 쩌구 어째? 내가 '녹지대'를 망친다구? '녹지대'를 위해 정치가 필요하다구? 너나 해먹어라! 너나"

―박경리 『녹지대』(1964)

"우리 셋이 함께 가자구. 나가는 길에 어디 가서 시네마도 구경할 겸."

성수는 토요일이면 으레 '시네마' 구경을 가는 버릇이 있었으므로 이 날은 로-라도 구경할 겸 그대로 셋이서 공원으로 나왔다.

연주는 어서 바삐 로-라가 보구싶어 공원 안에 들어 사방을 휘휘 살폈다.

세 사람이 신음악당 앞 숲속을 지나가다 로-라를 발견하였다. / 로-라는 아까와 한 모양으로 고개를 숙인 채 벤치에 걸터앉아 있었다. //

명동과 다방들이 다시 그의 주요한 놀이터가 되어 있었지만, 그리고 그의 여자에 대한 비틀거림이나 좌충우돌도 전과 비슷한 외양을 띄우게 되어 있었지만, 그러나 심히 자주, 그는 거기 있으면서 있지 않은 듯한 그런 느낌을 주어 왔던 것이다.

—강신재 「TABU」(1964)

문득, 이라고 말하는 것은 옳지 않다. 나는 집으로부터 이곳까지의 먼 길이 여러 해에 걸친 우회라는 것을 부인할 수 없다. 찻집의 유리창에 바짝 붙어서서 뚫고 들어갈 듯 이마를 대었다. 강이 맞바로 내다보이는 창가의 탁자 위에 담뱃갑과 반쯤 마시다 만 찻잔, 몇 개의 열쇠가 매달려 있는 열쇠고리가 무심히 놓여 있었다. (중략) 연인들이 저물도록 강물을 바라보다가 돌아가는 찻집이었다. 내가 무거운 나무문을 밀자 그것은 '여러 해 만에' 비로소 삐익 녹슨 소리를 내며 열렸다. 한낮인 탓에 찻집 안은 손님이 하나도 없이 조용했다. 그 언젠가와 꼭 같았다. 연극무대에서 추억을 상기시키는 하나의 장치처럼 모든 것이 그대로였다. 상앗빛 와이셔츠에 커프스가 단정한 주인 남자가 이제는 수염을 기르고 있는 것만이 달랐을 뿐이다. 모든 것이 그대로 인 채 조금씩 낡아가고 가라앉아가고 있었다.

—오정희 「옛우물」(1994)

남자는 이 카페가 마음에 들지 않는다. 너무 환하고 개방적이어서, 구석에 푹 파묻히길 좋아하고 누구의 시선도 의식하지 않은 채 여자를 바라보길 좋아하는 그의 고전적인 취향과는 영 맞지가 않았다. 그나마 구석자리를 찾아서 앉긴 하는데도 그곳은 그곳대로 어김없이 스피커가 붙어 있다. 신경이 예민하고 목소리마저 작은 그로서는 이 카페에서 그녀와 얘기를 나누기 위해서는 몇 번인가의 되물음에 답하느라 평소보다 두어 배의 기력을 쏟아야만 했다. 그러나 여자의 회사에서 가까운 곳이고 또 그녀가 이 카페의, 남자의 귀에는 탁성으로 늘여빼는 질펀함이 느끼하기만 한 재즈 음악에 열광하기 때문에 번번이 이곳을 약속장소로 정하곤 하는 것이다.

—은희경 「특별하고도 위대한 연인」(1996)

찻집 마돈나는 길에서 돌아앉은 안쪽에 있었다. 오래된 왜식 건물 아래층을 개조했고 출입문을 생나무로 꾸며서 산뜻해 보였다. 중간문에는 여름에 쓰던 왕골 가리개가 그냥 있어서 조금 쓸쓸해보였지만 실내로 들어서니 아늑했다. 흔해빠진 싸구려 다방이 아니었다. 베토벤의 피아노 쏘나타 8번이 잔잔하게 방안의 공기를 흔들고 있었다. 아, 이런 곳이 있었던가. 실내 장식으로는 베토벤의 데드 마스크가 하나 벽에 걸려 있었고 주방 겸 음향기기를 조정하는 탁자 위에 커다란 백자 항아 리와 거기에 한아름 하얗게 피어서 담겨 있는 억새풀이 전부였다. 주인인 듯한 여인은 사람이 들어가도 탁자 위에 앉아서 얼굴도 들지 않았다. 공군 사병 몇 사람 과 간부후보생인 듯한 젊은이가 몇 있을 뿐 토요일인데도 손님이 별로 없다. 책을 읽고 있는 듯 고개를 숙이고 있는 여인의 화장기 없는 이마가 정결하고 반듯하다.

―정연희 『순결』(1999)

아케이드가 끝나는 곳엔 영국식 찻집이 있다. 천천히 걸어 다녔을 뿐인데 목이 마르며 조금 피로했다. 조지 왕조풍으로 실내장식이 된 찻집은 어두워서 편안하 다. 갈색 벨벳으로 바닥과 등을 감싼 의자에 앉는 것만으로도 길거리의 테이크 아웃 커피는 결코 주지 못할 만족감과 위로가 오후의 조수처럼 마음속으로 밀려왔 다. 포트넘 앤 메이슨의 '애프터눈 티'를 주문한다. 뜨거운 티에 일회용 꿀을 마지 막 한 방울까지 부어서 목젖이 데도록 뜨겁고 달게 마시고 싶다. 포트넘 앤 메이슨 이 보리차보다 늘 더 맛있다고 우기고 싶진 않다. 다만 이토록 눈부신 타인들의 삶 속에서 나도 명성을 획득한 그 무엇인가를 희롱하고 싶어진 것뿐이다.

―정미경 「호텔 유로, 1203」(2004)

현주가 커피빈 안에서 크게 손을 흔든다. 제법 흥분한 기색이다.
우리 동네에도 드디어 '콩 다방'이 생겼어!
내가 자리에 앉자마자 현주는 뭐 대단한 일이라도 생긴 것처럼 호들갑을 떤다. 사실 커피빈이 생기기 전에 스타벅스가 먼저 입점했을 때도 현주는 지금과 같이 들떠 있었다. 매일 저녁 '별 다방'에 앉아서 카페라떼를 마시며 노트북에 일기를 쓰는 것으로 하루를 마무리하고 싶다느니, 우리의 아지트라느니 하면서 말이다. 우리의 아지트는 현대식 연애와 닮은 꼴이다. 사실 말이 나왔으니까 하는 말인데 아지트는 너무 자주 바뀐다.

―이홍 『걸프렌즈』(2007)

B와 나는 커피숍에서 만났다. 나는 프랜차이즈 커피숍보다 일반 커피숍을 선호 하는 편이다. 일반 커피숍의 소파는 매우 푹신푹신하고 아늑하다. 오래 앉아 있어

도 엉덩이가 아프지 않다. 그리고 칸막이나 커튼이 쳐 있어서 신발을 벗고 테이블에 다리를 뻗어도 쳐다보는 사람이 없다. 나는 편의점에서 보다 만 영어 문제집과 폐기된 상품을 꺼냈다. B는 따뜻한 카페모카를 거들떠보지도 않고 삼각 김밥부터 접어든다.

—고예나 『마이 짝퉁 라이프』(2008)

나는 영화잡지 두 권을 사서 옆구리에 끼고 버스를 탔다. 창문으로 쏟아져 들어오는 햇살이 따뜻했다. 이런 날 지하철을 타고 멀티플렉스 같은 곳에 가서 갇혀 있는 건 바보짓이다. 이왕이면 창이 넓은 카페에 자리 잡고 앉아서 시간을 보내고 싶었다. 간만에 커피와 치즈케이크, 영화잡지가 만드는 환상의 궁합에 빠져볼 생각이었다. 뭐 대단한 것도 아닌데 설레었다.

평일 오전이라 그런지 카페의 이층 창가 로얄석은 텅 비어 있었다. 나는 자리를 잡고 앉아서 천천히 잡지를 읽기 시작했다. 예전에는 출퇴근길에 시간 때우기로 읽었지만 지금은 영화 관련 서적을 읽는 중이라 글자 하나도 건성건성 넘길 수 없었다.

—서유미 『쿨하게 한걸음』(2008)

그날 내가 서 있던 가로수길에서, 주위를 두리번거렸다. 나는 틀린 답안지처럼 방치해두었던 그날의 횡단보도를 조용히 바라보았다. 푹 익은 봄기운에 나무들이 사방에 가지를 뻗고 풍성하게 흐드러져 있었다. 카디건을 두른 여자들이 발목이 드러난 카프리 바지를 입고 활기차게 걷고 있었다. 카페들은 경쟁이라도 하듯 테라스를 열고 아름답게 키운 꽃과 베고니아 화분들을 내놓았다. 멀리, 카페에 앉아 신문을 읽으며 에스프레소를 마시는 여자도 보였다. 팬케이크처럼 따뜻하게 데워진 오후의 도로 위에는 봄날의 아지랑이가 쉼 없이 피어올랐다. 나는 최피디와 마주쳤던 가게 쇼윈도를 천천히 지나갔다. 무릎이 보이는 꽃무늬 시폰 드레스로 바꿔 입은 마네킹들은 온통 분홍색인 꽃밭 위에 발뒤꿈치를 들고 곡예하듯 서 있었다.

—백영옥 『다이어트의 여왕』(2009)

스타벅스를 만남의 장소로 정한 것은 나였다. 지구상에는 수많은 스타벅스가 있다. 마치 지구상의 수많은 남자들처럼. 나는 지금 그 수많은 스타벅스들 중 하나에서 그 수많은 남자들 중 하나인 당신을 만나는 것이다. 이 적당한 규격화된 만남에 서로 특별한 의미를 부여하지는 말자. 즉 서로 잘난 척은 말자. 어차피 당신은 내 인생에서 저기 머나먼 루마니아 부카레스트 어딘가 매장처럼 별 의미 없는 존재로 남을 테니까. 뭐 그런 순전한 남자에 대한 처절한 피해의식에서 비롯된 의도였다. 어쨌거나.

　중요한 것은 내가 그 흔하디흔한 스타벅스에서도 바람을 맞았다는 것이다.

—이지민 『청춘극한기』(2010)

　여긴 학교 근처라 질 나쁜 손님은 거의 없고 대부분이 학생들이다. 이따금 학교 선생들, 은행 직원, 지하철역 건너편 아파트촌에 사는 중년층 등이 지나드는 것같다. 주인은 이틀에 한 번 정도 잠깐 얼굴을 비치곤 "별일 없지? 화분에 물 좀 줘라" 건성건성 멘트를 날리며 향수 냄새를 퍼뜨려놓고는 휘리릭 나간다. 그녀의 조카이자 카운터를 보는 선균 씨 말로는 그녀에겐 광안리에 큰 카페가 있어 여긴 신경도 안 쓴다고 했다. 이 건물의 소유주도 그녀의 아버지인데다 몇 년 전 이혼할 때 위자료를 많이 받아서 돈 걱정 없는 사람이라고 했다. //

　며칠 만에 인스턴트 파라다이스로 간다. 그 사이 주인과 나는 꽤 친해져서 기말시험 기간 동안 출근하지 않아도 봐주는 사이가 되었고 지난 일요일에는 열쇠를 복사해서 나에게 건네주기까지 했다. 공부할 데 없으면 낮에 여기 와서 공부하라면서.

—김이듬 『블러드 시스터즈』(2011)

　흠뻑 젖은 남녀가 들어와 바로 옆자리에 앉는다 남자가 커피를 주문하러 간 사이 얼굴을 가리고 여자가 운다 (중략) 한밤의 카페 안에서 나는 자세를 고쳐 앉는다 창문에 연중무휴라고 씌어진 한밤의 카페에서 나는 이상한 불안감에 휩싸인 채 저들의 들리지 않는 대화를 엿듣는다 저들의 말이 미친 말처럼 문을 부수고 비내리는 밤거리로 달아갈까 봐 저들의 노래로 귀가 먹을까 봐

—김이듬 「마임 모놀로그」(2011)

　뭐? 우리 동네에 커피 전문점이 부쩍 많아진 이유가 커다란 유리창 때문이라고? 백 년 전 젊은이들에게 유리창은 모던하고 신비로운 물체였어. 세상의 모든 골목에서는 유리창을 깨뜨린 아이가 혼쭐나는 날들이 백 년 동안 반복되었지. 유리창은 있으나 없으나 똑같을 것 같은데. (중략) 사람들은 백 년 동안 한결같이 유리창을 사랑했다는 생각이 들어. 유리창을 통과하여 찻집으로 날아든 하얀 새를 보면서, 유리창이 가짜라고 생각하는 사람과 새가 가짜라고 생각하는 사람이 마주앉아 커피를 홀짝거리고 있어.

—김행숙 「유리창에의 매혹」(2011)

언젠가 한번 와본 듯하다
언젠가 한번 마신 듯하다
이 까페 이 자리 이 불빛 아래
(중략)
있는 과거 없는 과거 들쑤시어
있는 놈 없는 년 모다 모아
도마 위에 썰고 또 썰었었지
호호탕탕 홀홀찔찔
마시고 두드리고 불러제꼈지
그러다 한두 번 눈빛이 엉겼겠지
어쩌면……
부끄럽다 두렵다 이 까페 이 자리는
내 姦飮의 목격자

—최영미 「슬픈 까페의 노래」(1994)

걸어서 도착한 곳, 카페오레를 마시며 우리는 빛을 흥정하고 있었다 여주인은 꾸벅꾸벅 스타카토로 오후를 연주한다 바람은 창틀 지나는 풍경을 거느린다 낯익은 길이 잠깐 담겼다 문밖으로 쏟아지고 때때로 바람이 낙엽 한 장씩 그려넣는다 이곳에서는 시간도 한폭의 그림이다 그 순간 우리가 황량한 공중에 모래알을 방생한 것은 투명한 유리창 때문이었다 거미가 지상으로 내려오고 나비가 껴안는 날개의 떨림이 노을을 지날 무렵, 여주인의 미소가 유채색 옷에 번져 있다 나는 어둠 한 잔을 리필한다

—안시아 「바그다드 카페」(2008)

그때, 그를 기다리는
스타벅스 주위로 어둠이 몰려왔을 때
거리는 풍선처럼 부풀었어요
달과 별을 기다리는 하늘은 점점 높이 쭈그러들었지요
처음 보는 사람들이고 아는 이름 하나 없는데
모두 숫자로 호명되는 그곳에서 11번으로 불려나가던 에스프레소
검은 입김 내뿜는 하늘에서
날개 달린 신발 신고 비행 모자 쓰고 지상에 내려와
날개를 떼어내고 우르르 몰려왔다 몰려가는,
빛의 이름들이 하나의 상징으로 응고되어가던 그곳

손엔 잠이 오게 하는 지팡이 들고 천상의 탑에서 뛰어내려와
빛을 입고 태어나 거처하는 신들의 정원
4번 카페라떼가 그리스인이 바치는 헌주를 마시고 엎드려 잠들고
머리 모양의 가방을 멘 카푸치노가 여행자처럼 카노푸스별로 돌아가는
그때 거기,
내가 23번 호명 받고 그들처럼 앞으로 불려나가 두리번거릴 때
빛의 공간을 확보하는 신들 사이에
이상한 소문들이 술렁거렸지요
여기가 어딘가?

—성향숙 「그때 거기 있었습니까?」(2009)

빵꾸 난 대기
오존 주의보
지하도에서 빠져나온 무리들이
어디론가 구름처럼 밀려가는 오후
사막 낙타들을 홀리는
오아시스의 북소리
아 카페에서 저 카페로 이동하는
도시 유목민들
신선한 이론 산소 바람 한 줄기
소파에 늘어지는 산소 취객들

—문혜진 「산소카페」(2007)

8.4. 백화점, 유행과 욕망의 유토피아

백화점은 자본주의적 욕망과 도시 소비문명의 상징으로 여성들의 소비심리를 자극해 욕망을 생산해내는 매혹적인 공간이다. 그러나 현대소설은 백화점이란 공간에 대해 비판적 거리를 두고 쾌락과 탐욕, 소외와 박탈을 만들어내는 부정적인 공간으로 해석해왔다. 휘황찬란한 물품들이 전시되어 있는 백화점 한복판에서 여성들은 욕망과 소외를 곱씹고 상대적인 박탈감과 고립감을 느낀다.

(이선희 「가등」, 서영은 「살과 뼈의 축제」, 「산행」, 전경린 『엄마의 집』)

그러나 백화점은 자신의 욕망에 앞서 가족과 타인의 필요가 우선이었던 여성들이 자신의 욕망을 갖게 되고 그 욕망에 따라 선택을 할 수 있는 가능성의 공간이기도 하다. 자신의 취향에 따라 물건에 탐닉하고 자본을 소비한다는 것은 한편으로는 서구적 삶에 대한 막연한 동경이기도 하지만, 또 한편으로는 남성 중심으로 재편되는 근대 부르주아 사회의 메커니즘에 대한 소극적 저항과 일탈이라는 적극적인 의미를 발견할 수 있다는 점에서이다. (김말봉 『찔레꽃』, 한말숙 「한 잔의 커피」, 조경란 「나의 자줏빛 소파」)

그래서 젊은 도시 여성들은 백화점에서의 쇼핑을 일상 그 자체로 받아들인다. 모든 상품을 기호 가치로 소비하고 즐기는 여성들은 백화점을 '고향'이나 '동네'와 같은 생활공간으로 인식한다. 일상의 사물화와 무의미와 싸우려는 자들에게 백화점 같은 스펙터클한 공간에서 시간 보내기는 단순한 도피가 아니라 일종의 문화적 욕구를 발산하는 행위이다. 이들은 백화점에서 화려한 전시물들을 둘러보고 물건을 구매함으로써 일상성이 질식시킨 몽환적 꿈과 열망의 일부를 되살린다. 이에 따라 백화점은 단순히 소비행위를 위한 공간일 뿐만 아니라 '문화센터'를 통해 일상을 심미화시킬 수 있는 곳, 그리고 산책자처럼 볼거리와 즐길 거리를 찾아 자신의 시간과 공간을 여유롭게 영위할 수 있는 창조적 공간으로 재해석되고 있다. (양귀자 『희망』, 배수아 「푸른 사과가 있는 국도」, 정미경 「호텔 유로, 1203」, 이명랑 『슈거푸시』, 정이현 「삼풍백화점」, 백영옥 『스타일』, 이홍 『성탄 피크닉』)

한편 여성작가는 백화점 내부에 작용하는 정치적 역학관계를 탐색해감으로써 백화점을 입체적 공간으로 사유하고자 한다. 즉 백화점이라는 동일 공간에 서로 다른 방식으로 접속하는 인물들을 통해 여기에 작동하는 메커니즘을 추적하여 백화점이 단지 일방적인 소비가 이루어지는 평면적 공간이 아니라 다층적인 권력이 작용하는 복합적이고 입체적인 공간임을 보여준다. 이런 관점에서 백화점은 소비와 허영의 이미지가 아니라 여성들의 공적인 일터로서 경제활동을 하는 직업공간이라는 점이 부각되고 있다. 근대 초 소위 'shopgirl'이라 불렸던 백화점 점원들은 화려한 외양을 뽐내며 근대의 상품들이 풍기는 매혹적인 분위기에 스스로 취하기도 하고, 그들의 몸을 탐닉하는 남성들의 관음증적 시선 아래 놓이면서 백화점 진열대 앞에서 스스로가 상품이 되었다. 그래서 백화점은 남성들에게 선택되는 행운을 통해 신분상승을 할 수 있는 초고속 에스컬레이터로 인식되기도 했다. 백화점 여점원은 자본주의의 그늘에서 상대적 결핍과 박탈감을 겪는 소외된 존재이기도 하지만, 스스로 그 메커니즘에 동화되고자 하는 욕망의 주체이기도 하다. 이렇게 현대소설은 거대한 자본주의의 성채로서 백화점이 어떻게 욕망을 매개하고 소비하고 배설하게 하는지 적극적으로 탐구함으로써 자본주의의 이중성과 속성을 간파해낸다. (이선희 『여인명령』, 윤영수 「벌판에 선 여자」, 「해묵은 포도주」, 「알몸과 누드」, 윤효 「회전문을 돌아나오다」, 정미경 「내 아들의 연인」, 서유미 『판타스틱 개미지옥』)

반면 현대시에서 백화점은 일관되게 부정적인 의미로 등장한다. 그곳은 기름기 흐르는 욕망의 공간, 가식과 허위로 상상된 '행복'이 과포화된 공간이다. 병자들이 득시글거리는 백화점이 오히려 정상이 되는 이 자본주의 시대에 문학의 가치는 '애완용'이 되지 않으면 '병자'의 것이 되어버린다. 가치가 전도된 세계 속에서 백화점은 '납골당'임에도 불구하고 '자꾸 목이 마'르게 하는 달고 짠 세계이다. 또한 백화점의 공간성이 '24시간 편의점'의 시간성으로 확대되어 욕망의 공간과 시간이 무제한으로 늘어나 백화점과 24시간 편의점은 자본주의 시대의 '왕국'들이 되고 있다고 비판한다. (김승희 「울부짖음」, 박수빈 「매장문화를 생각함」, 최영미 「24시간 편의점」)

> 가끔 백화점 순례에 충실한 명회는 발을 옮겨 본정을 돌아 어느 백화점 기다란 층계를 밟는다. 그는 어쩐지 엘리베이터에 몸을 싣는 것은 거의 바보에 가까운 것이라 하여 언제든지 이것을 피한다. (중략)
> 마침 일요일 오후라 사람의 덩어리가 이곳저곳에 밀린다. 사람이 유난히 많이 모여 떠들썩하는 곳에 가면 또 유난히 고독을 느끼는 명회는 오늘은 거의 견딜 수 없으리만치 외롭다.
>
> ―이선희 「가등」(1934)

> 대개 여점원의 첫째 조건은 얼골이 잇스므로 여기 채용된 여점원은 거의다 자기 얼골에 대하여 만혼 자부심과 교만을 가젓다. 그런 까닭에 이 얼골이 미천으로 해서 그들은 이 백화점에 드나드는 가장 호화로운 부인들과 가튼데 시집을 갈 수가 잇는 것이다. (중략)
> 영애와 순이도 죄다 그런 부잣집에 시집을 가서 시집간 멧달 후에 이 백화점을

다시 차질 때는 가느다란 금시곗줄을 저고리미테 느리고 갑빗싼 여호목두리 속에서 뽀얀 얼골을 살짝 우서만 보이는 것이다.

—이선희 『여인명령』(1937)

채색 안개처럼 나부끼는 여름 옷가마들이 선전용 인형의 몸에 걸쳐진 채 손님들의 시선을 끌고 있는가 하면, 벌써 금년 가을의 유행이 되리라는 으젓한 색깔의 옷감들이 진열장 유리문 속에서 사람들의 호기심을 자극하고 있다.

—김말봉 『찔레꽃』(1937)

혜영은 백화점이나 시장의 그릇 파는 데를 곧잘 들르는데, 좀 나은 찻잔이 나왔나 보기 위해서다. 외래품 금급 후로는 눈에 드는 것이 없어서 경제적으로 생각할 때 다행이기도 하다. 쓰던 것에 싫증이 나지 않더라도 좋은 것이 있으면 꼭 사야 성이 가시기 때문이다. //
단골집으로 가며 찻잔이 있는 진열장에 곁눈질을 보냈다. 눈에 띄는 것이 없다. 단골에는 스퀘어로 된 다이아몬드가 마음에 들었다. 데코레이션이 산뜻하다. 1캐럿 2부다. 삼십팔 만원이나 한다. 미스터 박도 그것이 좋다고 한다. 다른 집에는 없는 에머랄드가 있다. 8미리쯤의 정사각형 에머랄드 언저리가 작은 다이아몬드로 장식되어 있다. 삼십육 만원이다. 에머랄드는 맑은 날의 깊은 바다빛 같다고 하지만 정말로 아름답다. 조금 더 더 컸으면 좋겠으나 작은대로 또 깜찍한 맛이 한층 사랑스럽다.

—한말숙 「한 잔의 커피」(1965)

여자들은 코스모스 백화점으로 들어간다. 나도 들어간다. 휘황한 불빛, 눈을 어지럽게 하는 수많은 상품, 무엇인지 알아들을 수 없는 소란 따위가 우리를 삼켜 버린다. 눈앞이 어찔하는 현기증을 느낀다. (중략)
나는 싫증이 나서 더 이상 듣고 있을 수가 없다. 나에게 왜 벌써 나오냐고 묻던 사람들. 그들은 지금 제각기 흩어져 스카프 하나를 사기 위해 점원과 다투거나, 저녁을 먹기 위해 어느 음식점을 찾아 들거나, 유행 음악을 들으며 차를 마시는 게 고작일 것이다. 향연은 어느 곳에도 없다.

—서영은 「살과 뼈의 축제」(1977)

택시에서 내린 나는 사람의 물결에 떠밀리어 M백화점 입구로 들어간다. 앞에서 뒤에서 옆에서 타인이 내 몸을 툭툭치는 감각이 싫지 않다. 부나비가 불을 보고

허겁지겁하듯 나는 보석상의 휘황한 진열장 앞으로 다가간다. 진주목걸이, 다이어
반지, 칠보잠, 산호노리개, 금부로치 등등, 모두 정찰이 표시되어 있다. 뒤에서부
터 0을 짚어본다. 단, 십, 백, 천, 만, 십만, 백만. 이런 것들을 소유하는 사람들은
어떤 사람일까. 너무 가까이 진열장을 들여다 보니까 주인이 눈치를 주는 것 같다.

　　　　　　　　　　　　　　　　　　　　　　　　　－서영은 「산행」(1983)

　사촌은 그 이후에도 몇 번 더 만났다. 아르페지오네 소나타 CD판이나 사우나
후에 입는 핑크의 가운을 산다는 핑계로 백화점에 들러선 매장에 서서 잠깐 얘기하
고 가는 경우도 있고 퇴근시간에 맞춰 찾아와 스테이크로 저녁을 같이 먹기도
하였다. //
　단지 나는 그녀가 손에 들고 있던 백화점의 컬러판 광고지 속에 머리에 수건을
두른 여자가 행복한 공주님 같은 표정으로 완벽하게 세트된 싱크대 사이에 서서
커피를 마시고 있는 것을 보았을 뿐이다. //
　우울한 날은 쇼핑을 더 잘하는 법이야, 하고 누군가가 말하였다. 달리 하고 싶은
일이 없거든. 이건 훌륭한 기분전환이지.

　　　　　　　　　　　　　　　　　　　－배수아 「푸른 사과가 있는 국도」(1994)

　왜 그런 옷이 있잖아요. 입어보지 않아도 그냥 저절로 나를 위해 만들어졌다는
느낌을 주는 옷 말입니다. 그 외투가 그랬습니다. 좀처럼 백화점에서 옷을 사는
일은 없었는데, 검정색 나일론과 폴리에스테르로 만들어진 외투는 다시 한 번 생
각하지도 않고 냉큼 사버렸어요. 옷 한 벌에 그렇게 큰 돈을 들이기는 처음이었습
니다. 허리 라인이 쏙 들어간 데다가 발목까지 타이트하게 내려오는 그 외투를
입고 외출할 때면 저의 볼품없이 깡마른 몸매가 자랑스러웠고, 아주 간혹은 이뻐
졌다는 소리도 듣곤 했습니다. 사람을 돋보이게 하는 옷이 있잖아요.

　　　　　　　　　　　　　　　　　　　－조경란 「나의 자줏빛 소파」(1999)

　처음에 이 도시에 이 백화점이 생긴다는 말이 떠돌았을 때, 사람들은 긴장했다.
대형 백화점이 군소 상인들의 점포를 잠식해서 도시의 돈을 다 쓸어갈 거라고,
아이들이 물건들의 홍수 속에서 표류하게 될 거라고 개탄하는 글들이 신문의 사회
면에 실리곤 했다. 그러나 도시의 운명을 걱정하는 그 목소리는 이 백화점이 개점
하는 날 축제 속에 파묻혀버렸다. 아파트와 주택 단지들에 전단이 뿌려졌고, 여자
들과 아이들을 나르는 셔틀버스들이 수십 회 거리를 운행했고, 백화점 앞에선 사
은품 축제가 벌어졌다. 문이 열릴 때마다 쇼핑백을 들고 쏟아져나오는 여자들은

상어가 입을 벌릴 때마다 게워져 나오는 잡어들 같았다. 나중엔 사람들의 얼굴은 보이지 않고 쇼핑백의 붉은 카네이션만 보였다. //

일년 내내 축제가 계속되는 백화점 왼쪽에 셔틀버스들이 서 있고 그 주변에서 제복을 입은 처녀들이 서성거리고 있다. 그들 중엔 너도 있었다. 버스들이 하나씩 출발하자 너는 다른 처녀들과 함께 절을 하고 손을 흔들었다. 기계적인 동작들이 었지만 나는 너의 표정을 알아볼 수 있을 것 같았다. 너의 미소 뒤의 권태와 슬픔과 불안들이 유리 조각처럼 반짝거리는 듯 했다. 그것들이 너의 영혼의 쓸쓸한 조각 들일까.

－윤효 「회전문을 돌아나오다」(2002)

시계도 창문도 없는 쇼핑의 원더랜드. 지상에서 내려오는 계단이 끝나는 곳에 있는 커피숍 모퉁이를 돌아서면 내 가슴은 이상한 슬픔으로 조여든다. 내 지상의 삶에 새겨진 남루함을 일시에 소멸시켜 주는 눈부시게 아름다운 것들이 거기 살고 있다. 추억이나 행복, 사랑의 슬픔 따위 구시대의 인간들이 추상명사라고 생각하 는 것들이 형상을 부여받고 색채가 덧입혀져 진열되어 있는 그 아케이드를 따라 걸어가노라면 저마다의 목소리로 외치는 그것들의 노래가 사이렌의 매혹처럼 나 를 이끌어간다. 그것 외에는 아무 것도 보이지 않고 들리지 않으며 모든 것이 무의 미해져 버리는 마법의 노래. 그것들은 내가 밤마다 형광빛 내뿜는 모니터 위로 쏟아내야만 하는 지독하게 센티멘탈한 문장들보다 아름다웠으며 들을 때마다 매 번 처음인 듯 열등감을 느끼게 하는 윤미혜의 목소리보다 확실히 눈부셨다.

－정미경 「호텔 유로, 1203」(2004)

백화점에 와 봐라, 보고 배울 게 얼마나 많누? 예쁜 여자들도 많고 말하는 품새 도 냥냥냥냥, 얼마나 상냥하누? 다른 여자들은 어떻게 꾸미고 다니는지도 배우고 집 꾸미는 것도 보고 배우고 얼마나 배울 게 많은지 모른다. 막내 니는 절대로 백화점이다.

막말로 그꼴을 해가지고 구민회관으로 갔어 봐, 아따, 궁상궁상 지지리 궁상으로 있었으면 있었지 지금 그 꼴에서 요맨큼도 변화가 없었을 기다. 내 말이 틀리나?

－이명랑 『슈거푸시』(2005)

오 층에서 에스컬레이터를 타고 한 층씩 아래로 내려갔다. 사 층의 스포츠용품, 삼 층의 남성복, 이 층의 여성복 매장을 꼼꼼히 구경했다. 무료한 시간을 짜릿하게 보내기에 역시 백화점만큼 좋은 공간은 없었다. 이 층의 오른쪽 모퉁이 매장에서 손님을 응대하고 있는 R의 모습이 보였다. 66사이즈까지밖에 나오지 않는 Q브랜드와 어울리지 않아 뵈는, 덩치 큰 중년 여자를 앞에 두고 R은 친절히 웃고 있었다. 나는 매장 안으로 들어가 R의 어깨를 툭 치려다 발길을 돌렸다. 일 층에서는 화장품 진열대의 아이섀도 신제품을 테스트했고, 헵번스타일의 알 굵은 선글라스를 만지작대다 내려놓았다. (중략) 한참 뒤에 고개를 들었는데도 시간이 얼마나 흘렀는지 알 수 없었다. 그때나 지금이나 백화점 안에는 시계가 없으니까. //

R을 기다리는 두어 시간 남짓은 금세 흘렀다. 책을 보거나, 음반을 고르거나, 옷을 구경하거나, 아이스크림을 먹거나, 나는 그곳에서 무엇이든 다 했다. 백화점은 원래 그런 곳이다. 그러다 심심해지면 Q매장으로 가서 R을 거들었다.

―정이현 「삼풍백화점」(2005)

백화점에 옷을 사러 갈 땐 동창회 갈 때만큼이나 공들여 화장을 하고 제대로 차려입고 나가야 한다는 말도 있지만, 특히나 이 백화점은 분위기가 유난하다. 영캐주얼 매장에 들어가 도란이를 세워놓고서야 나는 그걸 새삼 깨닫는다. 똑같이 맨얼굴로 서 있어도 이 동네 사람과 다른 곳에서 온 사람의 피부는 때깔에서 차이가 난다. 맨발에 슬리퍼를 신고 나와도 이 동네 사람들과 아닌 사람들을 가려낼 수 있다. 그게 걸치고 있는 입성의 차이에서 나오는 느낌만은 아니라는 걸 나는 알고 있다. 뼛속 깊은 데서 나오는 다름, 이라고 할 수 있을까. 도란이 나이는 남대문 좌판에서 산 옷을 걸쳐도 깜찍하고 눈부실 나이지만, 여기, 이곳에서는 아니었다. 졸지에 옷 하나 유행 따라 차려입지 못하는, 보살핌 없이 자란 처녀티를 내며 무르춤해서 서 있는 도란이 대신 내가 몇 가지 옷을 골라봤다.

―정미경 「내 아들의 연인」(2006)

백화점의 직원들은 대체로 친절하다. 그 친절한 서비스 때문에 현주가 일부러 백화점에 오는 것이다. 하지만 백화점에는 이런 직원들도 많다. 일개 판매 사원에 불과하면서 자신이 그 브랜드 자체라도 되는 것처럼 착각하는 사람들 말이다. 하루 종일 명품에 둘러싸여 있다 보니 자신의 몸 어딘가에도 명품의 라벨이 붙어 있는 줄 알고 있다. 돈을 물 쓰듯 하는 특별 손님들만 상대하다 보니 평범한 손님들이 하찮게 보이는 모양이다. //

물론, 이왕이면 백화점에 갈 때는 화려하게 하고 간다. 최대한 자신을 업시킨다. 물건은 살 수도 있고 사지 않을 수도 있다. 중요한 것은 떠받들어야 할 고객으로 보이느냐, 무시해도 좋을 중요한 구경꾼으로 보이느냐. 백화점 안의 사람들은 저 사람이 이것을 소비할 능력이 있는가, 하는 데만 관심을 갖고 있다. 한껏 꾸미고 가서 무엇이든 살 것처럼 군다면 직언들도 왕처럼 떠받들어준다. 그래서 현주는 기꺼이 백화점에 간다. 평등하게 제공되는 서비스를 만끽하기 위해서, 일주일에 단 하루뿐인 휴일 날 침대에서 뒹굴지 않고 백화점에서 시간을 보낸다.

― 서유미 『판타스틱 개미지옥』(2007)

토요일 오후인데다 세일 기간이라 백화점은 몹시 붐볐다. 잡지책에서 본 해외 명품 코너들과 브랜드 화장품들이 즐비하게 늘어선 일층에 들어서자 맥박이 불안정하게 뛰고 혈액이 방향을 잃고 말단 부위들을 향해 달아나는 것 같았다.

중앙을 장식한 거대한 샹들리에와 고급스러운 인테리어를 한 매장들과 환한 조명, 매끄러운 바닥, 가죽 냄새와 화장품 향기와 팔기 위해 눈을 번득이며 설명하는 판매원들의 격앙된 얼굴과 오만하고 차분한 여자 고객들의 거드름과 너무나 다양한 상품들 때문이었을 것이다. 젊은 남자들은 가뭄에 콩나듯 한둘씩 여자 꽁무니를 따라다녔다.

엄마는 잔뜩 주눅 든 승지와 나를 대동하고 영패션 층인 이층으로 곧바로 올라갔다.

― 전경린 『엄마의 집』(2007)

장사가 되지 않는 편의점에서 진열된 상품처럼 멍청하게 서 있다보면 지금이 몇 시인지 하루가 지나가고 있는지 도무지 가늠할 수가 없다. 방금 열었던 휴대폰 폴더를 또다시 열어 본다. 확인했던 시각으로부터 정확히 1분이 지나가 있다. 우린 이런 걸 보고 비극이라고 부른다. // 편의점에는 시계가 없다. 시계뿐만이 아니다. 창문도 없다. 그러니 이곳에는 낮과 밤이 존재하지 않는다. 일을 하면서 느낀 건데 이곳은 화장실과 닮았다는 생각이 든다. 해와 달을 볼 수 없는, 시공간을 뛰어넘는 화장실.

― 고예나 『마이 짝퉁 라이프』(2008)

누군가에겐 복숭아꽃 살구꽃 피는 시골이 고향이겠지만, 내겐 현대식 백화점이 세워지고 새로 개통한 지하철이 들어서던 그곳이 고향이었다. (중략) 내게 압구정동은 시인 유하가 '바람 부는 날엔 반드시 가야 한다'고 노래하던 욕망의 집착지가 아니었다. 우리 동네.

― 백영옥 『스타일』(2008)

갤러리아백화점 건너편에서 택시를 기다렸다. 내일이 크리스마스이브였다. 거리에 인파가 북적댔다. 백화점 건너편 횡단보도 앞에서 항시 줄 서 있던 빈 택시들은 보이지 않았다. 지나가는 택시를 향해 손을 흔들었지만 빈 택시는 나타나지 않았다.

　백화점 외관은 통째로 물고기 비늘 같은 불빛에 감싸여 있었다. 불빛들은 초 단위로 색깔을 바꾸었다. 보랏빛, 초록빛, 주홍빛으로 바뀌다가 어느새 크리스마 스트리와 산타가 나타났다. 'Merry Christmas!'라는 글자가 깜박거리자 횡단보도 앞에 선 사람들 사이에서 간간이 "우와!" 탄성이 터졌다. 백화점 외관은 휘황찬란 한 은빛으로 바뀌었다. 손에 잡히기엔 너무나 거대한 물고기처럼 빛났다.

—이홍 『성탄 피크닉』(2009)

최대다수의 최대행복
이런 말을 난 우울하게 바라보았다.
그렇지, 현대적인 너무나도 현대적인
H백화점에 가면
지하 2층 음악분수 광장에서부터
지상 6층에 이르기까지
최대다수의 최대행복을 위해
없는 것이 없이 다 있었다.
행복의 합리성을 완벽하게(상업적으로)
증거하고 있는
그 숨막히는 공간이 나는 싫었지만
(중략)
아, 이런 곳에서
어떻게 병자의 문학을 안할 수 있단 말인가?

—김승희 「울부짖음」(1991)

지하4층 지상 10층의 백화점
주차장에 진입하며 거대한 납골묘를 만난다
몸 없는 묘혈처럼 빈 차들이
네 자릿수 위패들이 줄 맞춰 생매장
긴 하품을 통과하면 붉은 카펫 휘황한 샹들리에
목걸이를 해보다 반지를 껴보다
화장실 가고 싶은데
에스컬레이터가 나를 먼저 기다린다
모피코트가 마네킹을 휘감고

루이비똥 가방이 구찌 립스틱이 샤넬 구두가
나를 휘감다가 한눈팔린 선글라스
이디오피아 수프리모 향이 옆에서 날름댄다
커피를 손에 들고도 왜 자꾸 목이 마를까
구슬아이스크림까지 양손에 쥐고
층층이 매장을 둘러볼 때면
사랑합니다 고객님

　　　　　　　　　　－박수빈 「매장문화를 생각함」(2011)

　오늘은 미쓰코씨 백화점에 산책을 나왔다오. 옥상정원으로 가는 길은 너무나
아찔하오. 회전문을 열고 미쓰코씨 백화점을 어슬렁거리고 있소. 난 베스킨라빈스
아이스 크림가게에서 서른한 가지 새빨간 알약과 푸른 아이스크림을 먹고 엑스터
시 한 알을 마저 삼켰소. 지하 미용실에서 머리를 커트하고 황금색으로 염색을
했다오. 물 한 컵을 진지하게 마시고 엘리베이터를 기다렸소. 엘리베이터는 마치
무덤 같소. 내가 버튼을 누르자 곰처럼 키가 큰 여자가 기다렸다는 듯 나에게 마늘
을 내밀었소. 고조선 시대의 예법으로 나를 모던하게 맞아 주었다오. 난 좀 더
인간적으로 변해야 한다는 당신 말에 나도 실은 공감하고 있소. 나는 고구려 벽화
를 열고 옥상정원으로 나갔소. 옥상정원에는 모던걸과 모던보이들이 가득하오.
맥도널드 햄버거를 씹으며 하이네켄을 마시며 위대한 인터넷의 제국을 찬양하고
있소. 아직도 이곳은 식민의 제국이라오. 난 엠피쓰리 음악을 들으며 미쓰코씨
백화점의 옥상정원을 산책하며 체 게바라의 고독을 생각하는 위험한 식민지인이
요. 오, 이국 종의 강아지들이 나를 불쌍하게 쳐다보고 있소. 쇼윈도 안에서 비단
양말을 신은 모던걸과 양복쟁이들이 신나게 영웅에 대해 열변을 토하고 있소. 담
배 한 개피를 피우며 거리를 내려다보았소. 갑자기 당신이 무엇을 하고 있는지가
궁금해졌소. 쓸쓸한 아내여 오늘 몇 페이지의 생을 몸으로 읽어내는 중이신가?
내가 옥상에 오래도록 서있는 건 그대의 눈물을 이해하려 함이오.

　　　　　　　　　－서안나 「이상, 2005년 경성의 거리를 거닐다」(2005)

언제든지 들러다오, 편리한 때
마음 가는 대로 발길 닿는 대로
아무데나 멈추면 돼
노동의 검은 기름 찌든 때 깨끗이 샤워하고
죽은 듯이 아름답게 진열대 누운

저 물건들처럼 24시간 반짝이며
기다리고 있을게, 너의 손길을
여기는 너의 왕국
그저 건드리기만 하면 돼
눈길 가는 대로 그저 한번, 건드리기만 하면 돼

　　　　　　　　　　　　　　　　　　　　　　　—최영미 「24시간 편의점」(1994)

9

술·담배

우리 민족에게 술은 굿이나 관혼상제와 같은 의례적 행사에서뿐만 아니라 일상생활에서 두루 사용되었으며, 술에 대한 우리의 관념도 긍정적으로 보는 견해와 부정적으로 보는 견해가 공존해 왔다. 담배는 어른들의 기호품으로 중요한 위치를 점해왔던만큼 권위의식과 깊이 관련되어 있었다. 할아버지의 담뱃대 소리는 곧 그가 집안에서 차지하는 권위의 상징이었던 것이다. 고전문학에서는 담배 피는 여성이 형상화되어 있지 않은 반면, 술은 마시기도 하고 빚기도 하는 등 종종 의미 있게 형상화되어 있다.

여성에게 술은 손님에게 접대해야 할 음식, 잘 빚어야 할 음식에 해당했다. 일상에서 술은 '술 빚기'라는 가사 노동의 일종으로 자리했으며, 술을 빚어 제사를 지내고 손님을 접대하는 것은 부덕(婦德)의 조건이 되었다. 아울러 결연과 이별의 매개가 되기도 했는데, 담소의 자리를 흥겹게 해주거나 님과 이별할 때에 함께 마시며 슬픔을 배가시켰다. 이별한 뒤에 홀로 술을 마시며 슬픔에 잠기기도 하고 술잔을 기울이며 형제와 친구를 그리워하기도 하였다. 한편, 술은 단순히 즐기기 위한 쾌락적 요소에서 그치는 것이 아니라 사대부의 문화적 교양인 풍류의 일환으로 인식되기도 한다. 더 나아가 여성의 놀이 공간에서는 풍류의 경계를 넘어서서 마음속에 품고 있던 감성을 촉발하고 유로하는 계기가 되어 정서적 해방감을 고조시키는 흥취의 대상이 된다.

현대문학에서도 술과 담배는 가부장적 체제로부터 소외된 중산층 여성들의 고독과 위안의 상관물로 기능하고 있다. 특히 가정주부가 담배를 피우는 것은 무미건조한 결혼생활과 상호소통이 부재한 남편과의 관계에 대한 환멸을 피학적으로 견디는 방식이라 할 수 있다. 또한 술과 담배는 여성들의 쾌락적 욕망을 충족시키는 대상으로서 자아도취 혹은 자기 도피를 가능하게 한다는 면에서 파괴적인 형태로 표출되는 경우가 있다.

한편 술과 담배는 여성과 남성 간의 성별화된 윤리의식을 부각시키는 소재로 등장하기도 한다. 남성들에게는 이들이 일상의 소도구이거나 가치중립적인 기호품인 반면 여성들에게는 타락한 삶을 표상하는 기호로 의미화 되는 경우가 많기 때문이다. 이런 관점에서 술과 담배는 성차별적 의미를 구현한다고 할 수 있다.

9.1. 술과 담배의 어휘사

술의 어휘사

'술'은 15세기의 '수울'에 소급한다. 12세기 자료인 계림유사에서 이 말은 '數本'으로 표기되어 있기 때문에, '수울'의 제2음절은 이전 시기에는 'ᄫ'으로 시작되었던 것으로 보인다. '수울'은 같은 모음 'ㅜ'가 반복되기 때문에, 제2음절의 'ㅜ'가 'ㅡ'로 바뀌어 '수을'로 나타나기도 하고, 한 음절로 축약되어 '술'로 나타나기도 하는데, 이러한 변이는 이미 15세기부터 나타났다. 16세기가 되면 '수울'에서 제1음절의 모음 'ㅜ'가 'ㅡ'로 바뀐 '수을'이 나타나기도 했다. 이러한 다양한 어형은 17세기 후반기에는 대부분 '술'로 통일되어 현대에 이르고 있다.

굼긔셔 시미 나아 우므리 ᄃ외니 마시든 수을 ᄀ더니 머그면 病이 다 됴터라 (『석보상절(釋譜詳節)』 3(1447))

도즉 마롬과 婬亂 마롬과 거즛말 마롬과 수을 고기 먹디 마롬과 (『석보상절(釋譜詳節)』 6(1447))

얼구를 니·주미 너나·호매 니·르ᄂᆞ·니 ᄀ장 술 머·구미 眞實·로 내 ·스승·이로·다 (『두시언해(杜詩諺解)』 초간본 15(1481))

樓 우·희셔 수울 먹·고 (『두시언해(杜詩諺解)』 초간본 8(1481))

:말ᄉᆞ·믈 ᄀ·장 ·호매 野逸호믈 愛憐ᄒᆞ·고 술 ·즐교·매 하ᄂᆞᆯ ·주샨 眞情·을 ·보노·라 (『두시언해(杜詩諺解)』 초간본 16(1481))

莊憲大王이 아름다이 녀기샤 수울 고기와 뿔 주시니라 (『속삼강행실도(續三綱行實圖)』 孝(1514))

스울 비ᄌ라 ᄆ슬와 아ᅀᆞᆷ들 모도고 호리라 몯거늘 니ᄒᆞ이 (『이륜행실도(二倫行實圖)』(1518))

쥬신이 잔을 탁ᄌ 우희 노코 친히 수울 자바 븟고 (『여씨향약언해(呂氏鄕約諺解)』(1518))

차와 수울와 머구매 내 近間엣 그를 외오고라 請ᄒᆞ니 (『두시언해(杜詩諺解)』 중간본 19(1613))

ᄆ양 초흘리어든 의식 술와 차반 쟝만ᄒᆞ야 이받더라. (『동국신속삼강행실도(東國新續三綱行實圖)』 孝(1617))

샹이 인견ᄒᆞ시고 술 먹여 니별ᄒᆞ여 글오샤ᄃ (『산성일기』(1636))

酒 通稱 술 麴子 누룩 酒米飯 지에 酒酵 서김 釀酒 술 빗다 做酒漿 술 빗다
酒發 술 괴다. (『역어유해(譯語類解)』 上(1690))

술과 차반 가지고 (『번역소학(飜譯小學)』 5(1518))

술맛 죷타 美酒 술 먹다 飮酒 (『국한회화(國漢會話)』(1895))

즈스를 보라 갓가다 못 먹는 술을 두어 잔 마셔 춰흐여시므로 (『명주보월빙』 9(19
세기))

큰 잔으로 수을 부어 학공을 주거늘 (『김학공전』(19세기))

담배의 어휘사

담배는 가지과에 속하는 다년생 초본식물로 문
헌 자료에 남영초(南靈草), 남초(南草), 연초(煙
草) 등으로 기록되어 있기도 하다. 1905년 구한말 재정고문부에서 행한 연초산
업조사에 등장한 명칭에는 '담배, 남초(南草), 서초(西草), 왜초(倭草), 호초(胡椒),
담파고(潭破菰), 남영초(南靈草)' 등이 있다. 원산지는 남아메리카 중앙부 고원지
이며, 1558년 스페인 왕 필립 2세가 원산지에서 종자를 가져와 관상용·약용으
로 재배하면서부터 유럽에 전파되었다. 우리나라에는 1618년(광해군 10) 일본을
거쳐 들어왔거나, 중국의 북경(北京)을 내왕하던 상인들에 의하여 도입된 것으
로 추측된다. 이러한 사실은 우리나라 재래종의 품종명이 일본에서 도입된 것
은 남초·왜초(倭草)였으며, 북경이나 예수교인에 의하여 도입된 것은 서초(西
草)라 한 것으로도 입증된다.

'담배'의 원래 어원은 아마도 원산지였던 아메리칸 인디언 말이었겠지만, 일
반적으로는 포르투갈어의 'tabaco'라고 알려져 있다. 이 말이 일본어에 들어가
'tabako'가 되었고, 이 말이 국어에 들어온 것이다. 이처럼 '담배'가 일본을 거
쳐서 국어에 들어왔다고 보는 이유는, 일본어 방언 중에는 본래의 유성 파열음
이 '비음+유성 파열음'으로 실현되는 방언이 많아서, 우리나라 사람이 듣기에
는 어중의 유성음 b가 'ㅁ+ㅂ'으로 들렸을 것이라고 판단되기 때문이다.

담배에 관한 기록으로는 한글 자료는 아니지만 이수광의 『지봉유설』(1614)에
는 '담배'가 '담파고(淡婆姑)'로 수록되어 있고, 『재물보』(1798)에는 '담박괴(澹泊
塊)'로 수록되어 있다. 담배의 명칭과 전래 과정을 문헌을 통해 살펴보면 다음
과 같다.

담파고(淡婆枯)는 풀이름이며 南靈草라고도 불려지고 근세에 와서 비로소 왜국으로부터 전래된 것 (이수광 『지봉유설』 19)

남연초의 흡연습관은 본래 일본에서 온 것. 일본 사람은 '담박괴'라 하였고 이것은 남양 여러 나라에서 나온 것이고 우리나라는 20년 전부터 있었음 (장유 『계곡만필』)

'묵호교'에서 왜상이 부산에 와서 약을 팔았는데 痰을 치료하는 것으로서 '痰破괴'라 하여 복용하는 방법을 소개 (유몽인 『담파귀설(膽破鬼說)』)

명나라 신종46년 무오년에 우리나라에 또 들어옴. 혹 '연차', '화주'라고 일컬어졌음. 우리나라에 처음 들어온 것은 광해무오년간임 (이규경 『오주연문장전산고(五洲衍文長箋散稿)』)

남초는 남양으로부터 나와 일본에서 성했음. 광해년간 처음 우리나라에 들어왔다고 하는데 '신차'라고도 함 (『패승수록(稗乘隨錄)』)

남영초는 일본에서 생산된 풀이라 1616-17년에 바다를 건너 들어옴 (『인조실록』 37)

남초는 남쪽 오랑캐 나라에서 유래하여 일본에서 성했던 것으로 무오년간에 우리나라에 전하여짐. 장유가 처음 시연하고 이를 '담파괴'라 일컬음 (『대동기년』)

조선 사람들은 담배를 좋아하여 아이들도 4, 5세가 되면 담배를 피우며 남녀노소 모두 즐김 (『하멜 표류기』)

연초는 본래 필리핀에서 왔고 남영초라고 함. 처음 漳州人이 해외에서 가지고 왔는데 민중에 심었다 하여 남초라고 함 (민노행 『지문별집(咫聞別集)』)

남초가 비로소 남쪽바다 밖 나라에서 와서 이렇게 서양으로 전파됨 (『정조실록』)

광해 무오년에 남영초가 비로소 우리나라에 성하기 시작함 (『기년통고(紀年通攷)』)

한글 자료로는 17세기 문헌에 '담바괴'가 등장한다. 이 '담바괴'는 '담바고'에서 명사 형성 접사 '-이'가 첨가되어 형성된 것이며, 18세기에 나타나는 '담비'는 '담바괴'의 제3음절이 탈락하고 난 후에 다시 명사 형성 접사 '-이'가 첨가된 것으로 보인다. 그리고 '담비'의 제2음절 모음이 18세기에 일어난 '·〉ㅏ' 변화에 따라 '·l〉ㅐ'로 바뀌고 이어 현대어와 같은 단순모음으로 바뀐 것이 19세기에 나타나는 '담배'이다. 한편 19세기에 나타나는 '담파귀'의 제2음절의 'ㅍ'은 실제 발음을 나타낸 것이 아니라 '바'를 표기하고자 한 한자의 현실음을 그대로 표기했을 가능성이 높다. 그리고 '담파귀'의 제3음절 모음은 이전 시기의 '담바괴'의 제3음절 모음이 비어두 음절에서의 산발적인 'ㅗ〉ㅜ' 변화를 경험한 것으로 보인다. 20세기에 들어와서는 19세기에 다양하게 실현되었던 어형들이 '담배'로 통일되었다.

> 심양 갈 유무 담바괴 다仌 덩이 포육 두 뎝 (『병자기』(1636))
> 煙 담빈 煙㑉 담빈ㅅ대 吃煙 담빈 먹다 (『몽어유해(蒙語類解)』 上(1768))
> 담파귀 (『물보(物譜)』(1802))
> 담빈 南草 담빈간 南草間 담빈대 烟竹 (『한불자전(韓佛字典)』(1880))
> 닙담배 葉草 (『국한회화(國漢會話)』(1895))

9.2. 향유와 금지의 엇갈림

술의 역사

우리나라에 언제부터 주조법이 개발되었는지에 대해서는 기록이 확실하지 않다. 그러나 농경문화의 역사와 함께 그 역사가 오랜 것은 사실이다. 『삼국지』 위지 동이전의 마한(馬韓)조나 진한(辰韓)조 그리고 예(濊)조와 부여(夫餘)조를 보면 농경의 시작과 마지막 시기에 있어서 신에게 제사하고 또 신을 즐겁게 하기 위한 계절적 제의에서 "술을 마시고 노래와 춤을 추었다"(飮酒歌舞)는 구절이 나타난다. 이 점에서 보면 술을 빚는다거나 마신다는 사실은 원래부터 농경의 제의와 깊이 관련이 되어 있음이 확실하다.

이러한 제의에 술이 쓰였다는 사실은 두 가지 의미를 지니고 있다. 첫째는 곡물 문화권에서는 술이 밀, 쌀 또는 포도와 같은 주곡인 곡물로 빚은 것이기 때문에 수확의 산물인 곡물을 상징하고 동시에 신에게 바쳐지는 제물 및 제의적인 공물이라는 점이다. 이렇게 일단 먼저 제물로 바쳐진 술은 나중에는 인간이 서로 나누어 마시게 된다. 둘째는 밀이나 쌀이 썩어 누룩으로 발효되고 다시 술이 빚어지는 과정에 순환적인 질서에 대한 염원이라는 상징적인 의미가 내재되어 있다는 점이다. 제사의 장소에서는 신과 인간이 서로 함께 즐기고 먹고 마시게 되며 잔치와 제사에 으레 술이 있게 된 것은 바로 이러한 까닭이다.

『삼국사기』고구려 대무신왕 11년조에 '지주(旨酒)'라는 말이 나오고 위지(魏志) 동이전에서는 "고구려 사람은 발효식품을 잘 만든다."고 하였으며, 중국의 유명한 곡아주(曲阿酒)의 전설에도 고구려 여인의 사연이 얽혀 있어 구체적인 것은 알 수 없으나 중국과 비슷한 수준으로 술빚기가 발달되어 있었던 것만은 쉽게 짐작할 수 있다. 또한 당나라의 시인이 "한 잔 신라주의 기운, 새벽 바람에 쉽게 사라질 것이 두렵구나."라고 읊고 있는 것으로 미루어 당시 우리나라 술의 명성이 중국에까지 알려져 있었음을 알 수 있다. 백제 사람 수수보리는 일본 왕 오진(應神) 때에 술 빚는 방법을 일본에 전하였다고 한다. 이때 일본의 왕은 "수수보리가 빚어준 술에 내가 취했네. 마음을 달래주는 술, 웃음을 주는 술에 내가 취했네"라고 노래하였다.

우리의 문헌만으로는 당시의 술 빚는 자세한 방법을 알아낼 수 없다. 그러나 산동반도를 무대로 하여 엮어진『제민요술(齊民要術)』에는 매우 자세한 술 빚기의 방법이 설명되어 있다. 당시의 술 수준으로 미루어 볼 때에 이 책에 실린 술 빚는 방법이 바로 우리의 술 빚는 방법과 같을 것이라고 판단하여도 좋을 것이다. 『고려도경(高麗圖經)』에서는 "고려에는 찹쌀이 없기에 멥쌀로 술을 빚는다.", "고려의 술은 맛이 독하여 쉽게 취하고 빨리 깬다.", "서민들은 맛이 박하고 빛깔이 짙은 술을 마신다.", "잔치 때 마시는 술은 맛이 달고 빛깔이 짙으며 사람이 마셔도 별로 취하지 않는다." 등으로 고려의 술을 평하고 있다. 이 내용으로 미루어보면 고려에는 청주·탁주·예주가 있었던 것으로 추측된다. 실제『동국이상국집』의 시에 "발효된 술밑을 압착하여 맑은 청주를 얻는다."고 하였으니『제민요술』처럼 압착한 청주가 있었음을 알 수 있다. 소주를 타이나 인도네시아·서인도에서는 '아라크', 원나라에서는 '아라길주', 만주어로는 '알키', 우리나라 개성에서는 '아락주'라 한다. 음의 유사함으로 볼 때에 그 전파 경로가 짐작된다. 고려를 지배한 원나라는 일본을 정벌할 계획 아래 개성과 경상북도 안동에 병참기지를 만들었고, 이 지역은 소주의 명산지가 되었다. 이리하여 소주가 우리나라에 널리 퍼지게 된 것이다.

고려의 문학작품 속에도 멋이 있는 많은 술 이름이 나타난다. 『한림별곡』에 '황금주(黃金酒)·백자주(柏子酒)·송주(松酒)·예주(禮酒)·죽엽주(竹葉酒)·이화주(梨花酒)·오가피주(五加皮酒)'가 나오고, 이규보의 시 속에는 '이화주(梨花酒)·자주(煮酒)·화주(花酒)·초화주(椒花酒)·파파주(波把酒)·백주(白酒)·방문주(方文

酒)·춘주(春酒)·천일주(千日酒)·천금주(千金酒)·녹파주(綠波酒)·동동주' 등이 나
온다. 그 밖의 시나 글에 '녹주(綠酒)·청주(淸酒)·국화주(菊花酒)·부의주(浮蟻
酒)·창포주(菖蒲酒)·유하주(流霞酒)·구하주(九霞酒)·탁주(濁酒)' 등의 이름이 나
온다.

고려시대의 문헌에는 이들 술의 제조법을 설명한 것이 없으나, 그 이름만은
우리 고유의 것이 대부분이며 멋이 있어서 이름만으로도 구미를 당긴다. 고려
의 술은 대부분 조선시대에 이어지고, 조선시대의 문헌 속에 이들을 만드는 구
체적인 방법이 나오게 된다. 조선시대에는 술의 제조법을 기록한 문헌이 많이
남아 있어서 술빚기에 관하여 문헌상으로 체계를 세울 수 있다. 조선 초기의
『사시찬요초(四時纂要抄)』, 『음식디미방』 등에 술빚기와 관련된 내용이 나오며,
『증보산림경제』(1766)에는 술 빚는 방법이 집대성되어 있다. 조선시대의 술은
우선 발효주와 증류주로 크게 나누어진다. 발효주와 증류주의 두 가지를 혼용
한 술, 약재나 꽃향기·색소·감미료 등을 첨가한 재제주(再製酒), 특수한 방법
으로 만든 술 등으로 나눌 수 있다.

『증보산림경제』에 기록된 순발효주로는 '백하주(白霞酒, 방문주)·삼해주(三亥
酒)·연엽주(蓮葉酒)·소국주(小麴酒)·약산춘주(藥山春酒)·경면녹파주(鏡面綠波
酒)·벽향주(碧香酒)·부의주(浮蟻酒)·일일주(一日酒)·삼일주(三日酒)·칠일주(七
日酒)·잡곡주(雜穀酒)·하향주(荷香酒)·이화주·청감주(淸甘酒)·감주(甘酒)·하
엽주(荷葉酒)·추모주(秋牟酒)·죽통주(竹筒酒)·두강주(杜康酒)' 등이 있다. 꽃, 열
매, 약재 등을 넣고 함께 발효시키는 것으로는 '도화주(桃花酒)·지주(地酒)·포
도주(葡萄酒)·백자주·호도주(胡桃酒)·와송주(臥松酒)·백화주(百花酒)·구기주
(枸杞酒)·오가피주·감국주(甘菊酒)·석창포주(石菖蒲酒)' 등이 있다.

순발효주의 술밑에 용수를 박아서 그 속에 괸 술을 퍼낸 것이 '청주'이다. 이
것을 조선시대부터는 '약주'라 이르게 되었다. 섬세한 방법으로 여러 번 덧술한
청주 이름에 중국의 당나라 시대에는 '춘(春)' 자를 붙였으므로 우리도 그에 따
라 '춘'을 붙였다. '호산춘(壺山春)·약산춘(藥山春)' 등이 이에 속한다. 비록 '춘'
자가 붙지는 않아도 그런 종류의 술로서 '삼해주(三亥酒)·백일주(百日酒)·사마
주(四馬酒)·법주(法酒)' 등이 있었다.

탁주는 그 말의 개념이 매우 애매하다. 일반적으로 맑은 약주에 비하여 흐린
술을 통틀어 말한다. 쌀누룩이나 가루누룩을 써서 발효시킨 뻑뻑한 술밑까지

먹는 것이 순탁주인데, '이화주·사절주(四節酒)·혼돈주(混沌酒)' 등이 있다. 또 청주 찌꺼기에 물을 부어가면서 손으로 주물러 짜낸 뿌연 술도 탁주이다. 제주 도로 유배된 인목대비(仁穆大妃)의 어머니가 만든 '모주(母酒)'가 그것이다.

증류주인 소주는 조선시대에 접어들면서 더욱 발전하였다. 고급약주인 삼해 주의 술밑을 증류하여 얻은 소주도 나오게 되었다. 그리고 과하주(過夏酒)·송순 주와 같은 소주와 약주의 중간형인 술도 있었다. 조선시대의 술은 누룩이나 빚 는 방법이 지방에 따라 가정에 따라 달라서 자랑할 만한 술이 매우 많았다.

근대에 접어들면서 북부에는 중국의 소주가 들어오고, 1876년 강화도 조약 이 체결됨에 따라 일본에서 알코올이 수입되고, 일본의 탁주나 청주도 만들어 지게 되었다. 일본의 청주는 상품명의 하나인 정종(正宗)이라는 이름으로 널리 퍼졌다. 1900년대에 접어들면서 맥주가 수입되었고, 일제하에서는 일본식 청 주 제조업이 크게 발달하였다.

술의 효용　　　　　　우리의 문화적 전통에서 술의 효용성은 아주 높고 컸던 것이 사실이다. 우리의 전통적인 생 활의 관습은 술의 원초적인 효용을 '봉제사 접빈객(奉祭祀 接賓客)', 즉 제사를 받 들고 손님을 맞이하는 것으로 규정하고 있다. 조상신을 받드는 제사에는 반드 시 술잔을 바치는데 처음에는 지신(地神)에게, 그 다음에는 조상신에게 바치는 것이 제사의 순서다. 또 축제나 잔치에도 반드시 술이 있어야만 한다. 결혼식에 있어서 신랑신부가 서약의 합환주(合歡酒)를 나누어 마셔야만 했다. 그 때문에 우리의 옛 여성 교육에 있어서 결혼 전에 반드시 술 빚는 법, 즉 양조법을 터득 해야만 했는데 이는 술 빚기가 여성의 생활에 필수적이었기 때문이다.

술에 대한 우리의 관념은 이를 긍정적으로 보는 견해와 부정적으로 보는 견해 가 공존하여 왔다. 술은 사람에게 유익한 것으로 생각되어 '백약지장(百藥之長)'이 라 불리는 반면에 부정적인 면에서 '광약(狂藥)'이라고도 불렸다. 술을 마시니 근 력이 생기고 묵은 병이 낫는다고 하여 음주를 권장함은 옛 기록에서 흔히 보는 예이다. 『성호사설(星湖僿說)』에 주재(酒材)의 노인을 봉양하고 제사를 받드는 데 에 술 이상 좋은 것이 없다고 하는 내용이나, 『청장관전서(靑莊館全書)』에 이목구 심서(耳目口心書)의 기혈(氣血)을 순환시키고 정을 펴며 예(禮)를 행하는 데에 필요한 것이라 하는 내용은 모두 술을 인간생활에 필요한 것으로 보는 긍정적인 견해이다. 설날에 도소주(屠蘇酒-설날 아침에 차례를 마치고 마시는 찬술로, 나쁜 기운을 물리친다고 한다)를 들고, 이명주(耳明酒)를 마시며 또 어른께 만수무강을 빌며 술로 헌수(獻壽)하는 것도 모두 건강과 장수를 바라던 뜻에서 비롯된 것이다.

반면에 술을 부정적으로 보는 이유는 술이 사람을 취하게 하여 정신을 흐리게 하기 때문이다. 사람에 따라서는 주정이 심하여 몸을 해치고 가산을 탕진하기도 하고, 임금으로서 주색에 빠져 나라를 망치는 일도 있었기 때문에 '망신주(亡身酒)' 또는 '망국주(亡國酒)'라는 말이 생기기도 하였다.

담배의 효용　　담배는 어른들의 기호품으로 중요한 위치를 점하여 왔다. 그러한 만큼 담배는 권위의식과 깊이 관련되어 있다. 사랑방에서 들려오는 할아버지의 담뱃대 소리는 곧 할아버지가 집안에서 차지하는 권위의 상징이었다. 『경도잡지』에 의하면 조관(朝官)들은 반드시 연합(煙盒)이 있었고, 비천한 자는 존귀한 분 앞에서 담배를 피우지 못한다고 하였다. 또한, 조관들이 거리에 나갈 때 담배를 피우는 것을 엄금하였으며, 재상이나 시종관이 지나가는데 길을 범하거나 담배를 피우거나 꿇어앉지 않는 자가 있으면, 우선 길가의 집에다 구금시켜 놓고 나중에 잡아다가 치죄한다고 하였다. 어른 앞에서 담배를 못 피우는 유래에 대한 설화는 경기도 화성시에서 채록된 것과 대전광역시 대덕구에서 채록된 것이 있다. 대덕구에서 채록된 것은, 조정에서 신하들이 국사를 논의하다가 의논이 막히면 담배만 자꾸 태우게 되는데, 연기라는 것이 높은 곳으로 올라가게 되어 있어서 높은 자리에 앉은 임금에게로 자꾸 가게 되니, 그것을 참다못한 임금님이 높은 분이 있는 데서는 담배를 삼가라고 하게 되었다는 내용이다. 또한, 화성군의 것은 문종이 집현전 학사들과 담론하다가 곤룡포자락을 담뱃불에 태우게 된 뒤, 앞으로는 담배 피우는 것을 조심하자고 한 것이 계기가 되었다는 내용이다. 담배의 유래에 대한 설화들도 채록되었다. 대덕군에서 채록된 설화는 옛날 중국에서 콧병이 몹시 유행하였는데 담뱃잎으로 코를 막으면 나았으며, 겨울에는 담뱃잎을 구할 수가 없었기 때문에 잎을 말려 두었다가 담배를 피워 그 연기로 콧병을 예방하게 되었다는 내용이다. 또, 충청남도 공주에서 채록된 설화는 남자를 몹시 좋아한 어떤 기생이 살아서 상대하지 못한 사람과는 죽어서 입이라도 맞추어 보기를 소원하여, 그 기생의 넋이 화해서 무덤에 난 것이 담배였고, 그래서 입으로만 담배를 피울 수 있다는 내용이다.

조선시대에는 연다(煙茶), 연주(煙酒)라 하여 담배와 차 또는 담배와 술로 손님을 대접했다. 순조가 "우리나라 사람들은 손님을 접대하는 도구로 남초를 삼지만, 중국 사람들은 차로 손님을 접대하니"라고 말한 것으로 보아 당시에 담배가 손님을 접대하는 주요한 수단이자, 널리 이용된 기호식품이었음을 알 수 있다. 담배가 전래된 이래로 흡연은 차츰 생활문화의 하나로 자리를 잡은 것으로 보인다. 풍속화에도 담배를 썰거나, 담뱃대를 들거나, 담배를 피우는 장면이 등장하고, "담배가 들어온 지 20년 만에 위로는 고위 관원에서 아래로는 가마꾼과 초동까지 피우게 되었다"는 장유의 말에서도 일상화된 담배의 지위를 짐작할 수 있다. 네덜란드인 하멜은 17세기 중엽 조선에서는 어린이들까지도 네다섯 살만 되면 담배를 피운다고 했고, 순조 때는 아이들이 젖만 떼면 곧바로 담배를 피운다고 왕이 한탄할 정도였다. 담배 가게는 약국과 함께 사람들이 많이 모이는 조선 후기 서울 시민의 카페와 같은 곳이었다. 담배를 썰어서 파는 가게인 절초전(切草廛)도 등장했다. 담배의 해로움이 널리 퍼지고, 또 조정에서 이따금 담배 금지령을 내리기는 했지만, 담배는 17세기 이래 일상에서 없앨 수 없는 필수적 기호품이 되었다. 서울 시전에는 절초전(切草廛)만 생긴 것이 아니라, 흡연도구를 전문적으로 파는 가게까지 등장했을 정도였다.

담배와 관련하여 「담방귀타령」, 「담방구타령」, 「담바구타령」, 「담배타령」, 「담배노래」, 「담방구노래」 등의 민요가 널리 전승되고 있다. 울산에서 채록된 민요를 보면 "담바권지 불우전지·담바초에 불이붙어·금초라고 묵고나서·악초가 되었구나·악초금초 묵은죄로·불티걸이 사해주소."라는 구절이 있는데, 이 노래를 부르면 저승에는 가서 담배 피운 죄를 용서받는다고 한다. 이는 담배 피우는 것을 일종의 죄악으로 인식하고 있음을 보여주는 것이다.

9.3. 접빈객의 덕목, 술 대접

　여성 한시에서 술은, 술[酒]·청주[淸酒, 맑은 술]·탁주[濁酒, 막걸리]라는 이름으로 등장한다. 청주(淸酒)는 님과 함께 마시거나 님과 이별할 때 마신다. 이에 비해 탁주(濁酒)는 자신이 혼자 마시거나 농부에게 권하는 술이다. 술을 마시는 행위는 술[酒]이라는 시어를 직접 언급하기도 하지만 '술잔'이라는 시어를 통해 '술을 마신다'는 행위를 간접적으로 묘사하기도 한다. 이 때 술잔은 '준(樽)·배(盃)·잔(盞)'이란 시어로 나타난다. 준(樽)은 술그릇으로 단지 비슷한 모양인데 주로 이별할 때 마셨고, 배(盃)는 잔인데 손님을 대접할 때 님과 이별할 때 사용했고, 잔(盞)은 작은 술잔인데 탁주를 마실 때, 님을 위해 술을 준비할 때 사용했다.

　여성은 손님을 위해 술을 준비한다. 이 때 손님은 두 가지 유형으로 나뉜다. 하나는 남편을 찾아오는 그야말로 말 그대로의 손님이고, 다른 하나는 앞으로 연분을 맺게 될 미래의 님이기도 하다. 특히 후자는 기생이었던 여성이 시벗이자 남편이 될 사람을 위해 술을 준비하는 경우를 예로 들 수 있다. 두 경우 모두 여성은 정성을 다해 술을 준비한다. 그런데 술을 직접 빚기보다는 있는 술을 내거나 사온다. (강정일당 「客來」, 김삼의당 「淸淸酒」 「濁濁酒」 「草堂卽事-3」)

　고전시가에서 여성에게 술은 포괄적 의미의 음식에 속하는 것으로, 손님에게 접대해야 할 음식, 잘 빚어야 할 음식에 해당한다. 따라서 일상생활에서 '술 빚기'는 주요한 가사노동의 일종으로서 술을 빚어 제사를 지내고 손님을 접대하는 것은 여성이 갖추어야 할 부덕의 조건이 된다. 그러므로 규방가사 중 교훈적 내용의 계녀가 계열 작품에서는, 한 집안의 부인으로서 손님 접대를 위해 자신의 머리카락을 팔아 술을 마련하는 것을 미덕으로 제시한다. (「부여교훈가」, 「행실교훈기라」)

> 먼 곳의 손이 남편을 사모하여
> 북관에서 왔노라 하네
> 가난하여 손님 끼니 못 하고
> 오직 술 석 잔 대접하네

遠人慕夫子 云自北關來 家貧曷飮食 唯有酒三盃
—강정일당 「손님이 오셨기에 客來」(18세기 말—19세기 초반)

맑디 맑아 참대같이 맑은 술
아이야 나를 위해 가득 부어라
초당에 반가운 손님 계신다
淸淸酒淸如竹 童子爲我須深酌 草堂有佳客
—김삼의당 「맑은 청주 淸淸酒」(18세기 후반~19세기 초반)

흐리고 젖빛처럼 흐린 술
아이야 잔 씻고 다시 부어라
서쪽 밭에는 농부가 있단다
濁濁酒濁如乳 奴子洗盞更引滿 西疇有農夫
—김삼의당 「흐린 탁주 濁濁酒」(18세기 후반~19세기 초반)

초당에 기별 있으니
천리 밖에서 친구 왔다네
앞 마을에 살구꽃 지니
술도 으레 괴었겠지
창 너머로 아이종 불러
두어 닢 엽전 주어 보내고
대야에 맑은 물 긷고
손 씻고 술상 갖추네
草堂有消息 千里故人來 前村杏花落 有酒應釀醅
隔窓呼僮僕 送錢兩三枚 瓦盆沒淸水 洗手具盞盤
—김삼의당 「초당 풍경 草堂卽事—3」(18세기 후반~19세기 초반)

머리파라 술밧기난 거룩하다 뉘집부녀 쥬인업시 차자와도 그가장이 낫츨보아
아ᄒᆞ불러 외당실고 혼연영접 ᄒᆞ야시니 부덕이 현철ᄒᆞ믜 천츄이 자ᄌᆞᄒᆞ다
—「부여교훈가」(미상)

머리파라 술밧기는 거룩할사 뉘집부녀 주인업시 차자와도 거가장을 생각하야
아ᄒᆡ불너 외당쓸고 헌언영접 하얏스니 부인듯기 혼철하메 천추에 자자하야 나물

객죽 싸락밥에 치산알들 자랑말게 불상한이 되접하듸 부듸슬컷 접대하소 손가는
데 소문나면 늬것주고 인사일넨

―「행실교훈기라」(미상)

9.4. 결연의 매개

　여성 한시문에서 여성은 님과 이별할 때 '이별주'를 마신다. 이때 님은 멀리
떠나는데 그것은 단순히 이별일 수도 있고 입신양명을 위해 떠나는 것일 수도
있다. 여성은 떠나는 님을 말릴 수 없다. 흐르는 물처럼 떠나려는 님에게 흐르
는 물 같은 술을 잔에 담아 흐름을 멈추게 하고 싶지만 이는 가능하지 않다.
이에 잔을 보며 떠난 님을 떠올린다. (이매창 「自恨 1수」, 김삼의당 「夫子居山數年勤
其業 受父訓將入于京 妾以詩贈之-1수」)

　한편, 고전소설에서 여성이 술을 마시는 경우는 크게 두 가지이다. 남성과
만나 분위기가 고조된 상태에서 마시는 경우와 여성들 간에 회포를 풀거나 놀면
서 담소를 나누는 경우에서이다. 전자의 경우는 둘의 만남이 시작될 때가 대부
분이지만 이별하는 장면에서 슬프게 마시기도 한다. (「만복사저포기」, 「주생전」)
또한 못된 여성이 남성을 미혹하게 하기 위해 술에 흠뻑 취하게 한다거나 약을
타서 마시게 하는 경우도 있다. (「조씨삼대록」) 이때에 술은 분위기를 고조시키
는 매개체로 작용하는 것이다.

> 동풍 불며 밤새 비 내리더니
> 버들잎과 매화가 다투어 피었네
> 이 광경 마주하며 가장 견디기 어려운 것은
> 술잔 앞에서 님과 헤어지는 일이네
> 東風一夜雨 柳與梅爭春 對此最難堪 樽前惜別人
> 　　　―이매창 「스스로 한스러워 自恨 1수」(16세기 후반~17세기 초반)

어버이 영광되게 할 일 아니었다면

그대와의 작별이 어찌 있었으랴
이별의 술잔에 호수의 달 비추고
떠나갈 서울 길에 구름 어렸네
드높이 나는 바다 위 붕새 날개로
준마의 무리 좇아가시길
남아란 뜻에 죽어야 하는 것이니
어찌 아녀자를 그리워하리오
不息榮親意 豈吾與子分 離樽湖上月 歸路洛陽雲
高擧溟鵬翼 好隨驥馬群 男兒當死志 何必戀紅裙
　　　　　-김삼의당 「낭군이 산에 산 지 수년 동안 부지런히 학업에 열중하다가
　　아버지의 명을 받아 서울에 들어가게 되었으므로 내가 시를 지어 드렸다.
　　夫子居山數年勤其業 受父訓將入于京 妾以詩贈之-1수」(18세기 후반)

여인이 말했다. "오늘 일은 아마 우연한 일이 아닐 것이다. 하느님이 도우시고
부처님이 돌보셔서 한분의 고운님을 만나 백년해로를 하기로 했다. 부모님께 알리
지 않은 것은 예절에 어긋났다 하겠으나 서로 즐거이 맞이하게 된 것은 또한 기이
한 연인이라 하겠다. 너는 집에 가서 앉을 자리와 주과(酒果)를 가져오너라." 시녀
는 분부에 따라 돌아갔다. 잠시 후 뜰에 술자리가 베풀어졌는데, 밤은 이미 4경이
되려고 했다.

女曰 今日之事 蓋非偶然 天之所助 佛之所佑 逢一粲者 以爲偕老也 不告而娶
雖明敎之法典 式燕以遨 亦平生之奇遇也 可於茅舍 取裀席酒果來 侍兒一如其
命而往 設筵於庭 時將四更也
　　　　　　　　　　　　　　　　　　　　-「만복사저포기」(15세기)

주생이 글을 다 짓자, 배도는 자리에서 일어나 약옥선에 서하주를 따라서 주생
에게 권했다. 주생은 술을 마실 마음이 없어서 이내 사양하고 마시지 않았다. 배도
는 주생의 마음을 알고 슬픈 표정을 지으며 말했다.

生詞罷 桃自起 以藥玉船 酌瑞霞酒 勸生 生意不在酒 仍辭不飮 桃知生意 乃
悽然曰
　　　　　　　　　　　　　　　　　　　　　-「주생전」(17세기)

어시 부명을 듯고 맛춤 몸이 곤븨ᄒᆞ여 갓가온 대롤 취ᄒᆞ미 도화령의 니르미
강시 깃브믈 니긔지 못ᄒᆞ여 아연ᄒᆞᆫ 우음을 먹음고 니러마즈 미힝지 경첩 표연ᄒᆞ고
틱뢰 니슬 마즌 곳 ᄀᆞᆺ트니 싱이 마음의 블평ᄒᆞ여 안식을 정히 ᄒᆞ고 쥭침의 비겻더

니 취우믈 인ᄒ여 일 배 쥬믈 더이라 ᄒ니 졍히 간계믈 맛츤지라 강시 친히 금노의
불을 헷쳐 향온을 더여 안쥬믈 ᄀᆞ초와 나아오니 어시 임의 밤드러 부젼의 림치
못ᄒ고 거리낄 배 업셔 마ᄋᆞᆷ 노코 진음ᄒ니 크게 취ᄒ지라 취후 강잉ᄒ여 강시로
이셩의 친을 일우니 잠들믜 혼혼ᄒ여 날이 식되 씰 쥴 모ᄅᆞᄂᆞ지라 일개 함취 졍당
ᄒᄃᆡ 어ᄉᆞ와 강시 업ᄉᆞ니 모다 고이히 너겨 싱을 부ᄅᆞᄃᆡ 어시 잠 취ᄒᄆᆡ 아냐
모진 온약이 쟝부의 텬만ᄒ니 혼혼이 누엇더니

─「조씨삼대록」(18세기)

9.5. 무정(無情)과 부정(不貞), 가부장 질서의 타자 표상

여성 한시문에서 여성이 술과 접하는 가장 큰 이유는 시름 때문이었다. 그
시름이란 '세상살이', '만 가지 일 걱정' 등에서 알 수 있듯이 여성으로서 이 세
상을 살아가는 데서 오는 시름이었다. 이는 독수공방에서 오는 시름, 인간 특히
여성으로 태어나 살아가야 하는 존재론적 고민, 시문(詩文)을 통해 자신을 나타
내고 싶지만 여의치 않았던 데서 오는 안타까움 등이었다. 또한 고향 생각이
나고 형제와 친구가 그리울 때 술을 마시며 그리움을 달래기도 하였다. (김호연
재「醉作」, 김운초「九秋出五江樓-1수」「次軸中韻-3수」)

사대부가문의 여성들을 주인공으로 하는 장편가문소설들에서는 한 집안의
여성들이 모두 모여 술을 마시는 장면이 간혹 등장한다. 잔치 자리가 아니라
한가한 때를 타 후원 등에 모여 담소하는 것인데, 이때에 과거사를 회상하기도
하고 마음을 나누기도 하며 장난말을 주고받기도 한다. 그러면서 지금까지 감
추어졌던 일이 드러나기도 하고 어떤 인물의 성격이 여실하게 표출되기도 하는
등 갈등이 해결되거나 서사가 정리되는 중요한 자리가 마련된다. (「소현성록」)

반면 현대소설에서 술과 담배는 여성 금기와 억압의 상징이자 남녀 간의 성
별화된 윤리기제를 읽어낼 수 있는 소재이다. 술과 담배가 여성의 타락과 파멸
을 암시하는 전주곡이자 가장 보편적인 증거로 사용되었던 문학적 용례 역시
이와 무관하지 않다. 일반적으로 술과 담배가 남성들에게는 일상의 소도구 혹은

가치중립적인 기호품으로 사용되거나 삶의 무의미와 싸우는 고뇌의 현장에 동반되는 반면, 여성에게 그것은 타락한 삶을 표상하는 부정적 기표로 작용하는 경우가 많기 때문이다. 즉 음주와 흡연은 주로 술집 여성이나 아프레걸, 양공주, 자유부인, 악녀, 불량소녀 등과 같이 가부장적 체제에 안착하지 못한 '위험한' 여성들을 구별 짓고 그들의 불완전하고 위태로운 위치를 확인시키는 부정한 표상으로 활용되었다. 술과 담배의 금기가 남녀의 성적 차별과 위계뿐만 아니라 여성 내부의 차이와 서열을 형성시키는 데도 관여하고 있는 셈이다. (강경애 「마약」, 김말봉 「망명녀」, 한말숙 「신화의 단애」, 박경리 『성녀와 마녀』, 강석경 「밤과 요람」, 「낮과 꿈」, 공선옥 「불탄 자리에 무엇이 돋는가」, 윤효 「성가족」)

술과 담배는 여성들의 신산한 삶의 상흔을 부각시키면서 그들이 삶을 유지하게 하는 생존의 도구가 되기도 한다. 남편이 부재한 가정, 홀로 자식들을 부양해야 하는 '홀로어멈'들은 '먹고 사는 일'과 '목숨 붙이고 사는 일'의 고단함을 토로하며 술 한 잔과 담배 한 개비의 위로에 기대어 눅눅하고 지리멸렬한 삶을 이어가기 때문이다. (공선옥 「우리 생애의 꽃」, 「술 먹고 담배 피우는 엄마」, 「홀로어멈」, 「그들이 사라진 서쪽」, 「목숨」)

또한 술과 담배는 집 안에서 혼자 술을 마시거나 담배를 피우는 '주부', 소위 '키친 드링커(kitchen drinker)'의 존재를 통해 가부장 체제에서 타자화된 중산층 여성의 분열의 경험과 고독한 내면을 드러내는 객관적 상관물로 등장한다. 여성의 음주와 흡연은 자아가 삭제된 채 '주부'의 정체성으로 살아온 여성들이 느끼는 박탈감과 소외감, 권태와 비애의 감정과 밀접하게 연관되어 있는 것이다. 음주와 흡연은 여성들에게 잉여의 시간과 공간을 제공함으로써 일탈의 꿈을 꾸게 하고 해방감을 느끼게 한다. (하성란 『식사의 즐거움』, 김채원 「겨울의 환」, 오정희 「어둠의 집」, 「바람의 넋」, 김형경 「담배 피우는 여자」, 은희경 「빈처」, 이혜경 「그 집 앞」, 차현숙 「나비학 개론」, 조경란 「물고기 아파트」, 정미경 「모래폭풍」)

한편 최근의 현대시에 드러나는 술과 담배는 여성들에게 이미 일상적인 사물들로 등장한다. 비루하고 실연(失戀)뿐인 인생을 견뎌내는 방법으로 술을 마시고 담배를 피우면서 무심한 삶에 대한 환멸을 견디고, 짧은 시간 동안 가장 극적으로 자신을 위로하고 상처를 건너는 방법으로 선택한다. (최승자 「나날」, 「담배 한 대 길이의 시간 속을」, 이연주 「담배 한 개비처럼」, 문정희 「테라스의 여자」, 최영미 「담배에 대하여」, 백미아 「비어 프렌드」)

취하고 보니 천지가 넓고
마음을 여니 만사가 평온하네
초연히 자리 위에 누워서
모든 시름 잊으니 마음 즐겁네
醉後乾坤濶 開心萬事平 悄然臥席上 唯樂暫忘情
                           —김호연재 「취해서 쓰다 醉作」(17세기 말－18세기 초반)

오강루에서 달 기다리는데 짐짓 늦게 뜨니
안개 파도 먼 피리 소리에 무슨 생각 하는가
향불 앞에 글 쓰는 일 평생 뜻이건만
술기운 사라지니 세상살이 서럽구나
待月江樓月故遲 烟波遠笛有何思 爐香細寫平生志 酒氣潛銷苦海悲
                  —김운초 「늦가을에 오강루에 나가 九秋出五江樓－1수」(19세기 전반)

하루종일 지는 꽃 응당 절로 안타까우며
빈 산에서 우는 새는 가장 다정하네
말술로도 천만섬의 수심을 풀지 못하는데
기러기와 제비 섞여 날고 향기로운 풀 나네
盡日落花應自惜 空山啼鳥最多情 樽醪未解愁千斛 鴻燕差池芳草生
                   —김운초 「시축 속 시에 차운하다 次軸中韻－3수」(19세기 전반)

좌우로 ㅎ야곰 옥잔의 향온주를 ㄱ득 브어 먹이시니 셕패 회긔양〃ㅎ야 바다
쑤러 먹거늘 소부인이 쇼왈 십오 년 디난 하쥬를 더리 즐겨 ㅎ시니 모친은 티하
술을 먹이시니 우리는 둉간의 굿기시던 일을 싱각ㅎ야 위로잔을 헌ㅎ리니 셕시
소싱 딜ㅇ 등은 어딘 어미 의탁을 뎡ㅎ여 주믈 샤례ㅎ고 운경 형뎨는 흔 어미
외롭더니 의모를 어더 든〃ㅎ믈 샤례ㅎ여야 올ㅎ니라 윤부인이 낭쇼왈 져〃의
말숨이 졍합ㅇ의라 썰리 힝ㅎᄉ이다 소시 좌우로 잔을 보내니 윤부인이 짐짓 흔
말 드는 잔을 어더 진쥬ㅈ홍쥬를 ㄱ득 브어 보내여 왈 셕일 셔모의 애쓰며 무류ㅎ
야 ㅎ던 일을 싱각고 금일 즐기시믈 혜아리니 인싯 뉸회ㅎ야 비환이 샹반ㅎ니
일두 미쥬로 경ᄉ를 티하ㅎᄂ이다
                                      —「소현성록」(17세기)

그는 허공을 향하여 부르짖었다. 숲속에 드리운 저 허공, 남편의 초라한 옷자락

인가 봐 펄쩍 정신이 든다. 허나 아니었다. 그는 응 하고 울었다. 그리고 기어라도
볼까, 다리 팔을 움직이다 그만 쓰러진다.

아가 아가… 어쭉 일어나 봐… 홍 제 남편은 어찌될 줄 알고 이제 등록한 아편장
이가 될지 어떨지… 고요히 숨이 끊어지고 만다.

－강경애 「마약」(1937)

어느날 저녁 윤숙이는 나를 보고
"순애 너 담배 피지?"
나는 대답 대신으로 빙긋 웃었습니다.
"애야, 아서라. 너는 과거를 짓밟아버려야 한다. 말살해버려라. 흑암의 생활에
서 지내온 것은 흉내라도 내지 말아라. 응? 정 무엇하면 인단이라도 씹어보렴."
윤숙의 말은 간절하였습니다. 나는 다시는 안 피우리라고 약속을 하였습니다.
그러나 그 다음날 또 그 다음날 닥쳐오는 담배의 유혹을 드디어 나로 하여금 윤숙
이의 눈을 피하여 흡연하도록 만들었습니다.

－김말봉 「망명녀」(1932)

진영은 거리의 책점에 들렀다. 고흐의 소묘집(素描集)이 있다. 진영은 책장을
들쳐 보았다. 까마귀가 날고 있다. 사육(死肉)을 파먹고 산다는 날짐승. 금새라도
썩은 물이 악취를 풍기며 뚝뚝 떨어질 것 같다. 진영은 자기 자신이 까마귀 같다는
느낌이 온다. 팁으로 해서 살아 있는 그녀의 살이 까마귀의 살만 같다. 진영은
진저리를 치며 몸을 흔들었다. 불통한 젖가슴이 육중하게 흔들린다. 진영은 다만
그녀의 실존을 재확인할 따름이다.

진영은 위스키를 한 병 사들고 호텔로 갔다. 더블 베드는 지나치게 호화로웠다.
(중략) 진영은 위스키를 더블로 해서 마셨다. 이내 몸이 상쾌해진다. 푹신한 베드
에 엎드려 본다. 기분이 여간 좋지 않다.

－한말숙 「신화의 단애」(1957)

"그렇담 이 세상의 모든 말 그 자체가 다 궤변이죠."
하더니 담배를 한 대 쑥 뽑았다.
"선생님은 전부를 형숙한테 주셨어요. 현재까지는. 그러나 형숙은 전부를 드리
지 못했어요. 전부를 드리고 싶은 욕망을 짓누르고 살아야 하는 거예요. 그것은
견디기 어려운 자학이에요. 그것은 선생님의 애정보다 더 큰 것이었는지도 몰라
요. 나는 선생님을 영원히 잃고 싶지 않아요. 그렇지만 잃어버리는 순간을 늘 다짐
하며 내 마음을 흩뜨려버려 온 거예요. 왜 그럴까요?"

형숙은 담배 연기를 흑 뿜음으로 스스로 의심한다. (중략)

형숙은 다시 수영의 얼굴 위에 담배 연기를 내어뿜었다.

—박경리 『성녀와 마녀』(1960)

술요? 얼마든지 있답니다. 재떨이는 거기 있군요. 하긴 저도 한때 세상의 모든 여자들을 질투했었지요. 유쾌한 모임이었다니 감사합니다. 사실 우리 나이에 이르면 이렇게 이해 관계 없이 허심탄회하게 모여 속을 여는 것이 스트레스 해소에 좋다고 하더군요. //

그 여자는 술병을 들어 흔들며 불빛에 비추어보았다. 술병에는 이미 한 방울의 술도 남아 있지 않았다.

그들은 사라졌다. 웃음 소리도, 과장된 몸짓도 사라졌다. 그 여자는 한층 더 깊어진 어둠 속에서 망연히 서 있었다.

—오정희 「어둠의 집」(1980)

혼자 있는 시간에 그토록 담배를 피워 없애야 할 이유는 무엇일까. 습관이 아니라면 대개의 경우 담배에 손이 가는 것은 초조하거나 불안할 때일 것이다. 아침 청소 때 물론 재떨이를 비웠을 테고 그렇다면 점심 전후에서부터 내가 돌아올 대여섯 시간 동안 무엇 때문에 그토록 담배를 피워대는 것일까. 단순히 습관적인 것이라 해도 대체 무엇이 그토록 지독한 끽연의 습관을 만들었단 말인가.

내 눈길이 담뱃재가 수북한 재떨이에 가 닿으면 아내는 민망한 낯이 되어 손바닥으로 재떨이를 감추듯 덮어 싸고는 부랴부랴 들고 나가는 것이었다.

담배를 무섭게 피워대는 것외엔 아내에게는 이렇다하게 흠잡을 구석이 없었다. 집안은 항상 청결하고 모든 물건은 있어야 할 자리에 정돈되어 있었다.

—오정희 「바람의 넋」(1982)

선희는 키득 웃으며 어느새 비어 있는 여자의 잔에 맥주를 부어 주었다. "난 하루 저녁에 맥주 서른 병을 비운 적이 있어." 여자는 뽐내듯 말했고, 선희는 거짓말 같다는 생각을 하면서도 "나이스다." 하고 외쳤다. 선희는 여자를 위해 해군에게 술을 더 마시고 싶다고 했다. 맥주 세 병이 이내 그 자리에 놓여졌다.

선희와 여자는 해군과 교대로 춤을 추고 '레드선클럽'을 나섰다. 해군이 다른 클럽에서 술을 사겠다고 해서 두 여자 다 따라 나섰다. 여자는 클럽을 옮기면서부터 마구 술을 마셨다. 혼자 떠들어댔고, 해군의 턱수염을 잡아당겼다.

해군은 어깨를 들썩이며 웃어댈 뿐 여자에게 개의치 않았다. 두 여자에게 담뱃불을 붙여주면서도 하드록에 손장난을 맞추었다. 양배추 머리의 여자에게 더 이상

흥미가 가지 않아서 선희도 홀짝 술만 마셨다. 그날 세 군데의 클럽을 다니면서 세 사람 다 각기 취하고 시간을 보냈지만 열한 시까지 어울려 있었다.

—강석경 「밤과 요람」(1983)

계속 담배 연기를 내뿜으며 무심히 앞을 바라보는데 금발이 내 눈에 들어왔다. 갑자기 가슴이 뛰기 시작했다. 나는 즉흥적으로 잔을 들었다. 주근깨 씨에게 술을 따라달라고 했다. 주근깨 씨는 히죽 웃으며 내 잔에 맥주를 따랐다. 거품이 넘쳤고 나는 환호성을 내며 거품을 들이마셨다.

—강석경 「낮과 꿈」(1989)

쓰기를 멈추고 팔을 뻗어 담배를 찾습니다.

어느새인가 제게는 담배 피우는 습관이 생겼습니다.

책상에서 잠시 내려와 방바닥에 앉아서 담배연기를 후욱 내뱉습니다. 지금 이 순간 옛날 할머니들이 담배를 피우던 기분 그대로가 제 숨 속에 되살아나는 듯합니다. 밖은 괴괴하고 간혹 창문이 덜컹거리는 소리가 들립니다. (중략) 시커먼 밤 속으로 타들어가는 거대한 불더미를 떠올리며 저는 두 개비째의 담배에 불을 붙입니다. 실은 술을 마시고 싶습니다만, 지금 입에 술을 댄다면 정신을 잃을 정도로 마셔버릴 것이고, 그러면 이 글을 더 이상 쓸 수 없을 것 같기에 참습니다. 지금 펜을 놓아버리면 다시는 잡기 힘들 것이기 때문입니다.

불이 타고 있는 동안만 바로 그 기운에 힘입어 저는 무엇인가 제 안에 있던 것, 제 안에서 나오고 싶어하던 것을 끌어낼 수 있을 것같기 때문입니다.

—김채원 「겨울의 환」(1989)

나, 해희, 김해희. 불량소녀. 나, 술 먹어본 적 있네. 사랑도 해보았네. 담배를 피우지는 않았지만 담배 피울 줄 아는 여자아이들하고 술 마셨네. 담배 피울 줄 알고 술 마시는 소녀들로부터 위로도 받아보았네. 그것이 죄라면 죄라네.

지금 캄캄한 대낮이네. 내게는 한 여름인데도 춥고 대낮도 캄캄하네. 나 지금 불량한 소녀. 할머니집에 유폐되었어. 우리 할미는 불량 할미. 그녀, 술 마시고 담배 피우고 연애해. 술 마시고 담배 피우고 연애하는 불량할미집에 나, 불량손녀 딸 유배중이라네.

—공선옥 「불탄 자리에 무엇이 돋는가」(1994)

나는 내 하루치의 반란이 이런 식으로 완성되는 것에 대해 만족했다. 얼마간의 취기는 아이의 절망 앞에서 내가 지레 절망하는 사태를 조금은 방지해줄 수 있을 것이었다. 절망하지 않는 **뻔뻔한** 어미 앞에서, 바로 그 어미의 절망하지 않음 때문에 참혹하게 또다시 절망하는 어린 딸을 나는 이윽고 볼 수 있으리라. 그 앞에서 나는 허둥댈까. 아니면 냉담할까. 이유 없음의 상황에서 이유 있음의 상황에로의 탈출하기. 그것이 술마시기인가.

—공선옥 「우리 생애의 꽃」(1994)

"때론, 담배 한 대로 위안이 되는 일도 있지요." 그렇게 말한 그 여인의 마음 깊은 곳을 짐작할 것 같습니다. 담배 한 대로 위안이 되는 서글픔, 중압감, 배고픔, 추위… 이렇게 아무도 없는 새벽 베란다에 나와 담배를 피울 때면 일상의 발길에 걸리는 자잘한 돌멩이들이 모두 담배 연기와 함께 휘발되는 것을 느낀답니다. 남편의 늦은 귀가나 저의 불면 같은 것까지도요. //

"무엇보다, 난 담배를 피울 때만 살아 있다는 것을 느껴요. 그때만 온전하게 내가 나라는 존재로 살아 있다는 걸 믿을 수 있죠." //

그러던 어느 날, 발견했지요. 제가, 제가 남편의 담배를 꺼내 이렇게 피우고 있다는 사실을요. 가슴 안에 딱딱한 것이 쌓여 온몸이 돌덩이처럼 차고 딱딱하게 굳어가고 있다고 느껴지던 때, 그때 담배를 피웠을 겁니다.

—김형경 「담배 피우는 여자」(1995)

소주를 한 잔 따랐다. 첫모금을 혀에 대니 좀 세다. 가슴이 지르르하다. 하지만 밥이나 빵이나 과일이 아닌, 술을 마신다는 것이 즐겁다. 이것도 손쉬운 방법이나마 일상의 탈피니까. 머릿속에서 그이의 생각도 차츰 아련해진다. 술이 나더러 여편네 아니라고 한다. 대신 혼자 술 마시는 외로운 여자 하라고 한다.

—은희경 「빈처」(1996)

머리카락 한 오라기 흩어지지 않은 단정한 차림새로 시어머니가 집을 나서면, 나는 시어머니가 차에 올랐을 만한 시간을 사이에 두고 냉장고를 뒤진다. 어떤 날엔 와인이, 어떤 날엔 맥주가, 그것도 없으면 생선 요리에 쓰고 남은, 싱크대 안의 청주까지. 첫 잔은 시어머니의 부재로 트인 숨통을 위한 잔이었다. 시어머니가 있는 동안 그 눈길을 의식하면서 올올이 당겨지고 짓눌리던 신경이 늦춰지는 데에는 그리 많은 양의 알코올이 필요한 건 아니었다. 당겼던 신경줄이 느슨해지면서 출렁이다 보면 부표처럼 떠오르는 단어가 있었다. 키친 드렁크. 드렁크라는 단어는 꼭, 구석방에 숨겨둔, 온갖 종류의 술이 가득 든 트렁크를, 그 트렁크를 열며 여자가 짓는 음습한 미소를 떠올리게 했다. 주방에서 술을 마시는 여자. 그 취기로 일상을 견디는 여자. 그게 나라니.

—이혜경 「그 집 앞」(1997)

수련이 그려져 있는 흰 벽지는 니코틴으로 누렇게 변색되었다. 그녀는 남편의 책상 의자에 앉아 책상에 놓여 있는 남편의 담배를 하나 꺼내 입에 물고 담뱃불을 댕긴다. 남편과 아이 몰래 새벽마다 피우는 한 개비의 담배가 폐 속으로 스며들자 그녀는 그제서야 또 하루가 시작되었다는 것을 느끼기 시작한다. (중략) 담배를 다 피울 때쯤 엄마를 찾는 딸아이의 목소리가 들린다. 그녀는 서둘러 담배를 재떨이에 꺼버린다. 깊은 심호흡을 하고 남편의 서재에서 나와 거실에서 엄마를 찾는 아이의 볼에 입을 맞춘다. 아침시간을 빠르게 흘러가고 식사를 끝낸 남편과 아이가 제각각 회사로, 학교로 간 뒤 그녀는 현관문을 굳게 잠근다.

　　　　　　　　　　　　　　　　　　　　　　　　　－차현숙 「나비학 개론」(1997)

　어머니는 언제부터 술을 마시기 시작했을까. 멸치를 볶기 위해 식용유를 꺼내다가, 찌개의 간을 맞추기 위해 소금이 든 양념통을 꺼내면서 어머니는 국물에 간을 치듯 그렇게 한 모금씩 술을 마시고 있었다. 요즘 들어 부쩍 음식 간이 짜거나 싱겁거나 하는 일이 많아지고 있었다. 남자는 언젠가 잡지의 한구석에서 읽은 기사를 떠올렸다. 〈키친 드링커〉라는 기사였는데 말 그대로 부엌에서 술을 마시는 주부를 가리키는 말이었다. 어머니의 체중이 급작스럽게 불어나는 것은 술 때문이다. 소주 한 병은 밥 다섯 공기의 칼로리와 맞먹는다.

　　　　　　　　　　　　　　　　　　　　　　　　　－하성란 『식사의 즐거움』(1998)

"광주는 무슨 일로 온거요?"
"새끼들 보러."
"웃기지 말어."
그는 내 말을 묵살한다.
"내가 웃겼어요?"
"너 같은 여자가 무슨 새끼는 새끼."
"내가 왜?"
"무슨 애기엄마가 술 먹고 담배를 피워?"
　나는 말하지 않는다. 애기엄마는 절대로 술 먹고 담배 피우지 않는다, 라고 생각하는 남자에게 시집가서 절대로 술 안 먹고 담배 안 피우는 건강한 새끼들 많이 낳고 평화롭게 살아봤으면. 그렇지만 나는 '우리 새끼'들의 엄마다. 술 먹고 담배 피우는 엄마다.

　　　　　　　　　　　　　　　　　　　　　　　－공선옥 「술 먹고 담배 피우는 엄마」(1998)

　이렇게 춥고 눅눅할 때는 술이라도 한잔 마시면 그래도 좀 나을까 싶다. 전기

안들어와서이건 어쨌건 작동도 안되는 게 눈앞에 버티고 있는 것이 볼썽사납다. 말 안 듣는 히터를 들어내는 일 또한 사람을 빼리란 걸 끄집어낼 때 알아봤으므로 그게 겁나서라도 술을 한잔 하고 볼 일이다. 술이 일단 몸속으로 들어가면 제 정신이 아니라서 힘든 일도 힘든 줄 모르고 하게 된다.

"담배 좀 사온."

"네."

젊은이가 자리를 뜨자 화투짝을 떼던 친구가 흩어진 짝패들을 와삭와삭 섞으며 고개를 든다. 매화짝은 떨어지지 않았던 모양이다.

"얘 경아, 넌 너무 담배가 지나쳐. 담배라두 피워 썩는 속을 연기루라두 뿜어버리지 않으면 견디지 못할 심산, 나두 모를 배 아니지만."

—공선옥 「홀로어멈」(1999)

그녀의 남편은 그녀가 주량이 세다는 것을, 저녁 설거지를 끝내고 마시는 커피 속에 소량의 위스키를 타 마시는 것을 모른다고 했다. 그러나 그때 그는 아마 그녀의 남편이 모르는 건 단지 그녀의 주량뿐만이 아닐 거라고 짐작했다. 그녀의 식성이나 옷이나 가구를 선택하는 취향, 이따금씩 담배를 피운다는 사실, 어쩌면 좋아하는 체위까지. 그런 짐작은 그녀에 대한 애정과 친밀함을 더욱 확신시켜주기도 했다. 마치 고통이 인간을 서로 가깝게 만드는 힘이 있듯이.

—조경란 「물고기 아파트」(2000)

"너 소주 있니?"

"미쳤나봐, 얘가."

"괜찮아, 훗배 아픈 덴 소주가 약이야." (중략) 그 말을 하는 내 목소리가 어땠는지 연지는, 그래 죽기밖에 더하겠니, 하며 싱크대 속에서 소주 한 병을 꺼내온다. 내 잔에다 반만 겨우 부어놓고는 연지는 스트레이트로 세 잔을 마시고 술병을 제 등 뒤로 감추어버린다. 훗배앓이를 할 때 소주를 마시는 엄마를 본 적이 있다. (중략) 팔 개월 만에 양수가 터져 병원으로 실려가서는 아이를 사산하고 돌아와 엄마는 배가 아프다며 소주를 찾는다. 애 낳는 것보다 더 아파. 오만상을 찌푸리며 소리를 지르던 엄마는 소주를 병째 마셨다. 퉁퉁 부은 채 산발한 머리로 아프다고 악을 쓰던 엄마 얼굴은 딸인 내 눈에도 밉고 추했다.

소주를 단숨에 삼키며, 엄마가 아팠던 건 배가 아니었으리라는 생각을 처음 해본다. 연지는 내가 빈 잔을 내려놓는 걸 보더니 등 뒤에 감추었던 병을 들어 남은 걸 단숨에 마셔버리고는 깔깔거리고 웃기 시작한다.

—정미경 「모래폭풍」(2004)

"난 열일곱 살 때부터 피웠어. 나만 피운 게 아니다. 내 또래의 처녀애들이 밤 마실을 나와 한 방에 모여 맛있게 피웠지…. 하긴 지금 생각하면 어처구니가 없다. 솜털이 보송보송한 처녀들이 모여 앉아 담배를 피우는 꼴이라니. 그런데 이상하게 도 어른들은 그것에 대해 모른 척 했어…. 그냥 봐준 거야."

윤은 충격을 받았다. 이십 세기 초기에 한국의 시골 마을에서 여자들 아니 처녀 들이 집단적으로 흡연을 했다니. 윤은 외할머니가 신혼 때에 별뫼댁이라고 불렸다 는 것을 안다. 별뫼를 한자로 하면 성산리다. 성산리는 전기도 다른 곳에 비해 늦게 들어오고 야산들에 의해 첩첩이 감싸여 있는 외진 마을이라고 했다. 그곳의 여자들은 다른 마을의 남자와 결혼하지 않는 한 그곳에서 살다 죽는다. 그렇다면 처녀들의 흡연에 대한 묵인은, 죄수들에게 베푸는 호의 같은 것이었을까. 그조차 허용해 주지 않으면 여자들이 자신의 살을 물어뜯어 자살해 버리거나 마을 밖으로 뛰쳐나가버릴 것 같아서? 다시는 아무도 태어나지 않을 것 같아서?

—윤효 「성가족」(2002)

몇 개의 꽃.
몇 개의 전화.
몇 개의 타협.
몇 개의 추파.

눈, 코, 입도 없이
이어지는 나날.

늦은 밤 창가에서
담배를 집어들면
손가락은 이미 재가 되어 있고
무심한, 텅 빈 얼굴을 한 달님이
빈자의 창문을 비껴 지나간다.

—최승자 「나날」(1993)

담배 한 대 피우며
한 십 년이 흘렀다
그동안 흐른 것은
대서양도 아니었고
태평양도 아니었다

다만 십 년이라는 시간 속을
담배 한 대 길이의 시간 속을
새 한 마리가 폴짝
건너뛰었을 뿐이었다

—최승자 「담배 한 대 길이의 시간 속을」(2010)

어쩌다가 술에 맡겨버린 인생이 되어버렸을까
이런 날, 아파트 5층 계단을 오르기란 쉽지 않은 일이다
문을 따고 들어서면 얼어붙은 채 널브러진 이불짝들,
길게 펴본 적이 없는 몸뚱어리 조금씩
얼음 속으로 기어든다
폐 속을 검게 물들이는 구름 떼거리들, 뜻없이 담배를 피우고
깊이 빨았다가 뿜어낼 때
나를 끌고 다닌 것은 익사한 쥐의 퉁퉁 불은 원한이었구나

—이연주 「담배 한 개비처럼」(1993)

마지막 화살을 쏘아버린 퀭한 눈을 하고
긴 손톱으로 담배를 피우는 여자
아무렇게나 풀어헤친 머리칼
주름 진 입술에 붉은 술을 붓는 여자
(중략)
말하자면 통속이지만
그 아픔이 모여 인생이 되지

—문정희 「테라스의 여자」(2004)

내 입술은 순결을 잃은 지 오래
한 해 두 해 넘을 때마다 그것도 연륜이라고
이제는 기침도 않고 저절로 입에 붙는데
웬만한 일에는 웃지도 울지도 않아
아무렇지도 않게 슬슬 비벼 끄는데
성냥곽 속에 갇힌 성냥개비처럼
가지런히 남은 세월을 차례로 꺾으면
여유가 훈장처럼 이마빡에 반짝일

그런 날도 있으련만, 그대여
육백원만큼 순하고 부드러워진 그대여
그날까지 내 속을 부지런히 태워주렴

—최영미 「담배에 대하여」(1994)

맥주를 연거푸 밀어 넣는 여자
검은 뿔테 안경 밑으로 눈물 훔친다
(중략)
운동화 한 짝 슬리퍼 한 짝 걸쳐 신은
여자의 맨 발등

시린 것은 시린 것들끼리 비벼댄다

—백미아 「비어 프렌드」(2008)

9.6. 남성권력의 모방 혹은 차이의 기호

여성의 놀이공간에서 술은 여성들 자신이 향유하는 대상으로 전화한다. 전통적으로 술은 단순히 즐기기 위한 쾌락적 요소가 아니라 사대부의 문화적 교양인 풍류의 한 요소로 인식된다. 술을 마시며 경치를 완상하는 것은 고도한 풍류를 구가하는 경지이다. 따라서 규방가사에서 여성이 술을 마시는 것은 남성중심인 주류문화의 특권적 체험을 전화시켜 공유하는 것이다. 이는 술을 향유함으로써 남성과 문화적 교양을 대등하게 공유하고자 하는 의식을 반영한다. (숙부인 「화전답가」, 「화수가」, 장씨 부인 「기천가」)

나아가 여성의 놀이공간에서 술은 문화적 교양을 뜻하는 풍류의 경계를 넘어서기도 한다. 이 경계를 넘어서는 자리에서 술은 마음속에 품고 있는 감성을 촉발하고 유로시키는 계기가 된다. 여성에게 부여된 일상의 규범은 절제된 행동과 감정의 조절을 요구한다. 술은 이러한 일상의 규율이 부여하는 위압감을 없애고 분방한 정서를 고조시키는 흥취의 대상이 되고 있다.(「휘춘곡」, 「화전가 6」)

현대소설에서 여성의 음주와 흡연은 고정된 젠더 정체성과 성 역할을 거부하려는 심리와 밀접하게 연관되며 나아가 남성 권위에 도전하는 정치적인 포즈로 이해될 수 있다. 다시 말해 술/담배는 남성 권력에 저항하고 공모하는 여성의 정치적(political) 무의식을 반영한다. 특히 진보적 여대생이나 자유로운 의식을 표방하는 지식인 여성들, 여성 예술가 등은 술 마시기와 담배 피우기를 '혼자' '몰래'가 아니라 남성과 어울려 '공개적으로' 한다. 남성들의 기호품으로 인식되는 담배와 술을 젊은 여성이 향유함으로써 여성이라는 젠더표지를 지우고 남성화된 권력을 모방하고자 하는 것이다. 이것은 성적 차별과 위계를 부정하고 진보적 여성으로서의 정체성을 드러내고자 하는 적극적인 의사표현이기도 하지만 또 한편 이것은 저항적 주체로서 남성과 동등한 지위를 확보 받고자 했던 여성들의 인정투쟁의 상흔이라고도 볼 수 있다. (박경리『표류도』『녹지대』, 강석경「숲속의 방」, 공지영『더이상 아름다운 방황은 없다』『고등어』, 김인숙『봉지』, 권여선『푸르른 틈새』「처녀치마」,「나쁜 음자리표」,「그것은 아니다」,「반죽의 형상」)

시대의 변화와 함께 여성의 음주에 대해서 비교적 관용적인 태도를 보이는 사회 인식을 반영하듯 소설에서도 술이 여성 차별적인 기호로 등장하는 경우는 거의 없다. 반면 여성의 흡연에 관한 한 근거 없는 보수성을 고집하는 사회의 성차별적 시선은 여전히 공고한 이데올로기 작용하고 있다. 이를 통해 확인되는 것은 술 마시고 담배를 피우는 여성이 남성의 판타지를 자극하는 대상일 뿐 결코 남성 집단에 포섭될 수 없는 열등한 타자라는 사실이다. 여성 소설은 특히 담배를 둘러싸고 벌어지는 성차별적인 상황을 설정하고, 흡연과정에서 '몰래 피우기'를 시도하는 여성인물이 겪게 되는 죄책감과 억울함 등의 부정적 감정을 재현함으로써 여성 억압의 실체를 드러내고자 했다. (공지영「꿈」,「존재는 눈물을 흘린다」『무소의 뿔처럼 혼자서 가라』, 김현영「흡연, 음란한」, 권여선「12월 31일」,「가을이 오면」, 정미경「모래폭풍」, 이명랑『슈거푸시』)

일부 현대시에서 술과 담배는 '도발적인 년' '애첩' '투명한 처녀' 등 성(性)적인 이미지가 강조된 여자로 비유되어 반여성적 사고를 가진 남성적 시선으로 드러나기도 한다. 이는 무의식적으로 남성을 모방하여 여성을 대상화하는 표현으로 볼 수도 있으나, 역으로 그런 시선을 갖고 있는 남성의 내면을 뻔히 들여다보며 드러냄으로써 술과 담배를 둘러싼 기존의 성적 위계를 전복하는 언어라고 볼 수 있다. 또한 이는 여성 안에 내재한 성적 욕망을 자발적으로 드러내는 표현이기도 하다. (조말선 「소주」, 유영금 「술」, 김경선 「나는 조루증을 앓는다」)

어와우리 고분네야 우리비록 여자오나 고인풍류 가져보세 삼삼오오 모여안자 길월양신 가려내여 금조에 회문돌려 구심춘광 구경가세 (중략) 좌석을 정한후에 구름같은 백폭차일 반공중에 높히치고 그림조흔 산수병풍 좌우에 둘러치고 문체 조흔 화문석은 돋자리로 골라내고 연치대로 좌정한후 음식지여 분배할제 백미진 미 구어내여 두견화로 수를노코 감주청주 내여노코 청전밀수 맛을보아 산신령을 먼저위코 금옥잔에 술을부어 백옥쟁반 떡을담아 일배일배 부일배로 권군갱진 취 한중에 산천을 살펴보니 오색단청 그리낸닷 꽃구경 기이하다
　　　　　　　　　　　　　　　　　　　　　　　　　　　－숙부인 「화전답가」(미상)

암상에 자귀하야 유사불러 분부하니 주효를 뜨리난데 술맛도 좋흘시고 한무제 불로주야 진시황의 불사야가 이태백의 주량같이 삼배야 뉘라서 못할손가 군객친 일 배중하니 야작이난 무순이라 취흥도 도도하야 유양수 뻗을받아 춘부춘추 등산 임수 하여보세
　　　　　　　　　　　　　　　　　　　　　　　　　　　　　　－「화수가」(1918)

형주야 들어보소 형제남매 담소하니 좋기는 좋지마난 강산구경 한번하세 채석 강 밝은달에 이청년이 놀앗으며 적벽강 명월시난 소동파에 풍류로다 추수공장 천일색은 왕발의 시흥이요 추휴오동 엽낙시는 백낙천의 시경이라 장하다 고인풍 류 이렇듯 놀아시니 우리도 한번놀아 천츄에 유전하세 (중략) 금잔듸에 헐각하니 출인한 종남의댁 홍취를 도우려고 대반을 등대하니 석죽진미 다올랏네 일포식 하온후에 주력이 몽롱하야 차문주가 하처재냐 목동요지 행화촌을 또다시 찾아갈 제 형주는 술을들고 사향곡 한곡조로 나도또한 흥이나서 이별곡을 불럿드니 좌중 에 제류들과 상좌에 노인분네 일시에 일어나서 너울너울 춤을추니 무수는 편편하 야 백학이 넘노난듯
　　　　　　　　　　　　　　　　　　　　　　　　　－장씨 부인 「기천가」(20세기 전반)

둥글원짜 모방짜로 이리저리 갈나안즈 동즈불너 술부어라 한잔먹고 놀아보즈 일빅일빅 부일빅로 취토록 마신후에 취흥이 도도ᄒ야 희춘가 한곡조를 길이읊어 빅히ᄒ니 인간힝낙 만타ᄒᆫ들 우리들이 오날노림 이우에 더할손냐 여보소 친구들 아 노소를 물논ᄒ고 마음노코 놀아보세 이날을 허송ᄒ고 각각집에 돌아가면 봉졉 구고 사군즈에 다시기히 업서진다 술마시고 노릭ᄒ며 노릭ᄒ고 술마시고 흥취잇

게 놀아보세

－「휘춘곡」(1947)

백옥잠 감노쥬는 이긴편을 상주하고 검은사발 보리탁주 진사람들 벌주로다 상
주벌주 취한좌석 노래소리 낭자하다 꾸은적이 남아스니 놀이좌셕 울니쇼셔 외치
는 큰소리에 앗차앗차 이젓도다 깃그운 오날 노름 우리 청춘 즐거웁고 백발창안
노인들이 모이나니 받을셰라 간초르운 술상 우에 술병을 갓초노아 두견화 안주노
코 몸소 가셔 올린 후에 일연춘싴 복중셩을 우리도 하여보싴

－「화전가 6」(미상)

"니네들 방에 가면 이따금 담배 냄새가 나서 언젠가 아버지에게 얘기했더니,
요새 애들이 다 그렇지 하면서 속이 답답하면 나보고도 피우라고 권하시더라. 그
런 때 보면 신식 같은데 말이야."

기분파인 아버지에겐 그런 멋진 면도 있었다. 나는 그 점을 인정하며 고개를
끄덕했다.

"난 아버지 싫어하지 않아요."

나는 아침을 먹은 후 곧장 이 층으로 올라가 소양의 방문을 열었다. 담배를 많이
피웠는지 담배 냄새가 배어 있었다. 꽁초가 수북이 쌓인 재떨이를 이내 발견하고
창부터 열어젖혔다.

－강석경 「숲속의 방」(1985)

－형, 나 담배 한 대 피워도 되요?

민수의 목소리는 담담했고 억양이 없었다. 너무 건조해서 나뭇잎이 바스락거리
는 것 같았다. 덕현은 그런 민수의 모습에 오히려 당혹감을 느끼며 허둥지둥 담배
를 민수에게 건넸다. 왜냐고 민수는 묻지 않는다. 그도 왜냐고 묻지는 않았었다.
그러나 덕현은 왜냐고 민수가 물어주었으면 한다. 민수는 애초부터 그러기로 했던
것처럼 담배를 물고 그것을 빨아대었다. 마치 숨을 쉬고 있다는 사실을 확인하는
것처럼 담배를 빨아들이고 또 뱉고 또 빨아들이고 뱉었다. 민수의 앞에 놓인 작은
재떨이에 꽁초는 쌓이고 방안은 너구리굴처럼 흰 연기로 가득 찬다.

－공지영 『더이상 아름다운 방황은 없다』(1989)

－멸치값이 뭐가 비싸요? 오늘 시장에 가니까 천 원에 세 바구니나 주던데…

웨이터의 얼굴이 험악해지는 순간 시인이 탁자 밑으로 가만히 팔을 뻗어 내
옆구리를 쿡 찔렀다.

－올랐어요. 멸치가 얼마나 비싼 줄 알아요?

웨이터는 험악한 눈초리를 거두지는 않았지만 손님에게 최대한의 자제심을 발휘하니까 그리 알라는 듯 다시 말했다.

–안 비싸다니까요. 마른안주 한 접시에 팔천 원이나 받으면서 그깟 거 좀 못 줄 이유가 뭐예요?

–이 아줌마가 술집에 와서 이게 무슨 소리야! (중략)

–아줌마? 그래요. 아줌마가 술집에 와서 안주 비싸다는 소리 했어요. 비싸지도 않은 멸치 한줌 갖고 비싸다고 거짓말하는 당신한테 따지는 거예요. 왜요? 뭐가 잘못됐어요, 아저씨?

–공지영 「꿈」(1994)

"언니 내 말 좀 들어봐요. 내가 오늘 낮 술자리에서 왜 빠져나왔냐면 말예요. 글쎄 오늘 처음으로 글 쓰는 어른들하고 인사를 했어요. 내가 고등학교 때부터 끼고 다니던 그 시집의 주인공들 말이에요. 내가 얼마나 기뻤는지… 근데 술자리에 앉자마자 이 사람들이 날 보고 하는 말이… 왜 그렇게 이쁘냐는 거예요.… 그러면서 이쁘면 글 못 쓰는데 하고는 돌아가면서 나보고 술을 따르라는 거예요. 미인이 따른 술은 맛있다나 어쩐다나…"

–공지영 『무소의 뿔처럼 혼자서 가라』(1994)

주점 주인이 수저 두 벌과 야채접시를 내밀었다. 우리는 소주와 두부김치를 시켰다. 접시에 담긴 오이와 당근은 썰어놓은 지가 오래되어 위쪽은 시들고 접시에 닿은 쪽은 짓물러 있었다. 우리는 안주가 나올 때까지 묵묵히 담배를 피웠다. 담배를 끄면서 한영이 무어라고 중얼거렸다. 내가 잘 알아듣지 못한 기색이자 그는 음악이 없는 걸 도무지 못 견디겠다고 무뚝뚝하게 되풀이했다.

소주와 안주가 날라져왔다. 한영은 안주가 너무 빈약하지 않냐고 물었고 나는 괜찮다고 했다. 그는 접시를 밀어주며 많이 먹으라고 했다. 우리는 소주잔을 부딪쳤고 소주를 한 모금에 털어마셨다.

–권여선 『푸르른 틈새』(1996)

"나도 한 대만 피우고."

왜였을까, 그때 두 사람의 눈이 마주쳤고 그들은 만나고 나서 처음으로 가볍게 웃었다. 그래, 그랬었다. 헤어지기 싫어서 자꾸만 담배를 번갈아 피우던 시절이 있었다. 아직 조금만 더 마주보면서 있고 싶어, 하고 말할 수 없었던 그 시절, 담배 한 대만 피우고 일어나지, 하고 아무렇지도 않은 듯 말했지만 심장이 담배처

럼 타 녹아내리던 기분이었다. (중략) 마주 앉아 담배를 피울 동안이라는 핑계를
대면서까지 그토록 간절하게 붙잡고 싶었던 것은 담배가 아니라 단 몇 분간의
시간이었다. 생선회칼로 저며낸 듯한 그 얇고 투명하고 짧은 시간. 그러나 그는
이제 마주 앉아 담배를 피우면서도 그 절박함을 다시 실감할 수가 없다. 왜냐하면
이제 시간은 지천으로 널려 있고 그는, 너와 더 앉아 있고 싶어, 라는 말조차 꺼낼
수 없게 수줍은 사랑 같은 건 하지 않기 때문이다.

—공지영 『고등어』(1999)

그놈의 담배, 담배 때문에 집을 쫓겨나든가 내가 가출을 하는 상황이 벌어질지
도 모르겠다. 그날 이후로 아버지는 나를 더러운 걸레 보듯 한다. 걸레 취급을
받는 것은 분명 불쾌한 일이다. 그런데도 선뜻 담배를 끊고 깨끗한 행주가 되리란
결심이 서지 않는다. 오히려, 할 수만 있다면, 손가락 사이사이마다 담배를 끼우고
보란 듯이 아버지 앞에서 피워보고 싶다. 내가 맞아 죽든가 아버지가 심장마비에
걸리든가 둘 중에 하나가 되겠지만서도 말이다. //
마음대로 피우라고? 그런 말을 하는 놈이 흡연구역에서조차 보디가드를 자청했
던 그애라는 사실이 믿기지 않았다. 내가 대학 1학년 때, 군대를 마치고 3학년에
복학한 한 선배는 여자애들이 카페나 화장실에 숨어서 담배를 피우는 것이 우습다
고 했다. 자기들 스스로가 당당하지 못하면서 어떻게 남이 인정해주길 바라냐는
논리였다. 그러나 그 선배는 스스로 당당한 여자들도 인정하지 않았다. 마로니에
공원 벤치에 앉아 담배를 피우는 여자를 보고는 야만인이라며 몹시 불쾌해했다.

—김현영 「흡연, 음란한」(2000)

나는 바위에 담배를 비벼 껐다. 계곡의 서늘함 탓인지 코끝이 쐐하게 시렸다.
어머니가 기거하던 방 앞에는 낯선 노파가 흐린 눈빛으로 앉아 있었다. (중략)
절에서 내려오는 길에 매점에서 생수와 소주 한 병을 샀다. 순간 나는 비싼 입장료
를 내고 들어가 부모님 위패에 읍하지도 못하고 나왔다는 걸 깨달았다. 매표소
남자가 옳았다. 위패는 빌미였다. 세상에 절 담배처럼 맛있는 게 없었다.

—권여선 「처녀치마」(2004)

나는 자세를 바로잡고 남자에게 물었다.
"담배를 피워도 될까요?"
"네, 피우십시오."
"이 작품에 재를 떨어도…."

"그럼요. 재떨인 재떨이죠." (중략)

나는 담배에 불을 붙이느라 T에게서 몸을 약간 떼어냈다.

"내가 돈을 약간 돌려준 적이 있어."

나는 담배를 깊이 빨았다.

"난 진심으로, 진심으로…."

진심으로,라고 말할 때마다 T는 고운 주먹을 가볍게 쥐었다 폈다. 금방이라도 달콤하고 끈끈한 백도 즙이 흘러내릴 듯했다.

"안 갚아도 된다고 생각하는데 당사자는 또 그게 아닐 테니까. 예술가들 그렇잖아?"

나는 재떨이를 가리켰다.

"담보로 이걸 잡아. 예사 재떨이가 아니라면서?"

—권여선 「나쁜 음자리표」(2004)

"지금도 피우니?"

그녀는 고개를 끄덕이더니 턱짓으로 내 뒤편을 가리켰다. 뒤로 한 자리 건너에 양복 차림의 오십 대 남자 둘이 앉아 커피를 마시고 있었다. 그녀가 술집에서 담배를 피우다 봉변을 당했던 그날을 나도 생생히 기억하고 있었다. 3학년 가을 무렵이었던가. 옆자리에 앉은 중년의 남자 셋이 그녀에게 담배를 끄라고 고함을 쳤다. 그녀가 꼿꼿이 한 대를 다 피우고 새로 한 대를 붙여 물었을 때 소주병이 날아왔다. 다행히 병은 그녀의 어깨에 맞고 바닥에 떨어져 박살이 났다. 의자를 번쩍 들고 펄펄 뛰는 나보다도 술집 주인을 불러 이곳에서 담배를 피우면 되는지 안 되는지 묻고 경찰을 불러달라고 청하는 그녀의 또박또박한 말투에 더 두려움을 느낀 중년들이 허둥지둥 자리를 떴다. 분하게도 그것으로 상황은 종료되었다.

"그냥 피워. 이만하면 이제 나이도 먹을 만큼 먹었는데 아직도 그런 걸로 눈치까지 보고 그래?"

"나이 먹을수록 더 눈치 봐야 하는 거 아닐까? 젊었을 때야 뭘 모르니까 하고 싶은 대로 다 할 수 있었지만."

그러면서도 그녀는 담배를 피워 물긴 했다.

—권여선 「12월 31일」(2004)

휴게실로 연지를 불러내 담배를 하나 얻어서 피웠다. 학교 다닐 땐 친구들과 가끔 담배를 피우기도 했지만 매장근무하면서 담배를 끊었다. 양치를 해도 숍마스터 언니는 귀신같이 담배 냄새를 잡아낸다. 너희들, 담배 안 피우는 남자들이 여자들 체취에 얼마나 민감한지 아니? 가글을 하고 손을 비누로 꼼꼼히 씻는다. 먼지를 털듯 옷도 탁탁 두드렸다. 체한 듯 메슥메슥한 게 머리도 아프다.

―정미경 「모래폭풍」(2004)

피우실래요?

그녀는 눈짓으로 주위를 살핀 다음 조심스레 손을 뻗어 남학생의 집게손가락과 가운뎃손가락 사이에 끼워진 담배를 살짝 빼냈다.

오, 피울 줄 아시나보네.

남학생이 약간 흥분한 기색을 보이며 불을 붙여주었다. 남학생의 다소 높은 목소리에 사람들의 시선이 그녀에게로 향했다. (…) 그녀에게 담배를 권했던 남학생은, 참신하다고까지는 할 수 없지만 울긋불긋 상기된 얼굴로 끝까지 담배를 피워낸 그녀에게서 일종의 색다른 느낌을 받았기에 술자리가 끝난 후 그녀에게 담배한 갑을 선물로 사주었다. 그녀의 지도교수가 아는 출판사의 편집장에게서 전화를 받고 언뜻 그녀를 떠올린 것도 예상치 못한 그녀의 흡연 때문이었다. 왜 담배를 피우는 여학생들이 통상 글을 좀 쓰지 않는가.

―권여선 「가을이 오면」(2005)

한 자리에서 세 개비 이상을 피우려고 하면 찬은 언제나 그렇게 나의 건강을 염려했다. 그러면 나는, 너랑 오래오래 같이 살고 싶다는 찬의 말에 감동해 서둘러 담배를 비벼 껐다. 찬과 결혼했다면… 어쩌면 몰래 담배를 피우는 것까지도 포기해야 했을지도 모른다. 사랑하니까, 분명히 어마어마한 죄의식에 시달렸을 테니까.

갑자기, 담배가 맛없어졌다.

담배를 피우고 나서 꽁초 같은 건 아무 데나 버리고 싶다. 바닥에 내던진 다음, 인정사정 볼 것 없이 발로 비벼서 꺼버리면 참 좋겠다. 속이 다 시원할 것 같은데. 그러나 잊지 말자, 몰래라도 피우려면 그런 무모한 짓거리를 해서는 안 된다는 걸.

평소에 하던 대로 담뱃불을 껐다. 그 일은 이런 순서로 진행된다.

1. 아직 불이 붙어 있는 담배꽁초의 대가리를 변기 물에 살짝 담근다.
2. 변기에 담갔던 담배를 다시 꺼낸다.
3. 담뱃불이 확실히 꺼졌는지 다시 한 번 세심하게 확인한다.
4. 미리 준비해 온 신문지에 꽁초를 잘 싼다.
5. 꽁초가 든 신문지를 한 번 더 신문지로 싸서 주머니에 집어넣는다.
6. 가능한 한 집에서 멀리 떨어진 곳에 있는 휴지통에 갖다 버린다.

완전한 뒤처리, 가장 중요한 필수 조건이다.

-이명랑 『슈거푸시』(2005)

N과 나는 매일 아침 여학생 휴게실에서 만났다. N이 매점에서 담배를 한갑 샀고 나는 자동판매기에서 블랙 커피 두 잔을 뽑았다. 담배의 비닐 포장과 은박지를 뜯는 N의 손길을 바라볼 때의 기쁨과, 쓰다기보다 떫은 맛이 나는 블랙 커피를 마시며 첫 담배를 피우던 나른함은 아직도 잊을 수 없다. 여학생 휴게실은 아침부터 담배 연기로 자욱했다. 누군가 피아노를 뚱땅거렸고 누군가는 예수 그리스도의 사랑에 대해 얘기했다. 휴게실 화장실 문이 열리고 닫힐 때마다 자욱한 담배 연기와 커피향 사이로 희미한 지린내와 아침 대변의 냄새가 섞였다. N과 나는 그곳 군데군데 튿어진 비닐 쏘파에 앉아 말없이 담배를 피웠다. N의 지갑과 내 지갑이 비록 윤곽은 따로지만 한 갑의 담배와 하나의 식판처럼 그 내용물은 공동의 것이듯 우리의 만족감도 한 반죽 속에 있는 두 형상이었다.

-권여선 「반죽의 형상」(2007)

투명한 처녀의 마개를 땄다
첫경험의 짧은 신음이 있은 후
잔을 채웠다
잔이 차오를수록
환하게 열리는 세상
엄지와 검지로만 가볍게
들어 올렸다
목을 젖히고 문을 열었다
그녀의 독한 순수에
증류되지 않은 세상이 비틀거렸다

-조말선 「소주」(2002)

도발적인 년,
사내들이 꼼짝없이 감전되고 말아
목젖을 애무할 때
아찔한 쾌감 짜릿짜릿 고조되거든
그 맛에 흐믈흐믈 녹아
낙주가는 쓸개를, 관주가는 췌장을,
폐주가는 간을 바쳐 사랑하지

눈에 넣어도 아프지 않은 애첩인 거야

─유영금 「술」(2007)

절정은 일방적이다
더는 버틸 수 없는
그녀와 벌인 짜릿한
3분

밀회는 언제나 연기로 사라진다
레버를 돌려 흔적을 지우고
창문을 열어 제친다

핸드백에서 다시 장미 한 개비를 꺼내 무는 그녀
일회용 사랑이 성에 차지 않는다
나는 조루증이다

─김경선 「나는 조루증을 앓는다」(2008)

9.7. 자아도취 혹은 자기도피

술과 담배는 이를 개인의 자율적 형식으로 수용하는 여성들을 통해 새로운 의미를 부여받고 있다. 그녀들에게 술과 담배는 더 이상 성별 차이를 드러내는 차이의 기호이거나 저항의 산물이 아니라 남성과 결부되지 않은 중립적이고 무가치적인 사물일 뿐이다.

현대소설에 빈번히 등장하는 술자리 장면은 여성들의 변화된 위상과 현실적 사회관계를 반영한다. 술은 여성과 남성이 동등하게 참여하는 술자리에서 연애의 매개가 되거나 친교의 수단이 되며, 여성끼리 마시는 술은 그들만의 유쾌한 연대를 표현하는 협력적 소통의 도구로 기능한다. (정이현 『달콤한 나의 도시』, 정지아 「스물셋, 마흔셋」, 권여선 「사랑을 믿다」, 백영옥 『스타일』, 서유미 『쿨하게 한 걸음』, 공지영 『즐거운 나의 집』)

이때 이들이 피우는 담배와 마시는 술의 종류는 그 사람의 문화적 취향과 취미뿐 아니라 사람들의 습관과 습성을 파악하게 하는 표식이 되기도 한다. 술과 담배가 개인의 취향과 기호를 반영하며 새로운 계급적 정체성을 표상하고 욕망을 작동시키는 기표로 활용되는 것이다. (김이설 『거울보는 여자』, 이홍 『걸프렌즈』, 문진영 『담배 한 개비의 시간』)

또 한편으로 술과 담배는 고달픈 커리어 우먼의 스트레스 해소 수단이자 방황하고 부유하는 청춘의 메타포로 등장한다. 술과 담배는 낭만적 청춘이나 이유 없는 반항이 아니라 신산한 젊음을 습관적으로 소비할 수밖에 없는 이들의 절박함과 무력감을 드러내는 알레고리인 것이다. 그래서 이들에게 허락된 '담배 한 개비의 시간'은 잠시나마 삶의 피로와 고달픔을 희석시키는 시간이 된다. (고예나 『마이 짝퉁 라이프』, 백영옥 『스타일』, 이홍 『성탄 피크닉』, 문진영 『담배 한 개비의 시간』) 이렇게 술과 담배는 쾌락적 욕망을 충족하게 하고 자아도취적 환희와 자기모멸의 도피를 가능하게 한다.

현대시에서 술과 담배의 쾌락적, 도피적 속성은 강렬한 미혹의 중독성 물질이다. 비현실적인 환상을 현실의 모습처럼 드러낼 때, 일상적 감정을 억압하거나 과장할 때, 추억과 기억의 매개물로 환기할 때 주로 드러난다. 절박한 충동과 일탈로서의 술과 담배는 표피적인 쾌락이나 단편적인 욕망 발현을 넘어서서, 현실로부터 존재적인 전환을 꿈꾸기 위한 위악적인 자기모멸과 도피의 매개가 된다. 또한 술이나 담배는 화자의 응축된 침묵과 무의식의 영역을 발설하게 함으로써 금기와 억압의 장치를 거부한다는 희열과 파괴적인 즐거움에까지 이른다.

특히 술은 '불타는 물'로서 액체지만 가연성을 갖고 있다. 술은 정화와 세정의 의미를 갖는 물에 가깝기보다는 잠재된 욕망을 드러내게 점화하는 충동과 폭발의 불에 가깝다. 포용하고 용해되는 물이 아니라 서로 엉겨서 분리되지 않는 끈적끈적한 점액성과 정염의 화기라 할 수 있다. '매독균처럼' 혹은 '검붉은 피를 터뜨리는' 술은 여성에게 파괴적이고 극단적인 감정을 표출하게 하는 매개가 되어 내재된 능동적 욕망을 발현하게 하는 '한 잔의 붉은 거울'이 되기도 한다. (최승자 「네게로」, 김혜순 「복수」, 허수경 「흰 꿈 한 꿈」, 천양희 「한 잔 술」, 김혜순 「한 잔의 붉은 거울」, 문정희 「술」, 문혜진 「데킬라」)

웨이터가 포도주 병을 그에게 가져왔다. 그가 포도주 병을 확인하고 나자 웨이터는 그가 보는 앞에서 병마개를 땄다. 그리고 그의 잔에 포도주를 조금 따랐다. 그는 잔을 들어 우선 코로 가져가 냄새를 맡았다. 그리고 잔을 입으로 가져가 포도주를 한 모금 마셨다. 그리고 그가 웨이터를 향해서 「좋습니다」라고 말하자 웨이터는 내 앞에 놓여 있는 잔과 그의 잔에 포도주를 따랐다. 붉은 색 포도주 빛깔이 맘에 들었다. 그가 잔을 들어 내 앞으로 내밀었다. 나는 내 앞에 놓여 있는 잔을 들어 그의 잔에 부딪쳤다.

「이 포도주 정말 맛이 좋군요. 천구백구십삼년도 프랑스 산 메도크죠」

－김이소 『거울보는 여자』(1996)

책임이라는 발음을 할 때 야무지게 움직거리는 그의 입술이 너무 귀여워서 나는 속으로 탄식했다. 돌아보면, 사단은 이미 그때부터 벌어지기 시작했다. 우리는 비슷한 속도로 취해갔다. 원래 술이 오르면 나는 눈웃음의 횟수가 급격히 증가하고 혀가 짧아진다. 주로 마음에 드는 남자와 단 둘이 마실 때 그런데, 의도적인 건지 아닌 건지는 나 자신도 확신할 수 없었다.

단언하건대, 만약 이 세상에 술이 없었다면 세계사는 지금과는 전혀 다른 방향으로 씌어졌을 것이다. 따지고 보면 내 인생의 역사 역시 마찬가지였다. 주거니 받거니 둘이서 데킬라 한 병을 다 비울 동안 꽤 많은 이야기를 나누었음에도 불구하고 유감스럽게 별로 또렷이 기억나는 내용이 없다.

－정이현 『달콤한 나의 도시』(2006)

"언니, 우리 와인 마셔요."

영인의 말은 언제나처럼 뜬금없다. 아침부터 술이라니. 말로 되어 나오지 않은 내 말을 영인은 재까닥 알아듣는다.

"술 마시는 시간이 따로 있나 뭐. 마시고 싶을 때 마시는 거지." (중략)

영인이 잔을 높이 치켜든다. 크리스탈 잔에 부딪힌 햇살이 수천수만 갈래로 부서진다. 영인은 와인을 단숨에 들이킨다. 와인을 마시는 법도 같은 건, 영인은 따지지 않는다. 영인이 하면 무엇이든 그것이 영인만의 법도가 된다. 개가 짖으면 어머니는 엄한 눈길로 내 발을 보았다. 나는 손님이 들이닥치기 전에 얼른 양말을 찾아 신고 댓돌까지 나가 배꼽 밑에 손을 모으고 인사를 했다. 그것은 내가 나기 전부터 정해진 법도였고, 그것을 뛰어넘는 법을 나는 배우지 못했다. 영인의 입술에 보랏빛 자국이 선명하다. 영인은 그것을 천천히 혀로 핥는다.

－정지아 「스물셋, 마흔셋」(2007)

기다리던 안주 반반이 나왔다. 상추를 곁들인다거나 브로콜리를 얹는 따위의 데코레이션이 완벽하게 생략된, 둥근 접시에 검붉은 빛깔의 내용물만 반반씩 담겨 있었다.

"먹어봐. 한번 먹으면 잊기 힘든 맛이야."

때마침 그녀는 담배를 피우고 있었다. 나는 마루타가 된 기분으로 술을 한 모금 마시고 제육과 오징어를 함께 집어 입안에 넣었다. 무엇이라고 할까. 혀의 돌기들이 일제히 놀라 일어나며 환호하는 느낌이었다. 재료나 양념도 훌륭했지만 프라이팬에 볶은 것을 다시 연탄불에 직화구이를 했는지 맵고 기름진 맛 끝에 고소한 탄불 맛이 느껴졌다. 술은 술대로 안주는 안주대로 한 겹 한 겹 얇고 정교하게 엇갈리고 스며드는 독특한 맛의 조화였다.

—권여선 「사랑을 믿다」(2007)

편의점에서 가장 잘 나가는 상품은 뭘까. 나는 이 일을 하면서 사람들이 건강을 해치기 위해서 무지 노력한다는 걸 알고 놀랐다. 1위는 담배다. 모든 슈퍼와 편의점에서 늘 1순위로 각광받고 있는 효자 상품이다. 텔레비전이나 라디오 광고 없이도 매년 당당한 실적을 자랑하는 이유는 바로 건강을 야금야금 갉아먹어 주기 때문이다. 건강을 해치는 담배, 그래도 피우시겠습니까? 대답할 필요도 없다. 담배인삼공사와 정부는 국민을 희롱하고 있다. 그 희롱에도 아랑곳하지 않고 온 국민이 하나 되어 즐기는 흡연.

2위는 담배와 떨어지려야 떨어질 수 없는 상품이다. 바늘엔 실이 따라가듯 담배엔 술이 따라가야 한다. 술은 물론 광고가 나간다. 하지만 다른 음료수들도 죄다 광고가 나가는데 유독 술이 가장 잘 팔리는 건 무엇 때문일까. 담배와 같은 이유일 것이다. 사람들은 이 세상에 태어난 걸 별로 감사하게 생각하지 않는 것 같다. 그러니까 나처럼 말이다. 세상이란 곳에다가 술을 좀 타야 그나마 살아갈 수 있는 건지도 모른다. 물에 술 탄 듯 술에 물 탄 듯한 정신으로 살아야 건강에 이로운 건지도 모른다. 이 세상에 술이 없다면 출산율은 반으로 줄었을 것이다. 그리고 산부인과에서 쥐도 새도 모르게 사라지는 인구도 반 이상 줄었을 것이다. 사람들은 술이라는 쾌락을 즐기는 대가로 생명을 지우거나 혹은 키운다. 그러고 보면 술과 담배가 아닌 술과 생명은 불가분의 관계인 것 같다.

—고예나 『마이 짝퉁 라이프』(2008)

우리는 파티장으로 돌아가지 않았다.

그와 나는 바에서 늦도록 술을 마셨다.

남자와 여자가 술을 마시며 나눌 수 있는 대화에 황금비율이 있다면, 우리를 두고 한 얘기일 것이다.

　친근한 스킨십이 묻어나는 다량의 농담, 느슨한 심장을 뻐근하게 조이는 소량의 진담과 적절한 알코올. 그리고 '자미로콰이'의 관능적이고 펑키한 음악까지.

　"술만 마시면 속 아프잖아. 치즈도 먹어."

　싱글 몰트위스키 한 병을 내가 거의 다 마신 것 같았다. 치즈와 블랙올리브도 너무 많이 먹었다. 하지만 하루라도 다이어트 걱정 없이 살고 싶었다. //

　화장실 변기 위에 앉아 담배를 피우며 생각했다. (중략) 나는 물속에 떠 있는 담배를 멍하게 바라봤다. 은영이 늘 그랬다.

　"담배 말이야. 어떨 때 보면 꼭 네 여섯 번째 손가락 같아. 넌 늘 담배를 들고 다니잖아. 그래서 절대 그걸 끊을 수 없는 거고."

　레버를 다시 내렸다.

　담배가 핑글핑글 원을 그리며 변기 깊숙한 곳으로 빨려 들어가는 게 보인다.

－백영옥 『스타일』(2008)

　대학을 졸업하고 나서 취직을 못해 방황하는 동안, 겨우 취직한 회사에서 받은 스트레스를 어떻게 풀어야 할지 막막하던 무렵 그만 술의 진가를 알게 되었다. 잠재되어 있던 음주의 욕구가 모습을 드러냈다고나 할까. 맛도 모르면서 사람들이 마시니까 분위기에 취해 같이 마시는 게 아니라 정말 술이 마시고 싶어서 마시게 된 것이다. 그렇게 드디어, 그는 나에게로 와서 꽃이 되었다.

　아무튼 내게는 옮긴 회사마다 술친구가 있었는데 가끔은 퇴근 후 신세한탄하며 마시는 술 때문에 회사에 다니는 게 아닐까, 하는 생각마저 들었다. 내가 만난 남자들도 죄다 술을 좋아해서 연애하는 동안 근사한 카페에 가서 차를 마신 기억이 별로 없다. 이 돈이면 차라리 술을 마시자. 언제나 그런 화끈한 합의가 이루어졌던 것이다.

－서유미 『쿨하게 한걸음』(2008)

　"으음, 엄마는 오늘 낮술을 마시기로 했어. 지난해에 아들을 대학에 보낸 친구가 주최하는 낮술 모임에 갈 거야. 지난해에 그 애 아들이 시험을 보는 날, 그 애가 거북해할까 봐 문자만 한 통 보내고 전화를 하지 않았더니, 아마 다른 친구들도 그랬나 봐…. 그날 너무 심심했다나? 수험생 엄마 주제에 다른 친구들한테 전화를 걸어서 심심해! 하고 말하기도 왠지 어색하고… 그랬대. 그래서 이번 해에는 다들 모이기로 했어. 그리고 오랜만에 처녀 때처럼 낮술을 마시기로 했어."

　나는 엄마를 따라 웃었다. 역시 우리 엄마다웠다. 엄마가 즐겁게 하루를 보낸다고 생각하니 내 마음도 가벼워졌다. 솔직히 엄마가 교문에 엿을 붙여놓고 기도하고 있을 거라 생각하면 내 마음은 얼마나 불편했을까?

—공지영 『즐거운 나의 집』(2009)

한 달 전, 은비는 친구 지희와 함께 청담동 뒷골목의 호스트바에서 나왔다. 은비와 지희는 몸을 가눌 수 없을 정도로 질펀하게 취해 있었다. 개점하지 않은 고급 레스토랑과 고급 빌라들이 밀집한 골목 안에선 생선 내장 썩는 냄새와 매캐한 배기가스 냄새가 희미하게 섞여 돌았다. 새파랗게 날이 밝아가는 어스름이었다. //

사흘 전, 은비는 압구정역 사거리에 위치한 건물 옆에 서 있었다. 성형외과 간판이 붙어 있는 흔하디 흔한 건물이었다. 'PINK'라는 영문자가 엉덩이에 박힌 분홍색 트레이닝복 위로 토끼털 코트를 입고서 무릎 관절을 까딱거렸다. 토끼털 코트를 입었지만 강렬한 추위가 고스란히 느껴졌다. 코트 안에는 집에서 입고 있던 민소매 셔츠뿐이었다. 담배 한 개비를 꺼내서 입술 새에 꼬나물었다. 라이터를 잡아당겨서 불을 붙이고 하얀 연기를 훅훅 내뿜었다. 연기가 뿜어질 때마다 커다랗고 검은 눈망울이 반짝반짝 빛났다.

—이홍 『성탄 피크닉』(2009)

게다가 그는 꼭 내가 출근하는 시간을 노려 하루도 거르지 않고 편의점 문앞에 쪼그리고 앉아 담배를 피우곤 했던 것이다. 그건 담배를 피우는 자신의 쐐-한 표정을 내게 보여주기 위해서였다. 언젠가 그는 자신이 담배를 피우는 이유는 바로 이 '쐐-한 표정'을 짓기 위해서라고 했다. 그 표정이 바로 흡연의 본질이라며. (중략) 그리고 동시에 깊은 무력감을 느꼈다. 나는 그에게 삶의 의욕은커녕 아무것도 주지 못할 것만 같았고, 그로 인해 언제나 내 하루의 시작은 그닥 희망차지 못했던 거다.

한편 M은 언젠가 내가 왜 담배를 피우냐고 물었을 때

"그냥 습관이야."

라고 대답했다. '그냥 습관이야'라고 말하는 것은 그의 습관이었다.

—문진영 『담배 한 개비의 시간』(2010)

흐르는 물처럼
네게로 가리.
물에 풀리는 알콜처럼
알콜에 엉기는 니코틴처럼
니코틴에 달라붙는 카페인처럼
네게로 가리.

혈관을 타고 흐르는 매독균처럼
삶을 거머잡는 죽음처럼.

—최승자 「네게로」(1981)

나는 오크통 속에서
파리처럼 익어간다
나무 옹이를 타고 오르는
빨간 플러스, 플러스
내 체온은 급상승중
몸 전체로 열꽃 같은
포도송이들이 주렁주렁 열리고
가끔 참다 못해 터진 열매들이
향내 나는 검붉은 피를 게운다

—김혜순 「복수」(1985)

혼자 대낮 공원에 간다
술병을 감추고 마시며 기어코 말하려고
말하기 위해 가려고, 그냥 가는 바람아, 내가 가엾니?
(중략)
그 손, 기억하니?
결국 마음이 먹은 술은 손을 아프게 한다
이 바람……

내 마음의 결이 쓸려가요 대패밥 먹듯 깔깔하게 곳간마다 손가락, 지문, 소용돌
이, 혼자 대낮의 공원

—허수경 「흰 꿈 한 꿈」(1992)

혼자 살면서 처음으로 데킬라 술을 마셨다. 한쪽 팔을 높이 들어 야! 데킬라다,
라고 외쳤다. 선인장으로 만든 술. 데킬라를 조금 마시며 선인장을 오래 생각했다.
가시를 생각했다. 사막을 생각했다. 생각해 보니 내가 선인장이며 내가 가시이며
내가 사막이었다.

—천양희 「한 잔 술」

아직도 여기는 너라는 이름의 거울 속인가 보다
발걸음이 떼어지지 않는다

고독이란 것이 알고 보니 거울이구나
비추다가 내쫓는 붉은 것이로구나 포도주로구나
(중략)
나는 붉은 잔을 응시한다 고요한 표면
나는 그 붉은 거울을 들어 마신다
몸속에서 붉게 흐르는 거울들이 소리친다
너는 주점을 나와 비틀비틀 저 멀리로 사라지지만
그 먼 곳이 내게는 가장 가까운 곳
내 안에는 너로부터 도망갈 곳이 한 곳도 없구나
　　　　　　　　　　　　　　－김혜순 「한 잔의 붉은 거울」(2004)

그러나 네가 내 가슴에 부은 것은
술이 아니라 불이었던가
벌써 나는 활 활 활화산이다
사방에 까맣게 탄 화산재를 보아라
죽어 넘어진 새와 나무들 사이로
몸서리치며 나는 질주한다
　　　　　　　　　　　　　　　　－문정희 「술」(2001)

술잔은 탁자에 탁 내리치고
반달로 자른 레몬에
설탕, 커피를 꾹꾹 눌러
한입에 빨아들인다
침이 확 고이고
코끝이 시큰거려
신맛
단맛
쓴맛이
왈칵
죽은 애인의 주소처럼 밀려온다

인생은 참 화냥년 같아
그치?
　　　　　　　　　　　　　　　　－문혜진 「데킬라」(2004)

10
음식

음식은 사람이 먹고 마시는 것을 총칭하는 말이지만 그 표면적인 의미의 심층에는 우리 민족의 정신세계와 생활 방식, 문화를 담고 있으며 문학에서는 '먹거나 요리하는' 행위와 더불어 여성들의 삶과 의식, 욕구 등과 관련한 비유와 상징으로 등장한다. 특히 밥은 신성한 생명의 근원이자 삶의 순환 고리의 정점에 존재하는 중요한 제재이다. 삶을 풍요롭게 하는 원형이며 유년의 기억을 환기시키거나 어머니를 연상시키는 우주와도 같은 것이다. 이렇게 가족을 살리는 밥과 음식을 만드는 여성들은 그 요리 과정을 즐기기도 하고 성취감을 느끼기도 하며 여성들만의 특권이라고 느끼기도 했다. 여성이 고독과 절망, 소외와 상실을 딛고 생을 견디는 중요한 방편이며 스스로를 위무하는 제의 행위라고 할 수 있는 것이다. 하지만 이러한 음식과 요리의 숭고함은 모성이라는 이데올로기와 연계되고 막중한 책무로 작용하면서 굴레로 작용하기도 한다.

　또한 음식은 여성이 살아왔던 세월과 일정한 연관을 맺고 있는 상관물이다. 삶의 특정한 순간과 경험들이 녹아들어 있는 다양한 표상이자 이정표인 셈이다. 특히 여성의 폭식과 탐식, 잉여의 살들은 역설적이게도 성(性)에의 욕망과 탐닉, 관계와 소통의 불능과 결핍을 지시한다. 고전문학에서 여성들의 음식 놀이 문화인 화전놀이가 생명력 넘치는 즐거움을 제공했던 것과는 다르게, 현대문학에서는 음식을 통해 여성의 상처와 욕망, 삶의 허기와 결핍을 이야기하는 경우가 많다. 즉 '먹는' 행위는 정신적 영역의 허기와 관련되어 영혼의 허기 속에서 병적으로 극대화된 욕망이 발현되는 탐식과 폭식으로 이어지는 것이다. 또한 식욕부진이나 거식, 알레르기 등을 지닌 여성들도 종종 등장하는데, 이들의 식이 장애는 대체로 어린 시절의 상처나 트라우마에서 비롯된 경우가 많다. 상처를 안고 있던 여성들은 요리를 하고 음식을 먹으면서 생의 외상을 치유해간다.

　한편, 육식과 채식은 남성성과 여성성으로 환원되어 포식자로서의 남성과 피식자로서의 여성의 관계를 형상화하는 은유가 된다. 여성은 강압적인 규율에 대한 전복과 자기가학을 통해, 육식과 패스트푸드에 대한 비판적인 시선을 드러내기도 한다. 또한 여성작가들은 여성의 성욕이 식욕처럼 일상적이고 인간적인 욕망이라는 것을 강조할 뿐 아니라 성적이거나 관능적인 쾌락이 지니는 의미가 음식을 먹는 자기충족적인 행위와 다르지 않음을 보여주고자 한다.

　나아가 현대소설은 음식이 인물 사이의 불평등한 권력구도를 보여주는 기호이자 그 시대의 문화적 취향과 욕망을 읽어낼 수 있는 지표라는 점에 주목한다. 음식에 대한 취향과 선호도는 곧 그가 속한 계층과 교양을 측정하는 바로미터가 되는 것이다.

밥의 어휘사

음식(飮食)이란 사람이 먹고 마시는 것을 통틀어 이르는 말로 식선(食膳), 찬선(饌膳)이라고도 한다. 한국 음식 중에서 가장 기본이 되는 것은 '밥'이다. 한국을 비롯한 중국·일본·베트남 등 아시아 여러 나라에서 밥을 주식으로 하고 있으며 그 역사 또한 매우 오래된 것으로 보인다. 원시시대에는 토기에 물을 붓고 곡물을 익혀 먹었을 것으로 추정되며 철로 만든 그릇이 보급되면서 밥 짓는 법이 발달한 것으로 보인다. 한국의 남부지역은 벼의 생산에 적합한 기후인데다가 철의 생산도 활발했으므로 밥 짓는 법이 일찍부터 발달했을 것으로 추정되는데, 실제 신라 고분에서는 쇠로 만든 가마솥이 많이 출토되었다.

'밥'의 주원료인 쌀과 곡류는 우리의 농경생활과 밀접한 관련을 가지고 발전해왔다. 『후한서(後漢書)』 동이전에 따르면 우리나라에는 부족국가 시대에 이미 기장·피·보리·콩 등의 잡곡이 재배되고 있었다고 한다. 잡곡의 종류는 시대가 갈수록 증가되어 삼국시대에는 수수·조·팥 등이 새로이 재배되었고, 고려시대에는 귀리, 조선시대에는 완두·구맥(瞿麥) 등이 새롭게 증가되기에 이르렀다. 이처럼 시대가 갈수록 잡곡의 종류가 증가된 것은 잡곡이 서민들의 주식이었기 때문이다. 삼국시대부터 쌀이 일반화되었다고는 하나 이것을 주식으로 할수 있었던 것은 일부 귀족들뿐이었다. 『해동역사(海東繹史)』 곡류조에 따르면 고려시대에는 상류층에 속하는 관리들조차 쌀·보리·조 등을 녹으로 받아 주식으로 삼았다고 한다. 우리나라 벼농사에 관한 최초의 기록은 『삼국지』 위지 (魏志) 변진조(弁辰條)에 "변진국들은 오곡과 벼 재배에 알맞다(宜種五穀及稻)"라고 한 기술이다. 또 『삼국사기』 권23 백제본기에 "다루왕 6년(33) 2월 영을 내려 나라의 남쪽 주군(州郡)에 벼농사를 시작하게 하였다(多婁王六年二月下令 國南州郡 始作稻田)"는 기록이 있는 것을 보아 1세기 이전에 이미 벼농사가 시작되었다고 볼 수 있다.

쌀이 주를 이루기 때문에 일반적으로 '밥'은 '쌀밥'을 가리킨다. 보리·콩·조등의 곡식을 섞기도 하며 밤·감자·나물·김치·고기·해산물 등을 섞어서 짓기도 한다. 고려시대와 조선시대를 통해 한국의 식생활은 밥을 중심으로 발달해왔으며 다른 음식들은 밥을 먹기 위한 부식의 성격이 강했다. '밥'의 일차적인 기본 의미는 "쌀, 보리 따위의 곡식을 씻어서 솥 따위의 용기에 넣고 물을 알맞게 부어, 낟알이 풀어지지 않고 물기가 잦아들게 끓여 익힌 음식"이며, 여기에서 확산되어 곡류를 익혀 만든 음식만이 아니라 끼니로 먹는 음식까지 통칭하는 의미를 갖게 된다. 밥은 한자로 '반(飯)'이라 하고 어른에게는 '진지', 왕이나 왕비 등 왕실의 어른에게는 '수라', 제사에는 '메' 또는 '젯메'라 한다. 밥을 먹는 행위를 표현할 때도 수라는 '진어하신다', 진지는 '잡수신다', 밥은 '먹는다' 등으로 차이가 있었다. '밥'을 구성 성분으로 하는 합성어는 100여 개에 이르는데 이렇게 많은 수의 어휘가 발달했다는 것은 밥이 우리 민족의 주식으로 자리 잡은 연원이 깊음에서 유래된 결과라 하겠다. '밥'은 15세기 문헌에서부터 '밥'으로 표기되어 있으며 이후로 현대국어에 이르기까지 그 형태나 의미에 아무런 변화가 없었다.

죽과 떡의 어휘사

'죽(粥)'은 한자어로 곡식을 오래 끓여 알갱이가 흠씬 무르게 만든 음식이며 곡물 음식의 원초적인 형태로서 농업의 시작과 그 기원을 같이한다. 우리나라에서는 일찍부터 죽을 먹었고 다양하게 분화, 발달하였다. 그러나 기록으로는 고려 이전의 문헌에 죽에 관한 단어가 몇몇 보일 뿐이다. 『요록(要錄)』, 『군학회등(群學會騰)』, 『시의전서(是議全書)』 등의 조선시대 조리서에는 다양한 종류의 죽이 기록되어 있다.

'떡'은 곡물가루를 반죽하여 찌거나 삶아 익힌 음식으로 우리나라에서 언제부터 떡을 만들어 먹기 시작하였는지는 확실하지 않으나, 원시농경의 시작과 함께 행해진 것으로 추측된다. 우리나라 최초의 곡물요리는 곡물을 연석에 갈아서 분쇄한 다음 토기에 담고 물을 부어 가열한 죽이었으나, 당시의 토기는 죽이 될 때까지 장시간 가열하면 토기의 흙냄새가 죽에 옮겨져 맛이 나쁘게 되므로 시루가 생겨남에 따라 곡물을 시루에 찌게 된 것으로 추측된다.

중국에서는 밀가루 보급의 경계가 되는 한나라 이전과 이후에 떡을 가리키는 글자가 달라진다. 즉, 밀가루가 보급되기 이전에는 떡을 '이(餌)'라 표기하고 쌀·기장·조·콩 등으로 만들었는데, 밀가루가 보급된 이후에는 밀가루로 만든 떡은 따로 '병(餅)'이라 표기하게 된 것이다. 이에 의하면 현재 우리나라에서 만드는 떡은 쌀을 위주로 만들므로 이(餌)라 표기하여야 마땅하나, 이러한 구분 없이 떡 전체를 가리켜 병이류라고 하고 있으며, 병이라는 표현을 주로 쓰고 있다.

떡은 매우 특별한 음식이었다. 밥이 일상의 음식이라면 떡은 절식일 뿐 아니라 관혼상제의 의식에 빠지지 않으며 출산에 따르는 아기의 백일이나 돌, 또는 생일·회갑, 그 밖의 잔치에 빼놓을 수 없는 음식이다. 또한 일상을 벗어난 공간에서 향유하는 상징적 음식의 기능을 가진다. 3월 삼짇날이 되면 화전놀이가 벌어졌는데 부녀자들끼리 모여 들판에 나가 화전을 지지면서 꽃놀이를 했다. 출가 후 시집살이로 인해 좀체 바깥출입을 하지 못했던 부인들은 꽃이 핀 풍경을 노래하며 시집와서 고생한 사연 등 각자 마음에 품어 두었던 회포를 풀어냈다.

국어사 자료에서 '떡'에 소급하는 최초의 형태는 15세기 문헌에 등장하는 '떡'이다. 이 형태는 16세기, 17세기까지 그대로 유지되며, 18세기와 20세기에 나타나는 형태인 '쩍'과 '떡'은 된소리인 첫 자음을 달리 표기한 것이다.

그 後에 쫏마시 업고 열본 떡ㄱ튼 쫏거치 나니 (『월인석보(月印釋譜)』 1(1459))

또 여러 가짓 쩍과 온 가짓 毒을 고튜듸 (『구급방언해(救急方諺解)』 下(1456))

餌 쩍 병 餌 쩍 싀 훒 츠쩍 즈 餻 쩍 고 (『훈몽자회(訓蒙字會)』 中(1527))

사당을 녀허 씨허 효 근 쩍 밍ㄱ라 잇다감 아히를 주어 (『언해두창집요(諺解痘瘡集要)』 上(1608))

朝夕의 비브릇기를 取ᄒ며 술 빗고 쩍 민드라 (『경민편언해(警民編諺解)』(1658))

朝鮮 쩍과 고믈 저은 안쥬의 珍味를 싱각ᄒ매 (『첩해신어(捷解新語)』 9(1676))

饅頭와 蒸食과 즌 떡이니 이도 이믜셔 넉넉ᄒ다 (『박통사신석언해(朴通事新釋諺解)』 1(1765))

네 包子와 구은 쩍을다가 몬져 가져고 (『박통사신석언해(朴通事新釋諺解)』 3(1765))

主人아 쩍이 잇ᄂ냐 못ᄒ엿ᄂ냐 (『노걸대언해(老乞大諺解)』 중간본 上(1795))

사롬이 우연이 셩 밧긔 나가 쩍 파ᄂ 강가의 집의 니르니 (『태상감응편도설언해(太上感應篇圖說諺解)』 3(1852))

쩍 餠 쑥쩍 艾餠 (『한불자전(韓佛字轉)』(1880))

15세기 형태인 '쩍'의 첫 자음의 'ㅼ'의 음가에 대해서는 판단을 유보할 수밖에 없다. 'ㅼ'이 15세기 당시에도 된소리였다는 견해도 있고, 문자 그대로 'ㅅ'과 'ㄷ'이 각각 발음되었다는 견해도 있는데, 각각 그 타당성을 입증하는 근거 또한 제시되어 있어서 판단하기가 쉽지 않기 때문이다. 그러나 'ㅼ'이 각각 발음되었다는 입장에서도 16세기 초부터 'ㅼ'이 된소리로 바뀌었다고 보기 때문에 국어사 자료에서 16세기부터 나타나는 '쩍'의 첫 자음은 된소리로 보아야 한다.

다만 역사적으로 볼 때 '떡'의 첫 자음은 'ㅅ'과 'ㄷ'이 합쳐진 것이라는 점은 분명해 보인다. 왜냐하면 '떡'을 지칭하는 심마니의 말이 '시덕(함경도)', '시더구(평안도)', '시더기(강원도)'이기 때문이다. 고대 일본에서도 제사 때 쓰이는 쌀떡을 'sitoki'라고 한다. 국어에는 낱말의 맨 앞에 두 개 이상이 자음이 오지 않는 것이 일반적이라는 점에서 볼 때, 'ㅼ'은 'ㅅ'으로 시작되는 음절의 모음이 탈락하여 'ㄷ'으로 시작되는 음절과 하나의 음절로 축약된 결과일 가능성이 높다.

국수의 어휘사

국수는 "밀가루·메밀가루·감자 가루 따위를 반죽한 다음, 반죽을 얇게 밀어 가늘게 썰거나 틀에 눌러 가늘게 뽑아낸 식품. 또는 그것을 삶아 만든 음식"을 뜻하며 한자어로는 '면(麵), 면자(麵子), 탕병(湯餠)'이라고도 한다. 국수는 제조나 조리가 비교적 간단하기 때문에 빵보다도 역사가 깊어, B.C. 6세기~5세기 무렵 이미 아시아 지방에서 만들기 시작했다고 한다. 『고려도경』에 의하면 고려에는 밀이 귀하기 때문에 성례(成禮) 때가 아니면 먹지 못한다고 하였고, 『고사십이집(攷事十二集)』에서는 "국수는 본디 밀가루로 만든 것이나 우리나라에서는 메밀가루로 국수를 만든다."고 한 것으로 미루어 중국의 국수와는 달리 우리나라 국수의 재료는 밀가루에 한정된 것이 아님을 알 수 있다. 우리나라에는 메밀가루와 녹말을 혼합하여 만든 메밀국수, 밀가루와 녹두녹말을 혼합하여 만든 녹말국수, 밀가루만으로 만든 밀국수 등이 있다. 『음식디미방』, 『주방문』에는 바가지에 구멍을 뚫어 압착하여 국수를 만드는 법이 나오며 『증보산림경제』, 『임원십육지』에는 국수틀을 이용하여 만드는 법이 나온다. 이것으로 미루어 조선 중기 이후에 국수틀이 사용되었음을 알 수 있다.

『음식디미방』에는 "달걀을 밀가루에 섞어 반죽하여 칼국수로 하여 꿩고기 삶은 즙에 말아서 쓴다[暖麵法]"고 했고, 『시의전서(是議全書)』에는 "탕무를 넣은 고기장국에 국수를 토렴하여 말고 잡탕국 위에 웃기를 얹는다[溫麵法]"는 기록이 남아 있다. 메밀국수나 밀국수는 생일·혼례 등 경사스러운 날의 특별 음식이 되었는데, 이것은 국수의 길게 이어진 모양과 관련하여 생일에는 수명이 길기를 기원하는 뜻으로, 혼례에는 결연(結緣)이 길기를 원하는 뜻으로 쓰였다.

현대국어의 '국수'의 이전 시기 형태를 문헌자료에서 찾아보면 가장 이른 시기의 자료가 16세기 문헌인 『번역노걸대』에 등장하는 '국슈'이다. 현대국어와 같은 '국수' 형태는 19세기에 나온 것이다. '국슈〉국수'는 'ㅅ' 뒤에서 'ㅑ,ㅕ,ㅛ, ㅠ'가 'ㅏ,ㅓ,ㅗ,ㅜ'가 되는 변화를 경험한 것이다.

우리 고렷 사ᄅᆞ믄 즌 국슈 머기 닉디 몯ᄒᆞ얘라 (『번역노걸대(飜譯老乞大)』 上(16세기))
寒食麵 한식날 밍근 밀 ᄀᆞᄅ 국슈 (『동의보감(東醫寶鑑)』 1(1613))
ᄆᆞᆫ 국슈와 象眼 ᄀᆞᄐᆞᆫ 粿子와 柳葉 ᄀᆞᄐᆞᆫ 粿子와 참째 므틴 소병과 (『박통사언해
(朴通事諺解)』 下(1677))
우리 趙鮮ㅅ 사름은 즌 국슈 먹기 닉지 못ᄒᆞ니 우리 그저 ᄆᆞᄅ 것 먹으미 엇더ᄒᆞ
뇨 (『노걸대언해(老乞大諺解)』 중간본 上(1795))
국슈 麵 국슈집 麵家 (『한불자전(韓佛字典)』(1880))
국수 면 麵 (『국한회화(國漢會話)』(1895))

김치의 어휘사　　김치는 한국의 고유한 침채류(沈菜類)로서 소금에 절인 배추나 무 따위를 고춧가루, 파, 마늘 따위의 양념에 버무린 뒤 발효를 시킨 음식이다. 재료와 담그는 방법에 따라 많은 종류가 있는데 이를 통틀어 김치라고 한다. 우리나라에서는 아주 옛날부터 채소를 즐겨 먹었는데 이미 고대 국가 시기부터 김치를 만들어 먹었다는 기록이 있다.

김치에 관한 기록은 중국 최초의 시집인 『시경』에서부터 보이고 있다. 『시경』에는 "밭두둑에 외가 열었다. 외를 깎아 저(菹)를 담그자"는 구절이 있는데 이 '저(菹)'가 바로 김치이다. 『여씨춘추(呂氏春秋)』에도 공자가 콧등을 찌푸려가면서 저를 먹었다는 기록이 있고, 『석명(釋名)』에도 저에 관한 설명이 있다. 『석명』에 의하면 "채소를 소금에 절여 발효시키면 젖산이 생성되고 이 젖산이 소

금과 더불어 채소가 짓무르는 것을 막아준다"고 하였다. 한나라 때의 『주례(周禮)』에도 순무·순채·아욱·미나리·죽순 등 일곱 가지 저를 만들고 관리하는 관청에 관한 기록이 보이고 있으므로, 이러한 한나라의 김치가 낙랑을 통하여 부족국가시대의 우리나라에 들어왔을 것으로 짐작된다. 그러나 이를 증명하는 문헌상의 자료는 아직 찾을 수 없다. 우리나라에서는 김치를 '지(漬)'라고 하였다. 이규보(李奎報)의 『동국이상국집(東國李相國集)』에서는 김치 담그기를 '염지(鹽漬)'라 하였는데, 이것은 '지'가 물에 담근다는 뜻을 가지고 있는 데서 유래된 것으로 보인다.

고려 시대의 문헌을 보면 순무를 소금에 절이거나 장에 재운 기록이 나오는데 이 당시의 김치는 고춧가루나 젓갈 등을 쓰지 않았으며 김치에 고춧가루를 사용한 것은 18세기 이후의 일이다. 소금에 절인 채소에 소금물을 붓거나 소금을 뿌림으로써 독자적으로 국물이 많은 김치를 만들어낸 것이다. 이것은 숙성되면서 채소 속의 수분이 빠져나오고 채소 자체는 채소 국물에 침지(沈漬)된다. 또 국물이 많은 동치미 같은 것에서는 채소가 국물 속에 침전되고 만다. 여기서 우리 고유의 명칭인 '침채'가 생겨난 듯하다. 이 낱말은 내훈의 "술와 漿水와 대그릇과 나모그릇과 沈菜와 젓과 드려 노ᄒᆞ며(納酒漿籩豆菹醢)"에서 보듯이 한자어 '침채(沈菜)'에서 온 말이다. '침채(沈菜)'는 우리나라에서 만들어진 한자어로 볼 수 있는데, 언해문에서 '沈菜'와 관련된 단어들은 주로 한문 원문의 '菹(저)'의 역어로 사용되었으며 '沈菜'라는 한자어가 한문 원문에서는 확인되지 않는다는 점을 근거로 들 수 있다. 중국의 한자어를 정리한 『漢語大詞典』(1993)에서도 '沈菜'가 확인되지 않는다.

'沈菜'는 16세기 문헌에서는 '딤ᄎᆡ' 혹은 '팀ᄎᆡ'로 나타난다. 『훈몽자회』에서는 '菹 딤ᄎᆡ 조'로, 『신증유합』에서는 '菹 딤ᄎᆡ 져'로 표기된 반면 같은 16세기 문헌인 『소학언해』에서는 '팀ᄎᆡ'로 표기된다. '팀ᄎᆡ'가 '沈菜'의 16세기의 현실 한자음을 그대로 보여 준 것이고, '딤ᄎᆡ'는 유기음화가 일어나기 이전의 형태를 반영한 것으로 볼 수 있다. '딤ᄎᆡ'와 '팀ᄎᆡ', 이 두 어형은 상당히 오래 전부터 공존해 왔으며, 몇 개의 음운변화를 경험하면서 20세기 초 문헌에까지 이 두 어형이 공존하고 있다.

19세기에 나타나서 현대어로 이어지는 '김치'는 '짐ᄎᆡ'의 제1음절 'ㅈ'이 역구개음화에 의해 'ㄱ'으로 바뀐 다음, 제2음절 모음은 자음 뒤에서 'ㅣ'로 바뀐 형태이다. '김치'는 이 '짐치'의 제1음절 'ㅈ'만 역구개음화를 경험한 형태이다. 즉, '딤치'는 먼저 구개음화 과정을 겪어 '짐치'가 되었고 다시 '치'의 'ㆍㅣ'가 'ㅢ'로 변하여 '짐츼'가 되었다. 그런데 '짐츼'의 '짐'은 'ㄷ'이 'ㅈ'으로 구개음화된 어형임에도 불구하고 'ㅈ'에서 'ㄱ'으로 ㄱ구개음화의 과도교정을 겪어 '김치'가 된 것이다.

> 술와 촌믈과 대그릇과 나모 그릇과 팀치와 저슬 드려 (『소학언해(小學諺解)』 1 (1588))
>
> 葅 팀치 조 (『왜어유해(倭語類解)』 上(1781))

『신증유합』(1576)에 '沈'은 '돔길 팀'으로 음훈이 달려 있고, '菜'는 'ㄴ믈 치'로 음훈이 달려 있다. 이 '팀치'의 후대형으로는 18세기의 '침치, 팀치', 19세기의 '침치, 침채', 20세기의 '침채' 등이 있다. 17세기 문헌인 『음식디미방(규곤시의방)』에는 '팀치'와 '침치'가 같이 나타나는데 이는 이 책이 17세기 경북 영양군에서 만들어진 것으로 구개음화의 발생 단계에 편찬되었기 때문에 생긴 현상으로 사실상 '팀치'와 '침치'의 조리법에는 큰 차이가 없다. '팀치'와 '침치'의 조리법을 보면 그 재료가 되는 식품을 손질하여 따뜻한 물에 넣고 적당히 익히는 것으로 사실상 동일하다. '팀치'와 '침치'는 말 그대로 '沈菜', 즉 재료가 되는 채소를 물에 沈하여 익히는 방식의 조리법을 의미한다.

이와 같이 '沈菜'에서 온 단어인 '딤치'와 '팀치'는 각각 '딤치〉짐치〉짐츼〉김츼〉김치', '팀치〉침치〉침채'의 단계로 변화하였다. 비록 '김치'가 '딤치'에서 온 단어라 할지라도 17세기부터 20세기 초반에 이르기까지 더 보편적으로 사용되던 단어는 '침치'였고, '침치'는 19세기 말에서 20세기 초반 사이에 문헌에서 '김치'로 대치되었다. '김치'는 1895년 『국한회어』에서 비로소 표제어로 등장한다.

본래 김치의 뜻으로 사용되었던 말은 중세국어 문헌에서 합성어인 '겨슰디히'(『두시언해』 초간본)과 '쟝앳디히'(『번역박통사』 上)의 구성 요소로 나오는 '디히'였던 것으로 보인다. 현대어의 '짠지, 오이지'의 '지'는 이 '디히'의 후대형이다. 김치가 본래는 '디히'로 불리다가 '딤치'(沈菜)에 의해 대체된 것인데, 이렇게 디히가 딤치로 대체된 이유를 '디히'의 'ㅎ'이 약화되어 하나의 명사로서 독립성이 위협받았기 때문으로 추측해 볼 수 있다. 김치의 의미를 가지던 '디히'는 'ㅎ'의 약화로 '디이'가 되고 다시 구개음화 과정을 거쳐 '지이'가 되었고, 이것이 '지'가 되어('디히'가 먼저 구개음화를 거쳐 '지히'가 되고 그 후 'ㅎ'의 약화로 '지이'가 되었다가 '지'가 되었을 수도 있다.) 자립적으로 사용되지 못하고 단어의 일부로 사용하게 되었으며 현대국어에서는 '-지'의 형태로 제한된 용법이긴 하나 여전히 김치의 의미를 유지하고 있다.

10.2. 숭고한 밥상, 생명의 젖줄

음식은 여성의 삶의 특정한 순간과 경험들이 녹아들어 있는 표상이자 여성의 지위와 역할이 귀속된 권력관계를 보여주는 이정표이다. 그래서 여성문학은 음식과 요리를 여성의 삶과 운명에 대한 다양한 알레고리로 사용해왔다.

여성들이 자신의 처지를 자탄하는 내용이 주조를 이루는 자탄가 계열 작품들에는 음식하기의 어려움이 토로되어 있다. 일상공간에서 음식 만들기는 함담을 맞추어야 하고 적절한 양을 조절해야 하는 등 고달픈 노동으로 인식된다. 반면 놀이 속에서의 음식 만들기는 규범적 틀에 매이지 않고 스스로를 위한 음식 만들기이다. 그리하여 놀이공간 속 음식 만들기는 '잘 만들기'뿐만 아니라 '잘못 만들기' 또한 웃음을 유발한다. 이는 정형화된 음식지절(飲食之節)에서 벗어나는 일탈적 요소가 도리어 재미를 주기 때문이다.

음식 만들기가 주는 재미는 요리 솜씨의 발휘와도 관련된다. 모임에서 각자 요리하는 가운데 솜씨를 발휘하며 성취감을 느낀다. 따라서 화전가에는 음식을 준비하고 만드는 과정에서 느끼는 소소한 즐거움이 밀도 있게 드러난다. 고달픈 가사노동의 하나였던 '음식 만들기'가 여성들만이 누리는 특권적 즐거움으로 격상되는 것이다. 놀이를 통해서 요리하는 과정에서 누릴 수 있는 즐거움을 온전히 향유하는 가운데, 비로소 음식의 풍미와 향취를 즐기고 있다. 그 결과 규방가사에서 음식은 미각과 촉각, 후각의 다채로운 이미지들을 통해서 향취와 풍미가 살아있는 양식으로 표현된다. (신승덕 「화전가 1」, 「퇴평화전가」)

현대문학에서 음식에 대한 사유는 생의 존엄성과 관련된 윤리의식에서 출발

한다. 여기에는 신성한 생명의 근원이자 모든 존재에게 생명을 주는 역동적인 힘으로서 '밥'에 대한 무한한 긍정이 담겨 있다. 살아가는 일은 밥을 먹는 일과 긴밀하며 밥을 짓고 밥을 먹는 행위는 삶을 지속하게 하는 근원적 행위라는 점에서 밥과 삶은 순환적인 관계에 놓이기 때문이다.

그래서인지 여성작가의 소설에는 유독 요리 과정을 전면에 내세운 장면들이 많이 등장한다. 여기서 음식이나 음식을 요리해 타인을 '먹이는' 행위는 거룩하고 엄숙한 여성의 숙명에 비유되고 있다. 그리고 여성인물은 그들에게 부과된 음식 만들기, 밥상 차리기를 여인의 미덕이나 숙명, 종교와 같이 숭고한 행위로 받아들이고 자발적으로 이 같은 의무에 종속되는 태도를 보인다. 여성들은 '어미 마음'으로 가족과 연인을 먹이고 자식들은 엄마가 차려주는 밥 한 공기에 현실의 고달픔을 잊기도 한다. 그래서 식탁을 둘러싼 가족의 이미지는 그 자체로 행복의 은유가 된다. (박화성 「하수도 공사」, 김채원 「겨울의 환」, 최명희 『혼불』, 이현수 「토란」, 하성란 『식사의 즐거움』, 서유미 『쿨하게 한걸음』)

불과 물, 흙을 이용한 요리의 속성상 음식에는 생의 근원을 감싸는 따뜻한 온기가 감돈다. 소설 속에서 요리는 때로 여성 스스로가 고독과 절망, 소외와 상실을 딛고 생을 견디는 중요한 방편이며, 스스로를 위무하는 행위가 된다. 여성들은 고통을 드러내는 대신 음식 만들기에 몰두하고 밥상을 차린다. 혼자 차리는 밥상, 혼자 먹는 음식은 단자화된 삶의 고독함을 환기시키기도 하지만, 여성들은 식사의 즐거움을 꿈꾸며 자신만을 위한 요리를 통해 스스로 영혼을 치유해간다. 그러므로 식탁의 풍요로운 이미지는 여성인물의 황폐함을 견디기 위한 하나의 의식이 된다. (은희경 「은미와 유미」, 하성란 「악몽」, 「루빈의 술잔」, 권지예 『폭소』)

음식이 나누어지는 공간은 그 자체로 풍성한 축제의 장이라 할 수 있다. 음식의 증여가 관계를 표현하는 방식이라는 점에서 음식은 특별한 의사소통의 채널이 되기도 한다. 음식 나누어 먹기나 함께 먹기는 정서적 공동체를 구성한다. 이렇게 탄생한 식탁 공동체는 단순한 친교의 장을 넘어서 사회적 관계가 교환되고 확인되는 공간이다. 여기서는 음식을 매개로 낯선 이들과 의기투합하거나 서로의 마음에 이는 내밀한 파동을 감지하는 게 가능해진다. (박경리 『토지』, 윤성희 「봉자네 분식집」, 「길」, 「유턴지점에 보물지도를 묻다」, 권여선 「가을이 오면」, 「사랑을 믿다」)

다른 이에게 요리를 해주거나 음식을 나누어먹는 행위 역시 타인의 삶에 스며들어 허기진 내면을 온기로 채워주는 것이다. 그래서 허기를 달래주는 옥수수 한 자루, 케이크 한 조각, 국수 한 그릇은 누군가에게 전하는 마음이 된다. 여성소설은 이렇게 요리가 얽히고 맺힌 관계의 고리를 풀어내고 타자에 대한 용서와 화해를 가능케 하는 윤리적 행위이자 삶과 죽음의 소통을 추구하는 제의적 행위로 확장될 수 있는 가능성을 제시하고 있다. (최정희 「벼갯모」, 조경란 『식빵 굽는 시간』, 정지아 「승리의 날개」, 권지예 「뱀장어 스튜」 「스토커」 「설탕」, 강영숙 「서로의 안부를 묻다」, 윤효 「우리가 강을 건넜을까」, 오수연 『부엌』, 권여선 「약콩을 끓이는 시간」, 김서령 「무화과잼 한 숟갈」, 김애란 「칼자국」, 조경란 『복어』)

현대시에서도 밥은 단순한 음식으로 기능하는 데 그치지 않고 풍부한 시적 상상을 가능하게 하는 상징으로 변주된다. 포용적으로 허여하는 긍정적인 에너지를 발휘하는 가이아의 힘으로 밥 한 그릇 안에 삶과 자연을 담고, 소복하게 쌓인 둥글고 하얀 우주를 담는다. 따뜻하고 싱그러운 밥상은 생명 순환의 둥근 스펙트럼 속에서 신성하고 숭고한 역할의 동력이 된다. 가족으로부터 사회와 세계에 이르기까지 관계의 가지를 뻗어나가며 소통과 연대의 장을 확대해가는 중심에 늘 밥이 있다. 이처럼 현대시에서 '밥'은 훼손되지 않은 유년의 기억으로 회귀하게 하고 어머니의 신성한 노동과 따뜻한 가족애를 환기한다. 그러나 밥의 숭고함에 대한 찬송이 모성과 부엌의 신성성 및 영구불변한 가사노동의 가치를 칭송하는 것으로 연상될 때에는 부엌과 모성 이데올로기를 적극 거부하는 딜레마를 드러내기도 한다. (김승희 「새벽밥」, 김선우 「숭고한 밥상」 「그 많은 밥의 비유」, 안정옥 「도루묵찌개」, 김상미 「밥의 힘」, 김경미 「식사법」, 윤예영 「한 그릇」, 김윤이 「비어」)

샘가에 좌정하고 두견적을 꾸어낼제 드문드문 꽃을넣어 흰가루에 염색괴어 희고붉은 맑은향기 꽃점이 놓여잇다 행노상에 소년들아 우리노름 웃지마소 간략한 소비물로 종일토록 소창하리 행화촌 술집찾아 북석천금 불지않소 여자노름 소담하여 술은한잔 업을망정 맑은샘물 술을대신 표자박을 술잔대신 두견적을 안주삼아 옥수로 집어들고 서로권해 포식하니 청량일미 이아닌가

　　　　　　　　　　　　　　　　　　　　　　　　 —신승덕 「화전가 1」(1948)

전후좌우 두견식는 우리보고 지젓시니 소리조차 아름답다 이리조혼 경기처의

글듯다 무엇ᄒ리 ᄉ운절귀 한마디을 명명수로 ᄒ엿구나 소리조혼 계류들을 ᄎᄎ로 보바닉야 풍영을 ᄒᄌᄒ니 산형이 감동할분 숭순사호 잠을씬다 그렁저렁 반일이라 시장킨들 아일손가 시녀불러 분부ᄒ딕 두견화 썩거다가 정단을 뒷셔걸고 진말로 썩을쑤어 먹기전의 향기로다 옥호이 감홍노을 잔을치와 마신후이 이 썩흔쪽 딕여보니 일연춘당 여긔로다

―「튀평화전가」(미상)

"밥은 무슨? 조금만 놀다가 갈 텐데." 그러면서도 김이 무럭무럭 나는 밥과 국이며 상으로 가득한 반찬을 볼 때 절로 손이 숟가락으로 가려고 했다.

"어서, 국이랑 식는구만그래."

용희는 수저를 그에게 들려주며 알뜰하게 권하였다.

"반찬이 참 걸다. 용희는 늘 이렇게 먹는가?"

동권은 용희를 보고 빙그레 웃으며 우선 곱게 썰어 놓은 제육을 집어다가 맛난 듯이 먹었다. "다른 반찬들은 어머니가 나 먹으라고 우선 보낸 것이고, 그것 말야"

용희는 손가락으로 동권이 집어가는 저육을 가리키며,

"그것은 희순이가 오빠가 제일 좋아한다고 사기에 나도 샀지." 하고 상긋 웃는다.

"뭐? 나 주려고 샀어?"

"그럼, 아까부터 희순이 어머니가 막 욕을 하고오면서 죽이니 어쩌니 벼르길래 또 야단이 나서 저녁도 못 먹을 줄 알고 내가 맘먹고 샀는데. 따로 불러다가 차려줄려고…"

―박화성 「하수도 공사」(1932)

"네 어디 아푸냐? 이거 먹어라."

소리와 함께 숭렬 어머니는 소녀의 손에 옥수수 한 자루를 쥐어 주었다. 소녀는 겁결에 덥석 받아 쥐고 침을 꿀꺽 삼켰다. 귀에서 애앵하고 소리가 났다. 옥수수는 꼭 꿈에 소녀의 머리를 때리든 밀대 방망이 같았다. 소녀가 이러고 있는 사이에 숭렬 어머니는 아뭇 소리 없이 저만침 벌서 걸어갔다. 쌀이 무거워서 넓직한 엉뎅이를 오리처럼 내여 저으면서 갔다. 그런데 숭렬 어머니는 어째서 벼갯모 말은 통하지 않을까, 별일이다. 쌀이 무거워서 입을 버릴 수가 없었는가, 그렇다면 옥수수는 어떻게 먹으라고 줬을까. 소녀는 옥수수를 받어 들었든 손에 그냥 쥐고 앞서 가는 숭렬 어머니의 오리거름을 보고 걸으면서 작구만 생각해보았다.

―최정희 「벼갯모」(1947)

그들은 논둑 길을 따라서 걸어가고 물이 찬 논에서는 개구리가 울고 있었다.

이 무렵 두만네 집에서는 햇보리 밥에 풋고추를 넣어 얼얼한 된장찌개, 열무김치 등 정갈스럽게 차린 저녁을 배불리 먹고 따끈한 숭늉에 입가심한 마을 아낙들이 더러는 집으로 돌아가고 더러는 마루에, 나머지 몇 명이 마당에 깔아놓은 멍석에 앉아 땀을 식히며 이야기를 하고 있었다. 아낙네들은 낮에 강가 삼막에서 삼을 쪄내고 껍질을 벗기고, 강물을 바래고, 이 공동작업에 땀을 많이 흘린 데다가 제가끔 제 몫의 양식을 내어주고 지은 저녁이라서 그랬는지 양껏 먹느라고 더욱 땀들은 흘렸던 것이다.

— 박경리 『토지』(1979)

딸은 대개 어머니와 운명을 닮는다고 말하던가요. 제가 가장 어머니와 운명적임을 느끼는 것은 밥상에서부터라고 생각됩니다.
할머니가 군불을 지피며 밥상을 차리는 장면입니다. 소박한 나무상, 칠이 번쩍이지 않는 다갈색의 네모진 조그만 소반 위에 할머니는 아들의 수저를 놓고 콩자반·무말랭이·호박오가리 등의 밑반찬을 놓으십니다. 국이 끓고 있고 밥도 뜸이 들고 있습니다. //
누구인가 제게 따뜻한 밥상을 차려주고 끝까지 기다려주었으면 하는 저의 소망의 마음을 이제 제 편에서 누군가에게 해주는 사람으로 자리잡은 때문입니다.
저는 굳건하게 여기에 섭니다. 그것은 여자로서 서는 것일 뿐 아니라 또한 할머니나 순젱이, 그 이전의 선조들이 전해준 마지막 인간의 조건으로서이기도 하지요. 피난가던 때 본 눈속에 서 있는 나무와 같이 순간이 영원으로 변하는 그 가능성.

— 김채원 「겨울의 환」(1989)

강모는 건넌방으로 들어가 아랫목에 책상다리는 한 채 입을 다물고만 앉아 있었다. 율촌댁이 모반에 강정이며 약과를 담아 내 놓는다.
"좀 먹어라."
입맛이 당길 리가 없다.
그것을 알면서도 율촌댁은 말이 없는 강모의 손에 약과 한 개를 굳이 들려준다.
보름이 지나고 언뜻 며칠 뒤에는, 학기가 시작되어 전주로 가버릴 아들이다. 무엇 하나라도 더 먹이고 싶은 심정에 그네는 강모만 보면 먹을 것을 내 놓지만 그는 거의 아무 것에도 손을 대지 않았다.

— 최명희 『혼불』(1996)

밥 한 공기를 퍼서 식탁 위에 놓은 다음 냉장고를 뒤져 김치와 먹다 남은 참치 통조림을 엽니다. 그리고 젓가락통과 함께 언제나 식탁 귀퉁이에 놓여 있는 김통을 엽니다. 물 한 잔을 따라놓는 것을 마지막으로 식사준비를 마친 나는 밥을 먹기 시작합니다.

첫술을 들어올리자 밥알은 몇 알만 집힐 뿐 대부분이 젓가락 사이에서 낱낱이 흘러내려 버립니다. 손에 힘을 주어 식탁에서 일어납니다. 냉장고 안에 달걀 두 알이 남아 있습니다. 프라이팬에 기름을 두르고 달걀을 부치는데 소금통 구멍이 막혀서 소금이 나오지 않습니다. 소금통도 제 나름대로 눅눅한 여름을 견뎌낸 뒤인 것입니다.

이럴 때 누군가 전화를 걸어서 '밥 먹었니? 뭐하고 있었어?'라고 다정하게 말해 준다면 나는 고아원 아이처럼 감동해 버릴 것 같습니다. 그런 말을 해주는 사람이라면 그의 무엇이 되어도 좋을 것 같습니다.

- 은희경 「연미와 유미」(1996)

집 근처에 있는 제과점에서 아침마다 배달되어 오는 따뜻한 크루아상에 어머니는 가끔 야채나 과일을 이용해서 내게 색다른 크루아상을 만들어주기도 하였다. 치즈와 버터를 거품기로 잘 저어서 빵에 바르고 양상추와 양파를 넣은 어니언크루아상샌드위치, 깻잎, 방울토마토, 채썬 햄을 넣은 햄크루아상샌드위치. 납작하게 썬 당근, 피망, 피클을 넣은 피클크루아상샌드위치 등 어머니가 크루아상을 응용해 만들 수 있는 샌드위치는 열 가지도 넘었다. 나는 그 중에서도 양상추와 납작하게 썬 키위나 딸기를 넣은 과일크루아상샌드위치를 특히 좋아하였다. 어머니는 내가 먹을 크루아상에 치즈를 빼는 것을 잊지 않았다. 내가 치즈를 즐겨 먹지 않았기 때문이다. (중략) 어느 날인가부터 내가 먹을 크루아상에 치즈가 끼워져 있는 것으로 내가 믿었던 그 행복에 차츰 금이 가기 시작했다. 어머니는 더 이상 크루아상을 먹을 수 없게 되었고 아침에 식탁에 앉은 그녀의 모습도 점차 볼 수 없었다. 그 대신 아침 식탁에서 나는 그녀의 눈썹을 닮은 이모를 마주치게 되었다.

- 조경란 『식빵 굽는 시간』(1996)

냉장고 안에는 우유와 사과, 밑반찬이 담긴 그릇들이 널려 있다. 모두 유효 기한을 한참 넘긴 것들이다. 우유는 젤라틴처럼 굳어 있고 코를 쏘는 악취가 난다. 사과알들은 손으로 집어내는데 썩어 물러 손가락이 쑥 파고들어간다. 사고가 있기 전날, 남편과 마주 앉아 떠먹은 두부 된장 찌개에는 푸른 곰팡이가 잔뜩 피어 있고 구더기가 슬어, 내용물을 알아볼 수 없다. 쓰레기 봉투를 벌리고 음식들을 버리기 시작한다. 냉장고가 텅 빈다. 개수대에 쌓여 있던 빈 깡통들과 인스턴트 라면 용기도 버리고 나니 50리터 쓰레기 봉투 두 개가 꽉 찬다. 양손으로 쓰레기 봉투를 들고 광장 한구석에 놓인 쓰레기장으로 가 던져버린다. 창문을 모두 열어놓았지만 악취는 잘 빠지지 않는다. 여자는 윗옷을 걸치고 밖으로 나온다.

—하성란 「루빈의 술잔」(1997)

　나는 케이크를 한입 크게 베어먹는다. 씹기도 전에 입안에서 녹아버린다. 생각보다 달지 않다. 별다른 맛도 느껴지지 않는다. 뭉클거리는 비누거품을 한입 물고 있는 듯한 느낌이다. 황홀한 꿈의 한 조각을 베어문 듯도 하다. 거품의 느낌이 사라기고 나자 부드러운 빵의 속살이 느껴진다. 식빵보다는 조금 달고 부드럽다. 생크림 속의 상큼한 체리향이 빵을 삼키고 나서도 입안에 고여 있다. 겨우 한조각을 먹었을 뿐인데 양껏 밥을 먹었을 때와는 다른 종류의 포만감이 밀려온다. (중략) 그리고 나서 그녀는 한줄 더 써놓았다. 체리, 먹은 거죠? 나는 상자에 넣으려던 케이크를 바라본다. 그리고 난생 처음 체리를 집어든다. 체리 하나가 빠진 케이크는 추수가 끝나가는 가을 들판처럼 어딘지 엉성하고 스산해 보인다. 아름다움의 마지막 완성이었던 체리를, 나는 먹는다. 그때 참기름 발라 자르르 윤기 흐르던 학 송편을 서슴없이 먹었더라면 내 삶이 조금은 편안했을까. 체리의 단 즙이 스며나온다. 깊고 환한 꿈속 어머니의 미소가 내 입가로 번져간다.

—정지아 「승리의 날개」(1998)

　아침 밥상의 차림도 예전과 다를 것이 없었다. 콩나물 무침과 고등어구이, 무국, 단조로운 식단이었다. 콩나물을 짜고 맵게 무치는 어머니의 음식 솜씨도 여전했다. 무언가 큰일이 있었던 다음날 아침의 밥상치고는 너무 평범했다. 다른 어머니였다면 아침상을 차리기는커녕 이불을 뒤집어쓰고 앓고 있어야 했다.

—하성란 「악몽」(1999)

　인생이란 화려하지도 않고, 더군다나 장엄하지도 않으며 다만 뱀장어의 몸부림과 같은 격정을 조용히 끓여내는 것이 아닐까… 스튜 냄비의 밑바닥처럼 뜨거움을 견디고 살아내는 것인지도 모른다는 생각이 조용히 스며들기 때문이다. //
　부엌에선 삼계탕 끓는 소리가 자작자작, 빗소리에 잦아들고 있을 것이다. 소리죽여 우는 여자의 흐느낌처럼, 격렬한 섹스를 끝내고 잠든 남자의 박동 소리처럼 고요히 끓고 있을 것이다. 삼계탕이 끓고 있는 동안 그녀는 고즈넉한 평화로움에 젖는다. 살아서 펄떡이는 것들을 모두 스튜 냄비에 안치고 서서히 고아내는 일. 살의나 열정보다는 평화로움에 길들여지는 일. 그건 바로 용서하는 일인지 모른다.

—권지예 「뱀장어 스튜」(2001)

고등어 자반 두 손과 시금치 한 단, 그리고 파 한 단을 산다. 무를 넣고 국물이 자작하게 지진 고등어, 고춧가루를 넣지 않고 파만 넣은 시금치 무침, 다 진이 네가 잘 먹는 음식이지. 심심하게 끓인 미역국이나 버섯을 넣은 담백한 청국장, 콩국에 만 국수를 맛있게 먹는 너를 보면서, 네 마음이 얼마나 따뜻하고 고운 사람인지 엄마는 참 네가 예뻤는데. 난 언제부터인가 네가 좋아하는 음식들을 다방 식구들에게 해 먹이고 있다. 왜 넌 그랬잖아. 나하고 실컷 싸우고 나서도 내가 끓인 된장찌개는 맛있게 먹었지. //

주방 쪽에서 한 남자가 천천히 걸어나와 실내의 불을 모두 끈다. 나는 오래도록 불 꺼진 중국집 앞에서 서성거린다. 이제 정말 버스를 타야지. 고양이 두 마리가 으슥한 곳에서 앙칼진 소리를 내며 싸움을 벌이고 있다. 진아야, 배가 고프다. 멸치 국물에 만 시원한 국수가 먹고 싶다. 너와 함께 밤참으로 먹던 국수 말이다. 너는 내가 끓여주는 시원한 멸치 국물에 만 국수 맛 때문이라도, 집으로 돌아올 수는 없는 거니. 그럴 수는 없는 거니.

―강영숙 「서로의 안부를 묻다」(2002)

여자는 집으로 들어가기 전에 슈퍼마켓에 들러 장을 보기로 했다. 영양보충도 하고 두려움을 잊기 위한 방법으로 저녁 내내 요리에 몰두해보기로 했다. 시간이 아주 많이 걸리는 요리를 생각해보았다. 얼마 전 여성지 부록물로 나온 요리책을 보다가 치이, 이런 걸 손이 많이 가서 어떻게 해먹누 하던 구절판 요리가 생각났다. 몇 년 전에 직원용 신년선물로 받은 자기로 만든 예쁜 구절판 그릇을 꺼내 그곳에 예쁘게 담아보고 싶었다. 쇠고기와 버섯, 야채를 사고 언젠가 본 적이 있는 큰길가의 와인전문점으로 가서 좀 비싸긴 하지만 98년생 생떼밀리옹 포도주 한 병도 샀다.

―권지예 『폭소』(2003)

부엌에서 물소리가 들렸다. 콧노래 소리도 들려왔다. 가게 안은 금세 고소한 냄새로 가득 찼다. 김치찌개를 먹던 청년들이 자리에서 일어났다. 그들은 불룩하게 솟은 배를 쓰다듬으면서 행복한 표정을 지었다. 식당 여자가 수제비를 그녀 앞에 내려놓았다. 수제비는 커다란 냉면 그릇에 국물이 넘칠 정도로 가득 담겨 있었다. 그녀는 고개를 숙이고 수제비를 먹기 시작했다. 따뜻한 국물이 몸 속으로 퍼져나갔다. //

그녀는 약간 쓸쓸해졌다. 하지만 배가 부르다고 생각하니 쓸쓸하다는 생각은 조금씩 옅어졌다. 사람들은 그래서 밥을 먹나봐. //

그녀는 카운터에 앉아 밥을 먹고 있는 사람들의 뒷모습을 바라보았다. 구부정한 등들은 그녀에게 다양한 이야기를 해주었다. 밥을 먹는 동안은 많은 것들이 잊혀졌다. 부엌에서 봉자 엄마가 노래를 불렀다. 음정이 하나도 맞지 않았다. 그 노랫소리가 익숙한 단골손님들은 밥을 먹으면서 속으로 노래를 따라 불렀다.

— 윤성희 「봉자네 분식집」(2003)

첫째 이모를 만난 건, 장마의 끝 무렵이었다. 나는 가게에 하나뿐인 식탁에 앉아 밖을 내다보고 있었다. 식탁에는 밀가루가 잔뜩 묻어 있어서, 턱을 괴고 있던 팔꿈치가 금방 하얗게 되어버렸다. 우산을 쓴 여자가 가게 안으로 들어왔다. 여자의 우산에는 나뭇잎들이 붙어 있었다. 김치만두 이 인분하고 고기만두 일 인분 주세요. 여자는 조금 전까지 내가 앉았던 의자에 앉아 만두를 먹었다. 따뜻한 만두를 먹으면 먹을수록 여자의 얼굴은 더 추워 보였다. 형광등이 몇 번 깜박거리다가 이내 꺼졌다. 키가 작은 어머니 대신, 만두를 먹었던 여자가 형광등을 갈아주었다. 여자는 어머니 가게에 유일한 단골이 되었다. 일주일이면 서너 번씩 찾아와서는 김치만두 이 인분과 고기만두 일 인분을 먹었다. 언제부턴가 어머니는 먹는 모습만 봐도 저절로 배가 부를 만큼 맛있게 만두를 먹는 단골손님 앞에 앉아 넋두리를 해댔다. 이모라고 불러라. 나는 어머니가 시키는 대로 그 여자를 이모라고 불렀다. 명절날이면, 우리 셋은 가게 문을 닫고 화투를 쳤다.

— 윤성희 「길」(2003)

요리는 그녀의 종교다. 요리를 하고 있는 그녀를 보노라면 탄성이 새어 나올 때가 한두 번이 아니다. 불꽃 앞에 선 그녀. 빨갛고 파란 가스레인지 불빛이 수시로 그녀를 비추고, 불꽃 앞에서 바삐 움직이는 열 손가락들. 양념의 배합을 어떻게 해야 맛이 나는지, 어떤 순서대로 넣어야 하는지 그녀만큼 잘 아는 사람이 또 있을까. 그녀는 먹는 사람의 편의를 위해서는 어떤 노고도 아끼지 않는다. (중략)
「요리를 맹기는 사람의 기본 마음가짐이라는 기 있는디, 그건 말이여, 먹는 사람이 황제다 허는 맴을 갖고 있으믄 돼야. 그러면 요리는 지절로 되는 것이여.」

— 이현수 「토란」(2003)

Q는 사이다를 마시고는 트림을 했다. 다른 사람 앞에서 트림을 해본 적이 없다고 내가 말하자 Q는 마시던 사이다를 주면서 말했다. 마셔요. 그리고 한번 해보세요. 나는 사이다를 남김없이 마시고 아주 길게 트림을 했다. 앞자리에 앉은 남자가 뒤돌아봤다. 시원했다. 나는 Q와 친구가 되었다.

— 윤성희 「유턴지점에 보물지도를 묻다」(2004)

그들은 그릇에 나누지 않고 한 냄비의 밥을 함께 먹었다. 남자가 숟가락질을 할 때마다 남자의 겨드랑이에서 톡 쏘는 듯한 시큼한 땀냄새가 났다. 김치볶음밥은 경이로운 맛이었다. 누군가 앓는 그녀를 위해 밥숟가락 위에 구운 고기나 가시 바른 생선 한 점을 사뿐히 얹어준다면 이런 맛일까. 남자가 한입 가득 밥을 문 채 물었다.

─권여선 「가을이 오면」(2005)

약콩은 밤새 은근한 불로 푹 무르도록 삶아 새벽에 믹서에 갈아야 부드러웠다. (중략) 살아오며 맺히고 응어리져 약콩처럼 딴딴해졌던 마음 고갱이가 다 물러터지고도 남을 시간이 흘렀으리라.

─권여선 「약콩을 끓이는 시간」(2006)

냉장고 안의 무화과잼은 이제 숟가락으로 두어 번 푸고 나면 동이 날 것이다. 네 조각으로 가른 무화과를 냄비에 오래 졸이며, 단맛이 지나쳐서 가끔 멀미를 돋우기도 하는 무화과잼을 퍼 먹으며, 우리에게는 아직 더 버석여야 할 일들이 남아 있었다.

─김서령 「무화과잼 한 숟갈」(2006)

시선은 곧 가판 위의 도마에서 멈췄다. 어머니의 칼 앞에서였다. 칼은 도마 위에 비스듬히 누워 있었다. 그것은 어둠 속에서 조용하게 번뜩이고 있었다. 닳고 닳아 종이처럼 얇아졌지만, 여전히 신랄하고 우아한 빛을 품은 채였다. 갑자기 참을 수 없는 식욕이 밀려왔다. 뭔가 베어 먹고 싶은 욕구. 내장을 적시고 싶은 욕구. 마침 시렁 위에 아무렇게나 굴러다니는 사과 몇 알이 보였다. 나는 한 손에 사과를 다른 손에 칼을 쥐었다. 자루는 손에 꼭 맞았다. 툭─ 푸른 껍질 위로 조그마한 상처가 났다. 나는 그 안에 칼날을 박고 돌리기 시작했다. 사각사각, 사각사각, 사각사각…… 어둑한 부엌 안, 사과 깎는 소리가 고요하게 퍼져나갔다. 사과는 내 손에서 둥글게 자전하며 자신의 우주를 보여주고 있었다. 싱그러운 향기가 났다. 입 안에 침이 고였다.

─김애란 「칼자국」(2007)

엄마는 부스스한 몰골로 앉아 있는 내 앞에 김이 모락모락 오르는 밥 한 공기를 놓아주었다. 먹어야 하는데 도저히 밥 먹을 기분이 아니었다. 사랑니 때문에 한쪽 턱이 빠질 것처럼 아팠다. 사랑니가 새싹처럼 생살을 비집고 올라올 때마다 입 안에 지진이 나는 것 같았다. (중략) 엄마의 밥공기에서는 김이 오르지 않았다.

엄마는 언젯적 밥인지 알 수 없는 콩밥 한덩이와 잡곡밥 한덩이를 그릇에 담아서
먹고 있었다. 그런데 나는, 나만 더운밥을 먹고 있었다. 덜 떨어지고 미련하고
뻗대기만 하는데도 자식이라고 더운밥을 먹이고 있었다. 마음이 뻐근해져서 도저
히 밥이 넘어가지 않았다. 왜 하필이면 밥 먹을 때마다 사람을 교대로 감동시키는
지. 남기지 않으려고 김이 오르는 밥을 입에 잔뜩 밀어넣었다. 나는 더운밥을 먹는
자로서 밥값을 제대로 하고 있는 걸까. 밥알을 씹는 내내 그 생각만 했다.
— 서유미 『쿨하게 한걸음』(2008)

새벽에 너무 어두워
밥솥을 열어 봅니다
하얀 별들이 밥이 되어
으스러져라 껴안고 있습니다
별이 쌀이 될 때까지
쌀이 밥이 될 때까지 살아야 합니다.

그런 사랑 무르익고 있습니다
— 김승희 「새벽밥」(2006)

밥 잡채 닭도리탕 고등어자반 미역국
이토록 많은 종족이 모여 이룬
생일상을 들다가 문득, 28년 전부터
어머니를 먹고 있다는 생각이
(중략)
누대에 걸친 근친상간의 밥상
비켜갈 수 없는,
무저갱의 밥상 위에
발가벗고 올라가 눕고 싶은 생각이

어머니가 나를 잡수실 수 있게 말이지요
— 김선우 「숭고한 밥상」(2000)

밥상 앞에서 내가 아, 입을 벌린 순간에
내 몸속이 여전히 깜깜할지 어떨지
회부연 미명이라도 깊은 어딘가를 비춰줄지 어떨지

아, 입을 벌리는 순간 췌장 부근 어디거나 난소 어디께
광속으로 몇억 년을 달려 막 내게 닿은 듯한
그런 빛이 구불텅한 창자의 구석진 그늘
부스스한 솜털들을 어루만져줄지 어떨지

먼 어둠 속을 오래 떠돌던 무엇인가
기어코 여기로 와 몸 받았듯이
아직도 이 별에서 태어나는 것들
소름끼치게 그리운 시방(十方)을 걸치고 있는 것
                              ─김선우 「그 많은 밥의 비유」(2007)

겨울에 어머니는 언제나 도루묵찌개를 끓였지요
무를 썰어넣어 얼큰한 찌개를 우리는 둘러앉아
퍼먹었지요
어머니는 국물이 맛있는 거다 국물이 맛있는 거다
오늘 나는 시장에서 도루묵을 별미인 양 사들고 왔지요
아이들은 들여다보지도 않고 찌개는 식어
나는 국물만 몇 번 먹으며
나도 어머니처럼 국물이 맛있는 거다 말해 줄 나이가 되었지만
나 아직 삶의 국물맛 모르지요
                              ─안정옥 「도루묵찌개」(1993)

가족에겐 따스한 밥 지어 먹이고
찬밥을 먹던 사람
이 빠진 그릇에 찬밥 훑어
누가 남긴 무우 조각에 생선 가시를 핥고
몸에서는 제일 따스한 사랑을 뿜던 그녀
깊은 밤에도
혼자 달그락거리던 그 손이 그리워
나 오늘 아픈 몸 일으켜 찬밥을 먹는다
집집마다 신을 보낼 수 없어
신 대신 보냈다는 설도 있지만
홀로 먹는 찬밥 속에서 그녀를 만난다
                              ─문정희 「찬밥」(2004)

외로움과 두려움에 절절 끓는 공기를 무찌르는 데는 밥만한 장수가 없다. 밥도 그걸 알기에 꿀맛같이 든든한 자신을 귀신보다 더 외로운 내 뱃속으로 자꾸만 밀어 넣는다. 희붐히 동쪽 지붕이 밝아온다. 뱃속이 꽉 찼으니 이제 악몽 퇴치는 시간문제다. 창문을 열자 창가에 몰려 나를 염탐하던 나무 그림자들이 재빨리 제 자리로 돌아가 시침을 뗀다. 나는 씨익 웃으며 씩씩하게 부엌으로 나가 다시 밥을 짓는다. 밥은 삶의 성기다. 그를 품기 위해 새 아침이 빠르게 밝아오고 있다

-김상미 「밥의 힘」(2009)

두려움과 후회들의 돌들이 우두둑 깨물리곤 해도
그깟것 마저 다 낭비해 버리고픈 멸치똥 같은 날들이어도
야채처럼 유순한 눈빛을 보다 많이 섭취할 것
생의 규칙적인 좌절에도 생선처럼 미끈하게 빠져나와
한 벌의 수저처럼 몸과 마음을 가지런히 할 것

한 모금 식후 물처럼 또 한 번의 삶,을
잘 넘길 것

-김경미 「식사법」(2001)

부엌에서 고숩고 누릿한 냄새가 풍겨올 때면 나는 짐짓 낮잠에 빠진 척을 하다가, 진짜로 까무룩히 기절해버린다. 그것은 다 그녀가 김이 훅훅 올라오는 그것을 시장에서 삼천 원 주고 산 양귀비 무늬 쟁반에 받쳐들고 나타나길 기다리기가 너무 심심해져 버린 탓이다. 그런 탓이다. 그런 탓이다. 그 더운 음식은 대개 국수만 것이나, 흰 죽이거나, 감자 수프 같은 것들인데 하나같이 깨끗하고 깨끗한 것이다. 그런 것이다. 그런 날은 대개 바람이 불거나, 해가 쪼이거나, 비가 내리거나 아무 관계 없는 날인데, 그런 날은 쉽게 기절하거나, 며칠 째 잠만 자거나, 울다가 웃다가 발을 쾅쾅 구르는 그런 날인데, 그러나 그 더운 한그릇이면 나는 온순해지는 것이다. 국수가락처럼, 흰 죽처럼, 감자처럼 온순해지는 것이다. 그러면 또 다시 나는 살게 되는 것이다. 그런 것이다.

-윤예영 「한 그릇」(2008)

온종일 지친 구두를 끌고 돌아온 날
어머니는 저녁 밥상에 생선 하나를 올려놓으셨다
짭조름한 비린내가 식욕 돋웠다
자분자분 뒤집는 젓가락질에

비로소 드러나는 눈부신 속살,
어머니는 아무 말씀도 없이
그저 하얀 이밥 위에 생선살을 올려주셨다

그날밤, 나는
날아다니는 물고기가 되었다

—김윤이 「비어」(2011)

10.3. 허기와 탐식, 내핍의 환기

　식욕은 성욕이나 욕심과 상통한다는 생각 때문인지 작품에서 부정적으로 형
상화되는 인물들은 대체로 많이 먹는다. 대표적인 예가 뺑덕어멈인데, 떡 사먹
기, 술 사먹기 등 늘 먹을 것에 욕심이 많은 여성으로 묘사된다. (「심청전」) 하지
만 당시의 서민들에게는 배불리 먹는 것이 가장 부러운 일이었기에 그녀의 그
런 욕망에 은근히 동조하기도 했을 듯하다. 그렇기에 날카로운 비판이나 비난
의 시선이 가기 보다는 함께 웃고 마는 정도의 해학이 묻어난다. 한편, 소설
속의 선한 여성은 많은 시련을 겪는데, 그런 시련에도 불구하고 잘 참아내면서
덕성(德性)을 잃지 않아야 그야말로 선한 여성이 되는 것이기에 한 마디 푸념도
하지 않는 것으로 묘사된다. (「명주보월빙」) 부유하고 좋은 가문에서 나고 자랐
음에도 불구하고 거친 음식을 거부하지 않으며 며칠을 굶게 되어도 태연하다.
시녀들이 겨우 건어물이나 미숫가루 등을 구해와 기갈을 면하게 해 주기도 하
여 겨우 연명하다가 오해가 풀려 그런 상황에서 벗어나게 된다. (「완월회맹연」)
　화전놀이가 여성들의 전통적인 놀이문화로 전승되어 온 이유는 '음식 만들
기'뿐만 아니라 '먹기'라는 행위가 갖는 각별함 때문이라고 할 수 있다. 화전놀
이가 지니는 탈 일상성 중의 하나는 먹기와 관련되며, 이는 당시 여성들이 일상
에서 먹는 것에 대한 결핍을 겪고 있었던 사실에 기인한다. 이러한 현상을 반영
하여 시집살이 민요의 서사를 이루는 주요 화소는 '점심때가 되었지만 시집 식
구들은 제대로 먹을 만한 음식을 주지 않음으로써 며느리를 소외시키는' 것이

다. 「경북 상주 시집살이 노래」, 「충북 영동 시집살이 노래」)

이에 놀이공간에서는 '만들기'의 기쁨 못지않게 '먹기'가 관심사로 부각되면서, 배불리 먹는 포식(飽食)의 즐거움이 나타난다. 음식 자체를 즐기며, 포식이 주는 포만감의 향유는 교훈적 내용의 계녀가 작품들에서 강조하는 절용(節用)의 이념으로부터 벗어나 있다. 여성의 '배불리 먹기' 놀이는 결핍의 충족뿐 아니라 절용의 덕목에 반하는 일탈적 의미도 지닌다. (「화전가 9」, 「휘춘곡」)

> 양식주고 쩍사먹기 베를주워 돈을사셔 술사먹기 정자밋틔 낫잠자기 이웃집의 밥부치기 동인다러 욕셜ᄒ기 초군덜과 쌈싸오기 술취ᄒ여 흔밤중의 와 달셕 울럼 울기 빈담븨틱 손의들고 보는딕로 담비 청ᄒ기 총각 유인ᄒ기 계반 악증을 다 겸ᄒ여 그러ᄒ되 심봉사는 여러 히 주린 판이라 그 중의 실낙은 잇셔 아모란 줄을 모르고 가산이 졈졈 퇴픠ᄒ니
>
> ─「심청전」(미상)

> 구패 쏘흔 황홀흔 ᄉ랑이 비홀 곳이 업스나 위뉴의 흉심은 쳐음은 ᄉ랑ᄒᄂ 체ᄒ더니 졈졈 슈삭이 되믹 작심이 엇디 오릭리오 쇠호지심으로뻐 니르딕 뎡시 구가를 능멸ᄒ고 블인흔 고모와 동심ᄒ여 조모를 원망ᄒ다 ᄒ여 블측흔 거죄 층출 ᄒ고 됴셕 식반을 업시ᄒ여 괴이흔 지강과 측흔 믹듁을 주니 뎡쇼졔 싱어부귀ᄒ고 댱여호치ᄒ여 존당 부뫼 만금 무이ᄒ여 ᄉ롬이 ᄌ긔를 향ᄒ여 블평흔 소리ᄒ믈 듯지 못ᄒ고 상시 옥식 진찬을 넘ᄒ던 바로 지강 믹듁을 쑴의나 보아시리오마ᄂ 셩혼 슈삭의 간고 험난이 이 ᄀᄐ여 무고흔 호령과 무죄흔 즐칙이 년면ᄒ니 두리온 ᄆᆞᆷ이 여림박빙ᄒ딕
>
> ─「명주보월빙」(19세기)

> 유모 등이 이 말을 드르믹 원통흔 슬프믈 니긔지 못ᄒ딕 간인의 여으미 될가 션을 협실의 숨기고 밥을 먹이고 밧그로 나가 쇼져 상협의 벽히 두어썅을 시샹의 파라 건어 미시를 만히 ᄉ고 산과 미곡 ᄉ오두를 환미ᄒ여 ᄌ리의 동혀 노코 션다 려 왈 악인의 획계 궁국ᄒ딕 여러 ᄉ롬을 도모ᄒ믹 각당과 원문을 딕희지 아니ᄒ고 맛치 년원졍 신칙만 엄히 ᄒ니 낫슬 슈운홀 길 업ᄉ니 오날 초혼의 가져 드밀ᄂ니 너는 급히 건어 미시를 가져가 긔갈ᄒ시믈 구ᄒ라 션이 하딕고 도라가 폭포를 쎄 미시를 화ᄒ여 냥쇼져긔 나오고 건어를 드리니 바록 감쳔슈로 긔갈을 면ᄒ나 화식을 쯧쳔 지 오릭니 진원이 소진ᄒ더니 미시를 마시고 건어를 먹으믹 긔운이 쇠쇠ᄒᄃ다
>
> ─「명주보월빙」(19세기)

운화선이 소져를 가돈 후 ᄒ로 두번 믹쥭을 굼그로 드려 보니니 쇼져는 먹을
의식 업고 츈픠 녁시 ᄎᆞ마 먹지 못ᄒᆞ여 노쥬 아ᄉᆞ를 긔약ᄒᆞ더라. 운화선의 뎨ᄌ
즁 묘혜션은 ᄌᆞ비 현심이 츌뉴ᄒᆞ더니 경픠의 츔형 바듬과 졍쇼져 노쥬 긔아ᄒᆞ믈
불상이 넉여 ᄀᆞ만니 반깅과 건육을 준비ᄒᆞ여 가지고 틈을 타 셕혈 밧긔 니ᄅᆞ니
ᄎ시 졍쇼졔 슈계ᄒᆞ여 곡긔를 긋쳔 지 오 육일의 슈양산 쳐미를 ᄒᆞ믄 고쥭 청풍이
후셰의 일ᄏᆞᆺᄂᆞᆫ 비라

─「완월회맹연」(18세기)

시집간 사흴만에 가라네 가라네 밭을매러 가라네 석자수건 목에걸고 호맹이는
손에들고 밭을매로 가라하니 우이집에 가꾼머리 분질겉은 이내손목 밭을매로 가
라해서 밭을매로 가니 하늘겉이 넓은골을 신작로겉이 지힌골을 짓기는 미겉이도
짓은골을 한골매고 두골매고 시골반을 매고나니 목도말라 배도고파 허진하야 다
른점심 다나와도 우리점심 안나오네 (중략) 방마당에라 썩 들어서니 호랑겉은 시
아바님 하는 말씸 아가아가 어지아래온 미늘아가 밭이라고 및골이나 매고왔나
한골매고 두골매고 시골반을 매고왔소 예이라요년 물러서라 고걸싸나 일이라고
점심때를 찾아왔나 (중략) 점심이라 주는 것은 삼년묵은 꽁버리밥 사발에 발라주
네 장이라고 주는거는 삼년묵은 버리장을 종지에 발라주고

─「시집살이 노래」 경북 상주군 청리면(미상)

어제 온 새올캐야 아래 온 새올캐야 밭을 몇골 매었어요 한골 매고 두골 매고
삼세골을 매었어요 그길싸나 일이라고 점심참을 찾아오요 점심참을 찾아오요 방
이라고 들어가니 밥이라고 주는 거는 삼년 묵은 꽁보리밥 뎅기장을 한숟갈에 밥이
라고 주는구나

─「시집살이 노래」 충북 영동(미상)

그러나 우리내의 비운거시 음식이라 솟다셔 젹을 쑤어 손조한번 논하보싀 밉살
한셥 찹살한셥 순식간의 갈글 씨어 대츄노아 팟셜기애 열두남비 솟틀걸고 기름닷
되 쑬닷대 지글벅젹 쑤어대니 향긔도 나려니와 풍미가 졀가하다 이러한 조혼음식
딸내혼즈 먹을손냐 곰방치마 노댁들가 쉽지낟난 싀퇴내들 낫낫치 호츌ᄒᆞ야 한번
소참 시겨보즈 우리분부 고마셔 어김업시 츌도혼다 진평읍 분육슈단 차릭로 논하
쥬니 험셤갯혼 그빅이라 훔치먹든 수단으로 싯바람의 개눈갓치 어느사이 먹언든
지 걸근걸근 하난양이 혼즈보기 어렵구나 여보소 싀댁들내 톄면은 몰을지나 굼기
야 하얏슬가 너무상셩 마지마소

─「화전가 9」(1938)

산천은 의구ᄒ야 타향긱지 방불ᄒ다 룡강긱 들어가서 차례로 좌평ᄒ니 날은
이미 중천이라 개장솟에 질이 솟고 미나리로 희를 ᄒ야 빅옥갓혼 흰쌀밥을 함포고
복 먹고 나니 만석거부 장자인들 제 어이 미츨소냐 밥을 먹어 빈불어니 굽은 허리
곳아지고 술을 마셔 취회오니 업든 흥이 절노 난다 (중략) 남의집 며늘늬들 흉년살
에 몃히든고 빈곤한 살임살이 절용절약 ᄒ엿든고 한실니 셧든 쩍이 순식간에 간곳
업다

—「휘춘곡」(1947)

10.4. 식이장애(食餌障碍), 생의 외상

삶에 대한 의지와 음식에 대한 본능은 밀접하게 연관된다. 그러나 남성 중심
의 문화체계에서 음식이 여성다움을 은유하는 기호였다고 할 때, 그것은 여성
의 삶과 욕망을 억압하고 통제하려는 의도에서 비롯되었다. 따라서 여성의 식
욕은 음식에 대한 탐심인 동시에 정신적인 허기와 연관된다.

여성작가들은 식욕과 여성다움의 연관관계를 부정하는 사유의 연장선상에서
폭식과 탐식, 거식과 대식 또는 특정 음식에 대한 알레르기처럼 여성이 겪는
다양한 식이장애를 소설의 모티프로 활용해왔다. 따라서 현대소설에서 여성의
폭식과 탐식은 일그러진 가족관계나 소통 불능의 현실, 그리고 인물의 고독과
결핍을 상징한다. 이들 소설은 엄청난 양의 음식을 쉴 새 없이 먹어대는 여성인
물들의 과잉 욕망을 통해 그들의 상처와 삶의 허기, 영혼의 내핍을 환기하고자
했다. (윤영수「바람의 눈」, 김인숙「그늘, 깊은 곳」, 김현영「냉장고」, 조경란「달걀」,
권여선「반죽의 형상」)

현대시에서도 탐식은 고독하고 메마른 삶의 한복판에서 영혼의 허기를 충족
하기 위해 병적으로 극대화된 욕망의 은유이다. 독한 위액이 넘치도록 허기가
져도 탐식으로 치유할 수 없고, 쓰디쓴 밥을 삼켜 봐도 목이 메일 뿐이다. 순대
국 한 그릇이 '구절양장' 인생을 펴주지 않고, 밥이 남을 것을 알아도 끝내는
넘치도록 밥을 더 짓고야 만다. 그러나 탐식이 강할수록 허기가 깊다는 것을
반증할 뿐, 결국 채워지지 않는 지독한 결핍과 허기는 그대로 남는다. (천양희

「밥」, 최영미 「허기와 객기」, 김혜순 「길을 주제로 한 식사 1」, 정끝별 「밥이 쓰다」, 유안진 「순대도 경전인가」, 성미정 「찬밥증후군」)

특정 음식에 대한 집착이나 거부 역시 대개가 어린 시절의 상처나 생의 트라우마에서 비롯된 경우가 많은데, 여성인물은 그 기억을 의도적으로 무의식의 심연에 봉인해버린다. 이들 여성에게 음식은 금기의 봉인을 풀어 상처의 현장에서 자신의 고통과 마주하게 해주는 기억의 환(環)으로 기능한다. 이들은 절식으로 스스로를 학대하기도 하고 때로는 직접 요리를 하고 음식을 먹으면서 생의 외상을 치유하기도 한다. (권지예 「풋고추」 「꽃게 무덤」, 천운영 「멍게 뒷맛」, 한강 『그대의 차가운 손』 「나무 불꽃」, 조경란 『복어』)

한편 현대소설은 다이어트 강박증으로 인해 음식이 칼로리로 서열화되는 현실을 비판적으로 조명한다. 여성들은 강제적 절식으로 폭식과 거식을 오가는 식이장애를 보이며 음식에 대한 비정상적인 욕망에 시달리고 있다. 이 인물들이 보이는 식이 장애는 몸의 미적 규범에 대한 맹종인 동시에 여성의 식욕부진을 여성다움과 직결시켜 온 가부장적 억압에 대한 저항이라는 양면성을 지니고 있다. (강영숙 「밤의 수영장」, 정이현 「신식키친」, 권지예 「여자의 몸-Before & After」, 백영옥 『다이어트의 여왕』)

현대시에서 여성에게 거식과 단식은 일종의 자해와 가깝거나 상상적 자살과 유사하다. 여성이 음식을 먹는 욕망을 억압하는 것은 다이어트라는 미명으로 여성 육체를 더욱 옭아매기도 하지만, 자기 스스로의 자발적인 거식과 식욕부진은 생에 대한 집착을 배설하거나 생에 대한 의욕을 상실했을 때 드러난다. 삶에 대한 의지와 일말의 환희를 잃었을 때조차 밥을 먹어 생명을 부지해야 하는 일은 자기 자신에게 혐오스러운 일이 된다. (이진명 「밥」, 김행숙 「혼자 먹는 점심」, 문정희 「단식」, 김신영 「나의 식습관」)

「저도 조금 주세요, 승우 온다고 내내 서서 돌아쳤더니 몸이 찌뿌드드 하네요.」
어머니가 빈 물컵을 내민다.

「얼마나 믿음직한지, 네가 그렇게 삼겹살하고 밥을 잘 먹는 것을 보니…애걔, 이게 뭐예요, 인심 사납게. 제대로 붓지… 많이 먹지 않고는 배겨낼 수가 없어. 몸이 얼마나 휘지는지. 너희 아버지는 맨날 흙을 보시지만 사실, 먹으려고 사는 것 아니냐. 당신, 술 더 드려요?」

유리컵에 반쯤 찬 술을 단숨에 마신 그녀는 다시 상추에 고기를 얹어 한입 가득히 문다.

—윤영수 「바람의 눈」(1993)

여자는 거의 필사적으로 스테이크를 잘라먹었다. 웰던으로 구웠음에도 핏물이 완전히 가시지 않은 스테이크를, 여자는 한 조각 한 조각 남김없이 씹어 삼켰다. 양식을 먹는 여자의 행동이 우아하고 세련되어 있었음에도 규원은 여자가 음식을 먹는 것이 아니라, 어떤 아집을 씹어 삼키고 있다는 인상을 받았다. 그것은 필사적으로 투쟁적인 모습이었다. 그녀가 싸우려고 하는 대상이 무엇인지는 알 수 없었으나, 어쨌든 핏물 번진 고기에 투영되어 있는 그녀의 적은 아마도 강고하리라, 싶었다. 슬프고 아름다운 여자의 슬프고 아름다운 식사 장면이었다.

—김인숙 「그늘, 깊은 곳」(1997)

중학교 졸업식이 끝나고부터 아무도 먹어주지 않는 음식들을 엄마는 혼자서 깨끗이 다 먹어치웠다. 나중에는 안 먹어서 남은 음식을 먹는 게 아니라 엄마는 자기 자신을 위해, 아니 자기 자신을 죽이기 위해 음식을 만들어 먹기 시작했다. 삶은 감자, 삶은 옥수수, 삶은 달걀, 빈대떡, 찐빵, 오징어 튀김, 잡채, 메밀묵… 엄마는 자신이 생각해낼 수 있는 간식들을 끊임없이 만들었고 또 끊임없이 먹었다. //

냉장고에 들어 있는 칠백 리터 분량의 음식을 단숨에 먹어치울 수 있을 것 같았다. 어두우니까 냉장고에 든 음식이 얼마나 아름답게 가꿔져 있는지는 알 바 아니었다. 그냥 입으로 먹을 수 있으면 그만이었다. 맨처음 손에 잡힌 건 크루아상이었다. 먹기 싫었다. 나는 그것을 힘껏 던져버렸다. 그 다음은 베이컨 말이. 역시 먹기 싫었다. 나는 그것 역시 어둠 속으로 던져버렸다. 피자, 생크림, 케이크, 와인, 햄버거 스테이크, 브라운 소스, 레몬 즙, 콩소메, 달걀 카나페, 감자 샐러드, 오이 피클… 다, 다 먹기 싫은 것들뿐이었다. 어느새 냉장고는 텅 비어 있었지만 나는 단 한 가지의 먹을 것도 찾을 수가 없었다. 나는 허기진 배를 움켜잡고 냉장고를 쳐다보았다.

—김현영 「냉장고」(2000)

직원 식당의 점심 메뉴판에 오므라이스와 비빔밥, 그리고 설렁탕이 적혀 있다. 설렁탕은 광우병 때문에 먼저 제외시킨다. 머릿속이 바빠진다. 오므라이스는 662칼로리다. 비빔밥은 730칼로리. 68칼로리 차이가 난다. 점심 후에 마실 블랙커피 5칼로리를 더한다. 가능하면 설탕을 넣어 마시고 싶다. 하루 식사를 2,000칼로리 이내에서 끝내야 하므로 당연히 오므라이스를 먹어야 한다.

—강영숙 「밤의 수영장」(2002)

쟁반을 들고 이층 계단을 오른다. 화장실 옆 구석에 자리를 잡는다. 햄버거를 싸고 있는 코팅 포장지 위로 따뜻한 기운이 전해진다. 그녀는 햄버거를 한입 베어 문다. 손에 묻은 튀김 기름까지 쪽쪽 빨아먹고 난 다음에야 한쪽 의자에 놓여 있는 쇼핑백이 눈에 들어온다. 초콜릿 색 플라스틱 통을 꺼내 뚜껑을 돌려본다. 코코아 가루 같은 밤색 분말이 가득 들어 있다. 초콜릿 색깔 가루를 한 숟가락 떠서 삼분의 일쯤 남은 콜라 컵에 넣고 빨대로 젓는다. 아무리 휘저어도 밤색 입자들이 뭉근히 가라앉지 않고 콜라 위로 둥둥 뜬다. 조심스레 한 모금 마셔본다. 들큼하면서 뒷맛이 비릿하다. 다른 어떤 음식도 먹지 않고 웅녀처럼 견딘다. 그녀는 숨을 멈추고 초콜릿 맛 콜라를 벌컥벌컥 들이켠다. 금세 토기(吐氣)가 온다. 버거킹 여자 화장실의 양변기 안에 얼굴을 박고 그녀는 속엣것을 말끔히 게워낸다.

—정이현 「신식키친」(2002)

기억을 환기시켜 주는 음식이 있다.

마르셀 프루스트의 『잃어버린 시간을 찾아서』에 나오는 마들렌이라는 과자처럼 말이다.

그것은 봉인된 과거에 대한 하나의 패스워드다. 내게 있어 그것은 하나의 풋고추다. 가을 햇볕에 타는 듯 투명하게 말라가는 태양초가 아니라 갓 따내어 본성대로 매운맛을 독처럼 간직한 풋고추.

내게 있어 풋고추는 청춘의 한때를 상징하는 오브제였다. 그러나 나는 그 시절로 다시는 돌아가고 싶지 않았다. 그래서 한동안 풋고추를 먹지 않았다.

—권지예 「풋고추」(2003)

그녀와 함께 사는 동안 그는 알레르기를 극복했고 게의 쫀득한 생살의 향취를 알게 되었다. 누군가를 사랑하는 일이란 이렇게 체질의 변화를 가져오기도 하는 이해할 수 없는 화학변화란 생각이 들 무렵, 그녀는 떠났다. 그러나 그 화학반응은 명백한 불가역반응이다. 입맛과 몸의 변화는 예전처럼 돌아가지 못했다. 마치 시간을 거꾸로 돌릴 수 없듯이.

간혹 그는 그녀를 그리워하듯이 게장을 그리워하고 있는 자신의 입맛을 느낀다.

—권지예 「꽃게 무덤」(2003)

저녁에 삼겹살을 구워 먹으며 맥주 두 병을 비웠다. 후식으로는 호두와 아몬드가 섞인 아이스크림을 먹고 입가심으로 산뜻하고 톡 쏘는 마운틴듀를 마셨다. 과일을 먹을까 망설이다가 차갑게 얼린 과일젤리를 냉장고에서 꺼내 먹는다. 드디어 느긋한 만복감이 느껴진다. 식탁 밑의 체중계를 끌어다 올라가본다. 팔십사 킬로 그램. 나쁘지 않다.

살이 찌는 게 두려웠던 시기는 한참이나 지났다. 살이 찌는 것은 약간의 불편을 감수하는 것이다. 두툼하게 처진 겨드랑이 살이 맞붙어 짓무르거나 가슴 밑 살이 땀에 젖어 땀띠가 생겨 좀 성가신 정도다. 다른 여자들이 힐끔거리며 보내는 경멸의 눈길을 받아내는 데도 이제는 익숙해졌다. 하지만 모든 여자들이 다이어트에 목숨을 거는 시대에 먹을 거 마음껏 먹고 돈까지 벌 수 있는 행운은 나만이 느끼는 행운일까. 그러나 나도 그것을 행운으로 느끼게 된 것은 그리 오래된 일도 아니다. 여덟 살짜리 딸아이를 남편에게 주고 이혼하면서 몇 년 지나 생계가 막막해졌을 때 우연히 펑크낸 광고모델 대타로 들어가 촬영을 대신하게 되면서 찾아온 행운이었다.

다이어트 식품을 판매하는 홈쇼핑용 광고방송 촬영이었다. 내 옆에는 그야말로 쭉쭉빵빵하게 빠진 미녀 모델 세 명이 대기하고 있었는데 모두가 몸의 실루엣이 살아나는 화사한 차림으로 나를 쳐다보고 있었다. 그들은 이름하여 After 모델이고 나는 명색이 Before 모델인 것이다.

—권지예 「여자의 몸—Before & After」(2003)

당신은 뒤돌아서서 멍게를 다듬기 시작했다. 나는 부엌을 빼앗긴 채 당신 등 뒤에서 불안하게 왔다갔다하고 있었다. 당신은 말 한마디 없이 서두르지도 않고 능란하게 멍게 껍질을 벗겨냈다. 두 개의 꼭지 중 하나를 골라 가위를 집어 넣자 검은 뻘이 흘러나왔다.

멍게를 먹으면 살고 싶어져요. 그것도 아주 잘 살고 싶다는 생각이 들어요. 갑자기 당신이 고개를 들어 내 쪽을 보며 말했다. 그리고는 아무렇지도 않은 얼굴로 한 입 가득 멍게를 넣었다.

—천운영 「멍게 뒷맛」(2004)

나는 이제 동물이 아니야 언니.

중대한 비밀을 털어놓는 듯, 아무도 없는 병실을 살피며 영혜는 말했다.

밥 같은 거 안 먹어도 돼. 살 수 있어. 햇빛만 있으면. 그게 무슨 소리야. 네가 정말 나무라도 되었다고 생각하는 거야? 식물이 어떻게 말을 하니. 어떻게 생각을 해. 영혜는 눈을 빛냈다. 불가사의한 미소가 영혜의 얼굴을 환하게 밝혔다. 언니 말이 맞아…… 이제 곧, 말도 생각도 모두 사라질 거야. 금방이야.

—한강 「나무 불꽃」(2005)

나는 아토피 피부염을 앓았고 그것의 원인은 단백질 때문이라고 했다. 달걀뿐만 아니라 우유나 치즈, 빵이나 과자 같은 것도 먹을 수가 없었다. 궁한 살림을 혼자서 책임지는 것 외에도 이모는 달걀이 안 들어간 이유식과 반찬을 만들기 위해 궁리해야 했다. 성장한 후에는 우유나 치즈 같은 것은 먹게 되었으나 나는 여전히 달걀만큼은 전혀 먹지 못하는 사람이 되어 있었다. //

달걀, 그것은 내가 아주 어렸을 적, 이모가 나에게 준 최초의 음식이었다. 가장 강력하며 가장 침투력이 강한, 가장 근원적인 나의 두려움 말이다. 그러나 그 두려움은 어쩌면 나를 지켜나가기 위한 하나의 생존 방법 같은 것은 아니었을까. 나는 내 주머니 속에 든 가비의 달걀을 만지작거렸다. 냄새도 맡아보고 흔들어보기도 했지만 그 달걀이 진짜 달걀인지 아니면 베를린 거리의 수많은 달걀들처럼 초콜릿이나 나무로 만들어진 달걀인지 모른다. 그것을 깨보기 전까지 나는 알 수 없을 것이다.

—조경란 「달걀」(2005)

순식간에 죽을 먹고 나는 커다란 냄비에 다시 죽을 끓이기 시작했다. 죽이 끓는 동안 침샘에서는 귀밑이 뻐근할 정도로 요란하게 침이 솟구쳤다. 죽을 다 먹고 냉장고에서 감자와 계란을 모조리 꺼냈다. (중략) N을 보지 못하는 열흘 내내 나는 아파트 슈퍼나 장터에서 온갖 찬거리를 사들여 개미처럼 부지런히 음식을 만들었고 식구들의 눈을 피해 밤이면 식빵에 두툼하게 버터와 딸기잼을 바르고 그 위에 아카시아 꿀을 뿌려 먹었다. 한 조각씩 먹다보면 결국 식빵 한 봉지를 다 먹어버리곤 했다.

—권여선 「반죽의 형상」(2006)

나는 점점 아무 음식이나 먹을 수 없는 사람이 되어가고 있었다. 퍼플의 최고 인기 메뉴인 '지중해식 샐러드'를 하루 백 접시도 더 만들었지만 과거 야채를 좋아하지 않던 내가 먹을 수 있는 음식은 샐러드 위에 뿌려진 안초비와 프로슈토가 전부였다. 나는 베지테리언이 정치적으로 올바르다고 주장하는 사람들의 시선이 싫었다. 삼겹살과 스테이크를 즐겨 먹으면 고지혈증이나 당뇨병으로 당장이라도 사망할 것처럼 떠드는 사람들의 태도가 불편했다. 하지만 야채에 비해 육류는 칼로리가 너무 높았다. 한 접시의 양갈비 스테이크는 1000칼로리가 넘었고, 크림 파스타는 700칼로리가 넘었다. 그 위에 파르메산 치즈를 갈아 뿌려댄다면 칼로리는 기하급수적으로 올라간다. 900칼로리를 없애려면 쉬지 않고 두 시간 동안 러닝머신 위를 빠르게 걸어야 하고, 두 시간 동안 수영을 해야 한다. 10킬로미터를 숨차게 달리고, 25미터 트랙을 몇 시간 동안 물속에서 왕복해야 겨우 스테이크 몇 조각이 사라질 뿐이다.

결국 내가 먹을 수 있는 건 아무것도 없었다. 야채도, 고기도, 그 무엇도! 쇼가 끝난 후에야 나는 진짜 〈다이어트의 여왕〉의 참가자가 되어 있었다.

                             —백영옥 『다이어트의 여왕』(2009)

외로워서 밥을 많이 먹는다던 너에게
권태로워 잠을 많이 잔다던 너에게
슬퍼서 많이 운다던 너에게
나는 쓴다.
궁지에 몰린 마음을 밥처럼 씹어라.
어차피 삶은 너가 소화해야 할 것이니까

                                    —천양희 「밥」(2003)

좋아하는 음식을 오랜만에
맛을 잃어버리도록 오랜만에 구경하면
입에 넣기도 전에 날뛰는 혀를 제어하지 못해
머리에 피가 몰리고
허기보다 더한 고통이 물어뜯어

너무 원했기에,
너무나 간절히 원했기에
쾌락의 창자가 꼬여
쓰디쓴 소화액만 토해낸다
(중략)
환멸을 토하고 머지않아
당신은 더욱 커다란 입이 되어
휘황한 간판을 기웃거리고
허기와 객기의 바퀴를 돌리는 자신을 잊으면서

                             —최영미 「허기와 객기」(2009)

아아, 이렇게 길이 엉켜들고 있을 땐
천천히 혼자 스파게티를 먹는 거야
높은 창문 아래 프라이데이 식탁에 앉아
수많은 세기를 기다려
바람이 산등성이를 깎아먹듯
모래가 바다를 마셔버리고 드디어

붉은 소스가 칠해진 모래 접시만 남듯
그렇게 용암처럼 붉은 소스를 끼얹어 꿀꺽 삼키는거야
먼 그를 그녀가 먹듯 그렇게

-김혜순 「길을 주제로 한 식사 1」(1997)

밥이 쓰다
달아도 시원찮을 이 나이에 벌써
밥이 쓰다
(중략)
찌개 그릇에 고개를 떨구며 혼자 먹는 밥이 쓰다
쓴 밥을 몸에 좋은 약이라 생각하며
꼭꼭 씹어 삼키는 밥이 쓰다
밥이 쓰다
세상을 덜 쓰면서 살라고
떼꿍한 눈이 머리를 쓰다듬는 저녁
목메인 밥을 쓴다

-정끝별 「밥이 쓰다」(2005)

밸 꼴리는 세상에서
구절양장(九折羊腸) 인생을 살아내자면
꼴리는 밸을 어찌 저찌 대처했을 돼지가 스승인 듯
순댓집은 늘 북적대는 사람들로
돼지처럼 살아낼 재간을 배우려는 이들로
나도 순서를 기다려
한 그릇씩 먹고 나면 뒤틀린 밸을 펴는
신통술이라도 깨우쳤다는 듯이 웃고들 나간다

-유안진 「순대도 경전인가」(2004)

엄마는 먹다남은 찬밥이 있으면 된장
풀어 아욱죽도 끓이고 누룽지 만들어
튀겨도 주고 김치 한 가지만 넣고도
쓱쓱 비벼 맛있게 드셨는데 그러니까
난 밥을 버리는 걸 본 적이 없구나
그래서 먹다 남은 밥 버리는 게 쉽지

않았구나 (중략)
오래전 모든 엄마들의 엄마들로부터
먹다 남은 찬밥을 통해 유전된 이 증상은
너무나 오래돼 하루아침에 버리기도 쉽지
않아 오늘도 나는 먹다 남은 찬밥을 앞에
두고 버릴까 말까 전전긍긍 하면서도 밥을
지을 때마다 끝끝내 한 사람 분량의
밥을 더 짓고야만다

—성미정 「찬밥증후군」(1997)

얼마나 밥을 먹어야
앞으로 얼마나 밥을 먹어야
죽을까
어떤 저녁
어떤 점심은
너무나 맛없어 뱉아내듯 흘리며 먹는다
식탐에 겨워 맛난 것들 끌어당기며
숨차게 먹을 때도 있지만
많은 날을
젓가락과 숟가락이 못난 뜨개질하듯
줄창 코를 빠뜨리고
코를 빠뜨리고 이지러진 생활을 짜는
저녁 또는 점심
소도구로 앞에 밥공기가 하나 놓인
일인 무언극처럼 우스꽝스런 행위
이 밥 먹는 일 언제나 끝날까

—이진명 「밥」(1994)

식탁 한 옆에 놓인 접시 두엇
한 벌의 수저가 외딴 섬처럼 떠 있다
아침 산책길에서 만난
바람 속을 날다 지친 새의 눈빛이
밥상머리에서 졸고 있다
스윗치를 끄자 달콤하게 흐르던 노래들

숨을 멈추고
정적이 나를 가둬버린다
나는 순식간에 부자연스럽다
시간 지나는 것이 언뜻 보이는 한낮
창문을 연다
이마에 부딪치는 찬 공기

—김행숙 「혼자 먹는 점심」(1998)

열흘 단식을 하고 외출을 한다.
6kg 군살이 빠져 나간 몸으로
이제 어디든 홀홀 가리라.
(중략)
내가 줄여야 할 것은 몸무게가 아니다.
저 옷장에 쌓인 허세의 상표들과
서재 속에 먼지를 쓰고 포개져 있는
처녀가 아닌 책들과
혀 속에 살고 있는 끈끈한 고정 관념들
날카로운 화살들
창을 열고 훨훨 내던져야 했다.

—문정희 「단식」(1996)

가만, 나는 너무
많이 먹는 것이리라
그만 먹어야 하리라
내 행위의 한계
변기 물세례는
길게 들리지 않는가
뱉아내야 해
그렇게 먹어대고도
우리가 원하는 건 무엇인가
끝나지 않는 나의 일상
아직도 난 무언가를 뒤지고 있다

—김신영 「나의 식습관」(1996)

10.5. 육식과 채식, 음식의 성(性) 정치

음식은 남녀 간의 권력구도를 빗대거나 야만과 문명, 육식성과 식물성의 대립을 비유하는 성 정치적 메타포이다. 음식과 관련해 여성과 남성은 각각 채식과 육식, 금욕과 탐욕, 이성과 감성 등 인간 내부의 이항대립을 구현한다.

현대소설은 식탁을 둘러싼 풍경에 여성과 남성 간의 불평등한 권력관계가 내재되어 있음을 간파하고 이를 비판적으로 묘사한다. 음식에 대한 입맛과 식성이 곧 자아의 정체성과 직결된다고 할 때 자신의 입맛과 무관한 요리를 하는 주부들, 오직 타자만을 위한 식탁을 차리는 주부들은 음식의 권력에서 소외되고 배제된 이들이다. 이들을 통해 요리 행위가 여성들의 뜻과 무관하게 가부장 질서에 의해 강제된 행위일 수 있음을 시사한다. (김지원 「소금의 시간」, 윤효 「우리가 강을 건넜을까」, 이현수 「토란」)

또한 음식에 작용하는 권력관계는 육식과 채식의 대립구도로 드러나기도 한다. 육식은 한때 그 자체가 권력이면서 남성중심적인 사회를 상징하는 기표였다. 인류학적으로 가부장제의 관습은 육식이 남성의 특권이며 고기 이외의 음식과 채소는 여성의 음식으로 천명해왔기 때문이다. 따라서 육식이나 채식은 단순히 취향의 문제가 아니라 포식자와 피식자, 주체와 대상의 관계로 전이되어 이해된다. 현대소설은 이를 남성성과 여성성으로 환원시키고 이들 사이의 질서와 위계를 가시화한다. 그리고 남성적 야만과 폭력성을 그로테스크한 인물의 동물 이미지를 통해 상상적으로 구축하거나 살육 현장의 처참함으로 섬뜩하게 형상화한다. 여기에는 이데올로기와 국가의 폭력성, 허울뿐인 권위가 존재를 억압하는 현실에서 이 세상은 살과 피가 튀는 살육의 현장이며 정육의 현장과 동일하다는 인식이 담겨 있다. (천운영 「숨」, 권지예 「정육점 여자」, 김숨 「투견」)

뿐만 아니라 소설에서 여성은 육식을 극단적으로 거부하다 자신의 몸바꿈을 통해 식물로 변해버리거나 자신을 스스로 음식으로 내놓아 권력관계의 사슬을 끊어내는 희생제물이 되고자 한다. 여성작가는 여성의 변신과 죽음이라는 극단의 상상력을 통해 포식자와 피식자의 구도를 해체하고 육식에 대한 심리적 저항감을 표출하고 있는 것이다. (한강 「채식주의자」, 『그대의 차가운 손』 「해질녘에 개들은 어떤 기분일까」, 「몽고반점」, 『바람이 분다, 가라』, 오수연 『부엌』)

현대시는 이 같은 육식에 대한 암묵적 금기를 탈피하면서 살육의 모티프를 적극적으로 활용한다. 이는 남성중심적 육식과는 변별되는 지점에서 또 다른 전략적인 육식으로 강압적인 규율을 전복하는 것이며 동시에 위악적인 자기 가학을 통해 육식과 패스트푸드에 대한 비판적인 시선을 드러내려는 시도이다.

특히 현대시에서 '먹다'라는 행위에 내재한 폭력성은 여성의 신체적 훼손과 동일시되어 드러난다. 이러한 식육 모티프는 남성적으로 구축된 기존의 질서를 삭제하고 역사를 소멸시키며, 새로운 질서를 통해 여성적 역사를 기술하려는 적극적인 의지의 표명으로 볼 수 있다. (김혜순 「먹이의 역사」, 「프레베르의 아침 식사에 대한 나의 저녁 식사」) 또한 여성 화자들은 피와 살 냄새 나는 노골적인 육식이나 대상을 헤집는 잔인하고 유희적인 음식 및 질긴 음식을 거부하면서 물렁물렁하고 순하며 평화로운 식물적인 음식에 대한 갈망을 드러낸다. (김선우 「깨끗한 식사」, 김언희 「미꾸라지 숙회」, 이원 「냉면」, 이진명 「죽집을 냈으면 한다」)

그와 두 아들이 함께 하는 밥상은 다 차려져 있고 여자들과 객식구들이 앉은 둥근 밥상의 밥은 찬모 아주머니가 푸고 있었다. 묘순은 국 푸는 일을 도왔다. 고등어조림과 달걀부침 같은 반찬이 상 위에 놓여 있다. 입이 있는 사람은 주인아저씨뿐인 듯 그 혼자만이 말하고 있었다. 다른 사람들은 우울한 군상들같이 묵묵히 숟가락질을 했다.

─김지원 「소금의 시간」(1996)

아이는 부루스타 위에서 구워지는 삼겹살을 보고 있었다. 돼지 기름이 흘러 프라이팬 구석에 놓인 통무우 바닥으로 스며들고 있었다. 살갗에서 기름이 흘러나온다. 문득 아이는 그것이 끔찍해졌다. 외삼촌이 나무젓가락으로 뒤적일 때마다 붉은 핏자국이 거무레해지는 고깃점들이 끔찍해졌다. 그래서 외숙모가 상추에 쌈을 해서 주는 것들을 그때마다 입에 넣었다가 몰래 휴지에 뱉아 노란 누비외투 주머니 안에 넣고 넣고 했다.

─한강 「해질녘에 개들은 어떤 기분일까」(1999)

이미 나는 그녀의 식성에 길들여져 있다. 그녀는 나를 육식 속으로 몰아넣고 속박하는 늙은 마녀다. 길고 흰 머리칼을 산발한 늙은 마녀는 도롱뇽 눈알이나 닭 피, 박쥐 따위의 주술성이 강한 재료들을 모아 커다란 솥에 넣고 묘약을 만들어 내고 있는지 모른다. //

할머니는 모든 병을 육식으로 치료한다. 머리가 어질어질하고 빈혈기가 있다 싶으면 생간을 찾는다. 무릎이 시큰거릴 때 우족으로 사지를 고아먹으면 씻은 듯이 낫는다고 그녀는 믿고 있다. 속이 편치 못할 때는 소화제보다 된장을 풀어 끓인 내장탕을 먹는다. 내장에 밀가루를 넣고 바락바락 문지르는 동안 그녀는 이미 소화를 시키고 있는지 모른다. 올겨울 초입 심한 감기를 앓은 후 허파를 찾는 일이 잦아졌다. (중략) 그녀가 허파를 먹을 때에는 생으로 먹기도 하지만 살짝 익혀 마늘과 소금 양념을 해 허파전으로 먹는 걸 더 좋아한다.

―천운영 「숨」(2000)

고기를 대충 도려낸 뼈지만 그대로 잘 바르면 너끈히 한 접시의 살을 후벼파먹을 수가 있었다. 그걸 춘장에 찍어먹는 맛은 감칠맛이었다. 뼈에 붙은 살을 공들여 파먹는 과정 또한 색다른 기분을 느끼게 해주었다. 마치 무슨 발굴작업에 참여한 것 같은 진지한 몰입, 또는 시체를 뜯는 구미호가 된 듯한 엽기적인 전율이 등골을 타고 온몸으로 퍼졌다. //

나는 먹이를 발견한 육식동물처럼 그녀를 뜯어먹고 싶은 강렬한 식욕을 느꼈다. 부딪치는 코끝이 어느새 얼어 얼얼했지만 입 속의 두 혀는 불꽃처럼 타올라 온몸을 불살라 재로 소진되고 싶은 강렬한 충동으로 치달았다.

―권지예 「정육점 여자」(2001)

"와아, 냄새 죽인다. 이건 명절에만 먹던 별식이잖아. 이 북어찜은 명절때도 우리 집에서만 해먹었던 것 같아. 열여섯 살이 되자 우리가 배워서 직접 만들어 먹기도 했지."

"왜, 지금도 좋아하면 언지가 만들어 먹지."

"글세, 나는 좋은데 그이가 별로야."

"… 언니도 남편 식성에 맞춰 요리를 해?"

"물론 처음엔 안 그랬지. 내 자아와 자존심을 지키듯이 식성을 지켰어. 김치도 젓갈을 듬뿍 넣은 것과 약간 넣은 것 두 가지로 담그고 멸치도 고추장에 버무린 것과 면실유로 볶은 것 두 가지로 했지. 그런데 갈수록 못하겠더라. 힘이 들어서. 둘 중 하나를 포기해야 한다면 내가 내 입맛을 바꾸는 편이 나아. 그러다보니 새로운 맛에 눈뜨기도 하고. 이건 나중에 인정하게 된 거지만, 내가 만들어서 내가 맛있게 먹는 것보다는 타인이 맛있게 먹는 걸 보는 게 나아. 단 1%라도. 어쩌면 그게 요리의 속성이 아닐까. 그런데 집에 오니까 이런 걸 다 먹네. 아냐. 이런 걸 먹을 수 있어서 집에 온 것 같은 건가…"

―윤효 「우리가 강을 건넜을까」(2002)

여자가 아궁이 앞에 쪼그리고 앉아 무언가를 이빨로 물어뜯고 있다. 개고기가 틀림없다. 부엌 공기중에 퍼져 있는 냄새만으로도 그것을 알 수 있다. 개고기 특유의 노린내. 그것은 그 어떤 양념을 가한다 해도 완전히 없어지지 않는다. 생강과 마늘을 짓이겨 넣고 된장을 아무리 처발라도 개 노린내는 감춰지지 않는다. 여자는 주먹만한 개고기를 덩어리채 움켜쥐고 걸신들린 사람처럼 우악스럽게 뜯어먹고 있다. 오직 개고기를 먹는 것에만 여자의 온 정신이 집중되어 있다. 평소 여자가 내게 보여주던 모자란 듯하면서도 어수룩한 모습과는 사뭇 다르다. 실뱀이 기어가듯 등골이 서늘하다. 천장에 매달아놓은 전구 불빛 때문일까. 여자의 눈빛이 섬뜩하면서도 날카로운 광채를 발한다.

-김숨 「투견」(2003)

그는 흡족한 얼굴로 음식을 양껏 먹었다. 특히 구운 새우가 구미를 당기게 했는지 눈치 없이 새우를 네 마리째 자신의 앞접시로 가져가려고 했다. 그녀는 옆에서 그가 먹은 새우의 수만 헤아리고 있었던 사람처럼, 그가 네 마리째 새우를 집어 올리려는 찰나 잽싸게 자신의 포크로 그가 집은 새우의 등짝을 콱 찍어 눌렀다. 새우에 박힌 그의 포크에 그녀의 포크가 딴죽을 걸듯이 부딪치면서 들려온 소리가 '쨍강'이다. 너무도 생생하고 불경한 그 소리에 우리는 입에 든 음식을 씹지도 못하고 꿀꺽 삼켰다. (중략)

「혼자만 입이엿! 야들도 먹어야제.」

그녀의 거침없는 고함 소리가 목 언저리를 서늘하게 훑고 지나갈 즈음, 공중으로 날아오른 새우 접시가 죽순 접시의 옆구리를 들이받고 말았다. 새우 한 마리가 시누이의 치마폭으로 뛰어들고 기우뚱 뒤집어지려는 죽순 접시 위에 두 마리의 새우가 내리꽂힌 건 순식간이었다. 그가 들고 있던 포크를 따악, 소리 나게 상 위에 내려놓았고 남편과 시누이의 입에서는 어엄마, 비명이 터져 나왔다.

-이현수 「토란」(2003)

… 내 다리를 물어뜯은 개가 아버지의 오토바이에 묶이고 있어. 그 개의 꼬리털을 태워 종아리의 상처에 붙이고, 그 위로 붕대를 친친 감고, 아홉 살의 나는 대문간에 나가 서 있어. 무더운 여름날이야. (중략) 아버지는 녀석을 나무에 매달아 불어 그슬리면서 두들겨패지 않을 거라고 했어. 달리다 죽은 개가 더 부드럽다는 말을 어디선가 들었대. 오토바이의 시동이 걸리고, 아버지는 달리기 시작해. 개도 함께 달려. (중략) 그날 저녁 우리 집에선 잔치가 벌어졌어. 시장 골목의 알 만한 아저씨들이 다 모였어. 개에 물린 상처가 나으려면 먹어야 한다는 말에 나도 한입을 떠넣었지. 아니, 사실은 밥을 말아 한 그릇을 다 먹었어. 들깨냄새가 다 덮지 못한

누린내가 코를 찔렀어. 국밥 위로 어른거리던 눈, 녀석이 달리며, 거품 섞인 피를 토하며 나를 보던 두 눈을 기억해. 아무렇지도 않더군. 정말 아무렇지도 않았어.

—한강 「채식주의자」(2004)

처가 식구들은 고기를 유난히 즐기는 편인데, 처제가 어느날부턴가 채식을 한다면서 고기를 먹지 않은 것이 장인을 비롯한 모두의 심기를 불편하게 한 모양이었다. 처제가 딱할 만큼 말라 있었으므로, 그들이 그녀를 심하게 나무란 것도 이해 못할 바는 아니었다. 그러나 베트남 참전 용사 출신의 장인이 반항하는 처제의 뺨을 때리고, 우격다짐으로 입 안에 고깃덩어리를 밀어 넣은 것은 아무리 돌아봐도 부조리극의 한 장면처럼 믿기지 않는 것이었다.

그러나 그보다 선명하고 섬뜩하게 기억되는 것은 그 순간 터져 나온 처제의 비명소리였다. 고깃덩어리를 뱉어낸 뒤 과도를 치켜들고 그녀는 가족들의 눈을 차례로 쏘아보았다. 흡사 궁지에 몰린 짐승처럼 그녀의 눈은 불안정하게 희번덕이고 있었다.

—한강 「몽고반점」(2004)

건성으로 고깃덩이만 뒤적이던 무라뜨가 힘없이 포크를 내려놓았어. 나는 접시를 구석으로 밀어내고 식탁에 누워, 순한 양처럼 목을 길게 늘어뜨렸어. 그의 목에 불거진 목울대가 단번에 위로 올라갔다가 미끄러져 내렸어.

"나를 먹어요!"

나는 속삭였어. 아모에게 그랬듯이 나는 무라뜨에게 내 부엌문을 활짝 열었어. 무라뜨가 몸서리를 쳤어. 내가 다모를 먹었듯이, 그는 나를 먹기 시작했어. 잉잉 잉, 벽 속에서 수도관이 울어. 집집마다 늦은 저녁밥을 짓느라고 분주해. 찬장문을 여닫고 도마질하는 소리가 요란해. 스테인리스 접시들이 쨍강거리고 칙칙칙, 압력밥솥이 경쟁적으로 끓고 있어. 새벽부터 한밤까지 사람들은 부엌에서 뭔가를 씻고, 끓이고, 튀기고 있어. 나는 음식, 음식, 음식이 되었어.

—오수연 『부엌』(2006)

바짝 마른 여자가 살찐 남자를 먹어치운다. 발톱 하나 남기지 않고 깨끗이 먹어치운다. 먹고 나서 또 먹으려고 두리번거린다. 먹으면 먹을수록 마른 여자는 더욱 마른다. 바짝 마른 여자가 이 땅의 살찐 남자들과 살찐 여자들을 모조리 먹어치운다. 그래서 먹혀버린 살찐 남자들과 살찐 여자들은 바짝 마른 여자의 피와 살이 된다. 배고픔이 배고픔을 부르는 배고픈 피와 배고픈 살이 된다. 바짝 마르고 배고픈 여자는 다 먹고도 또 먹으려고 한다. 눈이 점점 커지고 이빨이 점점 날카로워진다. 배고픔은 갈수록 더욱 심해지고, 여자는 견딜 수 없어 땅을 뭉텅 잘라 먹는다. 다음엔 제 가슴도 잘라 먹고 제 몸뚱어리도 잘라 먹는다. 눈동자도 빼 먹고 제 백골도 아드득 아드득 깨물어 먹는다. 자, 이제 얼마 후 태평양이 한꺼번에 그 바짝 마른 여자의 아가리를 향해 돌진하는 것을 보게 되리라.

—김혜순 「먹이의 역사」(1997)

그는 넣었다 토마토 케첩을
끓어오르고 있는 나의 뇌수에.
그는 논리정연한 태도로 발라내었다 끓어오르는 뇌수에서
실핏줄과 튀는 힘줄을.
그는 맛있게 먹고 있었다
입맛마저 다시며.
그의 앞엔 나의 촉수가 불을 밝히고 있었다.
그는 다시 이성적으로 휘저었다 예리하고
작은 나이프로
아직 익지도 않은 마지막 뇌수마저.

다 먹어치우고 나서 그는
번질거리는 입술을 닦았다 희디흰 냅킨으로.
그는 잔을 들었다
한 손에 갓 따온 먹이의 유방에 빨대를 꽂아서
코를 쿵쿵거리며.
그 다음 그는 홀짝홀짝 즐겼다

—김혜순 「프레베르의 아침 식사에 대한 나의 저녁 식사」(1985)

알몸의 인어가 누워 있네
얼음 접시 위에
인어의 저며진 살점이 놓여 있네
음부 위의 해초
인어의 간과 잘린 유두
내장 자리에서
흘러내리는 핏물

긴 젓가락을 벌린 채

빙 둘러 선 사내들
썩기 전에 드세요
탱탱할 때 드세요
독주가 돌아가고
사내들의 눈이 벌게질수록
드러나네
풍성한 머리칼
희디흰 등뼈

—강기원 「인어 회를 먹다」(2010)

어떤 이는 눈망울 있는 것들 차마 먹을 수 없어 채식주의자가 되었다는데 내 접시 위의 풀들 깊고 말간 천 개의 눈망울로 빤히 나를 쳐다보기 일쑤, 이 고요한 사냥감들에도 핏물 자박거리고 꿈틀거리며 욕망하던 뒤안 있으니 내 앉은 접시나 그들 앉은 접시나 매일반. 천년 전이나 생식을 할 때나 화식을 할 때나 육식이나 채식이나 매일반.

문제는 내가 떨림을 잃어간다는 것인데, 일테면 만년 전의 내 할아버지가 알락꼬리암사슴의 목을 돌도끼로 내려치기 전, 두렵고 고마운 마음으로 올리던 기도가 지금 내게 없고 (시장에도 없고) 내 할머니들이 돌칼로 어린 죽순 밑둥을 끊어내던 순간, 고맙고 미안해하던 마음의 떨림이 없고 (상품과 화폐만 있고) 사뭇 괴로운 포즈만 남았다는 것.

—김선우 「깨끗한 식사」(2007)

기름 둘러 달군
백철솥 속에
펄펄 뛰는 미꾸라지들을 집어넣고
솥뚜껑을 덜썩이며 몸부림치고 있는 미꾸라지들 한가운데에
생두부 서너 모를 넣어주지요
그래 놓으면
서늘한 두부살 속으로
필사적으로 파고들어간 미꾸라지들이
두부 속에 촘촘히 박힌 채
익어나오죠
그걸 본때 있게 썰어

양념장에 찍어 먹는 음식인데요
말씀하시는 게, 그
두부모 아닌가요
우리 모두 대가리로부터 파고들어가
먹기 좋게 익혀져 나오는
허연 두부살?

                              -김언희 「미꾸라지 숙회」(1995)

물냉면을 시키고 앉아 신문을 뒤적거린다
해외 토픽란에는 자궁이 없는 딸을 위해
엄마가 대리모가 되었다 찬반양론이 분분한 활자
사이로 바퀴벌레가 구불구불 기어간다
유선방송에서는 한국영화가 방영중이다
한 여자가 사산된 아기를 낳는다
여자의 돌멩이 같은 몸과 울부짖는 소리가
순식간에 분식점 안에 부서져내린다
바닥에 이리저리 뒹굴던 휴지도 흥건히 젖는다

냉면의 시뻘건 국물. 탯줄 같은 면발을
꾸역꾸역 내 속으로 밀어넣는다. 1천 8백 원 어치의
질기고 긴 탯줄. 창밖에는 온통 꿈틀거리는 햇빛

                                     -이원 「냉면」(1996)

거리거리마다
온갖 생고기집 주물럭집 수산횟집이 난장을 치는 사이로
가만히 가만히 끼어서라도
죽집을 냈으면 한다
(중략)
속이 연하고 조용해지면
생각이 높아지는 법

생각이 높아지면
모든 지상의 것들에게로 겹으로 스미리

내 죽집 앞을 사뭇 기웃거리며 부딪는 떠돌이 개야
내 죽집 유리창에 맨날 늘어진 입을 대는 늙은 가로수야
초대하리라 이 쭈그렁들아, 나의 미식 녹두죽을 특별히 넬께

이 저녁도 길에 지친 행인들의 쓰린 속이 보인다
세상 폭력이 보인다
환중(患中)의 헐은 내벽이 보여

—이진명 「죽집을 냈으면 한다」(2004)

10.6. 에로스적 욕망의 은유

식욕과 성욕을 동일시함으로써 성과 섹슈얼리티를 여성의 육체로 체화하고 구체화하는 방식은 음식과 관련해 익숙한 문학적 관습이다. 여성 작가들은 음식이나 요리가 섹슈얼리티와 맺고 있는 관련성에 천착하고 이를 여성의 에로스적 욕망과 결부시켜 감각적으로 형상화하고자 했다.

현대소설에서 음식이 성을 위해 도구화되는 경우 과일과 아이스크림 혹은 뱀장어와 삼계탕과 같은 음식이 성적인 비유를 얻으면서 여성의 관능적 이미지와 중첩되는 양상으로 드러난다. 이때 음식은 인간의 욕망을 구성하거나 인간의 관계 속에 들어와 피식자로서의 자격을 획득하고 있는 것이다. (김형경 『사랑을 선택하는 특별한 기준』, 천운영 「눈보라콘」, 신경숙 「딸기밭」, 권여선 「내 정원의 붉은 열매」)

또한 여성작가는 '혀'라는 감각의 기호를 통해 여성존재가 일상에서 느끼는 위기감을 세심하게 포착한다. 현대 소설 속 인물들은 대상을 탐지하는 가장 진실하고 원초적인 감각기관인 혀를 통해 적나라한 몸의 사랑을 추구한다. 그리고 이 같은 사랑 체험을 통해 식욕과 입맛을 되찾음으로써 삶에의 욕망을 수락하는 단계에 이르게 된다. 이로써 지식의 허상과 대비되는 혀의 감각을 옹호하는 동시에 여성의 성욕이 식욕처럼 지극히 일상적이고 인간적인 욕망이라는 것을 승인하고자 한다. (권여선 『푸르른 틈새』, 윤효 「베이커리 남자」, 함정임 「아주 사

소한 중독」, 조경란 『혀』)

나아가 여성들은 음식과 요리행위에 개재되는 남녀 사이의 위계적 질서를 근본적으로 부정하고 뒤흔들고 있다. 이런 맥락에서 여성에게 성적 쾌락의 의미는 음식을 먹는 자기-충족적인 행위와 다르지 않다는 점이 강조된다. (권지예 「뱀장어 스튜」, 오수연 『부엌』)

현대시에서 여성의 성적 욕망과 에로틱한 상상은 '먹다'라는 행위와 음식을 통해 비유적으로 표현된다. 먹는 행위의 근본적이고 강렬한 감각은 자연스럽게 에로티시즘과 이어지게 되는데, 이때 여성의 육체적 열망은 음식과 요리들로 에로틱하게 때로는 폭력적일 만큼 강렬하게 체현된다. 에로틱한 성욕은 때로 아름다운 식물처럼 만개하듯 건강하게 피어나고, 사랑의 절정 혹은 정점은 달콤하고 기름진 음식을 탐식하는 순간으로 표현되며, 몸보시 같은 욕정은 뜨듯한 국물 한 사발의 연정으로 묘사된다. (김선우 「아욱국」, 「북엇국」, 김혜순 「빵의 대화」) 복숭아를 먹으며 복숭아처럼 달콤하면서도 물크러지기 쉬운 사랑을 생각하고, 살점이 파헤쳐진 굴비를 보며 지난 밤 섹스의 진실과 허위를 회상하며, 생선의 비린내도 홍어의 썩은 내도 모두 육체적인 사랑에서 남은 관능적이고 노골적인 냄새들로 기억한다. 은밀한 몸의 관능적인 욕망들은 싱싱하거나 부패된 음식들과 함께 에로틱한 욕정의 절정과 순간들을 드러낸다. (강기원 「복숭아」, 최영미 「마지막 섹스의 추억」, 이규리 「그 비린내」, 문혜진 「홍어」)

> 내 머릿속은 바빠진다. 기억과 상상은 새로운 조리를 실현하는 또하나의 부엌이다. 기억과 상상은 도마와 칼처럼 부지런히 호응하여 비 오는 날에 어울리는 음식들을 분주하게 마련해놓는다. 나는 맹탕국을 떠먹으면서 맛있는 국들의 맛을 상상한다. 구수한 아욱국이나 배춧국, 맑은 감잣국, 시원한 콩나물이나 매콤한 김칫국……
>
> 아주 잠깐 동안 내 혀는 이런 조작에 순순히 복종하는 체한다. 그러나 혀가 영영 속는 경우란 결코 없다. 실현되지 않은 맛에 대한 기억의 길이, 그리움의 길이가 얼마나 기나긴지 내 혀는 알고 있다. 혀는 자해와 자위 두 가지밖에 모른다. 내 혀가, 내 식욕이 잠에서 깨어난 것은 열한 살 때였다. 각성이 항상 인생에 바람직한 건 아니다. 그것은 맑은 날보다 비 오는 날 온다.
>
> ─권여선 『푸르른 틈새』(1996)

전골 냄비가 서서히 달아오르고, 냄비 안의 재료들이 조금씩 뜨거워지고, 진웅의 얼굴에도 어떤 열정 같은 것이 떠오르는 게 보였다. 인혜의 마음속에서도 무엇인가가 가열되는 것 같았다. (중략) 그 모든 것이 한데 어우러져 마녀의 냄비처럼 끓어오르는 것 같았다.

—김형경 『사랑을 선택하는 특별한 기준』(2001)

전체를 휘어잡게 만든 원뿔형의 부라보콘은 냉정한 육체를 가졌다. 그러나 내가 손에 쥐는 순간 그 차가운 몸뚱이는 뜨거운 잔상을 남기며 맹렬히 안겨온다. 표면에 생긴 물방울이 손금 사이사이로 스며들면 다른 손바닥에도 슬그머니 땀이 찬다. 비밀의 문을 열 듯 조심스럽게 옷을 벗겨낸다. 돋을 새김이 되어 있는 콘의 표면은 소름이 살짝 돋은 발가벗은 여자의 몸처럼 안쓰럽기까지 하다. 아이스크림의 질감을 훼손하지 않을 정도로 바삭바삭하면서도 촉촉한, 그 어떤 콘도 따라올 수 없는 아슬아슬한 균형감각. 나는 부라보콘 맨살을 아주 세심히 쓰다듬는다.

—천운영 「눈보라콘」(2001)

정확히 사십 분 후에 여자가 돌아왔다. 우산을 잃어버렸는지 여자의 코트에서 물이 뚝뚝 떨어졌다. 근처의 포장마차에 들렀는지 여자의 몸에서 비린 생선이 타는 냄새와 달큰한 술 냄새가 났다. 여자가 가건물이 무너지듯이 그에게 안겨왔다. 그때 그는 자신의 팔이 기꺼이 뻗어나가는 것을 보았다. 그는 자신의 육체가 그토록 적극적으로 구는 것에 놀라면서도 순응했다.

그는 그녀를 안아 들고 주방으로 갔다. 그는 의자 여덟 개를 이어 붙여 간이침대를 만들고 그 위에 자신의 거위털 파카를 깔고 여자를 눕혔다. 여자의 몸이 서늘한 김을 뿜으며 그의 몸에 수초처럼 달라붙었다. 그는 그녀의 흰 목에 드라큘라처럼 이빨을 박았다. 열기와 습기로 촉촉해진 그녀의 피부 밑의 어디에선가 뭉클한 과육 냄새가 풍겼다. //

그는 점심 식사를 걸렀다는 것을 떠올리고 포장을 하지 않은 식빵 두 개를 집어 우적우적 씹었다. 그러나 허기는 이미 취기에 밀려 사라지고 난 뒤였다.

—윤효 「베이커리 남자」(2001)

그녀는 그가 왜 좋은지 모른다. 무엇이 좋은지 모르면서 그와 키스를 한다. 그녀가 유일하게 믿는 건 혀다. 혀가 짓는 말이 아니라 혀가 맡는 냄새다. 혀는 먹고 말하는 데 소용되는 것만은 아니다. 그녀에겐 파트너를 알아보는 데 더 유용하다. //

그녀는 점이나 미신 따위는 믿지 않지만 자신의 혀만은 무시한 적이 없다.

—함정임 「아주 사소한 중독」(2001)

그림은 이렇다. 베란다 난간 너머로 녹색의 후경을 깔고, 전경엔 긴 갈색 테이블이 놓여 있다. 그 위에 이제 막 뱀장어 스튜를 요리하기 위한 재료들이 놓여 있다. 테이블 왼쪽에 커다란 양파, 테이블 가운데는 풀어놓은 신문지 위로 검은 뱀장어들의 몸이 난교하듯 서로 얽혀 있다. (중략) 인생이란 화려하지도 않고, 더군다나 장엄하지도 않으며 다만 뱀장어의 몸부림과 같은 격정을 조용히 끓여내는 것이 아닐까… 스튜 냄비의 밑바닥처럼 뜨거움을 견디고 살아내는 것인지도 모른다는 생각이 조용히 스며들기 때문이다. 신이 조절한 타이머에서 종소리가 날 때까지 말이다. 하긴 꼭 뱀장어 스튜가 아니면 어떤가. 삼계탕이나 곰탕, 뭐 이런 것들도 조용히 끓고 있는 것이다.

－권지예 「뱀장어 스튜」(2001)

현수의 입이 벌어지면서 자줏빛 와인 선이 열리는가 싶더니 그 사이로 분홍 장미의 볼록한 꽃잎 같은 새우만두가 사라졌다. 그 광경을 바라보는 순간 갑자기 내 머릿속에서 만두 속즙이 터지듯 기억의 물방울이 톡 터졌다. 오랫동안 잊고 있었던 장면 하나가 떠올랐다. 마치 꿈에서인 듯 나는 P형과 단둘이 걷고 있었다. 화사한 봄꽃이 만개한 주택가였다. (중략) 나는 앞접시에 놓인 새우만두의 피를 조금씩 뜯어내다 말고 고개를 들었다. 현수는 왠지 모르게 흥분한 것처럼 보였다. 현수는 내 잔에 자신의 잔을 부딪친 뒤 와인을 쭉 들이켜고 신경질적으로 입술을 핥았다. 입술 사이의 붉은 라인이 흩어졌다.

－권여선 「내 정원의 붉은 열매」(2007)

'향기' 뒤에는 무의식적으로 '관능적인' 이라는 형용사가 숨어 있다. 관능적인 것은 만지고 싶고 먹고 싶다는 충동을 불러일으킨다. 감각을 일깨우는 것이다. 미각과 가장 밀접하게 연결되어 있는 후각은 가장 강력한 감각이다. 음식을 만들 사람의 입장에서 보면 깡마르고 먹는 것에 대한 거부감을 갖고 있거나 기피하는 여자들을 위해서는 꼭 필요한 감각이기도 하다. //

참, 이상하죠. 그게 지금까지 본 가장 에로틱한 섹스 장면이라는 게 말이에요. 두 사람 다 너무 몰입하고 있어서요. 나 그때 하마터면 세연 씰 사랑하게 될 뻔했잖아요. 두 사람이 서로 혀를 입 속에 찔러넣고 있을 때 마치 입 속에 숨을, 노래를 불어넣고 있는 것처럼 보였죠. 그 눈부신 감각이 나한테도 생생하게 전해져왔어요. 그때, 섹스는 좋은 거죠. 안 그래요? 모든 음식재료들도 동물이나 식물의 성행위의 결과물이니까요.

－조경란 「혀」(2007)

아욱을 치대어 빨다가 문득 내가 묻는다
몸속에 이토록 챙챙한 거품의 씨앗을 가진
시푸른 아욱의 육즙 때문에

―엄마, 오르가슴, 느껴본 적 있어?
―오, 가슴이 뭐냐?
아욱을 빨다가 내 가슴이 활짝 벌어진다
언제부터 아욱을 씨 뿌려 길러 먹기 시작했는지 알 수 없지만
―으응, 그거! 그, 오, 가슴!
자글자글한 늙은 여자 아욱꽃빛 스민 연분홍으로 웃으시고

나는 아욱을 빠네
시푸르게 넓적한 풀밭 같은 풀잎을

―김선우 「아욱국」(2007)

커튼을 치고 우리는
잼을 바르지요
꿀도 바르지요
매끄러우라고 마가린이나
버터를 바르기도 하지요
가끔은 불 위에 벗은 몸을 얹어
굽기도 하지요
(냄새가 그윽하군요)
기분이 나면
머리 위에 체리 장식도 하지요

그리고 우리는
서로를 먹어치우지요
두 손을 좍좍 찢어가며
둘이 모두 흔적 없이
사라질 때까지
열나게 삼켜버리지요

―김혜순 「빵의 대화」(1990)

길 가다 한 사내 보았는데
글쎄 낯이 익어
한 천년 된 마음은 뜨거웁고
건널 수 없던 서늘한 강은 깊어

꽃잎 한장 나부껴 떠오더라는 얘긴데

이생에 어긋나면 어느 골짜기 바람이 될까
만취한 사내 아랫목에 누이고
북어를 땅땅 두드렸다는데
부끄러이 내 껍질 벗고 여윈 살점을 추려
더운 국물 한사발 끓여 올렸다는데

—김선우 「북엇국」(2000)

사랑은…… 그러니까 과일 같은 것 사과 멜론 수박 배 감 …… 다 아니고 예민한 복숭아 손을 잡고 있으면 손목이, 가슴을 대고 있으면 달아오른 심장이, 하나가 되었을 땐 뇌수마저 송두리째 서서히 물크러지며 상해 가는 것 사랑한다 속삭이며 서로의 살점 뭉텅뭉텅 베어 먹는 것 골즙까지 남김없이 빨아 먹는 것 앙상한 늑골만 남을 때까지……그래, 마지막까지 함께 썩어 가는 것……썩어갈수록 향기가 진해지는 것……그러니까 복숭아를 먹을 때 사랑은 생각하지 않는 것이 좋다

—강기원 「복숭아」(2006)

아침상 오른 굴비 한 마리
발르다 나는 보았네
마침내 드러난 육신의 비밀
파헤쳐진 오장육부, 산산이 부서진 살점들
진실이란 이런 것인가
한꺼풀 벗기면 뼈와 살로만 수습돼
그날 밤 음부처럼 무섭도록 단순해지는 사연
죽은 살 찢으며 나는 알았네
상처도 산 자만이 걸치는 옷
더이상 아프지 않겠다는 약속

그런 사랑 여러번 했네

찬란한 비늘, 겹겹이 구름 걷히자
우수수 쏟아지던 아침햇살
그 투명함에 놀라 껍질째 오그라들던 너와 나
누가 먼저 없이, 주섬주섬 온몸에
차가운 비늘을 꽂았지
살아서 팔딱이던 말들
살아서 고프던 몸짓
모두 잃고 나는 썹었네
입안 가득 고여오는
마지막 섹스의 추억

—최영미 「마지막 섹스의 추억」(1994)

물간 생선 먹는 일 같이
마음 떠난 사람과의 입맞춤이 그렇다
요행을 바라는 마음 없지 않지만
커피잔에 남아 있는 누군가의 립스틱 자국처럼
낯선 틈이 하나 끼어든다

아깝다고 먹었던 건 결국 비린내였나
등푸른 환상이었나
재워줄 뜻이 없으면 어디서 자느냐고 묻지 말라 했다
갑남을녀들
서로 속는 척, 속아주는 척

먹다 만 고등어.
먹다 만 너.
사향 냄새는 생리주기도 당긴다는데
벼리면서 단단해진다는데
그런데, 두 번씩 달구어 비리디 비린
마음아 넌?

—이규리 「그 비린내」(2006)

내 몸 한가운데 불멸의 아귀
그곳에 홍어가 산다

극렬한 쾌락의 절정
여체의 정점에 드리운 죽음의 냄새

오랜 세월 미식가들은 탐닉해왔다
홍어의 삭은 살점에서 피어나는 오묘한 냄새
온 우주를 빨아들일 듯한
여인의 둔덕에
코를 박고 취하고 싶은 날
홍어를 찾는 것은 아닐까

－문혜진 「홍어」(2007)

10.7. 취향과 교양, 음식의 계급성

전통사회에서 음식의 종류와 음식이 제공되는 방식은 신분과 계급의 실천이란 성격을 띠었다. 현대에도 음식의 생산·소비방식은 계급적 차별과 권력의 문제와 결부되어 있다. 현대사회에 계급의 경계로서 음식등급은 존재하지 않지만, 여전히 음식은 문화적 특권층이 비가시적으로 그들 계급을 구분하는 표상으로 발명되고 향유되고 있기 때문이다. 이에 현대소설은 음식이 인물 사이의 권력구도를 보여주는 기호이자 시대의 문화적 취향과 욕망을 읽어낼 수 있는 탁월한 코드가 될 수 있는 가능성에 주목한다.

무엇보다 현대소설에서 음식에 대한 묘사는 인물이 직면한 궁핍함과 풍요로움의 현실을 효과적으로 전달하는 도구로 활용되었다. 가령 풀기 없는 밥이나 말라빠진 나물, 정체 모를 음식들은 입맛이나 식성과 무관하며 오로지 생존을 위해 준비되는 음식들이고, 쌀밥과 볶은 멸치, 빵 등은 상대적 포만감을 주는 음식들로 등장하는 식이다. (강경애 「지하촌」, 박화성 「춘소」, 백신애 「호도」, 최정희 「봉수와 그 가족」 「우물 치는 풍경」, 공선옥 「오지리에 두고 온 서른 살」, 김연경 「피아노, 그린비의 상상」)

이렇게 현대소설은 음식에 대한 취향과 선호도가 단순히 개인의 취향을 드러내는 지표를 넘어서 그가 속한 계급과 교양을 측정하는 바로미터가 되고 있음을 흥미롭게 서사화한다. 빵, 토스트, 커피, 치즈, 와인, 아이스크림 등의 서구 음식을 향유하는 여성들과 이를 선망하는 인물의 대비적 모습은 중산층의 변화된 식생활과 생활 스타일을 보여주는 동시에 세련된 취향과 여유로움이라는 부르주아 계급의 정체성을 환기시킨다. 또한 웰빙에 대한 표방이나 채식주의 혹은 인스턴트식품 역시 개인의 신념이나 기호와는 별도로 특정한 계층의 교양과 신분을 지시하는 지표로 해석될 수 있음을 보여준다. (강신재 「절벽」, 한말숙 「한 잔의 커피」, 박완서 「움딸」, 김채원 「달의 몰락」, 김지원 「집」, 정이현 「타인의 고독」, 권여선 「분홍 리본의 시절」, 정미경 「내 아들의 연인」)

한편 소설 속 여성들의 음식 선호도는 대부분 이국 취향을 동반하는 경우가 많은데, 이 새로운 소비 패턴과 격식을 은밀히 공유하고 선망함으로써 여성들은 계층적 상승 욕망을 드러낸다고 할 수 있다. 여기서 여성인물은 자신이 선망하던 댄디적 삶이 충족되지 못한 채 끝내 결핍으로 남음에도 불구하고 자신의 욕망을 끝없이 유예시키는 모습을 드러낸다. 이처럼 물질적 욕망의 극단과 황폐화된 자아 사이를 아슬아슬하게 넘나드는 여성인물을 통해 여성작가는 음식이 담지하는 포괄적인 의미를 포착하고 새롭게 구성되는 계층적 정체성과 관계망을 탐색하고 있다. (전혜성 「마요네즈」, 송혜근 「이태리 요리를 먹는 여자」, 정이현 「낭만적 사랑과 사회」, 정미경 「호텔 유로, 1203」)

밥이란 도토리뿐으로 밥알은 어쩌다가 씹히곤 했다. 씹히는 그 밥알이야말로 극히 부드럽고 풀기가 있으며, 그 맛이 달콤해서 기침을 할 지경이다. 그러나 그 맛은 잠깐이고 또 도토리가 미끈하게 씹혀 밥맛이 쓰디쓴 맛으로 변한다. 그래서 도토리만은 잘 씹지 않고 우물우물 해서 얼른 삼키려면 그만큼 더 넘어가지 않고 쓴 물을 뿌리며 혀 끝에 넘나들었다.

　　　　　　　　　　　　　　　　　　　　　　　　—강경애 「지하촌」(1936)

「어젯 저녁도 죽 한모금 밖에 못 자시고, 오늘 빈 속으로 어떻게 나간다우? 요리와서 더 눴다가 일어나시란 말이요.…」 죽거리라도 조반 끓일 것만 있으면 오죽이나 좋을까하고, 양림 어머니는 부엌에 우두커니 서서 조반 끓일 궁리를 해보았으나, 역시 어젯밤과 마찬가지로 아무런 계책이 나지 않고 가슴만 막막 하였다.

　　　　　　　　　　　　　　　　　　　　　　　　—박화성 「춘소」(1936)

그날 아침 냉이 나물 한 죽이를 소금에 찍어서 먹고 왔을 뿐인 그는 해가 점심 때 가까이 되자 등줄이 당기며 두 눈은 목구멍으로 삼키려는 듯하고, 배껍질은 배가 고파 말라 붙은 것 같지만, 찢어질 듯 따가우며 연해 찡하니 울리듯 아팠다.

— 백신애 「호도」(1939)

봉수네는 요새 한 열흘째 맨풀만 먹고 지낸다. 오래간만에 어쩌다가 타 온 배급이 스무엿새 치가 쌀이 너 되가 좀 넘고 나머지는 호밀인데 호밀도 두 말이 넘지 못하는 분량이었다. (한 사람 앞에 일 홉 오 작이라니 그리될 밖에 없는 일이지만.) 스무 엿새 치를 받으면 스무 엿새 동안을 먹어야 이상적이겠으나 그렇지 못하고 그것을 열흘도 채 못 먹어서 다 떨어진다. 스무 엿새 치를 열흘도 못 먹는다면 아주 헤푸게 풍성풍성하게 먹은 것같이 생각되지마는 실상은 그렇지 못하다. 쌀은 봉수만 죽을 끓여주고 호밀은 맷돌에 갈아서 가루를 내어 봉수 조모와 봉수 삼촌이 아무런 풀이거나 뜯어 넣고 끄리는 푸성귀 국에다가 맷돌에 간 밀가루를 한 공기 남짓하게 넣고 휘휘 적시며 끄려 죽도 아니요 밥도 아니요 국도 떡도 아닌 그런 이름모를 요리를 해 먹는 것이 그렇게 되는 것이다.

— 최정희 「봉수와 그 가족」(1946)

가만히 들여다보고 있으려니까 빵 함지박 때처럼 눈이 황소 눈 같지 않고 가삽츠레하기도 하고 샐죽하기도 하고 거슴추레하기도 합니다. 얼굴도 탁 풀렸습니다. 빵 함지박 앞에선 거저 팽팽하기만 하더니만 주름쌀에 물결치듯 파동이 생겼습니다. 짓거리고 웃고 하기 때문일까요. 말씀 드리자면 매우 여유 있는 얼굴들입니다. 빵 한 개와 막걸리 한두 사발에 저처럼 여유가 있을 수 있을까요. 참 간단히 처리될 수 있는 위인들입니다. (중략) 그들에겐 한 조각의 빵이 시요 그림입니다. 예술입니다.

— 최정희 「우물 치는 풍경」(1947)

"자 무얼 드실까요. 오늘은 어디 좀 많이 잡숫는 걸 보고 싶습니다."
경아는 메뉴를 집어들고 되는대로 주워대었다.
"굴, 병아리, 그린 샐러드하구 아니언 수프 그리고 아이스크림."
그래 놓으면 실지로는 아주 조금밖에 먹지를 않더라도 주의를 끌기를 면할 것 같았다. //
웃음소리가 흘렀다. 테이블에는 캔에서 나온 햄 덩어리며 썰지도 않은 치즈며 병에 들은 피클이며가 요리점 접시에 담긴 음식들과 함께 두서도 없이 늘어 놓였다. … 유쾌하고 진묘한 식사가 시작되었다. 친밀한 사람들끼리만 나눌 수 있는 즐거운 화락함이 방안에 감돌았다. 만약 경아가 조금만 더 식욕을 느낄 수 있었더

라면-만약 그 흉측한 위협을 잊을 수만 있었더라면-그것은 진실로 유쾌한 식탁이
었을 것이 틀림없었다.

-강신재 「절벽」(1959)

커피에는 입이 까다롭기도 하지만 마시는 것 중에는 커피를 가장 좋아하기 때문
에, 혜영은 8천원이나 하는 파이렉스 포코레이터를 쓰다가 아무래도 맛이 신통치
않아 드립 커피로 해보았다가, 5인용 전기 포코레이터가 가장 나은 것 같이 지금은
그것을 쓰고 있다. 물을 여분 있게 붓고, 그라운드 커피를 테이블 스푼으로 꼭
한 숟갈 넣어서 끓였다가, 크림을 약간 쳐서 은은한 다갈색이 되었을 때 마시면
별미다. //

토스터에 식빵 두 쪽을 넣고 냉장고에서 치즈를 꺼내서 접시에 담고 계란 하나를
반숙하는 사이, 커피의 향기는 한층 훈훈히 혜영을 감싸준다. //

커피는 뜨거워서 아직 마실 수 없었다. 그녀는 커피의 향기를 맡으며 그 김이
좌우로 유유히 흩어지는 것을 지켜보았다. 열 시 십 분이다. 갑자기 전화의 벨이
울린다. 한 번, 두 번, 세 번…… 열한 번…… 열다섯 번. 잠시 멎었다. (중략)
그것이 누구에게서 걸려오는 전화이건 그녀는 이 행복한 시간을 침범당하기는
싫었다.

티 테이블로 와서 혜영은 올리브빛 찻잔을 들어 커피를 천천히 한 모금 마셨다.

-한말숙 「한 잔의 커피」(1965)

요새 이 거리에 새로 들어선 외국 상표의 아이스크림 전문점은 거리로 난 전면이
유리여서 안이 훤히 들여다보였다. 바닐라, 초콜릿, 아몬드, 그레이프, 네몬, 체
리, 스트로베리 등 맛도 빛깔도 가지가지의 아이스크림이 든 쇼케이스를 배경으로
미키마우스 등받이가 달린 빨간 의자에 앉아 아이스크림을 핥는 아이들과 엄마들
은 딴 나라 사람들처럼 서늘하고 세련돼 보였다. 미니스커트를 입은 웨이트리스들
의 황갈색으로 염색한 머리가 썩 잘 어울리게 그 안은 이국적이었고, 이국적인
게 곧 품위라고 생각하는 손님들은 어항 속의 열대어처럼 마음껏 폼을 재고 있었
다. 동네 어귀에 그 가게가 들어서고부터 웬만큼 사는 집 아이들은 백원이나 오십
원짜리 아이스케키를 안 먹었다.

-박완서 「움딸」(1984)

은이는 정신없이 먹을 것을 찾기 시작했다. 자신이 끓여먹다 만 미역국은 이미
쉬어 있었고 전기 밥통 속에는 누런 현미쌀밥만이 눌러붙어 있을 뿐이었다. (중략)
은이는 맨 끝에 놓인 석짝들부터 하나씩 내리기 시작했다. 세 번째는 유과. 은이는

하얗고 바삭바삭한 유과를 한 개 내들고 베어먹었다. 혀에 끈적끈적하게 달라붙는 달콤한 조청. 네 번째 석짝에는 곶감이 가득했다. 은이는 그것에도 손을 대었다. 속이 쓰라렸다. 유과나 곶감 같은 마른 음식들이 쓰린 속을 달래 줄 리는 만무했다. 그런데도 은이는 고구마를 갉아먹는 토끼처럼 유과를 와삭와삭 게걸스럽게도 갉아먹었다. 다음에는 곶감을 꾸역꾸역 목구멍 속으로 몰아 넣었다.

　　　　　　　　　　　　　　　　　　　　　　 -공선옥 「오지리에 두고 온 서른 살」(1993)

　A·B·D는 카피투를, C는 스블라키를 주문했다. 맥주가 나오고 마늘빵과 감자튀김이 서비스로 나왔다.

　그들은 자신들이 주문한 요리를 먹기 전에 맥주를 마시고 서비스로 나온 마늘빵과 감자튀김을 먹었다. 마늘빵은 말랑거리며 맛이 있었고 감자튀김도 신선했다. 밭에서 캔 지 얼마 안 되는 싱싱한 감자를 깨끗한 기름에 튀겨낸 듯했다.

　　　　　　　　　　　　　　　　　　　　　　　　　 -김채원 「달의 몰락」(1995)

　모든 것이 정식 디너 같았다. 빵은 냅킨에 반쯤 싸여 바구니에 담겼고 나이프와 포크도 양쪽으로 여러 개 놓였다. 세 개의 촛불만으로 식탁을 밝혔으므로 우리들의 등뒤는 어둠이었고 우리들 머리 위의 어둠도 일렁거리며 천장 쪽으로 조금 물러나 식탁은 빛의 동굴 같았다. (중략) 세 개의 촛불이 켜진 식탁에 앉으며 친구와 함께 감탄을 했다. 빨간 도자기 접시와 빨간 냅킨과 키 큰 와인글라스는 여성 잡지에 나오는 사진 장면 같았다.

　　　　　　　　　　　　　　　　　　　　　　　　　　 -김지원 「집」(1997)

　…때때로 주변 인물이 주요 인물로 변하기도 하는데, 이상하게도 '본아빼띠'의 빵이 마냥 맛이 없는 것은 아닌지도 모른다는, 보통때의 인상과는 다른 생각이 든다. 빵을 그렇게 좋아하고 또 그 장식성을 좋아해서, 우리 집의 형편으로는 도저히 살 수 없는, 고작해야 아주 특별한 날 가장 값이 싼 '우유 식빵' 정도를 살 수 있었을 뿐인 제과점 앞에서 나는 몇 분씩 쇼윈도 안을 구경하곤 했었다. 대나무로 짠 조그만 바구니를 한 손에 들고 이것저것 빵과 과자를 고르던 바바리 코트를 입은 신사, 혹은 화려한 케이크 진열대 앞에서 생일 케이크를 고르던 정장 차림의 부인 등 나는 두서너 사람이 오가는 풍요로운 제과점의 풍경을 선망의 눈으로 바라보다가, 악의의 눈물을 삼키면서 돌아서곤 했다. 아무튼 제과점은 내가 함부로 들어갈 수 없었기에 중요한 의미를 갖는 곳이 되어버렸다.

　　　　　　　　　　　　　　　　　　　 -김연경 「피아노, 그린비의 상상」(1998)

"그라빠는 이태리 브랜디인데, 특이하게도 포도주를 만들고 남은 찌꺼기인 포매 스란 것으로 만든 거야. 맛이 진하고 오묘한데 이 술을 아는 사람들이 별로 없어. 특히 이 부루넬로 델마레 브랜디는 기가 막히지. 맛이 어때?"(중략)

"시저스 샐러드하고, 홍합과 페스토 크림으로 만든 엔젠헤어를 주세요. 시저스 샐러드는 로매인레터스를 자르지 말고 통째로 주세요. 싱싱한 로매인레터스는 통 째로 아작아작 씹어야 제맛이 나거든요. 그런데 그걸 자르면…"

"김이 새죠."

안토니가 재빨리 말을 되받았다.

—송혜근 「이태리 요리를 먹는 여자」(2001)

와인 리스트를 찬찬히 읽어 내려가던 그는 소믈리에에게 1980년산 메도크 포이 약이 있느냐고 물었다. 1980년은 내가 태어난 해였다. "보르도 지방 와인은 여성적 이고 섬세한 데가 있지만 좀 가볍거든. 그런데 포이약은 달라. 웅장하면서 깊이가 있는 맛이지. 유리도 좋아했으면 좋겠는데." 자신만만하면서도 겸손한 저 말투. (중략) 주문한 디너 코스에 따라 새로운 음식이 서비스될 때마다 나는 적당한 속도 로 접시의 절반 정도씩만 비웠다. 디저트는 다크 초콜릿이 휘핑 크림처럼 뿌려진 티라미수 케이크였다. 나는 티스푼으로 초콜릿 크림을 떠서 입술로 가져갔다. 스 푼을 물듯 입술 사이에 밀어넣고 혀끝을 살짝 내밀어 감질나게 핥아먹었다. 그가 물끄러미 내 얼굴을 바라보고 있다는 것을 느낄 수 있었다.

—정이현 「낭만적 사랑과 사회」(2002)

아케이드가 끝나는 곳엔 영국식 찻집이 있다. 천천히 걸어 다녔을 뿐인데 목이 마르며 조금 피로했다. 조지 왕조풍으로 실내 장식이 된 찻집은 어두워서 편안하 다. 갈색 벨벳으로 바닥과 등을 감싼 의자에 앉는 것만으로도 길거리의 테이크 아웃 커피는 결코 주지 못할 만족감과 위로가 오후의 조수처럼 마음속으로 밀려왔 다. 포트넘 앤 메이슨이 '애프터눈 티'를 주문한다. 뜨거운 티에 일회용 꿀을 마지 막 한 방울까지 부어서 목젖이 데도록 뜨겁고 달게 마시고 싶다. 포트넘 앤 메이슨 이 보리차보다 늘 더 맛있다고 우기고 싶진 않다. 다만 이토록 눈부신 타인들의 삶 속에서 나도 명성을 획득한 그 무엇인가를 희롱하고 싶어진 것뿐이다.

—정미경 「호텔 유로, 1203」(2003)

혼자 먹는 식사는 보통 테이크아웃을 한다. 애용하는 음식은 김밥. 통조림 참치 를 곱게 다져 마요네즈 소스에 버무린 참치김밥을 제일 좋아하지만 금방 질리게 될 까봐 야채김밥, 쇠고기김밥, 치즈김밥을 돌아가며 주문한다. 뜨뜻한 국물이 생각나는 날엔 진공 비닐 팩에 설렁탕을 일인분씩 담아주는 식당에 들른다. 그대로 가져와서 대접에 국물을 쏟아 붓고 전자레인지에 데운 다음 햇반을 말아 먹으면 된다. 별식이 먹고 싶다면 가까운 패밀리 레스토랑에 전화를 걸어 구운 새우와 닭 가슴살을 얹은 샐러드의 포장을 부탁하고 삼십 분 뒤에 찾으러 간다. 휴대전화 요금의 포인트 점수나 신용카드 이용 실적에 따라 할인 혜택도 받을 수 있다.

　어떤 경우든 메뉴 선택의 첫 번째 기준은 일회성이다. 다음 번 식탁을 예비하며 냉장고에 보관해둔 음식은 거의 언제나 잊혀진다.

―정이현 「타인의 고독」(2004)

　고추장 양념을 한 돼지 불고기를 볶았을 때도 왕성한 식욕을 보였고 내가 큰 마음 먹고 소갈비찜에 도전했을 때는 거의 과식을 감내하는 수준이었다. 그런데도 선배는 여전히 육류를 즐기지 않는 편이라고 주장했고, 선배의 아내는 그래도 자기가 남편보다는 잘 먹는 편이라고 조심스레 거들었다. 그들 부부에게 육류를 즐긴다 함은 거의 매끼 고기를 먹지 않으면 돌아버리는 지경을 의미하는 듯했다. 나는 그들과 교제하는 내내 그들이 나보다 육류를 덜 즐기는 증거를 찾지 못했다. 중산층의 표지는 육류를 즐기지 않는 데 있다기보다 육류를 즐기지 않는다고 말하는 데 있는 모양이었다.

―권여선 「분홍 리본의 시절」(2005)

　맛있는 거 사주겠다고 전화하면서 나는, 혹시 바쁘다고 거절당해도 기분 상하지 말자, 했었다. 도란이는 왜요, 라고 묻지도 않고 그러겠다고 했다. 뭐가 먹고 싶냐 했더니 자장면이요, 하기에 차이니스 레스토랑으로 약속을 잡았는데 점심을 많이 먹지 않는다며 굳이 자장면만 시키겠다고 했다. (중략) 계산대 앞에서 카드를 꺼내는데 전표를 건너다보던 도란이 카운터 아가씨에게 묻는다. 자장면 구천 원 아니었어요? 카운터 아가씨가 친절하게도 대답을 했다. 부가세하고 봉사료가 붙었거든요. 아니, 자장면 주제에 무슨 봉사료에요? 도란이 영 불편한 표정으로 묻는다. 도란이를 내 차에 태우고 근처의 백화점으로 간 건 자장면에 무슨 봉사료냐고 묻는 도란이를 묘한 표정으로 쳐다보던 카운터 아가씨의 태도에서 뭔가 내 속을 건드리는 게 있었기 때문일까.

―정미경 「내 아들의 연인」(2006)

11
거울

'거울'은 물체의 모양을 비출 수 있다는 특성 때문에 어떤 사실을 그대로 드러내거나 보여 주는 것을 비유적으로 일컫는 말로 사용된다. 고대인들은 물이나 거울에 비친 영상이 자신의 혼이라고 여겼고, 거울은 영적인 '신물(神物)'로서 주술적인 힘이 있는 것으로 생각했다. 따라서 거울은 많은 미신과 전설, 속설에 등장하며 상징적인 의미를 갖게 되었고, 거울에 비춰진 자신의 모습은 자의식의 투영물로 여겨졌다.

전통적으로 여성들은 야위고 수척해진 자신의 모습을 거울에 비춰보면서 지난 삶의 슬픔, 외로움, 서글픔, 회한 등을 발견했다. 고전문학에서 거울은 자신의 내적, 외적 모습을 비춰주며 자신의 현존을 돌아보게 하는 매개물로 등장한다. 또한 여성들은 거울 앞에서 단장함으로써 자기의 아름다움을 확인하고 이를 표현하고자 하는 욕구를 채운다.

그러나 현대문학에서는 '거울보기'가 자기도취를 벗어나 자기정체성 탐색을 위하여 자신을 직시하는 행위로 나타난다. 거울에 보이는 낯선 자신의 모습을 통해 부정하고 싶었던 자신의 내면을 만나면서 과거의 삶을 성찰하고 그로부터 미래로 이어지는 자신의 모습을 대면한다. 더 나아가 거울에 비춰진 나를 매개로 하여 시공간을 초월한 상상계 속의 어머니, 그리고 할머니들을 만나기도 하는데, 이때 '거울 속 나'는 단일한 자아가 아니라 여성의 서사를 함축하는 존재가 된다.

거울을 통해 자아를 확인하는 것은 역설적으로 '나'와 '거울 속 나'로 대비되는 자아의 분열을 상징하기도 한다. 그러므로 거울은 자아의 의식 속에 만들어진 이중적 혹은 다중적 자아를 투영하는 반영체인데 투영된 자아는 불완전하고 왜곡된 양상으로 나타난다. 이처럼 거울은 자기 내부의 무의식을 비추는 존재이기 때문에 깨진 거울(破鏡)은 자아와 타아의 분열된 자의식을 상징한다.

거울의 어원

거울은 빛의 반사를 이용하여 물체의 형상을 비추어보는 물건이다. 거울의 어원설은 크게 두 가지로 살펴볼 수 있다. 첫 번째는 거울이 '거꾸로'를 의미하는 단어 '거구루', 또는 '거스르다'를 의미하는 단어 '거슬/거스르-(逆)', '거우-'에서 유래했다는 것인데 거울에 사물의 형상이 '거꾸로' 나타난다는 특성 때문에 '반사경(反射鏡)'이라고 불리는 것과 그 근거가 유사하다. 이러한 분석에 의하면 '거울'은 '거구루〉거우루〉거울' 또는 '거스르〉거스르〉거으르〉거울'의 어형 변화를 거쳤을 것으로 생각해 볼 수 있다.

두 번째는 거울이 '구리'를 의미하는 '거(〈걸[銅])'에 접사 '우로(접사)'가 결합되었다는 것인데, 이러한 견해는 옛날에 '거울'을 만드는 재료가 구리였다는 점에 근거한 것이다.(陽燧ᄂ 구리로 디여 ᄆᆡᇰᄀᆞᄂᆞ니 거우루 ᄀᆞᆮᄒᆞ되 우묵ᄒᆞ니라(『능엄경언해(楞嚴經諺解)』 3(1461)) 즉, 거울의 옛 형태인 '거우로'는 '거+우로'로 분석될 수 있고, 이 때 어근 '거(〈걸)'는 '구리(銅)'의 '굴'과 같은 어원으로 본다. 그리고 접사 '우로(울)'는 '눈이 올롱하다, 아물아물하다'의 예에 등장하는 '올롱, 아물', 또는 '아리다, 어리다, 어른거리다'의 '알, 얼'과의 관련성을 유추할 수 있으며, '눈(眼)'과 의미적 관련성이 있다고 본다. 결국, 거울은 '동안(銅眼)'의 뜻을 가진 것으로 짐작된다.

거울의 어휘사

거울은 문헌에서 '거우루, 거우로, 거우룰, 거우르, 거올, 거울' 등의 형태로 나타난다. 이 중 '거울'의 초기 형태로 생각되는 '거우루, 거우로, 거우룰'은 15, 16세기 문헌에서 이미 광범위하게 나타나며, 16세기의 『훈몽자회(訓蒙字會)』(1527)에서도 '鏡'과 '鑑'의 字釋으로 '거우로'가 나타난다. '거우르'와 '거올'은 16, 17세기에 등장했던 것으로 추정되지만, 이들 어형이 사용된 용례는 그리 많지 않다.

ᄆᆞᆯᄀ 거우루 ᄀᆞᆮᄒᆞ야 (『월인석보(月印釋譜)』 1(1459))

믉곤 거우루레 내의 愚直호믈 다마 뒷ᄂ니 (『두시언해(杜詩諺解)』 초간본 3(1481))

거우로 鏡, 거우로 鑑 (『훈몽자회(訓蒙字會)』 中(1527))
거우루 경 鏡 (『백련초해(百聯抄解)』(1576))
거올 알플(鏡面) (『백련초해(百聯抄解)』(1576))
鑑 거으로 감 (『신증유합(新增類合)』 下(1576))

衰暮흔 ᄂ출 거울로 보믈 붓그리노라 (『두시언해(杜詩諺解)』 중간본 1(1632))
믉곤 거우루레 내의 愚直호믈 다마뒷ᄂ니 (『두시언해(杜詩諺解)』 중간본 3(1632))
거우루엣 얼구릐 자최를 여희디 몯ᄒ얏노라 (『두시언해(杜詩諺解)』 중간본 20 (1632))
거울 경 鏡 (『유합(類合)』 七長寺板(1664))
鏡奩 거올집 (『역어유해(譯語類解)』 下(1690))

이처럼 현대국어에서 사용되고 있는 '거울'은 17세기에 처음 등장하여, 18세기에는 '거우루, 거우로' 등을 대신하여 널리 사용된 것으로 추정된다. 이를 통해 거울 관련 어휘들은 '거우루(거우로)〉거올〉거울'의 통시적 과정을 거친 것으로 볼 수 있다.

거우르를 걸고 부면을 붓티고 (『여사서언해(女四書諺解)』(1736))
이 ᄯᅩ흔 흔 은에 거울 삼는 뜻이라 (『어제경세문답언해(御製經世問答諺解)』(1761))
일싱 지은 죄과 션과 거올에 낫타나니 (『염불보권문(念佛普勸文)』(1776))

폐하의 거울 갓흐신 총명으로 엇지 모ᄅ시리잇고 (『옥루몽(玉樓夢)』 4(1840년경))
텬쥬의 얼골이 령혼에 빗최기를 히빗치 거울에 빗쵬과 ᄀᆞᆺᄒᆞ니라 (『주교요지(主敎要旨)』(1906板))

거울은 지역에 따라 다양한 방언형으로 나타나는데, 크게 '거울' 계열, '석경' 계열, '면경'계열, '체경' 계열로 나누어볼 수 있다. 이들은 모두 '거울, 석경, 면경, 체경'을 기본형으로 하여 자음, 모음 교체를 통해 형성된 것이다. '거울' 계열에는 '게울, 겡울, 겨울, 겨울, 기울' 등이 있고, '색경' 계열에는 '새깡, 색강, 색공, 샛경, 섯경, 세깡, 세꽁, 쇠경, 쇠경, 시껑, 시경' 등이 있다. '면경' 계열에는 '맨건, 맨경, 맹경, 민경, 밍경, 밍깅' 등이 있고, '체경' 계열에는 '채경, 체겡, 치경' 등이 있다. 이 중 방언에 따라 가장 다양한 형태로 세분되는 것이

'석경' 계열과 '면경' 계열로 이들은 다양한 방언형으로 나타난다.

거울의 의미

거울은 '물체의 모양을 비추어 보는 물건'이라는 뜻 이외에 '어떤 사실을 그대로 드러내거나 보여 주는 것을 비유적으로 이르는 말'을 뜻하기도 하는데 '-되다, -하다, -삼다' 등과 결합하여 '본받아야 할 본보기나 교훈'을 뜻하기도 한다. 또한, 어떤 생각이나 감정의 움직임이나 옳고 그름을 가려보는 기준을 비유하여 이르는 말로도 사용된다.

거울의 이러한 뜻은 속담이나 고사성어, 그리고 문학에서 비유적 표현으로 자주 등장한다. 거울은 어떤 사물을 그대로 드러낸다는 특징 때문에 '눈만 보아도 그 사람의 마음을 짐작할 수 있음'을 비유적으로 이르는 말인 '눈은 마음의 거울'이라는 속담이 생겨났으며, 자기가 잘못한 것에 대한 화풀이를 엉뚱한 데하면서 아까운 물건만 버리는 어리석은 행동을 비유적으로 이르는 말인 '제 얼굴 못나서 거울만 깬다.(제 얼굴 더러운 줄 모르고 거울만 나무란다)'라는 표현이 생겨났다. 이것 또한 거울은 '어떤 사실을 있는 그대로를 드러내는 물건'을 의미함과 동시에 '귀한 물건'이라는 의미를 내포하는 비유적 표현이라고 할 수 있다. 또한, 군자의 맑은 마음을 깨끗한 거울에 비유하는 글귀가 자주 발견된다.

우리말의 고사성어에도 '거울'을 소재로 삼은 것들이 있다. '파경(破鏡)'은 직역하면 '깨어진 거울'이라는 뜻이다. 이몽룡은 춘향과 이별할 때 금낭 속의 명경을 꺼내주며, "대장부의 평생 마음 명경 빛과 같은지라, 몇 해가 지나도록 변하지 아니할 것이니, 깊이 간직하고 내 생각이 날 제마다 날 본 듯이 열어보라." 라고 하여 변치 않는 마음을 거울에 비유하였는데, 이와 반대로 부부가 이혼하거나 사랑하는 연인이 헤어질 경우 '거울이 깨졌다', 즉 '파경(破鏡)'이라고 말하는 관습이 있다.

'경중미인(鏡中美人)'이라는 말은 '거울에 비친 미인'이라는 뜻으로, 실속 없는 일을 비유적으로 이르는 말로 쓰이며, 경우가 바르고 얌전한 서울, 경기 지역 사람의 성격을 비유적으로 이르는 말로도 쓰인다. '명경지수(明鏡止水)'라는 말은 직역하면 '맑은 거울과 고요한 물'이라는 뜻인데 불교에서 잡념과 가식과 헛된 욕심 없이 맑고 깨끗한 마음의 상태를 비유하는 표현이다. 이밖에 '거울에 비춰 보는 것처럼 앞으로의 일이 아주 분명함'을 일컫는 '전감소연(前鑑昭然)', '선악을 꿰뚫어 보는 사람의 안목과 식견을 이르는 말'인 '진경(秦鏡)' 등이 있다.

거울의 쓰임과 유래

거울(鏡)의 발명은 물에 비친 자신의 모습을 발견하면서 비롯되었을 것으로 추측된다. 최초의 거울은 석경(石鏡)으로 제작되었을 것이며, 그 이후 석경은 오랫동안 사용되었다. 우리나라 최고(最古)의 거울은 서기 6세기경에 제작된 동경(銅鏡)이다. 이는 청동기시대에 제작되기 시작하여 삼국시대와 고려시대를 거쳐 조선시대까지도 사용되었다. 때로는 은으로 만든 '은경(銀鏡)'이 나타나기도 하였는데 이들은 대부분 둥근 모양으로 한가운데 꼭지가 있고, 한쪽 면에는 여러 가지 무늬가 조각되어 있다.

거울은 모습을 비추어보는 것 이외에도 그 용도가 매우 다양하였다. 예를 들면, 옛날 무당들은 칼, 방울, 거울을 무구(巫具)로 사용하였다고 전해지며, 『동국세시기(東國歲時記)』(1849)에 의하면 여염집에서는 섣달 그믐날 거울을 가지고 문 밖으로 나가 새해의 길흉을 점쳤다고도 하고, 조선시대에 이르면 임금이 초이렛날 둥근 거울 모양의 구리로 만들어진 머리꾸미개 '동인승(銅人勝)'을 신하들에게 하사하였다고 한다. 이와 같이 거울은 여성의 전유물이 아니라 남성에게도 생활에서 접할 수 있는 도구였음을 알 수 있다.

또한, 거울은 만든 재료에 따라 '수경(水鏡), 석경(石鏡), 동경(銅鏡), 은경(銀鏡), 유리거울' 등으로 불렸다. 이 중 '동경(銅鏡)'은 우리나라의 경우 기원전 6세기에 처음 제작되어 삼국시대, 고려시대 및 조선시대까지도 널리 사용되었고, 근세에 이르러 유리 거울로 대치되었다. 한편 거울은 그 용도에 따라 '손거울', 주로 얼굴을 비추어 볼 수 있게 만든 작은 거울인 '면경(面鏡)', 몸 전체를 비추어 볼 수 있게 만든 큰 거울인 '체경(體鏡)' 등으로 나뉘었다. 이 외에도 『규합총서(閨閣叢書)』(1809)에는 먼 곳을 보여준다는 '천리경(千里鏡)', 거울 한 쪽에 무늬를 조각한 '임화경(臨畫鏡)', 밤에 등잔 빛을 몇 리 밖까지 뻗으며 겨울이면 그 빛에 온몸이 따뜻하기가 태양을 낀 듯하고 전해지는 '서광경(瑞光鏡)', '현미경(顯微鏡)', 태양으로부터 불을 얻는다고 하여 '취화경(取火鏡)', 달로부터 물을 얻는다고 하여 '취수경(取水鏡)', 온갖 것을 다 비춘다고 하여 '다물경(多物鏡)' 등이 소개되어 있다. 지금과 같은 거울이 제작된 것은 19세기 말 유리공장이 설립되면서부터였고, 이때부터 유리가 대량 생산됨으로써 면경(面鏡)이 널리 보급되었다.

11.2. 거울의 문화적 상징성

거울 관련 풍속과 상징성

인류의 역사에 있어서 스스로를 비춰보게 된 것은 중요한 사건이었을 것이다. 우리가 일상으로 보는 유리거울이 사용되기 이전에는 금속 거울이, 금속경이 사용되기 전에는 물거울이 있었는데 고대인에게 있어서 맑은 수면은 최초로 자신의 얼굴을 비춰보는 거울로 기능했을 것이다. 세계에 널리 퍼져 있는 민속 중의 하나는 물이나 거울에 비치는 자기 그림자를 볼 때 죽는다고 믿는 것이다. 그것은 물이나 거울에 비친 자신의 영상이 자신의 혼이라고 생각했기 때문이다. 육체를 이탈해 밖에 나가 있는 자신의 혼을 봤다고 믿었기 때문에 물이나 거울이 자신의 생명을 앗아간다고 믿었다.

이처럼 고대인들은 거울 속에 영적인 것이 깃들어 있다고 생각하여 의례나 주술에 사용하는 일이 많았다. 거울에 비친 모습이 그 사람의 영혼이라고 믿어 거울을 늘 신변에 두었고, 주술적 능력이 있다고 생각하여 신성시하게 되었다. 이러한 사고는 거울을 신비하게 여기며 존중하고, 그 소유자가 죽으면 영적인 유품으로 여겨 귀중히 하는 풍습을 만들어냈다. 거울에 '壽如山 福如海' 등의 글귀를 새겨 넣기도 했는데, 거울이 재앙을 물리치고 상서로움을 불러와 부귀영화와 장수, 자손의 번성을 가져올 수 있다고 믿었기 때문이었다. 이처럼 거울이 주술적 힘을 갖고 있다고 하는 속세의 믿음은 수백 리를 비춰주는 거울, 어두운 곳에서도 사물을 비추는 거울, 사람의 마음속을 비추거나 사람의 오장육부를 볼 수 있는 거울, 배우자의 부정이나 귀신을 비추는 거울, 병을 치유하고 앞일을 예견하는 거울 등의 존재를 만들어 냈다. 더 나아가 거울은 모든 사물을 비추며 옳고 그름을 판단할 수 있는 존재로 믿기도 했다. 그렇기 때문에 거울은 그에 얽힌 많은 미신과 전설, 풍습 등을 만들어냈다.

예를 들어 옛날 사람들은 거울이 그것을 소유한 사람을 재앙으로부터 보호해 주는 주술적인 힘을 지닌 것으로 여겨서 '호신경'이라 부르기도 했으며, '놋거울'은 미친 사람을 치유할 수 있다고 믿어 옛날 부자들은 자기 집 현관에 거울을 걸어두기도 했다. '업경(業鏡)' 또는 '정파리경(淨玻璃鏡)'이라고 불리는 거울은 사람이 죽은 뒤 4주째에 마주치게 되는 지옥의 거울로 생전에 사자(死者)의 선행과 악행을 그대로 비춰줄 수 있다고 하였다. 또한, 어머니는 딸에게 '유경(遺鏡)'을 남겨 조상을 숭배하도록 했다.

이밖에 거울과 관련한 미신과 속설에는 '꿈에 거울을 받으면 아들을 낳는다', '거울을 깨뜨리면 집안이 화를 당한다', '깨진 거울을 보면 얼굴에 흠이 생긴다', '깨진 거울을 보면 재수 없다', '정월 초하루 아침에 거울을 깨뜨리면 일 년 내내 우환이 떠나지 않는다', '거울을 깨면 7년 동안 불행이 계속된다', '꿈에 다른 사람을 거울에 비추면 흉하다', '꿈에 거울을 받으면 아들 낳는다', '꿈에 거울을 들어서 서로 비추면 먼 곳에서 기별을 듣는다', '밤에 거울을 보면 소박맞는다', '새벽에 거울 보면 해롭다', '산모는 해산 후 아흐레 동안 거울을 보지 않는다', '어린애에게 거울을 보이면 해롭다', '음식을 먹으면서 거울을 보지 않는다', '밤에 거울 보면 쉬 늙는다' 등이 있다.

이와 같이 거울이 우리 민족의 삶 속에서 많은 미신과 전설, 속설에 등장하며 특별한 상징적 의미를 갖는 것은 사람들이 자신 스스로를 돌아보게 하는 거울의 물리적 특징 때문일 것이다. 사람들은 거울에 비춰진 자신의 모습을 나 자신과 동일시하며 자의식의 투영물로 여겼다. 옛말 '以銅爲鑑 可整衣冠 以古爲鑑 可知興替'이라는 글귀는 '놋거울을 사용하면 의관을 바로잡을 수 있을 것이며 옛일을 거울로 삼음으로써 나라들의 성쇠를 예견할 수 있다'를 뜻하는데 이것은 거울 속의 나를 거울 밖에서 객관적으로 볼 수 있음을 의미하는 것이었다.

문헌에 등장하는 거울 이야기　　옛날 사람들은 거울이 신물(神物)로서 주술적 힘이 있는 것으로 여겨 새로운 나라를 건국하는 왕들의 이야기에 거울을 등장시켰다. 신라 성덕여왕 때 창건되었다고 하는 보경사(寶鏡寺)는 중국 진나라에 가서 도인에게 8면경을 얻어와 내연산 아래 용담호에 묻고 '보경사'라 불렀다는 유래가 전해진다. 또한, 『삼국사기』에 따르면 당나라 상인에게 산 헌 거울(古鏡)에 해가 비치면서 글자가 보여 궁예(弓裔)에게 바쳤다는 얘기가 전해진다. 고경참문(古鏡讖文)에서 등장하는 고경(古鏡)은 고려 왕건의 왕위 등극과 그의 통일을 예시했다고 하는데 그것은 하늘이 내린 통치자는 스스로를 경계하는 상징물인 '동경'을 지니고 있었기 때문이다. 조선의 태조 이성계는 거울이 깨지는 꿈을 꾸고서 자신감을 얻어 조선을 건국하였다는 설화가 전해지며, 조선말에 대원군이 왕권을 복귀하려 했을 때 거울의 출현을 조작했다고 전해진다. 이것은 거울의 출현을 통해서 왕권복귀의 필연성을 강조하려 한 것인데 옛날에 천하를 통치한다는 것을 '거울을 쥔다'고 표현한 것도, 새 왕조의 출현을 '신경(神鏡)'이라고 부른 것도 이와 관련된다. 이러한 이야기들은 거울이 신물(神物)이며 주술적인 능력을 갖고 있어 통치자의 전능함이나 권위를 나타내는 상징물로 쓰였음을 보여준다.

또한, 거울은 종교적으로 석가여래의 진신(眞身)으로 여겨지기도 한다. 『삼국유사』 만어사(萬魚寺)의 고기(古記)에 석가가 돌 속으로 들어가 거울이 되어 비쳤다는 이야기가 있다. 만어사의 '바위거울'은 만어사에 있던 독룡의 난폭한 행동을 회개시키고 떠나려는 부처를 머물게 하기 위해 석가의 그림자, 즉 불영(佛影)을 바위거울에 남긴 것이다. 따라서 석가가 없는 바위거울에 범명을 '아타라사(阿陀羅沙, Adarasa)라 짓고 큰 공덕이 있는 것으로 여겼다.

이처럼 거울에 대한 주술적 관념을 문학에 담은 '찬기파랑가'가 있다. 달이 강물에 비추어 나타나듯 기랑의 모습이 작가의 상상 속 물거울에 비추어 나타난다. 거울은 현대문학에서도 주요한 모티브로 나타난다. 김동리의 소설 『을화(乙火)』에서 주인공 을화는 무당이 되는 과정에서 무경(巫鏡)을 얻게 되는데, 거울에 주술력이 존재한다는 속설을 보여준다. 이밖에 거울을 서로 반쪽씩 나누어 가진 남녀가 헤어졌다가 후에 거울을 맞춰보고 부부됨을 확인하였다는 '설씨녀(薛氏女)' 설화는 거울이 사랑을 연결시켜주는 신비한 힘을 가진 상징물로 나타난다.

11.3. 자성의 매개물

여성 한시문에서 거울은 鏡[경; 거울], 明鏡[명경; 맑은 거울], 鸞鏡[난경; 새를 뒷면에 새긴 거울], 靑銅鏡[청동경, 청동 거울], 粧鏡[장경; 화장 거울] 등의 명칭으로 나타나며, 鏡[경; 거울]이란 단어가 가장 많이 쓰였다. 거울은 기원전부터 사용되었는데, 사전적 의미는 '물체의 모양을 비추어 보는 물건'이다. 곧, 거울의 가장 일반적 용도는 얼굴이나 몸을 비추어 보는 것이다. 이에 거울은 시문에서 얼굴을 비춰보고 화장을 하는 도구로 많이 그려지고 있다. 나아가 거울은 '거울 삼다' '거울처럼 맑다' '거울처럼 고요하다' '거울 보니 흰머리 났네' 등의 용례를 통해 '모범이 되거나 깨끗한 대상이나 사실', '세월의 흔적을 확인시켜주는 도구'라는 의미로 많이 쓰였다.

거울은 자신의 모습을 확인하기 위해 얼굴을 비추는 이미지로 등장한다. 님 그리며 긴 밤 잠 못 이루다 새벽이 된다. 이 새벽에 일어나 거울을 보니 수척해진 얼굴이 비친다. 거울 앞에 앉아 밤새 야윈 얼굴을 바라보며 한숨짓는 여인의 모습을 상상할 수 있다. 밤새 자신이 얼마나 마음을 괴롭혔고 외로웠는지 얼굴을 통해 나타나는 것이다. 곧, 거울은 아픈 마음을 야위고 수척해진 모습이라는 형상으로 보여주는 도구인 것이다. 다시 말해 '마음'이 '얼굴'에 나타나고 이를 '거울'로 확인하는 것이다. (김임벽당 「別贈」)

또한 거울은 여성들에게 지나온 삶의 회한, 수심을 비춰주는 매개이다. 여인들이 병을 앓는다는 것은 실제 몸이 아픈 것일 수도 있으나 마음의 병이기도 하다. 마음이 흔들려 요동치기도 하고, 수심이 폐부에 스미기도 한다. 이는 자신의 삶이 어엿한 한 사람으로서 살았다고 하기에는 부족하기 때문이다. 할 일이 없고 할 줄 아는 것이라고는 바느질과 시 짓기뿐이다. 더구나 평생 시를 지었으나 알아주는 사람이 없어 슬프고, 자신을 알아줄 벗들과 만나기도 힘들고 더 일찍 만나지 못했음도 서글프다. 여성들은 이러한 마음의 병 때문에 파리해지고, 그 모습을 거울에서 확인하였다. (김운초 「五江樓秋懷」)

한시문에서 거울은 '삶의 거울, 삶의 모범'의 이미지로 나타나기도 한다. 이는 주로 자연과의 합일을 나타내는 시와 도학시(道學詩) 계열에서 보인다. '나'는 보잘 것 없는 인간이지만 자연의 위대하고 아름다운 경치 앞에서 우주만물의 조화를 깨닫고, 자연과 내가 하나가 되는 듯한 경지를 체험한다. 그리고 거울에 비춰 본 자신의 모습은 맑고 밝은 정신세계를 지닌다. 또한 흰 구름과 물같이 매임이 없고 맑은 성정(性情)을 지니었으니 화장 거울은 필요가 없다. 필요한 것은 맑은 영혼을 비춰줄 거울뿐이다. (김운초 「九秋出五江樓-3수」, 김호연재 「自歎-3」)

규방가사에서 거울이 지닌 속성인 빛을 반사하는 특성은 자신의 현존을 되비 춰주는 계기가 된다. 거울에 자신의 내적·외적 모습을 비추어 봄으로써 자신 의 현존을 돌아본다. 이 때 거울에 비춰진 자신의 어두운 모습은 님의 부재를 환기하는 계기가 되고 있으며, 지나온 삶의 굴곡과 회한을 느끼게 한다. (「심중 소회」, 「단심곡」, 「청승가」)

또한 여성에게 거울은 자기를 표현하는 단장의 도구이다. 거울은 화전놀이 를 비롯한 외출을 앞두고 외모를 단장하기 위해 바라보는 대상이다. 외출을 앞 두고 바라보는 거울은 명랑한 분위기 속에서 둥글고 밝은 원환의 이미지로 나 타난다. 거울의 원환 이미지는 단장 후 거울 속에 비춰진 외양의 화사함과 일치 한다. 이는 자기표현의 욕구를 충족시킴으로써 얻어지는 충만함과 통한다. (「화 전가라」)

현대문학에서도 거울은 세계와 자아를 반영하는 자성적 매개물로 등장한다. 거울을 통해 스스로를 바라보면서 자신의 아름다움을 확인하고 그 가치를 인정 받고 싶은 나르시시즘적 욕망은 그 대표적 유형이다. (박완서 『휘청거리는 오후』, 이혜경 「멀어지는 집」) 물에 비친 자신의 모습에 매혹되어 물에 빠져 죽은 나르시 스의 이야기는 현대소설에서 우물에 빠져 죽는 여성들의 이야기로 변주된다. 우물, 즉 깊은 땅속에 담긴 채 새롭게 차오르며 상을 비추는 물은 여성인물의 감추어진 내면을 상징하고 억제된 자의식을 자유롭게 하려는 욕망을 상징한다. (신경숙 「우물을 들여다보다」) 그러므로 여성인물이 우물에 빠져 죽는 행위에는 자신의 정체성을 성찰하고 웅변하려는 메시지가 담긴다. (박경리 『토지』, 오정희 「옛우물」) 이때 우물은 그의 무죄함과 당당함을 확인하는 유일하고 확고한 자아 반영체이다.

현대시에서도 거울은 주로 정체성의 탐색이라는 기본적인 주제로 등장하여 시인의 자아를 드러내는 방식과 밀접한 관련을 맺는다. 현실과 환상을 모두 담 보하는 경계로서 거울은 일차적으로는 화자 자신을 투명하게 직시하게 하는 매 개물이다. '거울-보기'는 평생을 걸쳐 이루어지는 자기 인식의 행위로서 특정한 의의를 지니는데, 이 같은 거울 모티프는 자화상, 유리창, 물, 하늘, 우물 등 자아 탐색의 다양한 사물들로 변주되어 나타난다. 거울은 수많은 문학작품을 통해 재생산되어 왔지만 특히 여성에게 더욱 밀접한 매개물로 등장해 친밀하고도 낯선 의미로 매번 변용된다.

거울이라는 성질을 통해서만 자신을 바라볼 수 있다는 점에서, 거울은 자신을 꿰뚫어 보여주는 신의 영력(靈力)으로 이해되기도 한다. 거울을 통해 보이지 않는 세계로 나아갈 수 있는 것이다. 거울이 재현하는 낯선 자신의 모습을 통해 부인하고 싶었던 자신의 내면을 만나게 되고, 이로써 과거로부터 미래로 이어지는 자신의 이력과 대면하게 된다. (오정희 「유년의 뜰」 「직녀」 「어둠의 집」, 박완서 「닮은 방들」, 윤성희 「길」, 김인숙 「감옥의 뜰」, 김숨 「룸미러」 「막차」 「간과 쓸개」 『나의 아름다운 죄인들』)

거울 속에서 나르시시즘을 걷어내면서 여성은 자기도취를 벗어나 삶의 본질을 탐색하기 시작한다. 이는 주체가 자아를 성찰하는 첫 번째 과정이며, 여성시에서 거울은 남성중심적 삶과 편협한 자아의 의식 속에 갇힌 자기 모습을 성찰하는 매개가 된다. 거울 속의 자기 모습을 응시하면서 자기 삶의 이력을 읽어내고 반성하며 성찰하는 일련의 과정은 지금껏 타자화되어 온 여성들로 하여금 거울 앞에서 펼쳐지는 여성서사를 읽어내게 하는 중요한 노정이 된다. (천양희 「아침마다 거울을」, 이규옥 「날마다 축제라네」, 양선희 「억압에 관한 명상」, 나희덕 「돼지머리들처럼」, 황인숙 「외출하다」, 황성희 「거울에게」)

　　　　한스러운 이별 뒤 삼년 지나
　　　　갖옷 입고 홀로 겨울을 나네
　　　　가을바람은 짧은 귀밑머리 스치고
　　　　찬 거울엔 야윈 얼굴 비치네
　　　　나그네 꿈은 풍진세상 사이에
　　　　이별 근심은 변새에 겹치네
　　　　배회하며 멀리 있는 님 생각하니
　　　　한숨과 눈물이 창문에 가득하네
　　　　恨別逾三歲 衣裘獨禦冬 秋風吹短髮 寒鏡入衰容
　　　　旅夢風塵際 離愁關塞重 徘徊思遠近 流歎滿房櫳
　　　　　　　　　　　　　　　　－김임벽당 「이별한 이에게 別贈」(16세기?)

숲속 매미 울기 그치자 작은 누각 한가롭고
비취빛은 아득한 노을과 구별하기 어려워라
폐에 병 든 시름은 강산의 술 만나고
여윈 모습은 거울 속 산 부끄럽게 마주하네
林蟬嘶歇小樓閑 彩翠難分杳靄間 病肺愁逢江山酒 瘦容羞對鏡中山
— 김운초 「오강루 가을 정회 五江樓秋懷」(19세기 전반)

우뚝 솟은 물가 정자 맑은 기운 가득하여
여린 마음 넓어지니 맑은 강물 같아라
천지의 운행은 추위와 더위 공평하게 나누고
인생은 기쁨슬픔 겪으며 감정 일어난다
밤 고요하니 어룡이 촛불 그림자 불어대고
달 밝으니 학이 글 읽는 소리에 답하네
한가히 거울 보며 도리어 경계를 잊으니
만상이 내 밝은 마음자리에 돌아와 비추네
水閣崢嶸瀨氣盈 柔腸磊落比河淸 天行冷熱平分序 人閱悲歡各爲情
夜靜魚龍吹燭影 月明鸛鶴答書聲 悠然對鏡還忘境 萬象歸吾本地明
— 김운초 「늦가을에 오강루에 나가 九秋出五江樓 — 3수」(19세기 전반)

흰구름 性을 삼고 물은 情을 삼았으니
벽에 걸린 화장 거울 공연히 부끄럽네
영혼은 소상강 짙은 안개비에 떠 있고
정신은 개골산 맑은 물과 구름에 노니네
白雲爲性水爲情 粧鏡空羞壁上明 魂泛瀟湘烟雨暗 神遊皆骨水雲淸
— 김호연재 「스스로 탄식하며 自歎 — 3」(17세기 말 — 18세기 초반)

오호라 이인싱은 전생이 무슨죄로 여즛몸을 타여나서 천신만고 억만고이 구고임
게 병근되어 빅번죽어 무한이나 쳔도가 무상키로 지부금 보명되여 벽상이 걸인거
울 무심히 비쳐볼씩 무정싀월 여류ᄒᆞ야 져이광음 직쵹모탓 삭난두변 도다오니
과거스을 말ᄒᆞ난듯 쳘못갓치 박힌셔름 싱젼이 못알외문 지즁ᄒᆞ신 즛품으로 과도심
샹 하실지나 인즛도리 져승하와 참아오미 이겨셔라 응당 아부님도 과거스로 만연
ᄒᆞ셔 병근된쥴 짐쥭ᄒᆞᄂ 져의게도 말업스믄 구고감즁 짐쥭ᄒᆞ물 져엇지 모르릿가
— 「심중소회」(미상)

삼십이 넘어서니 자미업난 거울딕히 이용을 고시ᄒ니 반이다 슉든모습 뉘을위
히 이러ᄒ고 홀잇쳐 싱각ᄒ니 규중을 썰쳐나셔 남복을 기착ᄒ고 일쳑창마 치을쳐
셔 운산을 넘고넘고 하슈을 건너건너 님을ᄎᄌ ᄂ갸가셔 쳔슈만슈 미친원망 낫낫
치 풀어볼가 동지장야 깁혼밤에 몽혼이 유유하여 창공에 놉히날아 그리든 임을만
나 것흐로 눈물짓고 소희을 다못ᄒ고 무졍한 져계싱에 씨쳣구나 허셰로다

ㅡ「단심곡」(20세기 전반)

두달반 셕달만에 맛참명경 들고본니 팔자아미 곱든눈셥 혓텬삼은 잠관이요 도
화갓치 곱든얼골 슛장ᄉ난 신참홀싀 셕달만에 머리셋고 열히만에 시슈ᄒ니 씨을
히셔 그려ᄒᄂ가 홍심업셔 그려ᄒᄂ가

ㅡ「청승가」(미상)

동생들 압세우고 화젼노름 가자서라 분단장을 하자더니 명월같은 밝은거울 분
단장을 곱게하고 이농저농 여러놓고 색색이도 찾아본이 남옥색 겹져고리 이걸내
여 입고갈가 연분홍 비단치마 이걸내여 입고갈가 옥양목 겹버선을 이걸내여 신고
갈가 단장을 곱게한이

ㅡ「화전가라 1」(미상)

치마 주름을 잡고 허리를 단다. 그리고 입고 있던 옷을 벗는다. 먼저 저고리를
벗고 치마의 허리를 끄른다. 치마가 맥없이 흘러내렸다. 조그만 여자의 알몸이
거울에 비친다. 가슴이 잘 익은 과일처럼 둥글고 단단하게 달려 있다.

문의 좁은 칸살이마다 촘촘히 박혀 있는 당신의 눈을 의식하며 나는 아주 천천히
알몸 위에 새로 지은 치마를 두른다. 거울 속의 여자는 볼이 붉다. 계집의 연지볼이
붉으면 팔자가 세다는데…… 살포시 잠이 들어 쓰러진 내게 베개를 고여주며 청상
의 어머니는 한숨을 쉬었다.

나는 고개를 세게 저으며 가슴 위로 치마허리를 한껏 두른다. 벗어 놓은 저고리
의 동정을 북북 뜯고 치마허리를 뜯어 한데 뭉쳐서 구석으로 밀어놓는다. 거울에
흰옷 입은 여자가 비친다.

치마 위로 아랫배를 쓸어본다. 배가 밋츨하다. 나는 거울 속으로 웃는다. 나는
당신의 아들을 낳을 것이다. 가만히 방문을 열고 나온다. 당신 방의 장지문에는
불빛이 낮같이 밝은데 당신의 구부린 등의 그림자는 움직이지 않는다.

ㅡ오정희 「직녀(織女)」(1970)

나는 욕실에 들어가 불을 켠다. 눈이 부시게 환하다. 간음한 여자를 똑똑히 보고 싶다. 거울 앞에 선다. 거울 속에 내가 있다. 생전 아무하고도 얘기해본 적도 관계를 맺어본 적도 없는 것같이 절망적인 무구(無垢)를 풍기는 여자가 거기 있다.

나는 이상하리만큼 해맑고 절망적인 기분으로 나를 처녀처럼 느낀다. 십 년 가까운 남의 아내 노릇에 두 아이까지 있고 방금 간음까지 저지른 주제에 나는 나를 처녀처럼 느낀다. 그런 처녀는 끔찍하지만 그렇게 느낀다.

—박완서 「닮은 방들」(1974)

초희는 남자와 만나러 가면서 화장을 고치는 걸 잊어버린다. 전에 없던 일이다. 그러나 미도파 아래층을 서성대며 문득문득 거울 속에 자기와 만나질 때마다 굉장히 아름답다고 생각한다. 감전시킬 듯한 아름다움에 자신이 먼저 불안해진다.

—박완서 『휘청거리는 오후』(1976)

거울 속에는 언제나 좁은 방안이 가득 담겨 있었다.

소꿉놀이를 하다가도, 게으르게 눈을 껌벅이며 잠에서 깨어나서도, 싸움질을 하다가도, 허겁지겁 밥을 먹다가도 문득 눈을 들면 방의 한구석에 버티어 선 거울이 자신을 볼 수 없는 등까지도 환히 비추는 바람에, 우리는 거울 속에서 낯설게 자신에게 경원과 면구스러움을 느껴 옆으로 슬쩍 비켜서거나 남의 얼굴처럼 물끄러미 바라보곤 했다. //

한쪽 벽에 버티어 선 거울은, 줄줄이 피를 흘리고 있는 버짐투성이의 마른 계집애를, 슬픔과 증오와 수치심으로 비참하게 일그러진 열여섯 살 사내아이의 초라한 모습을 비추며 오연히 번쩍였다. 오빠는 참담한 얼굴로 거울을 노려보다가 발길로 걷어찼다. 삽시간에 방은 발 디딜 자리도 없이 잘디잔 거울 조각으로, 번득이며 튀어오르는 빛으로 가득 찼다. 저녁마다 화장을 하던 어머니의 얼굴이 천 조각 만 조각으로 깨어졌다. 오빠는 그 천 조각 만 조각의 얼굴에 결별을 고하듯 슬프고 초라하게 어깨를 늘어뜨리고 물끄러미 바라보았다.

—오정희 「유년의 뜰」(1980)

거울은 더욱 검었다. 무릎걸음으로 다가가 다만 어둡고 깊을 뿐 아무것도 되비치지 않는 거울을 바라보던 그 여자는 문이 열리는 듯한 기척에 뒤를 돌아보았다.

—오정희 「어둠의 집」(1980)

우물 속에 금빛 잉어는 없었다. 그래도 나는 맑은 물이 그득 고이면 금빛 잉어가 살리란 생각을 버릴 수 없었다. 정옥이는, 금빛 잉어는 사람들 눈이 띄면 안되니까 샘이 솟는 깊은 구멍으로 잠시 숨어 버렸을 거라고, 맑은 물이 고이면 다시 돌아올 거라고 말했다.

정옥이는 그해 늦가을 우물에 빠져 죽었다. 해가 퍼지기 전 물을 길러 간 사람이 우물가에서 빈 초롱과 우물 속에 떠 있는 정옥이를 발견했다. 동네 누구도 해진 뒤 물을 긷는 것을 금기로 알았기에 정옥의 죽음은 밤중이리라 했다. 정옥의 계모 는 밤중에 물을 길러 내보낸 적이 없다고 말했지만 정옥이는 밤중에 물을 길러 나간 것이 틀림없었다. 어른들은 그 어린 것이 무엇엔가 홀린 것이 틀림없다고 수근거렸다. 일찍 죽은 제 어미가 불러 간 것이리라고도, 우물 치는 일에 부정이 끼여들었기 때문이라고도 말했다.

─오정희 「옛우물」(1994)

우물같이 생겼다고 생각은 했지만 난데없이 웬 우물이 여기 있겠나, 싶었는데 정말 우물이었어요. 그것도 깊디깊은 우물요. 왜 그랬을까요. 나는 우물이구나, 감지하는 순간 무슨 못 볼 것을 본 양 얼른 널빤지를 끌어당겨 어두운 우물 속으로 빠지는 빛을 차단시켰죠. 우물을 다시 덮고 난 뒤에도 가슴이 걷잡을 수 없이 두근 거려 바닥에 한참을 주저앉아 있었죠. 얼마나 깊은 우물인지 맨 밑바닥에 가라앉 아 있는 것이 물이라는 걸 처음엔 실감하지 못했어요. 컴컴한 맨 밑바닥에 고여 있는 게 물이라는 걸 실감하는 순간 어떤 기척이 지하에서 지상으로 솟아오르는 것 같았던 그 야릇한 느낌을 어떻게 설명할까요.

─신경숙 「우물을 들여다보다」(2001)

엄마의 얼굴은 번질거린다. 안쪽에서 바깥쪽으로 스프링을 그리는 엄마의 리드 미컬한 손놀림. 속력이 느려진다 싶으면 아니나 다를까, 엄마의 눈은 거울 속의 자신을 바라보고 있다. 거울아, 거울아, 세상에서 누가 제일 예쁘니? 엄마의 눈이 묻는다. 굵게 쌍커풀 진 눈에 막 속껍질 벗긴 마늘을 떠올리게 하는 코, 도도록한 입술. 지나가던 사람이 한번쯤은 돌아볼 얼굴이다. 그 사이 부엌에선 물이 설설 끓는다. 스팀 타월을 얹었다가 떼어낸 엄마의 얼굴은 성난 것처럼 벌겋게 달아오 른다. 그런 엄마를 멀거니 바라보는 아버지의 얼굴에 시푸른 빛이 감돌 때, 아버지 의 몸에 깃들인 무엇이 희뜩 스친다. 나중에 아버지가 세월과 시름과 이미 몸에 밴 모독을 삭이다가 끝내 삭지 않는 무엇에 걸려, 발목 거머잡는 수초를 허위허위 떨쳐내고 가라앉을 때에야 그것이었구나, 뒤늦게 깨닫게 된 무엇.

─이혜경 「멀어지는 집」(2002)

'혼자 쇼핑 온 사람들을 위한 밥집'이라는 긴 이름의 식당에 들어갔다. 식당은 벽이 거울로 되어 있었고, 그 거울을 바라보고 식사를 하도록 식탁이 배열되어 있었다. 메뉴판에는 쇼핑한 시간에 따라 음식들이 추천되어 있었다. 나는 네 시간 이상을 쇼핑한 사람에게 권하는 음식인 설렁탕을 시켰다. 설렁탕을 먹으면서 거울에 비친 나를 바라보았다. 만사가 귀찮다는 표정으로 음식을 씹고 있었다. 이처럼 맛없게 밥을 먹는 나를 보면서 밥을 먹어야 했던 어머니를 생각하니 마음이 아려왔다. 내 옆에 앉은 여자는 거울에 비친 자신에게 밥을 먹이는 장난을 치고 있었다. 자 먹어봐. 생각보다 맛있다고. 여자가 입을 벌리자 거울 속의 입도 벌어졌다. 거울에 김치볶음밥이 묻었다. 김치볶음밥은 세 시간 이상 쇼핑한 사람에게 권하는 음식이었다.

― 윤성희 「길」(2003)

버릴 수 없다면, 묻어주고 싶었다. 낮고 둥근 언덕이 있는 땅에 그녀를 매장해놓는다면, 그녀가 훗날 다시 태어나는 것을 상상할 수 있게 될 것이다. 가방 속에는 그녀의 옷가지와 함께, 아청의 금나라 박물관에서 산 기념품이 있었다. 그것은 작은 손거울 모양으로 된 동경이었다. 천년의 세월이 흐른 뒤, 그녀는 그 거울과 함께 아무 이름도 없이 남겨진 손목뼈나 쇄골뼈 등으로 모습을 드러낼 것이다. 그녀가 봄의 들판에서 연초록 새순처럼, 부서진 거울조각이나 작은 뼛조각으로 태어나는 꿈을 꿀 때면 그는 그녀에게 가만히 인사를 건넬 수 있을지도 모른다. 잘 잤니, 내 하오평여우…… 그것은 어쩌면 그의 생에 유일하게 남게 될, 편안한 꿈일지도 모를 일이다.

― 김인숙 「감옥의 뜰」(2004)

차가 신호를 받고 설 때마다 남편은 룸미러를 흘끔 바라보았다. 차는 첫째 아이와 둘째 아이가 태어난 산부인과 병원 앞 4차선 도로를 지나가고 있었다. (중략) 남편은 그 애가 태어나기 전부터 애를 무척이나 두려워했다. 임신 7개월이 조금 못 되었을 때 나는 배 속의 아이가 사내아이라는 것을 알게 되었고, 그 사실을 남편에게 귀띔해주었다. 그는 배 속의 아이가 자신을 닮았을까 봐 두려워했고, 두려워하던 대로 아이는 그를 꼭 닮아 있었다. (중략) 남편이 흘끔흘끔 룸미러로 아이들을 살피는 사이, 차는 어느새 강변북로로 접어들고 있었다.

― 김숨 「룸미러」(2008)

너무 바짝 붙어서 달리고 있어서인가. 그녀는 자신의 남편이 그 고속버스에 타고 있는 것만 같은 착각이 들었다. 그 고속버스 안에 남편과 그녀 자신, 그렇게

단둘이 타고 있는 것만 같은…… 목적지가 어딘지도 모른 채 마냥 그렇게 흔들리면
서 실려 가는 것만 같은…… 빈 의자들과 함께.

—김숨 「막차」(2011)

인형극의 인형처럼 조종하던 얼굴을 지우고
삶의 체액이 끈적하게 묻은 오늘을
럭스비누로 씻어 개수구로 흘려보내고
전신거울 앞에 서면
벗어던진 것들이 조였던 부분의 살은 일제히
빨갛게 부풀어 오른다

—양선희 「억압에 관한 명상」(1990)

아침마다 거울을 본다
거울 속의 나를 본다
거울이 물 속 같다
물 속에 내가 빠져 있다.
물 먹고 있다

잡을 것이 없는 물 속에서
나는 허우적거린다
아무도 물 속에 있는
내 속을 모른다. 몰라준다
내 심장의 고랑
내 늑골 밑의 습지
내 머릿속 웅덩이 그리고 나의 무덤

—천양희 「아침마다 거울을」(1994)

제사를 지낸다
거울앞에서
그녀는
검은색원피스를입고
엄숙하게
절을올린다

맞절을한다
거울속에서
그녀는
진달래꽃무늬원피스를입고
얼결에
맞절을한다

—이규옥 「날마다 축제라네」(2008)

하루에도 몇 번씩 거울을 보며
엄지와 집게손가락으로 입 끝을 집어올린다.
자, 웃어야지, 살이 굳어버리기 전에.
(중략)
아—에—이—오—우—
그러나 얼굴을 괄약근처럼 쥐었다 폈다
숨죽여 불러보아도 흘러내린 피가 돌아오지 않는다.

출근길 백미러 속에서 발견한
누군가의 머리 하나.

—나희덕 「돼지머리들처럼」(2009)

거울 속의 거울을 들고 있는 나
내가 든 거울 속의 내가 든 거울
내가 든 거울 속의 거울을 든 나
그 내가 든 거울 속의 내가 든 거울

거울의 동굴을 지나면서
작아지고 작아지면서
거울 속의 거울을 들고 있는 나
내가 든 거울 속의 내가 든 거울
작아지면서

—황인숙 「외출하다」(1988)

거울아 거울아!
이 여자는 도대체 누구니?

하는 묻는 것이 코미디처럼 느껴지는
마치 처음부터 잘 알고 있었던 것 같은 시간 속에서
이제껏 살고도 날 모른단 말이야?
비아냥댈 것 같은 시간 속에서
도대체 빨래나 널고 있지 않으면
저마다의 베란다에서 저렇게도 마음 편히 말라 가는
아파트의 빨래들이나 멍하니 감상하지 않으면

거울아 거울아!
도대체 무엇을 하겠니?

—황성희 「거울에게」(2008)

11.4. 사랑의 정표

　사랑하는 남녀가 이별할 때에 정표로 주고받는 물건으로 가장 자주 등장하는
것이 옥반지와 거울, 부채 등이다. 특히 거울은 두 조각으로 쪼개서 한 조각씩
나누어 가지고 있다가 다시 만날 때에 합해 볼 수 있으므로 분위기를 더욱 극적
으로 만든다. (「주생전」, 「춘향전」) 거울은 여인의 몸단장을 돕는 도구이므로 늘
곁에 두었던 물건을 신물(信物)로 삼는다는 의미도 담고 있다.

　선화가 눈물을 거두며 사례하며 말했다. "낭군께서 반드시 말씀대로 하신다면
도요(桃夭)는 참으로 기쁜 것입니다. 비록 부녀자로서의 덕은 부족하지만 채번기
기(采蘩祁祁)하여 정성껏 제사를 받들어 모시겠습니다." 선화는 향기로운 상자
속에서 조그만 화장 거울을 꺼내어 두 조각으로 나누더니, 한 조각은 자신이 간직
하고 한 조각은 주생에게 주면서 말했다. "동방화촉(洞房華燭)할 때까지 가지고
있다가 그때 다시 합치는 것이 좋겠습니다." 선화는 또 부채를 주생에게 주면서
말했다. "이 두 물건은 비록 작은 것이지만 간절한 제 심정을 잘 드러내고 있습니
다. 바라건대, 난새를 탄 것처럼 행복한 저를 생각하시어 가을바람을 원망하지
않도록 해주십시오. 또 제가 비록 항아(姮娥)의 그림자를 잃더라도 반드시 밝은

달과 광채를 어여삐 여기셔야만 합니다."

　仙花收淚謝曰 必如郞言 桃夭灼灼 縱乏宜家之德 采蘩祁祁 庶盡奉祭之誠 自出香奩中小粧鏡 分爲二段 一以自藏 一以授生曰 留待洞房花燭之夜 再合可也 又以紈扇授生曰 二物雖微 足表心曲 幸念乘鸞之妾 莫貽秋風之怨 縱失姮娥之影 須憐明月之輝

―「주생전」(17세기)

11.5. 파경(破鏡), 자아와 타아의 분열

　거울은 보여주는 만큼 감춘다. 거울은 "무수히 부딪치는 연속적인 반영이며 환영이며 허구의 허구"로서, 분열된 자아의 양상을 드러내는 불안한 반영체이다. (전경린 「거울이 거울을 볼 때」) 이것은 무엇이 진정한 자신의 모습인지 알 수 없는, 현대 여성의 뒤틀리고 타자화된 욕망에 대한 적절한 비유가 된다. 거울은 자아의 모습을 명확하게 보여주는 매개물이 아니라, 가리고 변형하고 왜곡하는 시선으로 그려진다. (오정희 「새」, 이혜경 「멀어지는 집」, 한강 「나무 불꽃」, 김숨 『나의 아름다운 죄인들』) 거울 앞에서 여성은 두렵고 불안한 자신의 정체성을 인지하게 된다.

　현대시에서 거울은 자아의 발견뿐 아니라 자아의 분열을 드러내는 구체적인 상징이다. 거울은 자아의 단일성만을 반영하지는 않으며, 자아의 이중성, 자아의 변신, 자아의 분신 등의 주제를 변주한다. 거울에는 주체의 심리와 환상에 의해 만들어진 이중적 혹은 다중적 자아들이 투영되어 공존하기도 한다. 또한 거울은 자아와 타자 즉 주관적인 자아와 객관적인 자아를 동시에 보여줌으로써 자기 자신을 바라보는 또 다른 자기 자신, 일종의 메타적인 자아를 드러내기도 한다. 거울만큼 자아와 친밀하면서 동시에 낯선 매개는 드물다. 화자는 거울을 통해 새로운 이미지의 다른 존재로 변형되기도 하고 자기 내부에 있는 무의식의 영역을 그 거울로 비추어 보기도 한다. 거울의 복수성 혹은 깨어진 거울들은 자아와 타아로 분열된 자의식을 보여준다. (강신애 「거울」, 문정희 「손거울 노래」, 류인서 「거울속의 벽화」, 황인숙 「긴 말 하기 싫다」)

그 여자가 화장을 할 수 없다고 불평을 하자 아버지는 자개가 붙은 빨간 화장대를 사왔다. 아래에는 작은 서랍이 세 개나 달렸고 위에는 벌렸다 오므렸다 할 수 있는 길쭘한 삼면경이 달려 있었다. 조그맣고 앙증맞은 화장품병들이 화장대에 키높이대로 가지런히 놓였다. 방안이 밝고 아기자기해졌다. 화장품병들은 뚜껑이 꼭 닫혀 있어도 저절로 향기로운 냄새를 퐁퐁 뿜어내고 있는 것 같았다. 아버지는 아침마다 볼을 불룩하게 내밀고 거울 앞에서 면도를 하면서 휘파람을 휘휘 불었다. 우일이와 나는 이씨아저씨의 바보새처럼 화장대에 붙어 앉아 거울을 이리저리 움직이며 거울의 이음새 때문에 잘라지거나 삐뚜름히 어긋나 이상해 보이는 서로의 얼굴을 보며 깔깔대곤 했다.

거울이 흐려지면 슬픈 일이 생긴단다.

그 여자는 우리들의 입김으로 얼룩지고 더러워진 거울을 깨끗이 닦았다.

—오정희 「새」(1996)

목을 겅충 드러낸 숯처럼 검은 단발머리, 얼굴 전체 윤곽에 비해 약간 큰 코, 치아의 구조로 인해 약간 열린 입술. 거울 속의 나는 여전히 왼손으로 오른쪽 가슴을 막고 서 있었다. 나는 어려운 문제가 아니라 무서운 문제 앞에 서 있었다. 나와 세계 사이에, 나와 삶 사이에 거울이 있는 것이다. 세계는 진실 그 자체로서가 아니라 또 하나의 피사체로서 존재하고 있었다. 아니, 피사체만이 내가 나를 의식할 수 있는 유일한 근거였다. 그것은 오른쪽도 왼쪽도 앞쪽도 뒷면도 진실에도 거짓에도 무책임했다. (중략) 나는 신발을 벗고 마루를 딛고, 거울 앞으로 끝까지 다가갔다. 그리고 세계의 표면에 부딪쳤다. 위험하고 차가웠으며 딱딱했다. 그 속에서는 연속 촬영되는 사진처럼, 주제를 잃은 다큐멘터리 영화관처럼, 편집증 환자의 셔터처럼, 여분에 불과한 무미건조한 세계가 끊임없이 찍히고 있었다. 나는 그 안으로 집어넣으려는 듯이 손을 벌려 거울의 표면을 심각하게 눌렀다. 거울이 같은 손이면서도 반대편 손인 그것을 냉소적으로 되비추었다. //

'지금 우리는 서로 모르는 벽에 붙어 있는 두 개의 거울일 뿐이다. 나는 너를 모르고, 너는 나를 모른다. 너에겐 눈도 코도 입도, 얼굴도 없다. 너는 점심시간에 빌딩 사이의 좁은 골목을 꾸물꾸물 걸어오는 흰 와이셔츠를 입은, 무수한 남자들 중의 하나일 뿐이다. 나는 덕수궁에서 웨딩 드레스를 입고 동시에 결혼 사진을 찍은 칠십 쌍의 신부들 중의 하나일 뿐이다. 우리는 존재가 아니라, 거울이 거울을 볼 때, 그 무수히 부딪치는 연속적인 반영이며 환영이며 허구의 허구이다.'

—전경린 「거울이 거울을 볼 때」(1998)

실제보다 가늘게 보이도록 만들어진 거울은 넓적하고 퉁퉁한 얼굴을 조금 갸름하게 만든다. 맥 라이언의 달콤한 미소를 떠올리며 입귀를 당겨보지만, 거울 속엔 으스스한 웃음이 담겨 있다. 컷, 거울 속의 여자를 향해 소리치는 나의 눈길은 냉정하다. 스카프 끝동을 정수리 쪽으로 올려본다. 봄햇살처럼 보드랍게 주름지며 흐르는 천에 얼굴이 절반쯤 가려지며 하렘의 여자가 된다. 여자는 차가운 연못에 몸을 담그고 그 한기를 오래 견딘 표정이다. 나를 여기서 건져내주세요. 당신이 부르시면 언제든 응할 준비가 되어 있답니다.

—이혜경 「멀어지는 집」(2002)

이번에 그녀는 욕실의 거울 앞에 서 있었다. 거울 속 자신의 왼쪽 눈에서 피가 흘러내렸다. 얼른 손을 들어 피를 닦아냈지만, 거울 속의 그녀는 어쩐 일인지 손을 움직이지 않고, 선혈이 흐르는 자신의 눈을 우두커니 들여다보고 있을 뿐이었다.

—한강 「나무 불꽃」(2005)

거울은 흐려터질 뿐만 아니라, 형상을 우스꽝스럽게 일그러뜨려 놓았다. 거울에만 가져다 대면 할머니의 얼굴도, 내 얼굴도, 요란번쩍하게 화장을 처바른 춘자고모의 얼굴도 도깨비 얼굴처럼 울룩불룩 괴상망측해졌다.

—김숨 『나의 아름다운 죄인들』(2009)

내 속에는 거울이 살고 있다
(중략)
풍경이 지루하여 산산조각내려고도 했으나
가슴에 박힐 유리조각들, 또 다른 거울이 될 것이기에
나는 그냥 방 한구석에 걸어두었다
언젠가 그것은 커튼이 주저앉듯 내 위에서 무너지리라

그때 나는
거울이 깨어지는 소리조차 듣지 못하겠지
거울속에거울속에거울속에햇빛은따스하겠지

—강신애 「거울」(2002)

나는 아무래도 이중 인격자인가 보다
조금씩 긁어 먹으면 소롯이 죽는다는
차가운 수은을 등뒤에 감추고

말갛게 미소짓는 손거울인가 보다

겉으로만 늘 대낮이다
일격이면 깨어질 전모
얄팍한 착각에 기대어 번적거리고
모든 것을 받아들이지만
단 하나의 진실도 담지 못하는
나는 두 얼굴의
악마를 살고 있나 보다

—문정희 「손거울 노래」(1992)

대합실 장의자에 걸터앉아 심야버스를 기다린다
왼쪽 벽면에 붙박인 거울을 본다
거울의 얼굴엔 마치 벽 속에서부터 시작된 듯한
뿌리깊은 가로금이 심어져 있다
푸른 칼자국을 받아 두 쪽으로 나뉘어진 물상들
잘못 이어붙인 사진처럼
하나같이 접점이 어긋나있다

그녀의 머리와 목은 어깨 위에 서로 비뚜름히 얹혀있다
곁에 앉은 남자의 인중 깊은 윗입술과 아랫입술이
멈춰선 톱니바퀴처럼 비끗 맞닿아있다
그 무방비한 표정 한 끝에 아슬하게 매달린 웃음을
훔쳐보던 내 눈빛이, 스윽
균열의 깊은 틈새로 날개꼬리를 감춘다

—류인서 「거울속의 벽화」(2005)

그냥 멍청한 것
그냥 삐뚜름한 것
그렇다면 그냥 견딜 만한데
멍청하고 삐뚜름한 것, 아!
쩌르륵 거울에 금인 간다
쩍 갈라져 뒤집어질 것 같다

어쩌겠니, 내가
어제 오늘 못생겨진 것도 아니고……
항상 이렇게 생겼었다는 것이
위로가 되다니!

―황인숙 「긴 말 하기 싫다」(1998)

11.6. 여성 연대의 상상계적 공간

거울은 상징계 이전의 상상계를 의미한다. 즉 거울은 남성중심적 사회이자 문화의 영역인 '상징계' 이전에 놓여있던 자연 중심이며 어머니와 자신을 동일시했던 '상상계'의 매개물이 된다. 거울 속에는 어머니와 할머니들과 모든 여성의 연대기가 함축되어 있다. 거울에 비춰지는 것은 단일한 자아가 아니라 자기의 내부에 깃들어있는 여성의 계보이며 여성의 서사인 것이다. 가부장제에서 지금까지 족보화된 적은 없으나 끈끈한 여성적 혈연관계로 이어져 서로를 비추며 서로가 하나 되는 시공간적인 사물이라 할 수 있다. 거울을 들여다보는 여성은 그 거울 속에서 자신의 어머니를 만난다. 거울 속에 겹쳐서 비치는 모녀의 모습을 통해 두 여성 삶의 화해와 연계가 암시된다. (김인숙 「거울에 관한 이야기」) 딸을 낳는 것은 그 거울을 열고 들어가 수많은 어머니들 속에서 또 하나의 어머니를 낳는 것이며, 깊은 밤 유리창은 마치 거울처럼 자신의 모습 뒤로 야생성을 숨긴 고양이와 비통하게 울며 떠나간 버지니아 울프를 동시에 내 안의 자아로 비추고 있다. (김혜순 「딸을 낳던 날의 기억」, 황인숙 「버지니아 울프」)

어머니는, 당신이 나를 만나러 그 제과점 안으로 들어섰다는 것을 까맣게 잊고 계신 것이었다.
"엄마."
비로소 어머니의 시선이 내게로 다가왔다. 그때 어머니의 얼굴에 순간적으로 지나간 것은 분명 안도의 빛이었다. 잃어버린 것…… 그것이 무엇인지도 몰랐는데, 저렇게 소중한 것을 찾았다는 듯한 얼굴…… 바로 그러한 얼굴. 나는 재빨리 시선을 돌려버렸다. 물빛인 제과점 측면의 유리창엔 모녀의 두 얼굴이 어려 있었다.
　　　　　　　　　　　　　　　-김인숙 「거울에 관한 이야기」(1997)

　　　거울을 열고 들어가니
　　　거울 안에 어머니가 앉아 계시고
　　　거울을 열고 다시 들어가니
　　　그 거울 안에 외할머니 앉으셨고
　　　외할머니 앉은 거울을 밀고 문턱을 넘으니
　　　거울 안에 외증조할머니 웃고 계시고
　　　외증조할머니 웃으시던 입술 안으로 고개를 들이미니
　　　그 거울 안에 나보다 젊으신 외고조할머니
　　　돌아 앉으셨고
　　　그 거울을 열고 들어가니
　　　또 들어가니
　　　또 다시 들어가니
　　　점점점 어두워지는 거울 속에
　　　모든 웃대조 어머니들 앉으셨는데
　　　그 모든 어머니들이 나를 향해
　　　엄마 엄마 부르며 혹은 중얼거리며
　　　입을 오물거려 젖을 달라고 외치며 달겨드는데
　　　젖은 안 나오고 누군가 자꾸 창자에
　　　바람을 넣고
　　　내 배는 풍선보다
　　　더 커져서 바다 위로
　　　이리 둥실 저리 둥실 불리워 다니고
　　　거울 속은 넓고넓어
　　　지푸라기 하나 안 잡히고
　　　번개가 가끔 내 몸 속을 지나가고
　　　바닷속에 자맥질해 들어갈 때마다
　　　바다 밑 땅 위에선 모든 어머니들의
　　　신발이 한가로이 녹고 있는데
　　　청천벽력.
　　　정전. 암흑천지.

순간 모든 거울들 내 앞으로 한꺼번에 쏟아지며
깨어지며 한 어머니를 토해내니
흰옷 입은 사람 여럿이 장갑 낀 손으로
거울 조각들을 치우며 피 묻고 눈 감은
모든 내 어머니들의 어머니
조그만 어머니를 들어올리며
말하길 손가락이 열 개 달린 공주요!

—김혜순 「딸을 낳던 날의 기억」(1985)

밤 유리창에 비친 제 모습을
하염없이 들여다보는 검은 고양이 같다
목에서 가슴, 배까지의 털빛은
깜짝 새하얀

버지니아 울프,
때로 그녀는 보이지 않고
울음소리만 들린다
항의하듯, 신음하듯, 애소하듯,
누가 죽어가는 듯, 미치겠는 듯, 비통한 울음소리
때로 여러 여인네들 그 울음에 휩쓸려
한꺼번에 흐느끼고, 목 놓아 울부짖는다
무슨 일일까? 아, 대체 무슨 일? 저 울음소리!

—황인숙 「버지니아 울프」(2007)

12
옷·화장·장신구

예나 지금이나 여성들은 모두 아름다움을 추구했다. 하지만 그 정도와 방법은 계층마다 달랐다. 조선시대의 양반 여성들에게는 화려함보다는 담박한 아름다움과 검소한 생활이 요구되었기에 예쁜 옷, 장신구, 화장 등은 경계되었다. 그래서 고전문학 작품 속에서는 아침에 머리를 빗거나 밤에 홀로 앉아 님을 그리워하면서 거울을 보는 여성의 모습이 등장할 뿐이다. 그렇다고 해도 옷이 여성 자신을 표현하는 기호와 욕구를 전혀 반영하지 않은 것은 아니었다. 자신의 현존을 확인하는 순간이 바로 외모를 꾸미는 순간이며 여성의 힘을 보여주는 것도 옷으로 상징되었다. 비록 소설 속의 허구적 상징이기는 하지만 여성 신의 커다란 치마 속에 수백 명의 남성 병사들이 갇혀서 애벌레 같았다고 묘사되기도 한다. 그러나 여성이 남성과 동등한 역할을 하기 위해서는 남성의 옷을 입어야 했다는 데에서 남녀의 성역할에 대한 차별적 인식이 드러난다. 여성들은 여러 가지 규제 속에서 살아야 했기에 그것에서 벗어나기 위해서는 여성의 옷부터 벗어야 했던 것이다.

현대문학에서 여성은 자신의 옷을 주체적, 자의적으로 선택하는 것 같지만 그 이면에는 여전히 억압의 기호와 이중화된 정체성이 숨어 있는 것으로 보인다. 그러나 부드러움 속에 의외의 강인함을 내재시키거나 수동적이고 무기력하게 입혀지는 옷 속에 일탈과 저항의 기표를 함축시키기도 한다. 여성의 몸은 옷과 화장, 장신구로 가려져야 하는 동시에 성적 매력을 발산해야 한다는 양가성의 지배를 받는다. 그렇기에 옷과 화장, 장신구는 여성의 자유를 발산할 수 있는 대상이면서도 남성의 욕망과 시선의 폭력 속에 존재한다. 또한 여성에게 옷과 장신구는 자신이 속한 문화에 익숙해 보이도록 가공하는 문화 적응 기술이다. 그렇기에 여성인물들은 유행을 통해 획득한 소속감과 자아정체성 사이의 분열적이고 단편적인 느낌 때문에 당황하기도 하고 더욱 모험적으로 반항하고 도전하기도 한다. 특히 '신발'은 여성의 능동성을 제어하거나 자유로움을 결박하는 매개로 등장하기에, 억압적이고 지리멸렬한 일상으로부터 탈주할 수 있는 날개 달린 신발, 즉 분홍신은 징벌의 대상이 된다.

한편, '화장'은 문화 기준에 대한 순응적 태도로 자존감을 유지하는 행위가 되기도 하고 그것을 거부함으로써 그와는 또 다른 관점에서 자존감을 내세울 수 있는 행위가 되기도 한다. 과도한 화장 역시 세상의 평가와 인정을 초월한 반항적 자아를 표출하는 행위가 된다. 여성에게 가장 먼저 인정된 사유재산이었다고 하는 '장신구'는 여성들이 그 마술적 힘에 의지해 자아의 확장을 꿈꾸고 비밀스러운 근원적 힘을 소유할 수 있도록 상상하게 하는 도구가 된다.

예로부터 인류는 신체 장식을 이용하여 권력이나 신분을 표현하거나 신 혹은 조상에 대한 숭배의식과 그들을 가까이 하려는 욕망을 표현했다. 또한, 성인식에서 통과의례적 상징성을 신체 장식으로 나타내기도 했는데 이런 행위들이 자기의, 혹은 자기가 속한 집단의 정체성과 소속감을 표현하는 것이라고 생각했기 때문이었다. 많은 사회에서 자신의 문화적 정체성을 표현하기 위해 의복과 장신구뿐만 아니라 몸 자체를 변용한 것들, 예를 들면 화장, 채색, 문신, 신체 일부를 훼손한 상처나 무늬, 신체 변형 등이 이용되었다.

우리 민족의 삶에서 옷과 장신구, 화장 등의 신체 장식은 지위나 빈부와 같은 사회적 신분을 나타낼 뿐만 아니라, 혼인 여부, 성별, 집단 소속성 여부와 같은 사회적 의미와 종교의식, 풍습, 의례 등과 같은 문화적 의미에서 중요한 역할을 수행해 왔다. 따라서 과거로부터 현재에 이르기까지 신체 장식과 관련된 어휘들은 여성의 삶을 잘 반영하는 요소 중 하나라고 할 수 있다.

옷의 의미 변화

신체의 일부나 전체를 가리거나 꾸미기 위하여 착용하는 것을 옷 혹은 의복이라고 한다. 옷은 음식, 거처와 함께 인간 생활의 가장 기본적인 요소이다. 옷은 인간이 동물과 차별화되는 중요한 특징이며, 또한 인류가 처한 다양한 환경, 즉 자연 환경뿐만 아니라 사회, 문화적 환경에 적응하는 방식의 하나라고도 볼 수 있다. 인간은 이처럼 다양한 이유로 옷을 발전시켜 왔다.

오늘날 옷은 입는 것 모두를 가리키는 말이지만 고대 혹은 중세에 옷은 '저고리' 혹은 '치마'의 뜻으로 쓰였다. 『양서(梁書)』의 신라전(新羅傳)에 '유왈위해(襦曰尉解)'라는 기록이 나오는데 이것은 저고리를 뜻하는 '襦(유)'를 '尉解(위해)'로 전사한 것으로, 신라 때는 저고리를 '尉解[우(ㅎ)〉옷]'이라 불렀음을 알 수 있다. 또한, 16세기 문헌인 『번역소학(飜譯小學)』과 『소학언해(小學諺解)』에 각각 '댜른 뵈우티를 ᄀ라닙고(更箸短布裳)'와 '어버의 속우틔를 가져다가(取親中裙厠牏)'라는 기록이 나타나는데 치마를 뜻하는 '裳(상)'이나 '裙(군)'을 '우티'라고 한 것으로 보아 당시 '우틔'가 '치마'를 의미했음을 짐작할 수 있다. 즉, '옷'이란 '옷'(우티→ 우틔→우태) 혹은 '옷것'이었는데 이것은 '위에 입는 것'이란 의미로 처음에는 저고리를 뜻하다가 그 뒤에 치마의 뜻으로 쓰였으며 현재에 이르러 입는 것 전체를 뜻하는 말로 그 의미가 확대되었다고 볼 수 있다. '옷'의 방언형으로는 '굴걱치, 닙성, 불겁피, 오태, 오틔, 옷, 옷티, 우테, 우튀, 우티, 옷테, 옷테이, 옷티, 옷텃감, 의복, 이복, 입성' 등이 있다.

저고리의 유래

한국의 고유한 전통 의복을 뜻하는 '한복(韓服)'이라는 명칭은 특히 조선시대에 입던 형태의 옷을 의미하지만, 중세 문헌에는 등장하지 않는 근대에 생긴 말이다. 한복의 기본이 되는 저고리는 한복의 윗옷인데 저고리라는 용어의 어원은 확실치 않아 그 유래를 정확히 알 수 없으나, 1420년 세종대왕의 어머니인 원경왕후의 천전의(遷奠儀-영구(靈柩)를 발인하려고 옮길 때에 지내는 제사 의식)에 '赤古里' 또는 '短赤古里'라는 기록이 문헌에 등장한다.

저고리는 『삼국사기』 잡지(雜志)의 신라조(新羅條)에 '단의(短衣)' 혹은 '내의(內衣)' 등으로 기록되어 있으며, 윗옷을 이르는 말로는 신라의 '위해(尉解)'가 있었는데 이것은 신라 말을 한자로 옮긴 것으로 현재에도 '우티', '우치' 등의 방언이 발견된다. 고려시대에 '동의(胴衣)'라는 말이 등장하는데 저고리와 비슷한 윗옷이 있었다고 추측된다. 조선 초기에 이르러 고려 때보다 저고리의 길이가 더 짧아졌고, 앞을 여미는 띠 대신 고름이 생겨남으로써 지금의 저고리 모양이 형성되었을 것으로 본다. 조선시대에는 윗옷을 '져구리' 또는 '져고리'라고 하다가 근대에 이르러 지금과 같은 '저고리'라는 어형이 나타났다. 저고리의 방언형으로는 '저거리, 저고리, 저구리, 적삼돌지, 져구리, 조거리, 조고리, 조구리, 주거리, 주구리, 지고리' 등이 확인된다. '저고리'의 형태는 문헌에서 다음과 같이 나타난다.

> 내 지금 두터온 져구리를 업서 그 열온 거슬 니버 치오되 (『청주출토순천김씨의복
> 및간찰(淸州出土順天金氏衣服-簡札)』(16세기 후반))

주셔틱 닙던 져구리ᄒᆞ고 솝 것 지어 쳥어과 감쟝ᄒᆞ여 보내여다 (『병자일기(丙子日記)』(1636))

小襖子 져구리 옷 (『역어유해(譯語類解)』 上(1690))

掛子 긴 져고리 (『역어유해보(譯語類解補)』(1715))

져구리를 닙으시고 (『한중록(閑中錄)』 4(1795))

핫져구리 襖襀 (『한불자전(韓佛字典)』(1880))

갓져고리 毛襦 (『국한회어(國漢會語)』(1895))

져고리 上衣 (『국한회어(國漢會語)』(1895))

초록 젹고리의 다홍치마 닙은 동기 (『남원고사(南原古詞)』(19세기 후반))

치마의 유래　　　　　치마는 저고리와 함께 입는 여자의 하의(下衣)로 아래는 넓고 위에 주름을 잡았으며 허리와 끈이 달려 있다. 옛 문헌에는 한자어 '상(裳)' 또는 '군(裙)'으로 나타난다.

츄마 샹 裳 (『훈몽자회(訓蒙字會)』 中(1527))

츄마 군 裙 (『훈몽자회(訓蒙字會)』 中(1527))

그러나 15세기 문헌에 '치마'가 등장하며, 후에 '치마, 쵸마, 츄마, 츄ᄆ, 초마, 티마, 치ᄆ, 침아' 등의 다양한 형태가 문헌에 기록되어 있다. 그런데 그 어휘 형태가 점진적인 변화를 보여준다기보다는 조선 전 시대에 걸쳐 다양한 형태가 나타남을 알 수 있다.

치마옛 아기를 싸디오 (『월인석보(月印釋譜)』 10(1459))

힝ᄌ 쵸마 호(帉) (『훈몽자회(訓蒙字會)』 中(1527))

ᄀᆞ마니 츄마 긴ᄒᆞ로 스스로 목즐라 (『동국신속삼강행실도(東國新續三綱行實圖)』 烈(1617))

제 몸 위와다 츄ᄆ란 둗거이 ᄒᆞ고 (『번역소학(飜譯小學)』 7(1517))

長衫 쯧어 티마 덕슴 짓고 念珠 글너 당나귀 밀티 ᄒᆞ식 (『가곡원류(歌曲源流)』(1876))

초마 裙 (『국한회어(國漢會語)』(1895))

부인의 손은 면쥬갓치 부드럽고 옷은 십이승 아릭길 셰모시 치마가 이슬에 눅엇
난듸 (이인직 「혈의누」(1907))

　지금은 치마가 여자의 아래옷만을 지칭하지만 사전적 의미로나 문헌에서 치
마는 여성들이 입는 폭이 넓은 하의 겉옷을 뜻할 뿐만 아니라 남자들의 조복과
제복의 상(裳)을 지칭하기도 한다. 『훈몽자회(訓蒙字會)』에서 '군(裙)'은 여자옷
(女服)을, '상(裳)'은 남자옷(男服)을 지칭함으로써 그 뜻을 명확하게 구별한다.
치마의 방언형으로는 '조마, 차매, 채매, 처마, 처매, 처메, 초마, 초매, 초메,
치매, 치메' 등이 확인된다.

유교적 규범과 여성의 옷

고려시대부터 여자들은 치마를 주로 착용하였
고 고려 전기에 부귀한 집 처첩은 치마폭을
7~8필까지 넓혀 겹쳐 입었다고 전해진다. 조선시대에는 평복 치마와 예복 치
마인 스란, 대란치마로 세분화되었으며 신분에 따라 서민이나 천민은 짧은 치
마, 양반 부녀자는 긴 치마를 입었다. 다만, 기녀들은 화려한 무늬와 색의 나상
(螺狀), 홍상(紅裳), 기하상(연꽃무늬 치마) 등의 비단치마는 허용되었으나 겹치마
는 금지되었으며, 양반 부녀자들은 치마를 왼편으로, 기녀들은 오른편으로 여
미게 함으로써 구별하였다.
　여자 저고리의 경우 가장 격식이 높고 화려한 삼회장저고리는 궁중이나 양반
층에게만 허용된 것으로 금사나 금박을 사용해 화려하게 장식하였다. 그러나
가무를 익혀 잔치에서 남성들의 흥을 돋우기 위해 존재했던 조선의 기녀들과
일반 서민 계층의 부녀자들은 양반층 부녀자에게만 허용되었던 삼회장저고리
나 겹치마의 착용은 금지되었고, 기녀들은 녹의홍상(綠衣紅裳)에 큰머리를 하는
것이 일반적이었다.
　또한, 조선시대에는 부녀자들의 예복(禮服) 저고리로 당의(唐衣)와 원삼(圓衫)
이 있었다. 당의는 예를 갖추어야 할 때 입는 여자용 예복이었는데, 왕비는 남
색 치마와 연두색 당의, 그리고 화관을 평례복(平禮服)으로 입음으로써 위엄을
나타냈으며, 일반 부녀자들은 자주색 깃과 고름에 녹색 비단과 홍색 비단으로
안팎을 만든 뒤 흉배에 봉황을 수놓은 당의를 예복으로 입었다. 원삼 역시 주요
5례 때 입는 대례복(大禮服)으로 주로 쓰였는데, 당의 위에다 원삼을 입고 머리

에 족두리를 함으로써 왕족의 위엄을 나타냈다. 활옷(闊衣)은 붉은 비단으로 만들어져 흉배와 소매에 화려한 꽃문양 수를 놓은 원삼의 일종으로 볼 수 있다. 공주나 옹주의 대례복이었으며, 양반 계층의 부녀자들은 주로 가례(嘉禮) 때 예복으로 착용했다. 나중에는 서민도 혼례에 한해 입을 수 있었으나 예복을 갖추어 입는 일은 일생에 한 번 있기도 어려운 일이었다. 원삼은 집안이나 신분에 의한 제약이 있었고 신분에 따라 색과 문양을 달리하였다.

한편 부녀자의 얼굴을 가리는 규범 때문에 여러 가지 복식이 생겨났다. 부녀자의 얼굴을 가리는 규범은 고려시대로 거슬러 올라간다. 상류계층의 부인들은 일명 개두(蓋頭)라 불리는 몽수(蒙首)로 얼굴과 몸을 가리고 출입하였다. 조선시대에 이르러 유교적인 생활 규범이 엄격해지면서 내외용 쓰개가 일반화되었고, 부녀자의 얼굴을 가리는 것으로 너울(羅兀), 쓰개치마, 장옷, 천의, 삿갓, 전모 등 그 종류가 매우 다양화되었다. 두루마기는 외출할 때 사방 둘러막은 옷으로 웃옷의 밑받침으로 입었는데, 기다랗고 넓은 웃옷으로 두루 막혔다 해서 '두루마기'라고 불렀다고 하며 일반 부녀자들의 경우 두루마기와 비슷하게 생긴 '장옷'으로 얼굴을 가리는 데 사용했다. 주로 중인급 이상에서 착용하였는데 장옷은 혼례복이나 수의로 사용되다가 개화기 때에 사라지면서 이에 겸하여 여인들의 얼굴을 가리는 문화도 차츰 사라지게 되었다.

여성 옷의 변화

우리나라는 여름과 겨울의 온도 차가 심하여 이른 시기부터 바지를 착용하였고, 그 역사도 오래되었다. 『삼국사기』 색복조(色服條)에 '고(袴)'에 대한 기록은 삼국시대에 남녀 모두가 바지를 입었음을 알려준다. 다만, 남자의 바지가 바지, 고의, 잠방이 등으로 기본은 변함없이 겉옷과 속옷으로 구분되었던 것에 비해, 여자의 바지는 조선시대에 이르러 치마 속에 입게 되면서 속바지가 되어 그 모양이 변화하였다.

고려 전기 저고리의 길이는 길었으나 고려 후기에는 몽고복식의 영향을 받아 저고리 길이가 점차 짧아지게 되었고, 조선시대에는 임진왜란을 전후하여 더욱 짧아졌다. 조선 중기에 이르러서는 저고리의 길이가 매우 짧아지면서 여자 한복은 하후상박(下厚上薄)의 특징을 보여주었다. 그 이후에도 저고리 길이가 짧아지는 경향은 계속되었고 17세기에 60~80cm이던 것이 20세기 초에는 22cm 정도가 되어 가슴을 가릴 수 없을 정도로 짧아졌고, 소매는 벗을 때 뜯어내야 할 정도로 좁아져 요사(妖邪)하다는 지탄을 받게 되었다. 극도로 짧아진 저고리는 크게 부풀린 머리, 겹겹이 과장된 치마와 어우러지게 되었는데, 이는 당시 엄격한 유교적 질서가 흐트러진 사회 분위기를 반영하는 한 양상이라고 할 수 있다.

이처럼 저고리가 짧아지는 경향은 1920년대까지 지속되었지만 1930~40년대에는 저고리의 길이와 각 부분이 길어지거나 넓어지는 경향이 나타나게 된다. 개화기에는 여자의 행동반경이 넓어지면서 활동성을 강조한 짧은 통치마가 나타났는데 동시에 짧은 저고리의 길이도 이에 맞게 길어진 것이다. 20세기 초 최활란(崔活蘭)이 동경 유학에서 귀국하는 길에 통치마를 입고 나서 유행되었다고 전해지며 길어진 저고리와 짧아진 치마는 의생활의 합리화 경향에 의한 것으로 볼 수 있다.

장신구의 기능과 의미

'장신구'란 몸치장을 하는 데 쓰는 도구인데 장신구의 발달은 몸치레를 하여 자기를 돋보이게 하기 위한 욕구뿐만 아니라 주술적(呪術的)인 의도로부터 기인한 것이었다. 한편, 사회의 발전과 더불어 장신구는 사회적 지위를 나타내는 신분 표상의 도구로 사용되었다.

조선시대의 숭유주의는 의복과 장신구가 발달을 억제하였으나 그럼에도 불구하고 머리장식이나 노리개 등은 다양하게 발달하였다. 임진왜란 이후 여성들의 머리모양이 점차 화려해짐에 따라 국가는 사치금지령과 가체금지령 등의 정책을 폈지만 제대로 시행되지 않았다. 이에 영정조 대에는 궁중의 머리 모양인 쪽머리를 일반 부녀자에게 허용함으로써 다양한 비녀가 발달하게 되었다. 따라서 조선시대에는 보석으로 만든 비녀는 양반 부녀자들만 사용할 수 있었고, 일반 부녀자들은 목(木), 각(角), 골(骨)로 된 비녀만 사용할 수 있었다. 또한, 쪽진 머리를 한 뒤 첩지로 꾸몄는데 첩지의 사용은 상류계층이라 할지라도 예장을 갖출 때 이외에는 별로 하지 않았으나 궁중에서는 평상시에도 하고 있었다.

그리고 조선 중기부터 거의 자취를 감춘 귀걸이가 있으며 가락지, 노리개,

향을 넣은 주머니인 향낭, 향갑 등이 장신구의 역할을 하였다. 신라를 비롯하여 고구려, 백제에 4~6세기경 불교가 전래되면서 청결이 강조되고 목욕이 대중화되었다. 목욕의 대중화로 상류계층은 쌀겨 목욕을 즐겼으나 서민층에서는 팥, 녹두, 콩껍질 같은 조두(澡豆)를 사용하였는데 곡식 비린내로 인해 향수와 향료를 애용하게 되었고 이를 갖고 다닐 수 있는 향낭(香囊)이 발달하게 되었다.

조선시대에 평복에 차는 노리개 중 하나인 은장도는 여인들에게 있어서 장식 및 호신용으로 기능하였다. 신라시대에 일반 부녀자들이 향낭과 더불어 장도(粧刀)를 지니고 다녔다는 기록이 있는데 말 그대로 장식용(粧)이 주목적이었음을 짐작케 한다. 조선시대에 이르러 부녀자들이 옷고름에 찬 은장도는 패도(佩刀)라 하고, 주머니 속에 지닌 것은 낭도(囊刀)라고 하였다. 은장도의 도신에 일편단심이라는 글씨를 새기기도 했는데, 『동국신속삼강행실도(東國新續三綱行實圖)』에 따르면 임진왜란 때 부녀자들이 항상 작은 장도를 지니고 있다가 유사시에 자결 혹은 상대를 공격하였다는 기록이 등장한다. 그러나 금과 은의 사용이 상하, 존비, 귀천의 기준이 되자 현종 대에 이르러 유생이나 서인 중 은장도를 차는 자를 논죄하라는 조처가 취해지기도 했다.

머리 수식(修飾), 가체과 족두리 조선 후기에 와서는 가체(加髢)를 금하고 화관이나 족두리를 쓰도록 권장하였다. 가체란 여자의 머리숱을 많아 보이게 하려고 덧붙인 딴 머리를 의미하며 '다래' 또는 '다레'라고 하지만 표준어는 '다리'이다. 고려시대에도 가체의 풍습은 있었지만 조선시대로 이어지면서 가체는 부녀자 수식(修飾)의 절대적인 조건이 되었다. 이러한 머리 사치를 위하여 가산의 탕진은 물론, 혼례를 치르지 못하는 경우가 생기자 영조 때는 가체를 금하고 족두리로 대용하게 하는 가체금지령을 내렸으나 시정되지 못했다.

우정규(禹禎圭)는 정조 12년(1788)에 『경제야언(經濟野言)』에서 '여자들의 수식(首飾)'에 대한 폐단을 지적하고 시정할 것을 주장하였다. 그것은 당시 여자들은 양반이나 상인, 기생 등 부녀자들은 누구를 따질 것 없이 '다리'라는 가발을 썼는데, 시집갈 때 시부모에게 인사할 때 '다리'라는 가발이 필요했기 때문에 필수품으로 여겼다. 그렇지만 '다리'는 매우 비싸서 가난한 집에서는 집과 논을 팔아야 했으며 만일 이것을 마련치 못하면 혼인을 늦추는 풍조까지 생겨났다. 이에 대해 정조는 신금절목(申禁節目)을 마련해 '다리'의 사용을 금하고 이를 어기는 자에게 벌을 내리라고 명했다. 그리하여 '다리'는 없어지고 시집가는 처녀는 족두리만을 쓰게 했는데 이 족두리는 신분의 상하와 귀천을 따지지 않고 통일시켰다.

그렇기 때문에 일반 부녀자들도 혼례 때 화관이나 족두리를 착용할 수 있었고, 족두리는 예를 갖출 때, 화관은 활옷이나 당의와 함께 착용했다. 미적 용도가 아닌 방한 용도로 착용한 아얌은 조선 초기에는 남녀공용이었으나 조선 후기에는 일반 부녀자들이 주로 착용하였다. 개화기에 이르러 봄, 가을용 모자인 조바위와 남바위 등이 나타났는데 서양 문화가 유입되면서 양장과 함께 모자가 들어와 외출 시에 얼굴을 가리는 용도로 사용하던 장옷이나 쓰개치마를 벗을 수 있게 되었고, 그 수가 증가하면서 조바위나 아얌도 사라지게 되었다.

12.2. 화장의 문화사

화장 관련어

화장이라는 말은 개화기 이후 일본으로부터 들어온 말이다. 고려시대에 화장이라는 낱말이 문헌에 기록되어 있으나 '화장(化粧)'이 아닌 '화장(化裝)'이라고 표기하였다. 현대에 이르러 화장은 『표준국어대사전』에 의하면 다음과 같이 얼굴을 꾸미는 행위만이 아니라 전체적으로 매무새를 다듬는 행위를 의미한다.

1. 화장품을 바르거나 문질러 얼굴을 곱게 꾸밈.
2. 머리나 옷의 매무새를 매만져 맵시를 냄.

이와 비슷한 단어로는 '야용(冶容)'이 있었는데 이것은 자연미보다는 억지로 아름답게 꾸민다는 분장(扮裝)의 의미를 내포하고 있었다. 이밖에 화장 관련 용어로 장식(粧飾) 또는 단장(端粧)이 있다. 이 낱말들은 화장품에 의한 피부손질과 아름다움 가꾸기, 장신구, 옷치장 따위를 통틀어 가리키는 것으로 장식은 화려한 것일 때, 단장은 수수한 경우에 주로 사용하는 관습이 있다. 또한, 이를 세분하여 피부손질 위주의 담박한 멋내기는 '담장(淡粧)', 이보다 색채를 곁들여 멋들어지게 치장한 경우는 '농장(濃粧)', 짙은 화장이되 요염한 꾸밈일 때에는 '염장(艶粧)'이라고 하였다. 또한 의식을 위한 진한 화장, 예를 들면 혼례를 치르려는 신부의 그것은 '응장(凝粧)'이라고 하였다. 얼굴 중심의 치장이 아닌 옷치장과 몸치장마저 곁들였을 경우에는 '성장(盛裝)'이라고 하였는데, 특히 '미용(美容)'은 얼굴을 가꾸는 행위를 의미했다.

흰 얼굴

고대로부터 얼굴을 희게 만들려는 다양한 시도가 있었는데 일반화된 방법 중 하나가 분(粉)을 사용하는 것이었다. 분은 백분(白粉)과 색분(色粉)이 있었는데, 일반적으로 흰 가루인 백분을 가리킨다. 우리나라에서는 언제부터 분이 사용되었는지 확실하지 않으나 고구려 쌍영총(雙楹塚) 연도동벽(羨道東壁) 벽화에 보이는 4명의 여인 얼굴을 남자와 달리 모두 희게 표현한 것은 분을 발랐기 때문은 아닌가 추측한다.

『고려도경(高麗圖經)』에는 고려 귀부인들이 연지는 하지 않아도 분치장과 향유(香油)를 즐겼다고 기록되어 있는데 이는 당시 흰 피부에 대한 여인들의 열망을 보여준다. 따라서 흰 피부로 만들기 위해 상류층 여인들을 중심으로 목욕이나 향기로운 물에서 목욕을 하는 난탕(蘭湯)이 유행했으며 갓난아이는 복숭아 꽃물에 목욕시키기도 했다. 또한, 고려 여인들의 치장은 신분에 따라 달랐는데 기생은 얼굴에 분을 하얗게 바르고 눈썹을 가늘고 또렷하게 하는 분대화장(粉黛化粧)을 했다. '분대(粉黛)'는 백분과 눈썹먹이라는 뜻인데 후에 기생을 분대라고 부를 만큼 분대화장은 기생을 대표하게 되었다. 고려 초 교방(敎坊)에서 기생에게 분대화장법을 가르치면서 분대화장은 직업여성의 상징이 되었고, 야한 화장을 으레 분대라고 부르게 되었다. 그 뒤로 '분대'는 야하고 진한 화장을 한 미인이나 궁녀를 지칭하게 되었는데, 이러한 고려 기생의 분대화장 형태는 조선시대에도 계승되었다.

조선시대에도 피부를 하얗게 보이도록 하기 위하여 여러 가지 방법이 이용되었다. 조선시대에 들어서 화장 형태는 궁녀, 기생 등과 같은 직업여성과 여염의 부녀자들인 비직업여성으로 대별되었다. 분의 재료로는 분꽃 씨앗이 가장 많이 이용되었는데 대부분의 가정에서는 직접 만들어 썼다. 백분은 만들기는 쉬우나 피부에 잘 붙지 않아 분을 바르기 전에 얼굴의 솜털을 족집게로 뽑아 제거하였다. 분은 물을 부어 액체 상태로 곱게 반죽하여 얼굴에 펴 바른 뒤 약 20분 정도 말려야 했기 때문에 화장은 용이한 일이 아니었다. 따라서 여염의 규수나 부인들은 평상시에는 화장하지 않고 연회나 나들이, 의식(儀式)에 참석하기 위한 경우에만 화장을 하였으며, 직업여성으로 오해받지 않으려고 분대화장을 기피하고 엷은 화장을 하였다. 반면, 기생, 궁녀 혹은 광대 등과 같은 직업여성들은 분대화장류의 화장을 함으로써 분대화장은 기생이나 창기의 상징이 되었다. 그러나 조선시대 여성들은 흰 피부를 선호하여 화장이 아니더라도 깨끗하고 정결해 보이는 옥 같은 피부를 만들려고 노력했다.

화장의 문화사

단군신화에서 쑥과 마늘은 인간이 되기 위한 약재이기도 하지만 피부를 희게 하는 미용재료로도 이용되었다. 삼국의 화장술과 화장품에 대한 기록과 유물은 단편적이나마 남아있다. 고구려시대의 수산리와 쌍영총 벽화에 등장하는 귀부인과 여관(女官) 또는 시녀는 모두 머리를 곱게 빗고, 눈썹을 다듬었으며 연지화장을 하고 있다. 또한, 『삼국사기(三國史記)』 지일락(志一樂)에는 무인(舞人)들의 머리와 화장에 대한 기록이 있어 당시 신분 귀천에 상관없이 치장이 여성들의 삶의 한 부분이었음을 알 수 있다. 삼국통일 이후 화려한 장신구들이 통일신라시대에 만들어졌는데 신라인들은 아름다운 육체에 아름다운 정신이 깃든다는 영육일치사상(靈肉一致思想)에서 남성인 화랑(花郎)들도 화장을 했으며 귀고리, 가락지, 팔찌, 목걸이 등의 장신구로 치장을 하였다고 전해진다. 고려시대의 화장 문화는 신라의 것을 이어받아 발전시켰고 다만, 당시의 사치스러움과 퇴폐풍조로 인하여 고려의 화장 문화는 더 화려하고 사치해졌다.

조선 전기에는 그에 대한 반작용으로 유교적 윤리에 따라 검약(儉約)을 강조하였다. 또한, 여성은 외모보다 내면이 아름다워야 한다는 부덕(婦德)이 강조되어 여성의 화장은 부덕(不德)한 행위로 간주되었다. 그것은 내적인 아름다움이 외적으로 나타난다고 생각했기 때문인데 화장은 어디까지나 본래의 모습에서 크게 벗어나지 않는 범위 내에서 최대한 정결하게 치장하도록 하였고, 모습이 달라 보이도록 하는 진한 화장은 야용(冶容)이라고 하여 천시했다.

그러나 조선시대의 여성들이 화장에 소홀했던 것은 아니었다. 『여용국전(女容國傳)』은 여성용 화장품과 화장도구를 의인화(擬人化)하여 쓴 소설로 화장도구와 화장품 20여 종이 등장한다. '여용국'이라는 나라의 여황제가 정사를 돌보지 않아 나라가 혼란에 빠지게 되자 나랏일에 충실하도록 대신들을 독려하였더니 나라가 화평을 되찾아 태평성대를 맞이하게 되었다는 내용이다. 이것은 매우 아름다운 여인이 자만에 빠져 게을러지자 외모가 추해져 화장품으로 다시 용모를 다듬어 예전과 같아졌음을 비유한 내용으로 여인이 자신의 외모를 가꾸는 일은 황제의 정사만큼이나 중요함을 강조하고 있다.

신분에 따라 화장과 치장이 달라짐은 어느 사회나 마찬가지지만 기생은 짙은 화장을 하고, 여염집 부녀자는 엷은 색조의 화장을 한다는 고정관념은 고려시대부터 생겨나 현대에까지 이르고 있다. 조선시대에는 일반 부녀자들의 화장과 기생, 궁녀 등의 화장이 더욱 뚜렷하게 나뉘어졌는데 이것은 단지 화장 형태의 문제를 넘어서 계층에 따른 여성관을 보여준다. 조선시대의 남성들은 첩이나 기생의 경우 옥같이 흰 피부, 가늘고 또렷한 눈썹, 복숭아빛 뺨, 진한 붉은 입술, 칠흑 같은 삼단 머리, 가는 허리 등의 요소를 미인이라 여겼고, 며느리나 아내로는 건강하고 원후한 유자상(有子相)의 여성을 이상적이라고 여겼다. 이 때문에 조선시대에는 첩과 기생을 중심으로 분대화장이 보급되었고, 여염집 규수들은 정결한 피부를 가꾸며 엷은 화장을 하였다.

개화기에 이르러 외국에서 화장품이 수입되기 시작하였다. 외제화장품과 아울러 신식화장기법이 도입되었는데 신식화장법은 재래화장법에 비하여 입술 색깔이 진해지고 향내가 강해졌다. 신여성은 이런 화장과 파머 머리, 짧은 치마에 뾰족구두를 신고 양산을 받쳤다. 그러나 일부 신여성의 자유연애 성향은 사회적 물의를 일으켰고 이러한 신여성의 차림새는 기생이나 접대부들에 의해 먼저 유행되었기 때문에 여염집 규수들은 이를 기피했다.

우리나라 사람들의 화장 경향은 과거로부터 줄곧 엷은 색조의 은은한 화장이었다. 그것은 타고난 자연미를 높이 평가하고 인위적으로 치장하는 화장을 경멸하는 사회적 분위기와 여성의 신분에 따라 이원화된 가치관이 있었기 때문이다.

조선 후기 여성들은 치장을 함으로써 아름다움을 추구했다. 색채 조화를 이룬 치마 저고리를 입어 미의식을 표현하였고, 몸에 달라붙는 저고리에 거추장스레 부풀린 치마로 신체미를 극대화하였다. 여기에 삼작노리개, 뒤꽂이, 떨잠, 비녀 등의 장신구를 사용하였다.

한시문에서 찾을 수 있는 여성들의 단장(丹粧)은 주로 쪽머리 만지기와 눈썹 그리기 그리고 분바르기이다. 여인들은 주로 아침에 일어나 거울을 보며 단장을 한다. 단장은 머리를 빗는 것, 분을 바르는 것, 눈썹을 그리는 것이 포함되는데, 주로 '눈썹을 그린다(畵眉)'는 행위로 대표된다. 여인들은 홀로 밤을 지새우고 난 뒤 새벽에 일어나 앉아 거울을 앞에 놓고 쪽머리를 매만지고 눈썹을 그렸다. 거울을 보며 눈썹을 그리는 것은, 오직 님을 위함이다. 현재는 멀리 떠나 있는 님이 행여나 오늘 돌아올까 하여, 그리워하며 단장하는 것이다. 그러나 님은 결국 오늘도 오지 않아 여인은 또다시 자신이 '헛되이 거울을 보고 단장을 하였음'에 수심 겨워한다. 그러나 다음날 아침이 되면 여인은 또다시 거울을 보며 화장을 할 것이다. (이옥봉 「閨情」)

또한 손톱에 봉선화물을 들이기도 하였다. 봉선화꽃잎을 찧어 조심스럽게 손에 묶고 다음날 새벽 일어나 거울에 손가락을 비추며 기뻐하고, 풀을 주우며 거문고를 타며 분을 바르며 머리를 만지며 눈썹을 그리며 손가락을 움직일 때마다 손톱에 물든 붉은 꽃물을 보며 기쁨을 감추지 못했다. 이로 볼 때 조선 여인들은 소박하면서도 은은한 멋이 뿜어나는 단장을 하였음을 알 수 있다. (허난설헌 「染指鳳仙花歌」)

시문에서는 예쁜 옷을 입는다든가, 장신구를 한다든가, 화장을 한다든가하는 점을 경계했다. 곧, 여성의 치장이란 새벽에 일찍 일어나 세수하고 머리만 빗으면 그만이라고 했다. 덕(德)과 인(仁)이 있어야 사람이라 할 수 있기에 심성을 닦는 것이 중요한 것이고, 멋진 보석 맛난 음식 영화와 벼슬이 다 두렵고 겉만 꾸미는 사람은 사귈 필요가 없다는 것이다. 이는 외면적 아름다움이 아닌 생활상의 검속과 내면적 덕성에의 추구를 중요하게 생각한 것으로, 당대에 사회적으로 통용되던 규범, 곧 부덕(婦德)을 표현한 것이다. (김삼의당 「讀書有感-6」, 창암 김씨 「自警」)

고전시가에서 옷은 여성 자신을 꾸미는 물건으로 자신을 표현하는 기호이다. 옷에 대한 관심은 외출을 앞두고 옷을 차려입는 가운데 자신을 표현하는 욕구로 표출된다. 색색의 치마와 버선, 저고리의 의복과 족두리와 비녀 등 장신구를 사용하여 외양을 꾸며내는 모습을 구체적으로 묘사하며 자부심을 느낀다. 그리하여 격식을 갖추어 치장을 하는 시간은 자족감을 느끼고 자신의 현존을 확인하는 순간이 된다. (「규방유정가」, 「화전가라 2」)

온다던 님 어찌 늦으시는지
뜨락의 매화 다 지려하네
갑자기 나뭇가지 위 까치 우니
부질없이 거울 보며 눈썹 그리네
有約郎何晚 庭梅欲謝時 忽聞枝上鵲 虛畵鏡中眉
　　　　　　　　　　　　　　　　－이옥봉 「규방의 정 閨情」(16세기 후반)

금화분 저녁 이슬 각씨 방에 어리니
아름다운 여인 열 손가락 가늘고 길구나
대절구에 찧어 장다리잎으로 말고
등불 앞에서 조심스레 동여매니 귀고리 울리네
고운 다락에서 새벽에 일어나 발 걷을 때
거울에 비친 별 기쁘게 보네
풀잎 주우면 붉은 범나비 나는 듯
가야금 타면 복사꽃 놀라 떨어지듯
토닥토닥 분 바르고 비단 머리 매만질 때
소상강 대나무 피눈물 무늬 같고
때때로 붓으로 반달눈썹 그리면
붉은 비가 봄산을 지나가는 듯
金盆夕露凝紅房 佳人十指纖纖長 竹碾搗出捲菘葉 燈前勤護雙鳴璫
粧樓曉起簾初捲 喜看火星抛鏡面 拾草疑飛紅蛺蝶 彈箏驚落桃花片
徐勻粉頰整羅鬟 湘竹臨江淚血斑 時把彩毫描却月 只疑紅雨過春山
　　　　　　　　－허난설헌 「손톱에 봉선화 물들이며 染指鳳仙花歌」(16세기 후반)

화장하고 음탕한 일 경계하시니

아녀자의 심성은 착해야하네

맑은 새벽에 일찍 일어나 세수하고 빗질만 하지

거울 보며 눈썹은 그려서 무엇하나

治容誨淫有戒辭 兒女心性盖善推 淸晨早起盥梳足 肯把銅鏡畵蛾眉

　　　　　　　　　　-김삼의당 「독서 유감 讀書有感-6」(18세기 후반~19세기 초반)

덕에 의지하고 인을 품어야 사람이라 이를지니

화려한 비녀 보석이 몸을 편케 못하네

맛난 음식, 영화와 작록이 나는 도리어 두려우니

위로는 왕장이 계시고 아래로는 백성이 있다네

據德懷仁可謂人 華簪寶貝莫安身 脂膏榮祿吾還畏 上有王章下有民

　　　　　　　　　　-창암 김씨 「스스로를 경계함 自警」(미상)

　거룩할수 우리벗님 치장을 볼작시면 구름갓치 조흔머리 원산갓치 언즈시고 연연한 옥식치마 ㅈ쥬회장 계격이라 오날날 이모듬의 듕츅이 으쓤이라 상좌로 안즈시오 칠보단장 져쪽도리 남ㅈ우의 슉여쓰고 다홍치단 불근치마 초록비단 웃져고리 청청할샤 청감석과 불고불근 산호가지 밀화불슈 금장도를 법식으로 차려시니 갓들오신 신댁분내 말셕으로 안즈시오 민머리예 은빈혀와 젼반머리 궁초당기 오식비단 조흔오스로 격식으로 썰쳐입고 아릿답게 ㅅ꾸며시니 쥬ㅅ호는 ㅅ잔님네난 좌ㅊ업시 오락가락 일졔히도 모이셨다 산고수장 명승지에 경치따라 놀음가세 형제종반 일가들과 여러동유 함께모여 녹의홍상 갓은복색 철을맞춰 갈아입고 찬란한 온갖패물 격을맞춰 갓춘후에 규중출신 이몸으로 어떤곳을 향해갈고

　　　　　　　　　　-「규방유정가」(1858)

　바른손 은봉채난 일월로 쟁광ㅎ고 청화삼 허욱구난 바람결에 팔랑팔랑 삼성버선 겻버선은 날출자로 담복신고 단여귀여 찾아내여 두발담속 신어보고 돌화분을 골라ㄴ여 매분으로 현날리고 은조롱 놋조롱 조롱조롱 갓ㅊ차고 감태같이 가문머리 아롱수로 솔솔비켜 비기뎡에 수가하여 불근법단 인조댕기 감쪽같이 감아내여 금봉채와 죽절비여 이리져리 꼬자두고 나부잠 꽃화잠은 어식비식 꼬바낸다 윤이나ㄴ 윤이나ㄴ 서기하ㄴ 서기ㅎ니 우리얼골 서기하ㄴ

　　　　　　　　　　-「화전가라 2」(1949)

19세기 초반에 김소행이라는 서얼 문사가 지은 한문소설은 안타깝게 죽은 열녀 향랑을 환생시켜 그녀의 한(恨)을 풀어주는 내용으로 되어 있으면서, 작가의 백과전서적인 지식을 활용하여 여러 가지 참신한 담론을 이끌어 내는 작품이다. 향랑을 환생시키는 과정에서 인간의 군대는 마모(魔母)의 군대와 한바탕 전쟁을 치르는데, 이때에 마모의 아주 커다란 붉은 치마가 천만 군사들을 가두는 장면이 있다. 항우 장군 등을 가둔 채 마모는 화통하게 남자들을 비웃는데, 이렇게 치마에 갇혀 얼굴만 내놓은 남성 병사들의 모습을 '벌집에 갇혀 있는 애벌레' 같다고 묘사하고 있다. (「삼한습유」) 여기서 치마는 여성의 권능을 상징하는 것이다.

마왕이 크게 패하여 여러 장군들을 이끌고 달아나는데 병졸들도 황급하여 어떻게 해야 할 바를 몰랐다. 갑자기 무엇인가를 가르는 듯한 한 소리가 나는데 소리가 마치 비단을 찢는 듯했다. 마모가 여섯 폭 붉은 비단치마를 가지고 뒤를 향해 던지니 마치 하늘이 무너지고 땅이 꺼지는 듯하였다. 필경 천만의 장군과 군사들을 한 군데에 싸 두려는 의도였으니, 항왕을 비롯하여 그 곳을 빠져 나온 이는 수백 명이 채 못 되었다. 마모가 크게 웃으며 말하였다. "남자 중 배짱 두둑한 이가 몇 명이나 되느뇨? 천하 영웅들이 모두 알같이 되었구나. 내 마땅히 품고 날개로 덮어 살이 오르고 털이 나도록 잘 길러야겠다. 가련하구나. 항왕은 그 용맹을 쓸 데가 없고, 와룡은 그 지략을 드러내 보일 곳이 없게 되었네. 여러 장수들은 머리 수건과 비단 치마를 비교해 보라. 한 명 중달을 수치스럽게 한 것과 천 명을 항복시킨 것이 어떠한가?"

그 때 항왕 휘하의 기병 중 능히 쓸 만한 자가 백여 명이었는데, 뿔뿔이 흩어져서 대오를 이루지 못하였다. 휘하의 군대가 사방에서 모여드는데 하늘을 가리고 땅을 덮는 듯하였다. 돌아다보니 한 폭의 붉은 치마가 그 크기는 그보다 더 큰 것이 없겠는데, 여러 사람의 등을 촥 평평하게 덮고 있었다. 그 단단하게 잡아매는 것은 마치 옷깃 자락을 묶어 놓은 듯했는데, 땅에 착 달라붙어서 조금도 틈이 없으니 몸을 움직일 수조차 없었다. 다만 얼굴 하나만을 내놓으니 껌벅이는 두 눈동자가 천 만이나 되었다. 그 밀집해 있는 모습은 마치 벌집에 모여 있는 애벌레들 같았다.

魔王大敗 率諸將奔走 卒惶急不知所爲 忽然括剌一聲 聲如裂帛 魔母將六幅

紅錦裳 向後便投 如天崩地陷 竟將千萬將士包在一處 自項王以得脫者 不滿數
百人 魔母大笑曰 男子剛腸者幾人 天下英雄皆如卵耳 吾當覆而翼之肉之毛之
使長育之 可憐 項王無所施其勇 臥龍無所逞其智也 諸將巾幗較看錦裳 羞辱一
仲達 何如服千人

　　此時 項王麾下騎能屬者百餘人 踽踽涼涼 不成隊伍 魔軍四合 遮天盖地 回見
一張紅錦 其大無外 平覆諸人背上 束如衿裾 緊着在地 了無鑄隙 莫能運轉 只露
出頭面一色 雙眸明滅萬千 密若蜂房攢子

—「삼한습유」(19세기)

12.5. 육체의 구속, 여성적인 혹은 억압적인

　옛 여성들은 여러 가지 행동에 규제를 받았다. 그래서 소설 속 여성 주인공은
가정 내에 있을 때에는 여성 복장으로 조용하고 순종적인 모습을 보이지만, 가
정 밖에서 활약하는 대목에 이르러서는 반드시 남장(男裝)을 하고 행세하며 과
감하고 결단력 있는 모습을 보인다. 여성의 남장이 나서부터 죽을 때까지 지속
적으로 이루어지며 성정체성도 거의 남성인 여주인공이 등장하는 경우도 있다.
(「방한림전」) 이에 대해 남성중심적인 권위에 대한 비판 의식과 여성의 자아실현
에의 소망이 담겨 있다고 해석하기도 하지만, 실은 가부장제 이데올로기가 양산
해 내는 남성과 여성의 전형적인 양상을 드러낼 뿐이라고 해석하기도 한다.
　이에 반해 현대의 여성은 자신의 패션을 주체적으로 응시하고 자의적으로 선
택하는 듯해 보인다. 하지만 독립적으로 보이는 의복 행동의 이면에는 여전히
억압의 기호와 이중화된 정체성이 내재한다. 현대소설에서는 실생활에 무능력
하고 불편한 의복들, 예를 들어 여체를 과장되게 드러내거나 감추는 속옷과 달
라붙는 옷, 연약함과 무기력함을 표상하는 하늘거리는 소재의 원피스 등을 통
해 남성중심적 시각과 가치관에 갇혀 있는 여성의 실상을 비판적으로 드러낸
다. (전경린 「새는 언제나 그곳에 있다」, 「평범한 물방울 무늬 원피스에 관한 이야기」,
『열정의 습관』, 정이현 「비밀과외」, 한강 「채식주의자」) 그러나 억압적 상황은 특별
히 여성적 의복에만 국한되지 않는다. 여성적인 것을 거부하고 남성적 의복을

추구하는 것 역시 부자연스럽기는 마찬가지이다. 남성적인 의복으로 '남성'을 따라하는 것은 여성적인 의복으로 '여성'을 흉내 내는 것과 동일하게 가부장적 이데올로기를 근간으로 기획된 의복행동이기 때문이다. 여성적인 옷도 남성적인 옷도 모두 자신에게 어울리는 의복이 아니라는 점에서 여성의 의복 행동은 궁지에 처해 있다. 의복 행동에 대한 이러한 분열 의식은 여성적인 의복에 대한 거부와 추종의 담론을 통해, 여성적 육체를 가리기 위해 남성적 의복을 착용하지만 그런 자신의 모습 또한 흉측하게 인식하는 과정을 통해 드러나곤 한다. (전경린 「거울이 거울을 볼 때」, 신경숙 「마당에 관한 짧은 얘기」) 한편 여성적인 의복에 가해지는 창의적인 변형은 여성 의복이 지니는 무기력함과 순응의 메시지를 전복하기도 한다. 예를 들어 보호받아야 하는 순수와 순결의 의미를 지니고 있는 흰색 원피스의 소재를 빳빳한 것으로 취함으로써 그 부드러움에 의외의 강인함을 내재시키고, 무기력하고 수동적으로 입혀지는 의복 속에 일탈과 저항의 기표를 함축하는 것이다. (전경린 「사막의 달」)

현대시에서 옷과 육체는 밀접하게 연관된다. 옷은 여성의 개성과 의지를 표현하는 매혹적인 사물인 동시에 규범과 이데올로기에 복종하는 억압적 양식이라는 이중적 의미를 갖는다. 몸을 조이고 묶고 가리는 옷은 여성에게 억압이자 족쇄가 된다. 이 옷들은 몸을 부자연스럽게 옥죄고 가두는, 마치 천으로 만든 사슬과 같다. 사회적 규범과 남성적 시선이 요구하는 옷은 여성 육체를 순응적이고 성적으로 사물화하며 관음적인 시선의 대상으로 삼는다. 이 같은 옷은 몸을 감추는 동시에 드러냄으로써 여성의 정숙한 몸과 성적 매력이라는 양가적인 지배의 시선을 드러낸다. 원피스, 스타킹, 거들, 브래지어 등으로 조였던 여성의 몸은 '욕망의 껍데기'와 같아 이 옷들은 마침내 '일제히 빨갛게 부풀어' 오르며 저항하게 된다. (양선희 「억압에 관한 명상」, 김혜순 「기다림」, 나희덕 「벗어놓은 스타킹」, 조말선 「거대한 원피스」)

브래지어는 '분홍빛 유두'의 여성적 육체를 향한 '달콤한 흥분'의 사춘기적 동경이기도 하지만 이제는 '관짝'이나 '봉분'이 되어 더 이상 육체적 흥분의 메타포가 될 수 없는 젖무덤이 된다. (이규리 「재촉하다」, 이기와 「내 황홀한 묘지」) 치마는 여성의 자유를 발산할 수 있는 '상쾌한 스커트 자락'으로 휘날리며 '뜨거운 달'을 감춘 신성한 신전과도 같지만, 그 성스러움을 알지 못하는 남성의 시선과 욕망에 성적인 상징으로만 포획된다. (황인숙 「바람 부는 날이면」, 문정희 「치마」) 자유로운 욕망과 억압적인 구속 사이에서 길항하는 분신과도 같았던 옷은 마침내 '청바지'에 이르러 성적 구별을 무화하는 동시에 경쾌하고 자유로운 옷으로 등장해 기존의 여성 억압적인 옷들을 전복한다. (이근화 「청바지를 입어야 할 것」)

그상이 쥰슈ㅎ야 규리 옥녀의 거동이 업고 신장이 날노 늠늠ㅎ야 빅년 갓튼 안싴과 츄천 갓튼 기운이며 진쥬갓튼 안광이며 비아흐로 말을 일으믹 글즈를 가라친이 흔아홀 드러 열을 통ㅎ고 열을 드르면 천을 씩친이 부모 익즁ㅎ야 아달 읍스믈 흔치 아니ㅎ고 홍금치의로 입피되 문빅 쇼졔 천셩이 쇼탈ㅎ고 금소ㅎ야 취삼으로 쳬긴 옷슬 입고즈 ㅎ난지라 방공 닉외 여아의 뜻슬 맛쵸아 쇼원딕로 남복을 지여 입피고 아직 어린 고로 여공을 가라치지 안코 오직 시셔를 가라친이 방쇼졔 나히 어리나 셔공이 날노 장진ㅎ야 시셔빅가어를 무불통지ㅎ야 니두를 모시ㅎ니 용안풍치 더옥 쇄락ㅎ야 츄월이 무광ㅎ고 츈화 붓그럴지라
— 「방한림전」(19세기)

패거리들은 마녀의 처형식이라도 보는 듯 빙 둘러서서 원을 그리며 나무 주위를 돌다가 실실 웃으며 떠났다. (중략) 빳빳하게 풀 먹인 흰 원피스가 땀에 젖어 밀가루 익는 냄새를 피웠다. 하얀 시간 속에 내 눈 속으로 소금물이 흘러 들어갔다. 햇볕이 깊이 파고들어 드러난 어깨 부분이 채찍으로 갈겨 맞는 듯이 아팠다. 나는 머릿속이 맷돌에 갈리는 듯 빙글 도는 풍경 속에서 의식을 잃어가는 중이었다.
—전경린 「사막의 달」(1995)

그가 원피스 잠옷을 머리 위로 벗겨낼 때면 이유를 알 수 없는 환멸이 엄습한다. 한순간 생겨난 틈이 걷잡을 수 없이 벌어지고, 몸 안의 공기가 싸늘하게 바뀌어버린다. 그러나 원피스 잠옷을 아래로 벗겨낸다 해도 그런 환멸은 피할 수가 없다. 나는 잠옷이 저절로 사라지길 원하는 것일까. 언제쯤 나는 진정으로 헐떡이며 스스로 잠옷을 벗어 던질 수 있게 될까. 진정으로.
—전경린 「새는 언제나 그곳에 있다」(1996)

계절은 봄인데 소녀는 밤색과 흰빛이 섞인 체크 무늬의 남자아이용 겨울점퍼를 입고 있었다. 소녀에게 가까이 다가갔을 때다. 나는 내 몸이 점점 작아지는 것 같았고 작아진 내 몸이 그 점퍼 안으로 쑥 들어가는 것 같았다. 어릴 때 내게도 저런 점퍼가 있었다. 처음부터 내 점퍼는 아니었다. 중학교 장학생 시험을 보러 가는 셋째오빠에게 어머니가 마음먹고 사입힌 점퍼였다. 셋째오빠는 그 점퍼가

너무 따뜻해서 시험지를 들여다보다가 그만 잠들어버렸다며 화가 나서 다시는 그 점퍼를 입지 않았다. 어머니는 내게 그 점퍼를 물려주었다. 그러나 나는 남자아이가 입는 무뚝뚝하게 생긴 옷은 입기 싫었다. 수도 놓아지고 아기자기하게 주머니가 달린 그런 옷을 입고 싶었다.

　　　　　　　　　　　　　　　　　－신경숙 「마당에 관한 짧은 얘기」(1996)

　여자라면 한번쯤은 물방울 무늬 원피스를 입었던 시절이 있을 것이다. 또 남자라 해도, 한 때 물방울 무늬 원피스를 입은 여자와 알고 지낸 적이 있을 수 있다. 물방울 무늬 원피스란 패션이라기보다는, 오히려 분 냄새나, 마스카라, 혹은 뾰족구두같이 여성의 원형적인 향수를 환기시키는 하나의 기호처럼 느껴진다. 자신의 생에서 반복될 뿐 아니라, 어머니에게서 딸로, 그 딸의 딸에게로 반복되는 여성에 관한 몽상과 꿈과 오해와 추억 같은 본질적인 아련함을 내포하고 있다. 모든 것이 그렇듯 물방울 무늬 원피스 역시 몇 가지 타입으로 나눌 수 있고, 서로 꽤 비슷할 수도 있지만, 또 각각 다르기도 하다. //

　그 평범한 물방울 무늬 원피스를 나는 정확히 십이 년 동안 입었다. 애잔하고 아스라한 일이다. 어떤 옷을 십이 년 동안 입는다는 것은 하나의 정신적인 이력일 수 있다. 나를 지배한, 혹은 나와 공범자적인 하나의 정신. 한마디로 요약한다면 뭉크의 「사춘기」에 그려진, 발가벗기운 채 어딘가에 갇혀 두려워하는 듯한 인물처럼, 비정상적으로 길고 선병질적이었던 내 소녀기라고도 말할 수 있을 것이다.

　　　　　　　　　　　－전경린 「평범한 물방울 무늬 원피스에 관한 이야기」(1997)

　내가, 내가 아니라면 좋겠어요. 검은색 레이스 슈미즈와 브래지어와 팬티를 입고, 검정색 하이힐과 흔들리는 이어링을 장식한 어떤 여자라면……난 처음으로 그것들이 없는 것에 결핍을 느낍니다. 그런 걸 입었더라면 나도 S와 수도 없이 지나친 이 국도변의 어느 모텔에 들어갔을지 몰라요. //

　외꺼풀의 얇고 기다란 눈과 악다문 듯한 작고 둥근 입술, 긴 팔과 다리와 희고 길쭉한 몸.

　스무 살 때의 인교는 가슴과 엉덩이가 얄팍한 소년 같았다. 그때의 인교는 결코 편안한 아이가 아니었다. 집으로 돌아가면 낮 동안 입고 외출했던 원피스를 밤새 뾰족한 금속으로 발기발기 찢어버릴 것만 같은, 어딘가 무섭고 잔인하고 비밀스러운 자상의 통장이 느껴지던 모습이었다.

　　　　　　　　　　　　　　　　　　－전경린 『열정의 습관』(2002)

그날 나는 결국 중학생인 오빠의 상의를 입었다. 그것은 뻣뻣하고 두껍고 커다란, 한마디로 흉측한 옷이었다. 내 존재의 변신에 걸맞는 의상이기도 했다. 나는 그날 정오를 지나면서 밋밋하던 몸뚱이에 젖가슴이 달린 존재가 되어버린 것이었다. 나로선 젖가슴이 등에 붙건 앞에 붙건 마찬가지로 받아들일 수 없는 비극이었다. 이런 이물질을 달고 어떻게 남은 생애를 살아갈 수 있을 것인가. 삶이 전과 같지 않을 것이었다. 나는 타인들로부터 깊숙이 숨겨야 할 육체를 윗부분에도 가진 것이었다. 그것은 피카소만큼 해체적인 것이다. 후에 피카소의 작업을 보았을 때, 나는 그날을 떠올렸다. 느닷없이 내게 젖가슴이 생겼던 삼월의 어느 일요일 정오를. 내가 서랍 속의 모든 옷을 상실했던 날. 그것은 내 생이 피카소적으로 울었던 날이었다. 그러니까, 입체적으로…… 평화는 깨어졌다. //

언니는 허리에 벨트를 묶은 칸나색 미니 원피스를 입었다. 모두 타오르는 칸나색이었다. 칸나색 모자를 썼고, 칸나색 하이힐을 신었으며, 흰 레이스 장갑 낀 손에 칸나색 백을 들었다. 언니는 타오르는 불꽃 같았다. 그러나 그 곁의 신랑은 한겨울의 침엽수처럼 차가워 보였다. 나는 불길함을 느꼈다. 그러나 그 결혼은 내 생애 최초의 것이었기에, 나는 그 불길함을 결혼의 통상적인 느낌인 것으로 받아들였다. 모든 결혼은 불길한 것이라고.

—전경린 「거울이 거울을 볼 때」(1998)

아내는 약간 달라붙는 검은 블라우스를 입고 있었는데, 두 개의 젖꼭지가 분명하게 윤곽을 드러내고 있었다. 의심할 바 없이, 그녀는 브래지어를 하지 않았다. 사람들의 눈을 살피려고 고개를 돌렸을 때 나는 전무 부인과 시선이 마주쳤다. 태연을 가장한 그녀의 눈이 호기심과 아연함, 약간의 주저가 어린 경멸을 드러내고 있는 것을 나는 알아보았다.

—한강 「채식주의자」(2004)

자, 양심적으로 손 들어봐라. 브라자 안 한 사람?

너는 이번에도 손을 들지 않았다. 네가 그것을 입지 않은 이유는 심장이 옥죄어드는 갑갑한 느낌을 견딜 수 없어서였다. 선생님은 다음 시간부터는 꼭 브래지어를 하고 오라는 이상한 숙제를 내주었다. 숙제를 제대로 하지 않았다가는 팔뚝을 아프게 꼬집곤 했으므로 어쩔 수 없이 너는 그것을 착용하기 시작했다. 그 후로는 이십오 년 동안 줄곧, 말이다.

공부를 열심히 해야만 하는 학생 vs 몸가짐을 조심해야만 하는 어린 여자.

세상에 태어난 이상, 인간이란 끊임없이 무언가를 '해야만 하는' 존재라는 것을 중학교는 너에게 가르쳐주었다.

─정이현 「비밀과외」(2004)

이제야 돌아와
원피스
슬립
스타킹
거들
브래지어
팬티를 벗고
인형극의 인형처럼 조종하던 얼굴을 지우고
삶의 체액이 끈적하게 묻은 오늘을
럭스비누로 씻어 개수구로 흘려보내고
전신거울 앞에 서면
벗어던진 것들이 조였던 부분의 살은 일제히
빨갛게 부풀어 오른다

─양선희 「억압에 관한 명상」(1990)

나는 우선 집에 돌아오면
스타킹을 벗고 손발을 씻고
하루분의 화장을 지우고
대못에 가 걸린다
네가 나를 데리러 오리라는 생각
네가 날 데리고 점점점
높은 가지로 오르리라는 생각
그 생각에 걸린 채
푸줏간의 살덩이처럼
천만 근 무거운 살주머니로
밤새도록 대못에 걸려
눈알을 디룩거린다

─김혜순 「기다림」(1987)

지치도록 달려온 갈색 암말이

옷·화장·장신구 463

여기 쓰러져 있다
더 이상 흘러가지 않을 것처럼
생의 얼굴은 촘촘한 그물같아서
조그만 까그러기에도 올이 주르르 풀려 나가고
무릎과 엉덩이 부분은 이미 늘어져 있다
몸이 끌고 다니다가 벗어 놓은 욕망의
껍데기는 아직 몸의 굴곡을 기억하고 있다
의상을 벗은 광대처럼 맨발이 낯설다

—나희덕 「벗어놓은 스타킹」(1997)

팔을 집어넣고 가슴을 집어넣고 다리를 집어넣고 흉터를 집어 넣고
나는 사라진다
종교를 집어넣고 체온을 집어넣고 혈액을 집어넣고 흉기를 집어넣고
나는 사라진다
꿈틀꿈틀이 남는다
울퉁불퉁이 남는다
눈알을 가져와서 원피스에 붙인다
눈을 뜬 원피스가 걸어 다닌다
원피스는 날마다 불어나길 원한다
원피스는 날마다 바람맞길 원한다
나는 꿈틀거리는 곡선으로 사라진다

—조말선 「거대한 원피스」(2006)

브래지어에서 출발하는 사춘기도 있다. 가족들이 집을 비운 사이, 서랍 속에
접어 둔 언니의 봉긋한 브래지어는 내가 꿈꾼 조숙하고 달콤한 흥분이었다 겨우
밤톨만한 젖멍울이 생겼을 뿐인 내 가슴을 단숨에 수식했던 브래지어의 황홀을,
밤마다 나는 재촉했다 내 가슴이 부풀어 저 브래지어의 우듬지에 닿기를, 분홍빛
유두가 살며시 끝을 향해 긴장해 있기를, 그러나 재촉했던 지식, 재촉했던 사랑처
럼 내 가슴은 그리 빨리 부풀지 않았고 언니의 에로틱한 브래지어는 겉돌았다
자라지 않은 가슴과 팽팽하게 솟은 브래지어 사이의 공간만큼 공허 같은 걸 품고
다닌 게 아닐까

—이규리 「재촉하다」(2004)

낡은 서랍 가득 낡은 브래지어가 쌓여 있다
어느 야산의 공동묘지처럼
구슬피 쌓여 있는 봉분들
(중략)
이제는 터지고, 해지고, 뭉개진
탄력의 감촉을 잃은 짓무른 송장에 불과한,
시골 어느 삼류화가의 싸구려 춘화처럼
흥분시킬 그 어떤 상징도 메타포도 없이
골방 구석지기에 천박한 자태로 누워 있는 흉물
단 한 번도 희비의 오르가즘에 도달해 보지 못하고
생매장당한 내 젊음의 불쾌한 흔적인
저 젖무덤들,
푹푹 썩어드는 저 황홀한 관짝들

—이기와 「내 황홀한 묘지」(2002)

아아 남자들은 모르리
벌판을 뒤흔드는
저 바람 속에 뛰어들면
가슴 위까지 치솟아오르네
스커트 자락의 상쾌!

—황인숙 「바람 부는 날이면」(1990)

벌써 남자들은 그곳에
심상치 않은 것이 있음을 안다
치마 속에 확실히 무언가 있기는 하다
가만두면 사라지는 달을 감추고
뜨겁게 불어오는 회오리 같은 것
대리석 두 기둥으로 받쳐 든 신전에
어쩌면 신이 살고 있을지도 모른다
그 은밀한 곳에서 일어나는
흥망의 비밀이 궁금하여
남자들은 평생 신전 주위를 맴도는 관광객이다
굳이 아니라면 신의 후손인지도 모른다
그래서 그들은 자꾸 족보를 확인하고

후계자를 만들려고 애를 쓴다
치마 속에 확실히 무언가 있다

―문정희 「치마」(2004)

나의 기분이 나를 밀어낸다
생각하는 기계처럼
다리를 허리를 쭉쭉 늘려본다
(중략)
나의 기분은 등 뒤에서 잔다
나의 기분은 머리카락에 감긴다
소리 내어 읽으면 정말 알 것 같다
청바지를 입는 것은 기분이 좋다
얼마간 뻑뻑하고 더러워도 모르겠고
마구 파래지는 것 같다
감정적으로 구겨지지만
나는 그것이 내 기분과 같아서
청바지를 입어야 할 것

―이근화 「청바지를 입어야 할 것」(2009)

12.6. 유행, 차별과 모방의 이율적(二律的) 충동

　의복에 대한 폭발적 관심은, 신분의 명시적 나눔이 와해되면서 하층이 상층으로 진출할 수 있는 길이 열리고 개별적이고 구체적인 자아와 육체에 대한 관심이 증폭된 근대 이후의 현상이다. 근대 이후에 팽배된 의복에 대한 관심은 유행의 보편화라는 측면으로 요약할 수도 있는데, 근대 시민 계급이 유행이라는 불안정한 변화를 추종하게 된 것은, '교체'와 '적응'이야말로 그들의 역사적 등장과 생존을 가능케 하는 본질적인 요소였기 때문일 것이다.

　여성이 남성에 비해 의복 유행에 민감한 이유 역시 시민 계급의 이러한 생존 방식에서 유추해 볼 수 있다. 역사적으로 볼 때 사회적·정치적·문화적 변모는 여성에게 사회 진출의 틈을 열어 주었는데, 여성은 이 새로운 현상에 대한 재빠른 이해와 부단한 적응을 통해 사회로 나아갈 수 있게 되었다. 새로운 시도는 곧 여성의 생존 방식이 되었고, 특히 의복과 장식의 새로운 표출은 여성의 변화된 의식과 생활을 드러냈다. 여성이 의복 행동에 큰 관심을 기울이는 또 다른 이유는, 의복이 사회적 소통에서 기여하는 특별한 기능에서 찾아 볼 수 있다. 특정한 바디 테크닉을 표현하는 의복 행동은 의복의 배합과 신체장식을 선정함으로써 신체와 사회적 외모 사이의 관계를 조명하는데, 이는 개인이나 집단이 자신들이 속한 문화에 익숙해 보이도록 가공하는 문화 적응 테크닉이다. 신체는 이러한 과정을 통해 능동적으로 재구성된다. 따라서 의복 행동은 사회·정치적으로 열악한 입지에 있는 여성이 사회에 진출하고 활동하는 데 전략적으로 보탬이 되는 중요한 요인이다.

현대소설 속 여성인물이 추구하는 의복 행동 역시 단순한 물질적 욕망이 아니라 자아 정체성을 확보하고 사회 진입을 견고케 하기 위한 열망이다. 그러나 차별과 모방의 충동이 이율배반적으로 작동하는 의복 유행의 현장에서 그들이 안정적으로 도달할 수 있는 정점은 없다. 특히 1980~2000년대의 현대소설은 끊임없이 미끄러지고 배반당하는 유행의 구조를 담론화하면서, 유행을 통해 획득한 소속감과 자아 정체성이 분열적이고 단편적일 수밖에 없음을 고발한다. (박완서『살아 있는 날의 시작』, 정이현「트렁크」「낭만적 사랑과 사회」, 정미경「호텔 유로, 1203」「내 아들의 연인」, 김애란「큐티클」) 이런 맥락에서 여성인물은 자기 분열을 자초할 뿐인 유행을 거부하고 시대와 상식을 거스르는 일탈적인 의복 행동을 하기도 한다. 지난 유행의 아이콘을 과감하게 재현함으로써 유행의 거부를 선언적으로 표현하고 일탈적 주목에 용기 있게 몸을 맡기거나(정이현「위험한 독신녀」), 색조 없고 무미건조한 유니폼 같은 의복을 고집함으로써 세상을 향한 거부와 방어의 메시지를 형성하는 것이다(조경란「불란서 안경원」). 유행에 대한 이러한 의도적 거부는 여성인물의 정체성에 대한 실험적 모색이고 세상을 향한 도전이다.

그 여자는 머리끝에서부터 발끝까지 세심하게 신경을 써서 멋부리고 있었지만 동냥자루처럼 더럽고 허술한 백을 메고도 천연덕스러웠다. 백이 잘못돼 있지 않을 땐 구두라도 잘못돼 있었고 구두가 잘못돼 있지 않으면 벨트나 머플러라도 잘못돼 있었다. 잘못돼도 심하게 잘못돼 있었다. 그 여자의 멋부리는 솜씨에 대해 샘내기 좋아하는 사람은 그 여자의 이런 실수까지를 멋을 위한 기교라고 짐작하고, 기교치곤 유치하고 실수한 기교라고 비웃었지만 그건 오해였다. 그건 그냥 그 여자의 순전한 실수였을 뿐이었다. 요컨대 그 여자는 완벽한 멋쟁이는 못 됐다. 그러나 그런 불완전함이 오히려 남들에게 친밀감을 일으키기도 했다. //

그 여자는 비싸지 않은 옷과 가짜 액세서리를 잘 살려 입음으로써 그럭저럭 멋쟁이 행세를 했었는데, 그 모임에선 그게 통할 것 같지가 않았다. 그 여자는 자기가 가진 것 중에서는 최고의 것으로 입고 달았는데도 헐벗은 것처럼 주눅이 들었다.

—박완서 『살아 있는 날의 시작』(1979)

이쁜 옷 좀 사 입구 그랴, 젊은 색시가 옷이 그게 뭐야.

나는 고개를 숙여 새삼스럽다는 듯 내 옷차림을 내려다보았다. 흰 블라우스. 나는 한 달에 두 번 쉬는 날만 제외하고는 계절에 상관없이 흰색 긴 블라우스를 입고 있다. 블라우스는 목 윗부분까지 단추를 채우게 되어 있는데 미진상가에 있는 양장점에서 일 년에 한 번씩 똑같은 디자인 똑같은 소재로 다섯 벌씩 맞추어 입어오고 있다. 가을이나 겨울에는 그 위에 얇은 카디건을 걸쳐입기도 한다. 한 벌에 삼만오천원이고 소재는 물실크라 편하고 깨끗해 보여 나는 가게에 있을 때 늘 그 블라우스를 입고 있다. 그는 나의 그런 고집스런 옷차림을 마음에 들어하지 않았다. 내가 옷차림을 바꾸었다면 그는 떠나지 않았을까.

—조경란 「불란서 안경원」(1996)

미리 세운 플랜에 따라 목까지 단추를 채우는 화이트 셔츠와 감색 수트를 입고 막스마라의 연회색 캐시미어 코트를 걸쳤다. 반듯한 커리어 우먼으로 보이는 데에는 큼직한 에르메스 가죽백도 중요한 역할을 했다. 지난봄 석 달 동안 대기자 명단에 이름을 올린 끝에 구입한, 가장 아끼는 가방이었다. 겨울 외투나 핸드백, 브로치 같은 액세서리는 조금 무리하더라도 가능한 고급품으로 구입한다는 것이 그녀의 원칙이었다. //

조수석을 돌아보았다. 무턱대고 길게 길러 포니테일로 묶은 머리, 군데군데 보푸라기가 일어난 더플 코트와 가짜 프라다 백팩. 다시 그 나이로 돌아가라면 그녀는 단호히 고개를 저을 것이다.

—정이현 「트렁크」(2003)

내 능력 이상을 요구하는 그것들을 사 모으면서 내가 뭐 많은 걸 바라는 건 아니다. 처음 그 칵테일 드레스를 가졌을 때의 느낌, 일상의 남루함이 일순에 사라지는 마술의 순간, 다른 모든 것들이 헛되이 여겨지는 지나친 눈부심. 다만 그 느낌들을 찾아 헤매왔던 것 같다. 그것들을 가지게 되면 내가 그토록 경멸해 마지 않던 엄마의 삶을 되풀이하게 될 것 같은 끔찍한 예감으로부터 벗어날 수 있을 것 같았고 회청색 수의 같은 옷만을 입은 채 일생을 보낸 엄마로부터 물려받은 유전자지도 따위는 지워져버릴 것 같았다.

─정미경 「호텔 유로, 1203」(2003)

반투명하고 매끄러운 습자지로 한 겹 덮인 그것은 모노그램 캔버스 라인의 진짜 루이뷔통 백이었다. 짝퉁이 아닌 진짜 명품을 갖는 것은, 난생처음이었다. (중략) 아래께의 둔하고 뻥뻥한 통증은 아직 사라지지 않고 있었다. 나는 루이뷔통 쇼핑백 위에 가만히 손을 얹어보았다. 순간, 맹렬한 불안감이 솟구쳤으나 곧 가라앉았다. 집에 가자마자 보증서를 확인해보면 될 것이다. 그리고 설마 면세점에서 '진짜 짝퉁'을 취급할 리는 없을 것이다. 조용히 운전에 몰두하고 있는 그의 옆얼굴이 어쩐지 낯설게 느껴져서, 나는 마음속으로 황급히 고개를 저었다. 아니다. 아니다. 누가 뭐래도 그는 내가 사랑하는 사람이다. 우리는 서로, 사랑하는 사이다.

─정이현 「낭만적 사랑과 사회」(2003)

품이 헐렁한 청재킷과 청치마, 드라이어로 한껏 세운 뒤 헤어스프레이를 뿌려 닭 벼슬처럼 뻣뻣하게 고정시킨 앞머리, 발목까지 올라오는 흰색 캔버스천의 농구화까지. 양채린은 우리가 마지막 만났던 1989년의 모습 그대로, 내 앞에 나타났다. //

롤 빗으로 앞머리를 둥글게 말고, 그 위에 헤어드라이어를 가져다 댄다. 뜨거운 열이 이마 위로 쏟아진다. 높이 세워진 머리칼을 손가락으로 살살 빗어 넘기면서 헤어스프레이를 힘껏 뿌린다. 옷장에 걸린 옷들 중에서 어깨에 사각의 커다란 패드가 들어간 구형 재킷과, 항아리 모양의 모직 스커트를 어렵게 찾아낸다. 1990년 2월, 대학 졸업을 기념하여 구입한 정장이다. 재킷의 소매에서 희미하게 좀약 냄새가 난다. 거울은 보지 않는다. (중략) 유행을 무시하며 살 수는 없는 줄 알았다. 이제는 그렇게 생각하지 않는다. 삶은 유행보다 더디게 지나간다. 채린과 나는 얼마나 더 이곳을 견딜 수 있을까. 하지만 위험하지 않은 길은 어디에도 없을 것이다. 이제 나는, 그녀에게 간다.

─정이현 「위험한 독신녀」(2004)

백화점에서 옷을 사러 갈 땐 동창회 갈 때만큼 공들여 화장을 하고 제대로 차려 입고 나가야 한다는 말도 있지만, 특히나 이 백화점은 분위기가 유난하다. 영캐주 얼 매장에 들어가 도란이를 세워놓고서야 나는 그걸 새삼 깨닫는다. 똑같이 맨얼 굴로 서 있어도 이 동네 사람과 다른 곳에서 온 사람의 피부는 때깔에서 차이가 난다. 맨발에 슬리퍼를 신고 나와도 이 동네 사람들과 아닌 사람들을 가려낼 수 있다. 그게 걸치고 있는 입성의 차이에서 나오는 느낌만은 아니라는 걸 나는 알고 있다. 뼛속 깊은 데서 나오는 다름, 이라고 할 수 있을까. 도란이 나이는 남대문 좌판에서 산 옷을 걸쳐도 깜찍하고 눈부실 나이지만, 여기, 이곳에서는 아니었다. 졸지에 옷 하나 유행 따라 차려입지 못하는, 보살핌 없이 자란 처녀 티를 내며 무르춤해서 서 있는 도란이 대신 내가 몇 가지 옷을 골라봤다.

— 정미경 「내 아들의 연인」(2006)

친구들의 옷은 무척 과감하면서도 세련된 느낌이 났다. 색깔이나 디자인이 흔하 지 않은 거였고, 그 천박하지 않은 화려함은 결혼식의 화사한 분위기에 잘 어울렸 다. 반면, 내 옷은 좀 무난하달까 답답할 정도로 평범해 보였다. 친구들을 보자, 내가 의기양양하게 걸치고 온 정장이 유행이 꽤 지난 것임이 드러나 조금 울적해졌 다. 게다가 하늘색 블라우스의 양 날갯죽지는, 걸어오는 동안 땀으로 얼룩져 군청 색으로 변해 있었다. 나는 좀 창피한 생각이 들었다. 다른 곳도 아니고 겨드랑이라 니. 웃기고 추잡해 보이지 않을까 걱정이었다. 친구들과 형식적인 악수를 나누며, 최대한 겨드랑이를 벌리지 않으려 애를 썼다. 내심 누군가 내 손톱을 봐줬으면 싶었지만, 알아차리는 사람은 아무도 없었다. 부러 손으로 입을 가리고 웃고, 머리 카락을 자주 만져도 마찬가지였다. 매니큐어를 칠한 다른 여자애들도 신부화장이 나 식장 인테리어 등 딴 곳에 정신이 팔려 있었다. 내 손에 신경 쓰고 있는 건 나 자신뿐이었다.

— 김애란 「큐티클」(2008)

12.7. 화장과 위장, 이중화된 정체성

화장은 역사적으로 의료 행위의 일환으로, 그리고 마귀를 쫓는 의미의 치장 으로 시작되었는데, 흔히 성의 강조 신호, 즉 적극적으로 이성을 끌어당기는 인상관리의 일환으로 이해되곤 한다. 또는 변신함으로써 일상의 자신으로부터 해방됨을 의미하기도 하고, 타인이 자신을 이렇게 인정해 주었으면 하는 승인 욕구를 드러내기도 하다.

현대소설에서 여성인물의 적극적인 화장도 사회 규범에 적당히 영합하면서 자신의 욕망을 추구해가는 경우가 많다. 이것은 현대사회의 생존 법칙을 영악하게 활용하는 일종의 생존 방법으로 이해되는가 하면, 본질을 몰각하는 덧칠과 가면이라는 부정적 의미를 갖기도 한다. 화사하게 꾸며진 외관에 내면의 얼룩과 상처가 숨겨지기도 한다. (박완서 「부끄러움을 가르칩니다」, 오정희 「유년의 뜰」, 「별사(別辭)」, 「새」, 정이현 「순수」, 정미경 「시그널 레드」, 한강 『바람이 분다, 가라』)

현대시에서 화장을 지우는 것은 몸을 옥죄는 옷을 벗는 것과 유사한 의미를 갖는다. (양선희 「억압에 관한 명상」, 김혜순 「기다림」) 여성에게 화장(化粧)은 강요된 것이기도 하고 자발적인 것이기도 하다. 화장은 사회적으로 강요된 미적 가치에 따라 위장하고 덧칠을 하듯 사물화된 가면을 쓰는 것이기도 하지만, 자신의 즐거움에 따라 행하는 능동적인 위장이기도 하기 때문이다. 또한 화장은 자신을 감추거나 죽이는 일종의 가사(假死)를 상징하거나(문정희 「자살법」, 이규리 「화장거울 집어 들고」), 노골적으로 본능적인 욕망을 드러내는 자기 표현의 수단이 된다. (신현림 「립스틱과 매니큐어」, 문혜진 「눈 내리는 밤의 분장술」)

화장이 해당 문화기준에 대한 순응적 태도로 자존감을 유지하는 것이라면, 화장을 하지 않는 태도는 그와 또 다른 관점에서 자존감을 내세운다. (오정희 「야회」, 정미경 「장밋빛 인생」, 한강 「채식주의자」) 화장으로 조작을 하지 않은 평상시의 모습은 자신을 그대로 드러내는 일종의 누설적인 행동으로 수치, 불안을 야기하기도 하지만, 그 부끄러움은 결과적으로 의미 있는 자존감, 개체성으로 이어지는 것이다. 한편 상황과 예절에 어울리지 않는 과도한 화장 역시 세상의 평가와 인정을 초월한 반항적 자아를 표출하는 것으로 이해될 수 있다.

어머니의 신경질은 하루하루 더해갔다. 동생들 대신 나를 심히 들볶았다. 어느 날 느닷없이 파마장이를 데려오더니 나보고도 그 불화로를 뒤집어쓰는 불파마를 하고 종주먹을 댔다. 그러나 아무리 해도 내 고집을 꺾을 수 없게 되자 어머니는 한바탕 욕지거리를 하더니 홧김에 자기의 트레머리를 뚝 끊어버리더니 불화로를 뒤집어쓰고 머리를 볶았다.

가난과 굶주림으로 가뜩이나 새카맣게 말라비틀어진 얼굴에 고실고실 들고 일어나 새둥우리가 된 머리가 덮치니 그 꼴이 말이 아니었다. 그것만으로도 넉넉히 비참의 극인데, 어머니는 게다가 화장까지 시작했다. 어디서 분가루랑 입술연지 토막을 얻어다가 깨진 거울 앞에서 치덕거렸다. 그러곤 낮도깨비처럼 길가를 오락가락했다. 나는 부끄러워할 수조차 없었다. 불쌍한 어머니, 그러나 내가 어떻게 도울 수 있단 말인가.

— 박완서 「부끄러움을 가르칩니다」(1974)

어머니는 등 뒤의 작은 시위 —그러나 오빠 나름대로는 필사적인— 에 아랑곳하지 않고 분첩으로 탁탁 얼굴을 두들기고 가늘고 둥글게 눈썹을 그렸다. 나는 조마조마한 마음으로 어머니와 오빠를 번갈아 보며, 그러나 어쩔 수 없는 호기심과 찬탄으로 거울 속에서 점차 나팔꽃처럼 보얗게 피어나는 어머니의 얼굴을 바라보았다.

— 오정희 「유년의 뜰」(1980)

명혜는 이마에 와 닿는 불빛을 피해 슬몃 고개를 돌렸다. 불빛이, 거미줄처럼 가늘게 얽힌 주름살과 화장기 없이 거친 피부를 여지없이 드러내리라는, 그래서 길모가 젊지도 아름답지도 않은 아내를 초라하게 여길 듯한 생각이 들었던 것이다.

— 오정희 「야회」(1981)

정옥은 마당으로 내려서는 어머니를 힐끔 보다가 고개를 돌려 배시시 웃었다. 구름 무늬 분홍빛 원피스와 실로 얼금얼금 엮은 여름 가방으로 한껏 멋을 낸 어머니의 얼굴이 화장기로 화사했던 것이다. //
어머니는 양산을 펴들며 눈살을 찌푸려 해의 방향을 가늠했다. 빈틈없이 염색된 어머니의 머리털은 햇빛에 검푸르게 빛나며 한 올의 흐트러짐도 없이 가발처럼 견고했다.

— 오정희 「별사(別辭)」(1981)

그 여자는 밤화장도 하지 않았다. 황금빛 머리털 밑으로 새까만 머리털이 자라나왔지만 염색을 하지 않았다. 언제나 입술만 빨갛게 발랐다. 시름없이 하늘을 바라보는 일이 잦았다.
담장 밑의 해바라기가 부쩍 자라 제법 넓은 잎들이 피어날 무렵 그 여자는 집을 나갔다.

— 오정희 「새」(1996)

엄마는 키가 백칠십 센티미터에 허리가 길었다. 낡은 옷을 입고 있어도 몸짓 어딘가에 기계체조 선수처럼 우아한 데가 있었다. 피부가 희어, 립스틱만 살짝 발라도 엄마의 얼굴은 봄나비처럼 화사해졌다. 그러나 이제 엄마는 화장을 하지 않았다. 화를 낼 때 엄마의 몸짓은 무시무시한 마녀 같았다. 아이가 할 수 있는 일은 그때마다 몸을 동그랗게, 가능한 한 가장 조그맣게 구부리곤 하는 것뿐이었다.
— 한강 「해질녘에 개들은 어떤 기분일까」(1999)

빗길 고속도로의 과속 운전으로 인한 사고는 지방 뉴스에도 보도되지 않을 만큼 진부한 사인이었다는 얘기지요. 영안실에 찾아온 여고 동창이, 립스틱이 좀 진하지 않으냐고 귀엣말을 하기 전에 나는 불타는 레드, 새빨간 빛깔의 루주를 발랐다는 사실을 까맣게 잊어버리고 있었습니다. 여자 화장실의 더러운 거울 앞에 서서 나는 휴지를 몇 겹 접어, 밑을 닦듯 입가를 쓰윽 문질러 닦았습니다.
— 정이현 「순수」(2002)

메이크업 아티스트를 만난다고 거의 분장 수준으로 그리고 나타난 내 여자와 나란히 앉은 민의 얼굴은 지우개로 슬쩍 문지른 그림처럼 보였다. 속눈썹에만 마스카라를 여러 번 덧칠한 듯 눈만이 검고 생기 있게 보이는 불균형한 강렬함이 독특했다.
— 정미경 「장밋빛 인생」(2002)

"입술이 그게 뭐야. 화장을 안한 거야?"
나는 구두를 벗었다. 검은 트렌치코트 차림으로 우두망찰 서 있는 아내의 팔을 끌고 안방으로 들어갔다.
"그러고 나설 참이야, 지금?"
나와 아내의 모습이 화장대 거울 속에 비쳤다.
"다시 해, 화장."
아내는 조용히 내 손을 뿌리쳤다. 콤팩트를 열고 퍼프를 얼굴에 두드렸다. 뿌옇게 분이 떠, 그녀의 얼굴은 먼지를 뒤집어 쓴 헝겊인형 같아졌다. 늘 바르던 짙은 산호색 루주를 잿빛 입술에 바르자 어색한 대로 아내의 얼굴은 환자 같은 창백함을 벗었다. 나는 안도했다.
— 한강 「채식주의자」(2004)

여자의 화장은 늘 입술에서 끝났다. 신(神)이 얼굴에 내리기라도 한 듯 뚫어지게 거울을 바라보며, 부적을 그릴 때 쓰는 경면주사 빛깔의 립스틱을 꼼꼼하게 칠했다. 마지막으로 아래위 입술을 살짝 맞물었다 놓으면 여자의 얼굴은 손바닥만한 부적으로 완성되었다. 맞물었던 입술이 더할 나위 없이 붉은 꽃으로 피어나는 그 순간이면 나는 갑자기 오줌이 마려워지곤 했다.

ㅡ정미경 「시그널 레드」(2006)

까마득히 어린 여자라서 그는 나를 욕망했어. 골격이 작은 여자라서, 그가 좋아하는 형태의 쇄골을 가진 여자라서 욕망했어. 하찮은 여자라서, 어떤 미래도 생각지 않는 여자라서 욕망했어.

두껍게, 더 두껍게 화장을 했어. 사산할 때마다 멈추지 않는 피를 흘렸어. 애써 경멸을 감추는 그의 가족에게 큰절을 했어. 얼굴을 감추려고 두껍게, 더 두껍게 화장을 했어. 삼 년의 결혼 생활 동안, 아니, 그를 알았던 십 년 동안 나를 죽였어. 비명 소리도 없이. 그토록 낱낱이. 다른 누구도 아닌 바로 내 손으로.

ㅡ한강 『바람이 분다, 가라』(2007)

마녀와도 같이 화장하고 잠들면 잠든 사이 놀러 나갔던 혼이 영원히 돌아오지 못한다고 해요. 돌아오긴 오는데 제 얼굴 도로 찾지 못해 그만 그대로 허공을 헤맨다고 해요. 밤이면 홀로 일어나 짙게 짙게 화장을 해요. 벼랑 끝에 바쳐질 붉은 꽃처럼 화장한 몸뚱아리 하나 던져 놓아요. 이러이 그만 깨어나지 말기를 황홀히 기도하며.

ㅡ문정희 「자살법」(1987)

가을에 슬픔으로 충만했으니
겨울엔 기쁨이 너를 원하므로
비누처럼 거품을 물고 즐거워하라

립스틱과 매니큐어를 바꾸고
'사랑을 할 거야'를 부르며
사람들에게 열심히 꽃 바치고

해 지고 술 고프면
한번쯤은 치사량에 가까운
술을 마셔도 좋을 것이다

ㅡ신현림 「립스틱과 매니큐어」(1996)

옆집 과부 할머니는
세수만 하면 화장을 해야 하는 줄 알아
밤에 세수를 하고
컴컴한 밤에 혼자 앉아 화장을 하지
봐 줄 사람도 없는데
텔레비전 불빛 아래서
쓸쓸히 얼굴에 회칠을 하지
과연 그럴까
(중략)
어차피 화장은 얼굴을 가리는 것
진짜 얼굴을 감추는 것
눈 내리는 밤
백여우로 변신하는
눈먼 과부의 분장술

－문혜진 「눈 내리는 밤의 분장술」(2007)

멀리 떠나온 여행지에서도 여자들의 아침 시간은 종종 화장에 바쳐진다 지치지
않고 화장에 거는 여자의 성(性),
드러내고 감추는 동안 쌓이는 두께, 중심에서 멀리 와 버렸다
1mm의 차이가 비행의 항로를 바꾸어 놓는다는데,
평생 화장한 두께만큼, 들인 시간만큼 어쩜 제대로 날아가는데 실패할지도 모른다.
－이규리 「화장거울 집어 들고」(2010)

12.8. 장신구, 마술적 힘의 착복

원시 사회에서 남자들의 사유재산은 무기에서 출발한 반면, 여자들에게 가
장 먼저 인정된 사유재산은 장신구였다고 한다. 장신구나 무기 모두 개인적 소
유물이라는 점에서 인격 영역을 확장시키는 수단이라는 기능은 공통적이다. 그
러나 무기는 타인의 마음에 일어나는 자발적 의지를 기다리지 않고 자신의 영

역을 확장코자 하는 반면, 장신구는 타인의 선하고 우호적인 의지에 의탁해 자신의 영역을 확대시킨다. 비교적 '필요한' '의복'은 특별한 개체에 맞추어져 그 사람의 체형을 드러내면서 어떤 기존의 구조로 제한하는 반면, '불필요한' '장신구'인 보석과 금속은 개인에 따라 변하지 않는 초개인적인 것으로서 그 육체가 지닌 기하학적 경계를 넘어서는 '광채'를 발하면서 개체의 영역을 확대시킨다고 말한다.

현대소설의 여성인물은 장신구가 행사하는 마술적 힘에 의지해 자아의 확장을 꿈꾸고 비밀스러운 근원적 힘을 소유한다. 육체가 지닌 기하학적 경계를 넘어 광채를 발하는 보석류, 특히 다이아몬드는 개체의 영역을 확대시키면서 몰아적(沒我的) 힘을 부여한다. (최윤 『너는 더 이상 너가 아니다』, 정미경 「호텔 유로, 1203」, 전경린 「천사는 여기 머문다」) 여성적 힘을 기표화하는 문신과 식물을 도안한 바디페인팅 등은 육식과 살해 욕망의 공포로부터 벗어나려는 주술적 시도로서, 자연과 조우하면서 원시적 생명에 이르고자 하는 메시지를 담고 있다. (천운영 「바늘」, 한강 「몽고반점」)

> 너는 가방 속에서 유리병과 보석 상자를 꺼내 옆 좌석에 놓는다. 너의 손놀림은 불켜진 계기판의 바늘의 움직임처럼 정확하다. 상자 속의 보석을 꺼내 들고 청색 액체가 채워진 유리병을 열어 든다.
>
> 억압되었던 광채가 홀로 난사하면서, 극한의 열의 조임 속에서 결정된 삼십이면체의 투명한 광선이 너를 바닥없는 심연으로 유혹한다. 너는 세공된 다이아몬드 덩어리를 입 안에 던져 넣는다. 단단하고 날카로운 광채의 보석은 아쉬운 듯 목에 걸려 쉽게 넘어가지 않는다. 너는 병에 남은 액체를 모두 입 안에 털어넣는다.
>
> ─최윤 『너는 더 이상 너가 아니다』(1991)

> 나는 그의 가슴에 새끼손가락만한 바늘을 하나 그려주었다. 티타늄으로 그린 바늘은 어찌 보면 작은 틈새 같았다. 어린 여자아이의 성기같은 얇은 틈새. 그 틈으로 우주가 빨려들어갈 것 같다.
>
> 그는 이제 세상에서 가장 간한 무기를 가슴에 품고 있다. 가장 얇으면서 가장 강하고 부드러운 바늘.
>
> ─천운영 「바늘」(2000)

장소는 백화점이었다. 미홍은 혼잡한 틈을 타 2층 에스컬레이터 곁 세일 매대에서 파는 스카프를 쇼핑백 속에 집어넣는다. 한 장, 두 장, 세 장, 네 장, 마구 집어넣는다. 그리고 황급히 에스컬레이터에 몸을 싣고 내려간다. (중략) 경비원들이 미홍을 심문한다. 그리고 미홍의 가방을 검사한다. 미홍의 가방에서 스카프가 나온다. 스카프는 한없이 길어진 마술 리본처럼 다른 스카프들과 연결되어 끝도 없이 당겨져 나온다. 모두 언젠가 가졌던 것이 있는 낯익은 스카프들이다. (중략) 남자들이 미홍의 스커트를 벗기려 하자 미홍은 그들의 어깨를 발판처럼 구르고 백화점 지붕을 뚫고 하늘로 날아오른다. 미홍은 입을 커다랗게 벌리고 새파란 창공의 정적 속으로 날아간다. 구름을 향해서, 구름을 지나, 구름보다 더 높이 올라간다. 벌거벗은 몸은 보이지 않고 끝이 없는 것 같은 긴긴 검정색 스카프가 하늘 가득 펄럭이며 날아간다.

— 전경린 『열정의 습관』(2002)

내 왼쪽 손목에 채워져 있는 것과 똑같은, 그러나 완전히 다른 저 존재. 내 손목에 있는 건 이미테이션이지만 만만찮은 가격을 지불했다. (중략) 저 인색한 램프 불빛 아래 둔다면 이 시계를 만든 장인조차 어느 것이 제가 만든 것인지 구별하지 못할 것이다. 그러나 다만 내가 알고 있을 뿐이라는 사실이 나를 끊임없이 불편하게 만든다. 그걸 들여다보고 있는 사이 이마에 땀이 밴다. 겨드랑이도 촉촉해진다.

저걸 가질 수 있다면, 나도 항성처럼 스스로의 존재를 증명할 수 있을 것만 같다. 주위의 모든 소음이, 음악 소리가, 찻집에서 퍼져 나온 커피 향이 아득히 멀어진다. 유리를 깨고 암청색 심해 속으로 몸을 던져 저걸 건져오고 싶다. 내가 가진 어떤 것을 대가로 지불하게 되더라도.

— 정미경 「호텔 유로, 1203」(2003)

그는 이번에는 노랑과 흰빛으로 그녀의 쇄골부터 가슴까지 커다란 꽃송이를 그렸다. 등 쪽이 밤의 꽃들이었다면, 가슴 쪽은 찬란한 한낮의 꽃들이었다. 주황색 원추리는 오목한 배에 피어났고, 허벅지로는 크고 작은 황금빛 꽃잎들이 분분히 떨어져내렸다. //

"그 자식이 마음에 들었던 거야?"

"그게 아니라, 꽃이……"

"꽃?"

순간 그녀의 얼굴은 무섭도록 창백해졌다. 깨물어서 붉어진 아랫입술이 보일 듯 말 듯 떨렸다. 차근차근 그녀는 말했다.

"정말 하고 싶었어요…… 그렇게 하고 싶었던 적이 없었어요. 그 사람 몸에 뒤덮인 꽃이요…… 그게 날 못 견디게 했던 거야. 그것뿐이에요."

―한강 「몽고반점」(2004)

전화기 위에 무지개색 빛의 방울이 흩어진 것이 보였다. 고개를 드니 천장에도 오색 빛 방울이 흔들리고 있었다. 나는 허공에서 손가락들을 저었다. 반지에 부딪친 빛이 부서지며 무지개색으로 튀어 올라 천장과 벽과 방문 위에 흩어졌다. 알 수 없는 광파가 방 안에 가득한 것이 느껴졌다. //

손 안엔 아무것도 없는데 빛의 방울들은 점점 많아지며 양쪽 손을 둘러싸고 반짝거렸다. 나는 팔을 활짝 벌린 채 빛의 출처를 찾아 두리번거렸다. 밖엔 폭우가 쏟아지고 빛이 들어올 데라곤 어디에도 없었다. 다만 나의 정면에 있는 장식장 위에 모경이 준 반지가 놓여 있었다. 내 몸을 뚫고 방 안 가득 보이지 않는 광파가 흐르는 것이 느껴졌다

―전경린 「천사는 여기 머문다」(2006)

12.9. 분홍신, 여성 욕망의 불타는 구두

발은 가장 능동적이고 적극적인 몸이다. 자유로운 욕망을 가능하게 하고 실현하게 하는 상징적인 육체이다. 여성을 집안에 가두기 위해 비정상적으로 발의 성장을 멈추게 한 전족(纏足)의 폭력성과 춤이라는 몸의 욕망을 멈추지 못했던 소녀에 대한 징벌은 동화 '분홍신'의 비극적 주제로 드러나게 된다. 여성의 발은 원하는 어디로든 달음질치고 마음껏 춤출 수 있게 하는 몸의 일부이지만 바로 그런 점에서 결박당해야 하는 운명이었다. 금세기 동안 여성 의상의 기본적인 역할을 담당해 온 하이힐과 좁은 신발은 다리를 좀더 길어 보이게 하고 신체의 굴곡을 강조하며 일명 코트십 스트러트(courtship strut : 구애를 위한 걸음걸이)를 제공한다는 점에서 성적으로 매력 있게 여겨진다. 그러나 하이힐은 여성들의 자유로운 활동을 방해함으로써 그 활동범위를 제한시키려는 시도 중의 하나이기도 하다.

현대소설에서 하이힐은 삭막한 도시에서 살아남기 위한 전략적 도구이자 여성 욕망의 상징이다. (양귀자 「다락방」, 정미경 「장밋빛 인생」, 「호텔 유로, 1203」) 가부장적 이데올로기에 갇힌 여성에게 신겨지는 신발이 빨간 하이힐이다. (전경린 「낯선 운명」 「새는 언제나 그곳에 있다」, 은희경 「누가 꽃피는 봄날 리기다소나무 숲에 덫을 놓았을까」, 김애란 「큐티클」)

현대시에서 자유로운 발을 욕망해서는 안 된다고 강요받아 온 여성들은 강압적인 정숙과 순결에 대하여 통렬하게 저항하고 있다. 분홍신은 억압적이고 지리멸렬한 일상으로부터 탈주할 수 있는 날개 달린 신발이고 과거를 지우고 새 인생으로 향해 나아갈 수 있는 세찬 걸음이며, 잃어버렸기에 반드시 다시 찾고 싶은 열정의 상징이다. 검은 구두 혹은 꼭 조이는 구두를 강요당했던 여성들은 자신의 '새 구두' '화려한 구두' '빨간 신발' '불타는 구두' '날카롭고 뾰족한 구두'를 찾아 자기 안에 방류된 '넘치기 직전의 수위'를 향한 욕망을 드러낸다. (이규리 「결혼식」, 정은숙 「구두에게 묻는 생」, 안정옥 「붉은 구두를 신고 어디로 갈까요」, 김상미 「빨간 신발」, 신현림 「지루한 세상에 불타는 구두를 던져라」, 김길나 「잃어버린 신발 한 짝」, 류인서 「유리구두」, 김행숙 「신발의 형식」, 이근화 「부츠와의 대화」)

미스 김은 밤새 잊지도 않고 돌아와 있었다. 방문 앞에 굴러 다니는 작고 앙증맞은 하얀 샌들을 바라보며 앞머리에 묻은 물기를 털어내던 그녀는 새삼 자세히, 차근차근 그 신발을 뜯어보기 시작한다. 얄팍한 몇 줄의 끈으로 이어진 높은 굽의 구두는 손만 대도 끊어질 듯 섬세했다. 그 작고 하얀 발로, 저만큼 섬세한 흰빛 샌들로 이 무지막지한 도시의 밤을 종횡무진하는 여자. 그러고도 구두끈 하나 손상시키지 않고 고스란히 돌아와 잠들어 있는 여자라니. 게다가 장조림, 각종 부침개에 오이김치까지 맛깔스럽게 만들어 이웃에 돌리는 여자가 신고 다니는 구두는 어쩐지 경이로왔다. //

그러고 보니 낡은 구도의 뒤축에 달라붙은 진흙덩이를 떼어내기 위해 신발을 벗어들고 땅바닥에 콩콩 두드려 본다. 미스 김의 새침한 샌들이 생각났다. 바닥에 달라붙어 있던 진흙덩이가 어지간히 떨어져 나가자 낡아서 비닐이 슬슬 벗겨지는 구두코를 자신의 업보처럼 챙겨 신고 그녀는 도매상가의 뒤편 출입구로 총총 달려간다.

― 양귀자 「다락방」(1984)

그 발에는 여전히 칠 센티나 팔 센티쯤 되어 보이는 높은 뾰족구두를 신고 있었다. 눈이 아파왔다. 유난히 커다란 소리를 내며 짧고 무거운 몸통을 옮기는 그 뾰족구두는 이제 큰언니의 운명을 덥석 물고 가는 덫 같았다.

—전경린 「낯선 운명」(1996)

아버지는 빨간 미제 구두를 신고 흰 레이스 드레스를 입은 나를 자전거 뒤에 싣고, 신작로를 지나고 철길 건널목을 지나 유치원에 입학시킨다.

그때로부터 열두 살이 되도록 나는 아버지가 부르면 안방에 불려가 노래하고 춤을 추었다. (중략) 나는 단 한순간도 남자 앞에서 자연스러운 나였던 적이 없다. 나는 눈을 내리깔고 살짝 짓는 미소를 곁눈길로 보여주는 춤추는 여자애였다. 물건을 집을 때도 거리를 걸을 때도, 무언가 비켜갈 때나 누군가에게 미소지을 때도, 생각할 때도 울 때도, 나는 춤추는 여자애의 교태를 잊은 적이 없었다. 그것은 백혈구처럼 핏속을 흘러 다니며 나를 감시했다.

—전경린 「새는 언제나 그곳에 있다」(1996)

분홍색 에나멜 구두였어. 아빠가 서울에서 동화책하고 같이 사다 준 거야. 그 동화책이 『분홍신』이었는데 아빠는 제목이 예쁘고 구두와 잘 맞아떨어진다고 사 왔지만 그날 밤 나는 그 책을 다 읽고 무서워서 잠을 못 잤어. 마술사의 신발을 신은 소녀가 춤을 멈출 수가 없어서 온갖 세상을 밤낮없이 춤만 추고 돌아다니는 얘기였어. 나중에는 발목을 끊어야 했지. 끊어진 발목이 분홍신을 신고서 춤을 추며 멀리로 사라지는 장면, 지금 생각해도 끔찍해.

—은희경 「누가 꽃피는 봄날 리기다소나무 숲에 덫을 놓았을까」(2002)

여자의 얼굴은 보이지 않는다. 더럽고 어두운 이면 도로. 비가 금방 그친 듯 포도는 기름지게 번들거린다. 화면은 흑백이다. 불규칙하게 파인 물웅덩이. 불안정한 걸음걸이의 여자는 가끔 뒤를 돌아본다. 어느 순간 때묻고 구겨진 면직물 원피스를 입은 여자 앞에 나타나는 구두. 가늘고 긴 뒷굽이 달린 검은 에나멜 구두엔 큐빅 박힌 스트랩이 달려 있다. 그 구두에 발을 넣는 순간 여자의 머리끝에서부터 구두까지 완벽한 파티 걸로 변신한다. 하이힐 위로 보이는 발목은 부러질 듯 가늘다. 화면은 어느새 컬러로 바뀌어 있다.

저 구두를 신는 순간 누구라도 저렇듯 부축받아 마땅하게 가늘디가는 발목을 가질 수 있게 된다는 최면.

—정미경 「장밋빛 인생」(2002)

그 샌들은 신발의 첫 번째 용도, 걷거나 발을 보호하는 그런 용도와는 거리가 멀어 보였다. 가늘고 뾰족한 굽이 달린, 누군가 앞에서 긴 칼을 들고 달려오더라도 결코 달릴 수 없는, 비포장도로나 질퍽거리는 흙탕물 위로는 걸어갈 일이 없는 자들만이 신을 수 있는 그런 샌들.

─정미경 「호텔 유로, 1203」(2003)

결국 4센티 굽의 달린 신발을 꺼내 들었다. 그러고는 금세 맘을 바꿔 7센티 하이힐로 바꿔 신었다. 비싸게 주고 샀지만 불편해서 잘 안 신는 가죽 수제화였다. 힐을 신고 빌라 5층에서부터 계단을 타고 내려왔다. 탕─ 탕─ 허공이 몸을 떠는 소리가 들렸다. 발을 헛딛지 않을까 불안했지만, 굽이 주는 긴장감이 오랜만에 마음을 들뜨게 했다. 굽 끝에서부터 온몸이 싱싱하게 당겨지는 감각이 아찔했고, 불편도 특권이다 생각하니 더 그랬다. 팽팽한 걸음은 도시의 탄력과도 잘 어울렸다. 실제로 힐을 신은 내 모습은 훨씬 그럴듯해 보였다. //
하얀 원피스에 우스꽝스런 이스트팩을 맨 친구가 휘적휘적 앞장을 선다. 7센티미터 구두를 신은 나는 절름발이처럼 뒤뚱뒤뚱 친구를 따라간다. 언덕을 내려가는 우리 그림자를 따라 드르륵 드르륵 ─ 캐리어 바퀴 소리가 꼬리처럼 길게, 쉬지 않고 따라붙는다.

─김애란 「큐티클」(2008)

하얀 드레스 자락이
조마조마하게 먼지를 끌고 간다
구두 안에 웅크린 발등도
조마조마하다
(중략)
천 년 전 사막을 횡단하던 대상들,
함께 정장으로 모여 삼삼오오 술렁이는데
저 행진 끝이 나면
인연은 무엇을 흥정할 것인가
일생이 서로 건네고 받아야 할 교역이라는 듯
지금, 꽉 끼는 구두 참으며 간다

─이규리 「결혼식」(2007)

나는 욕망한다,
새 구두를 신고 싶다.

아무런 주름도 잡히지 않은 새 구두에게
나는 남은 내 생을 물으리.

-정은숙 「구두에게 묻는 생」(1994)

누군가 나를 치켜주면 흰 구두를 신고 거리로 나선다
거리는 콤플렉스의 광장
크고 작은 몸 어딘가에
가시 하나
감추고 데리고 끼고 끌고 엎고 찔리고
뒤집으면 있다 보인다
낮달처럼 있다 나는
아직도 찢어진 운동화를 신고 있다
누가 볼까봐 어제도 새 구두를 사고 오늘도 새 구두를 산다
나는 화려한 구두를 보면 여기저기 아프다
집으로 가고 싶다

-안정옥 「붉은 구두를 신고 어디로 갈까요」(1993)

그러나 그림자 속에도 주인은 있는 것
빨리 잃어버린 빨간 신발을 되찾아야겠다
그것조차 헛된 욕망 같아 보이기 전에

-김상미 「빨간 신발」(1997)

저는 고요히 불타는 구두를 신은 여자가 좋습니다
실존의 화면을 꽉 채우는 여자 뭔가 대륙적인 여자
전혜린, 바흐만, 섹스턴, 베아트리체 달, 아자니, 「적 그리고 사랑이야기」의 레
나울린, 제니스 조플린, 프리다 칼로, 그리고 익명의 불타버린 여자……
(중략)
나는 존재합니다 그것은 빨간 바위에서
뛰어내리고 싶은 깊고 맹목적인 충동이겠죠
내가 너의 뺨을 만지면 나를 살게 하는 힘
서로를 잃지 않으려고 깨어있게 하는 힘

-신현림 「지루한 세상에 불타는 구두를 던져라」(1994)

차에서 내린 낯선 세상은 꽃불을 밝힌 듯

신기하고 아름답게만 비쳤지, 그런데
유독 한 아이만 한쪽 발이 맨발인 채
내내 울면서 걸어야 했던 그 슬픈 길, 그때
동행자인 어머니 손은 엄숙한 침묵이었으므로
자신 앞에 놓인 길은 비록 짝발일지라도
자신이 걸어야 함을 알게 했다
(중략)
내 길의 다음 정류장을 내 어리석어 아직
알지 못하지만 남은 신발마저 잃게 된다면
아니, 형평을 위하여 남은 신발을 버릴 수만 있다면
맨발로 올곧게 서게 되리라고

그러나 맨발의 貧者는 새처럼 가벼워
저만치 앞서 달아나고 있네
—김길나 「잃어버린 신발 한 짝」(1997)

그녀의 굽 높은 하이힐은
길고 매끈한 목을 가진 투명한 와인잔
아찔아찔 넘치기 직전의 수위를 즐기는 그녀가 담겨 있죠
—류인서 「유리구두」(2009)

신발을 믿겠어요. 내 발이 신발의 어둠과 일치하는 순간을 믿겠습니다. 제일 어두운 어둠을 믿겠습니다.

신발 끈을 묶었습니다. 그때 나는 형성되었습니다. 신발을 통해 달라진 것이 있었습니다. 어느 날 나는 단호하였습니다.
—김행숙 「신발의 형식」(2010)

인생은 항해와 같다고 말해도 좋지만
다만 대화의 시작은 부츠와, 부츠와의 대면을
혀가 딱딱하게 굳고 침을 삼키기 어려워진다면
부츠와의 대화를 시도해
철갑을 두른 듯 검고 푸른 대화를 이어나가기
—이근화 「부츠와의 대화」(1987)

13

책

'책(册)'은 서적(書籍), 전적(典籍), 도서(圖書), 문헌(文獻) 등과 같은 뜻으로, 지식과 예의 등을 후세에 가르쳐 깨치게 하는 데에 사용되었다. 여성들의 독서는 삼국 시대부터 시작되기는 했으나 조선시대에 이르러서야 책을 통한 여성 교육이 활발히 이루어지게 된다. 하지만 상층 여성들에게 수신(修身)이나 예법(禮法)과 관련된 책들이 주로 읽혔으며, 상하층 여성이 두루 읽은 것은 국문 소설이었다.

 특히 조선 후기에는 지성(知性) 있는 여성들이 등장하는데, 이들은 남성들의 전유물이라 여겨졌던 유가(儒家)의 경전들을 읽고 이에 대한 논설(論說)을 쓰는 등 철학적, 학문적으로 뛰어났다. 일반적인 사대부가 여성들도 『소학』, 『예기』, 역사서, 시집 등을 읽으면서 교양과 지식을 쌓았으며, 이렇게 교육받은 여성은 자부심을 가지고 생활의 지혜를 발휘하였다. 하지만 책은 유독 여성에게는 규제와 교훈을 위해 학습하는 대상이 되어 고통스러운 시간을 제공하기도 하였다. 입신양명(立身揚名)을 위해 공부하는 책이 아니라 현숙한 부녀자가 되기 위해 공부해야 하는 책에 불과했던 것이다. 그래서 여성은 지식에 대한 소외의식을 가졌으며, 이렇게 지식으로부터 소외되는 현실을 비판하였다.

 현대문학에서 책은 여성들에게 남성중심체제의 금기를 깨는 불온한 상상력을 제공해왔는데, 이는 오랫동안 여성이 책과 접촉하거나 글자를 통해 교감하는 일이 금지되었기 때문이다. 책에 대한 여성의 욕망은 자아와 타자의 내면적 소통뿐 아니라 자신과 세계가 교감하는 지적 열망이 되고, 책을 읽는 행위는 글을 쓰는 행위에 대한 갈망과 지식에 대한 염원으로 확대된다. 하지만 체제적으로 봉인 당하기 쉽기에 끊임없이 저항하면서 독서거나, 책을 향한 욕망을 멈추지 못해 굶주린 듯 먹어치우는 여성까지 등장한다.

 또한 책은 마음의 근심을 잊게 하고 절망과 소외를 견디게 하며 타인과 접속하고 교감하게 한다는 면에서 여성을 위로한다. 그렇기에 여성들은 궁핍하고 비루한 현실에서 벗어나고 싶거나 현재의 실패와 고통을 망각하고 현실의 무게를 견디기 위해 책을 읽는다. 따라서 현대문학에서 책은 단순히 화석화된 삶의 경험과 편력들을 재현하는 물적 존재가 아니라 끊임없이 살아 움직이며 진화하는 존재로 재탄생하고 있다.

 하지만 책과 지식에 대한 관념적 동경은 책에 대한 탐식과 폭식을 낳기에 여성들은 삶과 괴리된 채 허영과 위선으로 만들어진 관념의 세계 속에 자폐되는 경향이 있다. 현대문학은 책을 장식 삼아 속물적 삶을 살거나 활자 속에 갇혀 현실과 텍스트를 구별하지 못하는 인물들을 통해 정신과 육체의 불균형, 실재와 가공 사이의 균열을 보여줌으로써 지식의 허위성과 무용함을 비판한다.

13.1. 책의 유래와 명칭

책의 유래

책은 문자 또는 그림으로 표현된 정신적 소산물(所産物)이다. 이것을 체계 있게 담고자 초기에는 대, 나무, 비단, 잎, 가죽 등이 사용되었지만, 그 뒤 점차로 종이가 상용화되면서 그것을 일정한 차례로 잇거나 겹쳐서 꿰매거나 철하여 책을 만들어 냈다.

상고시대에는 상호 간 약속의 부호로 의사를 소통해 오다가 문자가 생긴 이후 그 글자를 적을 대상물이 필요하게 되었다. 그 대상물이 초기에는 생활 주위의 모든 것, 종, 솥, 제기, 쇠붙이, 돌, 기와, 갑골(甲骨), 댓조각, 나뭇조각 등이었으나 이것들이 체계 있게 엮어져야 할 필요성이 대두되었다. 그것은 온갖 물건에 글자와 그림을 새기거나 썼다고 해서 그것을 책이라고 할 수는 없으며 일정한 체계를 갖고 함께 묶였을 때 비로소 책으로서의 구실을 할 수 있기 때문이다.

이처럼 동양에서 문자가 발생한 초기에는 거북 등껍질이나 동물의 뼈에 글자를 새겼으나 지식을 축적할 필요가 생기면서 인간은 지식을 어딘가에 기록하여 남기기 시작했다. 저술을 하기 위해서 손쉽게 이용된 것이 죽간목독(竹簡木牘)이었는데, '죽간(竹簡)'이란 대나무를 불에 쬐어 한간(汗簡)이라 불리는 수분을 빼고 퍼런 껍질을 긁어내는 과정을 거쳐 글씨를 쓰기 쉽게 만든 대나무 조각을 말한다. 한편, '목독(木牘)'은 나무를 넓적하고 크게 판 형태로 만들어 말린 후 표면을 곱게 대패질 하여 글씨를 쓰기 쉽게 만든 나뭇조각을 말한다.

이런 재질에 글씨를 씀으로써 그 기록을 남길 수 있었고, 그 기록을 일정한 체계를 갖추어 묶기 시작했다. 글이나 책, 편지 등을 의미하는 한자어 '간(簡)'은 본래 대나무(簡)를 쪼개서 만든 낱개의 조각을 의미한 것에서 붙여진 이름이고, '책(策)'은 여러 대쪽(簡)을 나누어 묶은 것을 의미한 것에서 붙여진 이름인데 후에 죽간목독(竹簡木牘)은 '편철된 책'이라고 하는 의미를 가지게 되었고, 이를 줄여서 '간책(簡策)', 혹은 '책간(策簡)'이라고 불렀다. 그리고 '책(冊)'은 여러 대나무 조각의 위와 아래를 끈으로 엮은 모양을 나타낸 상형자로서 '책'의 기원을 나타낸다. 이처럼 '책'은 대나무와 나무를 가공하여 글자를 쓴 것에서 기원한 것으로 보는 것이 일반적인데 현재 통용되는 책(冊)이라고 하는 글자는 대조각(죽간)을 엮은 책(策)의 형태를 보고 만든 상형문자(象形文字)이며, 이것은 책의 기원이 고대의 책(策)에서 비롯하였음을 나타내는 것이다.

책의 명칭

책의 명칭은 예로부터 다양하였다. 관련 용어로는 책(冊) 이외에 '전(典), 서(書), 본(本)'과 같은 글자가 있으며, 이밖에 '서적(書籍), 전적(典籍), 도서(圖書), 문헌(文獻)' 등과 같은 많은 합성어가 만들어져 사용되었다.

'책(冊)'은 대와 나무의 조각을 엮은 책(策)의 모양을 보고 만든 상형문자로 일찍부터 쓰인 명칭이며, 현재 우리나라에서 주로 사용되고 있는 명칭이다. 이 글자가 만들어진 이후에 나온 합성어로는 간책(簡冊), 죽책(竹冊), 전책(典冊), 엽책(葉冊), 서책(書冊), 첩책(帖冊), 접책(摺冊), 보책(譜冊), 책자(冊子) 등이 있으며 우리나라에서는 '서책'이라고 하는 용어가 일반적으로 통용된다.

'전(典)'은 책상 위에 책(冊)을 소중하게 꽂아 놓은 모양을 보고 만들었음을『설문해자(說文解字)』에서 설명하고 있다. '전'은 주로 '법, 법전, 경전, 고사(古事)' 그리고 '책, 서적' 등과 같은 의미를 갖는데, 이를 이용한 합성어에는 전책(典冊), 전적(典籍), 고전(古典), 원전(原典), 경전(經典), 불전(佛典), 법전(法典) 등이 있으며, 오늘날 우리나라에서 '전적'과 '고전'은 귀중한 고서(古書)를 일컫는 명칭으로 널리 사용되고 있다. '전적(典籍)'의 '전'은 매우 소중한 큰 책을 뜻하므로 전적이란 늠름하고 품위 있게 만든 옛날의 귀중한 서적을 의미한다. 전책, 전서, 전지(典志), 전전(典傳) 등과 같은 동의어가 있으나 잘 사용하지 않는다. '전'이 소중한 책이라는 것은 유불(儒彿)에 있어서 일상 행동의 교본인 경서를 '경전'이라 칭하는 점에서도 알 수 있다. '경전'은 성스러운 책임을 뜻하는 것이다. 이처럼 전적은 소중한 경사(經史)의 서적을 일컫었던 것이나 점차 고전 일반에 통용되기에 이르렀다.

'서(書)'는 비단이나 명주를 뜻하는 '죽백(竹帛)'에 글자를 썼음을 의미하는 회의문자 '필(筆)'에서 왔는데 그러므로 본래 '붓'을 의미하는 '聿(율)'에서 기원한 것이다. 그렇기 때문에 초(楚)나라에서는 '서(書)'를 '율(聿)'이라 하였고, 오(吳)나라에서는 '불율(不律)', 연(燕)나라에서는 '불(弗)'이라 하였는데 이것들은 모두 '율(聿)'에서 기원했다고 하며, 짐승의 털을 의미하는 모필(毛筆)을 뜻한다고 설명되어 있다. 즉, '율(聿)'은 글씨 쓰는 데 소용되는 붓(筆)인데, '서(書)'는 '율(聿)'

과 '자(者)'의 합자이며, '자(者)'는 '저(著)'의 고자(古字)이다. 따라서 '서(書)'는 '붓 (筆)을 잡고 글을 쓰는(著) 것'을 의미하는 글자가 된다. 따라서 '서(書)'는 '붓으로 쓴다'고 하는 '필서(筆書)한다'는 동사의 뜻으로 쓰였으나, 죽백(竹帛)에 글을 쓸 수 있게 된 후 명사의 의미로 전성되어 책을 의미하게 되었다. 이것이 후대의 서적(書籍), 서책(書册), 서권(書卷), 서점(書店) 등의 용어를 낳게 하였으며, 이 외에 죽서(竹書), 간서(簡書), 백서(帛書), 지서(紙書), 경서(經書), 불서(佛書), 사서(史書), 고서(古書), 동서(東書), 장서(藏書) 등과 같은 합성어들도 생겨났다.

'본(本)'을 오늘날 책의 범칭으로 사용하고 있는 나라는 일본뿐이다. 우리나라와 중국에서는 주로 특정 도서를 표현하는 합성어로 쓰이고 있다. 이를테면 고려본, 조선본, 목판본, 활자본, 귀중본 등을 들 수 있다. 이와 같이 우리나라와 중국에서 이 글자는 합성어의 접미어로 쓰여 책의 뜻을 나타내 주고 있을 뿐이다.

'도서(圖書)'는 한말에 서양의 'library'를 '서적고(書籍庫), 서적관(書籍館), 서적종람소(書籍縱覽所)' 등으로 번역, 소개하면서 1906년에 '대한도서관(大韓圖書館)'이라는 명칭을 붙인 이후 책의 뜻으로 널리 사용되기 시작하였다. 즉, 도서는 본래 그림과 글씨가 담긴 것을 일컬은 데서 비롯하여 도적(圖籍), 장적(帳籍), 서적(書籍), 도장(圖章) 등으로 다양하게 쓰이다가 현대적 도서관이 생겨 그 활동이 활발하게 전개되자 도서가 책을 대표하는 범칭의 합성어로 등장하였다.

'문헌(文獻)'은 책과 유사한 뜻을 지닌 용어이다. '문(文)'은 서적 또는 전적을 뜻하고, '헌(獻)'은 현(賢)의 가차(假借)로서 현인(賢人)을 뜻한다. 『논어』의 팔일(八佾)에서 주희(朱熹)가 풀이한 것에 의하면 지식, 사항, 예속 따위를 후세에 가르쳐 깨치는 방법으로는 글 또는 그림으로 표현된 기록 자료에 의한 것과 지식을 익혀 머리에 담고 그 지식을 실천, 체험한 이들, 즉 학덕이 있는 이들의 구수(口授 : 말로써 전하여 주는 것)에 의한 것이 쌍벽을 이룬다고 한 것에서 유래한 것임을 알 수 있다. 그것이 후세에 내려옴에 따라 학덕이 있는 현자(賢者)의 구수보다는 기록 자료인 서적 또는 전적에 의한 것이 신빙성이 있고 보편타당성을 지니게 되자 후자의 뜻으로 사용하는 경향이 짙어졌다. 언어학에서는 고대의 언어로 쓴 글이 담겨진 고전 자료를 '문헌'이라 하며, 그 원문을 해석, 비평, 고증하는 것을 '문헌학(philology)'이라 한다. 우리나라의 문장에 나타나는 과거의 용례는 주로 서적 또는 전적을 뜻하고 있다. 오늘날에는 서적 또는 전적 이외에

전거(典據 : 말이나 문장 따위의 문헌상의 출처)가 될 수 있는 고문서류는 물론, 인쇄물과 필사물의 속성을 벗어난 전자자료(電子資料)까지 포괄한 일체의 시청각 자료를 문헌이라고 부르고 있다.

13.2. 여성의 독서

조선시대 여성의 독서

삼국시대 여인들은 비록 자유롭고 활달한 삶을 살았으나 당시도 남성 위주의 사회였기 때문에 교육 역시 상류층 남성 중심의 전유물이었다. 여성은 주로 출산, 육아, 옷감 짜기, 물레질, 논밭매기 등 가사일에 도움이 되는 교육을 받았다. 여성이 정해진 교육 기관에서 정해진 교사에게 교육받은 일은 어느 문헌에서도 찾아볼 수가 없다. 다만 상층 양반가 여성은 한자, 혹은 향찰 등을 습득하는 등 글자는 어느 정도 익혔음을 짐작할 수 있다.

조선시대에 이르러 가정이나 문중을 중심으로 한 여성 교육이 비교적 활발하게 이루어졌으나 교육을 받을 수 있는 사람은 계층에 따라 극히 제한되었다. 당시 교육의 담당자는 어머니였으며 중심 내용은 행실을 바르게 하는 것이었다. 조선시대 저술된 여성 대상의 교육서로는 『내훈(內訓)』, 『여훈언해(女訓諺解)』, 『계녀서(戒女書)』, 『여사서언해(女四書諺解)』, 『녀ᄌ소학』, 『규합(閨閤)』, 『규범(閨範)』, 『여사수지(女士須知)』, 『여소학언해』 등이다. 여자 교육의 중심 내용은 수신과 실용(여공)으로 수신은 한 가정에서 아내, 어머니, 며느리로서의 역할을 강조하는 것이 대부분이며, 구체적으로는 남편 공경, 시부모 공경, 자녀 교육, 이웃과 친척에 대한 예법 등으로 구성되어 있다. 또한 실용은 음식 만드는 법이나 바느질, 길쌈 등의 여공과 관련된다. 퇴계는 여성의 품성 교육을 위해 시서(詩書), 사기(史記), 소학(小學), 내칙(內則) 등의 독서를 언급했으나, 시사(詩詞)를 지어 꾸미는 것은 '창기(娼妓)의 본색'이고 양가 여성이 행할 바가 아니라고 하였다. 조선시대에 독서를 통한 여성 교육의 목표는 여성으로 하여금 어질고 착한 품성으로 부모와 남편을 받들고, 아이를 양육하며 가사 운영에 필요한 의복과 음식 다스리기를 잘 할 수 있도록 가르치는 것이었다. 이런 여성 교육서는 대부분 한글 위주로 쓰였다.

성종의 어머니인 소혜왕후는 『내훈(內訓)』을 엮어 부덕의 도를 가르치고자 했다. 『내훈(內訓)』은 당시 여성들의 수양 필독서였던 반소의 『여계(女誡)』가 너무 간략하므로 상세한 교훈서가 필요하다는 인식에서 쓰였는데 1404년 편찬되어 1407년에 간행되었다. 『내훈(內訓)』은 무엇보다 여성 교육의 중요성을 강조하였는데 본래 후궁과 상류층 여성을 위한 것이었으나 일반 여성들에게도 배포되었고, 일반 여성들도 상층의 문화를 내면화하도록 종용되었다.

『여사서(女四書)』는 중국의 한, 당, 명, 청 시대를 대표하는 여성 교훈서로 유교의 언어로 작성된 모범 답안이라고 할 수 있었기 때문에 당시 여성들은 이 교과서를 몸과 마음을 훈육하는 기본으로 여겼다. 동아시아 여성 지식인들은 직접 이 책을 읽고 암송함으로써 유교적 논리를 내면화하며 스스로를 단련시켰고, 책을 읽을 수 없었던 일반 여성들은 지식인 여성이 하는 방식을 거울로 삼아 자신들을 규범화해 갔다.

개화기 여성의 독서

한국에서의 근대교육은 1894년 갑오개혁을 맞게 되면서 시작되었다고 할 수 있다. 문호를 개방한 이후 개신교가 유입되면서 서양 의술과 서구식 학교가 생겨나기 시작했으며 여성들 역시 학교라는 제도권에서 교육을 받기 시작한다. 그러나 1900년 초까지의 여성 교육은 가정교육과 여성 교육을 구별하지 못한 상태에서 가정교육의 주체로서 여성 교육을 실시해야 한다는 입장을 취하는 경우가 많았다. 이러한 흐름 속에서 국가의 반수를 차지하는 여성의 역할의 중요성을 주장하며, '여자의 권리' 및 '부국강병'을 위한 여성 교육 급선무의 필요성을 제기하는 흐름이 나타나기 시작하였다. 이러한 흐름을 반영하여 여성 교육이 제도화된 시점은 1908년 고등여학교령이 반포된 시점이며, 여성교육기관은 19세기 말에 설립되기 시작하면서 영어, 산수, 생리학, 역사, 성경, 한문, 초등지리, 한글, 오르간, 노래, 재봉, 자수 등의 과목을 가르쳤다.

고등여학교의 학과목은 남자와의 공통 과목과 여자에게만 해당되는 기예 과목으로 구성되었는데 이와 같은 학과목 구성은 이를 가르치기 위한 교재 개발로 이어졌다. 그 가운데 대표적인 것으로 『초등여학독본(初等女學讀本)』, 『녀즈독본』, 『녀자소학슈신셔』, 『유부독습(幼婦獨習)』 등인데 이들 여자 교육서는 대체로 전통 책의 영향을 받았다. 그 이유는 전통적으로 여자 교육 제도가 존재하지 않았으며, 새로운 학제에 따라 교재 개발이 급히 이루어졌기 때문이다. 근대계몽기의 여성 교육서의 내용은 전통적인 수신을 바탕으로 일부 근대 사상을 가미한 형태로 이루어졌다. 『초등여학독본』에서도 여성 교육 내용은 재봉과 음식하기에 한정되었으며, '덕육, 지육, 체육' 가운데 '덕육'이 여자 교육의 기반이 되어야 한다는 인식을 보여준다. 따라서 '여계, 내칙, 가훈'에서 일상의 도와 관련된 것을 채취하여 독본을 짓는다고 밝힘으로써 당시의 여성 교육이 전통적인 수신 교육의 연장선에 있음을 분명히 하고 있다. 또한 『녀자소학슈신셔』에는 신분을 강조하고 그에 걸맞은 예절 학습에 대한 전통적 내용뿐만 아니라 아랫사람 부리는 법과 같은 전근대적인 내용도 포함되어 있었다. 이 시기에 남성 지식인에 의해 서술된 여성 교육서에 등장한 여성은 어머니, 혹은 가사 담당자로서의 전통적인 여성이었을 것이었다.

이밖에 일제강점기 즈음에 신활자본으로 편찬된 여성교육서로는 『현토주해 여자보감(懸吐註解 女子寶鑑)』, 『명원여자보감(名媛女子寶鑑)』, 『가정교육 여자행실록(家庭敎育 女子行實錄)』, 『중등교육 여자조선어독본통해(中等敎育 女子朝鮮語讀本通解)』 등이 있다.

여성의 문식성   여성들이 읽는 책에 사용된 문자는 언해문이나 한글이 대부분이다. 당시 여성 교육에서는 한글이 주로 사용되었는데 필사본 제작에 있어서 한글 사용이 용이했기 때문일 것이다. 이와 같은 필사 문헌의 증가는 한글이 보급되는 힘으로 작용했으나 조선 후기에 이르러 부녀에게 언문만 가르치고 문학은 가까이 하지 못하게 하는 부작용을 낳기도 했다. 따라서 여성들은 소설이나 시를 읽거나 향유하는 것은 금지되었고, 효경이나 소학, 여사서 등의 훈육서만을 읽을 수 있었다.

조선시대 대부분의 여성들에게 한문은 금기의 영역이었고, 읽기와 쓰기는 여성의 문자인 언문을 중심으로 이루어졌다. 따라서 여성들에게는 대부분 언문으로 기록된 책들만이 허용되었다. 한시를 읽을 경우나 최상층 신분인 왕후가 공식적인 글쓰기를 할 경우에도 언문을 사용했다. 유교 질서를 강조했던 조선 시대에 퇴계는 여자의 네 가지 행실은 부덕(婦德)과 부공(婦功)으로 요약된다고 하였으며 '부공'의 연마를 위해 음식 조리서를, '부덕'의 함양을 위해서는 『계녀서』, 『내훈』, 『여사서』 등과 같은 여성 교육서를 읽을 것을 강조하였다.

특히 가정 주부가 해야 하는 가사 업무 중에서 음식 조리는 여성의 중요한 책무였던 제사를 받드는 일이나 손님을 접대하는 일에 있어서도 매우 중요한 일이었다. 따라서 양반 가문에서는 각각 나름의 특유한 음식 조리법을 지니고 대대로 전수하기 위해서 한글로 된 음식 조리서를 지었다. 이 책들의 상당수가 여성에 의해 직접 저술되었으며 모두 여성들에 의해 활용되었다. 이 책들 중 저술 연대가 가장 빠른 것으로 『음식디미방』이 있는데 이 책은 경북 북부의 안동과 영양 일대에서 살았던 안동 장씨(張氏, 1598~1680)가 총 146개 항에 달하는 음식 조리법을 한글로 서술한 최초의 한글 조리서이다.

이처럼 조선시대 여성 교육서의 대부분은 필사본으로 전해진다. 퇴계 이황이 부녀 교육을 위해 지었다고 하는 책(한문본)을 19세기 후반에 언해한 필사본, 『규중요람(閨中要覽)』에서 퇴계는 여성의 품성 교육을 위해 부덕(婦德)과 부공(婦功)을 강조하고 시사(詩詞)를 지어 꾸미는 것을 금하도록 하였다. 『우암송선싱 계녀서』는 우암 송시열이 시집가는 딸에게 준 교훈서이며, 『스쇼졀(士少節) 중의 부의(婦儀)』는 이덕무가 지은 한문본 『士少節』을 번역한 『스쇼졀』 중 여성 교육 내용이 포함되어 있는 '부의'(婦儀)편만을 번역한 것이다.

여성의 소설 읽기　　전통적으로 여성들은 실용서 및 교훈서와 더불어 유교적 이념을 벗어나지 않으면서도 여성 교양에 도움이 되는 일종의 교양소설, 가사 등을 읽었다. '규방'의 부녀자들은 예의범절과 규범에 대한 내용인 『내훈』이나 『열녀전』 등을 주로 읽었는데, 실제로는 번역된 중국소설이나 가문소설 등을 언문으로 기록한 이야기책이었다. 경제적으로 부유했던 상층 양반이나 중간 계층의 딸들은 시집가기 전에 소설 읽기나 바느질로 소일하며 시간을 보냈다. 소설 읽기는 규방 여성의 일상에 중요한 문화가 되었다.

특히 당시 고전소설이 여성들에게 매우 인기가 있었는데 이러한 세태를 반영하는 것으로 여성 교육을 위해 소설 형식으로 쓰여진 『규문수지(閨門須知)』를 들 수 있다. '규문지운'이라는 서명을 가진 고전소설도 있는데 내지에는 '김씨결힝 규문지연'이라 적혀있다. 또한 『설씨내범(薛氏內範)』도 여성 교육을 위해 고전소설 형식을 빌려 지은 것인데 이는 일종의 윤리 소설이라고 할 수 있다.

17세기 이후 소설 읽기가 성행하면서 소설을 빌려보거나 베껴 두는 일은 규방의 중요한 문화가 되었다. 그리고 이렇게 베껴 둔 소설은 자손들에게 귀중하게 전해지기도 했다. 이처럼 소설들은 대대로 전승되었고, 소설 향유 계층이 점차 확대되었다. 소설은 남녀 모두에게 새로운 문화였고, 소설 읽기는 즐거운 오락이었다. 더구나 바깥세계를 경험할 기회가 거의 없고 오락이라고는 없었던 규방의 여성들에게 소설은 더욱 중요하고도 긴요한 오락이었을 것이다.

규방에서 권장된 소설들은 대체로 여성 교양을 풍부하게 해주면서 교훈적인 내용을 전하는 것으로 『사씨남정기』, 『창선감의록』 같은 소설들이 대표적이었다. 소설에 대한 재미와 기대는 무엇보다 새로운 이야기를 접하는 데 있었고, 규방에 갇혀 새로운 경험을 할 수 없었던 여성들은 늘 새로운 것을 요구하게 되었다. 조선 후기 규방에서 유통된 소설들은 상당한 수에 이르렀고, '소설 읽기'가 규방의 중심 문화로 자리 잡게 되었다. 그러자 조선 후기에는 돈을 받고 책을 빌려주는 곳까지 생겨났는데 이에 대해 당시 유학자들은 이러한 세태를 비난하고 나서서 여성들이 소설을 빌려 읽느라고 가산을 망하게 한다고까지 하였다.

이러한 여성들의 소설 읽기는 현대에 이르러 '칙릿'으로 분류되는 장르로 연결된다. 'chick'은 젊은 여성을 일컫는 미국의 속어로 '칙릿(chick-lit)'은 'chick' 과 문학을 의미하는 'literature'의 줄임말 'lit'이 결합된 말이다. 이것은 20대 싱글 직장 여성들의 성공과 사랑을 다루는 여성소설이나 자기계발서 등의 부류를 말하며, 미디어나 패션업계에 종사하는 도시 여성들의 성과 사랑, 일을 수다 떨듯 가볍게 풀어간 소설들을 의미한다. 이 용어는 1995년 『칙릿: 포스트페미니즘 소설』에 처음 등장했지만, 1996년 제임스 월콧이 『뉴요커』에서 당시 여성 칼럼니스트의 '소녀스러운 경향'을 비꼬아 일컬을 때 사용하면서 그 뒤로 대중적인 단어로 자리 잡았다. 칙릿 장르로 분류되는 대표적인 책으로 영미권의 '브리짓존스의 일기', '쇼퍼홀릭', '악마는 프라다를 입는다' 등이 있으며, 한국 소설로는 정이현의 '달콤한 나의 도시' 등이 대표적이다. 칙릿은 앞에서 서술한 여성이 보이는 소설 읽기 경향을 다소 비하하는 의미로 쓰이기도 했으나 이것은 본래 페미니즘 쪽에서 주목한 문화현상이었다. 요즘 칙릿은 일종의 문학 장르로 분류되며, 또한 이것은 최근 문화의 한 흐름으로 자리 잡은 것으로 보인다.

13.3. 여성 교양과 지식의 근원

조선 후기에 이르면 김호연재(金浩然齋, 1681~1722), 강정일당(姜靜一堂, 1772~1832), 임윤지당(任允摯堂, 1721~1793) 등 여성 지성(知性)들이 나타난다. 이들은 시문을 남기었을 뿐 아니라 철학적, 학문적으로도 뛰어났다. 이들은 가난하게 살아도 서적만 있으면 행복한 삶을 살 수 있다고 했다. 이들이 곁에 둔 서적은 다양하였으나, 남성의 전유물이라 여겨졌던 유가(儒家)의 경전(經傳)이 많은 비중을 차지했다. 서적을 탐구하며 익혀 성현의 도를 따라가고자 했다. 그것이 이들의 즐거움이었던 것이다. 그런데 이러한 즐거움을 누리고자 했던 근간에는, 성인은 우리와 같은 사람이고 맹자(孟子)의 말씀처럼 사람은 모두 요순(堯舜)이 될 수 있으며, 여성 인식은 본성적인 측면에서 남성과 동일하므로 여성도 남성처럼 성인의 말씀을 배워 수양하면 성인이 될 수 있다는 의식이 있었다. (강정일당 「贈安秀才駿甲 兼示高信義廷植」, 박죽서 「縣齋消寂」)

사대부가의 여성들은 『소학』, 『예기』, 역사서, 옛 문인들의 시집 등을 읽으면서 예법을 익히고 교양을 쌓았다. 소설에서도 여성들은 여가가 날 때마다 옛 책들을 읽거나 시를 짓는 일로 소일한다.(「이생규장전」, 「운영전」, 「사씨남정기」) 특히 국문 장편소설들은 사대부가 여성들이 주된 향유층이었기에 그들의 실상을 그려내는 면이 강하다고 보고되고 있는데, 어떤 여성은 개인 서재가 있을 정도로 책을 많이 읽었다고 되어 있으며, 수십 간이나 되는 방에 정묘하고 특별한 수만 권의 서책이 있다고 되어 있다.(「소현성록」) 한편, 여성이 남장(男裝)을 하고 전쟁터에 나가 활약하는 여성영웅소설에서 여성 주인공은 도사에게 병법과 검술 등을 배운다. 이것이 익숙해지면 조화술 같은 신통력도 수련하여 누구보다도 뛰어난 능력을 보이게 된다. 남장한 여성이 장수가 되는데, 그녀는 장차 남편이 될 남성보다도 뛰어난 전술(戰術)을 발휘한다. (「홍계월전」)

　규방가사에서 현숙한 여성이 지녀야할 부덕을 설파한 교훈서들을 읽고 규범을 학습하였다는 사실은 여성 자신의 자부심을 형성한다. 필독서로 빈번히 거론되는 책들은『내칙』·『소학』등 삼강오륜을 훈시한 책들로서, 성장 과정 속에서 교훈서들을 읽고 사회적으로 권장된 부덕을 내면화하고 있다. 즉 규범서들은 여성에게 요구되는 도덕인 예의범절을 가르친다. 부덕을 실천하기 위한 실천행위들을 규정한 규범서들이라고 할 수 있다. 사대부가 여성들은 바람직한 행실을 기록한 책들을 읽고 현숙한 부녀로서의 부덕을 쌓음으로써, 결혼제도 속에서 지혜로운 혼인 생활을 이루어낼 수 있다고 본다. (「계여가」, 「회인가」, 「창회가」, 「규문전회록」, 「효부가」, 능성 구부인 「슈연축친가라」)

성현의 도는 큰길 같아
고금의 사람들이 말미암네
학문은 따로 이루어지는 것 아니며
모름지기 탐구해야 나아지네
책 속의 가르치고 이끄는 방법
뚜렷하게 선현들에 있네
힘써 고삐를 바짝 휘어잡고
도닦는 세계에서 함께 즐기세
聖道如大路 古今之所由 學問非別致 向上須探求
卷中指南術 歷歷在前脩 勉哉駕直轡 道城偕優遊
　　　　－강정일당 「안수재 준갑에게 드리며 겸하여 고신의 정식에게 보임
　　　　　贈安秀才駿甲 兼示高信義廷植」(18세기 후반~19세기 초반)

한가하게 지내면서 졸다보니 석양에 매미 울고
강물 너머 마을에는 저물녘 연기 피어오르네
가슴속 시문은 절반 밖에 안 되는데
주변의 세계는 크고 넓은 삼천 세계
가련해라, 청춘을 허송한 뒤
무슨 이유로 밝은 해 앞에서 길게 탄식하나
이제 시간 아껴 부지런히 공부하리니
성현도 처음부터 천성에 달렸던 것 아니네

閑居睡到夕陽蟬 隔水邨家起暮煙 胸裏文詞纔一半 身邊世界儘三千
可憐虛送靑春後 何故長嘆白日前 且惜寸陰勤事業 聖賢元不在於天
—박죽서 「동헌에서 적막함을 삭이며 縣齋消寂」(19세기 전반)

여인은 서생의 손을 잡고 한바탕 통곡하더니 곧 사정을 이야기했다. "저는 본디
양가의 딸로서 어릴 때부터 가정의 교훈을 받아 자수와 바느질에 힘썼고, 시서와
예법을 배워왔습니다. 그러니 다만 규중의 법도만 알았을 뿐이었습니다. 언젠가
낭군께서 붉은 살구꽃이 피어 있는 담 안을 엿보았을 때, 저는 스스로 몸을 바쳤으
며, 꽃 앞에서 한 번 웃고 난 후 평생의 가약을 맺었었고 휘장 속에서 거듭 만났을
때는 정이 백 년을 넘어갈 정도였습니다."

女執生手 慟哭一聲 乃敍情曰 妾本良族 幼承庭訓 工刺繡裁縫之事 學詩書仁
義之方 但識閨門之治 豈解境外之修 然而一窺紅杏之墻 自獻碧海之珠 花前一
笑 恩結平生 帳裏重逢 情愈百年
—「이생규장전」(15세기)

"일찍이 대군은 저에게 마음 둔 적이 없었으나, 궁중 사람들은 모두 대군이 저에
게 마음을 두고 있는 것으로 알고 있었습니다. 우리 열 명은 모두 동쪽 방으로
물러 나와 촛불을 환하게 밝히고 칠보 책상 위에 『당률(唐律)』 한 권을 올려놓았습
니다. 그리고 옛 사람이 지은 궁원시들의 고하(高下)를 논했습니다. 저는 홀로
병풍에 기대어 진흙으로 빚은 사람처럼 말을 하지 않고 조용히 앉아 있었습니다."

大君未嘗有意於妾 而宮中之人 皆知大君之意在於妾也 十人皆退在東房 函燭
高燒 七寶書案 置唐律一卷 論古人宮怨詩高下 妾獨倚屛風 悄然不語 如泥塑人
—「운영전」(17세기)

이쩌는 졍히 모츈이라 동산의 빅화 만발ᄒ야 그 풍경이 가이 구경ᄒ염즉ᄒᆫ지라
한님이 쳔즈를 뫼셔 셔원의셔 잔치를 빅셜ᄒᆞ미 밋쳐 도라오지 못ᄒᆞ엿더니 이쩌
사부인이 홀로 셔안을 의지ᄒᆞ야 고셔를 녈남ᄒᆞ더니
—「사씨남졍기」(17세기)

션덕누 방[올] 여러주니 싱이 드러가 보매 수십 간 텽듕의 산호 뉴리 옥셔안과
칙거리를 노코 각식 셔칙을 ᄎ례로 빠하 일홈 모를 거시 쉬 업고 졍묘ᄒ며 긔특ᄒ
야 수만 권 셔칙이 다 박은 거시 아냐 다 소부인의 친히 뻐 쟝칙ᄒᆫ 거시라 공녁이
ᄒᆞ대ᄒ고 긔이ᄒ며 거룩ᄒᆞ미 승샹의 쟝셔각도곤 더ᄒ니 가히 녀듕ᄒᆨ ᄉᆡᆯ이라 싱이
칭찬ᄒᆞᆯ 마디 아니ᄒ고 북녁히 되모로 민든 궤 수십이 노혀시니 열고 보니 온갓

네 명해 쉬 업고 우히 흔 궤예 무수흔 그림이 다 부인의 만물을 그려 녀흔 거시라

ー「소현성록」(17세기)

용병지계와 각종 술법을 다 가르치니 검술과 지략이 당세에 당할 이 없을지라 계월의 이름을 곧 차 평국이라 세월이 여류하여 두 아희 나이 십삼 세에 당하였는지라 도사 두 아희를 불러 왈 용병지계는 다 배웠으니 풍운조화지술을 배우라라고 하고 책 한 권을 주거늘 보니 이는 전후에 없는 술법이라 평국과 보국이 주야불철하고 배우는데 평국은 삼삭 안에 배워내고 보국은 일년을 배워도 통치 못하니 도사 왈 평국 재주는 당세에 제일이라 하더라

ー「홍계월전」(미상)

티고흔스 문왕ㄴ아 문왕쥬공 대귀흔스 여즁군즈 셩군고며의 쳔츄스젹 박혀잇고 쟝홀시고 쟝홀시고 빙즈모친 쟝홀시고 빙즈ㄴ으 슴쳔교이 슈셩듸유 듸여신이우미 흔 녀이드리 이런덕힝 ㄴ효흔ㄴ 안여즈이 몸이되야 규즁이 즈라ㄴ셔 ㄴ측편을 흑습ㅎ고 열여젼을 쏜을바다 남이가문 드러가셔 칠거지악 즉죄말고 듸흠업시 시집사라 분여즉분 다흐여라

ー「계여가」(미상)

아들도 이즁하나 딸키우기 어려워라 규즁이 길러닐졔 방적도 하려니와 어진스람 겻틔잇셔 소학과 내측편을 남마다 경계하면 십슉경문 되야시라 여자유힝 원부모하고 고례를 못피하여 종필지힝 우귀일이 손목잡고 하난말삼 ㄴ부모난 불인하야 비올거슨 업실지나 신신경계 부모마음 비면하고 가장을 자단셤겨 형제를 우이하고 친척을 화목하여 노복을 훈게하며 어룬을 공경하고 자녀을 교양하여 범빅을 조심하여 문호를 보존하라

ー「회인가」(미상)

부모님ㄴ 셩식을로 널녀젼 일케한니 티즁조심 헐후흐랴 좌우를 근신흐야 그아히 나으신니 좌우를 근신흐야 그아히 나으신니 행동이 다졍흐고 직쥐ㄱ 가교로다 틱모흐야 가라치이 무어시 미비흐랴 남녀지후 다라도다 남즈년 십셰어던 외부의 나으가셔 셔의시의 통달흐니 공밍졍주 뉴업이요 녀즌ㄴ 십셰어던 규문을 굿게닷고 녀즈의 가라치밀 완만흐게 쳥죵흐야 마식견스 길슴흐고 기억니은 본문빅와 소흑ㄴ측 교냥흐니 부덕듸강 거의로다

ー「창회가」(미상)

가련한 여주들은 규중이 싱장하여 이십시 거이도록 선경현전 모라근이 삼강오
륜 발근줄과 사단칠정 인난줄을 뉘기드려 알아서며 어되보아 들어서리 아득히
보라숨을 늬혼자 긔탄하여 열여전과 늬측편 가언편과 선행편의 들은듸로 보온듸
로 대강만 긔록하늬 여자의 타인복은 유순하기 쥬중이라 말소라와 대답하믈 나즉
나즉 가라치며 열살 되온후며 나다니게 마르소서

—「규문전회록」(미상)

어화셰승 수름더라 이늬말슴 드러보소 불힝ᄒ다 이늬몸이 녀주몸이 되야셔라
리흥님이 외손이요 증흑사의 현손이라 널녀전 효힝편은 십삼세의 외와늬고 침션
방젹 슈노키난 십사셰의 통달ᄒ고 힝동그지 츠신범절 뉘가안이 층찬ᄒ리

—「효부가」(미상)

빅츄시로 밍셔하고 졍졀을 구지잡아 시월을 보늬실지 회흥하신 마음이며 인자
하신 셩덕으로 부모님긔 일심호양 자손이의 양늀교훈 북두여산으로 송은선생 종
부로셔 불쳔향화 격빈지도 티임티사 우리모쥬 늬측편 열여전과 여공지사 허다칙
님 듸슌갓탄 호셩으로 남미분 화목가졍 빅지갓탄 현우로셔 비복을 은익하고 원근
지졍 이쥭자품 말삼하믄 츈풍이요

—능셩 구부인 「슈연축친가라」(20세기 중반)

13.4. 여성의 품행을 규제하는 책

조선 후기의 여성은 늘 수신서(修身書)를 읽으면서 품행을 단정히 해야 했다.
이러한 상황을 반영한 고전소설에서 여성의 품행을 규제하기 위해 읽혔던 대
표적인 책으로는 「내훈(內訓)」, 「열녀전(烈女傳)」, 「열녀전(列女傳)」, 「계녀서(戒
女書)」 등이 있다. 이들에는 부모를 섬기는 도리, 남편을 섬기는 도리, 시부모
를 섬기는 도리, 자식을 가르치는 도리, 투기하지 말아야 하는 도리, 말씀을 조
심하는 도리 등에 대한 설명과 훈계가 들어 있다. 시집가는 딸, 귀양 가는 딸에
게도 이런 책들을 주어 항상 읽으면서 행실을 가다듬게 했다. (「옥난빙」, 「육미
당기」, 「소현성록」)

고전시가에서 교훈서는 여성이 지켜야 할 규율을 제시하고 있다. 여성들의 품행에 대한 행동윤리를 밝힌 책들로는 『열녀전』과 『내칙편』이 자주 언급된다. 교훈서에 유시한 삼강오륜의 '부부유별'·'여필종부'와 정절에 관한 윤리를 선험적으로 주어진 윤리규범으로 인식하며, 이 규범서들을 통해 행동윤리를 내면화한다. 규방가사에서 여성들은 윤리 규범을 내면화하여 순응하면서도, 그것을 따르는 데에 수반되는 심정적인 고통을 표출한다. (『청승가』)

　　츳시 승상이 계젼에 빅회ᄒᆞ며 리친지회를 억졔치 못ᄒᆞ야 졍히 초창ᄒᆞ더니 바람결에 글 쇼릭 들리거늘 승상이 경혹ᄒᆞ야 혜오딕 글 쇼릭가 승도의 유는 아니니 엇지 ᄒᆞᆫ 스룸이 이 심산벽쳐에 공부를 ᄒᆞ리오 ᄒᆞ고 글 쇼릭 나는 곳을 향ᄒᆞ야 가며 드르니 별당에셔 낭낭ᄒᆞᆫ 쇼릭 들니거늘 창 틈으로 졿츳 여허보니 촉하에 일위 미인이 녈녀젼을 보고 뒤에 녀동이 시립ᄒᆞ엿스며 두 낫 아히 ᄂᆞ금에 싸혀 ᄌᆞ거늘 심즁에 의아ᄒᆞ며 ᄌᆞ셰 살펴보니 그 녀ᄌᆞ의 빅틱만렴이 스벽에 됴료ᄒᆞ야 만고졀렴이라

-「옥난빙」(미상)

　　소저가 부친과 작별한 후부터 깊이 침소에 있어 울음으로 날을 보내며, 때때로 열녀전을 보아 마음을 위로하더라.
　　小姐自別父親之後 深居寢所 涕泣度日 時觀烈女傳以爲散悶

-「육미당기」(19세기)

　　부인을 지삼 위로ᄒᆞ고 츳마 공쳐만 보내디 못ᄒᆞ고 교영을 ᄃᆞ리고 갓시 부인이 울기를 긋치고 좌우로 녈녀뎐 ᄒᆞᆫ 권을 갓다가 교영을 주어 왈 이 가온대 녀종편과 도미의 안해며 빅영공쥬며 녁딕 졀부의 힝젹이 이시니 네 맛당이 덕소의 가져가 좌우의 쩌나디 아니면 심산궁곡의 호랑 ᄀᆞᆺᄐᆞᆫ 무리 비례로 구박ᄒᆞᄂᆞ ᄌᆞ연 몸이 십만 군병이 옹위흠도곤 구드며 도호미 옥 ᄀᆞᆺᄐᆞ야 졀을 일티 아니려니와 이룰 어그룻츠면 가문의 욕이 밋ᄎᆞ리니 구쳔의 가나 서릭 보디 아니리라

-「소현셩록」(17세기)

　　싱이별리 졀박ᄒᆞ나 도라올날 기딕ᄒᆞ고 십연구사 셔울길리 빅슈지을 지어신니 열려젼 늬측편에 아름다운 녈부힝실 역역히 싱각히도 쏟밧기난 어렵ᄉᆞ나 쳥용도 틱야검도 인졍비난 칼른업고 창빅ᄒᆞᆫ 셕챵표도 근심셕난 약은업닉 잇자리도 비졍이요 싱각ᄒᆞ면 병이로다

-「청승가」(미상)

13.5. 글자를 향한 욕망과 금기

여성들에게 입신양명을 위한 지식을 담은 책은 허용되지 않는다. 입신양명을 위한 지식은 남성들에게만 허용되는 것으로서, 시서와 예악을 익힐 수 있는 책들인 사서삼경(四書三經)이 대표적이다. 반면 여성들에게 허용된 지식은 현숙한 부녀가 되기 위한 교양을 제시한 책들과, 본격적인 지식서라기보다는 흥미 위주의 가볍게 즐기는 언문고담들이다. 이에 여성들은 지식에 대한 소외의식을 갖고 있으며, 지식으로부터 소외된 현실을 비판한다.(「경세가」, 「녀ᄌ탄」) 또한 여성들은 시서(詩書)를 잘 쓴다고 해도 여성에게 사회적 활동이 허용되지 않기 때문에 그 문장력이 사회에 유용한 능력으로 쓰일 수 없다고 인식한다. (최송설당 「슐지」, 「이별한탄가」) 따라서 책에 대한 표현을 통해 지식에 대한 열망과 함께 사회적 입신에 대한 욕망을 토로하고 있으며, 이러한 사회 활동의 욕구는 남성선망의식으로 표출되기도 한다.

현대에 와서 책은 여성들에게 오래된 남성중심 체제의 금기를 깨는 전복적인 상상력의 매개가 되었다. 책과의 접촉, 글자를 통한 교감은 여성에게 오래도록 금지된 일이었으나 책과 글자를 향한 여성의 욕망은 자생적이며 강렬한 것이었다. 책을 읽기 시작하면서 여성들은 책과 글자를 소통의 수단이자 존재론적 증명의 방법으로 체득했다. 책에 대한 여성의 욕망은 자아와 타자의 내면적 소통뿐 아니라 자신과 세계가 교감하는 지적 열망이 되었고, 책을 읽는 행위는 글을 쓰는 행위에 대한 갈망 그리고 지식에 대한 염원으로 확대됐다.

근대 초 신여성들에게 학교라는 제도적 영역의 밖에 놓여있던 개인의 책읽기, 즉 사적 독서는 그 자체로 근대적 문화현상으로서 여성 교육의 관습과 금기를 월경(越境)해 개인의 자율성을 확보하는 행위였다. 따라서 여성작가들은 여성의 독서행위를 지식인으로서의 특권을 행사하는 일일뿐 아니라 여성의 삶의 내용을 채우는 수단이자 목표라는 점을 강조하고 있다. 그리하여 현대소설 속 여성인물은 책을 향한 열렬한 욕망을 드러내며 '글을 읽고 쓰는 능력'을 통해 스스로 현실에 대한 비판적 성찰을 획득하고자 하는 열정과 의지를 적극 표방한다. 이때 책은 여성인물의 학식 정도나 취미 교양을 드러내는 지표로 등장하며, 지식인 여성인물은 광범위한 독서목록을 자랑한다. 이때 여성인물은 감상적이고 미숙한 계몽의 대상이 아니라 현실 변혁의 잠재적 주체로서 재발견된다. (김명순 「영희의 일생」, 「꿈 묻는 날 밤」, 강경애 「그 여자」, 박화성 「하수도 공사」, 「비탈」, 「진달래처럼」)

또한 책은 여성의 자의식을 확인하고 표출하는 회로 역할을 하고 있다. 여성에게 책을 읽거나 쓰는 행위는 자기를 실현하는 일에 다름 아니었다. 여성들은 책 속에서 자신의 길을 찾고 그 길 위에서 은밀히 남성 질서에 대한 모반을 꾀하기도 한다. 이런 관점에서 현대소설은 중산층 가정주부의 독서행위를 주목한다. 책에 대한 집착과 욕망을 비치는 아내들은 대부분 남편과의 의사소통에 실패한 채 권태롭고 무기력한 일상을 살아가는 이들이다. 고사되어가던 아내들은 독서 공간을 확보하고 책상과 연필을 소유하는 데 집착한다. 남편과 아이들만의 공간에서 불협화음을 일으키는 주부의 책상은 자신만의 자리를 확보하지 못한 채 위태롭게 부유하는 그녀들의 자화상이다. 그래서 책과 책상, 연필은 여성들이 정체성을 탐색해가는 상징물이면서 내적 의사소통의 한 방편이자 점점 소모되어 가는 자기 존재를 확인하는 도구인 것이다. (강신재 「안개」, 한말숙 「한잔의 커피」, 오정희 「꿈꾸는 새」, 김채원 「공중에는 또 하나의 다른 방이」, 조경란 「형란의 첫 번째 책」, 은희경 「아내의 상자」)

현대시의 여성시인들 역시 책을 향한 욕망이 체제적으로 봉인당해도 끊임없이 저항적인 독서를 생성해갔다. 책은 여성으로 하여금 기존의 이데올로기에서 해방되게 하고 결박했던 것을 부수어 여성이 주체적인 존재로 나아갈 수 있게 하는 가장 핵심적인 탐색의 매개가 되었다. 책을 향한 욕망을 멈추지 못해 걸신들린 듯 먹어치우고, 책의 숨결과 숨소리를 온전히 빨아들이면서 책에 몰입하는 여성들이 등장한다. 밖을 향한 창문이 아니라 책을 달라고 소리치고, 책과 사람의 육체를 동일하게 상상하는 극단적인 상상을 하기도 하고, 새책이 지닌 젊음의 욕망과 버거움을 알아보면서 책을 향한 욕망을 적극적으로 전개해나갔다. (이선영 「먹을수록 나는 자꾸」, 김행숙 「이 책」, 김상미 「불타는 도서관」, 「아이스바 사랑」, 강기원 「봄날의 도서관」, 김명리 「젖은 책」, 강해림 「책들」, 박서영 「점자책」)

우리나라 부인대접 이건사에 불과한이 경낙간풍 유남자 동방화촉 좋은 곳에
화초와 함께보고 향곡간 살임사리 정구지임 당착식혀 노복과 갖이한다 가련하오
가련하오 부인신세 가련하오 선경현전 조혼책과 정치학 이화학을 눈이있어 못바

낸니 소경이 안일른가

—「경세가」(1912)

츠셰샹에 싸인흐을 명명흐신 샹뎨젼에 츠례츠례 발원흐야 빅두산하 남향나라
삼쳔리 화즁셰계 효즈츙신 젹션가에 쟝부몸이 되야나셔 스셔삼경 륙도삼략 츠뎨
셥렵 능통커든 이부쥬소 스승삼고 요슌우탕 님군맛나 국가스업 다흔후에 동셔양
의 위인으로 류방빅셰 흐야불가

—최송설당 「술지」(1922)

녀즈로 되어나셔 심규의 갓쳐이셔 만고스리 통달흔들 일촌유댱 규긔닥아 지긔
를 펼길업셔 이한탄 쑌이로다 (중략) 시셔예악 익혀닉고 입신양명 흐올졔면 문댱
공명 일삼아며 스군즈의 힝실흐고 입상출쟝흐여 문호싱광 흐오리라 년화 쩍고
계화 쩍고 텬문금방 놉히올나 은뒤옥당 즛발부며 쥬문화각 쐬여올나 일인지하
만민샹이 부귀영화 흠도흐샤 우흐로 츙효돕고 아릭로 만민치졍 태평셰를 여러노
코 슈역츈대 오르고져 익달고 속졀업다 녀즈신이 무엇흐여 젼싱무슨 죄악인가
이싱애가 양화던가 깁고깁흔 도쟝속의 일싱스업 가련흐다 스셔삼경 어뒤가고 언
문고담 외오느고 시셔용코 칙쟐쏜들 녀즈쟝원 흐닷말가 칠양거예 쓰낸운금 녜악
문물 달흘손가

—「녀즈탄」(1928)

시각으로 셔른마암 억지하고 안심흐여 스셔삼경 드러놋코 쥬야불쳘 공부할가
아셔라 셩경현젼 닉기는 부당흐다

—「이별한탄가」(미상)

그가 병석에서 일어나서 병열이 식어진 뒤에 그에게는 여전히 지식열이 일어나
기 시작했다. 시작하였을 뿐만 아니라 병석에 누워서도 주위를 의식만하면 책을
달라고 졸라서 그 주위를 괴롭게 하였다.

—김명순 「영희의 일생」(1920)

그에게 남자들에게서 오는 편지가 많을수록 그리고 그의 지은 글이 어떤 잡지에
달마다 실리게 되었을 때 그의 자존심은 까맣게 높아져 갔다. 그리고 그는 어떤
높은 탑 위에 선(立) 듯하였다.
그는 생김생김과 같이 감각이 예민하였다. 누구에게나 어느 시기에 있어서는

시 한 구 지어보지 않은 사람이 없고 소설 권이나 읽지 않는 사람이 없는 것처럼 시기가 시기인 만큼 그에게 있어서도 애틋한 정서가 흘렀다.

　그래서 그런지 그는 신문을 보거나 잡지를 대하게되면 반드시 문예란부터 뒤져보곤 하였다. 그래서 본 대로 몇 번 장난 비슷이 지어보다가 어떤 아는 남자 편지 화답 끝에 써보낸 것이 동기로 그는 일약 여류 문사가 되어버리고 말았다.

―강경애 「그 여자」(1932)

　동권은 방안을 둘러보았다. 이 집에 오기는 여러 번이었으나 방은 처음이다. 처녀의 방인 만큼 놓여 있는 것이 다 고운 것뿐이었으나, 제일 눈에 띄는 것이 불란서 자수 바탕으로 만든 책상보와 그 위에 모양 있게 책꽂이에 꽂아 놓은 많은 책들이었다.

　'언제 어떻게 저 많은 책들을 구했나.' 동권은 속으로 놀랐다. 벽에는 사진틀이 걸려있고, 저쪽으로는 남치마 노란 저고리 들이 걸려 있었다. (중략) 동권은 일어나 책을 검사하여 보니 한쪽으로 독본과 일본말 부인 잡지가 몇 권 있는 외에 모두가 높은 정도의 문학 서적이었다. '아무래도 전문 정도의 누구가 배경에 있구나'

―박화성 「하수도 공사」(1932)

　"무엇이 어짜니? 누구 때문에 집안이 이 모양이 되어 가는 줄 아느냐 말이다 응? 저 기집애년인가 무엇인가 서울 보내서 공부인가 막걸리인가 시킨다고 우겨서 보내는 것은 누군데? (중략)"

　마누라는 잠잠하였다. 딸 공부시킨다는 원망이 나오기 때문이다.

　"저년 서울 가서 공부하는지가 몇 년이냐? 벌써 칠 년째여 칠 년. 흥 하늘 아래 나같이 딸년 밑으로 논밭 없애는 놈은 둘도 없을 것이다. 밥을 할 줄 아냐. 바느질을 할 줄 아냐. 정강이 닿는 몽댕이 치마나 대롱그리고 말굽 같은 구둔가 무엇인가만 대똥거리고 집이라고만 오면 어디가 아프니 어디가 애리니 하고 번번이 자빠졌기만 한단 말이여. 그러다가 이번에는 무어? 쇠약? 무엇이 쇠약했담서? 응 아니꼽게 늙은 애비 앞에서 쇠약이 무어여? 그래 공부를 해가지고 인제 무엇을 할꺼냐? 어디 보자. 큰 덕을 본다 했으니 어디 부원군이냐 되는가……"

―박화성 「비탈」(1933)

　나지막한 책장에서는 「조선 민요 연구」니 「조선 시가 연구」니 「조선문화사 총서」 등의 어지간한 간행물은 거의 다 있어 국문을 가르친다는 그의 실력을 보이고 있고, 「세계사 교정」이니 「예술 사회학」이니 「구주문화 발달사」니 「전환기의 이론」이니 「조선 문학 사조」니의 책으로부터 「철학 입문」, 「철학사」, 「대중철학」,

「철학 개론」, 「철학의 빈곤」 등등의 철학 서적까지가 주르륵 끼어 있었다.

그의 장식 이상인 독서 범위에 형구는 깜짝 놀랐고 동시에 끔찍이 아낄 마음이 왈칵 솟았다. 색다른 정열이 담아 붓는 듯 등이 뜨거워지며 애련의 손길을 덥석 잡았다.

— 박화성 「진달래처럼」(1950)

성혜는 자기의 소설이 실린 푸른 표지의 신간 잡지와 빨각빨각하는 백원짜리 아흔 장을 고스란히 포개어서 책상 위에 놓고는 언제까지나 우두커니 그 앞에 마주앉아 있다.

그것은 잡지사의 사환 아이가 가지고 온 것이었다. 공동 수도 앞에서 빨래를 하다가 성혜는 젖은 손으로 그것을 받았다.

푸른 표지에 얼룩이 안 가도록 조심스레 옆구리에 끼고서 방까지 오는 사이 성혜의 마음은 기쁨과 자랑스러움으로 세우차게 고동쳤다. 소녀처럼 가슴이 한껏 부풀어 오르는 것을 잘근잘근 입술을 깨무는 계면쩍은 듯한 혼자 웃음으로 겨우 흐터트리면서 그는 걸음을 걸었었다.

— 강신재 「안개」(1960)

화집은 8천 4백원이나 한다. 혜영은 4년 전에 샀을 때는 3천 5백원이었다. 그녀는 아파트의 책장에 가득 꽂힌 화집이며 외서를 머릿속에 그리며, '나는 부자구나!' 하고 흐뭇해진다. (중략) 문득 씽의 희곡집 살 것이 생각나서 서용을 재촉해서 다음 서점으로 옮겨갔다. 거기에도 씽 것은 없다. 두 집이나 더 들려서 겨우 찾았으나 천 6백원이나 한다. 두고 보느니보다 읽기 위한 것이니까 페이퍼백의 포켓북이면 되는데 제본 때문에 공연히 비싸다. 그러나 페이퍼백으로 된 것은 없으니 하는 수 없이 그것을 샀다. 갖고 싶었던 것을 구하고 나니 마음에 여유가 생긴다.

— 한말숙 「한 잔의 커피」(1965)

나는 열린 문으로 고개를 들이밀어 헌 잡지, 만화책, 싸구려 소설들을 훑어보았다.

헌 잡지들도 취급하시는군요. 사기도 하세요?

물론입지요. 책이 더러 있으십니까?

더러가 뭐예요! 한 방 네 벽을 모두 채운 걸요. 팔고 싶진 않지만 여간 짐이 되어야 말이지요. 이사할 때마다 곤욕을 치른답니다.

남편은 처분해버리라고 하지만 차마 그럴 수가 없었어요. 전부 제가 중고등학교 다닐 때부터 다락 속에 있던 것이거든요. 특히 비가 오는 일요일 같은 때 다락에 기어올라가 주섬주섬 읽다보면 뜻밖에 충격이나 영향을 받는 글들과 더러 만나게 되지 않아요? 제 경우엔 그랬답니다. 아직 갓난아이지만 그래도 자라나는 아이이니 왜 그런 날들이 없겠어요! 이 애를 생각해서라도 쉽게 팔아버릴 수가 없어요! 그런데 남편은 이 애의 청소년기의 어느 무료하고 비 오는 날을 위해 우리가 앞으로 이십 년을 이 책더미들을 끌고 다녀야 하느냐고 하면서 화를 내요.

—오정희 「꿈꾸는 새」(1978)

그런데 이상하게 머릿속 생각으로는 책상이 있어도 좋을 듯한 공간이 책상이 내려와 놓이면 불협화음을 일으켰다. 앞 뒤 이가 안 맞고 방의 균형이 깨어지며 우스꽝스럽게 되었다. 휘자로서는 어떻게든 책상을 마루방에 놓고 싶었다. 이곳에 앉아서 동생에게 편지를 쓰고 싶었다. 아니 편지 쓸 곳은 식탁이나 4층방도 괜찮긴 하리라. 단지 그녀가 있을 곳, 그녀의 몸이 꼭 알맞게 들어가 있을 곳을 만들고 싶은 것이다. 조금의 불협화음도 없이 이 세상에서 그녀에게 가장 잘 맞는 공간, 그녀는 마룻발 한 구석에 선 채로, 책꽂이의 위치를 바꾸고 그 자리에 책상을 놓는 것이 어떨까 궁리했다. 바꾸어진 위치를 청사진처럼 떠보기에 그녀는 고심했다.

—김채원 「공중에는 또 하나의 다른 방이」(1983)

나는 이 지도를 수정하지 않으면 안 되었어요. 지도에는 없지만 매디슨 가 57번지에는 낡고 초라한 삼층짜리 건물이 하나 있어요. 거기에는 나의 남편이 살고 있고 또 다른 이들이 살고 있어요. (중략) 그리고 매디슨 가 57번지 그 삼층짜리 건물을 이 지도에 새로 그려넣었어요. 아주 작지만 눈에는 띌 만큼. (중략) 이 지도에 점을 하나 찍는 순간, 나는 어쩌면 지금 내가 책을 쓰고 있는 건 아닐까 하는 착각이 들었어요. 없던 점 하나를 새로 찍은 것에 불과하지만 이것은 끊임없이 반복되는 노동으로 만든, 내가 새로 발견한 그 무엇을 내려놓는 작업이었거든요. 글을 쓴다는 것은 무엇인가요. 쓰야키 씨. 쓴다는 건 종이 위에 나를, 나의 표상 하나를 거기에 내려놓는다는 게 아닐까요. 이것은 보잘것 없는 지도 한 장에 불과하지만 이 얇고 가벼운 한 장 종이 위에 나는 나의 첫 번 째 표상을 내려놓았어요.

—조경란 「형란의 첫 번째 책」(2008)

푸른 빛이 감도는 벽지, 벽을 향해 놓여진 독일식 책상과 창가의 안락의자, 그 사이로 알 수 없는 희미한 향기가 떠다닌다. 그리고 상자들. 아내는 상자를 많이 갖고 있다. 어떤 상자에는 그녀가 한 계절 내내 손가락을 찔려가며 십자수를 놓은 탁자보가 들어 있고 어떤 상자에는 편지뭉치가 들어있다. (중략) 아내의 독일식 책상의 뚜껑이 완강하게 닫혀 버린 것처럼, 그리고 언제나 그 책상 위에 놓여 있던 고무지우개가 달린 아내의 노란색 연필, 그것이 어둠 속에 영원히 매몰되었듯이,

아내라는 존재는 폐기되었다.

—은희경 「아내의 상자」(2007)

두 권을 읽고 나니 모르는 게 많아져서 또 한 권을 읽었다
세 권을 읽고도 궁금증이 채워지지 않아 또 한 권을 읽었다
다섯 권 여섯 권 일곱 권……
읽을수록 책은 꼬리에 꼬리를 물었다

나는 날마다 먹고 생각하고 그리고 읽는다
그래도 날마다 먹고 생각하고 그리고 읽어야 한다
이 달래지지 않는 허기, 육체를 다 잡아먹고 나서야 끝날 것인가

—이선영 「먹을수록 나는 자꾸」(2003)

낭독을 하겠습니다. 나는 이 책의 저자를 알지 못하지만, 킁킁 짐승의 냄새를 맡듯이 책의 숨소리, 문체의 숨결을 느낄 때.
내가 이 책을 쓰고 있다고 생각해요. 이 책 뒤에 숨겨진 사랑을 내가 은신시켰다고 생각해요.
아아, 나는 사랑 없이는 단 한 문장도 쓰지 못해요. 바람에 맡겨진 나뭇잎 같은 마음으로 낭독을 하겠습니다.

—김행숙 「이 책」(2010)

알렉산드리아 도서관이 불타고 있을 때
나는 사라진 책의 역사를 읽고 있었다
나의 적이 가진 책은 곧 나의 적이다

알렉산드리아 도서관의 모든 책들이
적이 되어 화염 속에서 죽어가고 있을 때
나는 하이네의 시집을 읽고 있었다
책을 태우는 곳에서는 장차 사람도 태우리라

—김상미 「불타는 도서관」(2007)

참다못한 나는 그녀에게 소리쳤어요, 창문 말고 책을 갖다 달라고, 그러자 그녀는 아아, 채~액! 하면서 아버지가 버리고 간, 개목걸이에 묶여 하루 종일 독서하는 어린 소녀, 라는 책을 내게로 휘~익 던졌어요. 나는 매일매일 그 책을 읽었어요,

그러곤 그녀가 아저씨들이랑 땀 뻘뻘 흘리며 침대 시트를 더럽힌 후 가져오는
세상에서 가장 부드러운 빵과 세상에서 가장 질기고 아름다운 구두를 먹고, 신고,
먹고, 신고…… 하면서 훌쩍! 훌쩍! 자라났어요,

─김상미 「아이스바 사랑」(2007)

이곳엔 새 책뿐이야
책장을 열면 글자가 사라지지

'새'를 뽑아 들자
짝짓기하던 한 쌍 나란히 날아오르고
'내'를 펼치자
혀 풀린 벙어리처럼 소리 내며 흐르는 여울
'결'을 찾아보자
어디선가 다가와
돌결, 살결, 숨결, 소릿결, 나뭇결, 물결……
의 주름을 펴는 저 명지바람
'흙'은 부풀 대로 부풀어 하늘과의 경계를 지우고 있어

─강기원 「봄날의 도서관」(2006)

걷잡을 수 없이 부풀어오르는 수많은 구멍들, 말줄임표들이 그 책의 잎새이다
갈피갈피 하늘을 비추는 올괴불나무 한 그루씩 꽃피어 있다 만수위의 낮은 물소리
로, 사막의 물 담을 가죽부대가 그 책보다 오랜 그 책의 부록이라 전한다

─김명리 「젖은 책」(2010)

서가에 꽂힌 책들은 좋겠다 서로 등기대고 앉아 시간과 공간이 사라진, 심연보
다 더 깊은 심연에 낚싯대 하나 달랑 드리워놓고 권태라는 이름의 안경 낀 몽상가
들 흉내나 내며 늙어갈 테니까

다시 북회귀선으로 돌아와, 책의 내부에도 지퍼가 있다면 고래뱃속 같은 북회귀
선 안에 갇혀 한 사나흘 캄캄해지고 싶다 캄캄해진다는 것만큼 황홀한 성적 묘사가
있을까 세상의 위대한 책들 앞에선 더더욱,

─강해림 「책들」(2006)

후각과 청각과 시각과 미각을 열고서도
마음의 감각까지 동원해야

차가운 너의 몸을 만질 수 있다
이것이 눈송이 같은 너의 몸을
다치게 하지 않는 방법이다

―박서영 「점자책」(2006)

13.6. 위무의 시간, 망각과 교감

　사람들이 책을 가까이 하는 이유는 공적, 사적으로 다양하다. 그런데 옛 여성들은 즐겁기[興] 때문에 책을 읽는다고 했다. 책을 읽으면 즐거워진다는 것이다. 즐거우면 독서에 몰입하게 된다. 어떤 일에 '몰입'한다는 것은 다른 일을 잊는다는 의미도 지닌다. 여성들이 독서를 하면서 잊고자 했던 것은 시름 혹은 마음의 번뇌 혹은 근심[愁, 情, 慽]이었다. 밤에 홀로 있으니 잠 못 이루며 가족들을 생각하며 시름하다가 책을 뒤적이는 것이고, 나이 들어 고향을 떠나 있으니 고향 생각에 책에서 즐거움을 찾았으며, 남편의 귀양살이를 따라가 힘든 나날을 보내며 그 고통의 시간을 독서로 감내하였던 것이다. 이야말로 고달픈 세상살이에서 없어서는 안 되는 자신의 삶과 정신을 안정시켜주는 존재였던 것이다. (서영수합 「次韻-4」, 「疊情字」)

　책 속의 세계는 아무리 현실을 모방한 것이라 해도 현실을 가공한 것이다. 오히려 이점에서 책은 가장 역설적으로 현실에서 도피할 수 있게 하는 또 하나의 현실적인 공간이 된다. 책을 통해 여성들은 고독과 절망, 소외와 억압의 현재를 견디고 과거와 미래, 타인과 세계와 접속하고 교감한다. 현대소설에서 소녀들은 궁핍하고 비루한 현실에서 벗어나기를 꿈꾸며 공상과 몽상에 수시로 빠져들고 환멸과 고독에 지친 여성들은 현재의 실패와 고통을 망각하거나 현실의 중력을 견디기 위해 책 속의 세계에 몰두한다. 독서를 통해 현실과 다른 또 하나의 세상을 창조하고 그 안에서 생의 주체가 된 자신을 발견한다. 이때 책은 여성들에게 불가항력의 현실 시스템을 빠져나오기 위한 분투를 의미한다. (김명순 「꿈 묻는 날 밤」, 최정희 「지맥」, 김채원 「산중기」, 이남희 「목마른 것은 싫다」,

한강 「철길을 흐르는 강」, 은희경 「날씨와 생활」, 조경란 「풍선을 샀어」)

현대시의 화자들은 가사노동에 골몰할 때나 무엇인가 견뎌내고 깊이 외로울 때, 책을 먼저 집어 들었고 책에 탐닉했으며 책에서 위무를 구했다. 책을 통해 자기 자신을 응시하고 자기 자신과 교감하면서 책을 통해 그 모든 것으로부터 벗어나기도 했다. 책은 물만 주면 먼지 속에 낡아가지만 결코 놓을 수 없는 것이었으며, 뻣뻣하고 권위적이었던 책이 음악과 햇빛 속에 익어 말랑말랑한 책으로 다가오는 경험을 하기도 한다. 모든 것을 잘 견디게 해주는 '잡풀' 같은 책과 '사람냄새'처럼 취하게 하는 책은 내 존재의 일부가 되고, 이 세상을 건너가게 하는 달콤한 힘을 주기도 한다. (성미정 「책과 콩나물」, 박지영 「말랑해진 책들」, 이사라 「지워지는 책-오래된 미래 6」 「책 속에서 만난 봄날」, 문정희 「토요일 오후」)

또한 책은 여성들이 가장 쉽게 소유할 수 있는 세상인 동시에 가장 광활한 세상을 품고 있는 세계로서 이를 통해 열린 교감의 장을 펼치기도 한다. 책은 추억과의 교감이기도 하고 타자와 맺는 심리적 동맹이기도 하며 미지의 세계와 접속하는 비밀 코드이기도 하다.

여성인물들은 책 속에서 어린 시절의 나와 마주하고 망각했거나 절개시킨 한 자락의 기억을 들추어냄으로써 현재를 빛나게 해준 과거의 존재를 확인하고, 그 과거가 결국 현재를 비추는 등불이라는 사실을 깨닫는다. 또한 책은 인간 사이의 교감을 매개하며 미처 전해지지 못한 숨겨진 사연들을 들려주고 낯선 타인을 이해하는 단서가 되기도 하며 마음을 전하고 공유하는 연애의 수단이 되기도 한다. (김명순 「돌아다볼 때」, 손소희 「도피」, 권여선 『푸르른 틈새』, 송경아 『책』, 이남희 「사십세」, 윤성희 「그 남자의 책 198쪽」, 한유주 「죽음에 이르는 병」, 조경란 「마흔에 대한 추측」, 백영옥 「고양이 샨티」)

이럴 때 현대시에서 책은 구체적인 사물로서의 책을 의미한다기보다는 어떤 인간에 대한 삶의 역사 혹은 세계와 우주에 깃든 비의 등을 함축하고 있는 상징적인 은유로 등장한다. (정연희 「모래의 책」, 윤예영 「책 읽는 남자」, 나희덕 「일곱살 때의 독서」, 김소연 「버리고 돌아오다」)

이처럼 여성문학의 상상력 속에서 책은 과거와 현재, 현재와 미래, 그리고 현실과 환상의 가교 역할을 하며 단순히 화석화된 삶의 경험과 편력들을 재현하는 물적 존재가 아니라 끊임없이 살아 움직이며 진화하는 생명력 있는 존재로 재생하고 있다.

느릿느릿 풍광은 저물고
쓸쓸히 계절은 나뉘네
잠 못 이루며 시름하는 기나긴 밤
부질없이 책상자 속 글들 뒤적이네
冉冉風光晩 蕭蕭氣象分 不眠愁夕永 漫檢篋中文
　　　　　－서영수합 「차운하여 次韻－4」(18세기 후반~19세기 초반)

오직 시서(詩書)로 즐겁게 날을 보내고
다시 바둑판 벌려 시름을 잊네
비온 뒤 숲의 안개는 짙푸르고
바람 부니 누각의 밤은 맑네
못가 다락에는 여라에 얽힌 달빛 가득한데
강가 정자에는 물과 구름이 어울렸네
늙어서 고향으로 돌아가리니
황금이 무슨 소용 있겠는가
詩書惟遣興 棋局更忘情 雨過林烟碧 風來閣夜淸
潭樓蘿月遍 江樹水雲幷 白首歸田計 黃金不用爭
　　　　　－서영수합 「'정'자를 중첩하여 疊情字」(18세기 후반~19세기 초반)

　그는 도서관에서 늦게 돌아왔다. 거기서 그가 책을 볼 때에는 이와 같이 음울한 밤이 될 줄은 미리 뜻하지 못하였었다.
　그래서 그는 집으로 돌아가면 저녁을 먹고 나서 오늘 본 소설의 평을 쓰려고 가만히 생각하였었다.
　그러나 책상 위에 좀 흐트러져 놓여 있는 종잇조각들과 필통을 거듭 바라보기에도 그의 심사는 너무나 답답했다. 그는 자기가 일상생활을 여자답게 정리치 못하는 것을 모르는 배가 아니지만 구태여 반성해야 한다고 생각을 하면,
　　　　　　　　　　　　　　　　　　　　　－김명순 「꿈 묻는 날 밤」(1925)

　그동안에 효순은 소련이가 보다 놓은 책을 열심히 보고 있었다. 그러다가, 소련이가 그 앞에 차를 갖다 놓을 때는,
　"이 책 어디까지 읽으셨어요, 처음으로 읽으세요? 우리도 이 책을 퍽 읽었지요."
하고 말을 걸었다. (중략)
　"이 하우푸트만의 『외로운 사람들』 가운데는 우리 같은 사람이 있지요. 아직

맨 끝까지 안 보셨을지 모르지만 이와 같이 외국의 유명한 작품이 조선 청년의 가슴을 속 쓰리게 하는 것은 드뭅니다."

—김명순 「돌아다볼 때」(1925)

술먹은 사내들과 붙안고 비벼대고 해서 회색이나 고동색 등의 것은 매일 빨아 짓지 않는다 하더라도 꼬깃꼬깃 구겨지므로 날마다 다려야 했고, 흰옷은 사흘이 멀게 빨아 만져서 지어야 했다. 이렇게 하느라구 나는 실상 책 한권 바로 읽지를 못했다. 내가 바쁜 틈틈에 혹 책을 들었다면 그것은 책을 읽기 위해서라기 보다 피곤과 내 자신에 의한 환멸을 잊어보자는 마음에서였을 것이다. 너무나 나약한 나, 너무나 주접사니 없는 나, 그날그날 닥치는 생활에 얽매여 자신을 썩은 개고기처럼 굴리는 것을 생각하면 나는 내 몸을 칼로 푹푹 쩔러도 시원치 않을 것 같았다.

—최정희 「지맥(地脈)」(1939)

그 뒤로 철과 영자는 곧잘 같이 걸었다. 그러나 그들은 서로 자기의 과거이거나 현재의 ·생활을 캐묻지 않았다.

어느날 오후 집으로 돌아오는 길에서였다.

"영자, 〈좁은 문〉 다 읽었어?"

"네."

"독후감은?"

"독후감이 뭐예요?" 옹석이었다.

"읽은 후의 느낌 말이지."

"아리샬 전 이해 못하겠어요."

"왜?"

"그럼 선생님은 이해하세요?"

"물은 사람이 내가 아니든가?"

"저도 묻고 싶으니까요."

"먼저 물은 것은 먼저 대답해야지 않어?"

"반듯이 그러한 법두 선생님식으룬 없을 거예요. 하지만 아리산 현실에의 접근이 무서웠는지 종교가 사랑보담 더 힘세었는지 전 그걸 몰으겠어요."

—손소희 「도피」(1946)

서글픈 감정의 반복, 자신조차 주체할 수 없는 버릇, 이 허덕임 속의 자신이 바로 윤회다. 말에서 시작하여 말에서 끝맺는, 욕심에서 시작하여 또 다음 욕심으로 옮아가는, 그 외 무수한 탐욕과 성냄과 어리석음, 이것으로 인해 우리들은 얼마나 많은 침해를 받아 왔던가. 이젠 진정 자신을 아끼고 사랑한다면 본래 자기로 돌아가서 다시 새롭게 시작되지 않으면 안 된다. 자기를 사랑하는 만큼 비례해서 용기와 결단이 필요하다. 그렇지 못하다면 역시 말에서 시작하여 말에서 맺는 천한 윤회 속에 헤매이게 된다. 나는 이 책을 읽는 도중 환희한 마음으로 한밤을 정좌하여 있어야만 하는 것 외에 어떤 것도 용납되지 못하는 엄밀한 사색을 몇 번이나 맛보았다. 인간이 자신을 성숙시키고 싶을 때 우리는 보통 철학, 문학, 예술을 요구한다. 그러나 선은 더 근본적인 자기주체를 다룬다는 것을 감안해 본다면 선적 방법이 얼마나 원초적인 것을 다루고 있으며 자신에게 당연한 것을 이해시켜 주는지를 이 책을 한 번이라도 읽는 자는 느끼리라.

−김채원 「산중기」(1980)

필남의 관심을 끌었던 것은 다른 무엇보다도 그녀가 틈틈이 책을 읽고 있다는 점이었다. 휴식시간이면 졸거나 잡담을 하게 마련인데 그러지 않고 꼭 미싱대 위에 책을 펴놓고 읽었다. 하루는 필남이 물었다.

"어떤 책인지 물어봐도 돼?"

말득은 책 껍질을 조금 벗겨내어 보여주었다.

"목 마르게 그리워하는 것은?' 수필집이네. 내용이 마음에 들어?"

"좋아. 고상하고. 언니도 읽고 싶으면 내가 다 읽은 담에 빌려줄까?"(중략)

"그런 책에 쓰인 내용이 다 쓰잘 데 없는 말장난이라는 걸 알았으면 좋겠어. 그런 건 실제로 살아가는 데 장애가 되면 됐지 현실하곤 상관없는 거야."(중략)

"그러지 말고 내가 빌려주는 책을 한 번 읽어봐라."

그러나 필남이 빌려준 책은 그녀의 마음에 들지 않았다. 한 번은 소설책을 빌려주었더니 돌려주며 말득이가 이런 말을 하였다.

"현실에서 못 사는 것도 지겨워 죽겠는데 책에도 못 하는 이야기만 나오니까 진절머리가 나서 읽기 싫어."

−이남희 「목마른 것은 싫다」(1990)

십 년 전 나는 영등포역 가로수 아래 쏟아지던 가을 오후의 빛살, 천박하고 비루한 내 욕망과 내 일상의 시간들을 날카롭게 절개해버린 그 빛살 한 자락을 잊기 위해 『아라비안나이트』를 읽었지만 이제 나는 다른 것을 읽는다. 이 책은 상처와 치유의 단일한 순환 속에 무엇인가를 감추고 있다. //

미완의 『아라비안나이트』는 현재를 무한히 긴 미로의 형상으로 보여준다. 아라비아의 천하루밤은 일 초일 수도 있고 열흘일 수도 있고 수십 년일 수도 있는 현재 시간의 상관물이다. 과거는 피고름 흐르는 상처의 눈으로 현재를 쏘아본다. 현재의 시간 위로 과거의 빛줄기가, 잊혀지지 않는 낮의 상처가 관통하고 있다. 상처는 이야기를 불러일으키고 이야기는 상처를 환기시킨다. 그것은 고통에 찬 상호승인이다. (중략) 과거는 현재를 비추고 현재는 과거의 빛을 움켜쥔다. 이 찰나적 상응, 이 불확실한 교감을 깨닫지 못한다면 그것은 죽음이다.

—권여선 『푸르른 틈새』(1996)

나는 그 책을 지금 발견했다. 그 책은 지금까지 내 방 어디에도 존재하지 않던 책이었다. 망자를 추억하듯 그 책 위에는 어머니의 이름이 금박으로 새겨져 있었다. 그 책을 발견하고, 아직, 정리가 끝나지 않아 책장을 아쉬운 눈길로 바라보다가, 나는 책을 펼쳐보았다.

그 책은 어머니였다.

어머니가 쓴 책이라거나, 어머니에 관한 책이라는 의미가 아니었다. 죽음 후에 어떤 경로를 거쳤는지 알 수가 없지만, 어머니는 한 권의 책으로 변해 내 방 책장 속에 들어와 있었다. 나는 처음 책장을 넘길 때부터 알 수 있었다. 어머니의 말투, 눈길, 희망, 걱정, 그 모든 것이 책 속에 들어가 있었다.

—송경아 『책』(1996)

나는 책읽기를 좋아했다. 글자라면 무엇이든 읽어야 직성이 풀리는 광적인 집착은 어려서부터 우리 부모의 걱정거리였다. 밤마다 성화를 바쳤다. "어서 불 끄고 자라." 언성이 높아진다. "그렇게 늦게까지 안 자면 책을 다 불질러버린다." 안경을 새로 맞추어야 할 때가 되면 두꺼워지는 안경알 때문에 으레 한바탕 꾸지람을 들어야만 했다. "그러다 나중에는 장님이 되고 말 거다." 어렸을 때 아버지가 사주던 해삼. "눈에 좋은 거니까 남기지 말고 다 먹어야 한다." 그리고 삼키고 나면 비린내 때문에 구역질이 났던 간구유.

어른이 되어서는 역사책을 뒤적거리는 일을 좋아했다. 방학이면 집에 틀어박혀 구들장이나 지고 뒹굴면서 『열하일기』니 『담헌집』이니 불경이니 하는 것들을 읽는 데 취미를 가졌다. 사소한 역사적 사실을 알아가는 것이 그렇게 재미있을 수 없었다. 마음에 드는 글귀를 만나면 그게 부르조아적이든 아니든 홀딱 빠져서 몇 번이나 숙독하고 외웠으며 학생들에게 들려주기도 했다. 그것은 그 당시 현실의 요구와는 동떨어진 취향으로 여겨졌다. 나를 참담하게 만들었던 한마디. "이런 시대에 소설 따위나 쓰고 있다니." 그 말에 부끄러워했지만 내심으로 반발하기도 했다.

—이남희 「사십세」(1996)

나는 책을 외투 안에 품고 허리 높이로 어깨를 낮춘 채 양철대문을 빠져나오곤 했지. 말이 서투르거나 걸음이 서투른 의붓동생들은 새된 울음을 터뜨리며 아버지의 바짓자락에 매달리곤 했지만 정작 맏이인 나는 상관하지 않았어. 긴 골목을 달음박질쳐와 그 연립주택촌 앞에서 펼치는 책은 숙제하다가 귀퉁이를 접어둔 교과서이기도 했고, 성인물과 아동물이 뒤죽박죽으로 섞인 학급문고에서 빼내온 세로쓰기 번역소설들이기도 했지.

사각거리는 소리를 내며 책장을 넘길 때마다 골목의 어둠도, 먼데서 들려오던 식구들의 악다구니도 잦아들어갔지. 그 찬란한 정적을 잊을 수 있을까. 세계가 숨을 멈추면서 나에게로 쓰러져 안겨왔어. 나의 작고 어두운 집은 어느 사이에 눈부신 광채를 발하고 있었고, 언제부터 어깨와 턱이 추위에 떨기 시작했는지도 모르는 채 나는 거기 앉아 있었어.

-한강 「철길을 흐르는 강」(1996)

그녀는 남자가 읽고 있는 책을 넘겨다보면서 물었다. 열람실에 있는 시계가 다섯 시를 알렸다. 폐관시간이다.

제 여자친구가 저한테 편지를 썼는데 거기에 198쪽을 보라고 써 있었거든요. 남자는 가방에서 꼬깃꼬깃하게 접힌 쪽지를 꺼내 그녀에게 내밀었다. '×××책 198쪽을 봐. 너에게 전해주고 싶은 내 마음이 거기에 있어.' 쪽지에는 그렇게 적혀 있었다. '책'이란 글자 앞에 무슨 말이 적혀 있긴 한데 물에 번져서 알아볼 수가 없었다. //

책을 똑바로 꽂으려다 말고 그녀는 습관처럼 198쪽을 펴보았다. 198쪽에는 쪽지가 하나 끼어 있었다. '언젠가는 이 책을 읽을 것 같았어요. 혹시 저처럼 198쪽만 읽은 건 아니죠? 공원에서 잡동사니 물건을 파는 사람에게 가보세요. 선물이 있어요. 갈매기가.'

-윤성희 「그 남자의 책 198쪽」(2002)

내가 가지고 있던 책들은 세계문학전집 제2권과 제11권이었다. 제2권은 『죄와 벌』, 제11권은 『지와 사랑』이다. 전부 서른권쯤 되었던 나머지 책들이 어디로 사라졌는지는 알 수 없다. 이사는 몇 번이나 되풀이되었고, 그때마다 짐은 조금씩 줄어갔다. 우연이었는지 그 반대였는지는 알 수 없지만, 내게 남은 두 권의 책은, 나와 전혀 다른 사람의 운명처럼 여겨졌고, 나는 그 책들을 읽으며 쓴 기쁨을 느꼈다. //

학기 초 신상 카드를 작성할 때, 친한 친구들을 적는 칸에 나르치스, 그리고 골드문트를 적어넣을 때도 마찬가지였다. (중략) 나의 두 친구가 나르치스와 골드문트였다면, 나는 어느 날에는 리자베타였고, 어느 날에는 마르멜라도프, 어느 날에는 소냐였다. 우리 모두는 기묘한 짝패를 이루었다. 라스콜리니코프와 포르피리도 빠질 수 없었다. 나는 스스로를 심문했다가, 동정하기도 했고, 경계하다가, 마음을 풀기도 했다.

— 한유주 「죽음에 이르는 병」(2003)

소녀 B는 자신이 언젠가는 세상을 깜짝 놀라게 할 것이라고 생각했다. 그 내용이 무엇인지는 스스로도 알지 못했다. 다만 어느날 갑자기 무슨 사건인가 일어나리라는 건 분명했다. 지금 이대로가 전부라면 자신의 인생은 너무 시시했다.

『소공자』처럼 얼굴도 모르는 먼 친척으로부터 엄청난 유산을 상속받는 건 아닐까. B는 곧잘 몽상에 잠겼다. //

『미운 오리새끼』처럼 언젠가는 왕관을 쓴 백조가 되어 친부모에게로 떠날 날이 오리라고 생각하는 B는 집안 돌아가는 일에 그다지 관심을 두지 않았다. 실은 집안식구들이 자신에게 관심이 없다고 생각하고 있었다. 가족이라면 응당 『작은 아씨들』에서와 같이 서로에게 각별하고 애틋한 애정을 기울여야만 했다. 서랍 속에 몰래 선물을 넣어두거나 자는 얼굴을 다정하게 내려다보거나 또는 창문에 붙어서서 학교 가는 모습을 오래오래 지켜보는 게 B가 생각하는 가족이었다. 부모는 언젠가 하던 일을 즉시 멈추고 아이의 고민에 귀를 기울이며, 『헨젤과 그레텔』만 보더라도 오빠들은 어디를 가든 여동생을 데리고 다니면서 보호해주어야 했다.

— 은희경 「날씨와 생활」(2006)

서둘러 나는 다시 책상 앞으로 돌아왔다.

위대한 예술 작품은 나를 알지 못하면서도 나에게 말을 걸어온다. 나는 내가 알고 있는 가장 위대한 예술가가 니체라고 생각하고 있다. 내가 가진 인생의 수많은 질문에 대한 해답을 그에게서 찾고 있었다. 한 가지 애석한 일은 그는 이미 백 년 전에 죽은 사람이라는 것이다. (중략) 두꺼운 더블코트를 온몸을 칭칭 감은 채 황량하고 고독한 땅에서 나는 책을 읽었다. 그가 그랬던 것처럼 오전 다섯 시면 하루를 시작했고 밤이면 햄과 달걀과 검은 깨가 뿌려진 소박한 저녁을 먹었다. 그때 나는 학문의 청춘을 살고 있었으며 아름다운 소년을 좇듯이 진리를 좇고 있다고 생각했다. 춥고 고독했으나 궁핍과 환상만으로도 인생은 흘러가기 마련이었다.

— 조경란 「풍선을 샀어」(2006)

책 한 권의 무게는 책에 따라 다 다르다. 그것은 사람의 손도 마찬가지다. 아버지는 나를 재울 때 그 두껍고 큰 손으로 내 가슴을 토닥토닥 두드리며 자장가를 불러주었다. 잠든 것 같아 손을 치우면 어린 내가 귀신같이 알고는 눈을 반짝 뜨더라는 것이다. 내가 완전히 잠에 곯아떨어질 때까지. 아버지는 한 손은 내 가슴에 올려놓은 채 다른 한 손으로 밥을 먹고 양말을 신어야 했다. 여러 가지 시도 끝에 아버지가 마지막으로 고안해낸 것은 내 가슴에서 손을 치우는 대신 슬쩍 책 한권을 올려놓는 것이다. 그 방법은 매우 성공적이었다. 내가 성장함에 따라서 책 한권은 얇은 시집에서 동화책으로, 국정 교과서에서 사륙배판 소설책으로 그리고 사전으로, 점점 더 두껍고 무거운 책으로 바뀌긴 했지만 말이다. 소설책에서 사전으로 넘어가던 무렵에 아버지는 세상을 떠났다. 시인이 되고 싶었으나 평생 목수로 살았던 아버지가 내 가슴에 맨 처음 올려놓은 책이 시집이었던 것은 당연한 선택이었을지도 모르겠다. 요즘도 나는 자기 전에 읽던 책을 그대로 가슴에 펼쳐놓은 채로 잠들고는 한다. 연애를 할 때는, 물론 남자의 손을 끌어다 가슴에 척 올려놓고는 쿨쿨 자버리는 것이다.

나는 무겁고 큰 책이 좋다.

P를 두 번째 만나 손잡았을 때, 그 손을 내 가슴에 올려놓는 상상을 했었다. 한 이백오십 페이지짜리는 됐을 텐데.

—조경란 「마흔에 대한 추측」(2006)

"책은 제대로 다 배달된 거 맞죠? 맘에 드세요?"

나이가 주는 몇 가지 쓸 만한 교훈이 있다면 상대편이 대답할 수 없는 질문을 던짐으로써 어색한 상황은 빨리 반전시켜야 한다는 것이다. 나는 2002호 여자에게 어떻게든 미안한 마음을 표현하고 싶었다. 절대로 표시나지 않게 말이다.

"주문한 책이 제가 실용서 담당자로 있을 때 리뷰를 썼던 것들이라서요. 다이어트에 관심이 많으세요?"

"아… 다이어트요? 관심 많아요. 안 해본 게 없을 정도니까. 혹시 새로운 방법이 있나 해서 늘 책을 사요."

—백영옥 「고양이 산티」(2006)

책과 콩나물의 무게를 재어볼 시간도 없이
콩나물은 울어대네
물을 주고 돌아서면 또 울어대네
콩나물은 물을 정말 많이 먹기도 하지
(중략)
그나저나 책은 어디다 두었나

이런 너무 오래 읽지 않아 먼지가 쌓였군
이 책의 제목이 뭐였더라
책과 콩나물 이런 책이 내게 있었나
한번 읽어보아야 겠네
모레 아침 커다란 콩나물 그늘에 앉아 읽으면 어울리겠네
—성미정 「책과 콩나물」(2006)

헌 신문더미처럼 쌓여갔다 정장을 한
근엄한 책들, 윗목으로 구석으로 밀쳐놓았다
(중략)
서가에서 하루종일 음악을 듣고 있었는지
햇빛이 가득한 방안에 포개 앉아 있었다

말랑말랑해진 책들, 부드러운 빵으로
급히 허기를 채웠다 책들이
넥타이를 풀고 말을 걸어 왔다
—박지영 「말랑해진 책들」(2000)

나는 오늘 책을 읽었다
나는 오늘 책이란 것을 읽었다
사람들 사이에서 잡풀처럼 잘 견디는 책을 읽었다
잘 견디는 책들 사이에서 나를 잘 견디게 하는 책을 읽었다
딱딱한 베개처럼
책이 머리를 받쳐주는 저녁까지
오랫동안 잘 견디도록 나는 책을 읽었다
—이사라 「지워지는 책−오래된 미래 6」(2008)

사람 냄새처럼
어떤 시간은 나를 취하게 하네요
처음부터 시간들이
책상다리를 하고 책 속에 들어앉아 있었군요
그래서 책 속에서도
은단을 입 안에서 굴리며 봄날이 오고
봄날들은
곤충처럼 사각사각 발끝을 비비네요

시간이 봄꽃처럼 책 속에서 흐드러지네요

―이사라 「책 속에서 만난 봄날」(2008)

신촌문고에 가서 책 일곱 권을 사 들고 오니
세상이 온통 내 손안에 있는 것 같다
책 속에 길이 있다지만 길은커녕
백 원짜리 동전 하나 보이지 않는 책을 사 들고 오며
밥 먹지 않아도 괜히 배부르다
김장 담그신 후
항아리를 쓰다듬던 어머니의 뿌듯한 손이 된다
(중략)
나는 서둘러 차를 끓인다
책 상 위 스탠드의 불을 환히 밝힌다

―문정희 「토요일 오후」(2001)

무너져 내리고 흩어지는 책들 찢어진 책갈피로 모래알갱이 흘러내려 입과 눈이
버석거렸다 아버지의 책을 읽으려는데 바람은 끊임없이 그날의 기억을 흐려 놓았
다 바람은 제 문장을 읽고 먼 바다로 떠나고 또 떠났다 지워진 모래의 책을 들고
나는 그림자처럼 서있었다

―정연희 「모래의 책」(2010)

책 읽는 남자를 사랑했다. 공원 벤치의 소란스러움 속에서 책을 읽는 남자, 책을
읽다 가끔씩 책 속에 숨어버리던 남자, 책 속에 들어가 오렌지 껍질을 벗기며 다시
책을 읽는 남자, 가끔씩 나를 읽는 남자, 내 입술에 담뱃재를 떨어뜨리던 남자,
내 가슴에 밑줄을 긋던 남자, 내 안에 책갈피를 끼워두던 남자, 가끔씩 나를 접어버
리던 남자, 그러나 이제는 먼지 쌓인 책꽂이 한 켠에 꽂힌 남자. 헌책방에 치워버릴
수도 없는 남자.

―윤예영 「책 읽는 남자」(2008)

모래와 하늘, 그토록 확실한 바닥과 천장이
우리의 잠을 에워싸다니, 나는 하늘이 달아날까 봐
몇 번이나 선잠이 깨어 그 거대한 책을 읽고
또 읽었다 그날 밤 파도와 함께 밤하늘을
다 읽어 버렸다 그러나 아무도 모를 것이다 내가

그날 밤 하늘의 한 페이지를 훔쳤다는 걸,

그 한 페이지를 어느 책갈피에 끼워 넣었는지를

—나희덕 「일곱살 때의 독서」(2001)

　지루한 글이었다 진전 없는 반복, 한 사람의 생 읽어내느라 소모된 시간들, 나는 비로소 문장 속으로 스며서, 이 골목 저 골목을 흡흡, 냄새 맡고 때론 휘젓고 다니며, 만져보고 안아보았다, 지루했지만 살을 훑는 문장들, 군데군데 마지막이라 믿었던 시작들, 전부가 중간 없는 시작과 마지막의 고리 같았다, 길을 잃을 때까지 돌아다니도록 배려된 시간이, 너무 많았다, 자라나는 욕망을 죄는 압박붕대가 너무, 헐거웠다, 그러나 이상하다, 너를 버리고 돌아와 나는 쓰고 있다, 손이 쉽고 머리가 맑다,

—김소연 「버리고 돌아오다」(1996)

13.7. 위선적 지식, 관념적 동경

　지식에 대한 관념적 동경은 책에 대한 탐식과 폭식을 낳고, 그 결과 여성들은 실제 삶과 괴리된 채 허영과 위선으로 창조한 관념의 세계 속에 자폐되는 경향이 있다. 현대소설은 이렇게 소화되지 못해 정신에 안착하지 못하고 떠도는 지식의 허위성과 무용함에 대해서도 비판적 시선을 거두지 않는다. 그래서 읽지도 않은 채 무분별하게 사들이거나 던져놓은 책들, 또한 방 안 가득 천장을 찌를 듯 높이 쌓여가는 책들은 여성인물의 영혼의 허기, 정신의 습기를 반증할 따름이다. 이때 여성들은 책에 대한 자신의 집착이 순수한 탐구욕과 지식욕이 아닌 허영과 위선, 맹목적인 욕망일 수 있음을 고백한다. (권여선 『푸르른 틈새』, 이혜경 「내게 바다 같은 평화」, 박주영 『백수생활백서』)

　또한 여성작가들은 책으로 배운 지식만을 주장하거나 책을 장식 삼아 속물적 삶을 사는 이들, 그리고 활자 속에 갇힌 시뮬레이션의 삶을 살아감으로써 현실과 텍스트를 구별하지 못하는 이들을 통해 정신과 육체의 불균형을 지적하고 실재와 가공 사이의 균열을 보여주고 있다. 아울러 책을 통한 관념적 지

식의 무용성과 실천적 삶의 중요성을 강조한다. (강경애 「원고료 이백 원」, 강석경 「폐구」, 김연경 「미성년」, 전경린 『엄마의 집』, 서하진 「너는 누구인가」, 백영옥 「강묘희 미용실」)

현대시에서 책이 갖는 숭고하고 권위적인 상징은 때로 환상을 제공한다. 이때 책 속의 글자들은 낯설고 추상적인 것이 되며 관념적인 동경과 썩지 않는 '미라'의 환상으로 구체화된다. 책을 향한 욕망이 허위이거나 위선일 수도 있지만, 책 자체가 갖고 있는 내용이 진실과 결코 닿지 않아서 회의적일 때도 있다. 이때 책은 그 책 자체를 읽기 위해 필요한 존재가 아니라 책을 읽는 행위를 즐기기 위한 소품처럼 등장하기도 한다. (류인서 「책」, 최정란 「책」, 김혜영 「욕조에서 책 읽는 여자」)

> K야, 너는 책상 위에서 배운 그 지식은 그것만으로도 훌륭하다. 이제야말로 실천으로 말미암아 참된 지식을 얻어야 할 때이다. 그리하여 너는 오직 너의 사회적 가치를 향상시킴에 힘써야 한다. 이 사회적 가치를 떠난 그야말로 교환가치를 향상시킴에만 몰두한다면 너는 낙오자요 퇴패자이다. 이것은 결코 너를 상품시 혹은 물건시 하는 데서 하는 말이 아니요, 사람이란 인격상 취하는 방면도 이러한 두 방면이 있다는 것을 네게 알려주고자 함이다.
>
> —강경애 「원고료 이백 원」(1935)

> 하루는 누나가 『지킬 박사와 하이드 씨』를 읽고 있었다. 가정교사에게 다시 빌려온 것이었다. 나는 하이드 씨처럼 변신할 수 있으면 좋겠다고 말했다. 누나는 책장을 덮으며 고개를 흔들었다. "무섭다. 보지 말걸."//
> "동학란이 왜 일어났다구?"
> 성은 책상만 쳐다보고 있었다. 처음부터 그런 자세를 취하고 있었다. 다른 생각을 하고 있는 것이다. 잠시 후 성은 내뱉듯 말했다.
> "흥, 책에 다 있는데 뭐." 가정교사가 안경을 치켜올렸다.
> "그래? 그럼 책에 안 나와 있는 걸 얘기해 주지. 신돌석 장군은 열다섯 살에, 네 나이 때 동지를 구하러 사방으로 다녔어. 넌 너무 호강해서 너저분한 생각만 하는 거야. 김구 선생은 열일곱 살 때 거울을 보고 깨달았어. 자기 관상이 나쁜 것을 알고 마음 좋은 사람이 되기로 맹세했지. 얼굴 좋음이 몸 좋음만 못하고 몸 좋음이 마음 좋음만 못하다는 글이 있거든. 너도 거울을 좀 봐. 부끄러움을 알아야 사람이지."
>
> —강석경 「폐구」(1982)

책상 위 책꽂이에는 천장을 찌를 듯이 책들이 높다랗게 쌓여 있다. 원래 책꽂이의 키는 그 반밖에 안 되지만 나는 책 중에서 크기가 일정한 전집류를 난쟁이 책꽂이 위에 닥치는 대로 쌓아올려 놓았다. 책더미는 사뭇 쏟아질 듯 위태롭지만 다행히 아직 무너져내린 적은 없다. 나는 책상 서랍을 열어 열쇠와 이삿짐센터 계약서를 넣는다. 서랍 구석에 꽃핀이 녹슨 채 뒹굴고 있다. 나는 분홍색 꽃핀을 만지작거리며 닿는 금속 모두를 녹슬게 하는 내 정신의 습기에 대해 잠시 생각한다. 그리고 그것을 가둘 수 있기라도 하듯 서랍을 딸깍 닫는다.

—권여선 『푸르른 틈새』(1996)

그 애의 의식은 자신의 그런 우스꽝스런 딜레마, 즉 추상적인 것과 구체적인 것 사이에는 분명 모종의 균열이 있다는 것, 소설 속의 세계를 현실에서 재현해내려는 것이 무의미할뿐더러 때로는 희비극적이기까지 하다는 것, 따라서 소설 속 인물을 모방하려는 서투른 시도가 결국엔 자기 자신을 어릿광대로 만들 뿐이라는 것을 인식하는 데까지는 갔어. 엄연히 현실이 존재하고 있으며, 그 현실이 텍스트 못지않게 위대할 수 있다는 걸 인식한 거지. 그러나 아직은 그 현실 속으로 들어갈 수가 없는 거야. 텍스트, 그 가상의 세계가 너무 매혹적이기 때문이고, 무엇보다 아직 그보다 더 매혹적인 실제 세계를 발견하지 못했기 때문이다. 그 애는 정신에 있어 미성년이니까, 주둥이가 샛노란 미성년이니까. 그 애가 문학작품 속에선 이미 일종의 클리셰로 자리잡아버린 닳고 닳은 인간들에게 열중해 있는 한 진실한 삶이 들어오기는 힘들겠지만, 그 가공의 인물이 가공으로 인식되는 때가 언젠가는 온다.

—김연경 「미성년」(1999)

대학에 입학하자마자 나는 책 속에 파묻혔다. 탐구심 때문만은 아니었다. 남보다 뛰어나다는 걸 스스로에게 증명하기 위해선 많이 알아야 했다. 이 책 저 책 닥치는 대로 집어삼키는 책 읽기라서 자주 체할 수밖에 없었다. 그 체기를 내리려면 마구 떠드는 수밖에 없었다. 떠들어보면 스스로 정리가 되었으니까. 그렇게 해서 내 지식이 채 소화되지 않은 것임을 아무에게나 드러낼 순 없었다.

—이혜경 「내게 바다 같은 평화」(1999)

오래전 나는 쇼핑몰에 있는 카트를 끌고 서점의 책들을 쓸어 담는 것이 꿈이었다. 그러나 덤벙덤벙 아무거나 닥치는 대로 담는 것은 곤란하다. 처음에는 양손에 하나씩 들고 제목 정도는 확인하면서 어떤 작가의 것은 모조리, 생소한 작가의 것은 잠시 멈추어 책 표지를 바라보고 느낌에 따라 선별하기도 하면서, 그러나 끝내는 재빠르게, 한 시간 남짓 카트 하나를 책으로 가득 채워 계산을 하고 차 트렁크를 책으로 꽈악 채우고서 예정된 곳으로 떠나는 일을 꼭 한 번 해보고 싶었다.

그러나 오늘 서점에 간 나는 딱 두 권의 책을 샀다. 그 책 중의 한 권은 오늘이 가기 전에 다 읽게 되겠지만 또 다른 한 권은 읽지 않은 채 둘 것이다. 그러고는 가끔 페이지를 들춰보면서 상상할 것이다. 내가 아직 가보지 못한 세상을, 그 안에서 숨 쉬는 인간들의 욕망을. 모든 것이 이미 결정되어 있겠지만 내가 읽지 않는 한 그 세상은 존재하는 것이 아니다. 그 세상의 존재 여부가 확인되지 않은 채 내 손안에 있다.

나는 이제야 내 욕망을 이해하기 시작했다. 천장 높이까지 맞춤 책상을 만들어 책을 가득 채우고 싶은 나의 욕망은 느긋하게 그 책들을 읽을 수 있는 시간을 욕망함에 다름 아닌 것이다.

여전히 살아 있음에 유효한 희망 사항이 있다.

—박주영 『백수생활백서』(2006)

"너 『공산당 선언』은 읽었니?"

아빠는 또 뜬금없이 『공산당 선언』 이야기였다. 작년에 대학 입학하던 날 전화가 왔었다. 그러고는 다짜고짜, 대학생이 되었으니 『공산당 선언』을 읽으라고 했다. 공산당이라니, 흡사 어릴 때 아빠가 사준 고무로 만든 공룡들의 이름 같았다. (중략) 어딘가 비정상적인 오렌지색과 녹색, 황토색과 갈색이 입혀진 고무 공룡들은 작았지만 결코, 단 한 번도 정말로 작게 느껴진 적은 없었다. 그것은 가공할 크기와 시간과 괴력과 존재성을 압축한 것들 특유의 환상적 이미지와 상징성을 품고 있었다.

—전경린 『엄마의 집』(2007)

책방을 드나들며 여자는 두어 권 책을 살 때도, 그렇지 않을 때도 있었다. 책값은 때로 터무니없이 싸거나 혹은 비쌌지만 그 여자는 군말 없이 돈을 지불하는 편이었다. 생계와는 무관한 듯, 경쟁과 보상의 원리에는 태무심한 장소, 먼지 나는 책들이 가득 쌓인, 책들의 무덤 같은 그 공간이 여자는 좋았으며 변변한 인사조차 하지 않는 주인 남자 또한 마음에 들었다. // 여자는 우연히 소설을 썼고 소설가가 되었지만 많은 우연들처럼 그 여자의 삶에 소설을 쓰는 일이 특별한 영향을 끼친 것은 아니었다. 그 여자가 낸 소설 중 세 권의 책이 베스트셀러가 되었지만 부자 아버지를 둔 데다 부자 남자와 결혼하였으며 소설을 쓰는 사람으로서는 드물게 재테크에도 일가견이 있는 그 여자에게 그 경제적 이득이란 사소하고도 미미한 것이었다. (중략) 그 여자는 소설을 쓰다 지쳐 워지면 어딘가 땅을 보러 가고 개발 호재를 확인하고 그것을 사고 적절할 때 적절 한 이윤을 남기고 팔았다. 운용 가능한 현금을 수 종류의 펀드에 분산 투자하고 알맞은 시기에 환매했다.

—서하진 「너는 누구인가」(2008)

H가 말했었다. 내가 자신을 사랑하지 않는다고. 내가 사랑하는 건 자신이 아닌, 책이었다고 말이다. 넌 활자 속에서만 날 독점하려고 했잖아. 예의 편집자 같은 말투로 괴테나 도스토옙스키를 인용하면서 아니라고 부인하겠지. 하지만 네가 내 원고를 고칠 때마다, 상기된 얼굴로 내 삶에 박힌 못들을 전부 뜯어내려고 했다는 걸 난 알아. 넌 그냥 형용사야. 독립된 명사가 될 수 없지. 당연히 동사도 될 수 없어. 넌 섹스나 키스도 책으로 배워야 하는 사람이니까. 살아서 뜨거운 피가 도는 인간이라는 종에 대해 애정이 있긴 한 거야? 사랑과 질투를 구별하는 건, 편집자로 서 중요한 자질이야. 넌 나를 사랑하는 게 아니라 질투하는 거야. 네가 쓰지 못한 내 책을 질투하는 거지.

—백영옥 「강묘희 미용실」(2009)

온몸이 흰
미라 같은 책이 있다
(중략)
정작 중요한 건
누구도 이 책의 진짜 얼굴을 모른다는 것이다
이 책은 누구에게나
붕대를 푸는 일만으로 끝나기 마련인
끝없는, 표지의 책이기 때문

썩지 않는다는 책의 심장은
발굴되지 않는다

—류인서 「책」(2009)

천 근의 무게, 천 길 절벽이다. 책장 앞에서 이삿짐을 옮기던 그가 한숨을 푹 내쉰다. 피아노와 화분에 이미 지칠 대로 지쳤다. 책은 무거운 짐일 뿐. 삶의 벼랑 을 따라 아슬아슬 하게 발걸음을 옮기던 늙고 야윈 등골이 다시 한 번 무너져

내린다. 책 주인이 무엇을 읽고, 얼마나 현명한 사람이 되었는지, 이론가가 되었는지, 세상을 바꾼 혁명가가 되었는지, 활자를 갉아 먹는 종이벌레가 되어 책 속으로 들어갔는지, 아무도 그에게 알려주지 않는다.

— 최정란 「책」(2010)

그녀의 머리카락이
야윈 어깨 위로 흘러내리고
책장을 넘기는 그녀의 손
물갈퀴처럼 숲을 더듬는다

욕조에 가득한 비누 거품들
미끈거리는 물고기 몸을 감쌌지
욕조 바닥 뚜껑을 열었더니
낯선 타인처럼 떠나가는 물고기

— 김혜영 「욕조에서 책 읽는 여자」(2009)

어학 참고문헌

〈사전〉

국립국어원 편, 『표준국어대사전』, 두산동아, 1999.

권오경·서은아, 『인터넷 통신어휘 사전』, 동인, 2002.

김광해 편, 『유의어·반의어 사전』, 한샘, 1987.

김민수·최호철·김무림, 『우리말 어원사전』, 태학사, 1997.

김병제, 『방언사전』, 한국문화사, 1995.

남광우, 『고어사전』, 교학사, 1997.

남영신, 『우리말 분류사전』, 한강문화사, 1989.

동아출판사편집부 편, 『동아국어대사전』, 동아출판사, 1981.

문화관광부·국립국어원 공편, 『21세기 세종계획 최종 성과물(CD)』, 문화관광부·국립국어원, 2007.

민중서각 편, 『(최신)국어대사전』, 1991.

박영준·최경봉 편, 『관용어사전』, 태학사, 1996.

박용수, 『우리말 갈래사전』, 한길사, 1989.

박재연, 『고어사전』, 이회문화사, 2001.

_____, 『홍루몽 고어사전』, 이회문화사, 2005.

박형익, 『보통학교 조선어사전』, 태학사, 2005.

방종현, 『고어재료사전(전집)』, 동성사, 1946.

_____, 『고어재료사전(후집)』, 동성사, 1947.

사회과학원 언어학연구소, 『조선문화어사전』, 사회과학출판부, 1973.

서정범, 『국어어원사전』, 보고사, 2000.

신기철·신용철 편, 『새우리말 큰사전』, 삼성출판사, 1975.

안옥규, 『어원사전』, 한국문화사, 1996.

양주동, 『(현대)국어대사전』, 범중당, 1980.

_____, 『(정통)국어대사전』, 학력개발사, 1990.

연세대학교 언어정보개발연구원 편, 『연세한국어사전』, 두산동아, 1998.

우리말 편찬회 편, 『국어대사전』, 대한서적, 1990.

운평연구소 편, 『금성판 국어대사전』, 금성출판사, 1991.

유창돈, 『이조어사전』, 연세대출판부, 1964.

이기갑·고광모·기세관·정제문·송하진, 『전남방언사전』, 태학사, 1998.

이상규, 『경북방언사전』, 태학사, 2000.

이희승, 『국어대사전』, 민중서림, 1975

조영언, 『한국어 어원사전』, 다솜출판사, 2004.

주갑동, 『전라도 방언사전』, 신아출판사, 2005.

최학근, 『한국방언사전』, 명문당, 1987.

_____, 『증보 한국 방언 사전』, 명문당, 1990.

한국문화상징사전편찬위원회, 『한국문화상징사전』, 동아출판사, 1994.

한국민족문화대백과사전 편찬부·한국정신문화연구원, 『한국민족문화대백과사전』 1~28권, 한국정신문화연구원, 1991.

한국사전편찬회 편, 『국어대사전』, 삼성문화사, 1991.

한국정신문화연구원 편, 『17세기 국어사전』, 태학사, 1995.

_____, 『한국방언자료집(Ⅰ~Ⅸ)』, 한국정신문화연구원, 1995.

한글학회, 『우리말 큰사전』, 어문각, 1992.

한진건, 『한조동물명칭사전』, 료녕인민출판사, 1982.

〈저서 및 논문〉

강길부, 『땅이름 국토사랑』, 집문당, 1997.

강성일, 『마당과 바닥고』, 동아논총, 1966.

강순주, 「부엌 공간 사용 행태로 본 주거문화의 변화」, 『한국가정관리학회지』23권 3호, 한국가정관리학회, 2005.

강신항, 「現代國語에 관한 語彙論的 研究」, 『동방학지』 46-48집, 연세대 동방학연구소, 1985.

_____, 『현대국어 어휘사용의 양상』, 태학사, 1991.

강영경, 「한국 여성사 연구의 현황과 과제 -고려시대까지를 중심으로」, 『여성과 역사』 6집, 한국여성사학회, 2007.

강영봉, 『제주 지역어 조사 보고서』, 국립국어원, 2005.

강태임, 「이조시대 여인의 내외용 쓰개류에 대한 고찰」, 『논문집』 20집, 안성산업대학교, 1988.

강희숙, 「언어의 변화와 보존에 관한 사회언어학적 연구」, 『한국언어문학』47집, 한국언어문학회, 2001.

고혜경, 『선녀는 왜 나무꾼을 떠났을까: 옛이야기를 통해 본 여성성의 재발견』, 한겨레, 2006.

구본관, 「어휘의 변화와 현대국어 어휘의 역사성」, 『국어학』 45집, 국어학회, 2005.

_____, 「'부엌'의 어휘사」, 『이병근 선생 퇴임기념 국어학논총』, 태학사, 2006.

구현정, 「말뭉치 바탕 구어 연구」, 『언어과학연구』 32집, 언어과학회, 2005.

국사편찬위원회, 『화폐와 경제활동의 이중주』, 두산동아, 2006.

규장각한국학연구원, 『조선 여성의 일생』, 글항아리, 2010.

김경도·주영혁, 『한국백화점 역사』, 서울대학교출판부, 2006.

김경미 외, 『한국의 규방문화』, 박이정, 2005.

김경수, 「소설·여성·음식」, 『인문과학연구』 8집, 가톨릭대학교 인문과학연구소, 2003.

김광언, 『정읍김씨』, 열화당, 1980.

_____, 『한국의 부엌』, 대원사, 1997.

김광해, 「어휘소간의 의미관계에 대한 재검토」, 『국어학』 20집, 국어학회, 1990.

김대년 외, 『여성의 삶과 공간환경』, 한울아카데미, 1995.

_____, 「한국 주택 가사작업공간의 관련 용어 변화와 그 의미에 관한 연구-부엌을 중심으로」, 『한국가정관리학회지』 17권 3호, 한국가정관리학회, 1999.

김동수, 「신화를 통해 본 고대인의 조류관」, 『일본학보』 44집, 2000.

김동욱, 『한국복식사연구』, 아세아문화사, 1979.

김봉희, 「조선시대 여성 장신구의 현대적 변용 연구」, 단국대학교 박사학위논문, 2007.

김선풍, 「민속상징을 통해 본 한국인의 의식특성」, 『사회과학연구』 6권 1호, 중앙대학교 사회과학연구소, 1993.

김원표, 「술의 어원에 관한 일고찰」, 『한글』 12권 2호, 한글학회, 1947.

김은정, 「어휘집을 중심으로 본 조선시대 복식명칭 분석」, 가톨릭대학교 박사학위논문, 2005.

_____, 「의생활 어휘 중 길쌈·세탁·바느질에 관한 연구」, 『전통의생활연구』 1집, 단국대학교 전통복식연구소, 2007.

김응모, 「몸치장에 관련된 자동사 어휘의 낱말밭 연구」, 『한글』 229집, 한글학회, 1995

_____, 「착용에 관련된 자동사의 내용 연구」, 『이중언어학』 12권 1호, 이중언어학회, 1995.

_____, 『어문학에 담긴 술의 멋』, 박이정, 1997.

_____, 『술 어휘의 내용연구』, 세종출판사, 1999

_____, 「술에 취하는 용어에 대한 내용 연구」, 『교육과학연구』 2집, 부산여자대학교 교육과학연구소, 1997.

_____, 「길쌈 자동사의 낱말밭 연구」, 『외대논총』 25집, 부산외국어대학교, 2002.

_____, 「양잠의 낱말밭 연구」, 『선청어문』 33집, 서울대학교 국어교육과, 2005.

_____, 『한국어 농업어휘 낱말밭 1: 겸업, 경작, 논밭, 담배, 인삼, 방적농업』, 박이정, 2006.

김인호, 『백화점의 문화사』, 살림, 2006.

김재임, 「〈떡〉명칭에 대한 고찰」, 『한국어내용연구』 1집, 국학자료원, 1994.

김정기, 「문헌으로 본 한국주택사」, 『동양학』 7집, 단국대학교 동양학연구소, 1977.

김정란, 『말의 귀환』, 개마고원, 2001.

김정화, 『담배이야기』, 지호, 2000.

김종인·김성주, 「마당의 이용과 변용」, 『대한건축학회 학술발표대회 논문(계획계)』 16권 1호, 대한건축학회, 1996.

김종태, 「어휘의 의미구조」, 『인문논총』 25집, 부산대학교, 1984.

_____, 『국어어휘론』, 탑출판사, 1992.

김종훈, 『국어어휘론연구』, 한글터, 1994.

김진식, 「떡(餠) 명칭의 분절구조 연구」, 『언어학』 7집, 중원언어학회, 2003.

김진식, 「떡(餠) 명칭의 분절구조 연구Ⅱ」, 『개신어문연구』 20집, 충북대학교 국어교육과, 2003.

김춘수, 「반비간에서 부엌으로」, 『20세기 여성, 전통과 근대의 교차로에 서다』, 두산동아, 2007.

김태곤, 「중세국어의 다의어 연구」, 『국어국문학』 104집, 국어국문학회, 1990.

_____, 「국어 어휘의 변천 연구(4)」, 『백록어문』 14, 제주대 사범대학 국어교육과 국어교육연구회, 1997.

_____, 『중세국어 다의어와 어휘변천』, 박이정, 2002.

김한샘, 「국어 어휘 분석 말뭉치의 구축과 활용」, 『언어정보개발연구』 1집, 연세대 언어정보개발원, 2004.

_____, 「말뭉치에 기반한 공간 명사의 의미 변화 연구」, 『반교어문학회지』 21집, 반교어문학회, 2006.

김현권, 「언어 사전 정의의 구성과 유형」, 『언어학』 11집, 한국언어학회, 1989.

김형규, 『한국 방언 연구』, 서울대학교 출판부, 1974.

김흥식, 「빈새(공간)의 미학 '마당'」, 『한국논단』 46집, 한국논단, 1993.

남광우, 「중세어문헌에 나타난 순우리말과 한자대역어 연구 (1)」, 『어문연구』 8권 4호, 한국어문교육연구회, 1980.

_____, 「중세어문헌에 나타난 순우리말과 한자대역어 연구 (2)」, 『어문연구』 11권 3호, 한국어문교육연구회, 1983.

남성우, 「국어의 어휘 변화」, 『국어생활』 22집, 국어연구소, 1990.

남풍현, 「국어 속의 차용어」, 『국어생활』 2집, 국어연구소, 1985.

도수희, 『한국어 음운사 연구』, 탑출판사, 1987.

류정아, 「한국 음식문화의 변화양상과 여성」, 『한국여성학』 12권 2호, 한국여성학회, 1996.

리득춘, 『조선어언어역사연구』, 역락, 2006.

민현식, 「개화기 국어의 어휘 (Ⅱ)」, 『국어교육』 53집, 한국국어교육연구회, 1985.

_____, 「개화기 국어의 어휘 (Ⅲ)」, 『국어교육』 55집, 한국국어교육연구회, 1986.

_____, 「국어의 여성어 연구」, 『아시아여성연구』 34집, 1995.

_____, 「국어 외래어에 대한 연구」, 『한국어 의미학』 2집, 한국어 의미학회, 1998.

박경래, 『충북 지역어 조사 보고서』, 국립국어원, 2005.

박경현, 「〈집〉 동훈 한자의 의미변별 시고」, 『한국한자한문교육』 7권 1호, 한국한자한문교육학회, 2001.

박병철, 「천자문 훈의 어휘 변천 연구」, 『국어교육』 55·56집, 한국국어교육연구회, 1986.

박선희, 「조선시대 사랑방의 空間性 고찰」, 『사대논문집』 7집, 부산대학교 사범대학, 1981.

박소라, 「한국어 남녀 언어 변화에 관한 연구: 1960년대, 2000년대 멜로 영화에 나타난 남녀 언어를 대상으로」, 서울대학교 석사학위논문, 2004.

박영섭, 『개화기 국어 어휘자료집: 신소설 편』, 솔터, 1992.

박영섭, 「개화기 교과서에 나타난 어휘연구」, 『논문집』 24집, 강남대학교, 1993.

_____, 『개화기 국어 어휘자료집2(신소설편)』, 서광학술자료사, 1994.

_____, 『개화기 국어 어휘자료집 4(잡지편)』, 박이정, 1997.

_____, 『개화기 국어 어휘자료집 5(외래어편)』, 박이정, 1997.

_____, 「개화기 국어 어휘 연구」, 『한국어 의미학』 11집, 한국어의미학회, 2002.

박영순, 『한국 문화론』, 한림출판사, 2006.

박영희, 「한국의 창에 대한 고찰」, 『가정관리연구』 4집, 이화여자대학교 가정관리학과, 1974.

박용옥, 『한국여성연구』, 청하, 1988.

박종갑, 「낱밭밭의 관점에서 본 의미 변화의 유형」, 『한민족어문학』 21집, 한민족어문학회, 1992.

박찬식, 『유해류 역학서 연구 1』, 역락, 2008.

박창원, 『언어와 여성의 사회적 위치』, 태학사, 1999.

배도식, 「옛 酒幕의 民俗的 考察」, 『한국민속학』 15, 한국민속학회, 1982.

배성우, 「〈신발〉 명칭의 분절구조 고찰 −재료를 중심으로」, 『한국어 어휘 분절구조 연구』, 국학자료원, 2006.

_____, 「국어 〈모자〉 명칭의 분절구조 연구」, 고려대학교 석사학위논문, 1998.

배영동, 「서양식 집이 바꾸어 놓은 우리 집의 전통」, 『실천민속학 새책』 4집, 실천민속학회, 2003.

백지혜, 『스위트 홈의 기원』, 살림, 2005.

부산대학교출판부, 『여성과 여성학』, 부산대학교, 2006.

서상준, 「전라남도의 방언분화」, 『어학교육』 15집, 전남대학교 어학연구소, 1984.

서울대학교 규장각, 『譯語類解 ; 譯語類解補』, 서울大學校奎章閣, 2005.

서윤영, 『사람을 닮은 집 세상을 담은 집』, 서해문집, 2005.

서정섭, 「집 관련 어휘 연구」, 『국어문학』 35집, 국어문학회, 2000.

서학순, 『조선어어휘편람』, 박이정, 2002.

성환갑, 「차용어와 고유어의 조화」, 『국어학신연구』, 1985.

성희제, 「지명어의 구성」, 『지명학』 12집, 2006.

소강춘, 『전북 지역어 조사 보고서』, 국립국어원, 2005.

손남익, 「국어의 식사 명칭에 대한 연구」, 『한국어와 모국어 정신』, 국학자료원, 2000.

손성진, 『럭키 서울 브라보 대한민국』, 추수밭, 2008.

손앵화, 「규방가사에 나타난 여성의식 연구: 놀이 기반 규방가사의 여성놀이문화를 중심으로」, 전북대학교 박사학위논문, 2009.

손용주, 「〈집〉어류의 유연성에 대한 연구」, 『대구어문논총』 4집, 우리말글학회, 1985.

송철의, 『일제 식민지 시기의 어휘: 어휘를 통해 본 문물의 수용 양상』, 서울대학교 출판부, 2007.

_____, 『한국 근대 초기의 어휘』, 서울대학교출판부, 2008.

신경감, 「어휘 의미론: 주생활 자석어휘의 변천 고찰」, 『한국어학』, 한국어학회, 1996.

신중진, 『개화기 국어의 명사 어휘 연구』, 태학사, 2007.

신현숙, 「한국어 어휘목록의 유형과 특징」, 『자하어문론집』 8집, 상명대 국어교육과, 1991.

_____, 「명사 〈집〉의 형식과 의미 확장」, 『말』 20권 1호, 연세대학교 한국어학당, 1995.

심현삼, 「朝鮮時代의 女性 裝身具 귀걸이·목걸이·팔찌」, 『예술논총』 6집, 동덕여자대학교 예술대학, 2004.

안경환, 「한국 전통건축의 마당공간에 관한 연구」, 『산업기술연구소논문집』 13집, 수원대학교 산업기술연구소, 1998.

안대회, 「조선후기 사대부(士大夫)의 집과 삶과 기록」, 『한문학보』, 우리한문학회, 2007.

안동숙·조유경, 「1900년대 초기에 나타난 외래어 고찰-모텔, 호텔」, 『한국어문학연구』 12집, 이화여자대학교, 1972.

안인희, 「국어어휘의 의미론적 분류연구」, 『한글』 157집, 한글학회, 1976.

양동휘, 「낱말 내용과 분절에 대한 연구」, 고려대학교 석사학위논문, 1988.

양주동, 『여요전주』(신정판), 을유문화사, 1955.

양태식, 「어휘의 의미구조」, 『논문집』 20집, 부산 수산대학교, 1983.

_____, 『국어 구조의미론』, 태화출판사, 1984.

_____, 『국어 차원 낱말의 의미 구조』, 태화출판사, 1985.

연구공간 〈수유 + 너머〉 근대매체연구팀, 『매체로 본 근대 여성 풍속사 新女性』, 한겨레신문사, 2005.

연규동, 「근대국어 어휘집 연구」, 서울대학교 박사학위논문, 1996.

_____, 「근대국어의 낱말밭 -유해류 역학서의 부류배열순서를 중심으로-」, 『언어학』 28권 1호, 한국언어학회, 2001.

오미정, 「〈창〉 명칭의 어휘 분절 구조 연구」, 『한국어와 모국어정신』, 국학자료원, 2000.

와타나베 다케노부, 『주거공간의 의미』, 임창복 역, 국제, 1997.

원융희, 「한국 전통음식 문화에 관한 연구」, 『산업경영논총』 5집, 용인대학교 산업경영연구소, 1999.

위진·손희하, 「주거 공간 어휘의 통시적 연구(1)」, 『한국언어문학』 54집, 한국언어문학회, 2005.

유동주, 「음식 문화를 통해 본 여성의 정체」, 『한국방송학회 학술대회 논문집』, 한국방송학회, 1998.

유성곤, 「여성어에 관한 연구」, 『東西文化』 21집, 1989.

유익상, 『우리나라 고농서에 본 담배 명칭과 전래』, 『한국작물학회지』 39권 2호, 한국작물학회, 1994.

유창돈, 「명사사연구(名詞史硏究) -이조(李朝語) 어휘사-」, 『아세아연구』 8집 3호, 고려대 아세아문제연구소, 1965.

_____, 「女性語의 歷史的 考察」, 『아시아여성연구』 5집, 1966.

유형선, 「현대국어의 〈밥〉 명칭에 대한 연구」, 『한국어내용연구』 1집, 국학자료원, 1994.

유희경, 『한국복식사연구』, 이화여자대학교 출판부, 1980.

윤복자·박선희·이길순·김혜정·성해숙, 「한국부엌의 변천 ―구석기시대부터 고려시대까지」, 『한국주거학회지』 5권 2호, 한국주거학회, 1994.

윤복자 외, 「서울시 거주자의 사회계층에 따른 부엌가구의 수요 예측」, 『대한가정학회지』 102집, 대한가정학회, 1995.

윤정숙 외, 『한국 주거와 삶』, 교문사, 2007.

윤택림, 「해방 이후 한국 부엌의 변화와 여성의 일: 서울 지역을 중심으로」, 『가족과 문화』 16집, 한국가족학회, 2004.

은영자, 「조선왕조 부녀자의 장신구에 관한 연구」, 『과학논집』 3집, 계명대학교 생활과학연구소, 1976.

이경희, 「주거문화와 여성」, 『한국여성학』 12권 2호, 1996.

이관일, 「한국 서사문학의 광물상징 ―거울을 중심으로」, 『논문집』 10집, 총신대학교, 1991.

이광규, 『한국인의 일생』, 형설출판사, 1985.

이기갑, 『전남 지역어 조사 보고서』, 국립국어원, 2005.

이기문, 『16세기 국어의 어휘』, 탑출판사, 1978.

_____, 『국어 음운사 연구』, 탑출판사, 1990.

이기문·김진우·이상억, 『국어음운론』, 학연사, 2007.

이난영, 『한국의 동경』, 한국정신문화연구원, 1983.

이남덕, 『한국어어원연구 I II III IV』, 이화여대 출판부, 1985.

이덕호, 「언어와 성의 연구 현황과 앞으로의 과제―특히 여성어 연구를 중심으로」, 『사회언어학』 5-1, 1997.

이돈주, 『전남방언』, 형설출판사, 1978.

_____, 「지명의 전래와 그 유형성」, 『새국어생활』 4권 1호, 국립국어연구원, 1994.

이배용, 『한국 역사 속의 여성들』, 어진이, 2005.

이배용 외, 『우리나라 여성들은 어떻게 살았을까1』, 청년사, 2001.

_____, 『우리나라 여성들은 어떻게 살았을까2』, 청년사, 2001.

이병근, 「개화기의 어휘정리와 사전편찬」, 『주시경학보』 1집, 탑출판사, 1988.

_____, 「근대국어시기의 어휘정리와 사전적 전개」, 『동양학』 22집, 단국대 부설 동양학연구소, 1992.

이병도, 『한국고대사연구』, 박영사, 1987.

이병선, 『韓國古代國名地名硏究』, 아세아문화사, 1982.

이상규, 『경북·강원 지역어 조사 보고서』, 국립국어원, 2005.

이선웅, 「가위의 어휘사」, 『한국언어문학』, 한국언어문학회, 2008.

이송희, 「한국 근대 여성사 연구의 성과와 과제」, 『여성과 역사』 6집, 한국여성사학회, 2007.

이숭녕, 「△음고」, 『서울대학교 논문집』 3집, 1956.

이승명, 『국어 어휘의 의미구조에 대한 연구』, 형설출판사, 1980.

이승우, 「우리나라 사전 편찬의 역사와 현황」, 『출판저널』 17집, 한국출판금고, 1988.

이승재, 『방언 연구』, 태학사, 2004.

이 옥, 『연경, 담배의 모든 것』, 안대회 역, 휴머니스트, 2008.

이응희·이중우, 「동양사상의 중심성을 통하여 본 전통주거의 마당공간에 관한 연구」, 『대한건축학회 논문집』 11권 5호, 대한건축학회, 1995.

이익환, 「어휘의 의미 변천과 사전」, 『사전편찬학 연구』 2집, 연세대 언어정보개발원, 1989.

이임수, 「한국문화의 원형에 대한 語源 연구」, 『문학과 언어』, 1999.

이종선, 「술 명칭에 관한 낱말밭 연구」, 『우암어문논집』 3집, 부산외국어대학교, 1993.

이진경, 『근대적 주거공간의 탄생』, 그린비, 2007.

이창숙, 「국어의 여성어 연구」, 『江南語文』 10, 강남대학교 국어국문학과, 2000.

이현희, 『한국 근대 여성 개화사』, 한국학술정보, 2003.

이혜영, 『한국어와 일본어의 젠더표현 연구』, 한국학술정보, 2009.

이화여자대학교, 『국어학연구 50년』, 혜안, 2002.

이화여자대학교 한국여성사편찬위원회, 『한국여성사 고대－조선시대』, 이대출판사, 1972

이화형, 『한국근대여성의 일상문화』, 국학자료원, 2004.

이효지, 『한국의 음식문화』, 신광출판사, 1998.

임홍빈, 『뉘앙스 풀이를 겸한 우리말 사전』, 아카데미하우스, 1993.

장덕삼, 「조선시대 서당의 변천과정과 현대교육에 미친 영향」, 『인간교육연구』 10권 2호, 참마음교육학회, 2003.

장덕순, 「술과 문학」, 『한국식생활문화학회지』, 한국식생활문화학회, 1989.

장보웅, 「한국 통시(뒷간) 문화의 지역적 연구」, 『대한지리학회지』 30권 3호, 대한지리학회, 1995.

장숙환, 「조선시대의 전통장신구를 보는 열린 눈 －노리개와 여성 수식품을 중심으로」, 『복식』, 한국복식학회, 2008.

장영천, 『구조의미론과 낱말밭 이론』, 집현사, 1987.

장향실, 「전통옷 명칭 낱말밭」, 『한국어내용연구』 1집, 국학자료원, 1994.

전경옥·변신원·김은정·박진석, 『한국여성문화사 1』, 숙명여자대학교 출판국, 2004.

전경옥·변신원·김은정·이명실, 『한국여성문화사 2』, 숙명여자대학교 출판국, 2005.

전경옥·유숙란·이명실·신희선, 『한국여성정치사회사 1』, 숙명여자대학교 출판국, 2004.

전경옥, 『한국여성문화사』, 숙명여자대학교 아시아여성연구소, 2004.

전남일, 「여성의 지위와 주거공간」, 『성평등연구』 9집, 카톨릭대학교, 2005.

전남일·홍형옥·양세화·손세관, 「주거변화의 일상사적 담론과 한국 주거의 근대화과정」, 『대한가정학회지』, 대한가정학회, 2006.

전재호, 「의미변천사 1」, 『어문논총』 13, 14 합본, 경북어문학회, 1980.

_____, 「국어 의미사 연구」, 『어문논총』 17집, 경북어문학회, 1983.

전재호, 『국어어휘사연구』, 경북대학교 출판부, 1987.

정 룡·김정문·김재식, 「조선시대 상류가옥에 나타난 유교 및 태극·음양 사상에 관한 연구
　　-사랑채 공간과 안채 공간을 중심으로」, 『한국전통조경학회지』 20권 4호, 한국정원학회,
　　2002.

정시호, 『어휘장이론 연구』, 경북대학교 출판부, 1994.

정진해, 『(한국의 전통문화) 옛옷과 장신구』, 포토CD 출판정보원, 1999.

정태경, 「〈국〉 명칭의 분절 구조 연구」, 『한국어의 내용적 고찰』, 국학자료원, 1999.

_____, 「〈떡〉 명칭의 분절 구조 연구」, 『한국어 내용론』 6집, 국학자료원, 1999.

_____, 「〈밥〉 명칭의 분절 구조」, 『한국어와 모국어 정신』, 국학자료원, 2000.

_____, 「현대국어 〈음식물〉 명칭의 분절구조 연구 -〈식사 음식〉을 중심으로」, 고려대학교
　　박사학위논문, 2006.

정희정, 『한국어 명사 연구』, 한국문화사, 2000.

조남호, 「국어 어휘수집과 정리」, 『국어생활』 22집, 국어연구소, 1990.

_____, 「국어어휘의 분야별 분포양상」, 『관악어문연구』 27집, 서울대 국어국문학과, 2002.

조성기, 「한국전통주택의 안마당에 관한 연구」, 『大韓建築學會論文集』, 대한건축학회, 1995.

조성남, 「한국사회와 여성의 삶 -그 변화를 중심으로」, 국제한국학회, 『한국문화와 한국인』,
　　사계절, 1998.

조정식, 「마당의 어의와 초월적 특성에 관한 연구」, 『대한건축학회논문집』 12권 2호, 대한건축
　　학회, 1996.

조항범, 「국어 어휘론 연구사」, 『국어학』 19집, 국어학회, 1989.

_____, 『다시 쓴 우리말 어원이야기』, 한국문원, 1997.

주남철, 『한국주택건축』, 일지사, 1980.

주영하, 「'주막'의 근대적 지속과 분화」, 『실천민속학 연구』 11집, 실천민속학회, 2008.

진정화, 「여성과 주거공간」, 『건축』 45권 3호, 대한건축학회, 2001.

차성란, 「주거공간과 여성의 가사노동」, 『한국주거학회 학술대회논문집 7』, 한국주거학회,
　　1996.

천소영, 『한국어와 한국문화』, 우리책, 2005.

천혜봉, 「책의 기원 및 명칭에 대하여」, 『문헌정보학』 4권 1호, 서지학회, 1989.

최명옥, 『경기 지역어 조사 보고서』, 국립국어원, 2005.

최윤경, 「주택평면에 나타난 여성의 사회 공간적 지위에 관한 연구」, 『대한건축학회논문집』 19
　　권 1호, 대한건축학회, 2003.

최전승, 『한국어 방언의 공시적 구조와 통시적 변화』, 역락, 2004.

최창렬, 『우리말 어원연구』, 일지사, 1986.

_____, 『어원 산책』, 한신문화사, 1993.

태혜숙 외, 『한국의 식민지 근대와 여성공간』, 여이연, 2004.

한국고문서학회, 『의식주, 살아있는 조선의 풍경』, 역사비평사, 2006.

한국대학박물관협회, 『한국의 장신구』, 이화여자대학교박물관, 1991.

한국어내용학회, 『한국어 이름씨 분절구조』, 국학자료원, 2003.

한국여성연구소, 『우리여성의 역사』, 청년사, 1999.

함한희, 『부엌의 문화사』, 살림, 2005.

홍나영, 「조선시대 복식에 나타난 여성성」, 『한국고전여성문학연구』 13집, 한국고전여성문학
　　회, 2006.

홍사만, 「중세·근대국어 어휘의미 연구(8)」, 『언어과학연구』 19집, 언어과학회, 2001.

＿＿＿, 『국어 어휘의미의 사적 변천: 유의어의 의미 기술』, 한국문화사, 2003.

홍윤표, 「국어어휘 문헌자료에 대하여」, 『소당천시권박사화갑기념 국어학논총』, 1985.

황호근, 『한국장신구사』, 서문당, 1996.

M. LYNNE MURPHY, 『의미관계와 어휘사전』, 임지룡 역, 박이정, 2008.

Melchior-Bonnet. Sabine, 『거울의 역사』, 윤진 역, 에코리브르, 2001.

작품 출전

【한문학】

김지용·김미란 역저, 『한국 여류한시의 세계』, 여강출판사, 2002.

김지용 역저, 『한국 역대 여류한시문선 (상)』, 명문당, 2005.

김지용 역저, 『한국 역대 여류한시문선 (하)』, 명문당, 2005.

이능화 저, 김상억 역, 『조선여속고』, 동문선. 1990

이능화 저, 이재곤 역, 『조선해어화사』, 동문선, 1992

오세창 저, 동양고전학회 역, 『국역 근역서화징』, 시공사, 1998.

이혜순·김경미, 『한국의 열녀전』, 월인, 2004.

이혜순·정하영 역편, 『한국 고전여성문학의 세계 한시편』, 이화여자대학교출판부, 1998.

이혜순·정하영 역편, 『한국 고전여성문학의 세계 산문편』, 이화여자대학교출판부, 2003.

장지연, 『大東詩選 상』, 아세아문화사, 1980.

장지연, 『大東詩選 하』, 아세아문화사, 1980.

허경진 옮김, 『매창 시집』, 평민사, 1986.

허경진 옮김, 『삼의당 김씨 시선』, 평민사, 2008.

허경진 옮김, 『옥봉·죽서 시선』, 평민사, 1987.

허경진 옮김, 『운초·부용 시선』, 평민사, 1993.

허경진 옮김, 『최송설당·오효원 시선』, 평민사, 2008.

허경진 옮김, 『허난설헌 시집』, 평민사, 1986.

허미자 편, 『조선조여류시문전집 1』, 태학사, 1984.

허미자 편, 『조선조여류시문전집 2』, 태학사, 1984.

허미자 편, 『조선조여류시문전집 3』, 태학사, 1984

허미자 편, 『조선조여류시문전집 4』, 태학사, 1984.

【고전소설】

「구운몽」, 김병국 역주, 『구운몽』,. 서울대학교출판부, 2007.

「만복사저포기」, 심경호 역주, 『금오신화』, 홍익출판사, 2005.

「명주보월빙」, 한국고대소설대계 1, 『명주보월빙』, 한국정신문화연구원. 1980.

「박씨전」, 김기현 역주, 『박씨전·임장군전·배시황전』, 고대 민족문화연구원, 1995.

「방한림전」, 장시광 역주, 『방한림전: 조선시대 동성혼 이야기』, 한국학술정보, 2006.

「배비장전」, 신해진 역주, 『조선후기 세태소설선』, 월인, 1999.

「사씨남정기」, 신해진 선주, 『조선후기 가정소설선』, 월인, 2000.

「삼한습유」, 조혜란 역주, 『삼한습유』, 고대 민족문화연구원, 2005.

「소현성록」, 조혜란·정선희·허순우·최수현 역주, 『소현성록』 1~4권, 소명출판, 2010.

「숙영낭자전」, 황패강 역주, 『숙향전·숙영낭자전·옥단춘전』, 고대 민족문화연구원, 1993.

「숙향전」, 황패강 역주, 『숙향전·숙영낭자전·옥단춘전』, 고대 민족문화연구원, 1993.

「심생전」, 실시학사 고전문학연구회 역주, 『이옥전집』, 소명출판, 2001.

「심청전」, 정하영 역주, 『심청전』, 고대 민족문화연구원, 1995.

「열녀춘향수절가」, 송성욱 역주, 『춘향전』, 민음사, 2004.

「운영전」, 이상구 역주, 『17세기 애정전기소설』, 월인, 2003.

「위경천전」, 이상구 역주, 『17세기 애정전기소설』, 월인, 2003.

「옥단춘전」, 황패강 역주, 『숙향전·숙영낭자전·옥단춘전』, 고대 민족문화연구원, 1993.

「옥루몽」, 김풍기 역주, 『옥루몽』, 그린비, 2006.

「완월회맹연」, 김진세 편, 『완월회맹연』, 서울대학교출판부, 1987.

「유씨삼대록」, 한길연·김지영·정언학 역주, 『유씨삼대록』 1~4권, 소명출판, 2010.

「이생규장전」, 심경호 역주, 『금오신화』, 홍익출판사, 2005.

「이춘풍전」, 신해진 역주, 『조선후기 세태소설선』, 월인, 1999.

「임씨삼대록」, 김지영·최수현·한길연·서정민·조혜란·정언학 역주, 『임씨삼대록』 1~5권, 소명출판, 2010.

「장화홍련전」, 신해진 역주, 『조선후기 가정소설선』, 월인, 2000.

「절화기담」, 김경미·조혜란 역주, 『절화기담·포의교집』, 여이연. 2003.

「조씨삼대록」, 김문희·조용호·정선희·전진아·허순우·장시광 역주, 『조씨삼대록』 1~5권, 소명출판. 2010.

「주생전」, 이상구 역주, 『17세기 애정전기소설』, 월인, 2003.

「창란호연록」, 김기동 편, 『필사본고전소설전집』 9·10권, 아세아문화사, 1980.

「청백운」, 김기동 편, 『필사본고전소설전집』 24권, 아세아문화사, 1980.

「포의교집」, 김경미·조혜란 역주, 『절화기담·포의교집』, 여이연. 2003.

「창선감의록」, 이래종 역주, 『창선감의록』, 고대 민족문화연구원, 2003.

「하진양문록」, 이대형 교주, 『하진양문록』 1~3권, 이회문화사, 2004.

「현몽쌍룡기」, 김문희·장시광·조용호 역주, 『현몽쌍룡기』 1~3권, 소명출판, 2010.

「현씨양웅쌍린기」, 이윤석·이다원 교주, 『현씨양웅쌍린기』 1~2권, 경인문화사, 2006.

「홍계월전」, 김기동·전규태 편, 『토끼전, 장끼전, 김진옥전, 홍계월전』, 서문당, 1984.

【고전시가】

고전자료편찬실 편, 『규방가사 I』, 한국정신문화연구원, 1979.

권영철 편, 『규방가사 신변탄식류』, 효성여자대학교 출판부, 1985.

권영철 편, 『규방가사Ⅰ』, 가사문학관, 2002.

문화방송 라디오국, 『한국 민요대전』, 1992.

이대준 편저, 『낭송가사집』, 세종출판사, 1998.

이대 한국어문학연구회, 「내방가사자료」, 『한국문화연구원논총』 15집, 이화여대 한국문화연구원, 1970.

임기중, 『역대가사문학전집』 1~50권, 아세아문화사, 1987-1998.

조애영, 『은촌내방가사집』, 금강출판사, 1971.

최송설당, 『송설당집』, 조선인쇄주식회사, 1922.

한국정신문화연구원, 『한국구비문학대계』 총 89권, 1980-1989.

홍재휴 주해, 『월촌가사』, 단양우씨 월촌판서공파 종중, 2001.

「화전가 1」(「화전가 5-3」), 고전자료편집실 편, 『규방가사Ⅰ』, 한국정신문화연구원, 1979.

「화전가 2」(「화전가 5-4」), 고전자료편집실 편, 『규방가사Ⅰ』, 한국정신문화연구원, 1979.

「화전가 3」(「화전가 5-9」), 고전자료편집실 편, 『규방가사Ⅰ』, 한국정신문화연구원, 1979.

「화전가 4」(「화전가 5-10」), 고전자료편집실 편, 『규방가사Ⅰ』, 한국정신문화연구원, 1979.

「화전가 5」(「화전가 5-16」), 고전자료편집실 편, 『규방가사Ⅰ』, 한국정신문화연구원, 1979.

「화전가 6」(「화전가 5-18」), 고전자료편집실 편, 『규방가사Ⅰ』, 한국정신문화연구원, 1979.

「화전가 7」(「화전가 5-20」), 고전자료편집실 편, 『규방가사Ⅰ』, 한국정신문화연구원, 1979.

「화전가 8」(「화전가(1)」), 한국어문학연구회 편, 「내방가사자료」, 이화여대 『한국문화연구원논총』 15집, 1970.

「화전가 9」(「화전가(2)」), 한국어문학연구회 편, 「내방가사자료」, 이화여대 『한국문화연구원논총』 15집, 1970.

「화전가라1」(「화전가라 5-2」), 고전자료편집실 편, 『규방가사Ⅰ』, 한국정신문화연구원, 1979.

「화전가라2」(「화전가라 5-5」), 고전자료편집실 편, 『규방가사Ⅰ』, 한국정신문화연구원, 1979.

「화전가라3」(「화전가라 5-11」), 고전자료편집실 편, 『규방가사Ⅰ』, 한국정신문화연구원, 1979.

「화전가라4」(「화전가라 5-12」), 고전자료편집실 편, 『규방가사Ⅰ』, 한국정신문화연구원, 1979.

【현대소설】

「가등」, 이선희, 『이선희 소설 선집』, 현대문학, 2009.

「가을이 오면」, 권여선, 『분홍 리본의 시절』, 창작과비평사, 2007.

「강묘희 미용실」, 백영옥, 『아주 보통의 연애』, 문학동네, 2011.

「거미의 집」, 강석경, 『숲속의 방』, 민음사, 1986.

『거울 보는 여자』, 김이소, 민음사, 1996.

「거울에 관한 이야기」, 김인숙, 『유리구두』, 창작과비평사, 1998.

「거울이 거울을 볼 때」, 전경린, 『환과 멸』, 생각의나무, 2001.

『걸프렌즈』, 이홍, 민음사, 2007

「검은 숲」, 함정임, 『당신의 물고기』, 민음사, 2000.

「겨울의 환」, 김채원, 『봄의 환』, 미학사, 1990.

「결투」, 윤이형, 『큰 늑대 파랑』, 창작과비평사, 2011.

「경희」, 나혜석, 『나혜석 전집』, 태학사, 2000.

「계산서」, 이선희, 『이선희 소설 선집』, 현대문학, 2009.

「고등어」, 공지영, 웅진출판, 1994.

「고양이 샨티」, 백영옥, 『아주 보통의 연애』, 문학동네, 2011.

「고통」, 전경린, 『환과 멸』, 생각의나무, 2001.

「공중에는 또 하나의 다른 방이」, 김채원, 『초록빛 모자』, 나남, 1984.

「그 남자의 책 198쪽」, 윤성희, 『거기 당신』, 문학동네, 2004.

『그늘, 깊은 곳』, 김인숙, 문예마당, 1997.

『그대의 차가운 손』, 한강, 문학과지성사, 2002.

「그 여자」, 강경애, 『강경애 전집』, 소명출판, 1999.

「그 집 앞」, 이혜경, 『그 집 앞』, 문학동네, 2012.

「그린 핑거」, 김윤영, 『그린 핑거』, 창작과비평사, 2008.

「극지호텔」, 하성란, 『웨하스』, 문학동네, 2006.

「길」, 윤성희, 『거기 당신』, 문학동네, 2004.

『길 위의 집』, 이혜경, 민음사, 1995.

「깊은 숨을 쉴 때마다」, 신경숙, 『감자 먹는 사람들』, 창작과비평사, 2005.

「꽃게 무덤」, 권지예, 『꽃게 무덤』, 문학동네, 2005.

「꽃그늘 아래」, 이혜경, 『꽃그늘 아래』, 창작과비평사, 2002.

「꽃들은 모두 어디로 갔나」, 전경린, 『염소를 모는 여자』, 문학동네, 1996.

『꽃을 든 남자』, 김지원, 세계사, 1989.

「꽃잎과 나막신」, 정연희, 『바위 눈물』, 지혜네, 1999.

「꿈」, 공지영, 『인간에 대한 예의』, 창작과비평사, 1994.

「꿈 묻는 날 밤」, 김명순, 『김명순 문학전집』, 푸른사상, 2010.

『꿈길에서 꿈길로』, 서영은, 둥지, 1997.

「꿈꾸는 마리오네뜨」, 권지예, 『꿈꾸는 마리오네뜨』, 창작과비평사, 2002.

「꿈꾸는 새」, 오정희, 『유년의 뜰』, 문학과지성사, 1998.

「나는 편의점에 간다」, 김애란, 『달려라, 아비』, 창작과비평사, 2005.

「나무 불꽃」, 한강, 『채식주의자』, 창작과비평사, 2007.

「나비학 개론」, 차현숙, 『나비, 봄을 만나다』, 문학동네, 1997.

「나쁜음자리표」, 권여선, 『처녀치마』, 이룸, 2004.

『나의 아름다운 죄인들』, 김숨, 문학과지성사, 2009.

「나의 자줏빛 소파」, 조경란, 『나의 자줏빛 소파』, 문학과지성사, 2000.

「나이애가라」, 김채원, 『자전거를 타고』, 동아출판사, 1995.

「나폴리 유정」, 송원희, 『잃어버린 날개』, 유림사, 1983.

「낙토의 아이들」, 박완서, 『박완서 단편소설 전집 2』, 문학동네, 2006.

「날씨와 생활」, 은희경, 『아름다움이 나를 멸시한다』, 창작과비평사, 2007.

「남풍」, 손소희, 『손소희 문학전집 1』, 나남, 1989.

「낭만적 사랑과 사회」, 정이현, 『낭만적 사랑과 사회』, 문학과지성사, 2003.

「낮과 꿈」, 강석경, 『숲속의 방』, 민음사, 1986.

「낯선 운명」, 전경린, 『염소를 모는 여자』, 문학동네, 1996.

「내가 가장 예뻤을 때」, 신이현, 『내가 가장 예뻤을 때』, 작가정신, 2011.

「내게 바다같은 평화」, 이혜경, 『꽃그늘 아래』, 창작과비평사, 2002.

「내 비밀스런 이웃들」, 김숨, 『간과 쓸개』, 문학과지성사, 2011.

「내 사랑 클레멘타인」, 조경란, 『불란서 안경원』, 1997, 문학동네.

「내 아들의 연인」, 정미경, 『내 아들의 연인』, 문학동네, 2008.

「내 여자의 열매」, 한강, 『내 여자의 열매』, 창작과비평사, 2000.

「내 정원의 붉은 열매」, 권여선, 『내 정원의 붉은 열매』, 문학동네, 2010.

「냉장고」, 김현영, 『냉장고』, 문학동네, 2000.

「너는 누구인가」, 서하진, 『착한 가족』, 문학과지성사, 2008.

『너는 더 이상 너가 아니다』, 최윤, 민음사, 1991.

「네게 강 같은 평화」, 공지영, 『별들의 들판』, 창작과비평사, 2004.

「노크하지 않는 집」, 김애란, 『달려라 아비』, 창작과비평사, 2005.

『녹지대』, 박경리, 현대문학, 2012.

「누가 꽃피는 봄날 리기다소나무 숲에 덫을 놓았을까」, 은희경, 『상속』, 문학과지성사, 2002.

「눈보라콘」, 천운영, 『바늘』, 창작과비평사, 2001.

「다락방」, 양귀자, 『귀머거리새』, 책세상, 2009.

『다이어트의 여왕』, 백영옥, 문학동네, 2009.

「단순한 이유」, 함정임, 『밤은 말한다』, 세계사, 1996.

「달걀」, 조경란, 『풍선을 샀어』, 문학과지성사, 2008.

「달의 몰락」, 김채원, 『달의 몰락』, 청아출판사, 1995.

『달콤한 나의 도시』, 정이현, 문학과지성사, 2006.

「닮은 방들」, 박완서, 『박완서 단편소설 전집 1』, 문학동네, 2006.

「담배 피우는 여자」, 김형경, 『담배 피우는 여자』, 문학과지성사, 1995.

『담배 한 개비의 시간』, 문진영, 창작과비평사, 2010.

『당나귀들』, 배수아, 이룸, 2005.

『더이상 아름다운 방황은 없다』, 공지영, 1989, 풀빛.

「덜레스 공항을 떠나며」, 한말숙, 『덜레스 공항을 떠나며』, 창작과비평사, 2008.

「도도한 생활」, 김애란, 『침이 고인다』, 문학과지성사, 2007.

「도둑맞은 가난」, 박완서, 『박완서 단편소설 전집 1』, 문학동네, 2006.

「도피」, 손소희 외, 『해방기 여성 단편소설 1』, 역락, 2011.

「돌아다볼 때」, 김명순, 『김명순 문학전집』, 푸른사상, 2010.

「동경(銅鏡)」, 오정희, 『저녁의 게임』, 동아출판사, 1995.

「동정」, 강경애, 『강경애 전집』, 소명출판, 1999.

「두 개의 다우징」, 하성란, 『루빈의 술잔』, 문학동네, 1997.

「레고로 만든 집」, 윤성희, 『레고로 만든 집』, 민음사, 2001.

「루빈의 술잔」, 하성란, 『루빈의 술잔』, 문학동네, 1997.

「룸미러」, 김숨, 『간과 쓸개』, 문학과지성사, 2011.

『리나』, 강영숙, 문학동네, 2011.

「마당에 관한 짧은 얘기」, 신경숙, 『감자 먹는 사람들』, 창작과비평사, 2005.

「마약」, 강경애, 『강경애 전집』, 소명출판, 1999.

『마이 짝퉁 라이프』, 고예나, 민음사, 2008.

「마임 모놀로그」, 김이듬, 『말할 수 없는 애인』, 문학과지성사, 2011.

「마흔에 대한 추측」, 조경란, 『풍선을 샀어』, 문학과지성사, 2008.

「막차」, 김숨, 『2011 현대문학상 수상 소설집』, 현대문학, 2010.

「망명녀」, 김말봉 외, 『페미니즘 정전 읽기: 근대소설편』, 푸른사상, 2002.

「망태할아버지 저기 오시네」, 이혜경, 『틈새』, 창작과비평사, 2006.

「멀고 아름다운 동네」, 양귀자, 『원미동 사람들』, 문학과지성사, 1987.

「멀어지는 집」, 이혜경, 『꽃그늘 아래』, 창작과비평사, 2002.

「멋진 한세상」, 공선옥, 『멋진 한세상』, 창작과비평사, 2002.

「멍게 뒷맛」, 천운영, 『명랑』, 문학과지성사, 2004.

「메리고라운드 서커스 여인」, 전경린, 『물의 정거장』, 문학동네, 2003.

「명동 주변」, 윤금숙 외, 『해방기 여성 단편소설 1』, 역락, 2011.

「모던타임즈, 1996 '유리꽃'」, 윤효, 『허공의 신부』, 문학동네, 1997.

「모래폭풍」, 정미경, 『발칸의 장미를 내게 주었네』, 생각의나무, 2006.

「목마른 것은 싫다」, 이남희, 『수퍼마켓에서 길을 잃다』, R&DBOOK, 2002.

「목마른 계절」, 공선옥, 『피어라 수선화』, 창작과비평사, 1994.

「몽고반점」, 한강, 『채식주의자』, 창작과비평사, 2005.

『무소의 뿔처럼 혼자서 가라』, 공지영, 푸른숲, 2006.

「무화과잼 한 숟갈」, 김서령, 『작은 토끼야 들어와 편히 쉬어라』, 실천문학사, 2007.

「문」, 오수연, 『황금지붕』, 실천문학사, 2007.

「물고기 아파트」, 조경란, 『나의 자줏빛 소파』, 문학과지성사, 2000.

『미칠 수 있겠니』, 김인숙, 한겨레출판사, 2011.

「바늘」, 천운영, 『바늘』, 창작과비평사, 2001.

「바다로」, 함정임, 『밤은 말한다』, 세계사, 1996.

「바다와 나비」, 김인숙, 『그 여자의 자서전』, 창작과비평사, 2005.

「바람의 넋」, 오정희, 『바람의 넋』, 문학과지성사, 1986.

「바람의 눈」, 윤영수, 『사랑하라 희망 없이』, 민음사, 1994.

『바람이 분다, 가라』, 한강, 문학과지성사, 2010.

「바리-길 위에서」, 송경아, 『책』, 민음사, 1996.

「반죽의 형상」, 권여선, 『분홍 리본의 시절』, 창작과비평사, 2007.

「밤과 요람」, 강석경, 『숲속의 방』, 민음사, 1986.

「밤의 수영장」, 강영숙, 『흔들리다』, 문학동네, 2002.

『백수생활백서』, 박주영, 민음사, 2006.

「백합과 공룡의 벼랑길」, 전경린, 『서울 밤의 산책자들』, 강, 2011.

「뱀장어 스튜」, 권지예, 『꽃게 무덤』, 문학동네, 2005.

「버지니아 울프를 만났다」, 조경란, 『풍선을 샀어』, 문학과지성사, 2008.

「벌레들」, 김애란, 『비행운』, 문학과지성사, 2012.

「베이커리 남자」, 윤효, 『베이커리 남자』, 생각의나무, 2002.

「벼갯모」, 최정희, 『최정희 선집』, 어문각, 1972.

「별들의 들판」, 공지영, 『별들의 들판』, 창작과비평사, 2004.

「별사(別辭)」, 오정희, 『유년의 뜰』, 문학과지성사, 1998.

「봉수와 그 가족」, 손소희 외, 『해방기 여성 단편소설 2』, 역락, 2011.

「봉자네 분식집」, 윤성희, 『거기 당신』, 문학동네, 2004.

「부끄러움을 가르칩니다」, 박완서, 『박완서 단편소설 전집 1』, 문학동네, 2006.

「부석사」, 신경숙, 『종소리』, 문학동네, 2003.

『부엌』, 오수연, 강, 2006.

「부인내실의 철학」, 전경린, 『물의 정거장』, 문학동네, 2003.

『북국의 여명』, 박화성, 푸른사상사, 2004.

「북촌」, 이혜경, 『너 없는 그 자리』, 문학동네, 2012.

「분홍 리본의 시절」, 권여선, 『분홍 리본의 시절』, 창작과비평사, 2007.

「불꽃놀이」, 오정희, 『불꽃놀이』, 문학과지성사, 1995.

「불란서 안경원」, 조경란, 『불란서 안경원』, 1997, 문학동네.

「불탄 자리에 무엇이 돋는가」, 공선옥, 『피어라 수선화』, 창작과비평사, 1994.

『블러드 시스터즈』, 김이듬, 문학동네, 2011.

「비밀과외」, 정이현, 『오늘의 거짓말』, 문학과지성사, 2007.

「비탈」, 박화성, 『박화성 문학전집 17』, 푸른사상사, 2004.

「빈처」, 은희경, 『타인에게 말걸기』, 문학동네, 2012.

「빛의 제국」, 정이현, 『오늘의 거짓말』, 문학과지성사, 2007.

「사랑을 믿다」, 권여선, 『내 정원의 붉은 열매』, 문학동네, 2010.

『사랑을 선택하는 특별한 기준 1, 2』, 김형경, 사람풍경, 2012.

「사막의 달」, 전경린, 『염소를 모는 여자』, 문학동네, 1996.

「사십 세」, 이남희, 『사십 세』, 창작과비평사, 1996.

「산중기」, 김채원, 『초록빛 모자』, 나남, 1984.

「산타페로 가는 사람」, 김승희, 『산타페로 가는 사람』, 창작과비평사, 1997.

「산행」, 서영은, 『사다리가 놓인 창』, 문이당, 2006.

「살과 뼈의 축제」, 서영은, 『서영은 중단편전집 1』, 둥지, 1997.

『살아 있는 날의 시작』, 박완서, 세계사, 2009.

「삼인구성의 가정식 레시피」, 윤이형, 『서울, 밤의 산책자들』, 강, 2011.

「삼풍백화점」, 정이현, 『오늘의 거짓말』, 문학과지성사, 2007.

『삿뽀로 여인숙』, 하성란, 이룸, 2000.

『새』, 오정희, 문학과 지성사, 1996.

「새는 언제나 그곳에 있다」, 전경린, 『염소를 모는 여자』, 문학동네, 1996.

『새의 선물』, 은희경, 문학동네, 1996.

「서로의 안부를 묻다」, 강영숙, 『흔들리다』, 문학동네, 2002.

「성가족」, 윤효, 『베이커리 남자』, 생각의나무, 2002.

『성녀와 마녀』, 박경리, 『표류도, 성녀와 마녀』, 지식산업사, 1980.

『성탄 피크닉』, 이홍, 민음사, 2009.

「소금의 시간」, 김지원, 『소금의 시간』, 문학동네, 1996.

『순결』, 정연희, 문화마당, 1999.

「순수」, 정이현, 『낭만적 사랑과 사회』, 문학과지성사, 2003.

「술 먹고 담배 피우는 엄마」, 공선옥, 『내 생의 알리바이』, 창작과비평사, 1998.

「숨」, 천운영, 『바늘』, 창작과비평사, 2001.

『숨어있기 좋은 방』, 신이현, 살림, 1994.

「숨은 꽃」, 양귀자, 『다시 시작하는 아침』, 푸르메, 2007.

「숲속의 방」, 강석경, 『숲속의 방』, 민음사, 1986.

『『숲속의 빈터』, 최윤, 『열세가지 이름의 꽃향기』, 문학과지성사, 1999.

슈거 푸시』, 이명랑, 작가정신, 2005.

「스물셋, 마흔셋」, 정지아, 『봄빛』, 창작과비평사, 2008.

『스타일』, 백영옥, 예담, 2008.

「승리의 날개」, 정지아, 『행복』, 창작과비평사, 2004.

「시그널 레드」, 정미경, 『내 아들의 연인』, 문학동네, 2008.

「시네마」, 기준영, 『서울 밤의 산책자들』, 강, 2011.

『식빵 굽는 시간』, 조경란, 문학동네, 2001.

『식사의 즐거움』, 하성란, 현대문학, 2010.

「신식키친」, 정이현, 『낭만적 사랑과 사회』, 문학과지성사, 2003.

「신화의 단애」, 한말숙, 『행복』, 풀빛, 1999.

「아내의 상자」, 은희경, 『아내의 상자』, 문학사상사, 1998.

「아주 사소한 중독」, 함정임, 『아주 사소한 중독』, 작가정신, 2001.

『아주 오래된 농담』, 박완서, 실천문학사, 2000.

『아프리카의 별』, 정미경, 문학동네, 2010.

「악몽」, 하성란, 『옆집 여자』, 창작과비평사, 2005.

「안개」, 강신재, 『강신재 소설 선집』, 현대문학, 2013.

「야회」, 오정희, 『야회』, 나남, 1990.

「약콩을 끓이는 시간」, 권여선, 『분홍 리본의 시절』, 창작과비평사, 2007.

「양곤에서 온 편지」, 배수아, 『홀』, 문학동네, 2006.

「어둠의 집」, 오정희, 『유년의 뜰』, 문학과지성사, 1998.

「어떤 나들이」, 박완서, 『박완서 단편소설 전집 1』, 문학동네, 2006.

「어머니와 딸」, 나혜석, 『나혜석 전집』, 태학사, 2000.

『엄마를 부탁해』, 신경숙, 창작과비평사, 2008.

「엄마의 말뚝 1」, 박완서, 『박완서 소설전집 7』, 세계사, 2009.

『엄마의 집』, 전경린, 열림원, 2007.

「여수」, 한말숙, 『행복』, 풀빛, 1999.

「여수의 사랑」, 한강, 『여수의 사랑』, 문학과지성사, 2012.

『여인 명령』, 이선희, 『이선희 소설 선집』, 현대문학, 2009.

「여자의 몸—Before & After」, 권지예, 『꽃게 무덤』, 문학동네, 2005.

「연미와 유미」, 은희경, 『타인에게 말걸기』, 문학동네, 1996.

「열쇠」, 은희경, 『타인에게 말걸기』, 문학동네, 1996.

『열정의 습관』, 전경린, 이룸, 2002.

「염소를 모는 여자」, 전경린, 『염소를 모는 여자』, 문학동네, 1996.

「영희의 일생」, 김명순, 『김명순 문학전집』, 푸른사상, 2010.

「옆집 여자」, 하성란, 『옆집 여자』, 창작과비평사, 2005.

「옛우물」, 오정희, 『불꽃놀이』, 문학과지성사, 1995.

「오래 전 집을 떠날 때」, 신경숙, 『오래 전 집을 떠날 때』, 창작과비평사, 1996.

「오지리에 두고 온 서른 살」, 공선옥, 삼신각, 1993.

『외딴방』, 신경숙, 문학동네, 1999.

「우리가 강을 건넜을까」, 윤효, 『우리가 강을 건넜을까』, 동서문학, 2002.

「우리 생애의 꽃」, 공선옥 외, 『우리 생애의 꽃 외』, 푸른사상, 2009.

「우물을 들여다보다」, 신경숙, 『종소리』, 문학동네, 2003.

「우물 치는 풍경」, 최정희, 『해방기 여성 단편소설 2』, 역락, 2011.

「움딸」, 박완서, 『박완서 단편소설 전집 4』, 문학동네, 2006.

「원고료 이백 원」, 『강경애 전집』, 소명출판, 1999.

「웨하스로 만든 집」, 하성란, 『웨하스』, 문학동네, 2006.

「위험한 독신녀」, 정이현, 『오늘의 거짓말』, 문학과지성사, 2007.

「유년의 뜰」, 오정희, 『유년의 뜰』, 문학과지성사, 1998.

「유턴 지점에 보물지도를 묻다」, 윤성희, 『거기 당신』, 문학동네, 2004.

「의치(儀齒)」, 양귀자, 『귀머거리새』, 책세상, 2009.

『이바나』, 배수아, 이마고, 2002.

『이상한 슬픔의 원더랜드』, 정미경, 현대문학, 2005.

「이십세기 모단걸-신 김연실전」, 정이현, 『낭만적 사랑과 사회』, 문학과지성사, 2003.

「일식」, 이혜경, 『꽃그늘 아래』, 창작과비평사, 2002.

「자오선을 지날 때」, 김애란, 『침이 고인다』, 문학과지성사, 2007.

『장밋빛 인생』, 정미경, 민음사, 2002.

「재의 수요일」, 한유주, 『얼음의 책』, 문학과지성사, 2009.

「전처기」, 임옥인, 『임옥인 소설 선집』, 현대문학, 2010.

「절벽」, 강신재, 『젊은 느티나무』, 문학과지성사, 2007.

「점액질」, 강신재, 『젊은 느티나무』, 문학과지성사, 2007.

「정육점 여자」, 권지예, 『꿈꾸는 마리오네뜨』, 창작과비평사, 2002.

「조금밖에 남아있지 않은」, 김숨, 『서울 어느날 소설이 되다』, 강, 2009.

「좁고 어두운 거리」, 양귀자, 『귀머거리새』, 책세상, 2009.

「주말 농장」, 박완서, 『박완서 단편소설 전집 1』, 문학동네, 2006.

「죽음에 이르는 병」, 한유주, 『달로』, 문학과지성사, 2006.

「죽음의 도로」, 김숨, 『서울 어느날 소설이 되다』, 강, 2009.

『즐거운 나의 집』, 공지영, 푸른숲, 2007.

「지금 우리 곁에 누가 있는 걸까요」, 신경숙, 『딸기밭』, 문학과지성사, 1997.

「지나간 어느 날」, 김지원, 『제21회 이상문학상작품집』, 문학사상사, 1997.

「지렁이 울음소리」, 박완서, 『박완서 단편소설 전집 1』, 문학동네, 2006.

「지맥(地脈)」, 최정희, 『한국문학전집 14』, 민중서관, 1974.

「직녀」, 오정희, 『불의 강』, 문학과지성사, 1977.

「질병통제」, 김숨, 『투견』, 문학동네, 2012.

『찔레꽃』, 김말봉, 知와 사랑, 2012.

「창밖은 푸르름」, 최윤, 『열세가지 이름의 꽃향기』, 문학과지성사, 1999.

「채식주의자」, 한강, 『채식주의자』, 창작과비평사, 2005.

『책』, 송경아, 민음사, 1996.

「처녀치마」, 권여선, 『처녀치마』, 이룸, 2004.

「처의 설계」, 이선희, 『이선희 소설 선집』, 현대문학, 2009.

「천사는 여기 머문다」, 전경린, 『제31회 이상문학상작품집』, 문학사상사, 2007.

「철길을 흐르는 강」, 한강, 『내 여자의 열매』, 창작과비평사, 2000.

「청량리역 근처」, 최정희, 『해방기 여성 단편소설 2』, 역락, 2011.

『청춘극한기』, 이지민, 자음과모음, 2010.

「춘소」, 박화성, 『박화성 문학전집 17』, 푸른사상사, 2004.

「칼자국」, 김애란, 『침이 고인다』, 문학과지성사, 2007.

『쿨하게 한걸음』, 서유미, 창작과비평사, 2008.

「큐티클」, 김애란, 『비행운』, 문학과지성사, 2012.

「크림색 소파의 방」, 김숨, 『서울 어느날 소설이 되다』, 강, 2009.

「타인에게 말걸기」, 은희경, 『타인에게 말걸기』, 문학동네, 1996.

「타인의 고독」, 정이현, 『오늘의 거짓말』, 문학과지성사, 2007.

「탄실이와 주영이」, 김명순, 『김명순 문학전집』, 푸른사상, 2010.

「탕자(蕩子)」, 이선희, 『이선희 소설 선집』, 현대문학, 2009.

『태양의 계곡』, 손소희, 나남, 1990.

「토란」, 이현수, 『토란』, 문이당, 2003.

『토지』, 박경리, 솔, 1994.

「투견」, 김숨, 『투견』, 문학동네, 2012.

「트럭」, 한유주, 『2007 올해의 문제소설』, 푸른사상, 2007.

「트렁크」, 정이현, 『낭만적 사랑과 사회』, 문학과지성사, 2003.

「특별하고도 위대한 연인」, 은희경, 『타인에게 말걸기』, 문학동네, 1997.

「파금(破琴)」, 강경애, 『강경애 전집』, 소명출판, 1999.

『파시』, 박경리, 나남, 1993.

「파탄」, 윤금숙 외, 『페미니즘 정전 읽기 1』, 푸른사상, 2002.

『판타스틱 개미지옥』, 서유미, 문학수첩, 2007.

「평범한 물방울 무늬 원피스에 관한 이야기」, 전경린, 『평범한 물방울 무늬 원피스에 관한 이야기』, 강, 1997.

「폐구」, 강석경, 『숲속의 방』, 민음사, 1986.

「포말의 집」, 박완서, 『박완서 단편소설 전집 2』, 문학동네, 1999.

「폭소」, 권지예, 『폭소』, 문학동네, 2003.

『표류도』, 박경리, 나남, 1999.

「푸르른 틈새」, 권여선, 문학동네, 2007.

「푸른 사과가 있는 국도」, 배수아, 『푸른 사과가 있는 국도』, 고려원, 1995.

「풋고추」, 권지예, 『폭소』, 문학동네, 2003.

「풍경」, 김인숙, 『유리구두』, 창작과비평사, 1998.

「풍납토성의 고무인간」, 김윤영, 『루이뷔똥』, 창작과비평사, 2002.

「풍선을 샀어」, 조경란, 『풍선을 샀어』, 문학과지성사, 2008.

「프라자 호텔」, 김미월, 『서울 밤의 산책자들』, 강, 2011.

「하수도 공사」, 박화성, 『박화성 문학전집 17』, 푸른사상사, 2004.

『한국인』, 손장순, 『한국인 1,2』, 민성사, 1994.

「한 잔의 커피」, 한말숙, 『행복』, 풀빛, 1999.

「해변소묘」, 박화성, 『박화성 문학전집 18』 푸른사상사, 2004.

「해질녘에 개들은 어떤 기분일까」, 한강, 『내 여자의 열매』, 창작과비평사, 2000.

「허무의 도시」, 배수아, 『그 사람의 첫사랑』, 생각의나무, 1999.

『혀』, 조경란, 문학동네, 2007.

「현숙」, 나혜석, 『나혜석 전집』, 태학사, 2000.

「형란의 첫 번째 책」, 조경란, 『풍선을 샀어』, 문학과지성사, 2008.

「호도(湖途)」, 백신애, 『백신애 선집』, 현대문학, 2009.

「호수 저쪽」, 함정임, 『당신의 물고기』, 민음사, 2000.

「호텔 유로, 1203」, 정미경, 『나의 피투성이 연인』, 민음사, 2004

『혼불』, 최명희, 한길사, 1990.

「홀로어멈」, 공선옥, 『멋진 한세상』, 창작과비평사, 2002.

「환각의 나비」, 박완서, 『박완서 단편소설 전집 6』, 문학동네, 2006.

「회전문을 돌아나오다」, 윤효, 『베이커리 남자』, 생각의나무, 2002.

「홀」, 배수아, 『홀』, 문학동네, 2006.

『휘청거리는 오후』, 박완서, 세계사, 2009.

「흉가」, 최정희, 『조광』, 1937. 4.

「흑문조」, 김숨, 『간과 쓸개』, 문학과지성사, 2011.

「흡연, 음란한」, 김현영, 『냉장고』, 문학동네, 2000.

「Sweet Town」, 구경미, 『노는 인간』, 열림원, 2005.

「TABU」, 강신재, 『강신재 대표작전집 5』, 삼익출판사, 1974.

「12월 31일」, 권여선, 『처녀치마』, 이룸, 2004.

「1968년의 만우절」, 하성란, 『서울 어느날 소설이 되다』, 강, 2009.

【현대시】

「가족」, 진은영, 『일곱 개의 단어로 된 사전』, 문학과지성사, 2003.

「거대한 원피스」, 조말선, 『둥근 발작』, 창작과비평사, 2006.

「거울」, 강신애, 『서랍이 있는 두 겹의 방』, 창작과비평사, 2002.

「거울속의 벽화」, 류인서, 『그는 늘 왼쪽에 앉는다』, 창작과비평사, 2005.

「거울에게」, 황성희, 『앨리스네 집』, 민음사, 2008.

「결혼식」, 이규리, 『현대시학』 2007년 6월호.

「교정(校庭)」, 노천명, 『산호림』, 한성도서주식회사, 1938.

「구두에게 묻는 생」, 정은숙, 『비밀을 사랑한 이유』, 민음사, 1994.

「그때 거기 있었습니까?」, 성향숙, 『시와 사상』 2009년 봄호.

「그림엽서」, 김승희, 『세상에서 가장 무거운 싸움』, 세계사, 1995.

「그 많던 여학생들은 어디로 갔는가」, 문정희, 『오라 거짓 사랑아』, 민음사, 2001.

「그 많은 밥의 비유」, 김선우, 『내 몸속에 잠든 이 누구신가』, 문학과지성사, 2007.

「그 비린내」, 이규리, 『뒷모습』, 랜덤하우스코리아, 2006.

「그 집」, 김상미, 『모자는 인간을 만든다』, 세계사, 1993.

「글로벌 블루스 2009」, 허수경, 『빌어먹을 차가운 심장』, 문학동네, 2011.

「기다림」, 김혜순, 『우리들의 음화』, 문학과지성사, 1990.

「긴말 하기 싫다」, 황인숙, 『나의 침울한, 소중한 이여』, 문학과지성사, 1998,

「길을 주제로 한 식사 1」, 김혜순, 『불쌍한 사랑 기계』, 문학과지성사, 1997.

「깊은 밤 부엌에서」, 김민정, 『날으는 고슴도치 아가씨』, 열림원, 2005.

「깨끗한 식사」, 김선우, 『내 몸속에 잠든 이 누구신가』, 문학과지성사, 2007.

「나날」, 최승자, 『내 무덤 푸르고』, 문학과지성사, 1993.

「나는 고양이로 태어나리라」, 황인숙, 『새는 하늘을 자유롭게 풀어놓고』, 문학과지성사, 1988.

「나는 조루증을 앓는다」, 김경선, 『시작』 2008년 가을호.

「나의 대학」, 최영미, 『서른, 잔치는 끝났다』, 창작과비평사, 1994.

「나의 식습관」, 김신영, 『화려한 망사버섯의 정원』, 문학과지성사, 1996.

「나의 아름다운 방」, 신영배, 『오후 여섯 시에 나는 가장 길어진다』, 문학과지성사, 2009.

「나의 우파니샤드 서울」, 김혜순, 『나의 우파니샤드 서울』, 문학과지성사, 1994.

「나의 일과 4」, 차정미, 『테트리스와 카멜레온』, 푸른숲, 1994.

「나 자신을 기리는 노래」, 김소연, 『눈물이라는 뼈』, 문학과지성사, 2009.

「나혜석 콤플렉스」, 김승희, 『달걀 속의 생』, 문학사상사, 1989.

「날마다 축제라네」, 이규옥, 『이상한 나라의 앨리스』, 세계사, 2008.

「내가 세 들어 사는 집의 뜰」, 황인숙, 『리스본행 야간열차』, 문학과지성사, 2007.

「내 황홀한 묘지」, 이기와, 『바람난 세상과의 블루스』, 하늘호수, 2002.

「냉면」, 이원, 『그들이 지구를 지배했을 때』, 문학과 지성사, 1996.

「네게로」, 최승자, 『이 시대의 사랑』, 문학과지성사, 1981.

「노라」, 나혜석, 『신여성』 7월, 1926.

「눈 내리는 밤의 분장술」, 문혜진, 『검은 표범 여인』, 민음사, 2007.

「뉴타운 천국」, 안현미, 『이별의 재구성』, 창작과비평사, 2009.

「다 묻고」, 최승자, 『내 무덤 푸르고』, 문학과지성사, 1993.

「단식」, 문정희, 『남자를 위하여』, 민음사, 1996.

「담배에 대하여」, 최영미, 『서른, 잔치는 끝났다』, 창작과비평사, 1994.

「담배 한 개비처럼」, 이연주, 『속죄양, 유다』, 세계사, 1993.

「담배 한 대 길이의 시간 속을」, 최승자, 『쓸쓸해서 머나먼』, 문학과지성사, 2010.

「대학시절」, 진은영, 『일곱 개의 단어로 된 사전』, 문학과지성사, 2003.

「데킬라」, 문혜진, 『질 나쁜 연애』, 민음사, 2004.

「도루묵찌개」, 안정옥, 『붉은 구두를 신고 어디로 갈까요』, 세계사, 1993.

「도마 위의 사랑」, 문혜진, 『질 나쁜 연애』, 민음사, 2004.

「도시의 등불」, 허수경, 『혼자 가는 먼 집』, 문학과지성사, 1992.

「돼지머리들처럼」, 나희덕, 『야생사과』, 창작과비평사, 2009.

「두 겹의 방」, 강신애, 『서랍이 있는 두 겹의 방』, 창작과비평사, 2002.

「딸을 낳던 날의 기억」, 김혜순, 『아버지가 세운 허수아비』, 문학과지성사, 1985.

「또 하나의 타이타닉호」, 김혜순, 『달력 공장 공장장님 보세요』, 문학과지성사, 2000.

「립스틱과 매니큐어」, 신현림, 『세기말 블루스』, 창작과비평사, 1996.

「마임 모놀로그」, 김이듬, 『말할 수 없는 애인』, 문학과지성사, 2011.

「마지막 섹스의 추억」, 최영미, 『서른, 잔치는 끝났다』, 창작과비평사, 1994.

「말랑해진 책들」, 박지영, 계간 『시안』 2000년 가을호.

「매장문화를 생각함」, 박수빈, 『다층』 2011년 여름호.

「먹을수록 나는 자꾸」, 이선영, 『일찍 늙으매 꽃잎』, 창작과비평사, 2003.

「먹이의 역사」, 김혜순, 『어느 별의 지옥』, 문학동네, 1997.

「모래의 책」, 정연희, 『시작』 2010년 겨울호.

「미꾸라지 숙회」, 김언희, 『트렁크』, 세계사, 1995.

「바그다드 카페」, 안시아, 웹진 『시인광장』 2008년 봄호.

「바람 부는 날이면」, 황인숙, 『슬픔이 나를 깨운다』, 문학과지성사, 1990.

「밥」, 천양희, 『한 사람을 나보다 더 사랑한 적 있는가』, 2003.

「밥」, 이진명, 『집에 돌아갈 날짜를 세어보다』, 문학과지성사, 1994.

「밥의 힘」, 김상미, 『낭만을 철회하다』, 천년의시작, 2009.

「밥이 쓰다」, 정끝별, 『삼천갑자 복사빛』, 민음사, 2005.

「방」, 김언희, 『트렁크』, 세계사, 1995.

「방에 관한 노트」, 이원, 『세상에서 가장 가벼운 오토바이』, 문학과지성사, 2007.

「배설」, 양정자, 『아내일기』, 정민출판, 1990.

「버리고 돌아오다」, 김소연, 『극에 달하다』, 문학과지성사, 1996.

「버지니아 울프」, 황인숙, 『리스본행 야간열차』, 문학과지성사, 2007.

「벗어놓은 스타킹」, 나희덕, 『그곳이 멀지 않다』, 민음사, 1997.

「복사골」, 김윤이, 『흑발 소녀의 누드 속에는』, 창작과비평사, 2011.

「복수」, 김혜순, 『아버지가 세운 허수아비』, 문학과지성사, 1985.

「복숭아」, 강기원, 『바다로 가득 찬 책』, 민음사, 2006.

「봄날의 도서관」, 강기원, 『바다로 가득 찬 책』, 민음사, 2006.

「부엌」, 이경림, 『상자들』, 랜덤하우스코리아, 2005.

「부엌에 대하여」, 김경미, 『쉿 나의 세컨드는』, 문학동네, 2001.

「부엌 칸타타」, 박은율, 『현대문학』 2010년 7월호.

「부츠와의 대화」, 이근화, 『칸트의 동물원』, 민음사, 2006.

「북엇국」, 김선우, 『내 혀가 입 속에 갇혀 있길 거부한다면』, 창작과비평사, 2000.

「불꺼진 지하도」, 강신애, 『서랍이 있는 두 겹의 방』, 창작과비평사, 2002.

「불타는 도서관」, 김상미, 『문예연구』 2007년 봄호.

「붉은 구두를 신고 어디로 갈까요」, 안정옥, 『붉은 구두를 신고 어디로 갈까요』, 세계사, 1993.

「비어 프렌드」, 백미아, 『물구나무』, 북인, 2008.

「비어」, 김윤이, 『흑발 소녀의 누드 속에는』, 창작과비평사, 2011.

「빈방」, 최영숙, 『모든 여자의 이름은』, 창작과비평사, 2006.

「빨간 신발」, 김상미, 『검은, 소나기떼』, 세계사, 1997.

「빵의 대화」, 김혜순, 『우리들의 음화』, 문학과지성사, 1990.

「산소카페」, 문혜진, 『검은 표범 여인』, 민음사, 2007.

「새벽밥」, 김승희, 『냄비는 둥둥』, 창작과비평사, 2006.

「새에 대한 생각」, 천양희, 『마음의 수수밭』, 창작과비평사, 1994.

「생선요리」, 김후란, 『심상』 제3권 제1호, 1975.

「서울」, 김혜순, 『나의 우파니샤드 서울』, 문학과지성사, 1994.

「서울에서 온 전화」, 문정희, 『양귀비꽃 머리에 꽂고』, 민음사, 2004.

「서울의 밤」, 황인숙, 『새는 하늘을 자유롭게 풀어놓고』, 문학과지성사, 1988.

「세기말 블루스1」, 신현림, 『세기말 블루스』, 창작과비평사, 1996.

「소주」, 조말선, 『매우 가벼운 담론』, 문학세계사, 2002.

「손거울 노래」, 문정희, 『별이 뜨면 슬픔도 향기롭다』, 미학사, 1992.

「순대도 경전인가」, 유안진, 『다보탑을 줍다』, 창작과비평사, 2004.

「순장」, 김혜순, 『아버지가 세운 허수아비』, 문학과지성사, 1985.

「술」, 유영금, 『봄날 불지르다』, 문학세계사, 2007.

「술」, 문정희, 『오라 거짓 사랑아』, 민음사, 2001.

「숭고한 밥상」, 김선우, 『내 혀가 입 속에 갇혀 있길 거부한다면』, 창작과비평사, 2000.

「슬픈 까페의 노래」, 최영미, 『서른, 잔치는 끝났다』, 창작과비평사, 1994.

「식사법」, 김경미, 『쉿 나의 세컨드는』, 문학동네, 2001.

「신발의 형식」, 김행숙, 『타인의 의미』, 민음사, 2010.

「아마도 그건 작은 이야기」, 허수경, 『청동의 시간 감자의 시간』, 문학과지성사, 2005.

「아마존의 부엌」, 박서영, 계간 『작은 문학』 2009년 여름호.

「아욱국」, 김선우, 『내 몸속에 잠든 이 누구신가』, 문학과지성사, 2007.

「아이스바 사랑」, 김상미, 『문예중앙』 2007년 가을호.

「아줌마」, 김상미, 『검은, 소나기떼』, 세계사, 1997.

「아침마다 거울을」, 천양희, 『마음의 수수밭』, 창작과비평사, 1994.

「아파트동굴」, 문정희, 『양귀비꽃 머리에 꽂고』, 민음사, 2004.

「아파트에서2」, 이원, 『세상에서 가장 가벼운 오토바이』, 문학과지성사, 2007.

「'앉아서마늘까'면 눈물이 나요」, 이진명, 『세워진 사람』, 창작과비평사, 2008.

「앞치마를 두르고」, 조말선, 『둥근 발작』, 창작과비평사, 2006.

「억압에 관한 명상」, 양선희, 『일기를 구기다』, 백성, 1991.

「엄마의 식사준비」, 김혜순, 『어느 별의 지옥』, 문학동네, 1997.

「여기는 이국의 수도」, 허수경, 『빌어먹을 차가운 심장』, 문학동네, 2011.

「여자가 부엌에 있을 때」, 이향아, 『오래된 슬픔 하나』, 시와시학사, 2001.

「여행」, 이진명, 『집에 돌아갈 날짜를 세어보다』, 문학과지성사, 1994.

「여행 가방」, 문정희, 『다산의 처녀』, 민음사, 2010.

「여행에 필요한 것들」, 김행숙, 『타인의 의미』, 민음사, 2010.

「옛이야기」, 유현숙, 『시와 사람』 2010년 봄호.

「지워지는 책-오래된 미래6」, 이사라, 『가족박물관』, 문학동네, 2008.

「오백원대학생」, 신현림, 『세기말 블루스』, 창작과비평사, 1996.

「온돌방」, 조향미, 『그 나무가 나에게 팔을 벌렸다』, 실천문학사, 2006.

「외출하다」, 황인숙, 『새들은 하늘을 자유롭게 풀어놓고』, 문학과지성사, 1988.

「욕조에서 책 읽는 여자」, 김혜영, 『시작』 2009년 봄호.

「우리 집에 온 곰」, 정끝별, 『흰 책』, 민음사, 2000.

「우아하게 살고 싶어」, 이근화, 『우리들의 진화』, 문학과지성사, 2009.

「울부짖음」, 김승희, 『어떻게 밖으로 나갈까』, 세계사, 1991.

「위험한 종례 시간」, 조민, 『조용한 회화 가족 NO.1』, 민음사, 2010.

「유리구두」, 류인서, 『여우』, 문학동네, 2009.

「유리집」, 김언희, 『트렁크』, 세계사, 1995.

「유리창」, 이선영, 『포도알이 남기는 미래』, 창작과비평사, 2009.

「유리창에의 매혹」, 김행숙, 『현대문학』 2011년 7월호.

「이 골방은」, 나희덕, 『그 말이 잎을 물들였다』, 창작과비평사, 1994.

「이상, 2005년 경성의 거리를 거닐다」, 서안나, 『시로 여는 세상』 2005년 가을호.

「이 책」, 김행숙, 『타인의 의미』, 민음사, 2010.

「이토록 우울한」, 이규리, 『현대시학』 2011년 1월호.

「인어 회를 먹다」, 강기원, 『은하가 은하를 관통하는 밤』, 민음사, 2010.

「일곱살 때의 독서」, 나희덕, 『어두워진다는 것』, 창작과비평사, 2001.

「잃어버린 신발 한 짝」, 김길나, 『빠지지 않는 반지』, 문학과지성사, 1997.

「자살법」, 문정희, 『찔레』, 전예원, 1987.

「작은 부엌 노래」, 문정희, 『어린 사랑에게』, 미래사, 1991.

「장엄 부엌」, 김혜순, 『한 잔의 붉은 거울』, 문학과지성사, 2004.

「재촉하다」, 이규리, 『앤디 워홀의 생각』, 세계사, 2004.

「점자책」, 박서영, 『붉은 태양이 거미를 문다』, 천년의시작, 2006.

「젖은 책」, 김명리, 『현대문학』 2010년 10월호.

「죽집을 냈으면 한다」, 이진명, 『단 한사람』, 열림원, 2004.

「지루한 세상에 불타는 구두를 던져라」, 신현림, 『지루한 세상에 불타는 구두를 던져라』, 세계

　　　사, 1994.

「집」, 김남조, 『겨울바다』, 상아출판사, 1967.

「집」, 이사라, 『가족박물관』, 문학동네, 2008.

「집으로」, 김민정, 『날으는 고슴도치 아가씨』, 열림원, 2005.

「집은 여행 중」, 이원, 『세상에서 가장 가벼운 오토바이』, 문학과지성사, 2007.

「찬밥」, 문정희, 『양귀비꽃 머리에 꽂고』, 민음사, 2004.

「찬밥증후군」, 성미정, 『대머리와의 사랑』, 세계사, 1997.

「창의 이쪽」, 강은교, 『풀잎』, 민음사, 1974.

「책」, 류인서, 『여우』, 문학동네, 2009.

「책」, 최정란, 『서정과 현실』 2010년 가을호.

「책과 콩나물」, 성미정, 『상상 한 상자』, 랜덤하우스, 2006.

「책들」, 강해림, 『현대시』 2006년 6월호.

「책 속에서 만난 봄날」, 이사라, 『가족박물관』, 문학동네, 2008.

「책 읽는 남자」, 윤예영, 『해바라기 연대기』, 랜덤하우스, 2008.

「철로변 집」, 김상미, 『시와 미학』 2011년 가을호.

「청동정원」, 최영미, 『도착하지 않은 삶』, 문학동네, 2009.

「청바지를 입어야 할 것」, 이근화, 『우리들의 진화』, 문학과지성사, 2009.

「치마」, 문정희, 『양귀비꽃 머리에 꽂고』, 민음사, 2004.

「탈출」, 김정란, 『매혹, 혹은 겹침』, 세계사, 1992.

「테라스의 여자」, 문정희, 『양귀비꽃 머리에 꽂고』, 민음사, 2004.

「토요일 오후」, 문정희, 『오라 거짓 사랑아』, 민음사, 2001.

「퇴근시간」, 문정희, 『문학과경계』 2006년 가을호.

「파두」, 황인숙, 『리스본행 야간열차』, 문학과지성사, 2007.

「파리지옥에 빠진 달」, 윤예영, 『해바라기 연대기』, 랜덤하우스, 2008.

「페루」, 이제니, 『아마도 아프리카』, 창작과비평사, 2010.

「프레베르의 아침 식사에 대한 나의 저녁 식사」, 김혜순, 『아버지가 세운 허수아비』, 문학과지
　　　성사, 1985.

「피흘리는 집」, 김혜순, 『나의 우파니샤드 서울』, 문학과지성사, 1994.

「하늘 허 한 잔」, 최승자, 『쓸쓸해서 머나먼』, 문학과지성사, 2010.

「학교 적 미술 시간에」, 이진명, 『집에 돌아갈 날짜를 세어보다』, 문학과지성사, 1994.

「학교에 돌아오려는 제자에게」, 나희덕, 『뿌리에게』, 창작과비평사, 1991.

「한 그릇」, 윤예영, 『해바라기 연대기』, 랜덤하우스, 2008.

「한여름 부엌에서」, 최영미, 『도착하지 않은 삶』, 문학동네, 2009.

「한 잔 술」, 천양희, 『마음의 수수밭』, 창작과비평사, 1994.

「한 잔의 붉은 거울」, 김혜순, 『한 잔의 붉은 거울』, 문학과지성사, 2004.

「한 집 눈물」, 정끝별, 『흰 책』, 민음사, 2000.

「합창합시다」, 김이듬, 『명랑하라 팜 파탈』, 문학과지성사, 2007.

「허기와 객기」, 최영미, 『도착하지 않은 삶』, 문학동네, 2009.

「호밀밭의 파수꾼」, 신해욱, 『생물성』, 문학과지성사, 2009.

「혼자 먹는 점심」, 김행숙, 『유리창 나비』, 시문학사, 1998.

「홍어」, 문혜진, 『검은 표범 여인』, 민음사, 2007.

「화장거울 집어 들고」, 이규리, 『詩로 여는 세상』 2010년 겨울호.

「환한 방들」, 김혜순, 『당신의 첫』, 문학과지성사, 2008.

「흰 꿈 한 꿈」, 허수경, 『혼자 가는 먼 집』, 문학과지성사, 1992.

「2008년 6월, 서울」, 최영미, 『도착하지 않은 삶』, 문학동네, 2009.

「24시간 편의점」, 최영미, 『서른, 잔치는 끝났다』, 창작과비평사, 1994.

「69-삼신할미가 노는 방」, 김선우, 『도화 아래 잠들다』, 창작과비평사, 2003.

찾아보기

【작품 색인】

▋저자 약력

- **김미현** : 이화여자대학교 국어국문학과에서 현대소설을 전공했다. 논저로『한국여성소설과 페미니즘』,『판도라 상자 속의 문학』,『여성문학을 넘어서』,『젠더프리즘』 등이 있다. 여성문학을 젠더적 시각이나 문화론적 시각, 타자적 시각에서 탈경계적으로 연구함으로써 여성문학의 외연과 깊이를 확장·심화시키는 데에 관심을 갖고 있다. 현재 이화여자대학교 국어국문학과 교수로 재직 중이다.

- **최재남** : 서울대학교 국어국문학과에서 고전시가를 전공했다. 논저로『사림의 향촌생활과 시가문학』,『서정시가의 인식과 미학』,『체험서정시의 내면화 양상 연구』,『장르교섭과 고전시가』(공저),『조선후기 시가와 여성』(공저),『서포연보』(공역),『역주 목은시고』 1-12(공역) 등이 있다. 현재 이화여자대학교 국어국문학과 교수로 재직 중이다.

- **최형용** : 서울대학교 국어국문학에서 국어학을 전공했다. 논저로『국어 단어의 형태와 통사』,『열린 세상을 향한 발표와 토론』(공저),『주시경 국어문법의 교감과 현대화』(공저),『현대어로 풀어 쓴 주시경의 국어문법』(공저),「파생어 형성과 빈칸」,「합성어 형성과 어순」,「국어 동의 파생어 연구」,「유형론적 관점에서 본 한국어의 품사 분류 기준에 대하여」 등이 있다. 문법의 경계 현상과 한국어 형태론의 유형론적 보편성과 특수성에 관심을 갖고 있다. 현재 이화여자대학교 국어국문학과 교수로 재직 중이다.

- **곽승미** : 이화여자대학교 국어국문학과에서 현대소설을 전공했다. 논저로『1930년대 후반 한국문학과 근대성』,『근대의 첫 경험』(공저),『일제 시기 근대적 일상과 식민지 문화』(공저),「『소년』 소재 기행문 연구 -글쓰기와 근대문명 수용 양상을 중심으로」,「근대 계몽기 서사의 이국취향을 통해 본 문화의 재배치 과정」,「〈순애보〉에 나타난 관계의 미학으로서의 통속성」 등이 있다. 근대 초기 다양한 서사와 통속성에 관심을 갖고 있다. 현재 이화여자대학교·연세대학교 강사로 재직 중이다.

- **김경숙** : 이화여자대학교와 서울대학교에서 한문학을 전공했다. 논저로『우리 한문학사의 여성 인식』(공저),『조선 후기 서얼문학 연구』,『조선후기 지식인, 일본과 만나다』,『일본으로 간 조선의 선비들』,「여성 漢詩文에 나타난 '딸'의 형상화 고찰」,「紫霞 申緯와 그 시대 여성들 또는 女性像」,「조선후기 漢詩에 나타난 創新風 연구」 등이 있다. 조선후기의 문학과 문화, 주로 서얼과 여성과 조선통신사에 대해 관심을 갖고 있다. 현재 한경대학교 강사로 재직 중이다.

- **박나리** : 이화여자대학교 국어국문학과에서 국어학을 전공했다. 논저로『초급 한국어 "듣기"』(문화관광부)(공저),「'-는 것이다' 구문 연구」,「'-다니'에 대한 한국어 교육문법적 기술방안 연구」,「음식조리법 텍스트의 장르기반적 구성담화 분석」,「장르기반 교수법에 근거한 학술 논문 쓰기 교육방안」 등이 있다. 국어의 문법화 표현, 다양한 텍스트 장르에 나타나는 텍스트 자질, 담화의 기능과 특징 등을 한국어 교육에 접목시키는 데에 관심을 갖고 있다. 현재 서울시립대학교 국제교육원 교수로 재직 중이다.

- **양현진** : 이화여자대학교 국어국문학과에서 현대소설을 전공했다. 논저로「손창섭 소설의 환상적 타자성 연구 -여성인물의 타자화 양상을 중심으로」,「현대소설에 나타난 여성 의복·장신구와 여성 의식 연구」,「한국현대소설에 나타나는 새의 이미지와 여성 의식 연구」,「김숨 소설에 나타나는 눈의 상상력 연구」 등이 있다. 현대소설의 장르적 실험 양상에 주목하고 있으며, 특히 여성적 시각과 의식의 독해에 관심을 갖고 있다. 현재 인천대학교 기초교육원 교수로 재직 중이다.

- **유정선** : 이화여자대학교 국어국문학과에서 고전시가를 전공했다. 논저로『18·19세기 기행가사 연구』,『한국시의 미학적 패러다임과 시학적 전통』(공저),『규방가사의 작품세계와 미학』(공저),「화전가에 나타난 여성의 놀이공간과 놀이적 성격-'음식'과 '술'의 의미를 중심으로-」등이 있다. 기행가사와 규방가사에 관해 관심을 갖고 있다. 현재 가천대학교 강사로 재직 중이다.

- **이은정** : 이화여자대학교 국어국문학과에서 현대시를 전공했다. 논저로『현대시학의 두 구도』,『김수영 혹은 시적 양심』,『공감-시로 읽는 삶의 풍경』(공저),『한국여성시학』(공저),「자궁의 시적 상상력과 여성주체의 전개 양상」,「여성 민중주의 시인의 애도 혹은 사자후-고정희론」등이 있다. 한국현대시의 젠더에 관한 주제, 현대시의 미학을 새로 밝혀나가는 방법론, 문학 텍스트를 삶 읽기와 글쓰기로 연동하는 문제 등에 관심을 갖고 있다. 현재 한신대학교 교양학부 교수로 재직 중이다.

- **임정연** : 이화여자대학교 국어국문학과에서 현대소설을 전공했다. 논저로「근대 젠더담론과 '아내'라는 표상」,「임노월 문학의 악마성과 탈근대성」,「여성 연애소설의 양가적 욕망과 딜레마」,「근대소설의 낭만적 감수성-나도향과 노자영의 소설을 중심으로-」,「여성문학과 술/담배의 기호론」등이 있다. 일제 강점기 지식 문화 담론의 근대성과 식민성, 한국문학의 감수성 형성 과정과 낭만주의 소설의 계보를 밝히는 데에 관심을 갖고 있다. 현재 이화여자대학교 국어국문학과 교수로 재직 중이다.

- **전진아** : 이화여자대학교 국어국문학과에서 고전소설을 전공했다. 논저로『청백운 연구』,『조씨삼대록』(공역),『금오신화 전등신화』(공역) 등이 있다. 국문 장편소설과 한문 장편소설의 관련 양상 및 고전 장편소설의 미학에 관심을 갖고 있다. 현재 이화여자대학교 강사로 재직 중이다.

- **정선희** : 이화여자대학교 국어국문학과에서 고전소설을 전공했다. 논저로『국문장편 고전소설의 인물론과 생활문화』,『고전소설의 인물과 비평』,『19세기 소설작가 목태림 문학 연구』,『소현성록』(공역),『조씨삼대록』(공역),「17세기 후반 국문장편소설의 딸 형상화와 의미」,「〈조씨삼대록〉의 악녀 형상의 특징과 서술 시각」등이 있다. 국문장편 고전소설의 인물 형상과 서술 시각, 소설에서 드러나는 여성들의 생활과 문화에 대해 관심을 갖고 있다. 현재 목원대학교 국어국문학과 교수로 재직 중이다.

- **조경하** : 이화여자대학교 국어국문학과에서 국어학을 전공했다. 논저로『국어의 후두음 연구』,『열린 세상을 향한 발표와 토론』(공저),「현대국어의 사잇소리 현상」,「국어의 후두 자질과 유기음화」,「'부엌' 계열 어휘의 변화에 관한 일 고찰」,「온라인 게임 금칙어의 조어 방식에 관한 연구」등이 있다. 현대국어의 공시적인 음운 현상, 언어의 변화, 언어에 반영된 사회문화적 요소에 관심을 갖고 있다. 현재 이화여자대학교 국어국문학과 교수로 재직 중이다.

- **조남민** : 이화여자대학교 국어국문학과에서 국어학을 전공했다. 논저로「여성 신체어의 출현과 의식의 변화」,「한국어 교육과정에 반영된 사회문화적 현상에 대한 연구」,「여성어의 변화에 관한 연구」,「여성 호칭어 '아주머니'계열 어휘의 의미변화에 대한 연구」,「문화 표제어 설정과 문화 통합 교육의 내용 구성에 대한 방안」등이 있다. 한국어 음성학과 음성, 어휘 측면의 사회언어학적 연구에 관심을 갖고 있다. 현재 한국기술교육대학교 교양학부 교수로 재직 중이다.

한국어문학 여성주제어 사전 4 - 공간과 사물

2013년 6월 10일 초판 1쇄 펴냄

저　자　김미현 최재남 최형용 곽승미 김경숙 박나리 양현진
　　　　유정선 이은정 임정연 전진아 정선희 조경하 조남민
발행인　김홍국
발행처　도서출판 보고사

책임편집　이경민
표지디자인　오동준

등록　1990년 12월 13일 제6-0429호
주소　서울특별시 성북구 보문동7가 11번지 2층
전화　922-5120~1(편집), 922-2246(영업)
팩스　922-6990
메일　kanapub3@naver.com
http://www.bogosabooks.co.kr

ISBN　979-11-5516-014-5　94810
　　　　979-11-5516-009-1　94810(세트)

정가 35,000원 (세트 150,000원)
사전 동의 없는 무단 전재 및 복제를 금합니다.
잘못 만들어진 책은 바꾸어 드립니다.

이 도서의 국립중앙도서관 출판시도서목록(CIP)은 서지정보유통지원시스템 홈페이지
(http://seoji.nl.go.kr)와 국가자료공동목록시스템(http://www.nl.go.kr/kolisnet)
에서 이용하실 수 있습니다. (CIP제어번호: CIP2013005865)

* 이 저서는 2008년 정부의 재원으로 한국연구재단의 지원을 받아 수행된 연구임.
(KRF-2008-322-A00076)